R. A. SALVATORE

Meister des Kampfes

AF204737

R.A. SALVATORE
MEISTER
DES KAMPFES

Die Heimkehr
III

Roman

Aus dem Englischen
von Imke Brodersen

blanvalet

Die amerikanische Originalausgabe erschien 2017 unter dem Titel
»Hero (Legend of Drizzt 30, Homecoming 3)«
bei Wizards of the Coast, Renton, USA.

Sollte diese Publikation Links auf Webseiten Dritter
enthalten, so übernehmen wir für deren Inhalte keine
Haftung, da wir uns diese nicht zu eigen machen,
sondern lediglich auf deren Stand zum Zeitpunkt
der Erstveröffentlichung verweisen.

Dieses Buch ist auch als E-Book erhältlich.

Verlagsgruppe Random House FSC® N001967

2. Auflage
Copyright der Originalausgabe © 2017
by Wizards of the Coast LLC 2014
FORGOTTEN REALMS, NEVERWINTER,
DUNGEONS & DRAGONS, D&D, WIZARDS OF THE COAST
and their respective logos are trademarks of Wizards
of the Coast LLC in the U.S.A. and other countries.
© 2019 Wizards of the Coast LLC. Licensed by Hasbro.
Published in the Federal Republic of Germany
by Blanvalet Verlag, München
Copyright der deutschsprachigen Ausgabe © 2019
by Blanvalet in der Verlagsgruppe Random House GmbH,
Neumarkter Straße 28, 81673 München
Redaktion: Alexander Groß
Umschlaggestaltung: Isabelle Hirtz, Inkcraft
nach einer Originalvorlage von Wizards of the Coast LLC
Umschlagillustration: Aleksi Briclot
HK · Herstellung: sam
Satz, Druck und Bindung: GGP Media GmbH, Pößneck
Printed in Germany
ISBN 978-3-7341-6203-9

www.blanvalet.de

Prolog

»Vor allem Banditen, um ehrlich zu sein«, sagte Regis zu Wulfgar.

Die beiden ruhten auf der Ladefläche eines Wagens, der an dem Spätfrühlingstag im Jahr 1486 der Zeitrechnung der Täler, dem Jahr der Schriftrollen aus den Nesserbergen, von Dolchfurt aus die Handelsstraße entlang nach Südosten rumpelte. »Man möchte meinen, es wären mehr Monster hier unterwegs. Schließlich ist das Land so spärlich besiedelt. Aber Ärger gab es zumeist mit Menschen.« Der Halbling seufzte.

Wulfgar nickte neben ihm und blickte über seinen Arm hinweg, der bequem auf der Holzbrüstung des Wagens ruhte, auf die Hügel im Norden. Irgendwo dort oben marschierten vermutlich seine Freunde an der Spitze einer gewaltigen Zwergenarmee ostwärts in Richtung Schwertküste. Erst später würden sie nach Süden abbiegen und auf die alte Zwergenheimat Gauntlgrym zuhalten.

Wulfgar wusste, dass Bruenor Gauntlgrym zurückerobern würde. Mit Drizzt und Catti-brie an seiner Seite würde der entschlossene Zwerg nicht lockerlassen. Bestimmt würden sie gefährliche Gegner vorfinden, und ebenso sicher würden sie sich ihren Weg bahnen. Auch ohne ihn.

Dieser Gedanke beschäftigte ihn, und was Wulfgar am meisten verwunderte, wenn er an die Gefahren dachte, die seinen Freunden bevorstanden, war, dass er keinerlei Schuldgefühle empfand, weil er nicht bei ihnen war.

Er wollte noch so viel von der Welt entdecken!

Schließlich war er nicht ins Leben zurückgekehrt, um lediglich die Ereignisse seiner ersten Existenz nachzuspielen. Aus diesem Grund war er von Mithril-Halle aus zuerst nach Silbrigmond gezogen und dann nach Tiefwasser, wo er mit Regis' und dem ungewöhnlichen Mönch Afafrenfere den Winter verbracht hatte. Nun fuhren sie über die Handelsstraße in die Hafenstadt Suzail am westlichsten Ausläufer der See des Sternenregens, wo sie sich nach Aglarond zur Stadt Delthuntle einschiffen konnten. Dort lebte Regis geliebte Donnola Topolino, die das bekannte Haus Topolino führte, welches in alle krummen Geschäfte der Stadt verstrickt war.

»Oh, Monster gibt es hier reichlich, keine Sorge«, rief der alte Fahrer zurück. »Wenn es bloß um Menschen ginge, hätte ich euch nicht so gut für euren Schutz bezahlt.«

»Bezahlt?«, wiederholte Wulfgar schmunzelnd. Ihre einzige Bezahlung bestand darin, dass sie hier auf dem Wagen saßen.

»Ja, aber die Menschen finde ich unterwegs am schlimmsten. Ihr nicht?«, sagte Regis zu dem Mann. »Zumindest zwischen Dolchfurt und der Boareskyr-Brücke.«

Mit skeptischer Miene sah der Fahrer sich zu ihnen um. Er sollte sich dringend mal wieder rasieren, dachte Wulfgar angesichts der grauen Stoppeln, die aus den zahlreichen Warzen auf seinem Gesicht stakten. Der Mann machte den Eindruck, als hätte er seinen grauen Bart – und seine Haare insgesamt – ewig nicht gepflegt.

Die längsten Haare in seinem breiten, rundlichen Gesicht waren jedoch diejenigen, die aus seinen großen Nasenlöchern lugten.

»Pah! Bist du etwa der Herold der Handelsstraße?«, sagte der Fahrer zu dem sorgfältig frisierten, höchst eleganten Halbling. Tatsächlich war Regis mit seinem ausladenden blauen Barett, dem schwarzen Reisemantel mit dem steifen Kragen und seinen feinen Kleidern modisch auf dem neuesten Stand. Zudem war an seiner linken Hüfte der prächtige Knauf seines schmalen Degens erkennbar.

»Früher gehörte ich zu den Ponys«, antwortete Regis mit einigem Stolz.

Wulfgar wartete geradezu darauf, dass sein kleiner Freund sich zufrieden den Schnurrbart zwirbelte.

»Den Ponys?«, wiederholte der Kutscher, dessen Stimme jetzt einen anderen Klang annahm und tiefer wurde, als er Regis genauer ins Auge fasste. Wenn er sich diese Mühe bereits in Dolchfurt gemacht hätte, wäre ihm gewiss längst klar gewesen, was für ein Mann der kultivierte Halbling war. Sein sauber gestutztes Bärtchen, die langen braunen Locken und die hochwertige Kleidung zeigten überdeutlich, dass Regis ein erfahrener, bedeutender Abenteurer war. Und den Drei-Klingen-Dolch an seiner rechten Hüfte, den fabelhaften Degen links und die Handarmbrust gleich unter den Falten seines feinen Mantels trug der Halbling offenkundig nicht aus Angeberei, sondern weil er damit bestens umzugehen wusste.

Wulfgar beobachtete erst den Fahrer und dann Regis, der sich mit ihrem Begleiter ein Blickduell lieferte.

»Ja, die Grinsenden Ponys«, betonte Regis. »Vielleicht hast du von ihnen gehört.«

Der Fahrer drehte sich wieder um, was Wulfgar ziemlich unhöflich fand. »Stimmt, die sind hier irgendwo«, sagte er ohne einen weiteren Blick nach hinten. »Auch wenn man mehr von ihnen hört als sieht. Aber, ja, die Kleinen sind hier irgendwo.« Worauf er so leise vor sich hin murmelte, dass Wulfgar es kaum hören konnte: »Machen mehr Ärger, als sie verhindern, so viel steht fest.«

Wulfgar warf Regis einen fragenden Blick zu, doch der bedeutete ihm wortlos, nichts weiter zu sagen.

»Stimmt«, sagte Regis zu dem Fahrer. »Sie sagen, sie ›grinsen‹, aber ich sag immer bei mir, sie giggeln! Die giggelnden Ponys! Prächtige Reiter, ja, aber keine großen Kämpfer. Deshalb bin ich nicht mehr dabei. Sie wollten unbedingt die großen Helden sein, aber verdient hatten sie diesen Titel nie, und sie haben jeden Kerl getötet, der es ihnen leicht machte.«

Der Fahrer knurrte etwas Unverständliches.

Regis zwinkerte Wulfgar zu. »Männer, die so etwas nicht verdient hatten«, fuhr der Halbling mit dramatischer Geste fort. »Männer, die bloß ihre Familien ernähren wollten, weiter nichts.«

Bei diesen Worten verzog Wulfgar das Gesicht, denn er hatte Regis immer in den höchsten Tönen von den Grinsenden Ponys schwärmen hören. Dann jedoch wunderte er sich noch mehr, denn inzwischen hatte sein Halbling-Freund den Dialekt der Landbevölkerung dieser Gegend angeschlagen, den Wulfgar von Regis noch nie gehört hatte.

»Bandit«, hauchte Regis Wulfgar tonlos zu und deutete dabei auf den Fahrer, der sie als Eskorte mitgenommen hatte.

»Ein räuberischer Haufen, allerdings, aber alles ganz legal, und so drohen die hohen Damen und Herren jedem, der sich nimmt, was er braucht, und die Seinen versorgen will, mit dem Tod«, grollte der Fahrer.

»Der sich mit dem Schwert nimmt, was er braucht. Was mit dem Schwert beantwortet wird«, sagte Wulfgar.

»Pah!«, schnaubte der Fahrer. »Ach, ob Schwert oder Hammer, wenn diese Banditen über andere herfallen, was soll's? Hauptsache, ihr wisst, wer euch bezahlt!«

Keiner der beiden ging davon aus, dass der Fahrer seine Worte so meinte, wie er sie sagte, oder dass er Angst hatte, dass sie bald überfallen werden könnten.

Der Halbling und der Barbar nickten sich vielsagend zu. Offenbar waren sie von einem Banditen angeheuert worden, der sie mitten ins Hornissennest seiner Bande brachte. Was nicht mehr lange dauern würde, wie sie glaubten. Sie befanden sich bereits ein ganzes Stück außerhalb des Bereichs um Dolchfurt, wo regelmäßig Patrouillen unterwegs waren.

Wulfgar deutete auf den Weg vor ihnen, und Regis nickte.

»Wie lange fahren wir heute?«, erkundigte sich der Halbling.

»Bis Sonnenuntergang. Ich will in einem Zehntag an der Boareskyr-Brücke sein, und das bedeutet mindestens fünfundzwanzig Meilen pro Tag.«

Regis sah Wulfgar an und schüttelte den Kopf. Mit diesem Fahrer würden sie garantiert nicht einmal in die Nähe der Brücke gelangen.

»Das heißt, dass wir die halbe Nacht Wache halten. Da schlafe ich lieber jetzt eine Runde«, kündigte Regis an. Er schob ein paar Kisten zurecht und holte eine dicke Decke aus seinem magischen Beutel.

»Klar. Der Weg ist schließlich frei«, sagte der Fahrer, ohne sich umzusehen. »Ihr könnt ruhig beide ein Nickerchen halten.«

»Afafrenfere?«, flüsterte Regis.

Wulfgar zuckte mit den Schultern. Der Mönch war in Dolchfurt zurückgeblieben, um einem Hinweis auf seinen früheren Begleiter Effron nachzugehen, hatte aber zugesagt, ihnen zu folgen. Sie würden ihn vermutlich bald brauchen. Afafrenfere war ein guter Kämpfer, und der Überfall würde schon bald stattfinden.

Während Wulfgar einen Sack Äpfel unter die Decke zwischen zwei Kisten schob, schlüpfte Regis hinten vom Wagen und tauchte so rasch im hohen Gras unter, dass Wulfgar ihn schon nach wenigen Schritten aus den Augen verlor.

Etwas später begann Wulfgar, demonstrativ zu gähnen, lehnte sich zurück und verdeckte so einen Großteil des Schlafplatzes des Halblings.

»Gut, aber wenn sich irgendwo Ärger abzeichnet, schreist du sofort los«, wies er den Fahrer an. »Mein kleiner Freund hier schnarcht verdammt laut.«

»Die Kleinsten sind immer die Lautesten«, erklärte der Mann grinsend, der bald darauf auffällig zu pfeifen begann.

Und Wulfgar fing an zu schnarchen.

Schon bald stellte der Barbar fest, dass Regis richtiggelegen hatte, denn der Wagen wurde langsamer und bog ruckelnd vom Weg ab. Wulfgar blinzelte leicht und bemerkte, dass sie auf ein Wäldchen zuhielten.

Er hörte, wie andere näher kamen und der Fahrer plötzlich vom Bock kletterte.

Als Wulfgar hochfuhr, war er von drei Banditen umzingelt, von denen der mittlere ein gut gearbeitetes Schwert in der Hand hielt. Rechts von ihm stand eine Frau mit einem kurzen, dicken Speer, auf der linken Seite ein weiterer Mann mit dickem Bauch und einer so schweren Axt, dass Wulfgar sich fragte, wie er sie mit seinen schlaffen Armen überhaupt halten konnte, ohne dabei das Gleichgewicht zu verlieren. Der Fahrer hatte sich seitlich neben den Wagen geduckt. Von oben starrte ein Bogenschütze auf Wulfgar herab, und ein zweiter lauerte mit gespanntem Bogen hinter einer Bretterwand, die durch Blattwerk getarnt zwischen zwei Eichen stand.

»Immer langsam, alter Freund«, sagte der Mann mit dem Schwert. Er war groß und schlank und hatte lange blonde Locken. »Kein Grund zur Aufregung. Ihr sitzt in der Falle, das wisst ihr. Deshalb haben wir keinen Grund, hier euer Blut zu vergießen.«

»Auch wenn uns das Spaß machen würde«, meinte die Frau neben ihm, deren Speer auf Wulfgar gerichtet war.

»In der Falle?«, wiederholte Wulfgar, als hätte er keine Ahnung, was sie meinten. Er drehte den Kopf nach rechts und warf einen Blick nach unten. »Fahrer?«

Der Mann wimmerte nur.

»Bleib du, wo du bist, und Kopf runter! Sonst bekommst du mein Schwert zu spüren«, fuhr ihn der mutmaßliche Anführer an.

Wulfgar wusste es besser.

»Dein Beutel«, verlangte der Anführer und streckte die freie Hand aus.

»Ihr wollt mir die letzten Kupferstücke nehmen?«, fragte Wulfgar.

»Genau. Und den hübschen Hammer auch«, sagte der Mann mit der Axt. Er war der dreckigste Kerl, den Wulfgar je gesehen hatte. Er war nicht so groß wie der Anführer, aber ein ganzes Stück schwerer, und als er mit seiner Axt auf Aegisfang wies, staunte Wulfgar über die Schwerfälligkeit seiner Bewegung. Von den dreien, die hier vor ihm standen, schien nur der Schwertkämpfer seine Waffe einigermaßen zu beherrschen.

Und der Bogenschütze über ihm stützte sich so weit vorgebeugt an einen Ast, dass er unmöglich rasch zur einen oder anderen Seite neu zielen konnte.

Wulfgar griff an seinen Gürtel, löste die Schnalle seines kleinen Beutels und warf ihn dem Mann mit dem Schwert zu.

»Und den Streithammer«, forderte dieser.

Wulfgar betrachtete Aegisfang. »Den hat mein Vater für mich gemacht«, antwortete er.

Der Mann mit der Axt kicherte höhnisch.

»Dann macht er dir vielleicht noch einen«, meinte der Anführer. »Wir sind schließlich keine Mörder.«

»Wenn es sich vermeiden lässt«, fügte die Frau hinzu und rollte den Speer zwischen den Fingern.

Mit bedauernder Miene sah Wulfgar erneut Aegisfang an.

»Wird's bald?«, rief der Anführer in dem Versuch, ihn zu erschrecken, damit er den Hammer übergab, ohne es sich anders zu überlegen. Also gehorchte Wulfgar und warf ihm den Hammer vor die Füße.

Der Kerl mit der Axt war sofort zur Stelle, ließ bereitwillig seine eigene Waffe fallen und hob den fantastisch ausbalancierten Aegisfang auf.

»Gute Entscheidung«, lobte der Schwertkämpfer.

Wulfgar zuckte mit den Schultern.

»Stimmt, aber töten müssen wir ihn trotzdem, oder?«, fragte die Frau.

»Nein. Fesselt ihn und lasst ihn hier«, entschied der Anführer.

Der Mann mit Aegisfang war einen Schritt zur Seite getreten, zum Fahrer hinüber, und schwang jetzt probehalber einige Male die neue Waffe. Wulfgar registrierte, dass der Fahrer zu dem Banditen hochblinzelte, um seine Aufmerksamkeit zu erregen. Dabei flüsterte er etwas wie: »… sein kleiner Freund.«

»Und deinen schönen Hut bitte auch«, sagte der Mann mit dem Schwert höflich.

Wulfgar wandte sich nach links, wo das modische blaue Barett des Halblings auf der Decke zwischen den Kisten ruhte.

»Das ist nicht mein Hut.«

»Wessen dann …?«, begann der Anführer, doch da rief der Mann mit Aegisfang: »Passt auf! Da drunter versteckt sich sein Freund, die kleine Ratte!«

Die Frau riss erschrocken die Augen auf und stieß prompt mit dem Speer zu.

»Nein!«, schrie der Anführer, doch es war zu spät.

Neben ihr fiel ein Pfeil zu Boden, und als Wulfgar dem Stoß auswich und den Speer dicht unter der Spitze packte, gelang ihm ein Blick in den Baum, wo der Schütze jetzt schlaff über dem Ast hing, ein Arm und ein Bein auf jeder Seite.

Während Wulfgar den Speer auch mit der zweiten Hand umfasste und mit einem Ruck an der Seite der Frau entlang zurückschob, dankte er im Stillen seinem Freund. Dann warf er den Speer mitsamt der Frau mit erschreckender Kraft kurzerhand in die Höhe. Die Frau fiel gegen den Schwertkämpfer und stieß ihn um.

Wulfgar vollführte einen Überschlag nach hinten, setzte beide Hände auf, stieß sich ab und landete rechts vom Wagen unmittelbar neben dem kauernden Fahrer, dem er ins Gesicht trat. Der Mann brach zusammen.

Da kam der Räuber mit Aegisfang auf Wulfgar zu.

»Was sollte das denn?«, schrie der Anführer die Frau

an, während er sich wieder aufrappelte. Beide wollten ihrem Kumpan zur Seite springen, aber noch ehe sie einen Schritt machen konnten, hielt eine Stimme von hinten sie zurück.

»Keine gute Idee!«

Die zwei fuhren herum und wollten Verteidigungshaltung annehmen, doch Regis griff sofort an. Er bohrte der Frau seinen Degen mitten durch die Handfläche, während diese noch den Speer vor ihre Brust schwingen wollte. Mit einem Aufschrei ließ sie mit der getroffenen Hand los und wich zurück. Der Speer baumelte nach unten.

Gleichzeitig nutzte der Anführer diesen Moment, um selbst zuzuschlagen. Aber Regis fing den Angriff mit seinem Dolch ab und schob die Klinge weit zur Seite. Der Bandit löste sich geschickt aus dieser Position und drehte sich einmal um sich selbst, um unmittelbar vor seinem kleinen Gegner zu landen. Diesmal streckte ihm der Halbling seinen Dolch entgegen. Allerdings war jetzt nur noch eine der beiden schlangenförmigen Seitenklingen zu sehen.

»Ich fürchte, du hast mein schönes Messer kaputt gemacht«, stellte der Halbling fest.

Sein Gegner lächelte – aber nur bis der Halbling ihm die abgebrochene »Klinge« entgegenwarf. Das Metallstück traf ihn am erhobenen Unterarm, ohne ihn zu verletzen, verwandelte sich dort jedoch augenblicklich in eine kleine, lebendige Schlange. Noch ehe der überraschte Räuber reagieren konnte, schlängelte sich das Tier unglaublich schnell seinen Arm hinauf, wand sich um seinen Hals und zog die Schlinge zu. Mit der freien Hand griff sich der Mann an die Kehle, hielt aber weiter sein Schwert erhoben, um den Halbling auf Abstand zu halten.

Doch hier ging es nicht nur um eine kleine Zauberschlange. Es war eine Garrotte, die hinter ihrem Opfer ein grauenvolles Schreckgespenst beschwor, ein untotes Wesen, das mit derartiger Gewalt an der Schlinge zog, dass der Kämpfer nach hinten gerissen wurde und ungebremst zu Boden fiel.

Wo er verzweifelt gegen das Ersticken kämpfte. Er ließ sein Schwert los, um vergeblich mit beiden Händen an der Schlange zu zerren.

Da brüllte der kleinere, dicke Mann auf, hob seinen schönen neuen Hammer mit beiden Händen über den Kopf und rannte auf den unbewaffneten Wulfgar zu, um dem Dummkopf mit einem einzigen mächtigen Hieb den Schädel zu spalten.

Erst nach einigen Schritten wurde ihm bewusst, dass er keinen Hammer mehr hielt, und nachdem er abrupt abgebremst hatte, stellte er fest, dass inzwischen der Barbar die Waffe in der Hand hatte.

Zu diesem Zeitpunkt stand der behäbige Räuber allerdings bereits unmittelbar vor dem breitschultrigen, bewaffneten Wulfgar.

»Häh?«, sagte er noch verdutzt.

Wulfgar stieß ihm den Kopf von Aegisfang in sein breites Gesicht, schlug ihm damit die Zähne und die Nase ein und brachte ihn endgültig zum Stehen. Der dicke Räuber taumelte ungläubig einen Schritt zurück. Wie konnte der Streithammer ihm einfach so abhandengekommen sein? Aus mehreren Schritten Entfernung?

Er konnte nicht ahnen, welche Verbindung zwischen Aegisfang und Wulfgar, Sohn des Beornegar und Sohn von Bruenor, bestand und dass ein geflüstertes »Tempus« den Hammer auf magische Weise wieder in Wulfgars Hand zurückteleportierte.

Der Bandit wankte. Er schüttelte den Kopf. Dann brach er vornüber zusammen.

Wulfgar konnte nicht lange dabei zusehen, denn ein Sirren von dem Verschlag her warnte ihn vor der Gefahr. Er warf sich nach hinten, drehte den Kopf und schlug die Arme vor Gesicht und Brust. Zum Glück! Als er sich auf dem Boden abrollte, ragte ein Pfeil aus seinem kräftigen Unterarm.

Doch Wulfgar achtete nicht darauf, sondern kam wieder hoch, drehte sich halb zurück und warf mit derselben Bewegung Aegisfang nach dem versteckten Schützen.

Der Hammer durchdrang die Deckung und schlug dabei die Bretter in tausend Splitter. Wulfgar hörte einen Aufschrei. Es war eine weibliche Stimme, und die Schützin flog rückwärts aus dem Schutz ihres Hinterhalts.

»Tempus!«, brüllte Wulfgar, obwohl er nicht davon überzeugt war, dass dieser Name ihm noch viel bedeutete.

Dennoch landete der Hammer wieder in seiner Hand, sodass sein Schlachtruf wohl passte.

Die Frau langte wieder nach ihrem Speer, obwohl sie dabei vor Schmerz zusammenzuckte. Sie stieß die Waffe nach vorn, um den Halbling zumindest auf Abstand zu halten, doch selbst dafür war Regis viel zu schnell.

Perfekt ausbalanciert, verließ er sich beim Zurückweichen ganz auf den quer gestellten hinteren Fuß, ehe er wieder vorstürmte. Als die Frau ihren Fehler erkannte, versuchte sie, noch einmal zuzustechen, aber Regis war schon an ihrem Zielpunkt vorbei und fegte den Speer beiseite, indem er seinen Degen erst abwärts und dann seitwärts führte.

Im nächsten Moment flitzte er an der Frau vorbei und stach ihr zweimal zwischen die Schultern.

Danach sprang Regis auf den Mann zu, der noch immer von der geisterhaften Erscheinung gewürgt wurde.

Ein schneller Stich seines wunderbaren Degens beendete das Drama – ein einfacher Schlag auf die Erscheinung ließ diese verpuffen. Der Mann blieb keuchend liegen.

»Bleib, wo du bist«, warnte ihn Regis, eilte wieder zurück und drehte seinen Degen mehrfach um die Speerspitze der Frau. Als sich ihre Augen schließlich mitdrehten, weil sie versuchte, seine Bewegungen im Blick zu behalten, kehrte Regis die Bewegung um, zog den Degen nach unten und vor seinen Körper und nahm dabei den Speer mit, als er auswärts nach vorne trat.

Jetzt kam sein Dolch erneut zum Einsatz und fing den Speer ab. Regis hob die Waffe in die Höhe, stapfte unter ihrer Spitze vor und hielt der Frau seinen Degen unters Kinn.

»Meine Liebe, ich möchte dir nicht das Leben nehmen«, sagte er großzügig. »Also lass bitte den hässlichen Speer fallen.«

Mit dem Kopf im Nacken und ohne Fluchtmöglichkeit blinzelte die Frau zu ihm herunter, schluckte einmal und ließ tatsächlich den Speer los.

Regis warf ihn mit einem Ruck seines Dolches ein ganzes Stück zur Seite und wandte sich dann an den Schwertkämpfer, der störrisch aufzustehen versuchte. »Ich weiß genau, dass ich gesagt habe, du sollst da liegen bleiben«, warnte er.

Der Mann zögerte, wollte aber dennoch hochkommen.

»Ich habe noch eine …«, begann Regis, doch dann warf er nur seufzend die zweite magische Schlange seines Dolches auf den Mann.

Diesmal sah er sich das Drama nicht an. Das war nicht nötig.

Stattdessen wandte er sich wieder der Frau am Ende seines Degens zu, deren Augen ihm genug verrieten. Er hörte das verzweifelte Japsen des Anführers, als hinter der neuen Garrotte ein weiteres Schreckgespenst auftauchte und ihn zu würgen begann.

Erst als der Mann bewusstlos war, ging Regis gelassen hinüber, stach nach dem Untoten und brach damit die tödliche Magie.

Er seufzte abgrundtief. »Manchmal sind sie derart stur!«, beklagte er sich bei Wulfgar, wurde jedoch abrupt unterbrochen, als über ihnen der Ast brach. Der Schütze, der nach wie vor dem Schlafgift ausgeliefert war, das der vergiftete Bolzen aus Regis' Armbrust ihm eingeflößt hatte, stürzte unsanft zwischen den Barbaren und die Frau.

Kopfschüttelnd blickte Regis von dem stöhnenden Mann, der sich ein paar Knochen gebrochen hatte, zu Wulfgar.

Der Barbar deutete auf Regis' magischen Beutel, in dem der Halbling seine Tränke, Salben und Verbände aufbewahrte. Wulfgar hob seinen Hammer auf eine Schulter und trat leicht gegen den Mann, der vor ihm lag. »Wenn ihr aufsteht«, warnte er den behäbigen Banditen und schloss den Fahrer in die Warnung mit ein, »schlage ich euch die Köpfe ein.«

Um seinen Worten mehr Nachdruck zu verleihen, knallte er seinen Hammer unmittelbar vor dem Gesicht des liegenden Banditen auf den Boden.

»Bleibt genau, wo ihr seid«, brummte Wulfgar. Dann hielt er mit langen Schritten auf den Verschlag zu, durchbrach die verbliebene Sperre zwischen den Eichen und verschwand im Gebüsch, um den zweiten Schützen aufzuspüren. Kurz darauf kehrte er mit einer Frau über der

Schulter zurück, die bei jedem seiner Schritte vor Schmerzen stöhnte. Einer ihrer Arme war zerschmettert und hing schlaff herunter. Ihr Atem ging stoßweise. Der Hammer hatte den Arm und einige Rippen durchschlagen und einen Lungenflügel zusammenfallen lassen.

Ohne Magie würde sie bald sterben. Zum Glück für beide Schützen waren Wulfgar und Regis jedoch mit ausreichend Magie ausgestattet. Noch während Wulfgar zum Wagen ging, um die Verletzte darauf abzulegen, baute Regis sein tragbares Alchemistenlabor auf und ließ die besiegte Speerwerferin von einem zum anderen gehen, um ihnen Heiltränke einzuflößen.

»Diese Salben und Tränke sind ein teurer Spaß«, knurrte Regis an Wulfgar gewandt. Er griff nach einem Fläschchen, doch als er sah, wie schwer die Frau verwundet war, wählte er zunächst einen Tiegel Salbe.

»Muss man denn alles mit Gold aufwiegen?«, erwiderte Wulfgar.

Lächelnd begann Regis, die heilende Salbe aufzutragen.

Es raschelte, und als sie sich umdrehten, sahen sie die zweite Frau, die Regis gefangen genommen hatte, durch das Unterholz davonlaufen.

Der Halbling blickte zu Wulfgar auf. »Glaubst du, sie hat noch mehr Freunde?«

Wulfgar betrachtete den abgerissenen Haufen um sie herum. Das waren Bauern oder einfache Handwerker, bettelarm und verzweifelt.

»Soll ich ihr nach, damit wir sie alle zusammen aufknüpfen können?«, fragte er.

Regis' entsetzte Miene entspannte sich erst, nachdem ihm klar geworden war, dass sein Freund scherzte. Dennoch hatte Wulfgar mit seiner Bemerkung eine offene

Frage angeschnitten. Was sollten sie mit der Gruppe anstellen? Sie hatten nicht vor, sie hinzurichten, denn dies waren keineswegs hartgesottene Diebe und Mörder.

Andererseits konnten sie die Bande auch nicht frei herumlaufen lassen, wo sie bald weiteres Unheil anrichten würde. Wie mochte es den nächsten unbedarften Reisenden ergehen, die auf der Ladefläche des verräterischen Fahrers mitfuhren?

»Auf der Handelsstraße wird kurzer Prozess gemacht«, stellte Regis fest.

»Würden die Ponys sie hinrichten?«

»Nur wenn sie nachweislich jemanden getötet hätten.«

»Und was gibt es sonst für Möglichkeiten?«, fragte Wulfgar. Da kam der Mann, den Regis' Garrotte gewürgt hatte, wieder zu sich. Hustend und keuchend versuchte er, sich aufzusetzen. Wulfgar ging zu ihm und half ihm, indem er ihn mit einem Arm vorn an der Tunika packte und auf die Füße stellte.

»Diebe müssen in der Regel für Kaufleute oder Meister arbeiten«, erklärte Regis. »So lange, bis sie den Schaden abgearbeitet haben, den sie verursacht haben. Oder ihre Schulden.«

»Ich … Wir … wir … wir hätten euch töten können«, stammelte der Anführer der Bande.

»Nein, hättet ihr nicht«, erwiderte Wulfgar, während er den Mann zum Wagen führte. »Aber du wolltest es auch nicht, als du dachtest, ich wäre euch ausgeliefert. Das ist der einzige Grund, warum ihr noch am Leben seid.«

»Und was habt ihr jetzt mit uns vor?«, fragte der Mann.

»Wir wollten auf einem Wagen zur Boareskyr-Brücke«, teilte Wulfgar ihm mit. »Und genau dorthin bringt ihr uns jetzt. Alle zusammen.« Er stieß den Mann von sich. »Geh und such die Frau, die mich angegriffen hat«, wies Wulfgar ihn an und nickte zu den Büschen hinüber, in denen die Frau verschwunden war. »Hol sie zurück. Wenn ihr zusammen wiederkommt, begleitet ihr uns zur Brücke. Ansonsten sind deine vier Freunde hier tot, und wir ziehen mit dem Wagen alleine los. Und wenn du nicht sehr bald zurückkehrst, bist du bei unserer nächsten Begegnung ein toter Mann.«

»Glaubst du, der kommt zurück?«, fragte Regis, als der Mann im Wald verschwand.

»Wollen wir wetten?«

Der Halbling grinste.

Als die Sonne bald danach im Westen zu sinken begann, rollte der Wagen wieder die Handelsstraße in Richtung Brücke entlang. Wulfgar saß neben dem verletzten, erschütterten Fahrer auf dem Bock. Regis hockte direkt hinter ihnen, um die beiden Schützen im Auge zu behalten, die es unter den Banditen am schlimmsten erwischt hatte.

Der vierschrötige Mann, der dumm genug gewesen war, Wulfgar mit seinem eigenen Hammer anzugreifen, saß im hinteren Teil des Wagens und ließ die Füße über den Rand baumeln.

Kaum waren sie aufgebrochen, da tauchten hinter ihnen die beiden übrigen Räuber auf und rannten ihnen nach. Allerdings nicht ganz freiwillig, denn sie wurden von einer Gestalt in einer Mönchsrobe gescheucht, die den beiden bekannt vorkam.

»Na gut, ein Goldstück für Wulfgar«, knurrte Regis.

Aber er war froh, dass sein Freund recht behalten hatte, und noch froher, dass Bruder Afafrenfere endlich aufgetaucht war.

»Aber schon der Versuch wäre blöd, oder?«, meinte Adelard Arras aus Tiefwasser, der Schwertkämpfer, am nächsten Morgen nach dem erneuten Aufbruch zu Wulfgar.

»Ja«, bestätigte Wulfgar.

»Und weil ich das weiß, versuche ich es gar nicht erst!«

Wulfgar sah ihn skeptisch an.

»So dumm bin ich nicht!«, protestierte Adelard.

»Aber du bist ein Wegelagerer. Und nicht gerade der beste.«

Adelard schüttelte seufzend den Kopf. »Die Straße ist gefährlich, mein Freund.«

»Freund? Da täuschst du dich aber«, warnte Wulfgar.

»Du hast mich nicht umgebracht. Und meine Begleiter auch nicht«, erwiderte Adelard. »Dabei bist du ein mächtiger Krieger, und ihr habt selbst gesagt, dass ihr für unsere Rettung ein wahres Vermögen in Form von Tränken und Salben aufgewendet habt!«

»Sie hat auf mich geschossen«, erinnerte ihn Wulfgar, wobei er zu der Schützin im Wagen hinübernickte, der es inzwischen deutlich besser ging.

»Und trotzdem sind wir am Leben! Wir alle. Weil ihr uns als …«

»Ihr bekommt eure Waffen nicht zurück.« Das war Wulfgars letztes Wort zu diesem Thema. »Bis zur Brücke könnt ihr mir beweisen, dass ihr niemand anderen überfallt. Dann lasse ich vielleicht Gnade walten. Vielleicht lasse ich euch sogar gehen, wenn andere euch im Auge behalten.«

Adelard wollte protestieren, doch Wulfgar redete einfach weiter.

»Du bekommst dein Schwert nicht zurück. Egal mit welcher List«, sagte er.

»List?« Adelard gab sich ehrlich verletzt, aber Wulfgar schnaubte nur.

Im nächsten Moment sagte Regis scharf: »Ruhe!«

Alle schauten zu ihm hinüber.

»Was ist?«, flüsterte Wulfgar, der bemerkt hatte, wie konzentriert sein kleiner Freund wirkte.

Regis wies auf Afafrenfere, der hinter dem Wagen niedergekniet war und ein Ohr auf den Boden legte.

Wulfgar hielt den Wagen an. Alle Augen hingen an dem Mönch.

»Pferde«, erklärte Afafrenfere. »Sie kommen von hinten, und sie laufen schnell.«

Da schwiegen die übrigen acht und lauschten angestrengt. Tatsächlich verriet eine leichte Veränderung der Windrichtung, dass hinter ihnen eine ganze Gruppe Pferde auf der Straße galoppierte.

Wulfgar sah sich um. Sie waren gerade durch ein Wäldchen gefahren, hatten aber keine Zeit mehr, hinter der Biegung zu verschwinden und in Deckung zu gehen.

»Unsere Waffen«, flüsterte Adelard.

Mit einem warnenden Blick gebot ihm Wulfgar zu schweigen. Nachdem der Barbar die Zügel befestigt hatte, sprang er vom Bock und winkte Regis zu sich an die hintere Seite des Wagens, wo Afafrenfere bereits wartete.

»Banditen?«, fragte der Mönch.

»Wahrscheinlich«, antwortete Regis.

»Sollen wir die anderen bewaffnen, falls es zu viele sind?«, fragte Wulfgar, der den zerlumpten Haufen Gefangener betrachtete.

»Nur ihr Anführer ist ein anständiger Kämpfer«, erinnerte ihn Regis. »Und wenn er die kennt, die da kommen, wechselt er womöglich die Seite.«

»Das würde er nicht überleben.«

Regis zuckte mit den Schultern.

Inzwischen war das Hufgetrappel deutlich zu hören. Die Reiter näherten sich dem Wäldchen, das unten an der Biegung noch gut zu sehen war.

»Los, versteckt euch«, forderte Wulfgar die sechs Gefangenen auf. »Im hohen Gras.«

Die Banditen stoben auseinander, waren aber nicht schnell genug. Ein Dutzend Reiter bog um die Kurve der Handelsstraße und donnerte auf sie zu. Sobald der Trupp den Wagen entdeckte, zückten alle ihre Schwerter. Der Stahl glänzte im Morgenlicht, und auf Regis' Gesicht zeichnete sich ein breites Lächeln ab.

»Sind das …?«, begann Wulfgar.

Die Reiter wirkten sehr selbstsicher, als wären sie schon viele, viele Monate unterwegs und hätten viele, viele Meilen hinter sich. Und sie waren alle ziemlich klein.

Der Barbar legte Bruder Afafrenfere eine Hand auf die Schulter, um ihn aus seiner Verteidigungshaltung zu lösen.

Wulfgar hörte ein paar der Banditen stöhnen.

Die Grinsenden Ponys waren gekommen.

»Halt, Wagen, halt!«, rief der Reiter in der Mitte der vorderen Reihe. Er war ein gut gekleideter Mann, dessen breitkrempiger Lederhut auf einer Seite hochgesteckt und mit einer Feder geschmückt war.

»Wenn wir noch mehr anhalten, Meister Doregardo, rollt der Wagen euch gleich rückwärts entgegen!«, rief Regis zurück. Er trat aus Wulfgars Schatten, zog seinen schmalen Degen und verneigte sich graziös.

»Spinne!«, rief der Halbling neben Doregardo.

Die Truppe donnerte zu ihnen herauf und brachte die Ponys aufbäumend zum Stehen. Kaum hatten die Vorderhufe seines Reittiers den Boden berührt, da schwang Doregardo sich auch schon geschmeidig aus dem Sattel.

»Das ist ja Meister Topolino! Ewig nicht gesehen!«, rief Doregardo aus, lief herbei und schloss Regis fest in die Arme. »Aber, mein Lieber«, fügte er hinzu, als er Regis auf Armeslänge von sich schob, »mir scheint, du hast dein Pony eingebüßt.«

»Es waren ereignisreiche Jahre, alter Freund«, erwiderte Regis. »Voller Krieg und Abenteuer.«

»Dann hast du uns ja einiges zu erzählen«, sagte Showithal Terdidy, der Halbling, der zuerst Regis' Namen gerufen hatte. Auch er schwang sich vom Pferd und eilte zu Regis, um ihn zu umarmen.

»Wir waren auf der Jagd nach einer Bande Wegelagerer, die in dieser Gegend ihr Unwesen treiben«, erklärte Doregardo.

»Die haben wir gefunden«, sagte Wulfgar mit einer Geste zu den sechs Banditen, von denen sich keiner so schnell hatte verstecken können.

»Bei den Göttern«, hörten sie Adelard knurren, ehe er dem zerknirschten Fahrer zuflüsterte: »Du hast ein Grinsendes Pony mitgenommen?«

»Eher haben sie uns gefunden«, stellte Regis klar.

Doregardo sah sich um und gab seinen Männern dann ein Zeichen. Die noch berittenen Halblinge bewegten sich nach links und rechts, um die Gruppe einzukreisen.

»Die sind außer Gefecht«, versicherte Regis Doregardo. »Wir wollten sie bis zur Boareskyr-Brücke mitnehmen, damit sie uns überzeugen können, dass sie in Zukunft ein anderes Handwerk anstreben.«

»Oder euch im Schlaf ermorden«, murmelte Showithal.

»Ich schlafe nicht«, erklärte Afafrenfere, was ihm einen kritischen Blick von Showithal eintrug.

»Darf ich vorstellen? Bruder Afafrenfere vom Kloster der Gelben Rose«, warf Regis rasch ein. »Bruder Afafrenfere, der Drachentöter. Und das ist mein alter Freund Wulfgar aus dem Eiswindtal«, fuhr er fort, um die Situation angesichts des immer noch misstrauischen Ausdrucks von Showithal zu entschärfen.

Dieser Mann war nie einem Kampf aus dem Weg gegangen, denn er wollte die Grinsenden Ponys berühmter machen als seine ehemalige Patrouille aus Damara, die Kniebrecher. Regis konnte sich gut ausmalen, wie Showithal mit dem Schwert auf Wulfgar losging und sie dann alle zusammen überlegen würden, wie sie den armen Showithal aus der Krone des höchsten Baumes holen sollten, in die der Hüne ihn bedenkenlos schleudern würde.

Doregardo lachte auf und verbeugte sich prompt vor Wulfgar. »Es ist uns eine Ehre, werter Herr«, sagte er höflich, ehe sich wieder Regis zuwandte. »Und was, bitte sehr, wolltet ihr machen, falls ihr diese Grobiane nicht auf den Weg der Besserung schicken könnt?«

»Das Problem ein für alle Mal lösen«, erwiderte Wulfgar grimmig und unmissverständlich.

Doregardo fasste ihn gründlich ins Auge. »Dann betrachtet euer Problem hiermit als gelöst.« Auf sein Zeichen trieben die Reiter die Gruppe zusammen.

»Nun, das hängt ganz von euren Absichten ab«, entgegnete Wulfgar.

»Du meinst, sie könnten sich bessern?«

»Sonst lägen sie alle längst tot am Wegesrand.«

»Dann begleiten wir euch gern zur Boareskyr-Brücke«, bot Doregardo an, »und helfen euch bei der Bewachung der Gefangenen. Und an der Brücke werden wir euer Urteil hören.«

»Und es achten?«, hakte Wulfgar nach.

Doregardo zuckte unverbindlich mit den Schultern. »Ich habe Partner, die weitere Informationen zu dieser Bande sammeln. Falls Blut an ihren Händen klebt ...«

Wulfgar hob die Hand, um zu zeigen, dass er verstanden hatte. Er nickte zufrieden.

Die Handelsstraße führte auf weiten Strecken durch die Wildnis. Hier war ständig wertvolle Ware unterwegs, und daher lauerten auch ständig Banditen. Gefängnisse gab es kaum, und insbesondere mangelte es an Patrouillen wie den Grinsenden Ponys, welche die lange Straße abritten. Daher mussten sich diejenigen, die diese Gegend durchquerten, zumeist auf ihr eigenes scharfes Schwert verlassen. Im Eiswindtal, wo in der Regel schnell und fast immer brutal für Gerechtigkeit gesorgt wurde, galten ähnliche Gesetze.

Doregardo gab einer jungen Halbling-Frau mit großen Augen einen Wink. Regis kannte sie nicht. Sie wendete sofort ihr Pony, galoppierte die Straße hinunter und kehrte nach einer Weile, als der Wagen schon wieder weiterrollte, mit zwei reiterlosen Ponys im Schlepptau zurück.

»Willst du wieder mit uns ziehen, mein alter Freund?«, wandte sich Doregardo an Regis, als die Ersatztiere nahten.

Regis grinste sowohl über die Wortwahl – wie alt war schon die Freundschaft mit Doregardo im Vergleich zu der mit dem breitschultrigen Barbaren auf dem Kutschbock? – als auch über das verlockende Angebot. Er nickte, reihte sich unbefangen zwischen Doregardo und Showithal ein und machte sie auf die Geschichten neugierig, die er ihnen am Lagerfeuer erzählen würde.

Und was für Geschichten er mitbrachte!

Am Abend berichtete Regis von den Ereignissen im Silbermarken-Krieg und der bedeutenden Schlacht um die Zitadelle Todespfeil mit dem endgültigen Sieg von König Bruenor und seinen Verbündeten. Die Grinsenden Ponys und auch ein paar der Banditen brachen dabei immer wieder in Beifall aus.

Regis erzählte auch von den Drachen über den Bergen und drängte Afafrenfere, seinen Kampf mit dem weißen Wyrm an der Bergflanke zu schildern, und obwohl der Mönch dieses Ereignis mit großer Bescheidenheit herunterspielte, wurde doch jeder Satz von ihm staunend zur Kenntnis genommen.

Es war schon sehr spät, als Regis fertig wurde, aber niemand hatte sich vorzeitig zurückgezogen, nicht einmal Adelard und seine Bande. Alle flüsterten und lachten vor sich hin und bejubelten die Zwergenkönige Bruenor, Harnoth und Emerus Kriegerkron.

»Und jetzt seid ihr auf dem Weg zur Boareskyr-Brücke«, sagte Doregardo, als das Geflüster sich legte und Halblinge, Banditen und der Barbar ihre Schlafplätze aufsuchten.

»Und weiter nach Suzail«, erwiderte Regis.

Doregardo und Showithal wechselten einen neugierigen Blick.

»Moradi Topolino?«, fragte Showithal, und Regis' Lächeln bestätigte seine Vermutung.

»Ich habe Herrin Donnola versprochen, dass ich zurückkomme. Und dieses Versprechen gedenke ich zu halten.«

Showithal Terdidy, der sich an die bezaubernde Donnola gut erinnerte, nickte und erwiderte sein Lächeln.

»Und du?«, wandte sich Doregardo an Wulfgar.

»Mein tollkühner kleiner Freund braucht gelegentlich Schutz«, antwortete der Barbar.

»Genau wie Wulfgar, der sich in dunklen Tunneln gern mal den Kopf anstößt«, gab Regis frech zurück.

»Noch eine Geschichte?«, fragte Doregardo, worauf sich Regis bereitwillig zum Erzählen anschickte.

Aber da löste sich Showithal von den anderen und ging zu der einsamen Gestalt, die auf einem flachen Stein hockte und ins Dunkel spähte. Regis hielt inne, und alle drei horchten hinüber.

»Das Kloster der Gelben Rose, sagte Spinne. Damara?«, erkundigte sich Showithal sichtlich fasziniert. Showithal stammte aus diesem fernen Land, wo er einst mit den Kniebrechern auf Patrouille ausgezogen war, einer anderen berittenen Halbling-Truppe.

Der Mönch nickte. »Und dorthin kehre ich zurück.«

»Oh, dann haben wir uns viel zu erzählen! Ich habe Freunde in jenem Land und war viel zu lange nicht mehr dort.«

Er kletterte zu dem Mönch auf den Felsen und begann ein Gespräch.

»Ein Glück, dass euer Freund sich sicher war, dass er nicht schläft«, sagte Doregardo zu Wulfgar und Regis. »Wenn Showithal Terdidy von seinen Abenteuern erzählt, fasst er sich selten kurz.«

Regis nickte, denn das wusste er nur zu gut.

»So«, sagte Doregardo und klatschte in die Hände. »Und jetzt erzähl mir diese neue Geschichte. Jemand von meiner Statur hört nur zu gern, wie große Menschen im Dunkeln gegen tiefhängende Felsen rennen.«

Sein breites Lächeln bei diesen Worten verflog, als er den Blickwechsel zwischen Regis und Wulfgar bemerkte.

Auf die unausgesprochene Frage des Halblings folgte nach kurzer Pause ein Nicken von Wulfgar.

»Ich habe tatsächlich noch eine andere Geschichte zu erzählen«, sagte Regis deutlich leiser und ernster zu Doregardo. »Aber ich fürchte, du wirst sie schwer glauben können, und sie reicht weit zurück, bis in eine Zeit vor deiner Geburt.«

Doregardo musterte erst den Halbling, der höchstens halb so alt wirkte wie er, dann Wulfgar.

Als der Wagen am nächsten Morgen in aller Frühe wieder die Handelsstraße entlangrollte, hatten weder Regis noch Doregardo noch Wulfgar geschlafen. Insbesondere Doregardo schwirrte noch immer der Kopf nach der unglaublichsten Geschichte, die er je gehört hatte, von Wiedergeburt und einer zweiten Chance, und das Verrückteste daran war, dass er überraschenderweise jedes Wort glaubte.

Einen Zehntag später erreichte die Gruppe ohne Zwischenfälle die Boareskyr-Brücke. Dort stießen sie auf eine weitere Gruppe Grinsende Ponys, die Doregardo genauere Nachrichten über die Räuberbande überbrachten. Für fünf der sechs Gefangenen waren das gute Neuigkeiten – sie kamen noch einmal davon. Der sechste hingegen, der Dicke mit der Axt, hatte tatsächlich Blut an den Händen.

Noch am selben Tag knüpften sie ihn an einem Baum unweit westlich der Brücke auf.

In der Wildnis war die Gerechtigkeit schnell und brutal.

Zur großen Überraschung der beiden Freunde aus den Silbermarken teilte Doregardo ihnen mit, dass er und einige aus seinem Trupp sie bis nach Suzail begleiten wollten.

»Ich kenne schließlich viele Kapitäne und kann euch bestimmt helfen, eine Überfahrt nach Aglarond zu bekommen«, erklärte er.

»Bis Suzail sind es ein paar Hundert Meilen«, gab Regis zu bedenken.

»Die Strecke bin ich viel zu lange nicht mehr geritten«, sagte Doregardo. »Showithal und ich hatten sowieso schon darüber geredet, kurz bevor wir euch trafen. Nach den Ereignissen bei der Teilung und den großen Umwälzungen, die sich seither überall zugetragen haben, ist es längst überfällig, dass das Banner der Grinsenden Ponys mal wieder in Cormyr weht.«

»Eure Gesellschaft ist uns willkommen«, erwiderte Regis.

»Ganz unsererseits! Aber erst müssen wir deinen Freunden zwei gute Pferde besorgen«, sagte Doregardo.

Wulfgar nickte, doch Afafrenfere schüttelte den Kopf. »Ich brauche kein Pferd.«

»Wir schlagen ein rasches Tempo an«, warnte Doregardo, aber Afafrenfere lehnte erneut ab. Bald nach ihrem Aufbruch fragte niemand mehr nach. Afafrenfere rannte leichtfüßig neben der Gruppe her und hatte auch in den folgenden Zehntagen keine Probleme, mit ihnen Schritt zu halten.

Sie hatten gehofft, Suzail bis zum Beginn des Sommers zu erreichen, aber die Westlichen Herzlande waren nach den vielen Kriegen und Aufständen der unruhigen letzten Jahre noch nicht wieder sehr friedlich, sodass die Reise immer wieder Anlass zu Abstechern und kleineren Abenteuern bot, zumal sie wiederholt um Hilfe für brave Bürger gebeten wurden. Erst deutlich nach Mittsommer kamen schließlich die hohen Masten in Sicht, die sich sanft im Hafen von Suzail wiegten.

Dort nahmen sie Abschied von Bruder Afafrenfere, der auf der Mondsee nach Mulmaster segelte – das war der direkteste Weg zu seinem Heimatkloster.

Schiffe nach Aglarond waren zu diesem Zeitpunkt jedoch schwer zu finden, und so konnten Wulfgar und Regis erst am letzten Tag des Eleasis ein Handelsschiff besteigen, das sie als Matrosen und Söldner in die Hafenstadt Delthuntle in Aglarond mitnehmen wollte.

»Lebe wohl, mein Freund Doregardo«, sagte Regis im Hafen. »Ich rate dir, auf Nachrichten aus den Felsklüften zu achten, im Norden von Niewinter. Dort wird König Bruenor Heldenhammer bald Anspruch auf die alte Zwergenheimat von Delzoun erheben.«

»Lebe wohl, mein Freund Regis«, antwortete Doregardo.

»Spinne Topolino«, ergänzte Showithal augenzwinkernd von hinten, was alle zum Lachen brachte.

»Regis«, stellte Doregardo richtig. »Held des Nordens. Und du ebenfalls, Meister Wulfgar. Ich wünschte, ich könnte dich dreiteilen und aus dir drei Neuzugänge für die Grinsenden Ponys machen.«

»Dann auf Wiedersehen«, sagte Regis.

»Vielleicht auf der Schwelle von Gauntlgrym«, erwiderte Doregardo. »Da kannst du uns dann diesem Zwergenkönig vorstellen, den du zu deinen Freunden zählst.«

Regis verbeugte sich, Wulfgar nickte respektvoll, und dann bestiegen die beiden die Karavelle.

Keiner von ihnen konnte es damals wissen, doch genau an diesem Tag schlugen Bruenor, Drizzt, Catti-brie und die Zwergenarmee aus den Silbermarken vor den Nordtoren der Stadt Niewinter ihr Lager auf.

Teil 1

Dein Wille

Wieder blicke ich zu den Sternen empor, und sie erscheinen mir so fremd und fern wie damals, als ich dem Unterreich zum ersten Mal entstieg.

Aller Logik und Vernunft zufolge müsste mir meine Reise nach Menzoberranzan wie ein einziger Triumph erscheinen.

Demogorgon wurde vernichtet. Damit wurde die Gefahr für Menzoberranzan und vielleicht auch weitere Teile der Welt gebannt. Ich habe überlebt und meine Gefährten ebenfalls, und wir konnten sogar Dahlia aus dem Spinnennetz der Oberinmutter Baenre retten. Tiago ist tot, und ich muss nicht mehr befürchten, dass er je wieder andere anstachelt, mir und meinen Freunden nachzusetzen. Selbst wenn die Drow ihn wiederbeleben, ist dieses Kapitel endgültig abgeschlossen. Weder Tiago noch andere Drow dürften je wieder dem Kopf von Drizzt Do'Urden nachjagen.

Deshalb hat meine Reise ins Unterreich aller Vernunft nach den größtmöglichen Erfolg erzielt, mehr, als wir je zu hoffen gewagt hätten, und ist in doppelter Weise unerwartet glücklich ausgegangen.

Ich müsste außer mir vor Freude sein, die Sterne wiederzusehen.

Aber jetzt weiß ich Bescheid, und dieses Wissen ist eine Wahrheit, die ich nicht mehr abschütteln kann. Angesichts dieser Erkenntnis ist sie vielleicht die einzige Wahrheit.

Und das finde ich entsetzlich.

Die einzige Wahrheit ist, dass es keine Wahrheit gibt? Dieses Leben, jedwedes Leben, ist lediglich ein Spiel, ein großer Betrug, und abgesehen von der Realität, die wir selbst ihm verleihen, bedeutungslos?

In den Tiefen der Hölle wurde Wulfgar von Errtu getäuscht. Errtu erschuf sein ganzes Leben neu und gaukelte ihm dabei die Erfüllung seiner größten Träume vor – nur um ihm diese anschließend wieder zu entreißen.

Wie weit reicht eine solche Lüge? Wie weit ist das, was wir sehen, das, was wir wissen, alles, was wir glauben, von Dämonen oder Göttern geschaffen?

Oder sind auch diese Wesen nur Auswüchse meiner eigenen Fantasie? Bin ich ein Gott? Der einzige Gott? Ist alles, was mich umgibt, nichts weiter als meine eigene Schöpfung, der meine Augen Gestalt geben, der meine Nase Geruch verleiht und meine Ohren den Ton, aus der meine Launen die Geschichte stricken?

Ach, das befürchte ich, doch ich will nicht der Gott meines Universums sein! Gibt es einen schlimmeren Fluch?

Aber ja, doch, den gibt es. Es wäre wohl noch schlimmer zu erkennen, dass ich nicht der Meister bin, sondern das Opfer eines Meisters, der mich mit seinen eigenen boshaften Plänen narrt.

Oder nein, nicht schlimmer. Nein, denn wenn ich eine Art Gott bin und mit meiner eigenen Wahrnehmung die Realität erschaffe, bin ich dann nicht in Wahrheit allein?

Ich finde keinen Ansatz, das Dilemma zu lösen. Heute sehe ich zu den Sternen auf, denselben Sternen, die mir seit Jahrzehnten die Nacht erhellen, und sie erscheinen mir fremd und fern.

Weil ich befürchte, dass alles nur eine große Lüge ist.

Und deshalb erscheint jeder Sieg mir schal. Jede Wahrheit, an die ich mich einst geklammert habe, entgleitet meinen schwachen Händen.

Jene seltsame Priesterin, Yvonnel, hat mich als Held der Lolth bezeichnet, doch ich spüre genau, dass sie da völlig falschliegt. Ich habe für Menzoberranzan gekämpft, das stimmt, aber das war ein gerechter Kampf gegen einen entsetzlichen Dämon, und nicht etwa für Lolth, sondern für jene Dunkelelfen, die eine Chance haben, die Wahrheit zu erkennen und ein Leben zu führen, das sich lohnt.

Oder?

Auf meiner Reise bin ich durch die Hallen von Haus Do'Urden gelaufen, so, wie es einst war, nicht, wie es jetzt ist. Ich habe den Tod von Zaknafein mit angesehen – wie man mich glauben machte –, aber auch das weiß ich nicht sicher.

Die einzige Wahrheit ist, dass es keine Wahrheit gibt … keine Realität, nur Wahrnehmung.

Denn wenn die Wahrnehmung real ist, was zählt dann noch? Wenn dies alles ein Traum ist, dann ist alles bloß ich …

Allein.

Und der einzige Sinn ist Unterhaltung.

Und die einzige Moral meine Launen.

Und die einzige Bedeutung ist Abwechslung.

Allein.

Ich hebe meine Klingen, Blaues Licht und Eisiger Tod, und betrachte sie als Paddel im großen Spiel. Mit welcher Überzeugung kann ich solche Waffen führen, wenn ich jetzt weiß, dass es nur darum geht, einen Dämon – oder einen Gott oder meine eigene Fantasie – zu unterhalten?

Und so bin ich in dieser klaren, sternenhellen Nacht auf dem Weg nach Luskan.

Ohne Sinn.

Ohne Moral.

Ohne Bedeutung.

Allein.

Drizzt Do'Urden

Kapitel 1

Widrige Winde und stürmische Wogen

»Das macht wirklich keinen Spaß mehr«, sagte Regis kläglich zu Wulfgar. Ihre rahgetakelte Karavelle, *Puddy's Skipper*, rollte unsanft über die zwanzig Fuß hohen Wellen. Die Mannschaft hatte alle Hände voll zu tun, um das stampfende Schiff ausgeglichen zum Seegang zu halten. Ständig bestand die Gefahr, dass eine Woge von der Seite sie umwerfen könnte.

»Zu viel Ladung unter Deck«, erklärte Wulfgar, der nicht annähernd so grün im Gesicht war wie sein kleiner Freund. »Und nicht anständig vertäut. Jede Welle bringt die Kisten ins Rutschen.«

Wieder überquerten sie einen hohen Wellenkamm, der dahinter diesmal so steil abfiel, dass die beiden vom Schiffskastell aus senkrecht über den Bug ins dunkle Wasser starrten. Beide hielten sich noch besser fest, und das war auch gut so, denn jetzt brach das Wasser über den Bug herein und strömte über das Hauptdeck.

Wulfgar lachte.

Regis übergab sich.

So ging es den ganzen Nachmittag weiter. Erst zur Nacht hin beruhigte sich das Meer. Doch der sternenlose Himmel versprach für den folgenden Tag noch mehr Regen und Wind.

»Haha! Ich dachte, du wärst keine Landratte!«, lachte

der erste Offizier, als Wulfgar Regis über die Leiter zum Hauptdeck begleitete.

»Wir sind viele Male zur See gefahren«, antwortete Wulfgar.

»Mit Deudermont auf der *Seekobold*!«, ergänzte Regis, um seinen Worten Nachdruck zu verleihen. Aber der erste Offizier und auch die Kapitänin, Mallabie Pudwinker, zuckten nur mit den Schultern.

»Das hier ist nicht die Schwertküste«, erinnerte Wulfgar seinen Freund leise, als sie weitergingen. »Wir sind auf einem Binnenmeer.«

»Bloß ein großer See«, antwortete der grüngesichtige Regis sarkastisch.

»Aye, und deshalb können die Wellen noch gemeiner sein«, erklärte Mallabie Pudwinker, die den Wortwechsel mitbekommen hatte. Dabei trat die kräftige, gut aussehende Frau auf die beiden zu, und das Funkeln in Wulfgars Augen bei ihrem Anblick war schwer zu übersehen. Regis konnte seine Gefühle gut nachvollziehen. Mit ihrer ganzen Haltung und Gestalt strahlte Kapitänin Mallabie Kompetenz und Kraft aus. Eine Frau, die weiter spucken, härter kämpfen und noch leidenschaftlicher lieben konnte als jeder Mann. Ihre dunkelbraunen Augen konnten sowohl teilnahmslos durch einen hindurchblicken als auch mitten ins Herz. Das schwarze Haar wippte um ihre Schultern und schien das einzige Ungebändigte an dieser Frau zu sein. Ihre Kleider saßen perfekt und straff, und über dem engen Wams saß ein Bandelier voller Medaillen und Hafennadeln. An der linken Hüfte trug sie ein Entermesser, das sie bisher zwar nie gezogen hatte, aber zweifellos bestens einzusetzen wusste.

»Es ist nicht so tief hier in der abgeschirmten Fahrrinne zwischen Sembia und der Drachenküste. Deshalb kann die See ein bisschen unruhig werden, wenn sie über die Riffe und Untiefen hinwegrauscht.«

»Ein bisschen unruhig?«, erwiderte der Halbling ungläubig.

»Du sagtest doch, du wärst aus Aglarond und auf der See des Sternenregens gesegelt?«

»Das bin ich, und das stimmt. Aber nur einmal.«

»Delthuntle, sagtest du!«, protestierte Mallabie. »Ein Leben auf dem Wasser, sagtest du!«

»In einem Ruderboot oder einer Jolle. Nichts Größeres«, gab Regis zu.

Die Kapitänin seufzte. »Na, da hätte ich dir für die Überfahrt aber ruhig mehr abnehmen können, hm?«

Regis wollte antworten, aber Wulfgar legte ihm einen Arm um die Schultern, um ihn zum Schweigen zu bringen.

»Was ist?«, fragten Regis und Mallabie gleichzeitig.

»Schlagseite«, sagte Wulfgar.

»Sie rollt«, widersprach Regis, doch Wulfgar schüttelte den Kopf.

»Sie krängt nach Backbord«, stellte er fest. Er stand absolut still und starrte nach vorn auf die Linie vom Hauptmast zum Bug.

»Unter Deck. Sofort!«, schrie Kapitänin Mallabie einen nahen Matrosen an. »Untersucht den unteren Laderaum!«

Noch ehe der Mann die Leiter hinunter war, drang auch schon ein Schrei herauf, dass sie tatsächlich Wasser aufnahmen. Der harte Seegang hatte den Hauptmast abwärts gedrückt, und dabei hatte er die Planken angeschlagen. Und jetzt, wo so viel von der Ladung nach Backbord gerutscht war, strömte auf dieser Seite Wasser herein, das die Karavelle weiter aus dem Gleichgewicht brachte.

»Refft die Segel!«, schrie Kapitänin Mallabie, sobald sie das Problem erkannt hatte. Die Segel, die sich unter der Wucht des Windes spannten, setzten den beschädigten Bereich noch mehr unter Druck und verschlimmerten so das Problem.

»Eine Gruppe nach unten zum Schöpfen!«, befahl sie, und sofort ging die Mannschaft an die Arbeit. Wulfgar lief ebenfalls zur Leiter, aber Mallabie hielt ihn zurück. »Bist du so stark, wie du aussiehst?«

»Stärker«, versicherte Regis.

»Gut. Dann ab an die Pinne, alle beide«, befahl Mallabie. »Das Steuerruder ist ohne die Segel nicht präzise genug, deshalb müssen wir direkt ans Ruder.« Auf ihr Zeichen vertäute der Mann am Steuer das Rad und nickte. »Bricker macht die Pinne für euch bereit, und dann kommt alles auf dich an, Barbar. Halte direkt auf die Wellen zu, sonst ist es um uns geschehen.«

Wulfgar nickte. Er hatte schon einmal eine derart dramatische Aufgabe übernommen und mit seiner ungeheuren Kraft inmitten einer Piratenschlacht größere Schiffe als dieses gewendet.

»Sobald sich der Seegang legt und meine Crew den Rumpf ausgeschöpft hat und ihn repariert, gehst du runter und balancierst die Ladung aus«, fügte sie hinzu. »Ich werde nichts davon verlieren!«

»Aber wenn wir sinken …«, begann Regis.

»Eher werfe ich Mann für Mann über Bord, bis nur noch die paar übrig sind, die ich brauche, um meine Ladung nach Osten zu bringen«, unterbrach ihn Kapitänin Mallabie. »Und da könnte ich mit dir gleich anfangen.«

Regis' grünes Gesicht wurde kreideweiß, und Mallabie

konnte sich gerade noch wegdrehen und Wulfgar verstohlen zuzwinkern. Der Barbar musste grinsen.

»Das war ein Scherz, oder?«, vergewisserte sich Regis, während er mit Wulfgar hinter Bricker her nach achtern eilte.

»Kann dir doch einerlei sein, oder?«, erwiderte Wulfgar. »Ich dachte, du hättest dein Genasi-Blut und könntest so lange schwimmen, wie du willst.«

Regis zuckte mit den Schultern. »Tja, im Wasser gibt es auch anderes, weißt du. Große Wesen ... hungrige Wesen ...«

»Ach was, du bist doch bloß ein Happs, also brauchst du dich nicht zu fürchten«, erklärte Wulfgar.

Sie arbeiteten die ganze Nacht hindurch, wobei Wulfgar die Anweisungen von Bricker und Regis getreulich befolgte, um das Schiff auf jede nahende Woge auszurichten. Zu ihrem Glück wurden die Wellen allmählich kleiner, und schließlich rissen über ihnen die Wolken auf. Das Sternenlicht strahlte auf sie herab.

Auf dem Deck hatten die Matrosen eine Eimerkette gebildet, und unten am Rumpf hörte man das gleichmäßige Hämmern der Zimmerleute, die sich bemühten, den Mast zu sichern und die gebrochenen Stellen mit Teer und Holz zu verschließen.

Doch einige Stunden vor Sonnenaufgang wurden die Männer langsamer, und Wulfgars Arbeit war beinahe getan. Da die See sich beruhigt hatte, vertäuten er und Regis die Ruderpinne. Nachdem sie Bricker geholfen hatten, das Steuer wieder mit dem Ruder zu verbinden, versuchten die drei, eine Runde zu schlafen.

»Dafür haben wir keine Zeit!«, ertönte bald darauf Kapitänin Mallabies Stimme – so bald, dass Regis sich nicht sicher war, ob er schon geschlafen hatte oder nicht. Müde blinzelte er zum strahlend blauen Himmel empor. Es war heller Tag, und die Sonne schien. Wulfgar gähnte, und Bricker sprang auf.

»Zurück an die Eimer«, sagte Mallabie.

»Ich dachte, sie sei geflickt«, sagte Bricker.

»Teilweise, ja, aber der Schaden ist unten am Kiel. Wir können es hinauszögern. Vielleicht reicht es, vielleicht auch nicht.« Ihr Kopfschütteln stimmte die drei nicht gerade zuversichtlich.

Nun erhob sich auch Wulfgar, und Mallabie betrachtete ihn dabei forschend.

»Kannst du schwimmen?«, fragte sie.

Der Hüne zuckte mit den Schultern.

»Willst du die Jungs unter *Puddy's Skipper* schicken?«, fragte Bricker erstaunt.

Mallabie gab sich gleichgültig. »Kann sein.«

»Warum nicht?«, fragte Wulfgar. Die *Puddy's Skipper* war schließlich kein Riesenschiff, und er war ziemlich sicher, dass er den Kiel erreichen konnte.

»Einer oben, einer unten, wieder runter, wieder hoch«, erklärte Bricker. »Man wäre nicht lange genug da unten, um etwas auszurichten. Nicht in der Dunkelheit. Das bringt einfach nichts! Man müsste die Keile exakt anpassen, nicht nur schnell eine Planke festklopfen und das Beste hoffen!«

»Besser als nichts«, sagte Kapitänin Mallabie.

»Man kann es nicht teeren«, hielt Bricker dagegen.

»Und ich kann sie nicht mitten auf dem verdammten Meer aufs Trockendock packen, richtig?«, fuhr ihn Mallabie an und erinnerte damit nachdrücklich an die Hierarchie hier draußen.

»Verzeihung«, sagte der Mann respektvoll und zog den Kopf ein.

»Vielleicht musst du viele Male tauchen«, sagte sie zu Wulfgar. »Aber ich möchte, dass du es versuchst.«

»Er muss also da runter und die Keile so anpassen, dass sie die Risse verschließen?«, fragte Regis.

Mallabie zuckte wieder mit den Schultern. »Darauf gibt es keine leichte Antwort, und nichts ist sicher«, gestand sie. »Aber alles, was wir tun können, um das Leck ein Stück weit zu schließen, hilft uns, die Küste zu erreichen …«

Sie brach ab, weil Regis bereits Wams und Hemd ablegte. Auch seinen Degen schnallte er ab, aber den Dolch behielt er bei sich. Er nickte, packte sein famoses blaues Barett auf den Stapel, sprang dann über die Reling und verschwand.

»Mann über Bord!«, rief Kapitänin Mallabie schockiert und lief zur Reling.

»Auf den könnt ihr lange warten«, erklärte Wulfgar, der dem erstaunten Blick der anderen mit einem wissenden Grinsen begegnete.

Regis wusste natürlich, dass es Grund zur Angst gab. Er befand sich auf dem offenen Meer, in der See des Sternenregens, unter Wasser. Hier gab es Monster und Seeteufel, gefährliche Kreaturen unterschiedlichster Art. In diesem Binnenmeer hatte der Halbling den schlimmsten Moment seines Lebens – seiner beiden Leben! – hinter sich gebracht, denn hier hatte er den Sarg von Schwarze Seele geöffnet und war in den Tiefen dem Schreckgespenst begegnet.

Dennoch hatte er keine Angst. Es hatte etwas Befreiendes, im Wasser zu sein. Für ihn war das ganz natürlich und angenehm, etwas, das ihn mit seinen Vorfahren verband, der Lebensweise, der er seine jetzige Existenz verdankte.

Obwohl es erst Mitte Eleint war, der neunte Monat, und entlang der Drachenküste, in Gulthander und den anderen Reichen südlich der See noch Sommer herrschte, nahte der Herbst mit großen Schritten. Von den Blutsteinlanden bliesen zunehmend kalte Winde herab, sodass das Wasser hier draußen nicht sonderlich warm war. Aber das spielte keine Rolle. Dank seines Genasi-Erbes störte Regis das kalte Wasser nicht sonderlich, zumal es ihm auch in seinem ersten Leben wenig ausgemacht hatte. Er erinnerte sich gut daran, wie er einst in dieser Jahreszeit ausgerutscht und in den Maer Dualdon gefallen war. Hätte ihn nicht ein Fischer mit seinem Netz herausgezogen, so wäre er damals in aller Stille ertrunken. Dort oben war das Wasser natürlich viel kälter als hier, aber Regis wusste, dass er heute auch in jenem See im Eiswindtal schwimmen könnte. Die Kälte würde ihm ebenso wenig ausmachen wie vor seiner Wiedergeburt. Sie würde seinen kleinen Körper nicht völlig auskühlen und immer langsamer werden lassen, bis sein Herz aussetzte.

Über die Herkunft seiner Mutter hatte er eine wunderbare Gabe erhalten.

Und deshalb hatte er keine Angst.

Sein Körper bewegte sich instinktsicher, und bei jedem Schwimmzug arbeiteten seine Glieder harmonisch zusammen, um ihn vorwärtszutreiben. Natürlich hatte er auch früher schwimmen können, wenn es unbedingt sein musste, aber nicht so wie heute. Jetzt glich er eher einem Wasserwesen, denn er bewegte sich unter Wasser ebenso anmutig und ebenso schnell.

Und er konnte hier sogar besser sehen! Vielleicht lag es an den vielen Stunden, die er als Kind tief unter der Oberfläche in den Austernbänken verbracht hatte, doch es kam ihm so vor, als wäre seine Fähigkeit, als Halbling auch bei schlechten Lichtverhältnissen noch viel zu sehen, unter Wasser noch schärfer und hilfreicher.

Woran das lag, wusste er allerdings nicht, und das musste er auch nicht. Er musste diese Augen, diese wunderbare Lunge und seine Finger, die so empfindsam auf die Strömungen reagierten, nur einsetzen, als er den Kiel erreichte und den Schiffsrumpf unter dem Hauptmast untersuchte.

Binnen kurzem hatte er den Spalt gefunden, durch den das Wasser eindrang. Er hörte das Gurgeln und spürte den Sog, mit dem das Meer nach dem Schiff langte.

Als er mittschiffs wieder auftauchte und tief durchatmete, starrten Wulfgar und Kapitänin Mallabie über die Reling auf ihn herab. Mallabies Erleichterung und Wulfgars Grinsen entnahm er, worüber sie während seines übermäßig langen Tauchgangs gesprochen hatten.

»Ein Seil!«, rief Mallabie nach hinten, aber Wulfgar berührte sie an der Schulter, schüttelte den Kopf und drehte sie zu dem Halbling zurück.

Spinne Paraffin brauchte kein Seil. Er kletterte bereits geschickt an der Seite der *Puddy's Skipper* hinauf.

»Du warst ewig weg …«

»Zu lange. Ja, ich weiß«, unterbrach Regis sie.

»Also bist du ein Priester und kannst unter Wasser atmen?«

»Nein«, sagte Wulfgar, während Regis gleichzeitig antwortete: »So ungefähr.«

Kapitänin Mallabie blickte vom einen zum anderen, und beide lachten.

»Ich habe den Riss im Schiff gefunden. Ich glaube, da kann ich etwas ausrichten«, erklärte Regis. »Ich brauche einen Keil, schön flach, ungefähr so lang.« Er hielt die

Hände etwa eine Elle auseinander. »Und einen Hammer. Wenn ich fertig bin, hole ich mir eine Portion Teer.«

Mallabie sah ihn zweifelnd an.

»Eine abgekühlte Portion«, ergänzte Regis. »Ich klopfe sie einfach um den Keil.« Er zuckte mit den Schultern. »Jeglicher Pfropfen, den ich in das Loch bekomme, dürfte helfen.«

Kapitänin Mallabie schienen die Fragen auszugehen. Oder vielleicht hatte sie auch nur verstanden, dass diese ganze Abfolge unerwarteter und offenbar unerklärlicher Ereignisse im Augenblick besser unbeantwortet blieb. Deshalb nickte sie und ging davon, um den Hammer und einen Keil zu holen.

»Du bist jetzt also auch Schiffsbauer?«, fragte Wulfgar, als er mit dem Halbling allein war.

»Keine Ahnung«, antwortete Regis ebenso ehrlich wie überfordert. »Ich stopfe einfach so viel wie möglich in den Riss und hoffe, dass das Wasser dadurch langsamer strömt.«

»Und wenn nicht?«

»Das wird es. Das Wasser wird es mich lehren.«

Wulfgar starrte ihn skeptisch an. »Und wenn es dich belügt?«

»Dann schwimme ich«, antwortete Regis. »Und dir gebe ich ein Seil und schleppe dich an Land.«

Wulfgar grinste, aber Regis, der die Kraft der Strömung an dem Riss deutlich gespürt hatte, war nicht zum Lachen zumute. Er verstand genug von der offenen See, um zu begreifen, dass *Puddy's Skipper* ernsthaft in Gefahr war. Das Schiff war schwer beschädigt, und die Kraft des Wassers würde den momentanen Riss mit der Zeit noch vergrößern. So schnell konnte die Mannschaft nicht schöpfen, dass das Schiff es bis Delthuntle schaffte. Sie hatten gerade erst die Stadt Urmlaspyr passiert. Drei Viertel der Strecke lagen noch vor ihnen, und dort war die See weitaus schwieriger als in dem geschützten Bereich von Suzail bis hier.

Zumal dort Piraten lauern konnten.

Kapitänin Mallabie warf den Anker, und Regis verbrachte den Rest des Tages mit dem Versuch, den Keil in den Riss zu treiben, den er entdeckt hatte. Er arbeitete, bis das Tageslicht zu schwinden begann, und machte am nächsten Morgen weiter. Gegen Mittag hatte er den Keil hineingetrieben und einen Pfropfen Teer dazugequetscht.

Sobald der Halbling wieder an Bord war und Meldung machte, lichtete Mallabie den Anker und befahl, die Segel zu setzen. Die *Puddy's Skipper* glitt wieder mit vollen Segeln über die Wellen.

Doch am nächsten Morgen verließen sie die geschützte Meerenge, fuhren auf die offenere See hinaus, und der Wind sprang um auf Nordost. Sosehr sie auch kreuzten, das Schiff kam einfach nicht voran.

»Für diese Winde ist es eigentlich noch zu früh«, sagte Kapitänin Mallabie frustriert zu Wulfgar und Regis. Kopfschüttelnd stieß sie einen tiefen Seufzer aus. »Die Stürme des Uktar kommen einen ganzen Monat zu früh.«

Wulfgar und Regis wechselten einen besorgten Blick. Mallabies Tonfall war deutlich genug, auch für jemanden, der sich hier nicht näher auskannte.

»Aber so ist das manchmal«, fuhr sie fort. »Zu dumm, dass das ausgerechnet dann passiert, wenn das Meer partout in unseren Rumpf eindringen will.«

Das war deutlich, und der Seemann, der gerade mit einem vollen Eimer Wasser aus dem Laderaum stieg, unterstrich ihre Aussage. Resigniert sah er zu Mallabie und warf dann einen stirnrunzelnden Blick auf den Halbling.

»Ich habe getan, was ich konnte«, flüsterte Regis unwillkürlich.

»Keiner gibt dir die Schuld«, sagte Kapitänin Mallabie. »Aber wir brauchen ein Trockendock. Ich wünschte, wir könnten einfach weitersegeln, doch bei diesem Gegenwind geht es nicht. Auch die Strömungen schlagen schon um. Bis Delthuntle brauchen wir einen Monat, und so lange können wir uns nicht mehr über Wasser halten.«

»Nein, das können wir tatsächlich nicht«, sagte Bricker, der sich jetzt zu ihnen gesellte. »Das Wasser dringt schneller ein. An der Pirateninsel werden wir tief im Wasser liegen und kaum noch vorankommen. Damit entwischen wir dort niemandem.«

»Wohin dann?«, fragte Wulfgar und hielt seinen sichtlich erregten kleinen Freund mit einer Handbewegung zurück.

Mallabie schüttelte den Kopf. Sie warf einen Blick nach Nordwesten, wo die Südküste von Sembia hinter ihnen lag. Dort gab es zwei Städte, Urmlaspyr und Saerloon, die Trockendocks und Werften zu bieten hatten. Wenn sie dorthin zurückkehrten, nach Westen und mit Rückenwind, könnte die *Puddy's Skipper* jede davon binnen zwei Tagen erreichen.

Aber das war nicht das Hauptproblem. Beide Städte hatten keine großen Kapazitäten, sodass die Warteliste lang sein dürfte. Monate oder ein ganzes Jahr womöglich.

Im Norden hingegen lag Selgaunt, die Hauptstadt von Sembia, wo sie größere Werften erwarteten. Dort könnten sie vielleicht schneller ein freies Trockendock bekommen.

»Selgaunt wäre die schnellste Lösung«, meinte Bricker, der offenbar denselben Gedankengang hatte.

»Richtig. Aber dann wären wir in der Straße von Sembia, und da wären wir vermutlich nicht allein.«

Er nickte.

»Das Sicherste wäre, nach Urmlaspyr umzukehren«, stellte Kapitänin Mallabie fest.

»Ein bis zwei Tage zurück, dorthin, wo wir herkommen«, sagte Bricker, wozu Mallabie nickte. »Und sie haben garantiert erst nächsten Sommer einen Platz für uns.«

»Mit etwas Glück«, bestätigte Mallabie. »Und dafür nehmen sie jedes Goldstück, das wir haben.«

»Und wie lange wären wir in Selgaunt?«, wollte Regis mit wachsender Verzweiflung wissen. Ihm behagte überhaupt nicht, was sich gerade abzeichnete. Wenn das schon die Herbststürme waren, würde er vermutlich bis zum Frühling auf der anderen Seite von Aglarond festsitzen, selbst wenn sie ein freies Trockendock fanden. Er wusste genug über die Handelsrouten, und ihm war durchaus klar, dass kaum ein Schiff im Winter über die See des Sternenregens segelte.

»Wenn wir gleich ein freies Dock bekommen, einen knappen Zehntag«, antwortete Bricker. »Wahrscheinlich eher zwei Zehntage.«

»Dann wären wir schon im Marpenoth«, sagte Wulfgar.

»Und den eisigen Winden des Uktar ausgeliefert«, stimmte Bricker zu.

Kapitänin Mallabie nahm alles zur Kenntnis und nickte. Ihre Miene verriet, dass sie der Lösung näher kam. »Ihr sagtet, wenn wir auf Piraten stießen, würdet ihr beweisen, aus welchem Holz ihr geschnitzt seid«, erinnerte sie die zwei Passagiere, worauf Regis und

Wulfgar nickten. »Oder eher wenn sie uns fänden. Und das wäre in der Straße von Sembia gut möglich.«

»Also nach Selgaunt«, folgerte Regis, doch Mallabie schüttelte den Kopf.

»Wenn wir schon die Straße nehmen, können wir direkt auf die Insel Prespur zuhalten«, erklärte sie und blickte nach Osten. »Die gehört zu Cormyr, und in der Stadt Palaggar schuldet mir noch jemand einen Gefallen.«

»Stimmt, Palaggar hat die Werft …«, begann Bricker.

»… und eine Garnison, die sie beschützt«, ergänzte Mallabie.

»Fünfzig Meilen über die offene See«, warnte Bricker. »Voller Haie, denn die wissen, dass die Piraten sie nur zu gerne füttern.«

»Prespur«, entschied Mallabie gleichmütig. »Und Palaggar. Wollen wir hoffen, dass wir die *Skipper* noch vor den Stürmen des Uktar wieder fahrtüchtig bekommen.«

»Und wenn nicht?«, wagte Regis zu fragen.

»Dann besorgen wir euch eine Arbeit, die euch über den Winter bringt«, versicherte Mallabie, »und Ende Ches bist du in Delthuntle.«

Regis holte tief Luft und bemühte sich, nicht vor Enttäuschung aufzuschreien. Kapitänin Mallabie sprach von über einem halben Jahr Verzögerung! Der Halbling konnte sich nicht vorstellen, weitere sechs Monate zu überstehen, ohne Donnola in seinen Armen zu halten.

Aber was blieb ihm übrig? Er kannte die See und wusste, dass das dunkle Wasser sich wenig um die Pläne von Menschen, Halblingen oder sonstigen Völkern scherte, und diejenigen, die dagegen aufbegehrten und versuchten, der See des Sternenregens ihren Zeitplan aufzuzwingen, waren vermutlich immer noch hier. Auf ewig und tief unter ihnen.

Regis zog seinen pelzbesetzten Mantel fester um die Schultern und schob den Kopf unter die Kapuze, um sich besser vor dem kalten Nordwind zu schützen, als er an den Zinnen auf der Spitze des einsamen Turms auf dem höchsten Punkt der nördlichen Landzunge von Prespur vorbeikam. Hier wehte der Wind von der Seite und brachte die Schneeflocken zum Wirbeln. Der Halbling hoffte inständig, dass sich damit nicht der nächste große Sturm ankündigte. Der letzte hatte die Senke zwischen dieser Anhöhe und dem Rest der Insel so volllaufen lassen, dass die wenigen Bewohner von Sternenturm fast einen Zehntag von der Stadt Palaggar abgeschnitten gewesen waren.

Selbst mit dem Trost des lärmenden Treibens in den beiden Tavernen von Palaggar war er hier draußen schon einsam und missmutig genug!

»Wenn du dich unter der Kapuze verkriechst, siehst du auch keinen Angreifer«, sagte Wulfgar hinter ihm.

Regis drehte sich um und blinzelte seinem breiten Freund entgegen, der sich hinter ihm näherte. Wulfgar war gekleidet wie immer: ein Mantel aus Schneefuchsfell und nichts als einen kleinen Helm auf dem Kopf. Seine bloßen Arme kamen immer wieder zum Vorschein, aber falls der kalte Wind ihn störte, zeigte der Barbar aus dem Eiswindtal dies nicht.

»Du hast schon viel zu lange nicht mehr den kalten Wind von der Treibeis-See gespürt«, grinste Wulfgar, während er zu Regis trat und sich auf die Mauer stützte, um auf das dunkle Land und das Meer dahinter zu blicken. Dabei hielt er ungerührt sein Gesicht in den Wind.

»Zu lange in den warmen Hallen von König Bruenor«, erwiderte Regis und stellte sich zu seinem Freund, um ebenfalls in die dunkle Winternacht hinauszuspähen.

Wulfgar sah ihn an. »Vermisst du sie?«, fragte er, und Regis nickte.

»Mehr, als ich gedacht hätte. Ich hatte sie immer gern, sie alle, aber dennoch wusste ich, dass mein Herz auf die andere Seite dieses Meeres gehört, nach Osten. Nach Aglarond.«

Wulfgar nickte und klopfte Regis tröstend auf die Schulter. »Wir werden sie wiedersehen.«

»Ich bereue nicht, dass wir gekommen sind«, ergänzte der Halbling. »Auch wenn ich nicht damit gerechnet hatte, keine zwei Zehntage vor dem Jahreswechsel noch hier festzusitzen, mitten in der See des Sternenregens.« Resigniert lachte er leise auf, weil er sich erneut daran erinnern musste, dass der Zeitplan der See die Wünsche der Weisen überstimmte und die der Narren rüde zerstieben ließ.

»Dieser Aufenthalt hat uns ein neues Land offenbart. Und einen friedlichen Winter beschert. Das ist doch gar nicht so schlecht«, meinte Wulfgar.

»Ich war schon einmal hier«, sagte Regis. »Jedenfalls bin ich daran vorbeigesegelt. Auf meiner Reise nach Westen, zu unserem Treffen auf Kelvins Steinhügel. Aber ich gebe zu, dass es diesmal anders ist. Als ich das letzte Mal hier war, bestand Prespur noch aus zwei Inseln. Seit der Teilung ist das Wasser deutlich zurückgegangen. Deshalb ist die Hauptinsel jetzt mit dem langen Felsen verbunden, auf dem wir stehen. Früher hieß dieser Teil die Verräterinsel, wenn ich mich recht erinnere, und sie war unbewohnt. Aber den Turm gab es natürlich schon.« Er pfiff leise vor sich hin. »Es hat sich so viel verändert.«

»Donnola Topolino ist noch da«, erwiderte Wulfgar, dem klar war, warum der Halbling so melancholisch war. »Und so lange ist es bis zum Ches nicht mehr.«

Regis grinste dankbar.

Als er an Wulfgar vorbei nach Süden blickte, sah er dort eine Reihe Fackeln anrücken. Schmunzelnd machte er seinen Freund darauf aufmerksam.

»Ist das Kapitänin Mallabie auf dem Weg in dein Bett?«, fragte Regis.

»Du sagst das, als wäre es etwas Schlechtes«, erwiderte Wulfgar.

»Wie viele?«, fragte Regis. »Wie viele Frauen haben Wulfgar in diesem neuen Leben das Bett gewärmt?«

Der Barbar zuckte gleichgültig mit den Schultern. Regis wusste, dass diese Frage Wulfgar nicht kümmerte. Er war als ganz neuer Mann zurückgekehrt, als hätte er jegliche Schuld aus seiner vorherigen Existenz beglichen und alles richtig gemacht. Als wäre diese zweite Lebensreise nur zu seinem Vergnügen da.

»Herzensbrecher«, schalt der Halbling.

»Keineswegs. Ich habe keine belogen. Sie wussten immer, dass ich bei Sonnenaufgang nicht mehr da bin.«

»Keine Versprechungen?«

»Ich sage es ganz offen. Dann haben sie die Wahl.«

»Warum?«, fragte Regis ernsthaft, worauf Wulfgar sich ihm zuwandte. »Sehnst du dich denn nicht nach Liebe?«

»Liebe finde ich überall.«

»Nicht nur körperliche Liebe!«

»Ich weiß«, sagte Wulfgar. »In diesem Leben suche ich das Vergnügen, wo immer ich es finden kann. Ich habe nicht den Wunsch nach Heim und Herd oder einer Familie im landläufigen Sinn. Es gibt so viel zu sehen und so viel – und zu viele! – zu entdecken.«

Regis starrte ihn lange an, ehe er lächelnd den Kopf schüttelte. »Ehrlich, Wulfgar«, sagte er, »ich glaube, das

Einzige, was du je bereuen wirst, ist, dass du dich dem liebeshungrigen Drachen verweigert hast.«

»Wir werden die zwei wiedersehen«, sagte der Barbar augenzwinkernd. Mit diesen Worten verabschiedete er sich, um Kapitänin Mallabie und ihre Begleiter in dieser kalten, dunklen Nacht unten im Turm willkommen zu heißen.

Regis verharrte draußen, starrte weiterhin in die Winternacht und dachte dabei an Donnola, wie sie ihre warmen Arme wieder um ihn schlingen und ihre weichen Lippen auf seinen Mund drücken würde. Wulfgar irrte sich, und bis zum Ches war es noch sehr lange hin. Viel zu lange!

Er hauchte in die Hände und trat erneut seine Runde um die Zinnen an. Es war der fünfzehnte Nightal, der letzte Monat im Jahr der Schriftrollen aus den Nesserbergen, und genau in diesem Moment webte Gromph Baenre einen überaus mächtigen Zauber, einen, der Demogorgon zu ihm rufen und die magische Schranke des Faerzress gefährlich schwächen würde, worauf ganze Dämonenhorden, sogar Dämonenlords, in Faerûns Unterreich einfallen würden.

Kapitel 2

Die Blutsteinlande

Sie dachten, er wäre zu alt, um mit seinen krummen Beinen weiterhin auf Patrouille zu gehen, denn sein Bart war längst mehr grau als blond. Deshalb hatte man ihn dem Hof des Königs von Damara zugeteilt. Er hatte schon anderen Königen gedient und war die lästigen Pflichten eines solchen Dienstes durchaus gewohnt. Aber das waren Zwergenkönige gewesen, und ein solches Spektakel an Nichtigkeiten und Torheit, wie Ivan Felsenschulter es am Hof von König Yarin Frostmantel täglich miterlebte, hatte er noch nie gesehen.

Ivan hatte König Yarin nie gemocht, und wenn er den Mann mit dem schütteren Haar und dem Rattengesicht ansah, der sich stets misstrauisch geduckt hielt, wunderte er sich immer wieder, wie ein derart uncharismatischer, verschlagener Kerl je auf den Thron gelangt war.

Doch dies war Helgabal, eine Kaufmannsstadt, und unter den Adligen hier überstrahlte der Reichtum alle anderen Fähigkeiten. Bevor Yarin Frostmantel Anspruch auf den Thron erhoben hatte – einen Thron, der nach König Murtil Drachenbanns überraschend plötzlichem Tod vor zweiundzwanzig Jahren verwaist war –, war er der reichste Mann von Damara gewesen. Murtils frühzeitiges Ableben hatte die Linie Drachenbann beendet, die Linie jener Paladin-Könige, die in Damara fast hundert

Jahre für Frieden und Wohlstand gesorgt hatten. Vielleicht zu viel Wohlstand für zu wenige, wie Ivan häufig dachte.

Als reichster Mann weit und breit, der über ein ausgedehntes Spionagenetzwerk und private Söldner verfügte, war Yarin Frostmantel in die Lücke getreten, die durch den Tod des kinderlosen und unverheirateten Murtil entstanden war. Der Reichtum hatte gesiegt und Yarin Frostmantel den Thron in Besitz genommen.

Was vermutlich nicht mit rechten Dingen zugegangen war, wie Ivan glaubte. Er war zwar erst nach Yarins Aufstieg in dieses Land gekommen, kannte aber das Gemunkel.

Die Gerüchte, dass Yarin Murtil umgebracht hatte, waren in Helgabal nichts Neues, und sie hatten sich im Laufe der Zeit auch nicht gelegt. Ivan achtete kaum darauf, zweifelte aber auch nicht daran, dass es möglich war. Letztlich interessierte ihn dieses Land wenig. Zwar waren er und sein Bruder inzwischen in Damara zu Hause, aber das lag eher daran, dass ihnen dieser Ort zur Zeit ihrer Ankunft so gut wie jeder andere erschienen war. Davor waren sie Jahrzehnte durchs Land gezogen.

In den letzten Zehntagen jedoch hatte er seine Meinung allmählich geändert, denn an diesem unglaublich förmlichen Hof schleppten sich die Stunden nur so dahin.

König Yarin und seine Gemahlin hielten ständig Hof, und jeder, der dem König etwas sagen wollte oder ein Urteil wünschte, konnte bei dem edlen Paar eine Audienz bekommen, wenn es die Zeit erlaubte. Wie üblich hatte sich an diesem Morgen schon vor Sonnenaufgang eine dicht gedrängte Traube aus einfachen Leuten auf den Stufen zum Palast versammelt, die inständig darauf warteten, Gehör zu finden.

Ihre Kümmernisse waren Ivan nur allzu bekannt, denn es ging immer um dasselbe Thema oder zumindest um wenige, vergleichbare Geschichten.

König Yarin gab sich nicht einmal den Anschein, Interesse zu heucheln, als ein armer Bauer mit krummem Finger auf einen Nachbarn wies und diesen anklagte, ihm seine Hühner gestohlen zu haben. Was der andere natürlich abstritt, oder er behauptete, sie in Obhut genommen zu haben, weil sein Nachbar nicht darauf achtete, dass die Tiere auf seinem eigenen Land blieben.

»Teilt die Eier unter euch auf!«, flüsterte Ivan unhörbar, während König Yarin sein Urteil fällte. Diese Entscheidung hatte der alte Zwerg bereits unzählige Male gehört, und sobald Yarin diese weise Lösung kundtat, begannen die umstehenden Adligen unweigerlich zu jubeln und bewunderten die unendliche, göttlich inspirierte Weisheit des Königs. Und so ging es Stunden um Stunden weiter.

Einmal jedoch horchte Ivan auf, denn ein Mann und eine Frau traten Arm in Arm vor den König und schoben dabei eine junge Frau vor sich her. Sie sei ihre Tochter, erklärten sie, und sie sei schwanger von einem Schuft, der ihr die Ehe versprochen hätte. Der Beschuldigte, der nicht annähernd so jung war wie die Tochter, protestierte zutiefst gekränkt und wortreich, was viele Anwesende recht unterhaltsam fanden.

Aber Ivan konzentrierte sich ganz auf König Yarin und seine deutlich jüngere Frau, die neben ihm saß. Wenn man in Helgabal über Königin Concettina tratschte, wurde sie stets mit anerkennenden Attributen wie schön, hübsch oder anmutig belegt, auch wenn sie nicht gerade

Ivans Geschmack entsprach. »Gertenschlank« war auch ein Wort, das oftmals fiel, doch Ivan war als Zwerg mehr der »Eichentyp« – eine Zwergenfrau, die ihm gefiel, durfte gern vom Typ »dicke alte Eiche« sein.

Allerdings war gertenschlank durchaus eine passende Beschreibung für Königin Concettina, überlegte der Zwerg. Sie war in der Tat sehr schlank und sah dadurch deutlich jünger aus als die fünfundzwanzig Jahre, von denen gemunkelt wurde. Handgelenke, Finger und Hals waren so lang und schmal, dass es immer wieder hieß, sie hätte ein wenig Elfenblut in ihren Adern, und obwohl Ivan wusste, dass die Königin solche Gerüchte abstritt, wirkte sie mit ihrer Zartheit und dem taillenlangen blonden Haar tatsächlich feenhaft.

Vielleicht hatte sie auch ein wenig von einer Waldnymphe in sich, sann der Zwerg schmunzelnd und musste sich prompt ein höchst unpassendes Kichern verkneifen. Er zog die Hellebarde fester an den Leib, straffte sich und bemühte sich, das Bild loszuwerden, wie Königin Concettina mit Libellenflügeln nackt durch den Wald schwebte.

Ivan hatte die Kunst des Im-Stehen-Schlafens perfektioniert, die ihn häufig über diese endlos langweiligen Audienzen hinwegrettete. Er hatte nie ein König sein wollen und bezweifelte, dass jemand ihn je auf diesem Platz sehen wollte, denn er fand diese unsinnigen Dramen derart langweilig, dass er in Versuchung wäre, sie alle hinzurichten, nur um sie zum Schweigen zu bringen.

Bei diesem Gedanken wanderten seine Gedanken zu der grausamen Maschine, die in einem der Palastgärten stand, ein Instrument, das der grausame König häufig zum Einsatz brachte. Es bestand aus zwei Pfosten mit einem Querbalken darüber und einem dicken Stück Holz am unteren Ende, in das eine Rundung gesägt war, groß genug für einen Hals. Die Maschine wurde als Guillotine bezeichnet, und der Zwerg fand sie deutlich passender für das Loch eines Ork-Königs als für jemanden, der ein zivilisiertes Volk anführte. Er konnte sich einfach nicht vorstellen, dass ein Zwergenkönig – wie sein alter Begleiter Bruenor – je so ein Gerät benutzen würde.

Für Ivan Felsenschulter galt, dass man jemanden in die Augen schauen musste, wenn man sein Leben beendete. Wie sonst sollte man vor sich rechtfertigen können, dass dieser Tod wirklich notwendig war?

Bei König Yarin hingegen schien es noch schlimmer zu sein, denn angeblich setzte er seine Guillotine recht willkürlich ein. Jedenfalls munkelte man das, und Ivan glaubte die Gerüchte.

Er hatte Hauptmann Andrus ausdrücklich klargemacht, dass er in diesem speziellen Garten nicht dienen würde, ja sogar angedeutet, dass er nicht zulassen würde, dass ein Unschuldiger die Schneide des Fallbeils zu spüren bekäme. Andrus respektierte den alten Kämpfer so sehr, dass er diesen angekündigten Verrat auf sich beruhen ließ. Dafür gab es gute Gründe, denn immerhin hatte Ivan Felsenschulter sich wiederholt als einer der besten Soldaten von Helgabal erwiesen. Wann immer ein neuer Rekrut in die Garnison eintrat, schickte man ihn oder sie zur Ausbildung zu Ivan.

Deshalb hatte Hauptmann Andrus vermutlich geglaubt, er täte Ivan mit dieser leichten Pflicht einen Gefallen. Vielleicht sollte er dem Mann seine Illusionen rauben, überlegte Ivan.

Dieser Gedanke ließ ihn von einem Schlachtfeld träumen, wo Zwergenbrigaden gegen hässliche Orks anrannten, während über ihnen Drachen kreischten …

Zwergenstimmen rissen den alten Kämpfer aus seinem Sinnen. Erst jetzt bemerkte er den Haufen struppiger, bärtiger und ausgesprochen schmutziger kleiner Kreaturen, die vor König und Königin aufmarschiert waren. Sie sahen allesamt aus, als wären sie eben aus einem Loch im Boden gekrochen, und zwar nicht aus einer anständigen Zwergenhöhle. Waren das wirklich Zwerge?, fragte sich Ivan. Ein paar ähnelten eher Gnomen oder einer ungewöhnlichen Mischung beider Völker. Aber alle trugen Bärte, etwas zerrupft, aber voll genug.

»Schahnlohf!«, betonte ein Buckliger aus der Gruppe.

»Zahnlos?«, fragte König Yarin verwundert.

»Schahnlohf«, lispelte der Mann, der zwar nicht ganz, aber doch weitgehend zahnlos war. Die wenigen Zähne, die er noch hatte, waren faulig und zersplittert und alles andere als weiß.

»Also gut, Zahnlos«, sagte der König.

»Schahnlohf! Schahnlohf Schungenschlapp!«, beharrte der krumme Zwerg, wobei Ivan bemerkte, dass seine Zunge tatsächlich links ein Stück aus dem Mundwinkel hing. Das verlieh dem Armen ein wenig das Aussehen eines hechelnden alten Hundes. Die anderen Zwerge waren auch nicht sauberer und hatten ebenso wenig Zähne. Ivan hörte neugierig zu.

»Dann eben Schahnlohf«, lenkte der König ein. Er warf einen Blick zu Hauptmann Dreylin Andrus, der überfragt den Kopf schüttelte und sich offenbar das Lachen kaum verkneifen konnte. »Und aus welchem Viertel von Helgabal, Meister Schungenschlapp?«

»Nicht aus Heliogab... äh, Helgabal«, antwortete der Zwerg, der sich gerade noch davor bewahren konnte, den alten Namen der Hauptstadt von Damara auszusprechen, den Yarin per Dekret verboten hatte. Angesichts des entsetzten Ausdrucks von König Yarin schmunzelte Schahnlohf jedoch ein wenig.

»Dann eben aus welcher Gegend von Damara«, sagte der ungeduldige König.

»Nicht wirklich aus Damara«, erwiderte Schahnlohf. »Jedenfalls bisher nicht, bis mein Clan sich durch die Galenas gegraben hat. Jetscht haben wir eine neue Tür. Eine Tür nach Damara.«

»Ihr habt euch durch die Berge gegraben? Von Vaasa aus?«

»Aye, aber tiefer als in Vaasa, und da unten in den Tunneln weisch man nie genau, wo oben die Grensche isch. Vielleicht schind wir schon immer Eure Untertanen und wuschten nur nischt davon.«

»Grensche … was?«, fragte König Yarin irritiert. Sein Blick schweifte durch den Saal und blieb am Ende an Ivan hängen, dem einzigen Zwerg, der hier Dienst hatte. »Was redet er da?«

Einen Dialekt wie diesen hatte Ivan noch nie gehört, selbst wenn man den starken Sprachfehler abzog. »Sein Clan … Zungenschlapp?«, fragte Ivan den Zwerg.

»Dicker!«, verkündete Schahnlohf.

»Dicker als Zungenschlapp?«, vergewisserte sich Ivan verständnislos.

»Nur Dicker!«, beharrte Schahnlohf, worauf alle Zwerge hinter ihm »Dicker!« brüllten und dazu die Fäuste in die Luft stießen.

»Clan Dicker?«

Der schmutzige Zwerg grinste stolz und nickte.

Ivan schnaubte kurz. »Der Clan Dicker«, erklärte er König Yarin. »Sie leben weitgehend unterirdisch, vermutlich in einer Mine, und die dürfte ziemlich groß sein, wenn sie durch die Galenas gekommen sind. Was ziemlich lange gedauert haben dürfte. Und jetzt sind sie in Damara ans Tageslicht gekommen.«

»In einem Land, das ihnen unbekannt ist?«, fragte König Yarin, der zwischen Ivan und Schahnlohf hin und her blickte.

»Er kannte immerhin den früheren Namen von Helgabal«, erinnerte Ivan den König. »Ein bisschen wussten sie also immerhin, bevor sie an die Oberfläche kamen.«

»Aye, wir kennen dasch oder wie der Platsch früher war. Wollten wieder her«, bestätigte Schahnlohf.

König Yarin fixierte ihn durchdringend.

»Wenn Ihr unsch haben wollt, jedenfallsch«, fuhr der Zwerg fort. Dazu nickte er so nachdrücklich, dass seine Zunge seitlich hin und her schlug. »Und keine Schorge, Könich, wir kennen unscheren Platsch. Schu Euren Dienschten, Herr.«

»Und wenn ich eure Diensch… Dienste nicht wünsche?«

Schahnlohf strahlte erneut und warf seinen Begleitern einen Blick zu, die daraufhin mit einer kleinen Truhe herbeiliefen. Zwei von ihnen setzten die Truhe vor Schahnlohf ab, verbeugten sich mehrfach vor dem König und eilten dann zu den anderen zurück.

»Wir kommen nicht als Bettler, König«, erklärte Schahnlohf. »Schondern alsch gute Untertanen.« Er bückte sich, öffnete den Riegel der Truhe und klappte im Aufrichten den Deckel auf.

Darin sah man Gold und Edelsteine funkeln, und Königin Concettina schlug schnell die Hand vor den offenen Mund. Alle, denen kein direkter Blick in die Kiste vergönnt war, konnten in Concettinas Augen zumindest den Abglanz ihres Glitzerns erkennen.

»Wir kennen unscheren Platsch, guter König Herr«,

wiederholte Schahnlohf. »Und wir hoffen, dasch diescher Platsch in Eurem Reich Damara schein scholl.«

König Yarin bemühte sich um Ruhe, aber Ivan sah, dass die verfilzten kleinen Kerle von Clan Dicker sich ihre Zugehörigkeit bereits erkauft hatten. Yarin wies zwei Wachen an, die Kiste zur Seite zu tragen.

»Ich gehe davon aus, dass es hiervon noch mehr gibt?«, fragte König Yarin.

»Natürlisch. Gute Mine.«

»Dann freue ich mich auf Euren nächsten Besuch, meine neuen Untertanen vom Clan … Dicker?«

»Aye, dicker, als man denkt!«, erwiderte Schahnlohf lachend. Er verbeugte sich und zog sich rückwärts zurück. Als er seine Freunde erreichte, setzten auch diese zu zahlreichen Verbeugungen an, bis der ganze Schwarm den Palast verlassen hatte.

König Yarin warf einen Blick zu Ivan, als müsse der eine Erklärung parat haben, doch der alte Zwerg schüttelte nur überfragt den Kopf.

Ivan rührte mit seinem Löffel in der Suppe herum, um herauszufinden, was für Gemüsesorten und Knollen in der sämigen Flüssigkeit schwammen.

»Das ist nicht normal«, knurrte er wie fast jeden Abend. Er hob einen großen Löffel an die Lippen und schlürfte hörbar. »Pah, das ist doch nicht normal«, sagte er wieder.

»Hihihi«, kam es von dem einarmigen Zwerg mit dem grünen Bart zurück, der sich in der vollgestopften Küche zu schaffen machte.

Das war ein Dauerritual im Hause Felsenschulter, einem kleinen Steinhäuschen am Südrand von Helgabal. Das Haus hatte keine Fenster, und in dieser Gegend war es am Abend schön dunkel, so wie Ivan es mochte. Es erinnerte ihn an die Zwergenreiche, in denen er früher gelebt hatte. Nach hinten jedoch war das Haus komplett offen. Sein Bruder Pikel hatte die Steine der Rückwand herausgebrochen, um einen umfriedeten Garten anzulegen.

Und was für einen Garten! An den Mauern rankten sich kräftige Blattpflanzen empor, von denen Früchte, Gemüse und Bohnen herabhingen, die eine Aromenfülle verströmten, die in diesem Teil der Welt wohl ohnegleichen war. Teilweise ging das auf Pikels grünen Daumen zurück, teilweise auch auf seine Druidenmagie, und jeden Abend erhielt Ivan einen neuen Mischmasch aus Bohnen, Nüssen, Früchten, Gemüse und Wurzeln – was immer Pikel an diesem Tag gerade zusammenstellte.

Mit rechten Dingen ging das alles nicht unbedingt zu, wie Ivan oft grummelte, aber dennoch musste er zugeben, dass jede einzelne Mahlzeit köstlich war.

»Komische Bande«, bemerkte Ivan und kehrte damit zum ursprünglichen Thema ihrer Unterhaltung zurück. »Schmutziger als ein Knochenbrecher, fast alle zahnlos, und kein bisschen Rüstung oder Uniform oder Schmuck am Leib, wenn sie vor einen König treten.«

»Hmm«, antwortete Pikel, der nie viel redete.

»Und dann Clan Dicker«, schnaubte Ivan. »Clan *Dicker*! Ehrlich jetzt, wer nennt sich Clan Dicker?«

»Duga?«, fragte Pikel. Damit meinte er die Duergar oder Grauzwerge, die im Unterreich ihr Unwesen trieben und die mit den Delzoun-Zwergen, zu denen Ivan und Pikel gehörten, weder verwandt noch verbündet waren.

»Nein.« Ivan schüttelte den Kopf und schlürfte noch ein paar Löffel von der köstlichen Suppe. »Keine Grauzwerge. Keine Duergar. Zwerge, ja, aber eine merkwürdige Bande.

Hab sie erst für Gnomen gehalten, doch dafür hatten sie zu viel Bart. Aye, und sie haben sich auch komisch angehört.«

Ein Laib Brot flog durch den Raum. Als Ivan ihn auffing, kippte er fast vom Stuhl.

»Hihihi.«

Ivan pustete entrüstet auf das Brot, das direkt aus dem Ofen kam. Pikel amüsierte sich prächtig darüber, wie sein Bruder das Brot von einer Hand in die andere warf und mal auf das Brot, mal auf seine Finger blies.

Schließlich hatte er sich gefangen und legte es neben seinen Teller, um ein Stück davon abzureißen und in die Suppe zu befördern. Zusammen mit ein paar Bohnen verschwand es kurz darauf in Ivans Mund.

Noch während er vor sich hin schmatzte, klopfte jemand an die Tür.

»Hmm«, machte Pikel.

»Meister Ivan!«, rief eine bekannte Stimme. Es klopfte noch nachdrücklicher.

Laut rülpsend, hievte Ivan sich hoch und hätte beinahe seinen Stuhl umgestoßen, als er sich zur Tür umdrehte. Im Stolpern stieß er noch einen gewaltigen Furz aus.

»Hihihi«, kicherte Pikel, der König der Bohnensuppen, für den dies das schönste Kompliment war.

Ivan zog die Tür auf und sah Hauptmann Dreylin Andrus vor sich, dem die Garnison von Helgabal unterstand.

»Aye, Hauptmann«, sagte Ivan.

»Darf ich?«, fragte Andrus mit einem Deuten in den Raum.

»Aye.« Ivan trat zur Seite. »Pikel, noch einen Teller!«

»Aye!«, sagte der Zwerg glücklich und holte sofort eine dritte Suppenschale.

»Mein Brüderchen kennt Ihr?«, fragte Ivan den Hauptmann.

»Brüderchen!«, rief Pikel laut, was dem Hauptmann ein Lächeln ins Gesicht zauberte.

»Aye, Soldat«, sagte er. »Er arbeitet in den Palastgärten.«

»Hihi, König!«, rief Pikel.

»Wir haben reichlich gute Suppe da, also setzt Euch und rülpst ein bisschen mit«, lud Ivan den Gast ein.

Zu seiner Überraschung nahm Andrus an, und als in Helgabal die Sonne unterging, saßen die drei in Haus Felsenschulter um den kleinen Tisch und erfreuten sich an der reichen Ernte aus Pikels Wundergarten.

»Und wie kommen wir zu der Ehre?«, fragte Ivan nach einer Weile. »Wenn es um gutes Essen und noch bessere Geschichten geht, seid Ihr hier genau richtig. Aber ich schätze mal, da ist noch etwas anderes.«

»Das gute Essen und die Gastfreundschaft kann ich nicht bestreiten«, erwiderte Andrus. »Vielleicht habe ich viel zu lange gezögert, dich hier aufzusuchen, guter Zwerg.«

»Brüderchen!«, sagte Pikel stolz, und Andrus lächelte.

»Es geht um diese Zwerge, richtig?«, fragte Ivan.

Andrus' Gesicht wurde ernster. »Du schienst sie nicht zu kennen.«

»Nie von ihnen gehört«, bestätigte Ivan. »Clan Dicker?«

»Hihihi.«

»Das hat niemand, soweit ich weiß«, erklärte Andrus und warf einen forschenden Blick auf den grünbärtigen Zwerg.

Pikel, der solche Blicke gewohnt war, strahlte noch mehr.

»Sie haben versprochen zurückzukommen«, erklärte Andrus.

»Ich habe die Truhe mit Gold und Edelsteinen gesehen.«

»Ooooh«, machte Pikel.

»Ich schätze, König Yarin wird es ihnen kaum verwehren«, sagte Ivan.

Hauptmann Andrus war derselben Meinung. »Wenn sie das nächste Mal vorsprechen, sind wir vorgewarnt«, fuhr er fort. »Man wird sie vor der Mauer aufhalten, und dann gehst du raus und eskortierst sie.«

»Ich soll sie zum Reden bringen«, begriff Ivan sofort.

»Ganz genau«, erwiderte Andrus. »König Yarin wird sehr froh sein, einen Clan abgerissener Zwerge zu seinen Untertanen zu zählen.«

»Und zu seiner Armee«, überlegte Ivan.

»Bumm!«, machte Pikel.

»Findest du ihre Geschichte glaubwürdig?«, fragte Andrus mit einem neuerlichen Seitenblick auf den eigentümlichen einarmigen Zwerg.

»Also, dass sie ewig unter der Erde im Kreis gelaufen sind und erst jetzt ans Tageslicht kommen? Aye, solche Geschichten habe ich schon gehört. Die Hälfte von Mirabars Bevölkerung besteht aus Zwergen, und die Hälfte davon kommt in hundert Jahren nicht ein einziges Mal nach oben. Es gibt viele Clans, die das nicht wollen.«

»Wir gehen davon aus, dass sie sich zur Zeit von Zhengyi in die Tiefe zurückgezogen haben«, erklärte Hauptmann Andrus. Zhengyi war der Hexenkönig, der einst im Königreich Vaasa geherrscht und das Land mit seinen Monstern und Drachen verwüstet hatte.

»Aye, da war es bestimmt ratsam, sich unter einem Berg zu verkriechen«, meinte Ivan, der diese Geschichte gut kannte.

»Und du fandest sie nicht ein bisschen merkwürdig?«, fragte Andrus.

»Mehr als das!«

»Hihihi«, machte Pikel.

»Aye, und mit Merkwürdigkeiten kenne ich mich aus«, ergänzte Ivan.

»Deshalb sollten wir sie gut im Auge behalten«, erklärte Andrus. »Sind wir uns einig?«

»Aye.«

»Und am besten bringst du sie nächstes Mal ein bisschen sauberer zum König.«

»Aye … Moment! Nein!«, rief Ivan, worauf Andrus ihn verdutzt anstarrte. »Das Schlimmste überhaupt!«, beharrte Ivan. »Einem Tunnelrattenzwerg bietet man kein Bad an.«

»Ooooh«, machte Pikel.

»Und das ist ein Clan Tunnelratten, so viel steht fest«, erklärte Ivan.

Hauptmann Andrus grinste. »Tu, was du kannst. Schließ Freundschaft mit ihnen und schau, was sie zu sagen haben. Und dann erstattest du mir Meldung.«

»Aye …«, begann Ivan, wurde aber unterbrochen.

»Hm-hm«, machte Pikel, der kopfschüttelnd einen Finger erhoben hatte.

Hauptmann Andrus verzog fragend das Gesicht und blickte von Pikel zu Ivan.

»Er meint, Ihr solltet für die Meldung zu mir kommen«, erklärte Ivan. »Für eine gute Portion Suppe.« Worauf er erneut lauthals rülpste.

»Bumm!«, strahlte Pikel, und als Hauptmann Andrus lachend einwilligte, pupste der grünbärtige Zwerg genüsslich.

»Hihihi.«

Fünf Tagesmärsche west-nordwestlich von Helgabal erreichten Schahnlohf Schungenschlapp und sein Haufen schmutziger Zwerge die felsigen Pässe in das Massiv der Galena-Berge, das Damara vom weniger zivilisierten Vaasa trennte.

Bis spät in die Nacht wanderten die Zwerge an diesem fünften Tag über die schmalen Pfade, die sie bei ihrem Abstieg sorgfältig und sehr heimlich markiert hatten.

Der Vollmond war bereits aufgegangen, als sie einen großen flachen Stein erreichten, den Schahnlohf mit einer Fackel in der Hand bestieg. Er schwenkte beide Arme. Auf den zerklüfteten Klippen über ihm standen Wachen mit Armbrüsten, die ihn in seiner gegenwärtigen, winzigen Gestalt bis nach Helgabal zurückschießen könnten.

»Aye, Schahnlohf«, dröhnte eine Stimme von oben herab. »Du warst also bei dem stolzen König?«

»Ja. Recht ansehnlich, er und seine Frau«, bestätigte Schahnlohf.

»Keine Probleme?«

»Keine.«

»Wir sind also jetzt Damaraner? Treue Zwerglein für den reichen König«, sagte die laute Stimme.

»Aye, und er nimmt uns bestimmt gleich in seine Armee auf, am besten, um nach Vaasa einzufallen!«, stellte eine zweite dröhnende Stimme fest. Dieser Kommentar löste oben auf den Klippen, aber auch unten bei Schahnlohf und seiner Truppe schallendes Gelächter aus.

»Du bekommst Besuch«, rief der erste verborgene Posten.

»Sie wieder?«

»Aye, scheint so.«

Schahnlohf sah seine Kameraden an und zuckte mit den Schultern. Sie erwiderten seine Geste. Sie waren natürlich nicht glücklich darüber, so jemanden bei sich zu haben, aber diese Person hatte sie für die letzte Blutstein-Lieferung großzügig mit Gold und Edelsteinen entlohnt und versprochen, dieses Mal mehr davon zu bringen.

»Dann schiebt den Stein raus und lasst mich rein«, rief Schahnlohf nach oben. Kaum hatte er diese Worte ausgesprochen, da begann ein dicker Felsen zu erzittern, verschob sich und enthüllte den Zugang zu einem Weg in die Tiefe, der direkt zu einem Ort namens Smeltergard führte.

Schahnlohf trat ein, und die anderen folgten ihm. Sie waren keine zwanzig Schritt weit gekommen, als der schwere Stein wieder hinter ihnen zurückrutschte und die Höhle versiegelte.

»Höhere Gänge!«, murrte einer aus der Gruppe ein ganzes Stück später. »Hab das Gefühl, ich schlag gleich mit dem Kopf durch die Decke!«

»Aye, ist schon zu lange«, knurrte ein Zweiter. »Zu lange!«

»Wir bleiben klein. Für die Drow, klar?«, befahl Schahnlohf, obwohl die anderen stöhnten. Der Anführer seufzte ebenfalls. Auch er hatte es längst satt. Immerhin war es bereits mehr als ein Zehntag. »Kommt schon, nur noch diese eine Nacht«, sagte er, während er in einen Seitengang abbog. Die anderen jubelten.

Bald stießen sie auf den ersten von mehreren großen Sälen mit hohen Decken. Dort legten sie ihre Kleider und Stiefel ab, die im Gegensatz zu ihrer normalen Kleidung nicht magisch waren. Einen solchen Schatz hätten sie nach Helgabal nicht mitgenommen.

Schahnlohf war als Erster splitternackt. Er lehnte sich

mit dem Rücken an die Wand und seufzte zufrieden, während er die tief in ihm verwurzelte Magie anrief.

Mit einem Schauer begann die Verwandlung. Ein Ruck, ein Gurgeln, knirschende Knochen, federnde Sehnen, und jedes Mal folgte ein schmerzhaftes Aufstöhnen. Doch das war ein süßer Schmerz, denn er kannte das Ende.

Schließlich seufzte er ein weiteres Mal erleichtert auf. Als er sich von der Wand löste, warf er einen Blick auf seine Begleiter, die größtenteils selbst schon kurz vor dem Ende ihrer eigenen Verwandlung standen.

Schahnlohf, der jetzt über zwölf Fuß groß war und einem großen, schlanken Hügelriesen ähnelte, nickte den anderen Spriggan zu, nachdem diese wieder ihre gewohntere Gestalt angenommen hatten.

»Endlich wieder strecken!«, sagte Komtoddy, der wohl beste Kämpfer im Clan.

»Aye«, pflichtete Grommbollus ihm bei. »Wie lange haben wir?«

»Würde gern mal wieder in dieser Haut schlafen«, meinte Komtoddy.

»Nix schlafen«, mahnte Schahnlohf. »Schlagt die Trommel, dann tanzen wir ein paar Runden, und dann ab in den Versammlungsraum mit uns allen!«

»Pah, Schnauze voll«, sagte Grommbollus.

»Gut, wer nicht mitwill, kann die Nachhut übernehmen und Wache halten«, lenkte Schahnlohf ein, was ihm einigen Beifall einbrachte.

Komtoddy nahm zwei dicke Steine zur Hand und trommelte damit auf die dicke Holztür im hinteren Bereich des Saals. Die Spriggan-Riesen setzten zum Tanz an, schlugen die Fersen aneinander und hüpften im Kreis herum. Für jeden zivilisierten Zuschauer boten sie einen schauerlichen Anblick, zumal die stark behaarten, schmutzigen Kerle noch immer keine Kleider trugen.

»Ziemlich abstoßende kleine Biester, selbst für Zwerge«, sagte Königin Concettina zu König Yarin, als die beiden sich in derselben sternenklaren Nacht in ihre Privatgemächer zurückzogen.

»Fängst du schon wieder damit an?«, fragte Yarin sichtlich verärgert, ohne sich nach seiner Königin umzusehen.

»Aber die Edelsteine waren sauber geschliffen, hieß es, und Gold kann man nie genug haben«, ergänzte sie mit leisem Kichern. Concettina machte sich wenig aus Gold, wie sie beide wussten, und sie besaßen ohnehin schon jeden erdenklichen Luxus.

König Yarin fuhr herum, um sie eisig zu mustern.

»Und Soldaten!«, ergänzte sie eilig, wobei sie sein offensichtliches Missfallen falsch verstand. »Nach allem, was ich höre, sind Zwerge gute Soldaten ...«

»Was du hörst, meine Holde, ist mir gleichgültig«, erwiderte Yarin.

Concettina schluckte und verkniff sich jede impulsive Reaktion. Ging es wieder einmal nur darum? Sie sah sich um, denn jetzt fühlte sie sich in der Falle. Dann wählte sie den einzigen Ausweg, den sie kannte, und streifte ihre königliche Robe ab. Wenn Yarin in dieser Stimmung war, konnte ihn nur die Hoffnung besänftigen. Sie begann, ihr reich verziertes Gewand aufzuschnüren.

»Der Anblick dieser Kostbarkeiten war wirklich erregend«, log sie.

Yarin schnaubte verächtlich.

»Vielleicht klappt es ja dieses Mal ...«, begann Concettina.

»Dieses Mal?«, brüllte Yarin sie an. »Dieses Mal? Warum sollte es dieses Mal anders sein als die hundert Male zuvor? Wie viele Jahre geht das schon so, du dummes Weib? Pah!« Er zog die Krone vom Kopf und schleuderte sie durch das Zimmer. Dann wandte er sich von ihr ab und stemmte herausfordernd beide Hände in die Hüfte. »Ist denn jede Frau in diesem verdammten Land unfruchtbar?«, klagte er. Das war natürlich nicht der wahre Grund, aber einer, der doch deutlich zeigte, worum es ihm ging. Concettina war König Yarins siebte Königin. Von den ersten vier Frauen hatte er sich scheiden lassen, nachdem sie kinderlos geblieben waren, wobei zwei davon später mit ihren neuen Männern angeblich Kinder bekommen hatten.

Was König Yarin natürlich noch mehr empörte, sodass Concettinas Vorgängerinnen weniger Glück gehabt hatten. Die eine hatte angeblich Hochverrat begangen, die andere ein Kind in ihrem Bett getötet. Beide Anklagen galten als unbegründet, wie man sich bei Hof erzählte.

Ihr wahres Verbrechen hatte darin bestanden, König Yarin nicht den ersehnten Erben zu schenken, und die Strafe sollte sicherstellen, dass der Monarch nicht durch spätere Beziehungen – und Kinder – weiter gedemütigt würde.

Zum Andenken an diese letzten beiden Königinnen hatte er in zwei der Palastgärten kopflose Statuen von ihnen aufstellen lassen. Die Guillotine war sogar extra für Driella, Concettinas unmittelbare Vorgängerin, gebaut worden, nachdem der Henker beim Köpfen der fünften Frau mit seiner Axt etwas zu weit unten geschlagen und der armen, schreienden Frau in den Rücken gehackt hatte.

Wenn der Wind durch die Gärten strich, glaubte Concettina, die qualvollen Todesschreie noch heute zu hören.

»Wenn wir es nicht versuchen, werde ich nie dein Kind tragen«, sagte Concettina. Sie war den Tränen nah. »Und mir scheint doch, dass jeder Versuch dir Freude macht. Also ist es sicher nicht ganz so schlimm, dass wir uns mehr anstrengen müssen.«

Zaghaft legte sie ihrem Mann eine Hand auf die Schulter. Er reagierte zwar angespannt auf die Berührung, schrie sie jedoch nicht an und schenkte ihr auch keinen harten Blick. Als sie sanft seine alten Schultern durchknetete, entspannte er sich allmählich.

Bald darauf konnte sie ihn ins Bett locken. Natürlich machte sie sich keine Illusionen über eine denkbare Empfängnis, doch sie musste König Yarin zumindest eine gewisse Hoffnung vermitteln.

Während er sie bestieg, versuchte sie, das Bild von der blutigen Guillotine zu verdrängen.

Und sie hoffte inständig, dass ihr Vater, Hochherr Corrado Delcasio von Aglarond, ihren Brief erhalten würde. Er musste einen Weg finden, sie zu retten.

Doch selbst dieser Gedanke machte ihr Angst. Schon diesen Brief zu schreiben grenzte an Verrat. Und konnte sie wirklich darauf vertrauen, dass jemand ihn fünfhundert Meilen weiter ausliefern würde?

Als König Yarin über ihr erschauerte, sah sie innerlich nur das Bild der blutüberströmten Guillotine.

Viele Stunden später hatten Komtoddy und Schahnlohf wieder ihre winzigen Zwergengestalten angenommen und saßen vor einer feingliedrigen Drow-Priesterin, deren maßgeschneidertes Gewand aus einem glänzenden Material bestand, welches an die Arbeit einer ebenso emsigen wie lüsternen Spinne erinnerte. Tatsächlich blieb der Fantasie der Spriggan nicht viel überlassen, doch ihre Aufmerksamkeit galt weit mehr dem Kästchen vor den Füßen ihrer Besucherin als den körperlichen Reizen der verführerischen Drow.

»Herrin Chawwi«, begrüßte Schahnlohf die Frau.

Charri Hunzrin, Erste Priesterin des Hauses Hunzrin, nickte gemessen und erwiderte: »Braver Zwerg.«

»Was habt Ihr uns diesmal gebracht, Dwow? Die Kiste sieht kleiner aus.«

Charri lachte und betrachtete das Kästchen zu ihren Füßen. »Nur zwei Stücke dieses Mal«, erklärte sie, »aber überaus exklusiv.«

»Pah, Schmuck ist Schmuck.«

Charri Hunzrin bückte sich und hob das Kästchen hoch. Sie blickte die umstehenden Dunkelelfen an, die wissend grinsten, und nickte, als wäre dies eine wichtige Enthüllung.

»Dafür bekomme ich zwei Tonnen Blutstein, guter Zwerg«, sagte sie.

»Schwei Tonnen?«, fuhr Schahnlohf auf. »Dafür scholltet Ihr mir eine eschte Dwow-Mordwaffe anbieten!«

»Oh, es handelt sich selbstverständlich um eine Waffe«, entgegnete Charri Hunzrin. Sie trat vor und klappte langsam den Deckel des Kästchens auf. Es enthielt zwei edelsteinbesetzte Halsketten, die eine zart und fein an einer Silberkette, die andere schwer und mit zahlreichen großen Juwelen an einer protzigen Goldkette.

Schahnlohf zuckte mit den Schultern. Im Gegensatz zu Zwergen hatten die Spriggan nur wenig Sinn für kostbaren Schmuck. Allerdings wusste Charri natürlich nicht, mit wem sie es im Clan Dicker in Wahrheit zu tun hatte, überlegte Schahnlohf.

»Gansch hübsch«, nuschelte er daher. »Schollte Euren eigenen Halsch schmücken, hm? Ihr mögt doch, wasch hübsch ischt.«

»Das ist richtig, aber an dem hier ist überhaupt nichts ›hübsch‹«, sagte Charri und klappte die Schatulle wieder zu, als Schahnlohf nach den Schmuckstücken langte. »Jedenfalls nicht an dem kleineren.«

Der Spriggan-Zwerg blickte von seinen beinahe gebrochenen Fingern zu der Drow-Priesterin. »Schieht hübsch ausch«, wiederholte er verwirrt.

»Ihr habt den König aufgesucht?«, vergewisserte sich Charri.

»Clan Dicker von Damara«, brüstete sich Schahnlohf stolz.

»Und ihr wollt diesem Menschen dienen?«

Schahnlohf spuckte ihr in großem Bogen ekelerregenden grünen Rotz vor die Füße.

»Ihr wollt also keine braven Bürger von Damara werden?«

»Vielleicht scheid Ihr nischt scho dumm, wie Ihr auschscheht«, erwiderte Schahnlohf.

»Was willst du dann, guter Zwerg?«

»Dasch misch keine verdammte Dwow schum Narren hält!«, brauste der Spriggan unversehens auf.

»Nicht hier«, erwiderte die Drow mit einer Geste auf den Raum. »Was ist euer Ziel für Damara? Warum habt ihr euch aus den Galenas herausgegraben?«

»Langweilig«, bemerkte Komtoddy, und die anderen nickten.

»Ihr wolltet also ein bisschen Kampf und Abenteuer?«, vergewisserte sich Charri Hunzrin. »Ein bisschen Spaß?«

»Schag isch doch«, sagte Schahnlohf.

»Nun, diese Ketten verschaffen euch jede Menge ungeahnter Abwechslung«, betonte Charri. Sie zog einen weiteren Edelstein aus der Tasche und warf ihn Schahnlohf zu.

Der Spriggan-Zwerg hielt den Stein vor sein gesundes Auge und prüfte ihn sorgfältig. Dann zuckte er mit den Schultern. »Nischt Beschonderesch«, sagte er.

»Oh, doch!«

»Schleschter Schliff.«

»Das spielt keine Rolle.«

»Schagt Ihr.«

»Es geht nicht um das Aussehen dieses Steins, guter Zwerg, sondern um das, was er enthält«, erklärte Charri.

»Enthält?«, fragten Schahnlohf und Komtoddy gleichzeitig.

Charri nahm noch einmal die Schatulle zur Hand und öffnete sie. Sie zeigte auf einen Stein an der zarteren Kette, der dem Edelstein in Schahnlohfs Hand glich wie ein Ei dem anderen. Als dem Zwerg dies auffiel, wollte er erneut zugreifen, aber wieder klappte Charri den Deckel zu.

»Du darfst es nicht berühren, guter Zwerg«, erklärte die Drow-Priesterin. »Denn der Stein an der Kette ist nicht leer. Wie der Stein, den du hältst.«

»Leer? Was?«

»Bring dieses Geschmeide zum König. Als Geschenk für ihn und seine hübsche Königin«, wies Charri ihn an. »Und dann, mein Freund, werdet ihr Spaß haben. Viel Spaß!«

Schahnlohf und Komtoddy wechselten einen Blick und nickten. »Allesch klar, Dwow. Machen wir«, willigte Schahnlohf ein. »Wir schehen deinen Spasch und gucken, wie viel Blutstein dasch gibt.«

»Zwei Tonnen«, beharrte Charri Hunzrin.

»Wir werden schehen.«

»Ich weiß es bereits. Das ist mein Preis.«

»Und wenn es nicht so lustig ist?«, fragte Komtoddy.

»Es wird lustig genug. Wenn nicht, könnt ihr nachverhandeln, wenn ich wiederkomme«, versicherte Charri Hunzrin.

»Klingt, als wenn Ihr unseren Blutstein einpackt und damit in Eure tiefen Tunnel abzieht.«

»Dann bist du ein Dummkopf«, antwortete die Drow, die sich wieder Schahnlohf zuwandte. »Ich erwarte hier eine lange, beiderseitig profitable Handelsbeziehung. Und es wäre nicht gerade in meinem Interesse, mich mit meinem besten Blutsteinlieferanten zu überwerfen, nicht wahr? Wie viele aktive Minen gibt es in dieser Gegend denn heutzutage noch? Und anderswo auf Faerûn findet man ihn nicht.«

»Da graben auch andere nach«, stellte Schahnlohf fest.

»Andere, die mit den Drow Handel treiben?«

»Da hat sie recht«, sagte Komtoddy.

Schahnlohf musterte ihn kurz und nickte dann. »Schwei Tonnen, Dwow Chawwi«, sagte er zu Charri Hunzrin. »Vorläufig. Ihr habt die Schlepper?«

»Die habe ich.«

Schahnlohf griff nach der Schatulle, doch Charri hielt ihn zurück.

»Ihr dürft die Ketten nicht berühren«, warnte sie.

»Pah«, schnaubte Schahnlohf und griff wieder zu.

»Das ist mein Ernst, guter Zwerg«, beharrte sie. »Es ist mir todernst. Und ich spreche von deinem eigenen Tod.«

»Ihr droht mir?«, fuhr Schahnlohf auf und trat vor.

»Ich sage nur, dass das Schöne auch tödlich ist. Und das ist mein absoluter Ernst.«

»Gift?«

Charri Hunzrin rümpfte die Nase. »Das wird nur die Person begreifen, die von dem Stein gefangen wird«, erklärte sie. »Alle anderen … nun, sie werden erst einmal glauben, ihre Freundin hätte schlechte Laune. Wenn sie überhaupt etwas ahnen. Sie werden es keinesfalls mit der Kette in Verbindung bringen, und bis ihnen die Veränderung auffällt, wird es zu spät sein – für sie alle.«

Beide Zwerge runzelten die Stirn. Wieder hielt Schahnlohf den leeren Edelstein hoch.

Das leere Phylakterion, wie er nun begriff, und da breitete sich ein böses Lächeln auf seinem Gesicht aus.

»Zwei Tonnen sind demnach doch kein so hoher Preis?«, vergewisserte sich Charri Hunzrin.

Kapitel 3

Heimkehr

Die Zwergenhämmer erklangen im emsigen Takt, während die fleißigen Arbeiter aus Mirabar konzentriert Stück für Stück von der Lava in dem versiegelten Vorraum abtrugen. Dabei achteten sie sorgfältig darauf, nie den Hebel zu treffen, der den Strom der Wasserelementare zur Grube des Urelementars kontrollierte.

Eine zweite Gruppe, ehemalige Felbarraner, arbeitete an der Brücke über den Abgrund, um die derzeitige Notlösung durch ein dauerhaftes, solides Bauwerk zu ersetzen.

Auf der anderen Seite der Feuergrube stand König Bruenor an der Stelle, wo sich zuvor der Drow-Altar befunden hatte. Er stemmte die Hände in die Hüften und beobachtete, wie seine Zwerge vorankamen, während er gleichzeitig dem Dauergezänk der Zauberer lauschte, die sich mit der Wiedererrichtung des Hauptturms des Arkanums befassten.

»Wir werden diesen Zauber immer wieder brauchen«, beharrte die Shadovar-Frau Lady Avelyere unnachgiebig. Ihr ging es um sehr alte, arkane Magie zur Beherrschung der Elemente.

Die Details waren Bruenor relativ unwichtig. Ihm ging es um das große Ganze, denn das bedeutete, dass sie – sogar Catti-brie, die hier die treibende Kraft war – den Urelementar aus seinem Loch lassen wollten.

Davon hielt der Zwergenkönig naturgemäß überhaupt nichts. Doch letztlich hatte er feststellen müssen, dass ihm kaum eine Wahl blieb, wenn er die Chance haben wollte, sich langfristig hier in Gauntlgrym festzusetzen. Nur über den Plan mit dem Urelementar konnten sie den Hauptturm des Arkanums neu bauen – oder eher nachwachsen lassen, wie Catti-brie es ausgedrückt hatte. Und ohne diesen Bau war alles andere sinnlos. Ohne die Magie des Hauptturms würde der Urelementar schon bald ungehindert ausbrechen, und keine Macht der Welt konnte ihn dann noch aufhalten.

Bruenor warf einen Blick in die Grube. Er sah die Hitzewellen, die mit dem Dampf aufstiegen, während der wirbelnde Tanz der Wasserelementare mit aller Macht darum kämpfte, das vulkanische Monster festzuhalten. Die Zauberer und Priester wollten diese Sicherheitsmaßnahme verändern. Sobald der Schutt weggeräumt war und in Luskan alles bereit war, sollte Bruenor den Hebel umlegen. Sie wollten dem Urelementar Freiheit verschaffen, zumindest ein wenig, damit er seine Macht, seine Hitze und seine magische Energie durch die langen unterirdischen Verbindungen bis in den wartenden Stumpf des großartigen Hauptturms leitete.

Für Bruenor klang das absurd, ja selbstmörderisch. Er fragte sich, wie lange sein frisch gegründetes Reich wohl existieren würde, wenn der Urelementar einen Weg fand, ihre Pläne zu umgehen.

»Richtungsschranken!«, erklärte Gromph gerade hinter ihm. »Magische Mauern, die den Strahl des Urelementars lenken.«

Für Bruenor klang das zumindest einleuchtend – bis er einbezog, dass dies der Erzmagier von Menzoberranzan sagte.

Was konnte schon schiefgehen?

»Seid gegrüßt, meine Freunde!«, rief ein neu Hinzu-
kommender. Bruenor drehte sich um und sah Jarlaxle
mit strahlendem Lächeln hereinstürmen.

»Ernsthaft?«, fragte Catti-brie verärgert, womit sie die
versteinerten Mienen der Umstehenden in Worte fasste.
Wie konnte es jemand wagen, derart ungestüm in diese
überaus wichtige Versammlung vorzustoßen?

»Drizzt Do'Urden ist zurück!«, verkündete Jarlaxle,
worauf sich die konzentrierte und leicht gereizte Stimmung im Raum sofort hob. Die Zwerge jubelten, und
auch viele der Zauberer und Priester, einschließlich der
Shadovar und der Wolkenriesin, reagierten erfreut.

Nur nicht Gromph Baenre, wie Bruenor feststellte.

Unmittelbar nach Jarlaxles Ankündigung trat auch der
Waldläufer ein. Er sah sich fragend um und wirkte etwas
verdutzt, als Catti-brie ihn stürmisch umarmte. Drizzt
stellte seine Tasche neben sich ab und hob langsam die
Arme, um ihre Geste zu erwidern.

»Verlass mich nie wieder«, flüsterte sie und drückte
ihn mit ihrer erheblichen Kraft noch fester an sich, während sie ihn ausgiebig küsste. Dann traten andere hinzu,
die dem Drow auf die Schulter klopften. Bruenor war natürlich auch dabei und drängte sich nach vorn.

»Mein Freund!«, sagte er. »Ach, mein Freund! Als Jarlaxle und die beiden anderen Nichtsnutze ohne dich zu-
rückkamen, bah …« Der Zwerg stockte kopfschüttelnd
und umarmte einfach seinerseits seine Adoptivtochter
und seinen geliebten alten Gefährten.

Drizzt nickte und lächelte matt zurück.

»Elf?«, fragte Bruenor verwundert. »Alles in Ordnung
mit dir?«

»Ich bin müde, mein Freund. So müde.«

»Oh, nur keine Sorge, wir finden schon ein Bett für dich!«

Wieder brachen die Zwerge in Beifall aus, der sich jedoch rasch legte, als ein anderer, weniger bekannter Drow eintrat.

Gromph begann, an seiner Lippe zu nagen, als er Kimmuriel erkannte, nickte aber dennoch.

»Ich habe Drizzt von Menzoberranzan hier hochbegleitet«, erklärte Kimmuriel Bruenor und Catti-brie, die ihn misstrauisch musterten.

»Das hat er«, bestätigte Drizzt. »Und er hat mich mit seiner ... Magie ... hierhergebracht.« Nach diesen Worten warf der Waldläufer Kimmuriel einen Blick zu, der nicht gerade von Vertrauen zeugte. Wenn er tatsächlich getäuscht wurde – in jeglicher Hinsicht! –, dann ging er davon aus, dass Kimmuriel Oblodra als bekannter Psioniker daran Anteil hatte.

Aber was konnte er dagegen tun?

Er bückte sich nach seiner Tasche, als Bruenor gerade danach greifen wollte.

»Kriegsbeute«, erklärte Drizzt und warf sich den Beutel wieder über die Schulter. Er hakte sich bei Catti-brie ein, die ihn aus der Höhle in die höheren Ebenen von Gauntlgrym führte, wo sie sich häuslich eingerichtet hatten.

Bruenor sah ihnen nach. Er stemmte wieder die Hände in die Seiten und würdigte Kimmuriel, der zu Jarlaxle und Gromph hinüberging, keines Blickes. Die drei flüsterten kurz miteinander, während die anderen wieder an die Arbeit gingen. Nur Bruenor blieb stehen und starrte durch die offene Tür in den Gang zur Großen Schmiede.

»Er hat viel durchgemacht«, sagte Jarlaxle zu dem rotbärtigen Zwerg, nachdem er zu Bruenor getreten war. Sein nachdenklicher Blick folgte dem von Bruenor.

Der Zwerg drehte sich nicht einmal nach dem Söldner um.

»Was ist los, guter Zwerg?«, fragte Jarlaxle.

Bruenor schüttelte den Kopf.

»Bruenor?«, hakte Jarlaxle eindringlicher nach und legte ihm eine Hand auf die Schulter.

Erst diese Geste riss Bruenor aus der Leere, die der Abzug seiner Freunde hinterlassen hatte. Er sah dem Söldner in die Augen. »Hier stimmt etwas nicht«, stellte er fest.

»Drizzt hat ...«

»Ja, das sagtest du bereits«, brummte der Zwerg. »Du hast mir ja alles erzählt.« Damit blickte er wieder zu dem leeren Gang hinüber.

»Nicht alles«, räumte Jarlaxle ein. Er lachte leise. »Nicht annähernd alles, fürchte ich.« Auch er schaute dem wiedervereinten Paar nach.

Kurz darauf legte Jarlaxle Bruenor erneut eine Hand auf die Schulter, obwohl keiner von beiden so recht wusste, weshalb.

»Es gibt da etwas, was du mir verschweigst, Elf«, sagte Bruenor.

»Das wird schon wieder«, versicherte Jarlaxle. »Er ist jetzt unter Freunden.«

Diesmal sah Bruenor den Drow an und registrierte die Sorge auf Jarlaxles Gesicht.

Catti-brie drehte sich auf die andere Seite, um den schlafenden Dunkelelfen neben ihr zu betrachten. Erstaunlicherweise hatten sie nicht miteinander geschlafen, denn Drizzt war eher desinteressiert gewesen. Zumindest hatte er sich für ihre Küsse und Berührungen nicht sonderlich empfänglich gezeigt.

Sie streckte die Hand aus und strich ihm das lange weiße Haar aus dem Gesicht. Dann legte sie ihre Finger an seine Wange, um liebevoll seine zarten Gesichtszüge nachzufahren. Er rührte sich nicht, und da wurde Catti-brie klar, dass ihr Mann vermutlich zum ersten Mal seit vielen Tagen echten Schlaf fand.

Obwohl sie wusste, dass in der Höhle des Urelementars viel Arbeit auf sie wartete und weitreichende Entscheidungen getroffen werden mussten, blieb sie eine ganze Weile so liegen, um Drizzt zu beobachten. Sie war davon überzeugt, niemand anderen mehr lieben zu können als ihn.

Und sie hatte Angst um ihn. Wie Bruenor hatte auch sie erkannt, dass hinter seinen violetten Augen etwas schwelte. Irgendetwas hatte er aus dem Unterreich – aus Menzoberranzan – mitgebracht.

Schließlich rollte sie sich doch herum und sah sich in dem schwach beleuchteten Zimmer um. Drizzt hatte seine Tasche am Schwertständer abgelegt. Den Inhalt – Schild, Schwert und Rüstung von Tiago Baenre – hatte er ihr gezeigt und ihr gesagt, dass er diese Beute nicht wollte. Er hatte sie nur mitgenommen, weil sie mit starker Magie belegt waren. Wenn er sie zurückgelassen hätte, hätte ein anderer Drow, vermutlich ein anderer Baenre, die Sachen genommen und damit noch mehr Unheil angerichtet.

Er hatte Catti-brie versichert, dass niemand für Tiagos Tod Rache nehmen würde. Es war ein ehrenhafter Kampf gewesen, den die höchsten Priesterinnen der Stadt akzeptiert hatten. Danach hatte man ihn für eine andere Aufgabe erwählt, von der er ihr später erzählen würde.

Die Erfüllung dieses Auftrags hatte Drizzt und seinen Freunden die Freiheit erkauft, und die Priesterin – aus Catti-bries Sicht vermutlich die Oberinmutter – hatte Drizzt die Ausrüstung als gerechte Beute zugesprochen.

Aber Drizzt wollte sie nicht. In dieser Hinsicht war er eisern.

Langsam stand Catti-brie auf und tappte auf bloßen Füßen zu der Tasche hinüber. Sie nahm einen kleinen Schild heraus. »Orbbcress«, flüsterte sie. Drizzt hatte ihr von dem bemerkenswerten Schild erzählt.

Sie schob ihn über ihren unbekleideten Arm und prüfte mit einem einfachen Zauber, mit welcher Magie der mächtige Schild versehen war. Es war eine wunderschöne Arbeit, die sehr sorgfältig und mit viel Sinn fürs Detail ausgeführt war. Sie würde am Abend einen weiteren Spruch nachschlagen müssen, um den Schild genauer zu inspizieren, dachte sie, aber kaum war ihr diese Möglichkeit in den Sinn gekommen, da verstand sie unerwarteterweise noch mehr. Catti-brie schloss die Augen. Mit einem Gedanken brachte sie den Schild dazu, sich fester zusammenzuziehen, bis er nur noch ein kleiner Buckler war.

Als sie den lautlosen Befehl umkehrte, drehte der Schild sich spiralförmig auf und wurde immer größer.

Unwillkürlich lachte die Frau auf und warf dann einen besorgten Blick zum Bett. Schließlich wollte sie ihren geliebten Mann nicht wecken.

Catti-brie schob den Schild vom Arm und griff nach Vidrinath, dem herrlichen Schwert, das der Drow-Meister Gol'fanin in der großen Schmiede von Gauntlgrym geschaffen hatte.

Es war ein wunderbares Werk, eine der besten Waffen, die Catti-brie je gehalten hatte. Sie fühlte, wie ausgewogen es war, wie leicht es zu führen war, sah die fein gearbeitete transparente Glasstahlklinge, die schimmerte wie der Sternenhimmel und deren Schneide niemals stumpf wurde.

Da schüttelte sie den Kopf. Dieses Schwert gehörte in Drizzts Hände!

Anders als Khazid'hea und Charons Klaue mit ihrer bösartigen Intelligenz hatte dieses Schwert nichts Böses an sich, obwohl seine Magie mindestens ebenso stark war. Die Ausgewogenheit, Leichtigkeit und Schärfe waren sogar noch besser. Mit einem Blick zu Drizzt schüttelte sie erneut den Kopf.

Er hatte dieses Schwert rechtmäßig in Besitz genommen, und sosehr sie Eisiger Tod und den beschädigten Säbel Blaues Licht schätzte, zwei Klingen, die Drizzt schon so viele Male gerettet hatten, war dieses Schwert doch besser. Das war die Waffe, die Blaues Licht in diesen Gängen stark beschädigt hatte, als Drizzt gegen Tiago angetreten war. Das hier, Vidrinath, war die Klinge, die Blaues Licht so geschwächt hatte, dass Doum'wielles nachfolgender Schlag mit Khazid'hea den Krummsäbel zerbrochen, Drizzts Abwehr durchdrungen und ihm einen brutalen Schlag quer über die Brust versetzt hatte.

Catti-brie betrachtete den Ring an ihrer Hand, den Drizzt ihr geschenkt hatte. Nachdenklich verzog sie das Gesicht und nagte an ihrer Lippe, weil ihr ein verwirrender Gedanke kam.

Dann lächelte sie. Sie hatte eine Idee. Eine fantastische, schlaue Idee.

Erst schob sie das Schwert wieder in den Sack, doch dann zog sie es gleich wieder heraus und steckte es neben Drizzts Säbel in den Schwertständer. Erst danach kleidete sie sich an, kehrte noch einmal zu dem Sack zurück und nahm den prachtvollen Schild heraus.

Nach einem letzten Blick zu Drizzt machte sie sich auf den Weg zur Höhle des Urelementars.

»Bist du sicher, Mädchen?«, fragte Bruenor wohl zum fünfzigsten Mal, während er mit Catti-brie durch den Schmiederaum ging. Sie hielten auf die große Schmiede von Gauntlgrym zu, deren Ofen die direkteste Verbindung zum Urelementar des Feuers hatte. So früh am Morgen schwiegen die Hämmer in der Schmiede. Die zwei gähnenden Wachen an der Tür hatte der König vor die Tür geschickt, um mit seiner Tochter allein zu sein.

Hier drinnen gab es keine Fackeln, auch kein Leuchtmoos und keine Glühwürmchen. Das war auch nicht nötig, denn selbst unbenutzt verströmten die Schmelzöfen einen orangeroten Schein. Dieser Raum zapfte unmittelbar das Feuer des Urelementars an, denn er war ein Meisterwerk zwergischer Ingenieurskunst und mächtiger Magier, die ein Ventil für den heißen Odem des Urelementars tief unten in der Grube der Nachbarhöhle geschaffen hatten.

»Wenn ich Zweifel hätte, hätte ich dich nicht hierhergeschleppt«, erwiderte Catti-brie, die automatisch in den breiten Zwergendialekt zurückfiel, der ihr hier, wo die alte Sprache von Delzoun von Tag zu Tag normaler wurde, noch leichter über die Lippen kam. Sie ging zur Ablage der großen Schmiede und platzierte den Schild mit dem Namen Orbbcress – oder Spinnennetz – darauf.

»Pah! Das denken Magier doch immer«, knurrte Bruenor. »Gromph war zweifellos mindestens genauso sicher, als er das Unterreich hat hochgehen lassen!«

»Ich bin nicht Gromph. Und ich werde gerade garantiert nicht von einer Dämonenkönigin reingelegt!«

»Aber vielleicht von einem Feuergott?«, fragte Bruenor mahnend.

Das ließ Catti-brie kurz stutzen. Sie war selbst erschüttert, dass sie sich das nie eingestanden hatte, doch tatsächlich vertraute sie diesem Urelementar des Feuers. Ja, es klang verrückt, wenn man es so betrachtete. Schließlich hatte sie es mit einem Ungetüm zu tun, einem Vulkan, der vor gar nicht so langer Zeit die Spitze des Berges gesprengt und mit seinem Feuer- und Ascheregen die Stadt Niewinter im Süden verwüstet hatte. Was sagten wohl diejenigen, die damals verbrannt und geschmolzen waren, zu Catti-bries blindem Vertrauen in dieses Elementarwesen?

Doch auch diese Erkenntnis konnte die Frau nicht beirren. Sie vertraute vielleicht nicht dem Urelementar selbst, aber doch dem, was sie von ihm verstand – was er sich wünschte und nicht bekommen konnte.

Sie streckte Bruenor die Hand hin, aber der verzog nur den Mund und wich prompt mit der linken Schulter zurück.

»Du glaubst, ich lasse dich den Hebel umlegen und den Urelementar Stück für Stück ins Freie, um den Turm zu erneuern, doch hierbei traust du mir nicht?«, fragte sie ungläubig.

»Das ist sehr persönlich«, beharrte Bruenor.

»Wer hat den Schild gemacht?«

Diese einfache Frage brachte Bruenor aus dem Konzept. Sein geliebter Schild mit dem schäumenden Bierkrug, dem Wappen der Heldenhammersippe, auf der Vorderseite begleitete ihn schon fast das ganze Leben. Aber hier in dieser Schmiede hatte Catti-brie noch so viel mehr daraus gemacht. Kein Schwert, nicht einmal Khazid'heas scharfe Klinge, konnte dem Schild etwas anhaben. Bruenor war sicher – und hierin einer Meinung mit Catti-brie –, dass er selbst Drachenodem standhalten würde.

Zudem konnte der Bierkrugschild noch etwas, was für einen Zwergenkönig keine Kleinigkeit war. Um seine Tochter an diese Eigenschaft zu erinnern, zog er ihn kurz vor sich, schloss die Augen und griff dann hinter den Buckler, um einen gefüllten Bierkrug hervorzuholen. Ein Geschenk des Schildes. Er sah Catti-brie an und vermittelte ihr allein über seinen Gesichtsausdruck, dass er befürchtete, es wäre das letzte Mal, dass sein Schild ihm dieses Geschenk machte.

Diese Magie hatte alle Getränke für den feierlichen Treueschwur beigesteuert, der die Zwerge unterschiedlichster Herkunft unter seinem Dach zusammenschweißte. Für Bruenor war diese magische Eigenschaft des Schildes weit mehr als die Hoffnung auf einen Schluck Met oder frischen Bierschaum auf seinem Bart.

Zögernd zog er den Schild vom Arm. »Verstehen muss ich das aber nicht«, sagte er kopfschüttelnd.

»Es ist das beste Geschenk der Schmiede, das versichere ich dir«, beharrte Catti-brie.

»Aber wer kriegt dann welchen?«

Über diese Frage dachte Catti-brie kurz nach und blickte von Orbbcress zu Bruenors Schild mit dem schäumenden Krug. Es war tatsächlich eine wichtige Frage, aber sie wusste keine klare Antwort darauf. Jeder der drei Gegenstände war mit diversen magischen Eigenschaften versehen. Daher musste eine Wahl getroffen werden, welche sie behalten und welche sie aufgeben sollten. Doch würde sie diese Wahl treffen, oder war das die Entscheidung des Ungeheuers, das die Öfen mit seinem Feuer belieferte?

Und wenn der Urelementar nun die falsche Wahl traf? Die Vorstellung, dass Bruenors Schild womöglich kein »heiliges Zwergenwasser« mehr produzieren könnte, war auch für Catti-brie nicht sehr verlockend.

Sie nahm Bruenors Schild entgegen und legte ihn zögerlich neben Orbbcress auf die Ablageplatte. Dann atmete sie tief durch und schloss die Augen. Wie sollte sie beginnen?

Sie ließ ihre Gedanken in den Zauberring an ihrem Finger fließen und schickte sie durch den Ring, bis sie in die lohweiße Flamme in der Esse blickte, die heißer war als jedes Kohlen- oder Torffeuer, heißer als jeder Feuerball eines Zauberers. Heißer als alles, was nicht von der Elementarebene des Feuers stammte.

Ihr Geist begann, die Flammen entlangzuwandern, entlang dieses Fingers des Urelementars.

Da spürte sie eine starke Hand auf ihrem Unterarm und schlug die Augen auf.

Bruenor starrte sie fassungslos an. »Bist du irre, Mädchen?«, fragte er.

Catti-brie sah ungläubig zurück.

»Du hast die Hand in den verdammten Ofen gesteckt!« Völlig entgeistert schüttelte Bruenor den Kopf, ehe er grummelte: »Die ganze Welt ist verrückt geworden.« Damit griff er nach seinem Schild.

Catti-brie packte ihn am Arm, zog ihn zurück und schob ihn weg. »Wenn du siehst, dass ich Schmerzen habe, dann zieh mich raus«, blaffte sie. »Ansonsten solltest du wissen, wo du hingehörst, Vater, und das ist da drüben. Und halt auch deine große Klappe!«

»Pah!«, schnaubte Bruenor, der zurückwich, als hätte sie ihn geschlagen. »So redet man nicht mit seinem König!«

»Pah!«, gab Catti-brie zurück.

»Und schon gar nicht mit seinem Vater!«, polterte Bruenor.

»Nur so redet man mit einem verdammten Narren!«, fuhr Catti-brie ihn an. »Machen wir das jetzt, ja oder nein? Du hast gesagt, du willst es, aber wenn nicht, dann suche ich mir eben jemand anders, so viel steht fest!«

»Ich will das haben, was du mir versprochen hast, aber ich will nicht, dass meine Tochter ihre Hand dem verdammten Feuervieh ins Maul steckt!«

»Ich war schon unten in der Grube bei ihm«, gestand Catti-brie.

Bruenor klappte die Kinnlade herunter. »Was?«, stieß er flüsternd hervor.

»Vertrau mir, Vater«, beschwor ihn Catti-brie.

»Das letzte Mal, als du an meinem Schild und der Axt gearbeitet hast, musstest du nicht hineingreifen. Da hast du einen Schürhaken benutzt, genau wie jeder gute Schmied. Und du hattest die feuerfesten Handschuhe an.«

»Das hier ist … anders«, sagte Catti-brie, während sie sehnsüchtig zu den verlockenden weißen Flammen im Ofen der großen Schmiede von Gauntlgrym blickte.

»Du wirst dir die ganze verdammte Hand wegbrennen!«

Catti-brie schüttelte den Kopf, ohne die Flammen aus den Augen zu lassen. Die Zuversicht, die sie überkam, strahlte so deutlich aus ihrer Miene, dass Bruenor tatsächlich zurückwich.

Wieder verband sich Catti-brie im Geiste mit den lodernd heißen Flammen. Sie fühlte die Magie des Feuers, vernahm die Stimme des Urelementars. Unmittelbar vor den Flammen öffnete sie weit die Hand und hörte die Stimme über das Echo des Rings noch deutlicher.

Sie schob Orbbcress in den Ofen, den prächtigen Schild, den der Meisterschmied Gol'fanin genau hier erschaffen hatte.

Während Catti-brie lange wartete, nahm sie den Schild in ganz neuem Licht wahr. Vor ihrem inneren Auge trieben die verschiedenen Elemente des Schilds – die spiralförmigen Stäbe, das Netz, das weiche und doch unglaublich starke Material – wie unterschiedliche Zaubersprüche, die auf ihren Einsatz warteten.

Ohne die Augen aufzuschlagen und ohne die Bilder von Orbbcress' Zauber zu entlassen, griff Catti-brie mit der anderen Hand nach hinten und fand dort Bruenors Schild. Sie hatte keinerlei Zweifel mehr, und so schob sie den Schild ohne das geringste Zögern in den Ofen.

Auch die Zauber aus Bruenors Schild traten klar hervor und tanzten durch die von Orbbcress. Viele schwebten deutlich erkennbar einzeln herum.

»Und …«, flüsterte Catti-brie.

Das Material aus Bruenors Schild verblasste vor ihrem inneren Auge und wurde durch das weichere Gewebe von Orbbcress ersetzt. Sie begriff, dass eine Wahl zu treffen war, und zwar nicht vom Urelementar, sondern von ihr.

»Oder …«, flüsterte sie. Lächelnd setzte sie einen mächtigen Zauber ein, den der Urelementar ihr offenbart hatte.

Dann bewegte sie die Finger vor den weißen Flammen, die jetzt die beiden Schilde umschlossen. Sie konnte die intensive Hitze spüren, aber sie wurde davon nicht verletzt, sondern bis ins Herz gewärmt. Sie hatte es mit einer schier unbegreiflichen Schönheit zu tun, einer vollkommen anderen Existenzform, ewig wie die Götter … nein, wie die Sterne!

Deshalb war sie von Dankbarkeit gegenüber dem Urelementar erfüllt und ließ sich in aller Demut von diesem
unsterblichen Wesen mit seiner unglaublichen Macht willkommen heißen. Zugleich wusste sie, dass diese gottglei-
che Kreatur sie damals in der Grube, als sie Charons Klaue
für Jarlaxle geborgen hatte, jederzeit hätte verschlingen
können. Auch jetzt könnte es sie mühelos versengen. Ihre
Hand war so nah. Sie befand sich innerhalb der schüt-
zenden magischen Schranke der Schmiede. Das Ungetüm konnte jederzeit zuschnappen. Wenn es das wollte.

Vor diesem göttlichen Wesen war sie nackt und hilflos
und wurde nur deshalb nicht gefressen, weil es sich dagegen entschieden hatte.

Denn es wollte sie lieber benutzen, sie lehren und über
sie eine Art magisches Ventil finden.

Nach einer langen Weile schlug Catti-brie die Augen
auf und löste sich von der Schmiede. Schweißgebadet
und vollkommen erschöpft, musste sie sich stützend an
die Ablageplatte lehnen und tief durchatmen, um nicht
die Besinnung zu verlieren.

Sofort war Bruenor an ihrer Seite, um sie zu halten. Er
rief nach ihr: »Mädchen? Mädchen?«

Nach ein paar langen Atemzügen konnte Catti-brie
aufblicken und lächelte glücklich.

»Was hast du getan?«, fragte Bruenor ernst.

Catti-brie schüttelte überfragt den Kopf, was eine ehrliche Antwort war. Das alles ging über ihr sterbliches Begreifen weit hinaus. Es war wunderschön gewesen, ein
faszinierender Blick in die Unsterblichkeit, der sie so tief
berührt hatte, dass sie am liebsten wie ein überwältigtes
Kind losgekichert hätte.

Sie wies auf die Zange neben dem Tisch, die mindestens so verzaubert war wie die stärksten Waffen von

Faerûn. Jedes normale Metall, das man in diesen Feuer-schlund steckte, würde fast augenblicklich schmelzen, doch diese magische Zange stammte noch aus der Zeit, als dieser Ort erbaut worden war.

Bruenor zog die dicken Handschuhe an, die neben dem Werkzeug hingen, und griff nach der Zange. Während er gegen das gleißende Weiß anblinzelte, stocherte er mit der Zange im Feuer herum. Zutiefst überrascht fand er dort nicht zwei Schilde vor, sondern nur einen.

»Was hast du getan, Mädchen?«, fragte er wieder, ehe er die Zange zögernd zurückzog.

Auf der Platte lag sein Schild, und doch war es nicht sein Schild. Das Wappen des schäumenden Bierkrugs war geblieben und glänzte jetzt silbrig wie Mithril, und der Schaum wirkte milchig weiß. Es war mehr als ein Bild – jetzt war es ein Relief. Der Schild, auf dem es saß, erschien ihm vertraut und doch anders, denn nun sah Bruenor in dem Metall und Eisenholz die Spuren der Fä-den: ein schön symmetrisches Spinnennetz.

Vorsichtig berührte er es mit dem Handschuh, starrte dann verwundert hin und zog die Handschuhe aus.

»Das ist nicht heiß?«, staunte er.

Catti-brie lächelte nur. Sie fand noch immer nicht die Kraft zu sprechen.

Bruenor hob seinen neuen Schild auf. »So leicht«, stellte er fest. Dann aber streifte er ihn alarmiert über den Schildarm, tastete kurz herum und atmete hörbar auf, als er einen Bierkrug voll tiefgoldenem Ale hervorzog, des-sen frischer Schaum über den Rand spritzte.

Bruenor starrte durch das Glas und strahlte mit jeder Blase, die in dem Krug aufstieg, umso mehr.

Er führte das Glas an die Lippen, nahm einen großen Schluck und freute sich über den weißen Schaum, der seinen halben Bart überzog. Dann nickte er anerkennend. »Fühlt sich genauso an, macht dasselbe, sieht …« Bruenor inspizierte den Schild gründlicher und fuhr dabei mit den Fingern über die netzartigen Linien. »Sieht ein bisschen anders aus«, sagte er. Aber er nickte zufrieden. »Was hast du noch alles getan, Mädchen?«

»Nun, das finden wir vielleicht gemeinsam heraus«, erwiderte Catti-brie noch leicht abwesend. In Gedanken war sie immer noch bei ihrer Kunst, denn auf diesem magischen Niveau hatte sie noch nie etwas verändert, nicht einmal als sie für Drizzt aus Taulmaril eine Bogenschnalle geschmiedet hatte.

Und sie blickte schon wieder nach vorn, denn in ihren Gedanken entstand eine neue Herausforderung. Deshalb hatte sie fest vor, noch diese Nacht in die große Schmiede zurückzukehren.

Dank der Hilfe von Kimmuriel war Jarlaxle sehr schnell wieder in seiner Taverne, dem Einäugigen Jax in Luskan, und dort ließ der Söldnerführer den Psioniker sofort an seine wichtigste Aufgabe gehen. Während Kimmuriel sich durch Dahlias Gedanken wühlte, warteten Jarlaxle und Artemis Entreri vor der Tür. Der Assassine lief besorgt auf und ab.

»So habe ich dich noch nie erlebt, mein Freund«, stellte Jarlaxle fest.

Entreri starrte ihn wütend an.

»Was ist?«, fragte der Drow unschuldig. »Habe ich nicht genau das getan, worum du gebeten hast? Und dabei selbst viel riskiert?«

Entreri blieb stehen und musterte den Drow. »Das war ja wohl das Mindeste!«

»Wieder die alte Leier?«

»Hatten wir das Thema je abgeschlossen?«

»Ich hatte keine Wahl«, sagte Jarlaxle leise.

»Alegni hat mich Jahrzehnte versklavt!«

»Sonst wärst du vermutlich längst tot …«

»Das wäre mir lieber gewesen!«

»Wirklich?«, fragte Jarlaxle. »Nach allem, was du durchgestanden hast, nach der Rettung von Dahlia wäre es dir lieber, ich hätte dich vor hundert Jahren sterben lassen?«

»Ich wünschte, jemand, den ich als Freund betrachtet habe, hätte mich nicht derart verraten«, antwortete Entreri.

»Ich habe dich zum König gemacht!«, wandte Jarlaxle großspurig ein. »Artemis Entreri, König von Vaasa.« Bei diesen Worten musste er lächeln, denn sie hatten einst, vor langer, langer Zeit, um ein Haar dazu geführt, dass der legendäre König von Damara, Gareth Drachenbann, die zwei erschlagen hätte.

Aber Entreri war nicht nach Lachen zumute.

»Ich habe versucht, dir zu helfen«, sagte Jarlaxle ernster.

»Du wolltest dich selbst retten«, fuhr Entreri ihn an.

»Natürlich! Nur so konnte ich auf deine Befreiung hinarbeiten.«

»Du hast dich selbst aus der Schlinge gezogen. Und dafür hast du mich verraten.«

»Ich habe Calihye gerettet«, erwiderte Jarlaxle, und damit brachte er Entreri immerhin zum Nachdenken. Die Kriegerin Calihye aus den Blutsteinlanden war die erste Frau gewesen, die Entreris Herz erobert hatte, und die Dunkelelfen hatten sie ihm geraubt.

Jarlaxles Dunkelelfen.

Stotternd vor Wut suchte Entreri nach einer Antwort.

»Sie hätte dich getötet«, erinnerte ihn Jarlaxle, denn tatsächlich war die Halb-Elfe außer sich vor Wut auf Entreri losgegangen. Und bei dieser gefährlichen Auseinandersetzung hatte Entreri sie kurzerhand aus dem Fenster auf die Straße geworfen. Er hatte sie für tot gehalten und war verschwunden.

Doch dieser tragische Vorfall hatte ihm das Herz gebrochen. Die blauäugige Halb-Elfe mit dem schwarzen Haar war die erste Frau gewesen, die er je geliebt hatte. Noch heute hörte er in Gedanken ihre Stimme, jenes Lispeln aufgrund einer alten Kampfnarbe, das er so bezaubernd fand.

»Kimmuriel hat sie gerettet. Wir haben sie gerettet«, erklärte Jarlaxle. »Wir haben ihr das Leben und neue Hoffnung geschenkt. Kimmuriel hat damals in ähnlicher Weise mit ihr gearbeitet, wie er es jetzt nebenan mit Dahlia tut. Und sie hatte noch ein langes Leben, mein Freund.«

Entreri sah ihn fragend an, worauf Jarlaxle nickte.

»Ich nehme an, sie lebt noch«, räumte Jarlaxle ein. »Für eine Halb-Elfe ist sie gar nicht so alt.«

Entreris Knie gaben nach. »Und das sagst du mir erst jetzt?«, brauste er halb ungläubig, halb wütend auf.

»Ich weiß es nicht genau.«

»Bregan D'aerthe hatte sie! Als Sklavin!«

»Nein!«, entgegnete Jarlaxle. »Sie war nicht lange bei uns. Und sie war nie eine Sklavin.«

»Ich habe es doch gesehen! Ich habe die Bregan-D'aerthe-Drow getötet, die sie nach Memnon führten.«

»Die habe ich dir geschenkt. Es waren bloß Orks, die wir dafür verwandelt hatten. Damit du ein bisschen Zeit mit Calihye verbringen konntest«, erläuterte Jarlaxle.

Entreri war keineswegs überzeugt.

»Und dann ist sie gegangen«, fuhr Jarlaxle fort. Entreri hatte sie befreit und einige Zehntage mit Calihye in der Stadt Memnon verbracht. Doch eines Morgens war Entreri dort allein erwacht.

»Du meinst, du hast sie geholt. Als du die Nesserer zu mir geführt hast.«

»Ich habe sie geholt«, gab Jarlaxle zu. »Auf ihren Wunsch. Sie wollte nicht länger bei dir bleiben. Mit Hilfe von Kimmuriel hatte sie ihren Zorn abgelegt, und das Leben, das du damals führtest – das wir führten –, konnte sie nicht mehr locken. Sie hatte mich um diese Zeit mit dir gebeten, um sich zu verabschieden.«

»Das ist nicht wahr!«, beharrte Entreri. »Damals habt ihr mir eine ganz andere Geschichte erzählt. Glaubst du, die Jahre hätten meine Erinnerung getrübt? Glaubst du, ich werde alt und vergesslich?«

»Du hast eine Geschichte gehört, die dir reichen sollte«, sagte Jarlaxle. »Und auch das habe ich zugelassen, weil sie dich sonst getötet hätten.«

»Besser, als mich Alegni zu übergeben.«

»Das ist eine andere Geschichte.«

»Es war an dem Tag, nachdem mir Calihye genommen wurde!«

»Und zwar um ihretwillen. Die Nesserer hatten euch gefunden, wenn auch ohne Beistand von Bregan D'aerthe, wie ich dir versichern kann, sondern über das Schwert, das du jetzt wieder trägst. Es ist eine Nesserklinge, wie wir beide wissen, und sie waren weit in der Überzahl, als sie sie holen kamen. Ich habe deine Freundin gerettet, indem ich ihr ihren Wunsch erfüllt und sie aus der Schusslinie gebracht habe.«

»Du hast sie gerettet, indem du mich ausgeliefert hast.«

Jarlaxle zuckte mit den Schultern. »Sie hatten dich sowieso schon. Und mich auch, wenn ich nicht kooperiert hätte.«

Knurrend trat Entreri einen Schritt auf Jarlaxle zu, aber der hob beide Hände und redete weiter.

»Ich dachte, ich könnte schnell mit genügend Männern zurückkommen und dich befreien. Tatsächlich hatte ich mit Oberinmutter Zeerith längst entsprechende Pläne vorbereitet«, erklärte er. »Aber damals wusste ich noch nicht genug von den Zusammenhängen. Den Zusammenbruch des Gewebes und die Zauberpest konnte ich nicht vorhersehen. Oberinmutter Zeerith konnte mir nicht helfen. Niemand konnte das. Wir alle kämpften um unser Leben und unseren Einfluss. Das heißt, mein Freund: Ja, ich habe dich verraten. Und das tut mir unendlich leid. Aber ich kann dir ehrlich versichern, dass ich nie die Absicht hatte, dich diesen Mistkerlen zu überlassen, am allerwenigsten Erzgo Alegni. Ich hoffe, irgendein besonders grausamer Teufel malträtiert heute seine Seele … Aber jetzt wollte ich das wiedergutmachen. Dahlia zurückzuholen war keine Kleinigkeit …«

Er brach ab, denn der Türgriff zum Nachbarraum bewegte sich. Noch ehe Kimmuriel herauskam, nickte Entreri Jarlaxle einlenkend zu, obwohl er nach wie vor ziemlich aufgelöst war. Von den Einzelheiten, die Jarlaxle gerade zu dieser alten Geschichte preisgegeben hatte, schwirrte Entreri der Kopf.

»Was habt Ihr herausgefunden?«, fragte Jarlaxle, als Kimmuriel zu ihnen trat.

»Der Illithide Methil hat Erstaunliches geleistet«, antwortete Kimmuriel. »Es gibt so viele Punkte, die sie in den Wahnsinn zurückschleudern. Sie hatte nur wenige klare Momente.«

»Hatte? Also konntet Ihr etwas erreichen?«, hakte Entreri nach.

»Nein, natürlich nicht«, erwiderte Kimmuriel. »Noch nicht. Das wird eine Weile dauern, aber das Schwarmgehirn wird meine Bemühungen unterstützen. Sie sind noch immer dankbar, dass Erzmagier Gromph sie gebeten hat, an der Neuerbauung des Hauptturms des Arkanums mitzuwirken.« Er sah von Jarlaxle zu Entreri hinüber. »Geh zu ihr, solange der kurze, klare Moment anhält.«

Das musste er Artemis Entreri nicht zweimal sagen. Entreri lief an den beiden Dunkelelfen vorbei und machte hinter sich die Tür zu.

»Ihr habt es gehört?«, fragte Jarlaxle leise.

»Ich dachte, Ihr bräuchtet vielleicht Unterstützung.«

»Er hat geglaubt, was ich gesagt habe, und das kam der Wahrheit sehr nahe«, sagte Jarlaxle. Leicht verunsichert, verlagerte er das Gewicht aufs andere Bein.

»Unvollständig, aber nahe dran«, bestätigte Kimmuriel.

»Die Vereinbarung zwischen Bregan D'aerthe und Nesser sollte nicht bekannt werden«, erinnerte ihn Jarlaxle. »Das ist lange her, und es gibt sie nicht mehr, denn die Teilung hat mehr getrennt als die Welten von Toril und Abeir.«

Dabei beließ er es, denn Kimmuriels unbesorgtes Schulterzucken genügte ihm. Dennoch war Jarlaxle bewusst, dass dies alles weniger eindeutig war, als er behauptet hatte.

Bei Artemis Entreri war es das nie.

An diesem Abend wollte Drizzt das Fest im Thronsaal einfach genießen – schließlich galt es ihm.

Als er eintrat, sangen die Zwerge gerade ein Trinklied. Jeder Mann und jede Frau hatte Schaum auf Bart und Lippen, und alle hoben den Krug für ihn und brüllten: »Elf!«

Natürlich war auch Bruenor da, der zwischen Athrogate, Ambergris und Narbendain an der großen Tafel saß, die sie für diese Gelegenheit aufgestellt hatten. Rechts von Bruenor waren zwei Plätze freigehalten, eigens für Drizzt und Catti-brie.

Drizzt merkte, wie er sich zwei weitere leere Plätze wünschte, denn er dachte an Wulfgar und Regis. Der ganze Anblick katapultierte ihn quer durch Zeit und Raum zu der Feier nach der Rückeroberung von Mithril-Halle.

»Und wo ist mein Mädchen, Elf?«, fragte Bruenor, als Drizzt zu ihm kam.

»Sie sagte, sie würde sich später zu uns gesellen«, antwortete der Waldläufer. »Offenbar hat sie viel zu tun.«

»Allesamt«, sagte Bruenor. »Ohne Pause. Die wollen unbedingt den verdammten Turm wieder aufbauen.«

»Aye, und damit Gauntlgrym retten«, fügte Narbendain hinzu. Diese Erklärung ließ die Zwerge wieder prostend die Krüge heben.

Drizzt nahm Platz, und Bruenor reichte ihm sein Bier. Um sie herum wurde laut geredet und immer wieder gesungen, aber der Drow fühlte sich seltsam abgeschnitten.

Dachte er sich dies alles nur aus? War das Einbildung? Übertrug er seine echten Erinnerungen aus Mithril-Halle an diesen Ort und diese Zeit, wo auch immer er gerade sein mochte?

Oder waren selbst die Erinnerungen nichts als das Werk seiner eigenen Wahrnehmung oder Einflüsterungen von dem unbekannten Wesen, das an den Fäden seiner unzuverlässigen Sinne zupfte?

Er blickte sich im Raum um und tröstete sich mit den Statuen und Sarkophagen neben Bruenors Thron. Dort standen König Emerus Kriegerkron von Felbarr und König Connerad Starkamboss, der Bruenor in Mithril-Halle auf den Thron gefolgt war.

Ein dritter Sarkophag jedoch ließ ihn genauer hinsehen, und trotz seiner Sorgen musste Drizzt lächeln, als er erkannte, wer dort auf der gegenüberliegenden Wand des Throns verewigt war.

Thibbledorf Pwent, ewig wachsam, ewig treu, so grimmig wie verrückt.

Es überraschte Drizzt, wie sehr er diesen unbändigen Zwerg vermisste. Pwent war schon sehr alt gewesen, als Drizzt und Bruenor ihn im Eiswindtal zurückließen, doch als der Ruf erscholl, war Pwent unbeirrt an Bruenors Seite zurückgestürmt und hatte wie ein junger Krieger gefochten.

Auch er hatte eine zweite Existenz erfahren, wenn auch kein zweites Leben. Nach seinem Tod hatte der untote Schlachtenwüter diese Hallen als Vampir durchstreift.

Jetzt hatte er seine Ruhe, und Drizzt konnte sich keinen besseren Wächter vorstellen als diese Statue, die auf Bruenors Thron herabblickte, auf alle, die neben und hinter Bruenor standen, als ewiges Mahnmal für wahre, selbstlose Treue.

Drizzt verzog das Gesicht, als ihm aufging, dass auch der wackere Pwent womöglich nur seinen eigenen, fehlgeleiteten Gedanken entsprungen war. Entweder wurde er schon ewig grausam getäuscht, die schlimmste Folter von allen, oder er war ein Gott. Ein irrer Gott, der aus

Angst und purer Laune heraus erschuf, was er wollte. Und diese Möglichkeit war für Drizzt die schlimmste Lüge von allen.

Er versuchte, nicht höhnisch aufzulachen, nicht klagend aufzuschreien, und erstickte seine Stimme mit einem großen Schluck Bier.

Aber warum sollte er sich beherrschen? Entweder war es sein Spiel oder eines, das ihm aufgezwungen wurde. Doch in jedem Fall ein Spiel. Warum also sein Lachen unterdrücken?

Er warf Bruenor einen ärgerlichen Blick zu, doch ehe der Zwerg sein unpassendes Stirnrunzeln bemerken konnte, begann Drizzt zu staunen. Erst jetzt bemerkte er das merkwürdige Ding an Bruenors Unterarm, einen Miniaturschild oder vielleicht ein Schmuckstück, das seinem berühmten Bierkrugschild glich.

»Bruhaha! Hübsch, nicht wahr, Elf?«, sagte der Zwerg, als er Drizzts Blick bemerkte. Er hob den Arm, damit sein Freund es besser sehen konnte.

»Was …?«, begann Drizzt, aber die Frage blieb unausgesprochen, als der Buckler sich auswärts drehte und zu einem kleinen Schild anwuchs.

Diesen Trick hatte Drizzt schon früher gesehen.

»Was ist das?«, fragte er kopfschüttelnd.

»Mein Mädchen!«, erwiderte Bruenor augenzwinkernd. »Sie hat meinen Schild genommen und den, den du mitgebracht hast, und sie zusammen in die Esse geschoben. Ha! Ist mir immer noch unheimlich!«

»Sie hat sie verschmolzen?«, vergewisserte sich Drizzt, der den wundersamen Schild nun genauer betrachtete. Als er die Spuren von Tiagos Spinnennetzschild darin erkannte, zweifelte er nicht mehr an Bruenors Worten. »Bei den Göttern«, sagte er erschüttert.

»Was ist?«, fragte Bruenor.

Drizzt schüttelte den Kopf, denn er musste nachdenken. Jetzt ahnte er, warum Catti-brie ihn gebeten hatte, seinen Waffengurt zurückzulassen, als er gegangen war, und damit ahnte er auch, warum sie in Wahrheit später kam.

Der Drow schob den Stuhl nach hinten und wollte aufstehen, aber Bruenor hielt ihn fest und sah ihn fragend an.

»Wo willst du hin?«

»Sie ist in der großen Schmiede«, antwortete Drizzt.

»Ewig«, sagte Dahlia zu Entreri, als dieser an ihrem Bett kniete. »Ich werde dir für immer dankbar sein. Du ahnst ja nicht ...«

Dann brach ihre Stimme, und sie begann zu weinen. Entreri zog sie in die Arme. Er brauchte ihre Nähe so sehr, wie sie jetzt ihn brauchte. Nach einer ganzen Weile schob er sie auf Armeslänge von sich und blickte in ihre schönen Augen.

»Ich war genauso verloren wie du«, sagte er.

Dahlia lachte kurz auf und schüttelte den Kopf. »Du weißt doch nicht annähernd ...«

»Ich war ein Gefangener von Haus Baenre«, versicherte er ihr. »Viele Zehntage. Ich weiß Bescheid. Und dich dort zu wissen ...«

Jetzt brachen auch seine Worte ab. Stattdessen zog er sie wieder an sich, wiegte und küsste sie und spürte eine Wärme, die er in den vielen Jahren seines langen Lebens selten gekannt hatte.

»Du und Jarlaxle und Drizzt, ja?«, sagte Dahlia irgendwann.

»Und ein paar andere. Aber, ja.«

»Ihr seid alle drei gekommen. Meinetwegen. Das werde ich niemals vergessen.«

Entreri musterte sie besorgt. Schließlich hatte sie Drizzt erwähnt, der mehrere Jahre ihr Gefährte gewesen war. Sosehr er Drizzt inzwischen als Verbündeten oder gar als Freund betrachtete – der Gedanke, Dahlia an den Waldläufer zu verlieren, war ihm unerträglich. Sie überhaupt wieder zu verlieren erschien ihm unerträglich.

»Aber vor allem du, ja?«, fragte Dahlia. »Du hast dafür gesorgt, dass sie mitkamen und mich holten.«

»Ich wäre auch allein gegangen.«

Dahlia nickte, denn sie glaubte ihm ohne Vorbehalte, und als ihre Mundwinkel lächelnd nach oben gingen, liefen die Tränen hinein, die über ihre Wangen strömten. »Ich weiß nicht mehr viel«, sagte sie. »Mir schwirrt der Kopf, und ich kann nicht klar denken.«

»Das wird Kimmuriel in Ordnung bringen«, versicherte ihr Entreri.

»Aber eines weiß ich.« Sie hob die Hand und strich dem Mann über die ebenfalls tränennasse Wange. »Ich weiß, dass ich dich liebe, Artemis Entreri. Nur dich. Für immer und ewig.«

»Ich liebe dich«, erwiderte Entreri und nahm sie erneut in den Arm.

Diese Worte hatte er ewig nicht ausgesprochen. Seit seinen frühesten Kindertagen, ehe seine Mutter ihn so grausam verraten hatte, hatte er sie nicht mehr gesagt. Er hatte nicht geglaubt, dies jemals wieder auszusprechen.

Und doch war es geschehen, ohne Vorbehalt, ohne Angst. Das war das Erstaunlichste.

Artemis Entreri war noch nie so sehr mit sich im Reinen gewesen.

Erschöpft und schwitzend, aber unglaublich zufrieden hielt Catti-brie den wundervollen Krummsäbel vor ihre großen blauen Augen, in denen sich die Sterne aus der neuen Glasstahlklinge von Blaues Licht spiegelten.

Der Säbel hatte die gleiche Form wie Blaues Licht, womit er in der Größe perfekt zu Eisiger Tod passte. Und auch einen Teil der mächtigen Schutzmagie von Blaues Licht hatte Catti-brie wiederherstellen können. Doch jetzt besaß die Waffe die Klinge von Vidrinath: funkelnder Glasstahl und unvergleichlich stark und haltbar. Sie würde nie wieder brechen. Der Krummsäbel konnte Vidrinaths Namen, Wiegenlied, alle Ehre machen, denn auf Wunsch seines Besitzers erzeugte er das Schlafgift der Drow.

Eine passende Ergänzung für Drizzt, dachte sie, denn ihr Mann wollte nicht töten, solange es nicht zwingend erforderlich war.

Schweigend dankte sie dem Urelementar, der ihr diese Erkenntnisse gewährt und ihr die wahre Macht der großen Schmiede von Gauntlgrym offenbart hatte. Diese Gaben gingen weit über das hinaus, was ein normales Feuer, ganz gleich wie heiß, je zustande bringen würde. Das war mehr als der glühende Ausläufer des Urelementars. Es war uralte Magie, das Geschenk eines göttlichen Wesens, das Catti-brie ehrfürchtig und zutiefst dankbar annahm.

Jetzt war sie noch mehr davon überzeugt, dass ihre Bemühungen den Hauptturm des Arkanums in Luskan wiederherstellen und Gauntlgrym retten würden.

Die Tür schwang auf, und Drizzt stürmte herein, gefolgt von Bruenor und einer Horde schwankender, betrunkener Zwerge.

»Was machst du da?«, wollte Bruenor wissen.

Drizzt eilte zu ihr und starrte den Krummsäbel an.

»Vidrinath und Blaues Licht«, erklärte Catti-brie, wozu der Drow nickte. Genau das hatte er erwartet, als er aus dem Thronsaal gerannt war.

Wortlos nahm er ihr die Waffe ab, hielt sie in die Höhe, prüfte ihre Ausgewogenheit und spürte ihre Kraft. Eine so starke Waffe hatte er noch nie geführt. Als er die Kraft von Vidrinath in dem Krummsäbel spürte, staunte Drizzt noch nachträglich, dass er Tiago Baenre besiegt hatte.

Von den winzigen Sternen darin blickte er zu der schönen Frau, die ihm dieses Geschenk machte, und war überwältigt. Er zog sie an sich.

Doch dann erfüllte ihn abermals Entsetzen, dass dies alles doch eine Illusion sein mochte, eine Täuschung oder eine Selbsttäuschung. Es war, als stünde er auf Treibsand und als ob die Welt nie wieder ins Lot kommen würde.

Umarmte er in Wahrheit eine Dämonenkönigin?

Kapitel 4

Moradi Topolino

Am Ende des Wegs zwischen den Hecken, der von der Hauptstraße in das wohlhabendere Viertel von Delthuntle führte, standen zwei kräftige Halbling-Wachen. Sie versuchten, sich einen harmlosen Anstrich zu geben, obwohl die ganze Stadt Bescheid wusste, und plauderten miteinander. Aber ihre Augen suchten unablässig die Umgebung ab.

Regis grinste bei ihrem Anblick. Zusammen mit seinem Begleiter duckte er sich hinter die Ecke einer Taverne unten an der Straße.

»Das ist der Ort?«, erkundigte sich Wulfgar.

»Moradi Topolino«, antwortete Regis.

»Es ist fünf Jahre her«, erinnerte ihn Wulfgar. »Da kann sich vieles ändern.«

Regis bedachte ihn mit einem missbilligenden Blick, denn er war innerlich nicht bereit, eine derart unerwünschte Vorstellung zu erwägen.

»Donnola Topolino ist so gewieft wie Jarlaxle«, erwiderte er leicht verstimmt. »Wenn das da die Moradi Topolino dort ist – und das ist sie –, dann ist sie auch dort.«

Wulfgar begann: »Die Nächte in Delthuntle sind einsam ...«, biss sich jedoch schnell auf die Zunge. Dennoch hatte er genug gesagt, um zu sehen, dass auch Regis sich fragte, ob Donnola ihm so treu geblieben war wie er ihr.

»Was zwischen uns war, war echt«, stellte der Halbling fest, während er sehnsüchtig zu dem Haus hinüberstarrte.

»Das dachte ich einst auch«, sagte Wulfgar, womit er auf Catti-brie anspielte. Bis Wulfgar im Abgrund in die Klauen einer Yochlol geraten war, hatte er Catti-brie innig geliebt …

»Donnola weiß, dass ich zurückkomme«, hielt Regis dagegen. »Deshalb ist das hier etwas anderes. Damals hielten wir alle dich für tot, Wulfgar, und wir hatten jeden Grund dafür.«

»Ich weiß, ich weiß«, sagte Wulfgar beschwichtigend und lächelte zerknirscht.

»All die Jahre, und immer noch bist du verbittert«, sagte Regis, doch dann holte er verwundert Luft. »Hast du mich deshalb begleitet? Weil du dir in Gegenwart von Catti-brie und Drizzt noch immer nicht traust?«

Wulfgars Lachen klang ehrlich. »Nein, natürlich nicht. Mir geht es um Abenteuer, die sich nicht in einer Zwergenmine abspielen.« Er legte Regis eine Hand auf die Schulter und sah ihm in die grauen Augen. »Nein, mein Freund. Ich habe diese Dinge nur in den Raum gestellt – und ganz gewiss zu Unrecht –, weil ich gerade ein wenig Angst um dich habe. Ein paar Jahre sind schließlich eine geraume Zeit.«

»Du hast nichts gesagt, was ich nicht selbst befürchte«, gestand Regis. »Seit das Schreckgespenst von Schwarze Seele mich von diesem Ort verjagt hat, habe ich von diesem Moment geträumt: dass ich sie wiederfinde und in die Arme nehme.« Er wandte sich erneut dem Haus zu. »Während ich auf den Tag unseres Wiedersehens wartete, sah ich Donnola im Geiste bei den Grinsenden Ponys neben mir, sie begleitete mich in Gedanken zu Kelvins Steinhügel und dann durch den Norden nach Mithril-Halle. An ihr habe ich mich festgehalten, als wir durch das Unterreich irrten.« Er holte tief Luft. »Ich habe von diesem Moment geträumt und ihn gleichzeitig gefürchtet«, gab er zu. »Wenn sie nicht da ist …«

»Sie ist da«, erklärte Wulfgar, womit er Regis überraschte. »Sie ist da und wartet auf dich.«

»Aber du sagtest doch gerade …«

»Vielleicht habe ich es nicht verstanden. So habe ich dich noch nicht von ihr reden hören. Wenn du sie derart liebst, muss ich davon ausgehen, dass auch sie tiefe Gefühle für dich hegt. Du hättest den Rest deines Lebens auf sie gewartet, stimmt's?«

Regis nickte lächelnd. »Noch auf meinem Totenbett hätte ich zur Tür geblickt und erwartet, dass sie eintritt.«

»Nun, du hast Glück und mächtige Freunde, deshalb wirst du so lange nicht warten müssen«, sagte Wulfgar. »Gehen wir, Regis – Spinne Paraffin. Zu deiner alten Liebe.«

Wulfgar wollte um die Ecke biegen und zog Regis an der Schulter hinter sich her. Dann jedoch blieb er noch einmal stehen, um das Haus gründlich zu mustern. »Passe ich da überhaupt rein?«, fragte der knapp sieben Fuß große Barbar.

»Ducken«, empfahl Regis. »Und setz dich nicht auf Stühle mit Armlehnen. Sonst bekommen wir deine breiten Hinterbacken bestimmt nicht aus ihrem festen Griff.«

Lachend beschritten die beiden scheinbar so ungleichen Gefährten, von denen der eine doppelt so groß und sicher dreimal so schwer war wie der andere, die Straße zur Moradi Topolino. Auf halber Strecke fielen sie den Wachen auf, die sie neugierig musterten.

Die zwei traten ihnen in den Weg, und prompt tauchten aus den Hecken weitere auf, von denen nicht wenige die gespannte Armbrust bereithielten. Haus Topolino war sichtlich auf der Hut, was Regis besorgt stimmte.

»Wer seid ihr?«, wollte die eine Wache wissen.

»Was wollt ihr hier?«, fragte gleichzeitig eine zweite, doch kaum hatte er diese Worte ausgesprochen, als mehrere Halblinge plötzlich »Spinne!« riefen. Daraufhin dämmerte es auch den beiden, die ihnen den Weg versperrten, und ein breites Lächeln trat auf ihre Mienen.

»Spinne?«, wiederholten beide und kamen näher.

Regis begrüßte sie, und alle drei schüttelten sich freundschaftlich die Hand und umarmten einander. An Donfellow erinnerte auch er sich.

»Mein Freund Wulfgar«, stellte Regis seinen Begleiter vor. Dabei sah er jedoch nicht zu Wulfgar, sondern zu den vielen Wachen, die aus ihren Verstecken gesprungen waren, und den anderen hinter den Büschen, die er jetzt erst wahrnahm.

»Reine Vorsicht«, antwortete Donfellow auf Regis' fragenden Blick.

»Die neuen Sitten in Moradi Topolino«, ergänzte der zweite Wächter. »Seit der Nacht, in der du verschwunden bist, lässt Großmutter Donnola nicht zu, dass wir je wieder überrascht werden.«

»Niemals!«, bestätigte Donfellow entschlossen.

»Donnola«, flüsterte Regis. Er war den Freudentränen nah. Sie lebte!

»Großmutter?«, fragte Wulfgar, der Regis sichtlich verwirrt anstupste.

»Ein Rang, kein Familienstand«, erklärte Regis. Zu Donfellow sagte er: »Bitte kündigt mich nicht an.«

Der Wächter musterte ihn argwöhnisch.

»Ist sie jemandem versprochen?«, fragte Wulfgar zur allgemeinen Überraschung, was Regis' Bitte jedoch erklärte.

»Spinne?«

»Ihr könnt natürlich alle meine Waffen an euch nehmen und auch meinen Freund hierbehalten. Aber bitte lasst mir meinen Überraschungsauftritt bei Donnola.«

Diesmal nickte Donfellow bereitwillig. »Und, nein«, antwortete er Wulfgar. »Sie hat in den letzten Jahren an niemandem Interesse gezeigt.« Er sah Regis ins Gesicht. »Vielleicht verstehe ich jetzt den Grund.«

Wulfgar erklärte sich einverstanden, draußen bei den Wachen zu warten, während Donfellow Regis in die Moradi Topolino führte. Dort wurden sie in der Eingangshalle von einer weiteren Wache empfangen und mussten kurz warten, bis diese den Hauszauberer Flinkfinger geholt hatte.

»Ich sagte doch, ich käme wieder«, erklärte Regis grinsend, als der clevere Taschenspieler oben an der Treppe auftauchte. Ein Zwinkerzauber brachte Flinkfinger direkt zu Regis, und ehe dieser begriff, wie ihm geschah, wurde er schon wieder umarmt.

»Ich bin ja so froh darüber!«, antwortete der Zauberer unerwartet überschwänglich. Flinkfinger hatte für Spinne nie viel übriggehabt und war nie sonderlich nett zu ihm gewesen. Er war aber auch nicht sein Feind und hatte Regis in jener furchtbaren Nacht, als Schwarze Seele nach ihm gesucht hatte, zur Flucht verholfen. Diese Begrüßung jedoch überraschte Regis, und das war an seinem Gesicht abzulesen.

»Sie hat diesen Zwischenfall nie richtig überwunden«, erklärte Flinkfinger ernst.

»Den Tod von Pericolo«, überlegte Regis, doch Flinkfinger schüttelte den Kopf.

»Großvater Pericolo haben wir natürlich angemessen betrauert. Und ihn beigesetzt. Solche Verluste sind schlimm, aber zu erwarten. Nein, mein alter Freund. Donnolas Schmerz beruht eher auf Erwartungen und unterdrückten Gefühlen als auf Trauer.«

Regis und der Zauberer sahen einander in die Augen. »Bring mich zu ihr«, verlangte Regis, und Flinkfinger nickte.

»Ach, was für ein schöner Tag!«, sagte der pausbäckige Halbling Brister-Biggus zu Wulfgar, während er ihm noch ein Glas Whiskey reichte.

Nachdem Regis im Haus verschwunden war, hatten die Wachen Wulfgar durch das Heckenlabyrinth geführt – das für den großen Barbaren, der selbst über die höchsten Hecken hinwegsehen konnte, kein echtes Labyrinth war. Ungefähr in der Mitte der Hecken kamen sie mehrere Posten später zu einer Lichtung, wo ein angezapftes Fässchen wartete. Sofort tauchten ein paar andere Halblinge auf, und das Gelage begann. Die Halblinge reichten ihre Getränke herum, verschütteten dabei einiges, stießen wiederholt miteinander an und erfanden sogar ein kleines Lied:

Jeder Freund von Spinne
Greift in seinem Sinne
Gern zum guten Tropfen
Mag auch Witze klopfen
Und freut sich an der Minne.

»Minne?«, fragte Wulfgar nach einem Refrain, als Brister-Biggus mit ihm anstoßen wollte.

»Alles improvisiert, weißt du«, erwiderte Brister-Biggus. »Die richtigen Wörter kommen dann schon, wenn wir 'n paar mehr sind.«

»'n paar«, wiederholte Wulfgar seine etwas gedehnte Sprechweise und hob sein Glas. Dabei stellte er fest, dass Brister-Biggus so einiges von seinem Getränk verschüttete.

Wulfgar grinste wissend und lachte, als wie aus dem Nichts ein dralles Halbling-Mädchen auftauchte, das sich auf seinen Schoß setzte und natürlich ein weiteres volles Glas für ihn mitbrachte.

»Noch 'n paar«, brüllte Wulfgar ziemlich verwaschen und kippte sich Brister-Biggus' Whiskey hinter die Binde. »Auf Spinne!«, rief er noch lauter und kippte das Glas herunter, das von dem hübschen Halbling-Mädchen stammte. »Mehr!«

Und prompt brachten sie mehr. Das Mädchen hüpfte auf seinem Schoß auf und ab und stimmte in das Lied und die allgemeine Fröhlichkeit ein.

Scheinbar.

Wulfgar registrierte auch, dass die Halblinge Aegisfang verstohlen immer weiter aus seiner Reichweite zogen, Stückchen für Stückchen an der Hecke entlang.

»Und wie lange kennt ihr unseren guten Herrn Spinne schon?«, fragte Brister-Biggus, der bereits zu torkeln schien.

Schien.

»Mindestens hundert Jahre!«, verkündete Wulfgar, was allen schallendes Gelächter entlockte, denn für die Topolinos war Spinne Anfang zwanzig, und die meiste Zeit davon hatten sie den kleinen Kerl gekannt oder

zumindest von ihm gewusst. »Zweihundert!«, rief Wulfgar und leerte das nächste Glas. »Aye, und wir ham viele
Kämpfe ausgefocht... geficht... gefechtet«, rettete er
sich und bemühte sich um einen verwirrten Blick. »Aye,
mit Drow un' Drachen gefechtet, Orks un' Streif'n-
hörnch'n.«

Das brachte ihm übertriebene Lachsalven ein. Wulfgar
fand es ziemlich lustig, wie die anderen sich bemühten,
betrunken zu erscheinen.

»Doch, wirklich«, sagte er ernst, stand schnell auf und
ließ das Halbling-Mädchen dabei einfach auf ihren Hintern fallen, was den anderen erneut brüllendes Gelächter entlockte. »Riesenstreif'nhörnch'n mit Riesenzäh-
nen!«

Brister-Biggus krümmte sich vor Lachen.

»Und schschsch!«, fuhr Wulfgar fort, der schwankend
einen Finger an die Lippen legte, während er um Ruhe
bat. »Schsch. Ich weiß nämlich ein Geheimnis!«

»Ah, ein Geheimnis«, wiederholte Brister-Biggus, der
ebenfalls einen Finger an die Lippen legte. Alle Halblinge kamen neugierig näher.

»Ich hab ein Geheimnis«, sagte Wulfgar mit übertriebenem Nicken. »Als ich ein junger Mann war, ach was,
noch kein Mann, da wurde ich auf dem Schlachtfeld gefangen genommen. Man hatte mir einfach die Beine weggerissen.« Um der Wirkung willen flocht er ein wenig
Zwergendialekt ein. »Aye, bin auf meinen Arsch ge-
plumpst und hab glatt die Fahne fallen lassen.« Er sah
sich um und hielt wieder den Finger an die Lippen.
»Schsch. Das wäre mein Tod gewesen, denn ein wildes
Biest ging auf mich los.«

»Und Spinne hat dich gerettet?«, fragte Brister-Biggus
gespannt.

»Ha!«, schrie Wulfgar auf, was alle Halblinge erschrocken zurückweichen ließ. »Spinne?« Wulfgar lachte ungläubig. »Pah, der doch nicht. Der war ja auf der anderen
Seite. Sein Freund war es doch, der mich umgehauen
hat!« Er richtete sich zu voller Größe auf und verschränkte die starken Arme vor der Brust. »Sein Freund«,
verkündete er mit klarer, starker Stimme ohne einen
Hauch von Trunkenheit. »Ein wahrhaft edler Zwerg, ein
echter König, der mich nicht tötete – was er zweifellos
hätte tun können –, sondern mich als seinen Sohn annahm. Und er hat mir den hier gemacht.« Als er »Tempus« flüsterte, lag der Streithammer in seiner Hand, und
die Halblinge schnappten erneut nach Luft. »Denn, aye,
mein Vater ist König Bruenor Heldenhammer von Mithril-Halle, und ich habe nie einen besseren Zwerg gekannt!« Da inzwischen hinter den Hecken bestimmt ein
Dutzend Armbrüste auf ihn gerichtet waren, senkte
Wulfgar Aegisfang wieder und reichte ihn Brister-Biggus. »Schöne Waffe, was?«

Der Halbling nahm den Hammer und wäre beinahe
vornübergekippt.

»Und, mein guter Herr Brister-Biggus«, fuhr Wulfgar
fort, »weißt du, was König Bruenor mir noch geschenkt
hat?«

»Was könnte das wohl sein?«, fragte der neugierige
Halbling, der gerade in mehrfacher Hinsicht aus dem
Gleichgewicht geraten war. Er drehte sich ein wenig seitwärts, damit Wulfgar ihm nicht so leicht den Hammer
entreißen konnte, was der Barbar freilich gar nicht nötig
gehabt hätte.

»Magenwärmer«, antwortete Wulfgar. »Aye, jede
Menge Magenwärmer.« Er bemerkte das wissende Nicken, als er den berühmten Zwergenschnaps erwähnte.

»Deshalb kann ich euch nur sagen, dass euer Whiskey zwar ganz vorzüglich ist, mich aber weder betrunken macht noch meine Zunge lockert.«

Daraufhin legte sich abrupt die fröhliche Stimmung, und alle musterten ihn argwöhnisch.

»Aber wir brauchen uns überhaupt nicht zu besaufen, denn ich kann euch tausend Geschichten erzählen, und dazu bin ich gern bereit. Ich bin ein Freund von Spinne – von Regis, den mein Vater, König Bruenor, immer Knurrbauch nannte.«

»Willst du etwa behaupten, der, mit dem du gekommen bist, ist nicht unsere Spinne?«, fragte Brister-Biggus misstrauisch.

Wulfgar hörte es in den Hecken rascheln, weil offenbar sofort ein paar Halblinge zum Haus rannten, um Donnola zu warnen. »Natürlich ist er das. Aber da ist noch so viel mehr. So viel. Wir sind durch halb Faerûn gereist, um euch zu finden, um Spinnes Liebe wiederzufinden. Also braucht ihr nicht zu fürchten, dass ich meinen Hammer«, er rief die Waffe wieder in seine Hand zurück, »je im Zorn gegen ein Mitglied oder die Herrin von Moradi Topolino erheben würde.«

Er hockte sich wieder, schnappte sich das Halbling-Mädchen und setzte es zurück auf seinen Schoß. Dann stimmte er das Halbling-Lied an: »Jeder Freund von Spinne …«, ging aber schnell zum Summen über, weil ihm der Wortlaut bereits entfallen war. Er summte weiter, während die anderen das Lied aufnahmen, und machte nur Pause, um zwischendurch ein Glas Whiskey und dann noch eins zu trinken.

»Also, erzähl uns eine Geschichte!«, rief einer der Halblinge.

»Gegen einen Kuss!«, sagte Wulfgar zu dem Mädchen

auf seinem Schoß, und als es seiner Bitte nachkam, fuhr er ernster und mit gefährlich blitzenden Augen fort: »Hat einer von euch jemals einen weißen Drachen in seinem Hort aufgespürt? Ich schon, und ich habe ihn auch getötet!«

»Du hast einen Drachen getötet?«, fragte einer skeptisch.

»Ein so junger Mann wie du?«, schloss sich ein zweiter Zweifler an.

»Damals war ich sogar noch jünger«, erklärte Wulfgar, ohne zu erwähnen, dass das in einem anderen Leben gewesen war. »Oh, und Eisiger Tod aus dem Eiswindtal war nicht sehr begeistert, als ich und Drizzt Do'Urden, der Waldläufer, dort auftauchten.«

Jetzt hatte er ihre volle Aufmerksamkeit und bemerkte, dass bei der Erwähnung des berühmten Waldläufers einige nickten.

»Ja, mein Freund, der Drow«, bestätigte Wulfgar.

Bei dieser Beschreibung erschrak das Mädchen auf seinem Schoß, und mehrere andere, die offenbar noch nicht von Drizzt gehört hatten, schnappten nach Luft.

»Wollt ihr wissen, wie ich den Drachen getötet habe?«, fragte er, beugte sich vor und senkte die Stimme.

Alle nickten eifrig, und auch aus der Hecke kamen mehrere Jastimmen.

Wulfgar lächelte, denn er hatte tatsächlich eine gute Geschichte, die ihm zumindest ein paar weitere Gläser von dem guten Whiskey einbringen würde.

Regis lief in dem wohnlichen kleinen Atelier auf und ab, in dem Flinkfinger ihn zurückgelassen hatte. Zweifellos war der Magier nicht weit und beobachtete ihn vermutlich sogar mit einem Weissagungsspruch nach dem anderen, bis er endlich begriff, dass Spinne wahrhaftig zurück war.

Nach einer halben Ewigkeit, in der die Mittagssonne ihren Weg zum westlichen Horizont durchlaufen hatte, öffnete sich auf magische Weise eine Seitentür. Regis zögerte. War das eine Einladung in den nächsten Raum oder …

Da war sie! In der offenen Tür stand Donnola Topolino. Sie stand da wie erstarrt und schien zu schwanken, als würden ihre Knie weich, worauf Regis ihr sofort entgegeneilte.

»Spinne!«, flüsterte sie. Tränen stiegen in ihre schönen Augen, und auch Regis schniefte ein paarmal, während er das Dutzend Schritte bis zu ihr hinter sich brachte, um endlich, endlich bei ihr zu sein.

Am liebsten hätte er sie regelrecht umgerannt, aber er war doch ein wenig unsicher, sodass er sich kurz zuvor etwas bremste.

Stattdessen flog Donnola ihm entgegen, schlang die Arme um ihn und küsste ihn hundertfach. Das ließ sich Regis gern gefallen und sank unter seiner Geliebten zu Boden.

»Spinne!«, sagte sie zwischen ihren Küssen. »Spinne! Ich wusste es. Ich wusste es. Du wärst nicht fortgeblieben, niemals!«

»Ich habe es doch versprochen«, flüsterte er. »Niemals würde ich brechen, was ich dir verspreche.«

Diese letzten Worte waren schwer zu verstehen, denn sie erstickten unter dem ausgiebigen Kuss, den Donnola ihm gab. Plötzlich kam es Regis so vor, als wäre er nie fort gewesen, und gleichzeitig hatte er das Gefühl, ewig und viel zu lange weg gewesen zu sein.

»Ich habe auf dich gewartet«, raunte sie. »Ich wusste, du kommst wieder.«

Regis grinste und nickte.

Da zeigte sich plötzlich Panik auf Donnolas Gesicht. »Wie lange?«, fragte sie. »Wie lange bleibst du?«

Regis blickte ihr aus nächster Nähe tief in die Augen. »Für immer«, versprach er. »Für immer.«

Kapitel 5

Sava-Figuren

»Derzeit gibt es viele Wahrheiten«, sagte die junge Drow zu ihren weit älteren Tanten.

»Und viele beruhen auf Häresie«, erwiderte Sos'Umptu Baenre, die gegenüber der jungen, aber mächtigen Yvonnel geradezu scheltend klang. Neben ihr rutschte Quenthel Baenre, die nur noch dem Titel nach Oberinmutter von Menzoberranzan war, unruhig herum und warf ihrer frommen Schwester sogar einen warnenden Blick zu.

Sie waren gerade Zeuge geworden, wie Yvonnel ein unvergleichliches Machtspektakel entfesselt hatte, wie es wohl noch kein Drow in Menzoberranzan gesehen hatte – nicht einmal Quenthel und Sos'Umptu, die miterlebt hatten, wie ihre Mutter das abtrünnige Haus Oblodra mit Stumpf und Stiel samt all seinen Bewohnern in den Klauenspalt gestürzt hatte. Doch die gerade freigesetzte magische und nichtmagische Macht, wo sich in dem lebenden Gefäß von Drizzt Do'Urden alles vereint hatte, was Menzoberranzan aufbieten konnte, stellte selbst jene unglaubliche Tat von Oberinmutter Yvonnel Baenre in den Schatten. Die Explosion war so mächtig und zielgerichtet gewesen, dass sie den nahezu göttlichen Dämonenfürsten Demogorgon in eine wirbelnde, blubbernde Schleimlache verwandelt hatte.

»Wer maßt sich ein solches Urteil an?«, fragte Yvonnel Sos'Umptu. »Ihr?«

»Es gibt das Herrschende Konzil ...«

Yvonnels spöttisches Lachen schnitt ihr das Wort ab. »Ihr wollt tatsächlich zum Konzil laden, nachdem Haus Melarn gerade offen ein anderes herrschendes Haus angegriffen hat, mit dem erkennbaren Segen und Rückhalt von Haus Barrison Del'Armgo? Was erhofft Ihr Euch davon?«

»Es gibt ein Protokoll!«

Yvonnel lachte wieder. Kopfschüttelnd fixierte sie Oberinmutter Quenthel. »Ihr werdet kein Konzil einberufen«, befahl sie.

»Ihr wollt, dass wir Erzmagier Gromph verzeihen«, sagte Sos'Umptu, noch ehe Quenthel reagieren konnte.

Yvonnel warf ihr einen drohenden Blick zu, den Quenthel bereits kannte. Nach einem solchen Blick hatte Yvonnel ihr äußerst schmerzhaft die Wahrheit über ihre Kräfte enthüllt. Aber die selbstsichere Sos'Umptu war stur genug, nicht lockerzulassen.

»Gromph hat Demogorgon hierhergebracht.«

»Er wurde getäuscht«, antwortete Yvonnel.

»Das ist keine Entschuldigung.«

»Von der Herrin Lolth getäuscht«, fuhr Yvonnel fort.

Erst das schien Sos'Umptu zum Schweigen zu bringen, worüber Quenthel froh war.

»Das weiß ich aus meinem Kontakt zu der Hexe K'yorl«, erklärte Yvonnel weiter. »Im Rauch des Abgrunds hat die Herrin Lolth K'yorls Gestalt angenommen und dann K'yorls Sohn Kimmuriel Geheimnisse zur Schwächung des Faerzress und für den Ruf nach Demogorgon übertragen. Gemäß den Anweisungen der Spinnenkönigin sollte Kimmuriel Erzmagier Gromph täuschen, und genau das tat er. Damit hat Gromph, als er Demogorgon rief, nur den Willen der Herrin Lolth ausgeführt. Nicht mehr und nicht weniger. Sollen wir ihn dafür bestrafen?«

Die Baenre-Schwestern wechselten einen Blick. Beide wirkten in diesem Moment ziemlich betreten.

»Die Herrin Lolth hat uns mit Demogorgon heimgesucht?«, fragte Sos'Umptu mit stockender Stimme.

»Damit wir durch unseren Glauben obsiegen«, erklärte Quenthel, als wolle sie sich mit diesen Worten selbst Mut zusprechen. »Wir haben ihr gedient, indem wir ihn besiegten.«

»Wer kennt schon die Wünsche und Pläne der Lolth?«, fragte Yvonnel. »Wer kennt sie wirklich?«

»Das steht uns nicht zu«, pflichtete Sos'Umptu ihr bei.

»Ich soll Gromph also wieder zum Erzmagier von Menzoberranzan machen?«, vergewisserte sich Quenthel.

Yvonnel lachte. »Natürlich nicht! Tsabrak Xorlarrin dient Haus Baenre in dieser Position gegenwärtig besser, besonders angesichts der Bitte von Oberinmutter Zeerith, sie wieder in der Stadt aufzunehmen. Dann wäre Zeerith Xorlarrin uns viel schuldig, und ihr Sohn ließe sich leicht manipulieren.« Achselzuckend schnaubte sie. »Ist Gromph kontrollierbar?«

Am liebsten hätte Quenthel sie angefahren: »Seid Ihr es?«, verbiss sich diese Reaktion jedoch. Sie kannte die Antwort und fürchtete die Folgen, wenn sie die Frage auch nur aufwarf.

Dennoch hatte sie sich offenbar nicht genug im Griff gehabt, denn Yvonnel warf ihr ein abschätziges Lächeln zu.

»Ich habe Interesse daran, dass Haus Baenre an der

Spitze der Hierarchie von Menzoberranzan bleibt«, fuhr Yvonnel danach fort, eine Bemerkung, welche die beiden älteren Baenres aus dem Konzept brachte. »Nur darum erzähle ich Euch dies von Gromph und rate Euch, ihn gnädig aufzunehmen«, sagte die junge Frau. »Er ist ein mächtiger Verbündeter und wäre gegebenenfalls auch ein gefährlicher Feind. Daher sollten wir diese Verbindung lieber sichern.«

Trotz ihrer offenkundigen Abneigung gegenüber Yvonnel nickte Sos'Umptu unwillkürlich. Für Quenthel hingegen schien das Thema Gromph plötzlich gegenüber einem zweiten Aspekt aus Yvonnels Worten zweitrangig.

»Ihr ratet uns dazu?«, wagte sie zu fragen.

Yvonnel nickte. »Ihr seid die Oberinmutter, nicht wahr?«

Quenthel starrte Yvonnel lange an, weil sie jeden Moment einen Rückzieher erwartete.

»Und wer seid dann Ihr, Yvonnel, Tochter des Gromph?«, fragte Sos'Umptu vorsichtig.

»Gute Frage«, erwiderte Yvonnel. »Die sollte ich mir selbst stellen.«

Damit drehte sie sich um und verließ den Audienzsaal. Ebenso irritiert wie verwirrt starrten ihre beiden Tanten ihr nach.

»Ihre Macht beruht darauf, uns im Ungewissen zu lassen«, erklärte Quenthel leise.

Nachdenklich ging Yvonnel in den Saal der Weissagung von Haus Baenre. Sie trat an das Wasserbecken, fuhr über seinen glatten Rand und dachte an das wundersame Gefühl, wie sie die Hände in den Stein versenkt und dort K'yorl Odrans wartende Hände gefunden hatte.

Sie vermisste K'yorl und hatte den Moment bedauert, in dem K'yorl von der Macht der kinetischen Schranke, die sie aus dem Schwarmgehirn der Illithiden auf den Körper von Drizzt Do'Urden übertragen hatte, verzehrt worden war.

In vielerlei Hinsicht war Yvonnel zu der Einsicht gekommen, dass K'yorl Odran, die abtrünnige Verräterin, in Wahrheit ein größeres Wesen war als die Priesterinnen der Spinnenkönigin. Ihre Gedanken und Taten dienten einem höheren Zweck als ein Leben, das lediglich die Dämonenkönigin der Spinnen amüsierte und ihr grausame Befriedigung verschaffte. In dem gequälten Geist von K'yorl hatte Yvonnel einen Ort der Freiheit entdeckt, den keine Oberinmutter je kennen würde.

Sie dachte an ihren Onkel Jarlaxle und an jenen außergewöhnlichen Drow-Waldläufer, den sie als Held der Lolth bezeichnet hatte – dass sie ausgerechnet Drizzt Do'Urden diesen absurden Titel verliehen hatte, brachte sie immer noch zum Lachen.

»Wer bist du, Drizzt Do'Urden?«, fragte sie hörbar, während sie in das stille Wasser blickte.

Wenn K'yorl hier gewesen wäre, hätte Yvonnel jetzt einen Wahrsagezauber versuchen können, um dem Schurken an der Oberfläche nachzuspionieren.

Sie konnte sich Menzoberranzan nehmen. Sie würde zur Legende werden, eine gefürchtete Halbgöttin unter den Dunkelelfen. Man würde ihr jeden Wunsch erfüllen.

Yvonnel dachte an Jarlaxle und seine Worte über Drizzt Do'Urden. Wie lächerlich ihr das vorgekommen war! Sie rief sich ihr letztes Gespräch mit dem Söldnerführer ins Gedächtnis, in dem Jarlaxle sie einer Reaktion angeklagt hatte, die sie nie ernsthaft in Betracht gezogen hatte.

Doch wie kam es, dass Jarlaxle recht hatte?

Wie kam es, dass Yvonnel Drizzt Do'Urden in der Tat beneidete?

Am nächsten Morgen wurde Yvonnel durch die jämmerliche Minolin Fey aus ihrer tiefen Entrückung gerissen. Inzwischen verabscheute Yvonnel diese Frau mit jeder neuen Begegnung mehr. Wenn Minolin Fey nicht ihre Mutter wäre, hätte Yvonnel sie zweifellos schon längst getötet.

»Oberinmutter Zeerith ist eingetroffen, um mit Erster Priesterin Sos'Umptu und Oberinmutter Quenthel zu sprechen«, teilte Minolin Fey ihr vorsichtig mit und nannte die offenbar ständig wechselnden Titel mit sichtlichem Zögern.

Yvonnel reagierte mit einem verwirrten Blick. Warum sollte sie das kümmern?

»Auch Saribel und Ravel Xorlarrin wurden hinzugebeten«, ergänzte Minolin Fey eilig, als wäre ihr gerade klar geworden, dass sie die aufbrausende Yvonnel zumindest bei Laune halten musste. »Angeblich möchte Oberinmutter Zeerith nun doch Anspruch auf den Thron von Haus Do'Urden erheben. Ihre Kinder und viele Soldaten aus Haus Baenre sollen ihr dort dienen.«

»Warum erzählt Ihr mir das?«, fragte Yvonnel ohne Umschweife.

»Mir wurde auferlegt …«

»Euch wird ständig etwas auferlegt!«, fuhr Yvonnel sie an. »Euer ganzes Leben ist ein einziges Befolgen von Anweisungen, von Aufträgen, von Pflichten, und alles geschieht aus Furcht. Wie könnt Ihr jeden Morgen in dem Wissen aufstehen, wie jämmerlich Ihr seid?«

Die Frau zeigte sich nicht einmal pikiert.

Selbst dazu fehlte ihr der Mut.

Lachend schüttelte Yvonnel den Kopf.

»Was soll ich für Euch tun?«, fragte Minolin Fey fast ehrfürchtig und schlug die Augen nieder.

Yvonnel griff unsanft nach ihrem Kinn und zwang sie aufzusehen. Ihre Mutter sollte ihr in die Augen schauen.

»Ihr seid meine Mutter«, stellte sie fest. »Das habe ich nicht vergessen, und ich schätze es keineswegs gering, wie es viele in dieser eigenartigen Drow-Definition einer Familie so bereitwillig zu tun scheinen.«

Trotz ihrer Furcht weiteten sich bei diesen unerwarteten Worten Minolin Feys Augen.

»Was Ihr für mich tun sollt?«, wiederholte Yvonnel. »Ich möchte, dass Ihr tut, was Ihr aus eigenem Antrieb wollt. Wenigstens einmal in Eurem kläglichen Leben!« Damit ließ sie Minolin Feys Kinn los und trat abrupt zurück. Ihr Blick hielt die Frau so sicher fest wie zuvor ihre Hand. »Immer geht es darum, was die Oberinmutter verlangt. Oder Priesterin Sos'Umptu – wenn ich eine Dunkelelfe töten wollte, wäre sie es! Und davor ging es natürlich um die Forderungen von Oberinmutter Byrtyn. Sogar Gromph, mein …«

»Erzmagier Gromph«, korrigierte Minolin Fey sie automatisch. Angesichts der vollständigen Unterwerfung der Frau unter das Protokoll hätte Yvonnel am liebsten laut geschrien.

»Sogar *Gromph*«, wiederholte sie betont. »Was auch immer er von Euch verlangte, richtig?«

Die ältere Priesterin wusste offenbar nicht weiter und blickte zur Seite.

»Gibt es überhaupt etwas, was Ihr einmal verlangt?«, fragte Yvonnel sanfter. »Jemals?«

Minolin Fey sah zu ihr zurück, und diesmal erkannte

Yvonnel Entschlossenheit, ja Ärger. Offenbar hatte Yvonnel einen empfindlichen Punkt getroffen.

»Ich habe Untergebene«, sagte die Priesterin. »Viele. Sie tun, was man ihnen sagt. Oder sie werden bestraft.«

»Zu Ehren der Spinnenkönigin?«

»Das entspricht den Sitten der Lolth.«

Angewidert schüttelte Yvonnel den Kopf, drehte sich um und entfernte sich. »Ihr habt Eure Botschaft überbracht«, sagte sie. »Also verschwindet.«

Gehorsam verließ Minolin Fey das Zimmer.

Yvonnel warf sich in ihren Sessel, ließ ein Bein über die Lehne baumeln und neigte den Kopf zurück, während sie diese Information verdaute. Dass Oberinmutter Zeerith in die Stadt zurückkehrte und womöglich einem Haus vorstand, war keine Kleinigkeit. Wenn sie im Herrschenden Konzil Dahlia als Oberinmutter von Haus Do'Urden ersetzte, hätte Haus Baenre sich in der Tat eine mächtige Verbündete gesichert.

Das würde dem Zweiten Haus von Menzoberranzan gar nicht gefallen. Und den Eiferern von Haus Melarn auch nicht. Sie hassten Haus Xorlarrin, das den Männern so ungehörig viel Verantwortung übertrug. Hinter vorgehaltener Hand bezeichnete man Oberinmutter Zeerith gern als *baridame*, ein Schimpfwort, mit dem Drow-Frauen über andere herzogen, die Männern gegenüber zu nachsichtig waren.

»Ach!«, rief Yvonnel, zog ein Kissen heraus und schleuderte es durchs Zimmer, einfach weil sie Lust hatte, etwas zu werfen.

Nachdem sie sich selbst gerügt hatte, dass sie sich dazu hatte verleiten lassen, über diese Entwicklungen nachzudenken, die weder umwälzend noch einen einzigen Augenblick ihrer Zeit wert waren, streifte Yvonnel ihr Zeremoniengewand über und verließ ihr Zimmer. Sie lief jedoch nicht direkt in den Audienzsaal, sondern legte erneut eine Pause im Saal der Weissagung ein.

Wieder fuhr ihre Hand über die glatte Schale. Und wieder dachte sie automatisch an K'yorl Odran. Zu ihrem Erstaunen vermisste sie die Frau. Ja, es stimmte, K'yorl war eine armselige Kreatur, die früher oder später ohnehin hätte sterben müssen. Doch in der gemeinsam verbrachten Zeit, vor allem in diesem Raum, hatten K'yorls spezielle Kräfte Yvonnel viel von der Welt außerhalb von Menzoberranzan gezeigt.

Die Ironie daran entlockte Yvonnel ein Lächeln. Dies war die Spinnenstadt, wo man die Herrin des Chaos verehrte, und dennoch war es wohl einer der geordnetsten, stabilsten Orte im Unterreich. Ja, die Drow spannen gern Intrigen und stifteten Unruhe, doch das betraf zumeist Orte außerhalb der Stadt. So wie im Silbermarken-Krieg. Hier hingegen stand das Lauern auf die Macht im Vordergrund, das von gelegentlichen Morden und Hauskriegen untermalt wurde.

Sobald das Blut getrocknet war, war es jedoch einfach wieder Menzoberranzan, wo Haus Baenre dem Herrschenden Konzil vorstand, das jetzt nur noch neun Drow umfasste, wenn man Sos'Umptu mitrechnete, und seit Jahrzehnten bemerkenswert stabil war.

Yvonnel dachte an K'yorl und dann an Jarlaxle. Das Bild ihres aufsässigen Onkels brachte sie zum Grinsen.

Sie dachte auch an Drizzt Do'Urden und malte sich das Leben aus, das er führen durfte. Der Gegensatz zu Minolin Fey drängte sich geradezu auf. Wem unterstand Drizzt Do'Urden? Nur seinem eigenen Herzen?

Yvonnel ging zum Audienzsaal. Dort stand Sos'Umptu mit Quenthel am Thron. Als Yvonnel hereinkam, starrten die zwei sie an und wirkten nicht sonderlich glücklich über ihr Nahen. Yvonnel achtete insbesondere auf Quenthel und hatte den Eindruck, dass diese wieder um ihre Stellung kämpfte. Womöglich verschwor sie sich gerade mit Sos'Umptu und anderen, um ihren Titel als Oberinmutter zu erhalten.

Yvonnel überlegte kurz, ob sie Quenthel womöglich noch einmal in aller schmerzhaften Deutlichkeit auf die wahre Ordnung in Haus Baenre hinweisen musste.

Dann aber verwarf sie diesen Gedanken.

»Mir scheint, ich habe Euch unterbrochen«, sagte sie.

»Wir hätten Euch viel früher hier erwartet«, erwiderte Sos'Umptu. »Nach dem Sieg über Demogorgon gibt es viele bestürzende Entwicklungen.«

»Es gibt ständig ›bestürzende Entwicklungen‹. So sind wir nun einmal. So stehen wir Drow jeden Tag auf und sehen darin den Sinn unseres Lebens.«

Trotz ihrer Verwirrung redete die Priesterin weiter: »Wir sprachen gerade über Haus Melarn.«

»Warum?«

Diese schlichte Frage trug Yvonnel einen verwunderten Blick ein, ehe Sos'Umptu fragte: »Wie lautet Euer Rat bezüglich Oberinmutter Zhindia Melarn?«

»Mein Rat lautet, dass sie keinen Rat wert ist.«

»Sie hat einen Sitz im Herrschenden Konzil!«, erregte sich Quenthel prompt.

»Ihr habt einen Sitz im Herrschenden Konzil«, entgegnete Yvonnel. »Alle beide! Genau wie Zeerith, wenn Ihr sie zur Oberinmutter von Haus Do'Urden ernennt.«

»Sie werden versuchen, Haus Do'Urden zu zerschlagen und Haus Duskryn in den Achten Rang zu erheben. Damit Duskryn einen Sitz im Konzil erhält«, erklärte Sos'Umptu.

»Dann verbietet es ihnen.«

»So einfach ist das nicht ...«, setzte Quenthel an.

»Zhindia Melarn hat gerade gegen genau das Haus einen Feldzug verloren, das sie jetzt angeblich zerschlagen will. Zerschlagt stattdessen ihr Haus und setzt Do'Urden über sie.«

»Wir sollen Oberinmutter Zhindia Melarn eine Lektion erteilen?«, fragte Sos'Umptu.

»Das ist bereits geschehen«, antwortete Yvonnel, die insgeheim an den unglaublichen Kampf dachte, in dem Jarlaxle, Drizzt und der Mensch mit dem Namen Entreri die Ränge der Priesterinnen von Zhindia ausgedünnt hatten. Beinahe hätten sie auch Zhindia getötet. »Beim Kampf mit Haus Do'Urden haben wir uns ausführlich unterhalten.« Mehr brauchten die beiden älteren Baenres derzeit nicht zu wissen, fand Yvonnel. »Zhindia kocht vor sich hin, wie immer. Aber jetzt kennt sie ihren Fehler. Ich habe sie darauf hingewiesen.«

»Was habt Ihr getan?«, wollte Sos'Umptu wissen, obwohl sie sich vor der Antwort zu fürchten schien, und auch Quenthel wirkte nervös.

Yvonnel lachte wieder, doch diesmal schrie sie am Ende ungezügelt los. »Ihr seid Spielzeuge!«, fluchte sie. »Ihr alle. Ihr seid nur Figuren auf einem Sava-Brett, die bereitwillig von einem Feld aufs andere springen.« Dann jedoch verschob sich ihre spöttische, verächtliche Haltung zu offenkundigem Befremden. »Käfigratten«, sagte sie zu ihnen, »in einem Laufrad, die immer hoch, hoch, hoch rennen, aber niemals höher kommen.«

»Wir dienen der Spinnenkönigin«, protestierte Sos'Umptu, die jetzt immerhin ihren Status verteidigte. Für ihre Ergebenheit würde sie sich nicht verspotten lassen.

»Ja, und?«

»Wie könnt Ihr so etwas fragen?«, warf Quenthel prompt ein, während Sos'Umptu in sich hineinmurmelte: »Blasphemie.«

»Eher Langeweile«, stellte Yvonnel klar. »Und ungläubiges Staunen über Eure Blindheit. Lolth hat gerade Demogorgon mitten in Euer Reich geschickt. Lolth hat Euch, Quenthel, angewiesen, Dämonen in die Straßen zu schicken. Der Silbermarken-Krieg ... wer hat Tsabrak die Macht verliehen, den Himmel zu verdunkeln?«

»Ihr kennt die Antwort«, sagte Sos'Umptu, noch ehe Quenthel »Lolth« flüsterte.

»Und dennoch versucht Ihr verzweifelt, für Ordnung zu sorgen«, stellte Yvonnel mit offener Verachtung fest. »Verweist Oberinmutter Zhindia auf ihren Platz. Befehlt es ihr! Keine Bitten! Und dieser Platz ist unter Haus Do'Urden, das jetzt – unter Oberinmutter Zeerith – zum Siebten Haus von Menzoberranzan wird.«

»Ist es das, was Oberinmutter Yvonnel tun würde?«, fragte Quenthel nach.

»Oberinmutter Yvonnel würde sich zweifellos das Leben nehmen, wenn sie Euch zwei schwatzenden Gänsen zuhören müsste«, antwortete Yvonnel, hob die Hand, drehte sich um und verließ den Saal.

»Da ist noch etwas!«, rief Sos'Umptu ihr nach, doch Yvonnel reagierte nur mit einer wegwerfenden Handbewegung.

Für diese beiden gab es vielleicht noch etwas. Für Yvonnel hingegen gab es nichts weiter. Zumindest nicht hier in Menzoberranzan.

Kapitel 6

Der großartige Ketzer

In einer stillen Ecke der stark befestigten Eingangshöhle von Gauntlgrym tanzte Drizzt Do'Urden.

Er hatte seine Kleider weitgehend abgelegt, trug nur noch einen Lendenschurz und genoss die vollständige Bewegungsfreiheit, die lediglich von seinen magischen Beinschienen und dem Gewicht der Krummsäbel in seiner Hand eingeschränkt wurde: Eisiger Tod und die neu geschaffene Klinge aus Sternenlicht, teils Blaues Licht, teils Vidrinath. Normalerweise hatte er Eisiger Tod in der rechten Hand gehalten, seiner führenden Kampfhand, aber das hatte sich an diesem Tag beim Üben schon nach den ersten fünf Schritten geändert. Es war nicht zu bestreiten: Diese neue Waffe, die Catti-brie geschmiedet hatte, war die bessere Klinge. Ihr Schnitt war glatter, die Klinge stärker, die Schneide schärfer. Sicher, wenn er gegen ein Feuerwesen oder eine Kreatur aus den unteren Ebenen antreten musste, würde er Eisiger Tod den Vorzug geben, doch in den meisten Kämpfen wäre diese Sternenklinge die erste Wahl.

»Vidrinath«, entschied er, während er den Säbel vor seine Augen führte, um die winzigen Punkte Sternenlicht genauer zu betrachten, die in dem gebogenen Glasstahl steckten. »Wiegenlied.«

Seine Finger fuhren herausfordernd an der feinen

Schneide entlang, die ihm jederzeit das Schlafgift inji-
zieren konnte, von dem die Drow-Waffe ihren Namen
hatte.

Drizzt kehrte zu seiner Schrittfolge zurück, ließ die
Krummsäbel übereinander gleiten, beschrieb Halbkreise
vor seinem Körper, drehte sich mit vollendeter Gewandt-
heit und vollführte einen umfassenden Ausfall gegen einen imaginären Gegner. Er schloss die Augen, um sich
einen ganzen Schwarm Feinde vorzustellen, die auf ihn
zukamen, spielte den Kampf durch und konterte mit seinen Bewegungen jeden Hieb: Blockieren, Parade, Gegenangriff.

Inzwischen ging er ganz in seinen Schritten auf und
war dabei endlich frei von den nagenden Zweifeln, die
ihn bedrängten.

Hier beim Üben ging es nur noch um seine Wahrnehmung, seine Vorstellungen, das körperliche Gedächtnis
seiner Muskeln, das seine Bewegungen speiste. Hier
brauchte er sich keine Gedanken um die Realität zu machen, jene große Täuschung, die er befürchtete. Das hier
war ehrlich und direkt. Er musste sich keine Lügen an-
hören und keine Trugbilder entlarven. Hier konnten
Körper und Geist entkommen.

Und so setzte er seinen Tanz fort, schwang die Klingen
perfekt synchron und harmonisch, gestattete sich keine
Blöße und ergriff jede Gelegenheit, einen eingebildeten
Feind zu erschlagen.

Ein Stückchen weiter sahen drei Zwergenwachen
aus Mirabar anerkennend zu. Sie hatten schon viel von
Drizzts Kampfkünsten gehört, und einer von ihnen war
sogar in den unteren Höhlen gewesen, als Drizzt sich
seinerzeit der Dämonin Marilith gestellt und gewonnen
hatte.

»Pah, meine Axt würde diese Klingen wegfegen und ihn erledigen«, prahlte einer von ihnen.

»Von wegen«, sagte eine Zwergin, die den sehnigen, muskulösen Körper mindestens ebenso bewundernd betrachtete wie seine Bewegungen.

»Der würde dich zu Hackfleisch machen«, erklärte ein dritter.

Der erste Zwerg wollte schon antworten, doch dann verschlug es ihm die Sprache, als der Drow sich abrupt umdrehte, mit beiden Klingen zustach und dann mit gestrecktem Bein zwischen sie trat, als hätte er seinem unsichtbaren Gegner gerade einen Fuß ins Gesicht gerammt.

Das Bein kam herunter und wieder hoch, aber diesmal vollführte der Drow einen Rückwärtsüberschlag, machte kehrt und stach mit seinen Säbeln in die Gegenrichtung. So schnell konnte der Zwerg gar nicht gucken.

»Wir wären alle Hackfleisch«, stellte die Zwergin staunend fest.

»Kein Wunder, dass König Bruenor ihn gern um sich hat«, erklärte der dritte.

»Wie ich höre, hat sich eine Horde Riesen in den Nordgang gewagt«, sagte hinter ihnen eine Frauenstimme. Die drei Zwerge wären fast aus ihren Stiefeln gefahren. Sie fuhren herum und sahen Catti-brie grinsen.

»Was?«, fragten alle drei zugleich, und die Frau grinste noch breiter.

»Entschuldigung, Frau Drizzt«, sagte die Zwergin, die rot anlief, weil man sie beim Anblick des fast nackten Drow erwischt hatte.

Catti-brie zwinkerte, und die Zwerge verschwanden eilig. Jetzt konnte die Frau allein dem Übungskampf ihres Mannes zusehen.

Aber Catti-bries Belustigung wich einer gewissen Sorge, als ihr auffiel, wie bitterernst es Drizzt mit dieser Übung war. Sein schwarzer Körper war schweißnass und schimmerte im sanften Schein der Höhlenmoose und Glühwürmchen, und sein Atem ging angestrengter, als sie es von diesem Morgentraining kannte.

Sie bemerkte die Beunruhigung auf seinem Gesicht. Selbst aus dieser Entfernung spürte Catti-brie, dass ihren Mann etwas quälte.

Und so war er seit seiner Rückkehr aus Menzoberranzan.

Jetzt war er frei, denn er ging ganz in seiner Vorstellung auf. Die Arme arbeiteten pausenlos, die Beine tänzelten umher, das Gewicht war ständig auf den Zehenballen, das Gleichgewicht perfekt. Er schnellte zur Seite, um einen Fantasiefeind zu erledigen, sprang hoch und vollführte einen kreisrunden Tritt, um einen Ork zu treffen, den er sich ausmalte, rannte nach dem Landen wieder an seinen Ausgangsort zurück und kümmerte sich dort um die zwei dort verbliebenen Gegner, die sein Verschwinden kaum registriert hatten.

Nach einem Dutzend schneller Stiche – hoch, tief, tief, hoch, Parade – war nur noch ein Gegner übrig, und nach dem vierten Stich folgte eine Rückwärtsdrehung, bei der er mit Eisiger Tod im perfekten Winkel dem letzten Ork den Kopf abschlagen wollte.

Der Ork wehrte den Schlag ab, doch das half ihm nichts. Denn der vordere Krummsäbel war nur eine Finte gewesen. Ihm folgte Vidrinath, der dem Monster in die Lunge drang und es zu Fall brachte.

Drizzt salutierte und drehte beide Klingen mit der Spitze zum Höhlenboden.

Den langsamen Applaus vernahm er, noch ehe er die Augen aufschlug. Vor ihm stand Catti-brie, die freundlich lächelte, aber vorsichtshalber respektvoll auf Abstand geblieben war.

»Was für Monster hast du heute erschlagen, mein Schatz?«, fragte sie.

Drizzt musste an sich halten, weil ihn ein plötzlicher, zorniger Gedanke überkam, doch dann zuckte er mit den Schultern.

Catti-brie kam näher und trug ihr Lächeln – jenes verlogene Lächeln! – vor sich her.

»Ich hätte nicht gedacht, dass du heute Morgen so früh aufstehst«, sagte sie, während sie die Hände hob, um seine schweißnassen Arme zu massieren.

»Wo ist dein Stab?«, fragte er. »Du solltest hier draußen nicht unbewaffnet herumlaufen.«

»Hier sind viele Zwerge«, erwiderte sie. »Und ansonsten würde mein Drizzt mich beschützen.« Sie wollte ihm mit dem Handrücken über die Wange fahren, aber er entzog sich ihr, bevor ihre Knöchel ihn berühren konnten. »Und wie kommst du darauf, dass ich Schutz bräuchte?«, fragte Catti-brie etwas schärfer. Er hätte wissen müssen, dass seine Reaktion sie verletzte.

Aber Drizzt war zu sehr in seinen eigenen Gedankengängen gefangen.

Catti-brie trat zurück und breitete einladend die Arme aus.

Doch Drizzt konnte nicht mehr auf ihre Geste reagieren, ganz gleich, ob sie eine Vorspiegelung oder eine ehrliche Antwort auf seine eigenen lebhaften Selbsttäuschungen war. Deshalb sammelte er seine Kleider auf, zog sie rasch über und steckte die Waffen weg.

»Ich wollte dich nicht unterbrechen«, sagte Catti-brie,

als er sich auf den Weg durch die Höhle machte. Sie hatte Mühe, mit ihm Schritt zu halten. »Außerdem sehe ich dir gern zu. Früher haben wir zusammen geübt.«

Drizzt schluckte hörbar. Natürlich erinnerte er sich an jene Tage von einst, als sie gemeinsam trainiert hatten, perfekt aufeinander abgestimmt, Seite an Seite. Die guten alten Zeiten.

Oder die nächste Lüge?

»Ich hätte warten sollen …«, hob sie an.

»Nein«, unterbrach Drizzt. »Nein, ich war sowieso fertig. Ich hätte dir sagen sollen, was ich vorhatte, aber ich wollte dich nicht wecken.«

Catti-brie musterte ihn eindringlich, hielt jedoch den Mund.

Sie waren längst wieder im eigentlichen Komplex, hatten den Thronsaal durchquert und befanden sich im Gang zu ihrem Quartier, als Drizzt hinzufügte: »Ich hätte mich nicht wegstehlen sollen.«

Der ungläubige Blick seiner Frau verriet ihm, wie hohl diese Entschuldigung klang, zumal er in Wahrheit nicht wusste, wofür er sich überhaupt entschuldigte. Sie hatte das auch gar nicht von ihm verlangt. Catti-brie sah sein Unbehagen, und ihm dämmerte, dass es gefährlich sein könnte, ihr mehr über seine widerstreitenden Gefühle zu verraten.

Schweigend gingen sie in ihr Zimmer, wo Drizzt direkt zu dem Waffenständer trat. Dort zögerte er, als seine Hand über der Gürtelschnalle schwebte, einem weiteren Geschenk von Catti-brie.

Wenn er sie das nächste Mal brauchte, würde sie versagen, dachte er.

»Ich muss wieder nach Luskan«, sagte die Frau hinter ihm.

Mit fragender Miene drehte er sich nach ihr um.

»Wir sind kurz davor, dem Urelementar ein erstes Stückchen Freiheit zu gewähren«, erklärte sie. »Deshalb muss ich nach Luskan und aufpassen, dass die Zwerge dort den hohlen Stumpf mit dem richtigen Gestein auffüllen.«

Drizzt zeigte sich überfragt.

»Bruenor hat dir doch erklärt, was wir dort tun?«

»Ihr zieht einen Turm hoch«, antwortete Drizzt, der die ganze Aktion absurd fand.

»Genau. Wir bringen das Material dorthin und lassen den Urelementar in die zuführenden Wurzeln ein. Der Elementar verwandelt das Gestein in Magma und lässt es auf diese Weise wachsen und neu verhärten.«

»Einen ganzen Turm?«, fragte der Drow. Er versuchte nicht einmal, seine Zweifel zu verbergen.

»Ein Stück. Mehr nicht. Es kann ein Jahr oder zehn dauern.«

»Gestein hinzufügen und den Urelementar bitten, ihm Form zu verleihen.«

Catti-brie nickte, aber Drizzt schüttelte den Kopf.

»So haben sie es gemacht«, sagte die Frau.

»Vor Jahrtausenden?«

»Aye.«

Drizzt schnaubte verächtlich, und er sah Catti-brie zusammenzucken. Trotzdem kam sie zu ihm und schlang die Arme um seinen Hals. »Das wird wunderbar«, flüsterte sie. »Und sehr schön. Eine urtümliche Schöpfung wie von göttlicher Hand.«

»Wir sind keine Götter«, mahnte er streng. »Hältst du dich etwa für eine Göttin? Bist du jetzt Mielikki, die die Welt nach ihren Vorstellungen formt?«

»Was?« Catti-brie verzog das Gesicht, löste sich aber

nicht von ihm. Auf ihrer Miene zeigte sich vor allem Mitgefühl.

»Damit du mir wieder einreden kannst, dass alle Orks böse sind? Dass ich Babys töten soll, um deine Blutgier zu befriedigen?«, fragte Drizzt, der keine Ahnung hatte, wie er plötzlich auf diesen Vorwurf kam.

»Wieder die alte Leier?«, fragte Catti-brie und trat kurz einen Schritt zurück. »Bitte nicht. Nicht jetzt«, sagte sie, während sie erneut näher kam.

Er scheute vor ihrer Berührung zurück, aber sie beharrte darauf, nahm sein Kinn in die eine Hand und streichelte mit der anderen seine Wange.

»Nicht jetzt«, wiederholte sie leise. »Zum ersten Mal seit vielen Zehntagen haben wir eine friedliche Auszeit. Das Abenteuer, das jetzt vor uns liegt, haben wir selbst gewählt. Es führt nicht an dunkle Orte und nicht in den Krieg. Begleite mich nach Luskan.«

Drizzt antwortete nicht. Hier stimmte etwas nicht. Er wusste es einfach. Irgendetwas lief hier völlig falsch.

»Jetzt haben wir Zeit für uns, Liebster«, flüsterte sie. »Nicht für Jarlaxle. Nicht für Bruenor. Für uns. Für dich und mich. Für alles, was wir uns je gewünscht haben. Jetzt können wir etwas Schönes erschaffen.«

»Den Turm?«, fragte Drizzt zweifelnd.

»Ja, und noch schönere Dinge.« Ihr verschmitztes Lächeln verriet, worum es ihr ging. Sie wollte Kinder. Sie konnten endlich eine Familie gründen. Warum auch nicht? All die Konflikte um sie herum hatten sich fürs Erste gelegt. Warum sollte sie so etwas also nicht vorschlagen?

Nur dass Drizzt jetzt die Wahrheit verstand.

Der Boden unter seinen Füßen schwankte.

Das war so ähnlich wie Errtus Plan, um Wulfgar zu

vernichten. Es war eine diabolische Lüge, die Drizzt in den Wahnsinn treiben sollte, der Auftakt, der irgendwann dazu führen würde, dass er zusah, wie ein riesiger Dämon vor seinen Augen alles fraß, was ihm lieb und teuer war.

Sie würden sich lieben, Catti-brie würde sein Kind austragen, und dieses Kind würde gefressen werden. Von einem Dämon!

Und alles, was Drizzt Do'Urden ausmachte, würde sterben – alles außer seiner körperlichen Hülle, die diesen ungeheuren Schmerz auf ewig mit sich herumschleppen würde.

Im Saal der Weissagung von Haus Baenre sah Yvonnel dieser Szene zu. Das war ihre Intrige, die Einflüsterung, die sie Drizzt Do'Urden mitgegeben hatte.

Sie hatte das unverwechselbare Prickeln der magischen Warnung gespürt, als Catti-brie Drizzt gegenüber eine Familie angedeutet hatte, und dieses Gefühl hatte sie zu diesem Ort eilen und das Bild des Waldläufers aufrufen lassen.

Und jetzt sah sie, wie er Vidrinath zog, so gekonnt, so schnell, dass Catti-brie es noch nicht einmal bemerkt hatte.

Yvonnel hielt den Atem an und schüttelte den Kopf. Plötzlich wurde sie unsicher. Und mit einem Mal verspürte sie Reue.

»Ist das Errtu?«, fuhr Drizzt auf.

Catti-brie trat zurück, und ihre Augen weiteten sich vor Schreck, als sie Vidrinath in Drizzts Hand entdeckte.

»Errtu?«, fragte Drizzt noch einmal. »Sag schon!«

»Drizzt?«

»Oder Demogorgon, der sich an mir rächen will?«, fragte der Drow.

Catti-brie wich zurück, aber er kam ihr nach. »Drizzt ...«

»Oder bist du das, tückische Lolth?«

Er hob die Klinge und zielte damit auf Catti-bries Kehle.

»Glaubst du, du kannst mich zum Narren halten? Glaubst du das?«, schrie er und schlug zu.

Erschrocken warf sich Catti-brie zur Seite, als die Klinge ihren Hals ritzte und Blut hervorquellen ließ. Und erst der Anblick des frischen Blutes rettete sie, denn da stockte Drizzts Hand.

Er ertrug es nicht. Er wusste, das war nicht Catti-brie, sondern nur die Täuschung eines Dämons oder gar ein teuflisch verkappter Dämon selbst.

Aber er konnte nicht zustechen. Nicht einmal diesem Trugbild, das ihm jene wunderbare, schöne Frau vorgaukelte, die ihm einst teurer gewesen war als sein eigenes Leben, konnte er etwas antun.

Er konnte es nicht.

»Sei verflucht, Lolth!«, rief Drizzt und drehte sich weg. »Hör auf! Hör auf!«

Nachdem er sich einmal um sich selbst gedreht hatte, sah er wieder Catti-brie vor sich, und ihr Anblick mit den schreckgeweiteten blauen Augen, den wütend geblähten Nasenflügeln und den abwehrend erhobenen Armen brachte seine kreisenden Gedanken zum Stehen.

Drizzt sprang auf sie zu, aber diesmal war sie schneller. Ihr Zauber erwischte ihn mitten im Satz und warf ihn gegen die Wand, wo ihn ein plötzlicher Sturm niederdrückte.

Er hüllte sich in magische Finsternis, denn er wollte nicht, dass die Frau ihn so sah, besiegt und beschämt.

Aber die Dunkelheit löste sich auf, und jetzt schwebte Catti-brie über dem Boden, und vor ihr kauerte Guenhwyvar. Der Panther hatte die Ohren angelegt und fixierte Drizzt. Beim nächsten Angriff auf Catti-brie würde er es mit seinem Panther zu tun bekommen.

»Was ist los mit dir?«, fuhr Catti-brie ihn an, griff sich an den Hals und betrachtete ihre blutigen Finger. »Wie kannst du es wagen ...«

»Hör endlich auf damit«, erwiderte Drizzt. Zutiefst verzweifelt sackte er an die Wand.

»Aufhören? Womit?«

Drizzt spuckte auf den Boden. Jetzt wusste er, dass alles eine Lüge war. Die ganze Geschichte! Der magische Wald, die Wiedergeburt seiner verlorenen Freunde, sogar die Rückkehr von Entreri – einfach alles. Ein Dämonentrick, um ihn endgültig zu brechen.

Catti-brie wich zur Tür zurück, und Guenhwyvar blieb die ganze Zeit schützend vor ihr.

Drizzt ließ den Säbel fallen und streckte flehend die Hand nach ihr aus.

Dann aber traf ihn eine körperlose Riesenfaust, die Catti-brie neben ihm in der Luft beschworen hatte, und brachte ihn grob zu Fall.

Mit einem weiteren Zauber erweckte Catti-brie den Teppich unter Drizzt zum Leben und wickelte ihn komplett damit ein.

Drizzt leistete keinen Widerstand. Er versuchte gar nicht erst, sich herauszuwinden, ehe der Stoff sich um ihn schloss. Er wollte nur noch sterben.

Und vor ihm saß Guenhwyvar. Guen! Die wunderbare Guen, seine älteste Freundin, mit angelegten Ohren, fauchend und mit gebleckten Zähnen.

Drizzt konnte sich nicht rühren, ja nicht einmal sein

Gesicht vom Druck des lebenden Teppichs abwenden. Er sah Catti-brie hinter dem Panther auftauchen, sah das Blut an ihrem Hals.

Und er sah die Tränen auf ihren Wangen schimmern.

»Damit das klar ist, Liebster, und, ja, ich liebe dich – oder vielleicht auch nicht mehr! –, wenn du noch ein einziges Mal ein Schwert oder deine Hand gegen mich erhebst …«

Sie schien kaum sprechen zu können und zitterte so heftig, dass Drizzt glaubte, sie würde gleich ohnmächtig werden. Als sie wieder an ihren Hals griff, fiel Drizzt das Gift ein.

»Nur ein einziges Mal!« Sie biss die Zähne zusammen. »Ich schwöre dir, dann ist es aus mit dir! Wag es nicht …«

Keuchend taumelte sie nach draußen, und Guenhwyvar folgte ihr.

Jetzt hätte Drizzt sich vermutlich von dem Teppich befreien können, aber er versuchte es nicht einmal. Stattdessen hoffte er, er würde fester zudrücken, ihm einfach das Leben aus dem Leib quetschen.

In Haus Baenre schnappte Yvonnel erschüttert nach Luft und verspürte …

Erstaunt über ihre eigenen Gefühle richtete sie sich auf.

Dieses Martyrium hatte sie Drizzt auferlegt. Sie hatte ihm die Ahnung eingeflößt, die sich mit dem Irrsinn der Hölle verband, damit er außer sich vor Wut auf Catti-brie losging. Allerdings nicht aus den Gründen, die Yvonnel ihren einfältigen Tanten weisgemacht hatte – jedenfalls nicht nur. Wenn Catti-brie tot und Drizzt gebrochen war, wollte Yvonnel ihn holen kommen.

Dann würde er ihr gehören, und was für ein vortreffliches Spielzeug er abgeben würde!

Jetzt aber, angesichts der eben beobachteten Szene, stellte Yvonnel verwundert fest, dass sie den unerwarteten Ausgang nicht bedauerte.

Im Gegenteil: Sie war zutiefst erleichtert.

Trotz des mächtigen Zaubers der teuflischen Yvonnel, trotz des Wahnsinns, der Drizzts angeschlagenen Verstand umnebelte, brachte er diese Tat nicht über sich.

War es möglich, dass er etwas mehr liebte als sein Leben?

Konnte das überhaupt jemand?

Zu ihrer eigenen Überraschung begriff Yvonnel erst in diesem Augenblick, dass ein Drizzt, der eben Catti-brie getötet hätte, für sie lediglich ein vorübergehender Zeitvertreib gewesen wäre. So jedoch ... Hier war mehr im Spiel als jegliches Verlangen, das sie nach dem unangepassten Waldläufer verspürt haben mochte. Die wahre Bedeutung ging weit über alles hinaus, was Drizzt jemals tun oder nicht tun konnte. Aber inwiefern?

Sie war sich nicht sicher. Yvonnel durchsuchte ihre Erinnerungen, die scheinbar endlosen Erinnerungen von Oberinmutter Yvonnel der Ewigen, fand jedoch keine passende Antwort auf das Rätsel, das Drizzt Do'Urden darstellte.

Da entließ die mächtige Hexe von Menzoberranzan das Bild aus dem Spiegelteich, dessen Wasser sogleich wieder still und dunkel wurde.

Mit verschränkten Armen lehnte sie auf dem Rand des Beckens, schloss die Augen und wanderte im Geist immer tiefer durch die Erinnerungen ihrer Vorgängerin. Sie suchte eine Antwort. Irgendetwas.

Aber sie wusste nur, was sie fühlte.

Nach einer ganzen Weile hob sie den Kopf und starrte in das stille Wasser. Dann hob sie eine Hand, bewegte es und betrachtete die Wellen.

»Du hast sie nicht getötet«, flüsterte Yvonnel verwirrt, gebannt und aufgeregt zugleich. »Du großartiger Ketzer hast sie nicht getötet.«

Kapitel 7

Piratenleben

Regis war unglaublich erleichtert. Das Aufblitzen, das er bemerkt hatte, war nicht das Glitzern einer silbernen Schuppe im Mondlicht, sondern lediglich das Licht der magischen Laterne, die Flinkfinger auf den Boden des Ruderboots gestellt hatte, bevor Regis und Wulfgar hinausgerudert waren.

Der Halbling war noch immer hundert Fuß tief unten, von wo er langsam mit seiner Tasche voller Austern aufstieg, und er musste sich ständig ermahnen, nicht ungeduldig zu werden. Schließlich musste sein Körper sich langsam anpassen, während er durch das dunkle Wasser auftauchte. Nachts ging er nur ungern auf Tauchgang. In der See des Sternenregens waren große Wesen unterwegs, mit großen Mäulern und noch größerem Appetit. Ein Halbling war für sie nur ein Appetithappen.

Dennoch wusste er, dass Moradi Topolinos Soldaten das Wetter hier kannten. Bei Tag, wo man das kleine Boot schon von weitem sah, konnte es auf See viel gefährlicher sein. Neuerdings wimmelte es in dieser Gegend von Piraten, und selbst ohne die Kerle, die gezielt in diesen Gewässern auf Raubzug gingen, konnte auch jedes andere größere Schiff das Boot, das offensichtlich einem Tieftaucher gehörte, als leichte, lohnende Beute einstufen. Regis hatte es auf eine bestimmte Austernart abgesehen, die tief unten lebte und Perlen erzeugte, in diesem Fall eine ganz bestimmte, nahezu perfekte rosa Perle, die wegen ihrer Reinheit unter Zauberern hochbegehrt war, weil sie ein gutes Medium für einen besonders nützlichen Zauber abgab.

Rosa Perlen waren schon immer rar gewesen, doch in den letzten Jahren gab es kaum noch Vorkommen, abgesehen von den seltenen Glücksfunden der traditionelleren Taucher von Delthuntle – sofern diejenigen, die auf einen solchen Schatz stießen, überhaupt seinen Wert kannten. Nachdem Regis in die Moradi Topolino zurückgekehrt war, hatte Flinkfinger keine Zeit verloren und Donnola schnell überzeugt, diesen kleinen Freund mit seinem Genasi-Erbe gleich wieder ins Wasser zu schicken.

Im Grunde machte Regis das nichts aus, doch nachts tauchte er nicht gern. Trotz der noch immer lebhaften Erinnerungen an das Schreckgespenst Schwarze Seele, das er in diesen Gewässern aufgestört hatte, fühlte er sich im Wasser frei. Und wenn Regis daran dachte, dass er damit Donnola und Moradi Topolino half, kehrte er bereitwillig in die Tiefe zurück.

Unmittelbar neben dem Boot brach er durch die Oberfläche und rief nach Wulfgar, der sofort bei ihm war und ihn zum Schweigen brachte.

»Was ist los?«, flüsterte Regis, während er ihm die Austerntasche übergab.

Wulfgar nahm sie entgegen, reichte Regis die Hand und zog ihn schnell aus dem Wasser. Aber der Barbar blieb geduckt und zeigte nach Steuerbord.

»Piraten?«, fragte Regis, dem die einzelne Laterne, vor allem aber das Fehlen der Seitenlaternen an dem Gefährt auffiel, das unweit von ihnen hier draußen fuhr. Der Silhouette nach war es eine kleine Schaluppe. Regis nickte – aus dieser Entfernung und bei Nacht konnten sie nicht sicher sein, aber solche Boote kannte er. Sie waren schnell und wendig, damit sie an der felsigen Küste auch flache Bereiche voller Untiefen befahren konnten.

»Es fährt abgedunkelt«, warnte Wulfgar. »Vielleicht ein Kaufmann, den die Dunkelheit überrascht hat und der sich genauso vor Piraten fürchtet wie wir. Oder eine Delthuntler Patrouille auf der Jagd.«

Doch bei dieser Bemerkung schüttelte Regis den Kopf. Eine Patrouille aus Delthuntle wäre ein schwer bewaffnetes Schlachtschiff mit mehreren Zauberern an Bord. Es wäre hell beleuchtet, um allen Hilfe anzubieten, die hier draußen festsaßen, und zugleich die Piraten in die Flucht zu schlagen.

Regis starrte lange zu der fernen Laterne hinüber und dann zu den Sternen hinauf, um ihre Richtung zu bestimmen. »Sie wird ganz nah an uns vorbeifahren«, flüsterte er.

Wulfgar nickte. »Wir können uns klammheimlich weit genug entfernen. Sie werden uns gar nicht bemerken.«

Aber der Barbar machte keine Anstalten, nach den Rudern zu greifen.

»Außer natürlich«, fügte Wulfgar hinzu und grinste breit im Mondlicht, »wenn wir von ihnen bemerkt werden *wollen*.«

Donnola warf einen Blick auf den Zeitmesser im Wohnzimmer von Moradi Topolino und verzog das Gesicht, was dem anderen Halbling im Raum nicht entging.

»Sie wollten zu einem Riff weit draußen«, erinnerte Flinkfinger sie. »Sie dürften erst kurz vor der Morgendämmerung zurück sein.«

Donnola funkelte ihn wütend an.

»Willst du jetzt jedes Mal so nervös sein, wenn Spinne rausfährt?«, fragte der Magier. »Er kennt die Küste wie seine Westentasche.«

»Er war Jahre weg!«

»Und er hat viele Jahre in diesen Gewässern gearbeitet. Großvater Pericolo hat sein Talent erkannt und ihn genau dafür in die Familie geholt. Weil er nach Perlen tauchen kann.« Der Zauberer schmunzelte. »Den Namen Spinne hat er von Pericolo, auch wenn der einmal zu mir sagte, er hätte ihn wohl eher Fisch nennen sollen.«

»Inzwischen hat sich die Küste verändert«, betonte Donnola, denn in der Zeit der Teilung war es zu gewaltigen Flutwellen gekommen.

»Es sieht dir gar nicht ähnlich, so wenig Vertrauen zu einem deiner Soldaten zu haben«, mahnte Flinkfinger, was Donnola mit einem hilflosen, schuldbewussten Achselzucken quittierte. »Weil du ihn natürlich immer noch liebst«, sagte der Magier.

Sie sah ihn hilflos an. Es ließ sich nicht abstreiten.

»Großmutter … Donnola«, fuhr er fort und wechselte von ihrem offiziellen Titel zum Vornamen. Er kam näher und öffnete die Arme, was Donnola gerne annahm. »Spinne ist eine gewiefte kleine Wasserratte. Hat er nicht den Dolch von Schwarze Seele gestohlen? Wer sonst hätte eine Begegnung mit dem Schreckgespenst in diesem Graben im Ozean überlebt?«

»Sein Name ist Regis«, stellte die Großmutter von Moradi Topolino klar.

»Nicht für mich«, sagte Flinkfinger. »Für mich wird er ewig die aufsässige kleine Spinne bleiben, immer in Gefahr und die Taschen voller Schätze.«

Donnola schob den Magier auf Armeslänge von sich

weg, um ihn forschend zu mustern. Es überraschte sie, wie viel der knurrige alte Zauberer für Regis übrighatte.

»Er wird zurückkommen und gleich wieder Ärger an den Hacken haben«, verkündete Flinkfinger gelassen.

»Und Schätze dabei«, sagte Donnola.

Regis blieb unter Wasser und schwamm schnell. Auf dem kleinen Ruderboot hatte Wulfgar inzwischen die Laterne heller gemacht, sodass jetzt das Piratenboot in der Dunkelheit auf ihn zuhielt. Es war auf einen schnellen Fang aus.

Den Segeln nach waren höchstens ein Dutzend Piraten auf dem Boot. Regis hatte die Schaluppe auf maximal zwanzig Fuß Länge geschätzt.

Er hoffte, damit richtigzuliegen, und erst jetzt – unter Wasser und kurz vor dem Kampf – kam ihm der Gedanke, wie katastrophal die ganze Sache ausgehen könnte, wenn er sich irrte. Eine Schaluppe von dreißig Fuß konnte schließlich locker dreißig Bewaffnete an Bord haben. Andererseits waren die schnellen Küstenboote, die er kannte, dank des kleinen Laderaums und minimaler Kajüte in der Regel mit maximal zwölf Mann besetzt, häufig nur mit der Hälfte.

Der Halbling tauchte auf, um Luft zu holen, spähte in die Dunkelheit und versuchte, sich selbst Mut zuzusprechen. Die Silhouette des Boots war unmittelbar vor ihm. Er sah die glitzernden Tropfen, die der schnell nahende Bug aufspritzen ließ.

Regis drehte sich nach Wulfgars Licht um. Er musste den Moment genau abpassen, wenn der Barbar seine Laterne zuklappte, um den Piraten zu verlangsamen – falls sie es mit einem Piraten zu tun hatten –, damit dieser nicht einfach an dem treibenden Regis vorbeifuhr. In diesem Fall erwischte Wulfgar womöglich ein Geschoss, ehe er Gelegenheit erhielt, sich zu wehren.

Regis tauchte wieder ab und schwamm mit aller Kraft geschmeidig weiter.

Bald darauf kam er erneut hoch und konnte gerade noch sehen, wie Wulfgar das Licht löschte, ehe er wieder zur Schaluppe schaute, die inzwischen deutlich näher war. Erleichtert atmete der Halbling auf. Es war ein kleines Küstenboot, höchstens zwanzig Fuß. Es gab aber auch einen Haken, denn diese Mannschaft war offenbar nicht auf Gefangene aus. Im Mondlicht bemerkte Regis zwei Schützen an der vorderen Reling, die ihre Bögen bereithielten.

Er nagte an seiner Lippe. Wulfgar hatte ihm vertraut.

Würde er dieses Vertrauen enttäuschen?

Diesen düsteren Gedanken schüttelte der Halbling rasch ab und schalt sich für seinen Anflug von Schwäche. Er und Wulfgar würden das schaffen.

Er würde es schaffen.

Regis ging tiefer, zog seinen Dolch und schob ihn fest zwischen die zusammengebissenen Zähne. Nachdem das Licht ausgegangen war, war die Schaluppe tatsächlich langsamer geworden, und weitere Piraten waren an der Reling aufgetaucht, die nach vorn deuteten. Einige andere bemühten sich eilends um die Segel, um bei gedrosseltem Tempo den Kurs zu halten.

Das Boot glitt vorbei, und Regis hechtete an seine Seite, wo er wie ein springender Delfin aus dem Wasser schnellte, um sich sofort an der Backbordreling zwischen Ruder und Mast festzuklammern. Als er sich langsam hochzog, um über den Rand zu spähen, machte er seinem Spitznamen alle Ehre. Zwei Mann standen am Ruder, ein dritter spähte vom Heck aus nach links, rechts und hinten. Links von Regis lehnten sich drei Besatzungsmitglieder am Klüver über die Reling hinaus. Ein viertes, der Bogenschütze vorne auf der Backbordseite, hatte den Bogen gespannt.

Da begriff der Halbling seinen Fehler. Wegen der Segel konnte er die beiden Schützen weder im Blick behalten noch erreichen. Vorsichtig senkte er sich wieder ab. Es ging nicht. Wulfgar musste sich selbst helfen.

»Heda!«, hörte er einen Ruf, und ehe ihn weitere Zweifel niederdrücken konnten, fuhr der Halbling hoch, warf sich über die Reling und zog währenddessen seine Handarmbrust.

Der Bolzen sauste los. Der Schütze vorn backbord zuckte zusammen, schrie erschrocken auf und warf einen fragenden Blick nach hinten. Zugleich heulten die Männer am Ruder auf.

Dank des Gifts im Bolzen, das dem Schlafgift der Drow ähnelte, kippte der Bogenschütze einfach über Bord und wurde vom Boot weggepflügt. Aber Regis hörte auch, wie der andere schoss, und er vernahm einen Schmerzensschrei aus größerer Entfernung.

Von Wulfgar.

Beinahe wäre er wieder abgetaucht, um lange, lange weit unten in der Tiefe zu bleiben. Aber stattdessen flüsterte er: »Vertrau ihm!«

Der Halbling spie den Dolch mit den drei Klingen in seine Hand zurück und ließ die Armbrust los, die mit einer Kette an seinem Wams befestigt war. Dann zog er gerade noch rechtzeitig seinen schlanken Degen, um das Schwert des Mannes links von ihm zu parieren.

Im Handumdrehen hatte Regis seine Klinge um dessen Waffe gerollt und mit einem geraden Stoß nach vorn gekontert, der den Mann ächzend zurückweichen ließ.

Dabei brachte er zwei andere Piraten zu Fall, was Regis nickend zur Kenntnis nahm. Doch der Halbling konnte ihm nicht nachsetzen, denn er wusste, dass er auch drei Gegner hinter sich hatte – und dann sprang ein vierter zwischen Klüver und Hauptsegel hervor.

Mit einem Schreckenslaut duckte sich Regis und hatte instinktiv augenblicklich eine Seitenklinge seines magischen Dolches in der Hand. Ohne lange zu zielen oder nachzudenken, warf er die lebende Schlange nach dem Mann. In dem Moment, als der Pirat nach ihm griff, schlang sich das Tier um seinen Hals, und das Schreckgespenst erschien. Wenn Regis darüber nachgedacht hätte, wäre er vermutlich sehr erleichtert gewesen, doch in diesem Augenblick konnte er nur entsetzt aufkeuchen, als der Pirat nach hinten kippte und durch die Lücke zwischen den Segeln verschwand. Seine Füße berührten gar nicht mehr das Deck, als er rücklings über die Steuerbordreling ins Wasser fiel, wo ihn das Gespenst aus dem Dolch endgültig erledigen würde.

»Schieß noch mal!«, erscholl hinter dem Klüver ein Schrei, doch dann folgte ein heftiges Aufkeuchen – das dem Halbling einen erleichterten Seufzer entlockte – und die Geräusche von drei Männern, die übereinanderfielen, weil Wulfgars schwerer Hammer den Schützen von der Reling gefegt und zwischen seine Kumpane geworfen hatte.

Da die Piraten jetzt von zwei Seiten auf ihn losgingen, machte Regis einen Satz nach vorn und nutzte seine zierliche Gestalt, um schnell unter dem Hauptsegel hindurchzukriechen. Dort fand er drei ineinander verkeilte Piraten vor, unter ihnen der schwer verletzte Bogenschütze, der Aegisfang zu spüren bekommen hatte. In dem Durcheinander aus Leibern und Gliedern konnte

Regis kaum erkennen, was zu wem gehörte. Aber das spielte keine Rolle, während er wiederholt mit seinem Degen zustach.

Als der große Barbar aus dem Ruderboot herübersprang, neigte sich die Schaluppe zur Seite, und die bestürzten Schreckensschreie der restlichen drei Halunken auf der anderen Seite der Segel verrieten dem Halbling, dass sein starker Freund kurzen Prozess machte.

Der abgebrochene Pfeil in der linken Schulter schmerzte nicht wenig, aber das machte Wulfgar nur noch wütender, als das Piratenschiff näher kam. Er ließ Aegisfang lossausen, um den Schützen und die Männer hinter ihm aus dem Weg zu räumen. Dann ging er in die Hocke, spannte sich an und warf sich aus dem kleinen Boot zur Reling des herannahenden Schiffes. Dort hielt er sich trotz des heftigen Aufpralls störrisch fest. Ohne Zeit zu verlieren, hievte er sich derart schwungvoll über die Reling, dass er aufrecht an Deck stand, noch ehe die Piraten dort reagieren konnten.

Den ersten packte er mit der rechten Hand am Hemd und schleuderte ihn schwungvoll über Bord. Dann rief er Tempus an, um seinen Streithammer zurückzurufen. Der nächste Pirat, der ihn mit einem Enterhaken angriff, riss erschrocken die Augen auf, holte Luft und senkte ergeben die Arme.

Aber es war zu spät. Wulfgar zog Aegisfang bereits von links nach rechts und ließ auch diesen Mann über Bord gehen.

Die Schaluppe machte einen Satz, bei dem Wulfgar beinahe aus dem Gleichgewicht geraten wäre. Der verbliebene Pirat auf der Backbordseite wich zurück. Ein weiterer war am Geländer zusammengebrochen und griff sich mit den Händen an die Kehle, während eine geisterhafte Erscheinung höhnisch über seine Schulter grinste und die magische Garrotte aus Regis' grausamem Dolch zuzog.

»Ergebt euch, sage ich!«, rief Regis auf der anderen Seite, wo er mit den zwei restlichen Piraten von achtern kämpfte. Der Pirat vor Wulfgar ließ die Waffe fallen, sank auf die Knie und flehte um Gnade.

Wulfgar streckte ihn mit einem schweren Faustschlag nieder und machte sich auf den Weg zum Ruder, wozu er hinter das Hauptsegel gelangen musste.

»Ergebt euch!«, hörte er Regis wieder rufen. Diesmal sah er seinen Freund oder konnte ihn zumindest hinter dem Mann und der Frau ausmachen, die ihm gegenüberstanden.

»Gute Idee!«, ergänzte Wulfgar.

Als die Frau erschrocken herumfuhr, begrüßte Wulfgar sie mit einem wuchtigen Kinnhaken, der sie mitten in das Hauptsegel katapultierte, wo sie besinnungslos in das schlaffe Segeltuch sank.

Der letzte Pirat ließ die Waffe fallen.

»Hast du sie?«, fragte Regis hektisch.

Noch ehe Wulfgar antworten konnte, sprang der Halbling hinter ihn und stach mit dem Degen nach der Erscheinung, die den Mann am Geländer würgte, um sie zerstieben zu lassen. Der Pirat blieb japsend liegen, während Regis in die Nacht hinaussprang und im Meer verschwand.

Jetzt standen oder knieten nur noch zwei Mann an Deck, denen Wulfgar befahl, nach den Verwundeten zu sehen. Der eine kümmerte sich um die zwei, in die der Bogenschütze gefallen war, den Wulfgar mit Aegisfang erwischt hatte – der brauchte keine Hilfe mehr. Der Pirat zerriss sein Hemd, um die Wunden notdürftig zu verbinden, während der andere die ohnmächtige Frau aus dem Hauptsegel zog.

Wulfgar behielt die zwei im Auge, als er zum Geländer ging, wo der gewürgte Mann noch immer besinnungslos war. Er lebte noch, war aber keine große Gefahr mehr.

»Hilf mir mal bitte«, hörte er von hinten, sah hinunter und entdeckte Regis, der mit einer halb ertrunkenen, schlafenden Piratin ankam.

Wulfgar streckte die Hand aus, packte die Frau an der Schulter und zog sie ohne größere Anstrengung an Bord. Dabei bemerkte er den Bolzen aus der Handarmbrust in ihrem Nacken, nickte Regis zu und sagte: »Guter Schuss.«

»Natürlich«, erwiderte Regis achselzuckend, als dürfe man nicht weniger von ihm erwarten. Wulfgar hatte alle Hochachtung vor seinem mutigen Freund, der bereitwillig allein ein Boot voller Feinde geentert hatte.

Da hörten die beiden ein Platschen und erkannten das Geräusch eines Ruders, das ins Wasser tauchte.

»Unser Boot!«, erkannte Wulfgar, richtete sich auf und machte kehrt. Erst das Grinsen auf Regis' Gesicht ließ ihn innehalten.

Der Halbling nahm seine Armbrust zur Hand. Während er sich mit einer Hand an der Reling festhielt, setzte er mit der anderen geschickt einen Bolzen ein und spannte die Waffe. »Bin gleich wieder da«, versprach er und sprang ins Wasser.

Bald darauf kam er mit dem Ruderboot im Schlepptau zur Schaluppe zurück. Das Boot wurde von dem Piraten gerudert, den Wulfgar mit Aegisfang vom Deck geschlagen hatte. Einen weiteren Mann – der, den Wulfgar über Bord geworfen hatte – hatte das Schlafgift außer Gefecht gesetzt.

Womit am Ende nur zwei der elf Piraten ihr Leben verloren hatten. Der Schütze, der Wulfgar verletzt hatte und den der Barbar mit Aegisfang getroffen hatte, war für die Heiltränke aus Regis' Beutel zu schwer verletzt, und der Mann, den die erste Garrotte vom Schiff gerissen hatte, tauchte nicht wieder auf.

Was mit den anderen neun geschehen sollte, musste Donnola Topolino entscheiden, fand Regis.

»Ihr hättet sie nicht herbringen dürfen«, schimpfte Flinkfinger mit Wulfgar und Regis.

Zusammen mit Donnola und einer weiteren Halbling-Frau, Parvaneh, befanden sie sich in einem geheimen Raum tief unter Moradi Topolino. Von hier aus führten Tunnel bis in die kleine Höhle an der Küste, wo jetzt neben dem Ruderboot, mit dem Wulfgar und Regis zur Austernernte gefahren waren, auch die kleine Schaluppe lag – wobei diese in der Nachbarbucht wartete, wo die Höhlendecke zumindest bei Ebbe auch für den Mast ausreichte.

»Wohin denn sonst?«, fragte Regis, der seine Überraschung angesichts des unangenehmen Tonfalls nicht verbergen konnte. Früher waren Beutestücke wie Boote und Schätze in Moradi Topolino gern gesehen gewesen, und selbst neue Rekruten wie dieses Gesindel, das er und Wulfgar angeschleppt hatten, galten als große Errungenschaft.

»Ihr hättet sie einfach auf See lassen sollen. Oder alle töten und mitsamt dem verdammten Boot versenken«, erwiderte der Zauberer.

Regis riss die Augen auf, und Wulfgar lachte laut los.

»Einfach zum Hafenmeister bringen und fertig«, sagte Parvaneh. »Und kein Mucks von Morada Topolino, auf keinen Fall.«

»Das kann ich ja sofort nachholen«, bot Regis an. »Am frühen Nachmittag kommt die Flut. Vorher muss die Schaluppe sowieso wieder raus.«

»Jetzt waren sie aber schon hier«, gab Flinkfinger zu bedenken. »Und sie kennen uns.«

»Ihr werdet sie nicht töten«, entgegnete Regis brüsk. Sein drohender Tonfall ließ den Zauberer die Stirn runzeln.

»Schluss damit, alle beide«, sagte Donnola. »Das ist ganz allein mein Fehler. Regis konnte nicht wissen, was sich in Moradi Topolino in den letzten Jahren verändert hat. Zur Zeit von Großvater Pericolo hätte sein Vorgehen – und das seines großen Freundes – als heldenhaft und vorbildlich gegolten.«

»Sie hätten einfach wegrudern und den Kampf umgehen sollen«, warf Flinkfinger dennoch ein.

»Natürlich«, antwortete Donnola. »Aber zur Zeit von Großvater Pericolo hätten wir mit einem guten Glas Wein auf diesen großartigen Sieg und die Beute angestoßen.«

»Seit wir uns wiedergetroffen haben, erzählt mein Freund jeden Tag von dir«, sagte Wulfgar zu Donnola. »Und immer schwärmte er in den höchsten Tönen von seiner Liebe zu dir und seiner Überzeugung, dass du Haus Topolino größer machen würdest, als es selbst der große Pericolo vermochte.«

»Das hat sie auch«, sagte Parvaneh, noch ehe Donnola antworten konnte. »Nur in eine andere Richtung.«

»Ach, ich vermisse die alten Zeiten«, murmelte Flinkfinger, was ihm einen einfühlsamen Blick von Donnola eintrug.

»Was hat sich verändert?«, fragte Regis ohne Umschweife. Er hatte sich erhoben und stand jetzt vor Donnola. »Was ist hier geschehen?«

»Chaos«, erwiderte die Frau. »Die Fluten, neue Feinde, neue Helden …«

»Verdammt viele Helden«, sagte Flinkfinger, und diesmal lächelte Donnola.

»Ich kann nicht bestreiten, dass es schlimmer wurde«, sagte sie.

»Bürgerwehren?«, fragte Regis.

»Zu viele, um alle zu bestechen«, erklärte Donnola. »Und zu viele Augen, die zu viele … ungute Vorgehensweisen beobachten.«

»Was soll das heißen?«, fragte Wulfgar.

»Das heißt, dass es heutzutage zu gefährlich ist, in Delthuntle jemanden umzubringen«, antwortete Regis.

»Wir übernehmen heute eher Botengänge«, erklärte Donnola, »und handeln mit Informationen.«

Regis nickte. Wenn er darüber nachdachte, überraschte ihn das kaum. Unter der Herrschaft von Großvater Pericolo hatte Donnola vor allem als Agentin gearbeitet. Sie war sehr umgänglich, sodass sie überall willkommen war und gerade von den Adelshäusern regelmäßig eingeladen wurde. Natürlich konnte sie bei Bedarf auch die schmutzige Arbeit erledigen, aber Großvater Pericolo hatte sich stets bemüht, sie von den hässlichen Seiten des Lebens auf den unruhigen Straßen von Delthuntle und Aglarond fernzuhalten.

»Laufburschen also«, folgerte Regis.

»Und -mädchen«, fügte Parvaneh schnell hinzu.

»Ach, ich vermisse die alten Zeiten«, seufzte Flinkfinger erneut.

»Moradi Topolino bewegt sich also eher in sicherem Fahrwasser«, sagte Regis mit einem verstohlenen Seitenblick auf den Zauberer. »Sicherer, ja, aber auch weniger aufregend.«

»Bumm!«, machte Flinkfinger und breitete wie bei einer ordentlichen Explosion die Hände aus.

Regis nickte lachend. »Ich verstehe. Und was machen wir jetzt mit den neun und ihrem Boot?«

»Darum kümmere ich mich«, versicherte ihm Donnola.

Regis sah sie skeptisch an.

»Ich werde niemanden umbringen«, sagte sie daraufhin. »Aber bringt bitte keine Schurken mehr hierher.«

»Nur noch Perlen!«, ergänzte der Zauberer, dessen Laune sich plötzlich deutlich zu bessern schien. »Der Markt ist leergefegt.«

»Ja, mehr Perlen«, stimmte Donnola zu und stellte sich sehr ungroßmütterlich auf die Zehenspitzen, um Regis schnell auf den Mund zu küssen.

»Alles, was du dir wünschst, meine Liebe«, erwiderte Regis strahlend.

Kapitel 8

Kimmuriels Seufzer

»Fahrt Eure Abwehr herunter«, forderte Kimmuriel Drizzt auf.

»Ich wusste gar nicht, dass sie oben ist«, antwortete der unglückliche Drow resigniert. Er hatte Catti-brie angegriffen! Um ein Haar hätte er den Menschen getötet, der ihm auf der ganzen Welt am meisten bedeutete.

Aber, halt, das war nicht sie, erinnerte er sich. Das war eine Dämonin, eine Finte der Lolth, ein ungeheures Täuschungsmanöver, das ihn brechen sollte.

Was noch vor dem unausweichlichen Ende gelungen war.

»Zweifellos fühlt Ihr mein stilles Eindringen und Euren Widerstand dagegen.«

»Vielleicht stößt mich einfach … alles an Euch ab«, sagte Drizzt mit dem letzten Trotz, den er noch aufbringen konnte. Er konzentrierte sich auf sein Hauptproblem, damit es nicht zu persönlich wurde, und erinnerte sich beständig daran, dass dies alles nur ein Trugbild war, eine große Täuschung.

Wenn diese Reaktion Kimmuriel beleidigte, so zeigte er es nicht. Allerdings konnte Drizzt sich nicht erinnern, je eine Gefühlsreaktion an ihm bemerkt zu haben, ob positiv oder negativ. Andererseits hatte er bisher selten mit Kimmuriel Oblodra zu tun gehabt und noch seltener, wenn er nur die Male zählte, von denen er wusste – oder zu wissen glaubte, denn was wusste er schon sicher? –, dass sie vor der großen Täuschung stattgefunden hatten, die Lolth ihm auferlegt hatte.

»Wovor habt Ihr Angst?«, fragte Kimmuriel. Vielleicht sprach er es auch gar nicht aus, denn die Kommunikation des Psi-Meisters war so einschmeichelnd, dass Drizzt sich nicht sicher sein konnte. »Verratet mir Eure Ängste, Drizzt Do'Urden, und wehrt Euch nicht gegen mich. Nur so kann ich Euch helfen.«

»Mir helfen?« Drizzt rümpfte die Nase, und als er merkte, wie Kimmuriel sich erneut in seine Gedanken vortastete, zog er instinktiv eine Mauer der Wut in sich hoch. »Woher wisst Ihr, dass nicht Ihr derjenige seid, der Hilfe braucht?«

Kimmuriel lachte tonlos, aber das drückte keine ehrliche Belustigung aus, sondern sollte dem Waldläufer offenbar lediglich vermitteln, wie jämmerlich er dieses Insekt namens Drizzt fand. »Deshalb sind in diesem Raum auch keine Waffen. Und deshalb warten Jarlaxle und Gromph vor der Tür. Gut möglich, dass Ihr mit den bloßen Händen viel vermögt, immerhin seid Ihr ein erfahrener, gut trainierter Kämpfer. Aber ich bin hier nicht in Gefahr. Also vergesst bitte Eure Drohungen und lasst uns beide mit dieser ermüdenden Übung fortfahren, damit Jarlaxle mir endlich meine Ruhe lässt.«

Drizzt fuhr vor, nur um zu prüfen, ob er Kimmuriel eine Reaktion entlocken konnte.

Das gelang ihm auch, aber sie fiel unerwartet aus. Sein Kopf wurde von einer verwirrenden Energiewoge überschwemmt, in der sich sämtliche Sinnesreize und jeder Impuls, der von seinem Gehirn an die Gliedmaßen ging, wild vermischten. Was als schnelle, abrupte Bewegung

gedacht war, wurde zu einem chaotischen Wirrwarr un-
abgestimmter Zuckungen, die Drizzt stotternd ins Taumeln brachten, bis er auf dem Boden lag.

Stück für Stück kämpfte er sich zurück, schüttelte Kimmuriels Mentalangriff ab und kam schließlich wieder auf
die Knie. Bis dahin stand Kimmuriel jedoch auf der anderen Zimmerseite und starrte ihn durchdringend an.

»Ich bin keine einfältige Menschenfrau, die sich dank
Eures Charmes überraschen lässt«, versicherte ihm Kimmuriel.

»Was wollt Ihr von mir?«, fuhr Drizzt auf.

»Das habe ich Euch bereits mitgeteilt«, erwiderte der
Psioniker gelassen.

»Ach, fahrt zu den Neun Höllen, nein, zurück in den
Abgrund, wo Ihr hingehört!«, fluchte Drizzt. »Zurück zu
der verfluchten Spinnenkönigin. Sagt Ihr, dass ich es
weiß. Oh ja, ich weiß Bescheid!«

»Ihr wisst Bescheid? Was meint Ihr damit?«

»Lügner!«, klagte Drizzt ihn an. »Allesamt. Alles! Ihr,
meine Freunde – ha, meine längst toten Freunde, die mir
ein Wunder wiedergegeben hat! Lolths Plan wird nicht
aufgehen, denn ich habe ihr diabolisches Spiel rechtzeitig durchschaut.«

Kimmuriel kam zurück und setzte sich wieder, behielt
Drizzt jedoch im Auge, als dieser mühsam aufstand und
sich ihm gegenüber auf seinen eigenen Stuhl stützte.

»Eure Freunde sind Lügner?«

»Meine Freunde sind tot«, beharrte Drizzt.

»Aber sie sind unten in der Halle …«

»Nein!«, schrie der Waldläufer. »Nein! Ich habe Euch
Doppelgänger durchschaut. Eure Falle wird mich nicht
brechen.«

Verwundert sah Kimmuriel ihn an. »Drizzt Do'Urden«,

stellte er dann mit einem Anflug von Belustigung fest, »Ihr seid bereits gebrochen.«

Drizzt schüttelte den Kopf.

»Ihr habt Catti-brie angegriffen und Euch im letzten Moment bezähmt«, erinnerte ihn Kimmuriel. »Mit diesem unerwarteten Angriff hättet Ihr sie töten können, und zwar sehr leicht, wie sie sagte. Aber Ihr habt es nicht getan. Weil Ihr Euch nicht sicher seid.«

»Lügner!«

»Vielleicht bin ich das. Vielleicht auch nicht. Ihr seid Euch nicht sicher.«

»Und jetzt wollt Ihr in meine Gedanken eindringen und mir einflüstern, dass alles in Ordnung ist«, überlegte Drizzt, dem plötzlich alles sonnenklar erschien. »Jetzt verstehe ich.« Sein Lachen ließ Kimmuriel noch genauer hinsehen, was Drizzt registrierte. »Es klappt nicht. Lolth weiß, dass es nicht klappt.«

»Was?«

»Schluss damit!«, sagte Drizzt. »Sie kann mich nicht brechen, weil ich es weiß. Darum sollt Ihr in meine Gedanken eindringen und es so hinbiegen, als wüsste ich es nicht. Und wenn dann der Schlag kommt, die große, schreckliche Erkenntnis, dann soll ich brechen. Genau. Aber daraus wird nichts. Ich lasse Euch nicht in meine Gedanken, grausamer Drow!«

»Faszinierend«, sagte Kimmuriel. »Ihr haltet dies alles für eine Täuschung? Die ganze Geschichte? Die Rückkehr Eurer Freunde und Eurer Frau? Und was war mit der Schlacht mit Demogorgon? War auch das nur eine Illusion?«

Hasserfüllt starrte Drizzt ihn an.

»Faszinierend«, sagte Kimmuriel erneut. »Dass die Dämonenkönigin der Spinnen sich derart viel Mühe machen sollte ... nur Euretwegen. Eure Arroganz ist weit schlimmer, als ich dachte! Eure Freunde sind seit Jahren zurück. Ihr habt einen Krieg gewonnen.«

»Ich *glaube*, wir haben einen Krieg gewonnen.«

»Und wie viele Erinnerungen werden dann real?«, fragte der Psioniker. »Wenn das Leben nur eine Illusion ist, ab welchem Punkt ist eine solche Illusion dann einfach Realität?«

Drizzt wollte etwas erwidern, schwieg jedoch ergrimmt.

»Und warum lasst Ihr mich dann nicht ein?«, fragte Kimmuriel. »Wenn das Eure Befürchtung ist, wozu haltet Ihr mich dann fern?«

»Weil Ihr mich überzeugen würdet, dass ich noch nicht überzeugt bin!«

Kimmuriel lachte ihm ins Gesicht. Diese Reaktion überraschte Drizzt, denn sein Lachen war ehrlich, wenn auch offensichtlich mitleidig.

»Ihr wollt also stur an Eurem Elend festhalten, weil Ihr noch schlimmeres Elend fürchtet?« Nach einer kleinen Pause grinste Kimmuriel. »Und wenn Ihr Euch irrt?«

Darauf wusste Drizzt keine Antwort.

»Wie lange, Drizzt Do'Urden?«, fragte Kimmuriel. »Und wenn Ihr Catti-brie tötet und falschlagt, was würde das dann für Euch bedeuten? Oder wenn Ihr diese Frau, die Euch täglich ihre Liebe zeigt, dazu bringt, Euch zu töten? Was würdet Ihr ihr damit antun? Oder Mielikki, die sie auserwählt hat? Und wenn Ihr recht hättet und dies die größte Lüge von allen ist, wieso schreitet Eure Göttin dann nicht ein?«, fragte Kimmuriel weiter, als die Antwort ausblieb. »Warum hat Mielikki Euch verstoßen?«

»Weil ich keine Babys töte!«, knurrte Drizzt und kam so wieder auf den furchtbaren Streit mit Catti-brie zurück, den sie bald nach ihrer Rückkehr aus Iruladoon gehabt hatten. Sie seien alle böse, hatte sie gesagt, alle Goblinoide, und deshalb müsse er sie töten, wo immer er sie fände, selbst die Kleinsten. Dieser Gedanke jedoch widersprach seinen Moralvorstellungen, weil er einst einen Goblin gekannt hatte, der ihm nicht böse erschien. Zudem war er mit Bruenor auf die Ruinen einer Stadt gestoßen, in der Orks und Zwerge einträchtig und offenbar harmonisch zusammengelebt hatten. In der Stadt Palishchuk in Vaasa gab es jede Menge Halb-Orks, die mit keinem gutgesinnten Bewohner der Gegend im Streit lebten, ganz im Gegenteil.

Und der Vertrag von Garumns Schlucht war gebrochen worden, aber dennoch hatten viele Orks – die wahren Anhänger von Obould – sich Jahrzehnte um Frieden bemüht.

Oder war all dies ebenfalls nichts als eine große Täuschung, eine schlaue, von langer Hand geplante List, die brillant aufging und dem gestörten Verstand von Drizzt ganze Jahrhunderte vorgaukelte?

War er überhaupt vor über hundert Jahren Menzoberranzan entkommen, damals, als Zaknafein gestorben war, damit er frei sein konnte?

»Wie lange geht das schon so?«, klagte er mit Tränen im Gesicht. Er fiel auf seinen Stuhl, wo er völlig zusammensank, weil ihn alle Kräfte zu verlassen schienen.

»Sagt Ihr es mir«, antwortete Kimmuriel.

»Sagt Ihr es mir!«, verlangte Drizzt, der jetzt zu schluchzen begann, weil er sich vorkam, als hätte er Menzoberranzan niemals verlassen, sondern sei direkt in den Hort der Lolth geraten, die ihn mit all diesen falschen Erinnerungen bestrafte, Erinnerungen an ein Leben, das er in Wahrheit nie geführt hatte. Alles war nur das Werk der bösartigen Spinnenkönigin, um ihn unvorstellbaren Qualen auszusetzen.

Er hörte Kimmuriel deutlich, konnte aber keine Antwort geben, denn er hatte den absoluten Tiefpunkt erreicht.

»Lasst es uns zusammen herausfinden«, bot der Psioniker an, doch Drizzt konnte nur weinen. Immerhin leistete er keinen Widerstand, als Kimmuriel vorsichtig mit den Fingern seine Stirn berührte.

Dann drang Kimmuriel in Drizzts Gedanken vor, in die verworrenen Träume und wachsenden Ängste. Die gestörte Wahrnehmung war wie Treibsand, denn der Drow hatte jegliches Gefühl dafür verloren, wo die Realität endete und die Täuschung begann.

Der Psioniker arbeitete sich tiefer vor, lenkte Drizzts Gedanken und begleitete sie auf ihrer rasend schnellen, gewundenen Fahrt. Dabei suchte Kimmuriel nach einem Anker zur Realität, einem Rettungsseil, das er in den Vordergrund schieben konnte, einer klaren Grenze zwischen Wahrnehmung und Wahrheit, an die sich der schlingernde Drizzt klammern konnte.

Doch je mehr Zeit verstrich, desto mehr schwand Kimmuriels Zuversicht, denn jede Realität, die er entdeckte, wurde für Drizzt zur Lüge, und jede Wahrheit war für Drizzt nur ein teuflisches Spiel.

Und wie konnte er widersprechen?, dachte Kimmuriel schließlich. Vielleicht war er es, Kimmuriel, der sich irrte, und Drizzt war der Einzige, der die furchtbare Wahrheit begriff? Schließlich müsste ausgerechnet Kimmuriel die Macht der mentalen Trugbilder doch kennen!

Immerhin verdankten sie einen Großteil der »Realität« den Ränkespielen göttlicher Fädenzieher.

Mit einem Aufschrei wich Kimmuriel Oblodra zurück.

Er setzte sich wieder und betrachtete zutiefst erschüttert den schluchzenden Drizzt. Hinter ihm wurde die Tür aufgerissen, aber Kimmuriel war zu keiner Reaktion in der Lage, sondern starrte weiter halb verwirrt, halb verschreckt sein Gegenüber an. Der Schrecken rührte von dem Moment, in dem auch er beinahe alles angezweifelt hätte, was er für wahr hielt.

»Was ist?«, rief Jarlaxle, der zu seinem Bregan-D'aerthe-Kameraden eilte.

»Hat er Euch angegriffen?«, wollte Gromph wissen, dessen Stimme die Hoffnung auf eine Bestätigung verriet – dann hätte Gromph die nötige Ausrede gehabt, um Drizzt zu töten, und das würde ihm bestimmt Vergnügen bereiten.

Aber noch ehe Kimmuriel eine Antwort gab, kannten beide die Antwort, denn es war klar, dass die gebrochene Kreatur vor ihnen, die jämmerlich vor sich hin heulte und deren violette Augen nur nach innen gerichtet waren, nichts dergleichen getan hatte.

»Kommt«, sagte Kimmuriel zu den beiden, eilte hinaus, zog sie mit sich und verschloss hinter ihnen sorgfältig die Tür.

»Was habt Ihr herausgefunden?«, wollte Jarlaxle wissen.

»Demarkation«, sagte Kimmuriel sehr ernst.

»Eine Grenze?«, fragte Gromph verwirrt.

Kimmuriel schüttelte den Kopf. »Die Gedankenschinder haben ein Krankheitskonzept«, erklärte er. »Sie nennen es Demarkation, aber eigentlich meinen sie das Gegenteil davon – die mangelnde Abgrenzung oder De-Demarkation. In unserer Sprache steht das Wort für eine Grenzlinie, ja, eine Markierung zwischen Reichen oder Feldern oder den Häusern von Menzoberranzan. In diesem Fall jedoch bezieht es sich auf eine spezielle Erkrankung, bei der die Betroffenen nicht mehr zwischen Wahrheit und Wahrnehmung unterscheiden können.«

»Ich kenne ein paar Oberin…«, witzelte Jarlaxle prompt, aber Kimmuriel brachte ihn mit einem eisigen Blick zum Schweigen.

»Bis zu einem gewissen Grad betrifft das uns alle«, erklärte der Psioniker ernst. »Und viele – auch du – versuchen, andere damit zu infizieren, indem sie mit Hilfe ihrer Überredungskünste den Sinn für die Realität unterminieren, bis ihr Gegenüber das glaubt, was es glauben soll.«

Bei diesem Kompliment tippte Jarlaxle an seinen Hut.

»Illithiden sind anfällig dafür«, fuhr Kimmuriel fort.

»Aber genau diese Taktiken wenden sie doch bei anderen an«, hielt Gromph dagegen.

»Ich hätte sie für weitgehend immun gehalten«, pflichtete Jarlaxle ihm bei. »Ich würde es nie wagen, einen Gedankenschinder mit meiner Kunst zu behelligen.«

»Gegen deine Einflüsterungen sind sie immun, das stimmt«, bestätigte Kimmuriel. »Wie gegen die meisten, wenn nicht alle Vorschläge und Überredungsversuche von außen. Bei ihnen entsteht die Krankheit von innen, wenn sie in den Gedanken anderer eine neue Realität erschaffen. Dabei können sie mitunter nicht mehr sauber zwischen der Illusion und der Wahrheit unterscheiden, die sie zu verbergen oder zu verdrehen suchen.«

»Selbsttäuschung?«, fragte Gromph.

Kimmuriel nickte.

»Und am Ende glauben sie an ihre eigenen Lügen«, folgerte Jarlaxle. »Wie ich schon sagte, da kenne ich so einige Oberinmütter.«

»Das ist etwas anderes«, widersprach Gromph.

»Nicht unbedingt«, stellte Kimmuriel richtig, was Gromph und Jarlaxle erstaunte, die lediglich gescherzt hatten. »In beiden Fällen beruht die Krankheit auf übertriebenem Stolz, dem tödlichsten aller Fehler.«

»Dann müsste Gromph längst tot sein«, konstatierte Jarlaxle.

»Dann müsste Jarlaxle längst tot sein«, sagte Gromph zugleich.

Kimmuriel schwieg missbilligend. Der spöttische Ausdruck, mit dem die Brüder einander ansahen, war wie der Blick in ihr Spiegelbild.

»Aber Stolz war meines Wissens nie ein Fehler von Drizzt Do'Urden«, gab Jarlaxle schließlich zu bedenken, um wieder zum Thema zurückzukommen. »Er ist doch immer bescheiden, und das ist bei ihm oft ein echtes Ärgernis.«

»Bei ihm liegen äußere Einflüsse zugrunde«, sagte Kimmuriel.

»Der Faerzress«, überlegte Gromph.

»Eine Krankheit aus dem Abgrund«, fuhr Kimmuriel zustimmend fort. »Magischen Ursprungs.« Er bedachte Gromph – den neugierigen, beginnenden Psioniker – mit einem warnenden Blick. »Hütet Euch vor jedem geistigen Kontakt mit Drizzt Do'Urden, Erzmagier, denn dieses Leiden ist ansteckend. Deshalb vorhin mein Aufschrei. Selbst ich habe gemerkt, wie der verhängnisvolle Abgrundzauber mir plötzlich absolute Verzweiflung vorgaukelte. Wenn man versucht, im Geist von Drizzt Do'Urden eine saubere Linie zwischen Realität und Wahrnehmung zu ziehen, verschwimmt diese Linie zugleich im eigenen Bewusstsein. Was Drizzt auch nicht hilft.«

»Was soll das heißen?«, fragte Jarlaxle, dessen Stimme

plötzlich nervös wurde. Offenbar hatte er nie daran ge-zweifelt, dass der große Kimmuriel die verwirrten Ge-danken von Drizzt ordnen könnte.

Kimmuriels hilfloses Schulterzucken war die deut-lichste Antwort, die Jarlaxle je erhalten hatte.

»Aber Ihr helft doch Dahlia!«, protestierte der Söldner. »Sie ist weit schlimmer betroffen als Drizzt ...«

»Das ist etwas anderes ...«, begann Kimmuriel, ob-wohl Jarlaxle einfach weitersprach.

»Oder habt Ihr nur Angst vor der eigenen Anste-ckung?«, warf Jarlaxle ihm vor. »Ist es das? Dann bringt Drizzt eben zum Schwarmgehirn! Sie bekommen alles, was sie brauchen, um ihn zu heilen.«

»Nein!«, rief Kimmuriel laut, und dieser für ihn so un-gewöhnliche Ausbruch erschreckte Jarlaxle und Gromph zutiefst. »Nein«, wiederholte Kimmuriel ruhiger. »Das wäre sehr riskant. Oder möchtet ihr, dass eine ganze Ko-lonie Gedankenschinder nicht mehr zwischen Wahrneh-mung und Realität unterscheiden kann? Zwischen ihren Wünschen und der Wahrheit auf der Welt? Was sie da-durch anrichten könnten ...« Er brach ab, atmete tief durch und hob abwehrend die Hände, um sich selbst zu stabilisieren. »Sie könnten Drizzt nicht helfen«, sagte er schließlich.

»Aber Dahlia ...«, hob Jarlaxle wieder an.

»Dahlia hat ihre Krankheit Methil zu verdanken«, er-klärte Kimmuriel. »Der Gedankenschinder hat ihr di-verse verwirrende Kreisschlüsse eingeflößt, die sie mit mächtigen Vorstellungen ködern und die wie clevere Fallen von einer Vielzahl an Auslösern angestoßen wer-den, die Methil in ihr verankert hat. Gegenwärtig kann schon ein Wort oder eine Bewegung Dahlias Gedanken-gänge unterbrechen und sie in einen völlig anderen Bezug zurückwerfen, in dem sie wieder ganz um sich selbst kreist. Das ist unglaublich frustrierend für sie, erzeugt neue Enttäuschungen und sät noch mehr Verwirrung. Ziemlich genial von Methil.«

»Aber das könnt Ihr heilen?«

»Ja. Auch wenn es mühsam und langwierig ist. Ich muss jeden Auslöser finden und die Einflüsterung ausradieren, die Methil damit verknüpft hat. Aber was Methil angestellt hat, kann ich rückgängig machen.«

»Und Drizzt?«

Gromph kam Kimmuriel zuvor: »Da geht es um magisches Ausradieren, nicht nur um irreführende Einflüsterungen.« Kimmuriel nickte anerkennend, denn Gromph hatte es begriffen.

»Was Euer Freund erlebt, ist ein kompletter Bruch, ein vollständiges Verschwimmen der Grenze zwischen seiner Vorstellung und der Realität, die er greifen und wahrnehmen kann«, erklärte Gromph. »Er glaubt, er könne seinen Sinnen nicht mehr trauen. Er glaubt, es gäbe keine Wahrheit.«

»Schlimmer noch, denn seine Vorstellungen wurzeln in Zweifel und Entsetzen«, ergänzte Kimmuriel. »Nicht Furcht, sondern blankes Entsetzen. Drizzt ist inzwischen der Ansicht, dass alles, was er bisher für wahr gehalten hat, alles, was seine Realität ausmachte, nur ein gigantisches Trugbild ist, das ihm eine böse Macht vorgaukelt, ein Dämon – wahrscheinlich Lolth –, der ihn damit endlos foltern will.«

»Er nimmt sich also doch ziemlich wichtig«, sagte Gromph und grinste. Jarlaxles Blick verriet, dass er diesen Scherz gegenwärtig nicht zu schätzen wusste.

»Er hat nichts mehr, woran er sich klammern könnte«, fuhr Kimmuriel fort.

»Und deshalb ist seine geliebte Catti-brie ein verkappter Dämon«, überlegte Jarlaxle leise. Endlich begriff er, wie tief diese Krankheit reichte, warum Drizzt Catti-brie beinahe umgebracht hätte und warum ihm dies beim nächsten Mal vermutlich gelingen würde.

»Wir können diese Linie nicht neu errichten«, warnte Kimmuriel. »Das kann nur Drizzt. Jeder Versuch von außen, ihn eines Besseren zu belehren, würde dasselbe blanke Entsetzen auslösen. Denn alles, was ihn beruhigen soll …«

»… wäre nur ein Mittel, um die Täuschung zu verstärken«, endete Jarlaxle.

Kimmuriel nickte.

»Dann ist er verloren«, sagte Gromph mit einer Endgültigkeit, die Jarlaxle einen Stich versetzte. »Und zwar endgültig. Er ist dazu verdammt, tragische, tödliche Fehler zu machen, und deshalb wird er da nie herausfinden.«

Jarlaxle wollte widersprechen. Er wollte Gromph anschreien, um ihn zum Schweigen zu bringen. Aber als er Kimmuriel ansah, dem er vertraute, stimmte der Psioniker dem Erzmagier zu.

»Meine Augenklappe!«, rief er verzweifelt. Es musste doch etwas geben.

»Die Illusion stammt nicht von außen«, mahnte Kimmuriel. »Eure Augenklappe kann ihn weder schützen noch heilen.«

Seufzend gab Jarlaxle sich geschlagen.

»Ich könnte ihn schnell und schmerzlos töten«, bot Gromph an.

Jarlaxle hätte sich beinahe einverstanden erklärt.

»So … schlaff … habe ich dich noch nie erlebt«, neckte Tazmikella, die neben Jarlaxle auf dem Diwan Platz ge nommen hatte. In Spitzen und zarte Schleier gehüllt, wirkte ihre menschliche Gestalt äußerst verführerisch. Dennoch war der Söldner nicht bei der Sache. »Es geht wieder um diesen Waldläufer, nicht wahr?«, hakte der Kupferdrache nach.

Jarlaxles Finger fuhren über seine Glatze. »Es ist furchtbar, diesen Absturz mit anzusehen.«

»Man ist so hilflos«, ergänzte Tazmikella, wozu der Drow nickte.

Der Drache zuckte mit den Schultern. »Aber wenn du nichts machen kannst, warum verschwendest du dann deine Gedanken daran? Du hast doch ohnehin so wenig Jahre zu leben.«

Jarlaxle entzog sich ihrer Berührung und starrte ihr ins Gesicht. »Würdet Ihr das auch sagen, wenn Eure Schwester auf diese Weise leiden müsste?«

»Aber natürlich«, erklang die Antwort von der Tür, wo jetzt Ilnezhara hereinkam, die nicht weniger verführerisch und nicht mehr bekleidet war als Tazmikella.

»Oh, du hältst uns für Bestien!«, sagte Tazmikella.

»Sollten wir beleidigt sein?«, fragte Ilnezhara pikiert. »Ich hätte Jarlaxle für klüger gehalten, als Drachen zu beleidigen.«

»Oh, bitte.« Der Drow hob ergeben die Hände. »Euer Geplänkel ist für mich nicht witzig. Nicht jetzt.«

»Und dein Freund, der so gern unter Gedankenschindern ist, konnte nichts ausrichten?«, erkundigte sich Tazmikella mit einem Hauch von Besorgnis.

»Es ist Magie. Dagegen kann er nichts tun.«

»Und was ist mit Drizzts Frau?«, fragte Tazmikella.

»Ja«, fiel ihre Schwester ein. »Die ist in der arkanen wie der heiligen Magie sehr bewandert.«

Doch Jarlaxle schüttelte den Kopf. »Natürlich hat sie

es versucht. Genau wie Gromph. Aber vergebens. Und wenn nicht einmal Gromph einen Gegenzauber findet, muss ich davon ausgehen, dass man mit Magie nicht weiterkommt.«

»Es gibt in der Tat kaum mächtigere Sterbliche«, räumte Ilnezhara ein.

»Dann eben Mielikki?«, fragte Tazmikella. »Ist Drizzt nicht ein Auserwählter?«

»Catti-brie hat gebetet ...«, fing Jarlaxle an, um dann wieder den Kopf zu schütteln.

»Na gut, wie üblich«, sagte Ilnezhara.

Tazmikella nickte, und Jarlaxle setzte sich verwirrt und verstimmt auf.

»Je weniger die Götter sich einmischen, desto besser für alle«, stellte Ilnezhara fest.

»Für sie sind die Sterblichen doch nur Spielzeuge«, konstatierte Tazmikella, deren Stimme vor Verachtung triefte. »Ich hasse es, sie als Götter zu bezeichnen. Eher besonders starke Zauberer, die sich als Götter aufspielen, um ihre eigenen Eitelkeiten zu befriedigen.«

»In der Tat, Schwester.«

»Abgesehen von Bahamut«, fügte Tazmikella rasch hinzu.

»Natürlich«, bestätigte Ilnezhara.

»Dann geht doch zu Bahamut!«, schrie Jarlaxle wütend.

Die beiden starrten ihn ungläubig an. Dann lachten sie.

»Und was jetzt?«, fragte der Drow verzweifelt. »Was soll ich tun?«

»Ihn töten. Gleich«, sagte Tazmikella. »Ich könnte ...«

»Schluss damit!«, verlangte Jarlaxle. »Ist das denn Eure einzige Antwort? Erst Gromph, jetzt Ihr ...« Er sprang auf und begann, im Zimmer auf und ab zu laufen. »Wenn weder weltliche noch göttliche Magie ihn heilen kann und selbst die Psi-Meister überfragt sind, was dann?«, fragte er. »Wie lautet meine Antwort?«

»Was weißt du bisher?«, hakte Tazmikella nach. »Kimmuriel ist in seinen Geist eingedrungen, sagst du. Was habt ihr herausbekommen?«

»Kimmuriel sagt, Drizzt müsse seinen eigenen Weg aus dem Labyrinth finden. Die Heilung müsse von innen kommen«, erklärte Jarlaxle. »Und das dürfte unwahrscheinlich sein. Oder gar unmöglich.«

»Drizzt ist ein disziplinierter Kämpfer«, gab Tazmikella zu bedenken.

»Ja, Schwester«, stimmte Ilnezhara zu.

Etwas in ihrer Stimme ließ sowohl Jarlaxle als auch Tazmikella aufhorchen.

Ilnezhara lächelte.

»Was meint Ihr damit?«, wollte Jarlaxle wissen.

»Vielleicht reicht seine Disziplin nicht aus«, sagte Ilnezhara mit wissendem Lächeln.

»Es dürfte schwer sein, einen besseren Kämpfer zu finden«, hielt Jarlaxle dagegen. »Er ist nahezu perfekt, der beste Krieger ...«

»*Nahezu* perfekt«, unterbrach ihn Tazmikella, deren Tonfall und Grinsen andeuteten, dass sie dem Gedankengang ihrer Schwester jetzt folgen konnte.

»Was?«, fragte Jarlaxle.

»Aber er ist nicht erleuchtet«, erklärte Ilnezhara.

»Nun, Schwester, ist das je einem Drow gelungen?«

»Wenn es einem Menschen gelingt?«

»Was redet Ihr da?«, wollte Jarlaxle wissen.

Doch die rätselhaften Drachenschwestern lächelten nur.

Teil 2

Die Blutsteinlande

Ich kann das Blut nicht von meinen Händen waschen.

Es war nur eine winzige Wunde. Es wurde kaum Blut vergossen, aber es war meine Klinge, die an Catti-bries Hals lag, und die Absicht war da. Ja, ich wollte sie mit Vidrinath angreifen, ihr brutal die Kehle durchschneiden, in ihrem spritzenden Blut baden. Ich wollte meine Rache!

Wie sehr ich mich danach sehnte!

Denn ich wusste, sie war eine verkappte Dämonin. Ich weiß es – und ich weiß es nicht, denn sie foltert mich, indem sie äußerlich und in jeder Hinsicht meiner verlorenen Liebe gleicht.

Wann wollte sie es offenbaren? Mitten im Liebesspiel vielleicht, wenn mich plötzlich eine höhnische Teufelsfratze anstarrte, eine groteske, verunstaltete Dämonin, die sich auf mir wiegt, um womöglich mit meinem Samen ein scheußliches Mischwesen zu zeugen?

Oder auch nicht. Oder nichts davon.

Oder ich habe mein Messer Catti-brie an die Kehle gesetzt – Catti-brie selbst – und hätte sie um ein Haar ermordet.

Wäre ich auf einem Schiff an der Schwertküste und tauchte meine Hand ins Wasser, müsste sich in diesem Fall das ganze Meer blutrot färben. Es wurde so wenig Blut vergossen, doch für mich ist es alles Blut der Welt, das mich zu einem einzigen blutroten Schandfleck macht.

Mörder!

Denn im Geiste habe ich sie getötet. In meinem Herzen habe ich an ihr gezweifelt. Mein Arm hat mich im Stich gelassen. Ich hatte den Mut verloren.

Denn die Dämonin hätte sterben sollen.

Die Doppelgängerin hätte sterben sollen, und ihr Tod wäre mein letzter Akt des Widerstands gegen Lolth gewesen. Eine schlichte Tat, ein schneller Tod, um der Spinnenkönigin zu demonstrieren, dass sie den heiß ersehnten Sieg nicht bekommen wird. Sie kann mich jederzeit vernichten, wenn sie will. Ich könnte nichts dagegen tun. Aber am Ende wird sie mich nicht brechen, oh, nein!

Ich bin nicht ihr Spielzeug!

Außer wenn es wirklich Catti-brie war, an deren zartem Hals mein Säbel lag. Und woran soll ich das erkennen?

Das ist das Dilemma, der eigentliche Fluch, und deshalb bin ich schon jetzt verloren.

Jeden Morgen erwache ich aus meiner Entrückung und sage mir, dass dies ein glücklicher Tag wird. Dass ich heute den Sonnenaufgang sehen und neue Hoffnung schöpfen werde. Vielleicht ist alles nur Lüge, eine groß angelegte Täuschung durch eine Dämonenkönigin, die mich damit endlos quälen will.

Sei's drum, sage ich jeden Morgen. Sei's drum.

Denn ich frage mich gleichzeitig auch: »Habe ich eine Wahl?«

Gibt es einen anderen Weg? Welchen Weg sollte ich sonst einschlagen? Wenn alles nur eine Frage der Wahrnehmung ist, an welchem Punkt muss ich die Wahrnehmung oder die Illusion dann als Realität akzeptieren? Und wenn diese Realität mir zusagt – sollte ich mein Glück dann nicht einfach genießen, solange die Illusion oder Täuschung anhält? Ist es sinnvoll oder überhaupt klug, die Jahre trügerischen Friedens unter Freunden und geliebten Gefährten nicht zu genießen, nicht einfach glücklich zu sein, nur weil man etwas fürchtet, was vielleicht niemals eintritt?

Ist der Sonnenaufgang deshalb weniger schön? Ist Catti-bries Lächeln weniger bezaubernd? Ist Bruenors Lachen weniger ansteckend? Oder Guenhwyvars Schnurren weniger tröstlich?

Das sage ich mir Tag für Tag. Jeden Tag entscheide ich mich, vernünftigerweise glücklich und zufrieden zu sein. Jeden Morgen wiederhole ich diese Litanei gegen den Wahnsinn und rüste mich damit gegen meine Verzweiflung.

Tag für Tag.

Und jeden Tag scheitere ich.

Inmitten eines Traums kann ich keinen Sinn finden. Solange ich in den von mir geschaffenen Fantasien festsitze, bedeutet das alles mir nichts. Nicht einmal ein Lächeln kann ich mir abringen, solange ich permanent denke, dass meine Feinde nur auf ein ehrliches Lächeln lauern, um dann die schöne Fassade niederzureißen.

Und jetzt klebt auch noch das Blut von Catti-brie oder ihrer Doppelgängerin an meinen Händen, und wenn es wirklich Catti-brie war, dann bin ich auf die Frau losgegangen, die ich liebe, und wate durch Scham und Blut. Und wenn es doch eine Dämonin war, dann hatte ich nicht den Mut, sie tatsächlich zu töten. Womit ich ebenfalls versagt hätte.

Sie haben mir die Waffen abgenommen, ein Glück! Am besten nehmen sie mir gleich das Leben und machen dem Elend ein Ende.

Sie tun so, als wäre ich ihnen wichtig. Sie behaupten, mich mit Zaubersprüchen und dem Eindringen in meine Gedanken heilen zu wollen, aber ich sehe die Bosheit in ihren Augen, rieche den Dunst des Abgrunds, höre das leise Keckern hinter ihrem angeblich so besorgten Seufzen.

Ob ich mit dem Blut von Catti-brie an den Händen verwese oder mit der Scham über meine Feigheit – in jedem Fall habe ich mein Schicksal verdient.

Drizzt Do'Urden

Kapitel 9

Der Auftrag

Regis freute sich darauf, Donnola an diesem schönen Sommerabend in Delthuntle zum Ball zu begleiten, und seine Freude wurde noch größer, als sie in ihrem lavendelfarbenen Seidenkleid die Treppe herunterkam. Das Kleid war mit weißen Spitzen besetzt und brachte ihren wohlgeformten Busen mit seinem großzügigen Dekolleté gut zur Geltung. Zur Abrundung hatte sie edle rosa Tiefseeperlen angelegt, die Regis vielleicht selbst gesammelt hatte.

Und höchstwahrscheinlich waren mehrere davon magisch. Donnola war zwar keine voll ausgebildete Zauberin, besaß jedoch ein solides Grundwissen in der Kunst.

Es verschlug Regis den Atem, als sie würdevoll die große Treppe von Moradi Topolino herabschritt, denn ihr Lächeln überstrahlte sowohl den Glanz der Perlen als auch die Tiara aus Gold und Silber, die ihr dichtes Haar schmückte.

»Gefalle ich Euch, lieber Herr Spinne?«, fragte sie, als sie vor ihm stand.

»Nichts an Euch könnte mir jemals missfallen, meine Liebe«, erwiderte Regis. Er verbeugte sich tief und zog dabei schwungvoll sein blaues Barett. Auch er hatte sich mit großer Sorgfalt ausstaffiert und trug eine nagelneue graue Weste, die mit Goldfäden bestickt war, dazu ein prächtiges schwarzes Cape mit einem hohen, steifen Kragen, was sowohl sein Barett als auch den blitzenden Fangkorb des kostbaren Degens an seiner Hüfte betonte. Auch seine glänzenden schwarzen Stiefel waren neu, und mit ihren harten, hohen Absätzen konnte er bei einem dramatischen Auftritt herrisch klicken.

»Seid Ihr bereit, mein charmanter Verehrer?«, fragte Donnola.

»Herrin, wenn ich Euch so sehe … lasst uns hierbleiben …« Sein freches Grinsen ging mit einem übertriebenen Augenzwinkern einher, was Donnola ein geziertes Kichern entlockte – sie probten ihre Rolle als hohlköpfige Höflinge, denen es nur um Augenklimpern und gezwirbelte Bärtchen ging.

»Lass uns nicht zu lange bleiben«, sagte Regis ernsthafter, während er seiner Dame den Arm bot.

»Wir werden sehen«, erwiderte Donnola, um ihn daran zu erinnern, dass es heute nicht ums Vergnügen ging – auch wenn es sicher unterhaltsam werden konnte –, sondern in erster Linie ums Geschäft. Über derartige Veranstaltungen blieb Donnola mit ihren geheimen Zuträgern in Kontakt und knüpfte neue geschäftliche Verbindungen. Schließlich bestanden ihre Geschäfte auch aus Informationen. Und solange der Zzar und der Feuerwein aus Rashemen nicht ausgingen, war diese Ware auf einem Hofball am leichtesten zu ergattern.

»Aber sobald ich nicht mehr über sie lachen kann, sind sie sooo langweilig«, gestand Regis, nachdem sie durch die Haustür getreten waren, und Donnola lachte.

Flinkfinger, der draußen wartete, verdrehte die Augen. »Seht zu, dass der Abend ertragreich wird«, ermahnte der Zauberer die beiden.

Donnola erwiderte etwas, das Regis nicht hörte, weil

er ganz von Flinkfingers merkwürdiger Robe gebannt war, die mit grellen Abbildungen des abnehmenden Mondes und riesiger Sterne überzogen war, wodurch der mürrische Magier an einen Zauberlehrling erinnerte, der die Adelssprösslinge auf ihrer Geburtstagsfeier zum Staunen und zum Lachen brachte.

»Was hast du denn an?«, fragte Regis ungläubig.

»Unser lieber Freund spielt heute Abend den Gaukler«, erklärte Donnola, und schon produzierte Flinkfinger mit einem Fingerschnippen aus dem Nichts eine Rose mit verschiedenfarbigen Blütenblättern, deren Farben sich veränderten, während sie einzeln auf den Boden rieselten, wo sie sich in Schmetterlinge verwandelten und davonflatterten.

»Nettes Spielchen«, sagte Regis.

Der Magier verdrehte wieder die Augen und marschierte ohne Umschweife zur vorgefahrenen Kutsche.

»Du lässt es zu, dass sie sich derart über ihn lustig machen?«, fragte Regis Donnola.

»Flinkfinger kennt seine Rolle und spielt sie bestens«, antwortete Donnola.

»Er sieht aus wie ein Hofnarr!«

»Darum wird er regelmäßig unterschätzt.« Donnola hielt an und entzog sich Regis' Arm, damit er sich nach ihr umblickte. »Ist das bei uns Halblingen nicht immer so?«, fragte sie ernsthaft. »Wir sind die Narren, die Kinder, Spielzeuge, über die man sich ungestraft lustig machen darf.«

»Ich wüsste nicht, wie jemand dich ansehen könnte, ohne dich für die eindrucksvollste ...«

»Lass das jetzt«, unterbrach ihn Donnola, obwohl sie das Kompliment mit versöhnlichem Lächeln annahm. »Aber du wirst schon zugeben, dass uns bewusst ist, was es bedeutet, zwischen den größeren Bewohnern von Faerûn zu leben. Kluge Halblinge können deren Herablassung zu ihrem Vorteil nutzen, oder?«

»Selbstverständlich, meine Schöne«, erwiderte Regis und bot ihr erneut seinen Arm an. Als sie sich einhakte und sie den Weg zur Kutsche fortsetzten, ergänzte Regis: »Weißt du, Wulfgar käme nie auf so einen Gedanken.«

»Du warst und bist mit außergewöhnlichen Freunden gesegnet«, stellte Donnola fest.

Ihm war bewusst, dass Donnola nicht einmal annähernd verstand, wie wahr diese Aussage war. Deshalb nickte er nur, obwohl er noch stundenlang über die Gefährten der Halle reden könnte, deren geschätztes Mitglied er stets gewesen war, selbst wenn sein eigenes Handeln dagegen sprach und mitunter für reichlich Ärger gesorgt hatte.

»Dein Freund, der Barbar, ist zu ungewöhnlich, um offiziell Teil von Moradi Topolino zu werden, wie du weißt«, sagte Donnola, um die Unterhaltung wieder auf Wulfgar zu lenken. »Aber auch das wird uns zum Vorteil gereichen.«

»Du willst ihm ein warmes Bett abschlagen?«

»Oh, dafür ist bereits für unbegrenzte Zeit gesorgt, in einem sehr einladenden Wirtshaus«, antwortete Donnola. »Von dort aus fährt er zu Fürst Toulouse.«

»Wulfgar kommt zum Ball?«

»Er war einverstanden, ja«, antwortete Donnola.

Als Regis sich den breitschultrigen Hünen in der eleganten Mode von Delthuntle vorstellte, gluckste er. »Wo habt ihr denn eine passende Weste für ihn aufgetrieben?«, prustete er.

»Eine Weste? Was für eine absurde Bemerkung, guter Meister Spinne Paraffin!«

Regis grinste so breit, dass seine Grübchen zu sehen waren, als Donnola ihn so nannte und sich schwer beeindruckt gab.

»Aber nein, der gefährliche Barbar, Wulfgar, kommt als offizieller Botschafter des fernen Eiswindtals, um allerbesten Feuerwein für die Zwerge aus Kelvins Steinhügel zu erwerben«, erklärte Donnola.

Regis sah sie verwundert an. »Die Zwerge aus dem Eiswindtal? Die sind doch schon lange …«

»Diese Finte war Wulfgars Idee, und ich finde sie ausgezeichnet«, sagte Donnola. Dann ließ sie sich von Regis in die Kutsche helfen, und zwar nicht als weibliche Geste der Schwäche, sondern schlicht und einfach, weil ihr Gewand zwar gut dazu taugte, Dolche und dergleichen darin zu verbergen, aber nicht, eine Leiter hinaufzuklettern. »Du hast diesen Wulfgar bei deiner Überfahrt über die See des Sternenregens kennen gelernt und mir vorgestellt. Ich habe ihm nur die Einladung zum Ball verschafft, aber ansonsten hat er keinerlei Verbindung zu Moradi Topolino, höchstens als Kunde.«

Diese Geschichte nahm Regis zur Kenntnis, auch wenn er bei dem Gedanken an einen elegant ausstaffierten Wulfgar breit grinsend in die Kutsche stieg. Aber er sagte weiter nichts dazu. Er hatte auch nicht vor, Donnolas Entscheidung zu einer Neuausrichtung von Moradi Topolino zu kritisieren oder weiter auf der Frage herumzureiten, ob größere Völker tatsächlich nicht nur in Bezug auf ihre Größe auf Halblinge herabsahen. Ihre Überlegungen zur Realität als Angehörige einer körperlich besonders kleinen Gruppierung waren nicht von der Hand zu weisen. In vielen Städten Faerûns wurden Halblinge übersehen, gehänselt oder verspottet. Großvater Pericolo hatte viel dazu beigetragen, dass die Bewohner von

Delthuntle dies für eine gefährliche Fehleinschätzung hielten, doch selbst die bisherigen Erfolge von Moradi Topolino hatten lediglich an hartnäckigen Klischees gerüttelt.

Nach allem, was Regis inzwischen von Donnola und Flinkfinger erfahren hatte – das Drama um die gefangenen Piraten und ihr Boot, der Plan für den bevorstehenden Abend und der allgemein unauffälligere Anstrich von Moradi Topolino –, hatte das mächtige Halbling-Haus viel von seinen bisherigen Gewinnen eingebüßt. Die See des Sternenregens hatte im Rahmen der Teilung harte Zeiten durchgemacht, bis hin zu einer landschaftlichen Veränderung, und die Küstenstädte hatten es mit mächtigen Bürgerwehren und Räuberbanden zu tun.

Donnola hatte beschlossen, sich mit Moradi Topolino lieber bedeckt zu halten, wobei noch unklar war, ob das auf die Dauer vorteilhaft oder nachteilig sein würde. Vielleicht war es ein Eingeständnis des Versagens, oder sie akzeptierte die Realität, oder sie blieb zaghaft, wo eine aggressive Haltung mehr von dem bisher Erreichten bewahrt hätte. In jedem Fall würde Regis ihr nicht widersprechen, sondern sie in dem unterstützen, was sie für richtig hielt. Deshalb konnte er nur hoffen, dass sie sich irgendwann entscheiden würde, Moradi Topolino wieder zu dem Glanz zu verhelfen, den Großvater Pericolo erreicht hatte, sobald die Lage sich insgesamt beruhigt hatte.

Nach einer zumindest für Regis verdächtig langen Zeit von fast einer Stunde tauchte Wulfgar im großen Ballsaal von Fürst Toulouse wieder auf, einem der reichsten und einflussreichsten Männer von Delthuntle oder gar ganz Aglarond. Der Barbar wirkte relativ gelassen, auch wenn sein Haar etwas wirrer erschien als gewöhnlich und sein Mantel aus Winterwolfpelz etwas schief hing.

Weniger gelassen war eine Hofdame, die bald nach Wulfgar hereinkam und deren Haar auf einer Seite auffällig hinter einem Kamm hervorquoll. Zudem standen an ihrem Kleid mehrere Knöpfe offen.

Regis schüttelte ergeben den Kopf und fragte sich, was ihn daran eigentlich überraschte. Er hob sein Glas guten Zzar, den berühmten Sherry aus Tiefwasser, bewunderte sein intensives Goldorange und atmete den Mandelduft ein, ehe er daran nippte.

Als er wieder aufblickte, führte Wulfgar eine Dame zur Tanzfläche, und das war nicht dieselbe, die gerade etwas zerzaust zurückgekommen war.

Regis seufzte leise.

Eine Weile sah er zu, wie sein Freund unbekümmert herumhüpfte. Im Vergleich zu den edlen Herren von Delthuntle, die nichts anderes zu tun hatten, als die zahlreichen Bälle zu besuchen, und daher lieber tanzen als fechten übten, wirkte Wulfgar hier ungelenk. Aber das machte dem Barbaren nichts aus, und auch die staunende Frau in seinen Armen – die nach Luft zu schnappen schien – hatte offenbar nichts dagegen. Und keiner der Lackaffen im Saal würde den Mut aufbringen, den eindrucksvollen Gesandten aus dem Eiswindtal zu beleidigen.

Dem amüsierten Halbling kam das alles wie ein großes Spiel vor.

Doch bald wurde er auf ein anderes Tanzpaar aufmerksam. Donnola tanzte mit jemandem, den Regis nicht kannte, ein älterer Herr mit silberweißem Haar, kostbaren Kleidern und guten Manieren. Sie stand auf seinen Zehen, wie es in Delthuntle üblich war, wenn

Halblinge mit Menschen tanzten. Er hatte sich so tief heruntergebeugt, dass sein Gesicht in Donnolas schönem Haar verschwand.

»Alles geschäftlich.« Die plötzliche Bemerkung erschreckte Regis.

Er hatte nicht bemerkt, dass Flinkfinger mit einem langstieligen Glas Zzar neben ihn getreten war.

»Hochherr Delcasio«, erklärte der Magier und zeigte auf Donnolas Tanzpartner. »Gleich als wir kamen, hat er Donnola um einen Tanz – genauer gesagt eine Unterredung – gebeten.«

»Muss er sie dafür so begrabschen?«

»Und ihr etwas zuflüstern, nehme ich an«, sagte Flinkfinger.

»Erzähl mir von ihm.«

»Ein reicher Kaufmann, der vor allem außerhalb von Aglarond Geschäfte macht«, begann der Zauberer. »Normalerweise erkundigt er sich, was im Hafen so los ist oder nach der einen oder anderen Lieferung, oder er beschwert sich mal wieder über die Piraten, wobei bestimmt die Hälfte davon wenigstens teilweise auch für ihn arbeitet.«

»Also geht es vielleicht um den Handel mit dem Eiswindtal?«

»Nein«, sagte der Zauberer. »Delcasio hat schon heimlich um eine Unterredung gebeten, bevor dein stinkender Riesenfreund je bei Hof gemeldet wurde.« Da schnaubte der Zauberer, der an Regis vorbeiblickte, und als der Halbling hinübersah, verließ Wulfgar gerade den Saal. Ein schneller Blick durch den Raum verriet Regis, dass die Frau, mit der Wulfgar bis eben getanzt hatte, ebenfalls verschwunden war.

»Ich schätze, die nächste Generation Delthuntler Adliger wird deutlich größer ausfallen als die jetzige«, konstatierte der Magier. »Ernsthaft, ist das alles, was er tut? Essen und sich austoben?«

»Wenn es sonst nichts gibt«, meinte Regis achselzuckend, doch sein Lächeln war bald verflogen, als er sich weiter auf dem Tanzboden umschaute und gerade noch Hochherr Delcasio durch eine andere Tür verschwinden sah.

»Geschäfte«, versicherte Flinkfinger ihm gedämpft. »Nur Geschäfte. Vergiss die dumme Eifersucht, Meister Paraffin, und erinnere dich daran, welche Rolle Herrin Donnola hier übernimmt.«

Regis hätte gern aufbegehrt, erntete aber nur ein Schulterzucken.

»Diese Flecken sind ihre Tränen!«, klagte Corrado Delcasio, dessen Augen ebenfalls feucht wurden, als wolle er dem Stückchen Pergament bald eigene Flecken hinzufügen.

Donnola untersuchte den Brief, den er ihr gereicht hatte, genauer.

»Ach, meine arme, kleine Tochter! Was habe ich getan?« Er trat in dem kleinen Nebenraum zur Seite und schlug mit dramatischer Geste die Arme vors Gesicht, wie um seine Scham zu verbergen.

Donnola las den Brief von Königin Concettina Delcasio Frostmantel noch einmal. Daraufhin vergab sie dem Mann seinen Gefühlsausbruch. Welcher Vater hätte eine derartige Nachricht unbekümmert hingenommen?

Liebster Papa,
König Yarin wird von Tag zu Tag wütender. Wann immer meine Blutungen einsetzen, sind auch seine Augen

blutunterlaufen, und er erscheint mir eher wie ein Dämon,
der nach Helgabal gekommen ist.
Er will seinen Erben, ganz gleich, wie viele Frauen er
dazu wegwerfen muss.
Ich habe die Statuen im Garten gesehen, mein Herr und
Vater. Sie sind kopflos. So wie die letzten Königinnen,
die hier ihr Leben ließen. Ich sehe keinen Ausweg aus
meiner Gefangenschaft, denn ich kann nicht davonlaufen,
und ich bin eine tugendhafte Königin.

Voller Liebe und Vertrauen
Concy

»Concy?«, fragte Donnola.

»So habe ich sie genannt, als sie klein war«, erwiderte Delcasio, den diese Frage immerhin aus seinem überwältigenden Kummer zu reißen schien.

»Offenbar habt Ihr sie gut erzogen.«

»Sie überlegt, ihrem Mann einen Kuckuck unterzuschieben ...?«

Das wäre bestimmt eine gute Idee, dachte Donnola, ohne es auszusprechen. Sie nickte lächelnd, ohne näher auf diesen Punkt einzugehen, wobei sie an Concettinas Stelle diese lächerlichen Tugendvorstellungen sicher längst auf den Misthaufen des königlichen Marstalls verworfen hätte.

Tugend? Wen scherte die Tugend? Der König von Damara würde seine Frau hinrichten lassen, wenn sie ihm kein Kind gebären konnte, und angesichts der berüchtigten Vorgeschichte des Tyrannen Yarin Frostmantel war Donnola ebenso sicher wie jeder andere, dass der König lieber anklagend auf sich selbst zeigen sollte.

»Wenn Yarin ...«, begann Delcasio, musste jedoch erst

einmal tief Luft holen. »Ich kenne König Yarin gut. Er ist kein gnädiger Mensch. Wenn er von diesem Brief erfahren würde! Meine arme Concy!«

»Warum zeigt Ihr ihn mir?«, fragte Donnola.

Auf seinem Gesicht mischten sich Ungläubigkeit und Verzweiflung. »Ich kannte Großvater Pericolo sehr gut«, sagte er.

»Großvater Pericolo ist tot.«

»Aber Moradi Topolino ...«

»Wie kommt Eure Tochter in die Blutsteinlande?«, fragte Donnola. Das Gesicht ihres Gegenübers verriet ihr alles, was sie wissen musste. Corrado hatte die Heirat seiner süßen Concy mit diesem König Yarin Frostmantel eingefädelt, und jetzt entsprachen seine wachsenden Befürchtungen dem Ausmaß seiner Schuld.

»Bitte, Herrin Donnola, ich habe kaum eine Wahl.«

»Ich soll Eurer reizenden Tochter eine Antwort zukommen lassen?«, fragte sie, doch er stöhnte nur. »Also ein Gesandter?«, fuhr sie fort. »Ihr wärt bereit, gegen eine angemessene Summe eine offizielle Scheidung zu erwirken?«

»Nein, nein ...«

»Habt Ihr es versucht?«

»König Yarin ist sein Erbe wichtiger als alle Reichtümer, die ich ihm bieten könnte«, erklärte Hochherr Delcasio. »Von seinen ersten Frauen hat er sich scheiden lassen, wofür ihre reichen Familien große Summen zusammengetragen haben, und mehr als eine hat später Kinder bekommen. Das war ihm ungeheuer peinlich.«

»Aber Damara ist weit von Delthuntle entfernt.«

»Gerüchte reisen schneller als der schnellste Drache.«

Donnola nickte, denn genau auf dieser Wahrheit beruhten ihr Einfluss und ihr Vermögen.

»Bitte, meine Liebe.«

»Mir ist noch nicht ganz klar, was Ihr von mir erwartet, Hochherr Delcasio. Ich bin doch lediglich eine der Damen von Delthuntle ...«

»Ich kannte Großvater Pericolo!«, rief Delcasio.

»Großvater Pericolo ist tot. Und haltet bitte Eure Stimme im Zaum.«

»Herrin Donnola!« Mit einschüchternder, geradezu drohender Haltung kam er einen Schritt auf sie zu.

Donnola bedachte ihn mit einem derart eisigen Blick, dass der Mann deutlich daran erinnert wurde, dass sie bei demselben Halbling, Großvater Pericolo, Großvater der Assassinengilde, in die Lehre gegangen war, den Delcasio angeblich so gut kannte.

»Ich ... ich ...«, stammelte er und wich ein Stück zurück.

»Oh, wartet, und Ihr kanntet natürlich König Yarins Vorgeschichte«, überlegte Donnola. Anklagend hielt sie Concettinas Nachricht hoch. »Ihr wusstet von den kopflosen Statuen in seinem Garten. Für einen umfassend informierten Mann wie Corrado Delcasio dürfte dies nichts Neues gewesen sein.«

»Ich habe an meine Tochter geglaubt.«

»Die Gier hat Euch geleitet«, fuhr Donnola ihn an. Es ging ihr nicht darum, dem ohnehin leidenden Mann weitere Schuldgefühle einzureden, aber sie musste ihn zur Räson bringen. Immerhin war Delcasio kurz davor, Donnolas vergifteten Dolch zu spüren zu bekommen, und das hätte keinem von ihnen genutzt.

»Herrin, ich beschwöre Euch«, sagte er deutlich gefasster, wozu sich Donnola insgeheim gratulierte. »Mir gehen die Optionen aus. Concettina ist kein Kind und kein gefühlsgesteuertes Dummchen. Diese Nachricht trägt Spuren ihrer Tränen.«

»Wohl eher Regen oder Gischt auf der Überfahrt.«

»Das Risiko, das sie dafür eingegangen ist …«

Diesen Punkt nahm Donnola mit einem Nicken zur Kenntnis. »Dennoch ist mir nicht klar, was Ihr von mir oder von Moradi Topolino erwartet. Wir sind Kaufleute, weiter nichts.«

»Ihr sollt ihn töten«, verlangte Delcasio unumwunden.

»Ihn töten? Wen? König Yarin?«, fragte sie höchst skeptisch.

»Großvater Pericolo würde es tun. Er hat es viele Male getan«, beharrte Delcasio und blieb bei seiner Forderung. »Er hat stets kurzen Prozess gemacht, und verlange ich etwa etwas Ungerechtes?«

»Pericolo Topolino war ein wohlhabender Mann«, sagte Donnola.

»Meine Truhen sind gut gefüllt.«

»Ihr verlangt, dass ich einen König töte«, sagte sie. »Dafür dürften alle Schätze von Faerûn kaum ausreichen.«

»Nun … dann tötet Ihr Yarin eben nicht«, lenkte der verzweifelte Vater ein. »Ich habe ja gar nichts gegen ihn.«

Bei dieser Bemerkung verzog Donnola keine Miene. Dieser Mann, dieser Vater, war bereit, einen anderen Mann davonkommen zu lassen, der seiner Meinung nach plante, seine eigene Tochter zu töten? Für Donnola hatte Delcasio mit dieser letzten Bemerkung jegliches Mitgefühl verspielt, das sie noch für ihn empfunden hatte, und damit unwissentlich den Preis erheblich erhöht.

»Rettet sie einfach«, bettelte Delcasio.

Donnola starrte den niedergeschlagenen Mann lange an, legte sich einen Plan zurecht und wog die Folgen ab. »Ich werde prüfen, ob ich einen Weg finde«, bot sie ihm an.

»Ihr werdet es nicht bereuen!«, platzte Delcasio heraus, der vor lauter Erleichterung zu einer Umarmung ansetzte. »Ich gebe Euch hundert Goldstücke!«

Donnola duckte sich vor seinen Armen weg und huschte hinter ihn. »Genau diese Summe in jeder der zehn Lieferungen an Moradi Topolino«, sagte sie, als Delcasio verdutzt herumfuhr. »Und die *Aardvark*«, fügte sie hinzu. Die *Aardvark* war eine der besten Karavellen von Delthuntle und segelte unter der Flagge von Hochherr Delcasio, der jetzt fassungslos die Augen aufriss.

»A... aber ...«, stotterte er.

»Einschließlich ihrer Mannschaft«, fuhr Donnola fort. »Immerhin soll ich mich mit einem König anlegen.«

»Aber ...«

»Oh, ich habe von Yarin Frostmantel gehört, Hochherr Delcasio«, erläuterte Donnola, die in der Tat über alle Adligen der östlichen und nördlichen Länder an der See des Sternenregens gut informiert war. »Ich wusste schon Bescheid, als Ihr ihm törichterweise Eure schöne Tochter übergabt.«

»Ich ... ich habe an sie geglaubt«, stammelte er.

»Das haben auch diverse andere Väter vor Euch«, fuhr sie ihn an. »Ich bin sicher, dass Eure Tochter absolut fruchtbar ist. Glaubt Ihr, das zählt?«

Geschlagen sank Delcasio in sich zusammen.

»Sind wir uns also einig?«, fragte Donnola. »Tausend Goldstücke und die *Aardvark*.«

»Ihr könnt sie aus Damara retten? Ihr holt meine süße Concy nach Hause?«

»Wenn nicht, sorge ich dafür, dass ihr jemand ein Kind macht«, sagte Donnola. »Und lasse König Yarin in dem Glauben, es wäre seines. Er wird sie mit Gold überhäufen, und Ihr habt nichts mehr zu befürchten. In diesem

Fall die halbe Summe, und ich behalte trotzdem die *Aardvark*.«

Bei diesem Vorschlag leuchteten seine Augen auf, und Donnola hätte ihn am liebsten erstochen, denn diese Notlösung erschien ihm offenbar als die bessere – sie käme ihn weniger teuer zu stehen, und langfristig könnte er davon sogar profitieren.

»Sind wir uns einig, Hochherr Delcasio?«, fragte sie scharf.

Als er nickte, rauschte Donnola aus dem Zimmer und schloss betont hinter sich die Tür. Während sie durch den kurzen Gang lief und bereits verschiedene Szenarien erwog, schwirrte ihr der Kopf. Trotz ihrer Drohungen und der zur Schau gestellten Kaltherzigkeit wollte Donnola einen Weg finden, Concettina zu helfen. Sie kannte die Tochter von Hochherr Delcasio noch von ihren ersten Ausflügen in die gehobene Gesellschaft, wo Großvater Pericolo seine Tochter als stille Vertreterin von Moradi Topolino unter die Adligen von Delthuntle geschickt hatte.

Concettina war ungefähr in Donnolas Alter und hatte sie mit ihren edlen Freunden bereitwillig bei Hof empfangen. Einerseits hatte Donnola sich dort mit niemandem näher angefreundet – für sie waren solche Ereignisse lediglich Geschäftssache, die Bekannten notwendige Kontakte und nicht unbedingt echte Freunde –, aber sie hatte für diese junge Adlige auch keine besondere Antipathie empfunden und konnte Concettinas verzweifelte Lage nun durchaus nachvollziehen.

Keine Frau hatte so etwas verdient.

Angesichts von Donnolas persönlichen Gefühlen hätte Delcasio auch einen besseren Handel abschließen können, und sie hatte tatsächlich Gewissensbisse, dass sie ihm einen so immensen Lohn abgerungen hatte.

Aber diese Gewissensbisse legten sich bald.

Als sie wieder in den Ballsaal trat, sah sie Regis sehr gekonnt mit einer Hofdame tanzen. Donnola kicherte, als die zwei an ihr vorbeikamen, denn Regis' Gesicht steckte im Busen der Dame.

Beim weiteren Umsehen nickte sie Flinkfinger zu, der gerade seine nächste Vorführung vorbereitete, einen verrückten Trick mit einem Kaninchen. Doch sie hielt sich nicht lange mit ihm auf, sondern ließ ihren Blick weiter durch den Saal wandern, bis sie den entdeckte, für den sie Verwendung haben mochte.

Ja, dachte sie, als sie Wulfgar inmitten eines Pulks wedelnder Fächer und klimpernder Augenlider entdeckte. In den Blutsteinlanden würde der Hüne aus dem Norden kaum fehl am Platze sein, und ein so eindrucksvoller Thronfolger würde König Yarin zweifellos begeistern.

Kapitel 10

Königin Kinderlos VII.

Der grünbärtige Zwerg spazierte durch die Palastgärten, wobei er immer wieder stehen blieb, um jede üppige Pflanze zu grüßen. In Damara war der Sommer kurz, aber Pikel achtete darauf, ihn auf dem Palastgelände von König Yarin mit farbenprächtigen Tulpen, Lilien, Rosen und Orchideen in jeder Hinsicht auszukosten.

Doch das Herzstück dieser herrlichen Gärten waren nicht die Blumen, sondern die Hecken, die hier draußen wie natürliche Mauern so viele und so unterschiedliche »Räume« schufen wie das Palastgebäude selbst. Und sie waren nie grüner und gepflegter gewesen als in diesem Sommer.

Jahr für Jahr knüpfte Pikel an die Erfolge des vorherigen Sommers an, indem er seine freundschaftliche Beziehung zu den Pflanzen weiter vertiefte, mit ihnen redete und ihnen half, ihr gesamtes Potenzial auszuschöpfen.

Und sie antworteten und verrieten ihm dabei Dinge, die für fast jeden außerhalb der Welt von Pikel Felsenschulter unvorstellbar waren. Denn mit einem leisen Zauber konnte der Zwergendruide den Blumen ein Echo der Gespräche derer entlocken, die sich hier im Garten zusammenfanden. Fast immer ging es um Belangloses, um Klatsch und sexuelle Gelüste, die das Leben des

Adels von Helgabal bestimmten, der geradezu peinlich auf sich selbst fixiert war.

Insgesamt empfand Pikel keine großen Schuldgefühle wegen des Getratsches seiner grünen Freunde, sondern amüsierte sich einfach darüber. Da man ihn ohnehin für einfältig hielt, wurde sein Kichern, wenn er einige der lächerlichsten Höflinge erkannte, in der Regel nur mit einem herablassenden Nicken bedacht.

Manchmal jedoch schnappte Pikel nützliche Informationen für seinen Bruder, den Soldaten, auf. So hatte er Ivan einmal vor dem geplanten Diebstahl des königlichen Zepters warnen können.

Als der Sohn eines Kaufmanns aus Vaasa dann im Audienzsaal die große Königstruhe öffnete, fand er dort nicht Zepter, Robe und den dazugehörigen Schmuck vor, sondern Ivan Felsenschulter mit gelbem Bart, einem zufriedenen Lächeln und einem Messingschlagring auf den Knöcheln.

Danach hatte der junge Mann nähere Bekanntschaft mit dem Schlagring gemacht.

Und daher nahm sich Pikel Felsenschulter stets bewusst Zeit, den fast immer belustigenden Echos der Gartenblumen zu lauschen. Er wirkte seinen Zauber, der ihn mit Pflanzen sprechen ließ, krabbelte auf den Knien umher, flüsterte Nettigkeiten und lächelte übers ganze Gesicht.

Am Rand des Gartens des Abendlichts fand er in einem Abschnitt, den die Adligen »Driellas Mausoleum« getauft hatten – weil hier die kopflose Statue der sechsten Königin von Yarin in dem Wasserfall unterhalb der Südhecke zur Schau gestellt wurde, an dem einzigen dauerhaft schattigen Ort in diesem Teil des Gartens –, eine kooperative Tulpe.

Bei ihr nahm der Zwergendruide das Echo mehrerer junger Frauenstimmen wahr. Mit der rechten Hand, die zugleich seine einzige Hand war, streichelte er sanft die Blüte und sang dabei ein spezielles Lied, das ihr die Erinnerungen entlocken sollte.

Ganz allmählich begannen die noch nicht allzu lange verflogenen Stimmen um ihn herum zu flüstern. Eine davon konnte er einer jungen Frau mit schwarzen Haaren zuordnen, deren Spitzname »Füßchen« lautete, weil sie von einem der älteren Adligen von Yarins Hof regelmäßig mit ganz speziellen Geschenken bedacht wurde.

Dieser Gedanke brachte Pikel zum Kichern. »Füßchen, hihihi«, flüsterte er, ging tiefer und stützte sich auf den Stumpf seines linken Arms, um das Ohr noch dichter an die Blütenblätter zu legen.

Füßchen redete über die gegenwärtige Königin, stellte er fest, und dem Raunen zufolge waren ihre Tage mit König Yarin gezählt. Dann fielen andere Stimmen ein, die jedoch kaum zu verstehen waren. Pikel registrierte ihre Ängste, denn offenbar wollte keine der Damen zur Nachfolgerin auserkoren werden.

»Aber immerhin Königin von Damara!«, sagte eine.

»Bis zum Tod. Also nicht sehr lange«, mahnte eine andere, worauf nervöses Lachen folgte. Besonders an diesem Ort so nah bei der kopflosen Statue war die Aussicht auf ein solches Schicksal nicht von der Hand zu weisen.

»Sofern Ihr König Yarin nicht überlebt«, antwortete Füßchen. »Er ist nicht mehr jung und offenbar auch recht unbefriedigt.«

Es folgte mehr Gelächter.

»Ach, die arme Königin Concettina«, sagte eine, wobei Pikel nicht heraushören konnte, ob die Worte ernst oder spöttisch gemeint waren.

»Königin Kinderlos die Siebte«, stimmte Füßchen zu, aus deren Worten ehrliches Mitleid sprach.

Der Zwerg mit dem grünen Bart kam wieder auf die Knie hoch und spielte mit den bloßen Zehen am Gras herum, wie er es in dieser Position so gerne tat. Nur deshalb trug er schließlich immer Sandalen.

»Hmm«, machte er einige Male, denn diese nicht ganz unerwartete Nachricht bedrückte ihn. König Yarin wollte einen Erben. Der alternde Mann sprach kaum noch von etwas anderem. Und in diesem Garten hier waren die Konsequenzen für eine Königin, die ihm dies versagte, nur schwer zu übersehen.

Der Zwerg strich über seinen Bart und überlegte, welche Elixiere er brauen könnte, um diesem Problem beizukommen. Mittel für die Männlichkeit gab es durchaus, aber dabei ging es eher um das Verlangen, nicht unbedingt um die Fähigkeit …

Seufzend überlegte der Zwerg, ob er sich Ivan anvertrauen sollte.

Aber wozu?

Mit einem weiteren Seufzer krabbelte er weiter, bis er ein Eichhörnchen sah, das er einlud, sich zum Essen zu ihm zu gesellen.

Das Tier nahm gerne an.

Nach dem Liebesakt würden sie sich nicht noch aneinanderschmiegen. Das wusste Concettina, und sie war froh darüber, denn seit sie davon überzeugt war, dass Yarin sie köpfen würde, konnte sie seine Berührungen kaum noch ertragen.

Sie blieb in dem zerwühlten Bett liegen und sah zu, wie dieser armselige alte Mann, der kaum noch seine ehelichen Pflichten erfüllen konnte und auch die Körperpflege längst aufgegeben hatte, sich eilig ankleidete. Seinen Bewegungen war zu entnehmen, dass seine Unzufriedenheit wuchs, und so hatte er sich ihr auch recht rabiat genähert. Ihr Liebesspiel war eher verzweifelt als leidenschaftlich gewesen.

»Ich habe zu tun«, knurrte er – oder vielleicht auch etwas anderes dieser Art, ganz genau verstand Concettina seine Worte nicht.

Damit wandte er sich zum Gehen, während die Königin seufzend ihr Gesicht in den Laken barg.

Als die Tür zuschlug, zuckte sie zusammen, war aber zugleich erleichtert. Am liebsten wäre sie gar nicht mehr aufgestanden, sondern Tag und Nacht im Bett geblieben und hätte sich eingeredet, sie sei wieder ein kleines Mädchen in Delthuntle.

Sie dachte an ihre Mutter, die schon lange tot war. Als Chianca Delcasio bei der Geburt jenes Bruders, den Concettina nie kennen lernen sollte, verstarb, war Concettina noch ein Kind gewesen.

Dieser traurige Tag hatte ihren Vater, Corrado, verändert. Bis dahin war Corrado ein liebevoller Vater gewesen, doch die Tragödie hatte ihn gebrochen. Danach hatte er sich mehr für seine Geschäfte interessiert als für sie, und so hatte er die junge Concettina schließlich im Rahmen eines lukrativen Handelsvertrags an den König von Damara verkauft.

Nur seine Trauer hatte Corrado Delcasio so weit getrieben. Alles andere war undenkbar.

Die Königin stieg aus dem Bett und begann sich anzukleiden. Dabei bemerkte sie, dass das linke Auge des Gemäldes von König Yarin nicht mit dem rechten übereinstimmte. Schon wieder.

In dem Geheimgang hinter der Innenwand des Zimmers hockte also Acelya, die Schwester des Königs, und belauerte sie.

König Yarin wusste, dass Concettina ihre Lage langsam bewusst wurde, und argwöhnte, dass seine Königin sich womöglich einen Liebhaber nehmen würde, um endlich ein Kind vorweisen zu können.

Dieser Gedanke war Concettina tatsächlich in den Sinn gekommen.

Wenn sie ehrlich war, meldete er sich, sobald sie gewisse Bereiche der Gärten betrat, wo die letzten beiden »unfruchtbaren« Königinnen verewigt waren.

Sie wusste, was bei Hof über sie gemunkelt wurde, und kannte auch ihren Beinamen, Königin Kinderlos die Siebte.

Sie gab sich große Mühe, die misstrauische Acelya nicht merken zu lassen, dass sie ihre Anwesenheit registriert hatte.

Frisch angekleidet, verließ die Königin ihr Zimmer.

»Ihr solltet entspannter sein, mein König«, sagte Rafer Ingot, als König Yarin in den Springbrunnenhof hinter dem Schloss zurückkehrte.

Der König schnaubte nur und ließ sich ein Glas Impilturer Whiskey reichen. In dieser Form durfte kaum jemand Yarin ansprechen, doch Rafer war ein breitschultriger Mörder, der dem mächtigsten Spionagenetz des Königs vorstand, auf das dieser sich in letzter Zeit immer mehr verließ.

Rafer Ingot hatte für König Yarin schon jede Menge schmutziger Arbeit erledigt. Als Murtil Drachenbann vor über zwanzig Jahren unerwartet verstorben war – unerwartet für alle außer ein paar engen Vertrauten von Yarin Frostmantel –, war Rafer Ingot noch ein vielversprechender junger Anfänger gewesen. Und bis auf Rafer, dessen Hand die Linie Drachenbann beendet hatte, waren diese engen Vertrauten inzwischen alle tot.

Ja, damals war er vielversprechend gewesen. Heute war er an Yarins Hof der Assassinenmeister.

König Yarin nahm den Whiskey entgegen, schwenkte ihn und sog seinen Duft ein. Als sein Blick über den Garten schweifte, sah er Hauptmann Dreylil Andrus drüben an der Hecke entlangreiten und nickte. »An dem da habe ich allmählich meine Zweifel«, bemerkte er beiläufig.

»Vermutlich nicht ohne Grund«, erwiderte Rafer, was ihm einen fragenden Blick eintrug. Als König schlecht über den Hauptmann der Wache zu sprechen war das eine, doch dass jemand ihm dabei zustimmte, war etwas ganz anderes.

»Was wollt Ihr damit sagen?«, hakte Yarin nach.

»Nun ja, wie er sich bei Hofe umsieht«, erklärte Rafer. »Immer missmutig. Einem, der so grimmig dreinschaut, traue ich nicht über den Weg.«

»Dasselbe sagt man auch über Euch.«

»Pah, mich sieht man immer nur lachen, Herr!«

»Besonders wenn ich zu meiner Frau ins Bett steige«, bemerkte Yarin.

»Ich erfreue mich nur an Eurem Glück, denn sie ist doch wirklich ein hübsches Ding!«

König Yarin nahm noch einen Schluck und ermahnte sich innerlich, an Rafers einzigartige Talente zu denken. Diesen ungehobelten Mann durfte er nicht beseitigen lassen.

Sie hasste es, wenn ihre Hofdamen ihr wie drei gehorsame Hündchen nachliefen. Wann immer Concettina in die Gärten kam, sehnte sie sich nach Delthuntle. Dort war sie häufig zum Hafen hinunterspaziert, um den Sonnenuntergang über der See des Sternenregens zu betrachten. Wenn sie jetzt daran zurückdachte und die Augen schloss, konnte sie beinahe den Tang an der Küste riechen: genug für einen leicht würzigen Duft, nicht so viel, dass es unangenehm geworden wäre.

Doch mit den Düften dieser Gärten war das nicht zu vergleichen. Hier war jedes Blumenbeet gezielt dafür angelegt, jedem Gartenabschnitt zwischen den Hecken einen unverwechselbaren Duft zu verleihen. Besonders jetzt, wo in Damaras kurzem Sommer alles gleichzeitig zu blühen schien, wählte Concettina ihren Weg eher nach den zu erwartenden Aromen als nach dem erhofften Anblick.

Der Flieder lockte sie zu dem langen Weg auf der rechten Seite des Schlossgeländes hinüber. Die summenden Bienen waren so mit den Blüten beschäftigt, dass sie die Königin und ihr Gefolge vollkommen ignorierten.

Auch ein anderes Wesen schien sie nicht zu bemerken, doch Concettina selbst lächelte, als sie darauf aufmerksam wurde, und hielt direkt darauf zu, nachdem sie ihre Damen mit einer Geste gebeten hatte, still zu warten.

Die Königin schlich sich an den tief gebückten kleinen Kerl heran und erfreute sich an der Einfalt, mit der er den Blumen eine fröhliche kleine Melodie vorsang, die mehr Grunzlaute als Wörter enthielt – für Concettina, die Pikel längst kannte, war das keine Überraschung. Sie trat unmittelbar hinter den Zwerg, dessen Gesicht tief im Flieder steckte, und lächelte noch breiter. Pikel machte beim Singen lange Pausen, als ob er den Flieder bäte, auch ihm etwas vorzusingen.

Was dieser vermutlich auch tat.

Dank dieses Gärtners mit dem grünen Bart und dem

noch grüneren Daumen waren die königlichen Gärten in den Blutsteinlanden berühmt. Hier setzte die Blüte zuerst ein und währte am längsten, und die Farbenpracht und die Düfte des Sommers übertrafen selbst die sorgsam gepflegten Gärten des Klosters der Gelben Rose oder des fürstlichen Palastes von Impiltur. Und alles nur wegen Pikel.

Schließlich hatte der Zwerg sein Lied beendet und drehte sich kichernd um. Als er Königin Concettina hinter sich entdeckte, wäre er vor Schreck beinahe aus seinen Sandalen gefahren.

»Guten Tag, Meister Pikel«, begrüßte sie ihn höflich. »Die Luft ist erfüllt vom Summen glücklicher Bienen.«

»Königin!« Pikel verbeugte sich so tief, dass sein grüner Bart den Boden berührte, was trotz seiner Bartlänge eine erstaunliche Leistung war. Im Gegensatz zu den meisten Zwergen, welche die Länge ihres Bartes stolz vorzeigten, hatte Pikel sein Barthaar über die Ohren nach hinten geflochten und dort mit seinen Zotteln zusammengebunden. Dadurch lagen auch seine dicken Lippen frei, sodass man beim Lächeln seine kräftigen, geraden Zähne sah, die für sein fortgeschrittenes Alter erstaunlich weiß waren.

Als er schwungvoll wieder hochkam, kicherte er fröhlich und schien überglücklich, an diesem schönen Sommermorgen seine Königin zu sehen.

Dies wiederum beglückte Concettina, auch wenn sie erschrak, als sich eine Wolke über Pikels pausbäckiges Gesicht zu schieben schien und er versehentlich sogar ein bedrücktes »Oooooh« ausstieß.

»Was ist denn, mein lieber Herr Zwerg?«, fragte Concettina.

Pikel schüttelte nur lächelnd den Kopf, doch die Wolke

blieb. Sein Grinsen wurde zur Grimasse, und er trat von einem Fuß auf den anderen. Concettina hatte Pikel schon viele Male in den Gärten angetroffen, aber so nervös hatte er sich noch nie gezeigt.

»Bitte sag es mir«, flüsterte sie und kam näher.

Da begann der unruhige Pikel zu pfeifen. Er blickte an Concettina vorbei, um die anderen Damen zu grüßen, die kichernd miteinander flüsterten und sich vermutlich über den Zwerg lustig machten. Concettina scheuchte sie davon, bis sie weit genug entfernt am Zugang zu diesem langgestreckten Seitengarten waren.

Als sie sich wieder Pikel zuwandte, hatte dieser seine vorgetäuschte Unbekümmertheit abgeschüttelt.

»Ooooh«, stöhnte er erneut.

»Meister Pikel, so habe ich dich wirklich noch nie erlebt«, stellte die Königin fest. »Was ist los?«

»Mein Freund, Königin?«, fragte der Zwerg.

»Natürlich bin ich dein Freund.«

»Mein Freund Königin«, antwortete der Zwerg ernst.

Es dauerte einen Augenblick, bis Concettina klar wurde, dass Pikel gerade ihre erste Frage beantwortete: Das, was Pikel beschäftigte, hatte mit ihr zu tun.

»Ich?«, fragte sie, und Pikel nickte. »Mit mir ist etwas los?«

Er nickte nachdrücklicher.

»Was weißt du? Bitte sag es mir.«

Er hob zweifelnd die Schultern, denn er wusste schließlich nichts Genaues.

»Dann sag mir, was unter Umständen los sein könnte«, hakte sie nach.

Pikel blickte nach rechts und links und nagte an seiner Lippe, als würde er überlegen, wie er es erklären sollte, was diesem ungewöhnlichen kleinen Gärtner ohnehin immer schwerfiel. Schließlich legte er die Hand auf seinen dicken Bauch und zeigte dann mit dem Armstumpf auf Concettinas schlanken Leib.

Die Königin war wie vor den Kopf gestoßen. So unumwunden durfte niemand sich ihr gegenüber äußern. Aber dieser Gedanke verflog schnell, denn vor ihr stand schließlich der sanfte, einfältige Pikel.

»Nein, Pikel, ich bekomme kein Kind«, erwiderte sie gedämpft und warf dabei einen Blick auf ihre Hofdamen. Hoffentlich hatten sie nicht mitgehört.

»Ooooh«, sagte Pikel, ehe sein Gesicht sich aufhellte. Er hopste einmal und deutete zum Himmel, als hätte er gerade eine Idee. Dann gab er Concettina ein Zeichen, ihm zu folgen, und führte sie an der linken Hecke entlang zum anderen Ende des langen Gartenabschnitts. Dort trat er beiseite und forderte Concettina auf, sich die Hecke näher anzusehen.

Sie tat ihm den Gefallen, drehte sich dann aber fragend nach ihm um. Schließlich waren das nur ein paar dichte Fliederbüsche.

Pikel zeigte entschiedener hin und wies die Königin an, näher heranzugehen.

Verwundert gehorchte sie und schob ihr Gesicht ganz dicht an die breiten Blätter. Pikel drängte sie weiter. Sie ging noch näher heran. Da pfiff der Zwerg, und die Blätter wichen auseinander, um sie noch weiter einzulassen.

Vor ihrem staunenden Gesicht öffnete sich die Hecke und gewährte ihr einen Blick auf den angrenzenden Garten.

Und zwar genau auf die Statue in diesem Garten: eine Frau ohne Kopf.

Schockiert fuhr Concettina zurück, und auf Pikels Kommando schoben sich die Büsche wieder zusammen und verbargen den Anblick. Mit kalter Miene sah die enttäuschte Königin auf den Zwerg herab, während sie innerlich schrie: Wie kann er es wagen?

Fast hätte sie den Zwerg mit eben diesen Worten angeschrien, doch als sie seine betrübte, entschuldigende Miene bemerkte, nahm sie die echte Sorge wahr, die ihn umtrieb.

»Ooooh«, sagte er bekräftigend.

»Meister Pikel, was weißt du?«, fragte sie.

Pikel deutete auf ihren Bauch, fuhr mit dem Finger an seinem Hals entlang und sagte noch einmal: »Oooh.«

Königin Concettina schluckte. Sie brauchte einen Moment, um sich zusammenzureißen. »Das ist wichtig, Meister Pikel«, sagte sie gefasst. »Hast du etwas Derartiges von Hauptmann Andrus gehört? Oder von deinem Bruder?«

»M-m«, wehrte er kopfschüttelnd ab.

»Also Tratsch?«

»Hei jo!«

Wieder schluckte Concettina und gab sich Mühe, gegenüber diesem armen kleinen Tropf freundlich zu bleiben. Tratsch also. Er hatte offenbar mitbekommen, was in der schwatzhaften Hofgesellschaft gemunkelt wurde.

»Hofdamen?«, erkundigte sie sich, wozu er heftig nickte. Concettina begriff, worauf er hinauswollte. »Junge Damen?«

Er nickte wieder. »Füßchen!«

Diese spezielle Bezeichnung kannte Concettina nicht, aber das war auch nicht wichtig. Selbst wenn sie herausfand, wer dieses »Füßchen« sein mochte, konnte jedes Eingreifen ihrerseits die Sache nur schlimmer machen. Dass geredet wurde und worüber, war für sie keine Überraschung. Jeder sah, wie es in Helgabal lief: Eine

Königin scheiterte, das Gerede begann, und irgendein Anlass würde König Yarin zu einer drastischen Tat oder gar einem Mord verleiten. Und wie sie aus vertraulichen Gesprächen mit ihren Zofen wusste, waren die Hoffnungen der jungen Frauen, die nächste Kandidatin zu sein, der erste Hinweis auf den nahenden Anlass.

Das alles war inzwischen vorhersehbar, auch wenn Königin Concettina unklar war, warum eine Frau überhaupt noch die Nächste sein wollte. Schlimm genug, dass sie einen stinkenden alten Mann in ihr Bett lassen musste, der so selbstgefällig war, dass ihm nur noch seine eigene Lust und seine Macht wichtig waren – aber wer sollte heute noch glauben, dass das gefährliche Ausbleiben eines Erben für Yarin einzig und allein an den Königinnen lag?

In solchen Momenten musste die junge Concettina Delcasio schwer an sich halten, ihren Vater nicht dafür zu verfluchen, dass er sie in diese unhaltbare und lebensgefährliche Situation gebracht hatte. Doch wie hätte er es wissen sollen?

Sie sah zu Pikel zurück, der jetzt wieder sehr klein und sehr unruhig wirkte und erneut von einem Fuß auf den anderen trat.

»Danke, guter Zwerg«, sagte sie mit gespieltem Optimismus. Sie wollte keinesfalls verraten, dass sie bereits einen Hilferuf nach Delthuntle geschickt hatte. »Anscheinend machen sich viele Sorgen, weil der König immer älter wird und immer noch keinen Erben hat.« Sie seufzte überaus dramatisch. »Vorhin habe ich gelogen, guter Zwerg«, räumte sie mit einer neuerlichen Lüge ein. »Also sorge dich nicht. Die Sache wird sich bald ändern.«

Pikel strahlte übers ganze Gesicht, hüpfte auf und ab,

klatschte aufgeregt in die Hände und rief fröhlich: »Baby!«

»Nein, nein, still, Meister Pikel, ich bitte dich!«, mahnte Concettina. »Das ist unser kleines Geheimnis, ja?«

»Hei jo!« Pikel nickte heftig. Dann beruhigte er sich wieder und begann, leise zu zaubern, ohne dass Concettina es bemerkte. Ihr Blick war erneut zu den Fliederbüschen gewandert, die sich geteilt hatten, um den Blick auf ihre »unfruchtbare« Vorgängerin freizugeben.

Als Concettina sich wieder Pikel zuwandte, bemerkte sie den Schatten, der sich über sein Gesicht legte, dachte sich jedoch nichts dabei.

Sie bückte sich, küsste ihren Gärtner auf die Stirn und entlockte ihm damit ein Kichern. Dann verabschiedete sie sich von ihm, gesellte sich wieder zu ihren Begleiterinnen und spazierte weiter.

Pikel blickte ihr nachdenklich nach, bis sie um eine Ecke bog und nicht mehr zu sehen war. Erst dann murmelte er noch einmal: »Ooooh.« Mit seinem Zauber hatte er Leben gesucht, und seine Magie hatte ihm bei Concettina nur ein pochendes Herz offenbart, nicht zwei.

Wenn Königin Concettina also glaubte, schwanger zu sein, so war dies aus Pikels Sicht ein bedauerlicher – und möglicherweise tödlicher – Irrtum.

Als Concettina wieder in ihrem Gemach war, lief sie angespannt im Kreis. Überall wurde geflüstert, und das bedeutete, dass auch König Yarin dies mitbekam. Und der König war ein Mann, der Spott nicht duldete.

»Hilf mir, Vater«, flüsterte die bedrängte Frau verzweifelt. Aber war das überhaupt vorstellbar? Konnte Hochherr Delcasio rechtzeitig eintreffen und sie König Yarin entreißen?

Wahrscheinlich nicht, dachte sie und riss sich zusammen. »Anamarin!«, rief sie, worauf ihre Lieblingszofe an der Tür auftauchte.

»Lauf und hol König Yarin zu mir.«

»Herrin?«, fragte die junge Frau verdutzt.

»Sag ihm, dass ich mich heute sehr fruchtbar und sehr verliebt fühle.«

Anamarin errötete und nickte kichernd. Als sie noch einmal »Herrin« sagte, hatte sich ihr Tonfall deutlich verändert.

»Lauf schon, Mädchen«, befahl Concettina, und Anamarin verschwand.

Concettina nickte, während sie sich einen Plan zurechtlegte. Zunächst einmal würde sie dem kränkenden Geflüster große Hingabe entgegensetzen. Ja, sie würde König Yarin davon überzeugen, dass es diesmal anders sein würde – ihr Körper sei jetzt bereit für ein Kind. Und darum würde sie ihn jeden Tag an seine Grenzen bringen.

Jeden einzelnen Tag.

Womit sie ihn hoffentlich zu Tode lieben würde.

Oder ihn so gründlich erschöpfen, dass ein Kissen auf seinem Gesicht ihrer Pein ein Ende machen könnte.

Concettina erschrak vor sich selbst, als ihr die Konsequenzen klar wurden. Sie war eines Mordes fähig? Egal wie sehr sie diesen Mann inzwischen verabscheute – konnte sie so etwas tun?

Nun, vielleicht würde er einfach beim Liebesakt sterben. An diese Hoffnung musste sie sich klammern. Zumindest verschaffte sie ihr Zeit.

Doch wenn das nichts half …

»Meine Statue wird ihren Kopf behalten«, schwor sie sich.

»Hihihi«, kicherte der Zwerg, als er eine Prise von seinem Pulver in das dampfende Gebräu auf dem Tisch gab. Die neue Zutat erzeugte eine grünliche Wolke, die Pikel in die Nase stieg und ihn zufrieden seufzen ließ.

»Ein Liebestrank?«, fragte Ivan von der anderen Seite der Küche.

»Hihihi.«

»Für die Königin?«

Pikel wiegte den Kopf und suchte nach weiteren Zutaten. »Königin!«, krähte er dennoch.

»Die Königin ist nicht das Problem«, erinnerte ihn Ivan. »Selbst wenn dein Trank ihre Fruchtbarkeit erhöht, kommen trotzdem keine Bienen zu dieser Blüte.«

»Ooooh.«

»Das Problem ist der König. Und das weißt du«, sagte Ivan. »Kannst du einen Trank für den König herstellen?«

»Schwerer«, räumte Pikel ein.

»Genau«, sagte Ivan, verschränkte die Arme und klopfte wartend mit dem Fuß auf den Boden.

Pikel brauchte eine Weile, aber irgendwann kicherte er wieder. »Hihihi.«

»Und wie willst du König Yarin dazu bringen, ihn zu trinken? Der König ist ziemlich eigen mit dem, was er zu sich nimmt. Als König und so.«

»Oooh«, gab Pikel zu, ehe er ein strahlendes Lächeln aufsetzte: »Brüderchen!«

»Ich nicht! Auf gar keinen Fall!«, entgegnete Ivan und hob abwehrend die Hand, wie um Pikel von diesem absurden Gedanken abzubringen.

»König!«, erklärte Pikel, schlug sich auf die Brust und blähte sich breitschultrig auf, ehe er verschmitzt ergänzte: »Shallala.«

»Der König wünscht sich einen Shillelagh, ja?«,

schnaubte Ivan. »Mag sein, aber darum geht es nicht. Und vor allem: Damit er das trinkt, müsste man ihm den Grund dafür erklären. Das heißt, einer von uns müsste andeuten, dass nicht seine Frau unfruchtbar ist. Jeder, der so etwas zu König Yarin sagt, dürfte noch am gleichen Tag auf der Guillotine enden, fürchte ich.«

Bestürzt ließ Pikel die Schultern hängen.

Ivan seufzte ergeben, kam zu ihm und klopfte ihm auf die Schulter. »Mach du ruhig weiter. Du bist auf der richtigen Spur, und wer weiß, vielleicht finden wir ja eine Möglichkeit.«

Pikel war zwar immer noch unglücklich, blickte aber auf und nickte.

»Du hast wirklich ein gutes Herz, mein Bru… Brüderchen!« Aufmunternd schlug Ivan Pikel auf die Schulter.

»Brüderchen!«, wiederholte der grünbärtige Zwerg strahlend und machte sich erneut an die Arbeit.

Ivan sagte nichts weiter, sondern setzte sich wieder hin, um aufzuessen. Danach nahm er seine Sachen und ging zur Tür. »Dass du mir keine Tränke mehr braust, wenn du müde wirst«, warnte er. »Das letzte Mal hättest du beinahe die ganze Nachbarschaft hochgejagt!«

»Hihihi«, lachte Pikel, gab noch eine Prise von den grünen Kräutern hinzu und wedelte so viel wie möglich von dem Rauch in seine Nase.

Ivan schüttelte nur den Kopf, ehe er lächelnd zu seinem Patrouillendienst auf der Ostmauer der Stadt ging.

Kapitel 11

Die Straße nach Helgabal

»Vier Wagen«, sagte Komtoddy zu Schahnlohf und den anderen. Die Spriggan-Bande befand sich einen knappen Tag außerhalb von Smeltergard und war mit ihren Geschenken für König Yarin auf dem Weg nach Helgabal. »Doppelt so viele Wachen und alle zu Pferd.«

»Lecker!«, sagte Brekerbak, dessen zahnlückiges Lächeln sich auf den Mienen seiner sechs Kumpane spiegelte. »Waffen rausch!«, fügte Brekerbak hinzu, weil er dachte, alle würden auf ihn hören.

»Halt. Nicht«, befahl Schahnlohf Schungenschlapp.

»Acht Soldaten!«, protestierte Brekerbak. »Nur anderthalb Handvoll.«

»Und acht Fahrer«, ergänzte Komtoddy. »Kaufmänner vermutlich, also auch Wachen.«

»Kampfbereit«, folgerte Brekerbak.

»Aye, und ich bin für jeden Kampf bereit«, versicherte Schahnlohf den anderen.

»Wir sind nicht gut genug ausgerüstet«, gab Komtoddy zu bedenken. Wie bei ihrem ersten Besuch in Helgabal war die Bande ohne ihre magischen Waffen und Rüstungen unterwegs, die mitwuchsen, wenn sie ihre Riesengestalt annahmen. Solche Dinge hätten die Zauberer des Königs zu leicht entdeckt, denn selbst ein Anfänger konnte die wahren Funktionen auf Anhieb erkennen.

»Nur 'n paar Männer«, sagte Schahnlohf. »Und wir schind nur 'n paar Schwerge.« Er grinste seinen Freund breit an.

Komtoddy konnte nicht widerstehen. »Aye, Zwerge. Bis wir keine Zwerge mehr sein müssen.«

»Hab ich euch geschagt, alsch esch loschging.« Schahnlohf gab Komtoddy ein Zeichen.

»Viele Pfiffe«, stellte Hauptmann Balleyho fest, während er sein Pferd zum vordersten Wagen lenkte.

Der bullige Kutscher, Aksel, der wichtigste Zuträger und Schläger einer unternehmungslustigen Kaufmannsgilde aus der Stadt Darmshall in Vaasa, sah an dem Söldner vorbei und wandte sich dann der Frau neben sich zu. Sie konzentrierte sich ganz auf ihren Zauberspruch und murmelte langsam magische Worte.

»Zwerge«, sagte Amiasunta, die Zauberin, nachdem ihre Weissagung abgeschlossen war. Doch bei diesen Worten schüttelte sie irritiert den Kopf, denn irgendetwas an den bärtigen Kerlen kam ihr merkwürdig vor. »Ziemlich schmutzige Zwerge. Sie haben Säcke dabei und ziehen einen Karren.«

»Kaufleute?«, fragte Aksel und zügelte die Pferde. Dann hob er die rechte Hand, um die anderen drei Wagen dahinter anzuhalten.

Überfragt zuckte die Frau mit den Schultern. »Sie haben wenig dabei, was ich erkennen könnte.«

»Dann könnte es Ärger geben«, meinte Aksel.

»Mit Zwergen? Ach was«, erwiderte Balleyho.

Aksel ließ seine Knöchel knacken und dehnte seine großen, fleischigen Hände; dann rammte er die eine fest gegen die andere. »Hoffen wir mal.« Er zwinkerte.

Trotz seines Rufs und jahrelanger Kampferfahrung in

der Wildnis von Vaasa lehnte sich Balleyho instinktiv zur Seite. Aksel war nicht so groß wie der Reiter, aber dick wie eine Eiche, ein Mann mit Stiernacken und starken Armen, die brutale Hiebe austeilen konnten. Seine Nase war so oft gebrochen, dass sie platt war, und ein Auge war ständig blutunterlaufen, weil es bei seinen nächtlichen Raufereien mehrfach Schaden genommen hatte. Aber diese Äußerlichkeiten schienen ihn nicht sonderlich zu stören. Wer den Mann kannte, wusste, dass Aksel auf diese Spuren vielmehr sehr stolz war. Er war dafür bekannt, sein Gesicht hinzuhalten und lächelnd Prügel einzustecken, bis es seinem Gegner an den Kragen ging.

»Halte deine Männer bereit«, befahl Aksel Balleyho. »Jetzt könnt ihr zeigen, ob ihr euer Gold wert seid. Hoffen wir das Beste. Linie bilden.«

Balleyho richtete sich im Sattel auf. Der kräftige, selbstsichere Mann bot einen derart eindrucksvollen Anblick, dass Aksel bereits überlegt hatte, ob er ihn nicht dauerhaft in den Kreis seiner Offiziere aufnehmen sollte, sobald sie wieder in Darmshall waren. Balleyho nickte seinen Soldaten zu, und auf seinen Pfiff hin ritten die anderen sieben mit ihm vor die Wagen. Balleyho und sein Stellvertreter bildeten die Spitze, während die anderen sechs mit ihren Pferden und Rüstungen eine lebende Mauer über die gesamte Straße spannten.

»Sieht nicht sehr kritisch aus«, sagte Aksel zu Amiasunta, als die Zwerge in Sicht gerieten. Gut gelaunt kamen sie lachend und pfeifend von oben herab auf sie zu.

Aksel zählte ein halbes Dutzend, wobei die hinteren beiden sich mit einem klobigen Karren abmühten, der kaum mehr als eine große Schubkarre mit krummer Achse war.

»Warum schüttelst du den Kopf?«, fragte der gefährliche Mann die Zauberin an seiner Seite.

Amiasunta blieb unruhig, sagte jedoch nichts. Etwas an diesen Zwergen schien ihr nicht zu gefallen, und Aksel kannte die Zauberin gut genug, um zu wissen, dass sie bei solchen Dingen in der Regel richtiglag.

»Bereit machen!«, rief er Balleyho zu. Die Zwerge waren den Reitern schon sehr nahe.

»Macht den Weg frei!«, befahl Balleyho den Zwergen. »Schafft euren Karren zur Seite.«

»Na, wo wollt ihr denn hin?«, fragte der vorderste Zwerg. »Vielleicht wollen wir ja mitfahren.«

»Macht den Weg frei«, verlangte Balleyho erneut.

Aksel stand auf, um bessere Sicht zu haben. Die kleinen Kerle hinter den Reitern waren von hier aus kaum zu erkennen, doch hören konnte er sie. Sie pfiffen gemeinsam ein albernes Liedchen. Und dann setzten sie mit schlenkernden Armen zu einem wilden Tanz an.

»Ihr werdet sonst niedergeritten!«, rief Balleyho ihnen zu. »Aus dem Weg!«

Ein Zwerg schob sich rechts an die Reiter heran. »Heda, Fahrer«, rief er, »können wir bis Helgabal mitreisen, falls das euer Ziel ist?«

»Ihr solltet aus dem Weg gehen, also tut das einfach!«, brüllte Aksel zurück und zeigte mit dem Finger nach vorn. Diesem unverschämten kleinen Kerl hätte er gern einen Schlag verpasst, denn Aksel war stets leicht zu provozieren. »Hau ihm ein magisches Geschoss um die Ohren«, raunte er Amiasunta zu, ohne sie anzusehen. Dann schrie er erneut den Zwerg an: »Verschwinde!«

Neben sich hörte er ein dumpfes Geräusch und ein Ächzen seiner Begleiterin. Diesmal sah er doch zu ihr hinüber. Amiasunta saß regungslos da, kerzengerade und mit überraschtem Gesicht. Dann kippte sie wortlos und ohne auch nur zu versuchen, sich abzufangen, seitlich vom Bock.

»Hoffe, die Kleine isch nischt tot. Isch 'ne Hübsche«, sagte jemand hinter ihm. Schockiert fuhr Aksel herum und entdeckte den verlotterten Zwerg, der gleich hinter dem Bock auf der Ladefläche stand.

Vorne an der Straße rief Balleyho: »Riesen!«, und dann schnaubten die Pferde, und man hörte wildes Hufgetrappel.

Der dicke Fahrer warf jedoch keinen Blick mehr dorthin, denn er sah nur noch den Zwerg, der in Reichweite seiner vernichtenden Fäuste war. Im südlichen Vaasa war Aksel für seinen Kinnhaken berüchtigt, ein schneller Schlag, der schon vielen das Gesicht zerschmettert hatte. Diesen Schlag teilte er auch jetzt aus, und er hatte perfekt gezielt. Seine starke Faust traf den Zwerg ins Gesicht und ließ den hässlichen Kopf mit hörbarem Knacken nach hinten fahren.

Aber der Zwerg lächelte nur und leckte sich das Blut von der Lippe. »Schahnlohf«, sagte er, als wolle er dem Mann verraten, dass es hier keine Zähne mehr auszuschlagen gab.

Knurrend stieg Aksel über die Bank, um sich diesen Vogel vorzunehmen, wurde jedoch von einem unglaublich starken Stoß des Zwergs aufgehalten, der ihn an der vorderen Schulter traf und kurzerhand wieder auf seine Bank zurückwarf. Er wollte es sofort noch einmal versuchen, etwas Abstand gewinnen und den Kampf aufnehmen, aber die andere Hand des Zwergs griff in sein Haar und riss ihn rücklings halb über die Lehne der Bank.

»Schahnlohf!«, brüllte der Zwerg.

Ehe Aksel sich wieder gefangen hatte und rückwärts abrollen konnte, um aus seiner prekären Position zu entkommen, zog ihn der Zwerg mit der einen Hand weiter nach unten und rammte dem Mann zugleich mit unglaublicher Wucht den linken Ellbogen in die Brust.

Die Wucht ließ das dicke Brett an der Rückenlehne splittern.

Die Wucht brach Aksel das Rückgrat.

Der Ruck riss ihn zuckend nach unten.

Doch der Zwerg hielt weiter seine Haare fest, zog ihn im Fallen kurz hoch und rammte ihn dann auf die Ladefläche. Dort blieb Aksel liegen, mit gebrochenem Rücken, bewegungsunfähig, aber noch wach. Hinter ihm schrien die Fahrer, vor ihm kämpften die Soldaten um ihr Leben, und der zahnlose Zwerg grinste ihn höhnisch an, als wäre das alles ein echter Spaß.

»Schließt die Linie! Schließt die Linie!«, schrie Balleyho, als die tanzenden Zwerge auf dem Weg sich vor seinen verdutzten Augen in Riesen verwandelten. Der erfahrene Kämpfer hatte damit gerechnet, dass der Tanz der schmutzigen Zwerge nur ein Trick war.

Deshalb hatte er geglaubt, er wäre vorbereitet.

Doch im Drehen wurden die Zwerge immer größer, und erst als sie deutlich größer waren als Balleyho und seine Reiter, wurde diesen die Verwandlung bewusst. Und als der Hauptmann schließlich begriff, dass er es nicht mit sechs verdreckten Zwergen, sondern mit einem halben Dutzend Riesen zu tun hatte, alle zwei- bis dreimal so groß wie er, reagierte er nicht schnell genug.

Falls das überhaupt möglich gewesen wäre.

Immerhin zog er noch sein Schwert und stach in einen fleischigen Riesenarm, ehe er aus dem Sattel gerissen wurde, während sein Pferd sich aufbäumte, und zwanzig Fuß weiter im Gras landete.

Trotz seiner Verletzungen stützte der Mann sich noch halb bewusstlos auf die Ellbogen und wollte nach seinen Männern rufen.

Drei Pferde samt ihren Reitern waren bereits gefallen. Balleyhos Pferd galoppierte davon, was dem todgeweihten Mann eine gewisse Befriedigung gab. Doch die war nur von kurzer Dauer, weil er jetzt sah, wie eine Riesenfaust den nächsten Soldaten auf dem Kopf traf, mit ihrem gewaltigen Gewicht den Helm eindellte und dem armen Mann den Schädel mitten zwischen die Schultern rammte. Der Soldat sank auf seinem Pferd zusammen, das panisch um sich trat und bockend zu entkommen versuchte.

Balleyho schwanden schon die Sinne, während er dem Pferd nachsah und noch registrierte, wie der Soldat – sein Freund – seitlich herabhing, bis er schließlich ganz aus dem Sattel rutschte.

Er sah ihn jedoch nicht mehr auf dem Boden aufschlagen, denn jetzt trat ein Riesenfuß zu, der den Hauptmann zerquetschte.

Schahnlohf sprang über die Wagenbank und landete dicht hinter dem Gespann vor dem Wagen, kurz bevor die ersten Pfeile der hinteren Fahrer heranschossen. Von hier aus blickte er nach vorne, wo seine Männer die Lage gut im Griff hatten. Inzwischen wehrten sich nur noch drei Reiter. Vier waren gefallen, und einer versuchte zu fliehen, doch drei der besten Schützen von Schahnlohf ließen bereits ihre Wurfketten kreisen. Einige Spriggan bluteten, aber ihre Wunden heilten schnell. Wenn der eine oder andere fiel, würde sein Anteil an der Beute höher ausfallen und er käme beim Foltern der Gefangenen öfter an die Reihe.

Bei diesem Gedanken warf der Spriggan einen Blick auf die Zauberin, die stöhnend auf dem Boden lag. Hoffentlich hatte er sie nicht zu fest getroffen. Wenn sie nicht einmal mehr zappeln und schreien konnten, machte es schließlich nicht viel Spaß.

Da fiel der nächste Reiter, und zwei Riesen begruben ihn unter seinem eigenen Pferd. Ein Stück weiter wurde der Fliehende von den Wurfketten erwischt, doch sein Pferd rannte weiter.

Schahnlohf seufzte. Eine Mahlzeit weniger.

Ein Stück seitlich entdeckte er Komtoddy. Der Riese hatte einen Pfeil in der Brust, und ein weiterer Pfeil hatte offenbar sein Gesicht gestreift und eine blutige Spur hinterlassen.

»Schnappt sie euch«, beschwor Schahnlohf sie im Stillen. Er verzog das Gesicht, als seine Knochen sich knirschend verlängerten. Die Kleider begannen zu spannen, doch ihm blieb keine Zeit, sich auszuziehen. Er wünschte, er hätte seine magische Spriggan-Rüstung an.

Da sauste Komtoddys Wurfkette vorbei. Die Pferde des nachfolgenden Wagens wieherten und stampften unruhig. Als Schahnlohf hinüberspähte, sah er den zweiten Wagen nach einem Ruck von der Straße abrutschen und in das hügelige Gelände hineinholpern. Angesichts der Fahrerinnen, die ebenso hektisch wie vergeblich versuchten, ihre Pferde zu bremsen, gelang dem wachsenden Spriggan ein Lächeln. Der Boden war einfach zu uneben. Der Wagen geriet ins Schlingern und dann ins Kippen, als sich ein Rad im Matsch festfuhr. Der hintere Teil ragte in die Luft, und die beiden Fahrerinnen wollten noch wegspringen, doch da überschlug sich der

Wagen, begrub sie unter sich und rutschte dann polternd weiter. Die beiden Frauen blieben zerschmettert zurück.

»Oh, Mann«, klagte Schahnlohf und kroch aus seiner Deckung. Dann rannte er am Wagen entlang, um die nächsten Fahrer zu rammen, die auf Komtoddy schossen.

Sie waren verloren, doch Schahnlohf lief einfach weiter, riss einen der Männer von seiner Bank und eilte mit ihm auf den letzten Wagen zu, dessen Fahrer schon dabei waren, zu wenden und zu flüchten.

Da traf sie das menschliche Geschoss und riss einen der Fahrer so heftig von seinem Platz, dass er zwischen den Pferden landete. Kurz darauf waren beide Männer totgetrampelt.

Zu ihrem Glück.

Kapitel 12

Taktischer Rückzug

»Erinnerst du dich an den Drachenkampf über den Silbermarken?«, fragte Ilnezhara Jarlaxle. Sie standen mit Tazmikella vor den Überresten des Hauptturms des Arkanums. Es war ein windiger Sommertag, an dem die kühle Brise, die das Meer aufwühlte, Erfrischung brachte, denn die Sonne war heiß. »Der Kampf, in dem der Sohn von Arauthator umkam?«

Jarlaxle nickte zögerlich.

»Von einem Mönch getötet«, ergänzte Ilnezhara.

»Einem Mönch, der von einem Mönch besessen war«, fügte Tazmikella hinzu.

»Einem Mönch, der von einem Mönch besessen war, der schon vor langer Zeit seine sterbliche Hülle abgelegt hat«, sagte Ilnezhara.

»Gottlos!«, stellte Tazmikella fest. »Und dieser Mann hätte schon lange vor Beginn der Zauberpest an Altersschwäche sterben sollen.«

Jarlaxle sah die beiden verständnislos an, weil er keine Ahnung hatte, worauf sie hinauswollten. Er wusste lediglich, dass es um Drizzt ging. Die Schwestern hatten angedeutet, dass sie den verlorenen Waldläufer vielleicht nur über das Konzept der Erleuchtung retten konnten. Sie spielten auf Kane an, den Großmeister aus dem Kloster der Gelben Rose, und auf Bruder Afafrenfere, der an diesen Ort der Harmonie zurückgekehrt war.

»Unglaublich!«, rief Ilnezhara aus. »Ein Mensch, der ohne die Hilfe eines angeblichen Gottes zur Transzendenz gefunden hat. Ganz aus sich heraus. Ob ein Drow so entwicklungsfähig ist?«

»Ich weiß es nicht, Schwester«, antwortete Tazmikella mit einem verstohlenen Blick auf Jarlaxle. »Mitunter erscheinen mir diese Drow recht schwer von Begriff.«

Bei dieser Beleidigung lächelte Jarlaxle ihr augenzwinkernd zu, doch dann wurde sein Gesicht nachdenklich, denn er musste die Andeutungen der zwei bezaubernden Schwestern erst einmal verdauen.

Drizzt musste von innen heraus heilen, hatte Kimmuriel betont. Und hier gab es ein Beispiel, einen uralten Menschen, den Jarlaxle einst gut gekannt hatte, einen erfahrenen Krieger, der genau die innere Stärke entwickelt hatte, die Drizzt jetzt vielleicht helfen konnte. Allerdings verstand Jarlaxle nicht viel von Ausbildung und Lebensweise der Mönche. Er hatte stets angenommen, dass zwar nicht unbedingt ihre nahezu übermenschlichen Kampftechniken, aber zumindest ihre mystischen Kräfte entweder von einer Gottheit stammten oder auf Magie beruhten. Stimmte das womöglich gar nicht?

»Der Wind ist wieder wärmer«, sagte er zu den Schwestern. »Was haltet Ihr von einem längeren Flug?«

»Nicht ganz so weit«, erwiderte Tazmikella.

»Wir hatten einen kurzen Ausflug nach Heliogabalus erwogen«, fügte Ilnezhara hinzu.

»Helgabal«, stellte Tazmikella säuerlich richtig, was Ilnezhara mit einem Lachen quittierte.

»Nach Helgabal, ja, natürlich«, erklärte Ilnezhara, »um

ein paar Dinge zu holen, die wir bei unserem etwas über-stürzten Verschwinden zurückgelassen haben.«

»Da war so ein naseweises kleines Mädchen«, ergänzte Tazmikella, deren Bemerkung auf Jarlaxle abzielte, der damals die Gestalt dieses Kindes angenommen hatte.

»Ein schwatzhaftes kleines Ding«, sagte Ilnezhara. »Wir hätten sie gleich fressen sollen.«

»Allerdings«, stimmte die andere zu.

Jarlaxle begriff sofort. »Ihr wollt Drizzt bei Bruder Afafrenfere und seinen Mönchen im Kloster abliefern?«

»Wir werden dich und Drizzt im Wald am Kloster ab-setzen«, stellte Ilnezhara klar. »Ab da bist du ganz auf dich gestellt. Wir haben nicht die Absicht, mit den Mön-chen zu verhandeln, und werden uns schon gar nicht dem Großmeister der Blumen zu erkennen geben, der einem König mit Namen Drachenbann gedient hat.«

»Denn dieser Name war wohlverdient, was nicht zu-letzt an genau diesem Mönch lag«, erläuterte Tazmikella.

Dem konnte Jarlaxle nichts entgegensetzen. Er wusste genug über die Mönche, um zu begreifen, dass Groß-meister Kane ein ganz besonderer Mensch gewesen war, der die meiste Zeit seines Lebens dem intensiven Kampf-training gewidmet hatte. Nur so hatte er die Stufe der Erleuchtung erreichen können, von der die Drachen sprachen. Ihm war auch bewusst, dass Kane eine Aus-nahme war. Selbst die frömmsten Kampfmönche konn-ten mit noch so viel Mühe nicht einmal annähernd seine Fähigkeiten und seine Disziplin erreichen, ob nun von innen heraus oder mit göttlicher Hilfe. Drizzt blieben noch viele Jahre, vielleicht genug, um sich einem solchen Ziel zu weihen und seinen Weg zu finden.

Aber würde das nicht ein ganzes Menschenleben dau-ern?, fragte sich der Söldner. Wenn er Drizzt ins Kloster der Gelben Rose brachte, tat er dem Drow vielleicht einen Gefallen, doch für Jarlaxle selbst und vor allem für Catti-brie wäre er damit praktisch gestorben. Ja, natürlich, dieser Weg war für sie leichter zu akzeptieren und bot eine gewisse Hoffnung, aber in Wahrheit war er dann zumindest für Catti-brie für immer verloren.

Andererseits jedoch, überlegte der Söldner, versank Drizzt derzeit immer tiefer in seinem undurchdringlichen, überaus frustrierenden Wahn. Und damit hatten sie den Waldläufer eigentlich schon jetzt verloren.

»Du lässt ihn nur ungern ziehen«, sagte Dahlia. Sie stand hinter Artemis Entreri, der durch die Zeltklappe beobachtete, was drüben am Hauptturm vor sich ging.

Ihre Feststellung überraschte Entreri, aber er konnte es kaum bestreiten. »Ich … Wir haben ihm viel zu verdanken«, erinnerte er sie. »Drizzt hat uns aus Menzoberranzan herausgeholt. Er ist dorthin gegangen und hat alles hinter sich gelassen, um dich zu suchen.«

»Genau wie du«, erwiderte Dahlia. Sie lehnte sich an seinen Rücken und schlang einen Arm um ihn, während sie ihren Freund zärtlich auf den Nacken küsste.

»Weil ich nichts zu verlieren hatte«, gestand Entreri. Er drehte sich um und erwiderte ihre Umarmung. »Ich hatte nichts. Und vielleicht habe ich endlich einen Weg gesehen, das zu bekommen, was ich wollte.«

»Mich?«

Entreri nickte lächelnd. »Du warst jedes Risiko wert. Aber was hatte Drizzt zu gewinnen? Er hatte alles, was er sich je gewünscht hatte. Seine Freunde und seine Frau waren zurück. Bruenor saß auf dem Thron von Gauntlgrym. Und trotzdem ist er freiwillig und ohne zu zögern, aufgebrochen. Für dich.«

»Und für dich?«, fragte Dahlia.

Nach kurzem Nachdenken nickte Entreri.

»Und dabei hat er sich selbst verloren«, fügte Dahlia hinzu.

Entreri sah sich noch einmal um. Dort hinten führten Jarlaxle und ein paar andere Drizzt zu den wartenden Drachen. Als er erneut nickte, war sein Gesicht so verkrampft wie sein Herz.

»Es wird eine gefährliche Reise«, erklärte Jarlaxle, als Drizzt den Waffengurt zweifelnd anstarrte. »Nimm schon.«

»Auch Taulmaril?«, fragte Drizzt, während er den Gürtel entgegennahm. »Hast du keine Angst, dass ich dich von Ilnezharas Rücken schießen könnte?«

»Versuchen kannst du es ja«, sagte der Söldner augenzwinkernd und ging davon.

Drizzt schnallte den Gürtel um, steckte seine Krummsäbel ein und wandte sich den Drachen zu. Dann verharrte er noch einmal. Neben König Bruenor, der die Hände in die Hüften stemmte, stand Catti-brie.

Es war ein stürmischer Tag, an dem die Sommersonne nur hin und wieder durch die Wolken lugte, die über sie hinwegzogen, aber wann immer es ihr gelang, tauchte sie die kalte Stadt in himmlisches Licht. Catti-brie hingegen strahlte auch bei diesem Wetter. Sie trug ihre weiße Robe, die weit genug ausgeschnitten war, um die leuchtend bunte Bluse darunter preiszugeben, die einst die Magierrobe von Jack dem Gnom gewesen war. Ein schwarzer Spitzenschal auf dem Kopf bewahrte ihr dichtes Haar einigermaßen vor dem Seewind, und sie hatte den silbrigen Holzstab bei sich, dessen blauer Saphir trotz des eher trüben Himmels seinen tiefen Glanz verströmte.

Dieses intensive Blau betonte Augen, die Drizzt Do'Urden schon sein Leben lang berührten und ihm vermutlich in jedwede Existenz jenseits dieses Reichs der Sterblichen folgen würden.

Jetzt stand tiefe Traurigkeit darin, die ihn noch mehr verletzte, weil er die Wahrheit kannte: Die, die dort stand und ihn betrachtete, war nicht wirklich Catti-brie.

Er war in ihren Anblick so versunken, dass er nicht einmal merkte, dass Bruenor zu ihm getreten war.

»Geh und tu, was du tun musst, Elf«, sagte der Zwerg.

Drizzt warf einen Blick auf die Hand, die Bruenor ihm entgegenstreckte.

»Du weißt, dass du in Gauntlgrym immer willkommen bist, selbst wenn ich einmal nicht mehr bin«, fügte Bruenor mit brüchiger Stimme hinzu.

Als Drizzt Bruenors Hand drückte, zog dieser ihn herunter und umarmte ihn fest.

»Auf ewig dein Freund«, stieß der Zwerg mühsam hervor. Er hielt den Drow lange fest, und Drizzt merkte, wie Bruenor vergeblich um Fassung rang.

In diesem Augenblick begriff Drizzt die Wahrheit. Und er kam sich furchtbar dumm vor. Wie hatte er je an ihnen zweifeln können? Das war kein Trugbild von Lolth. Das war einfach Bruenor. Und Catti-brie, seine große Liebe.

Wie konnte er so dumm sein, sich etwas anderes einzubilden?

Glücklich lächelnd, schob er Bruenor auf Armeslänge von sich.

Bis er stirnrunzelnd erkannte, dass er sich erneut hatte täuschen lassen. Loderte da nicht in Bruenors Augen das Feuer des Abgrunds?

Nach einem knappen Nicken machte er kehrt, lief zu

dem wartenden Drachen und prägte sich jenes letzte Bild von Catti-brie ein, wie sie entschlossen dastand, die Arme fest an die Seiten gelegt, rote Locken, die dem Spitzenschal entflohen und im Wind wehten, und ihre Augen … diese Augen …

Neben dem Drachen blieb Drizzt kurz stehen, doch er wollte nicht zurücksehen, um sich keine vergeblichen Hoffnungen zu machen. Damit hätte er Lolth den Sieg zugestanden, und genau das wäre sein Untergang.

Er kletterte in den Sattel, aber da tauchte sie doch noch neben ihm auf, und er konnte sie nicht mehr ignorieren.

»Du wirst zu mir zurückkommen«, sagte sie. »Das weiß ich.«

Von Tazmikellas Rücken aus sah Drizzt zu ihr herab, schloss jedoch die Augen, um die Realität abzuschütteln, die dort lauerte, hinter der Oberfläche dieser täuschend hinreißenden Augen. Das war nicht Catti-brie, ermahnte er sich. Es war die größte List von allen, eine umfassende Illusion, nur darauf angelegt, ihn vollständig zu vernichten.

Als er die Augen wieder öffnete, starrte Catti-brie immer noch zu ihm hoch und hielt ihm eine vertraute Figur hin.

»Guen gehört dir«, sagte sie leise. »Sie gehört zu dir.«

Drizzt schüttelte abwehrend den Kopf. Er begriff gar nichts mehr.

»Nimm sie!«, beschwor ihn Catti-brie. »Sie ist dein Leitstern, Liebster, deine treueste und längste Begleitung. Vielleicht kann sie dir helfen, deinen Weg zu finden.«

Trotz der warnenden Schreie in seinem Kopf war der Drow nicht stark genug, ihr Angebot abzulehnen. Er griff zu und nahm den Onyxpanther entgegen. Als er sich wieder aufrichtete, kam ihm der Gedanke, dass er vielleicht doch noch nicht durchschaute, in welche Richtung das große Täuschungsmanöver sich entwickelte. Vielleicht war es am Ende gar nicht Catti-brie, die sich als Lüge entpuppte, sondern Guenhwyvar.

»Schlau ...«, flüsterte er, während er diesem Gedanken nachging.

Obwohl – nein, das war absurd. Guen war die ganze Zeit bei ihm gewesen. Sein ganzes Erwachsenenleben hindurch. Die Auferstehung war die Lüge – die Frau, der Zwerg, Wulfgar, Regis.

Oder ging das alles schon viel länger?

Doch was spielte dann noch eine Rolle?

»Jarlaxle hat dir empfohlen, nicht auf mich zu warten«, sagte er kalt. »Also heißt es: Lebe wohl.«

»Mir bleibt doch gar nichts anderes übrig, als auf dich zu warten«, sagte Catti-brie, deren trauriges Lächeln Drizzts Herz anrührte und zugleich zerriss. »Habe ich eine andere Wahl?«

»Natürlich ...«, begann Drizzt, aber sie fiel ihm ins Wort.

»Gerade du solltest das verstehen können«, sagte sie. »Als ich fort war ...«

Darauf wusste Drizzt keine Antwort. In diesem Moment der Klarheit wollte er, dass sie nur Catti-brie war, so, wie er sie kannte. Catti-brie, das Mädchen an der Flanke von Kelvins Steinhügel, das ihn im Eiswindtal willkommen geheißen hatte. Die junge Frau, die ihm in jenen schwierigen Anfangsjahren als Gewissen, Leitstern und Freundin zur Seite gestanden hatte, während er sich bemühte, diese fremde Welt zu begreifen. Die geliebte Frau, mit der er seinen Weg gefunden hatte.

»Wer bist du?«, fragte er, doch sie starrte ihn nur verständnislos an.

»Du hast auf mich gewartet«, raunte sie.

Drizzt wollte erneut widersprechen, aber diese Erinnerung traf ihn ins Mark. In seinen Gedanken überschlugen sich die letzten hundert Jahre mit all den Reisen, Abenteuern und Begleitern, mit der Leere, die er die ganze Zeit empfunden hatte, selbst als Bruenor Gauntlgrym entdeckt hatte, und auch während seiner eigenen Erlebnisse mit Dahlia und den anderen.

Denn sie, diese Frau, war nicht bei ihm gewesen.

Innerlich verfluchte er, je die Liebe von Catti-brie erfahren zu haben, denn was war das Leben schon ohne sie? Welches Glück konnte Drizzt Do'Urden je widerfahren, das dem süßen Gefühl gleichkam, mit ihr vereint einzuschlafen und beim Erwachen in ihren Armen ihr warmes Lächeln zu sehen, die wissende Liebe in ihren bezaubernden Augen.

Er musste seine ganze Entschlossenheit aufbieten, um nicht das neue Schwert zu zücken, die Waffe, die dieses Trugbild für ihn geschmiedet und ihm geschenkt hatte. Am liebsten hätte er die verdammte Illusion hier und jetzt niedergestreckt.

Nein, nicht einmal seine Entschlossenheit konnte ihn aufhalten, erkannte er und griff ergeben nach dem Schwert, um die Sache ein für alle Mal zu beenden. Da aber rief Jarlaxle zum Aufbruch, und noch ehe Drizzt am Griff von Vidrinath war, schwang sich sein Drache mit einem Satz in die Luft und schraubte sich zu Ilnezhara hoch, die Jarlaxle trug.

»Vielleicht finden wir ja einen Trottel auf einem weißen Wyrm, mit dem wir es aufnehmen können, mein Freund«, sagte Tazmikella, als sie in den Wolken schwebten. Der Drache hatte ihm den Kopf zugewandt. »Hast du deinen Bogen bereit?«

Drizzt nickte und brachte sogar ein verlogenes Lächeln zustande. Aber nur damit der Kupferdrache ihn in Ruhe ließ.

Er lehnte sich im Sattel zurück und sah zu, wie sich unter ihm die Welt öffnete. Beim Blick zurück verschwamm Luskan bereits mit dem dunklen Wasser der Schwertküste, die sich jenseits der Stadt der Segel erstreckte. Im Norden ragte der Grat der Welt auf, jenes Gebirge, das er so gut kannte, wenn auch eher von der anderen Seite her, dem nördlich davon gelegenen Eiswindtal, wo er so lange zu Hause gewesen war.

Seine erste Heimat.

Damals war ihm die Welt überschaubar erschienen, selbst für einen Drow, der aus Menzoberranzan in die chaotische Wildnis des Unterreichs geflohen war, für den jungen Mann, den die Trauer um den toten Zaknafein quälte, der zugesehen hatte, wie seine Freunde im Kampf ihr Leben ließen, der Montolio gekannt und verloren hatte. Das alles hatte einen Sinn gehabt, obwohl es so unglaublich wehtat. Getrieben von seinem Gewissen, war sein Leben in logischen Bahnen verlaufen, hatte ihn durch das Unterreich zu Mooshies Hain und zu Kelvins Steinhügel im Eiswindtal geführt.

Zu Catti-brie und Bruenor.

Zu den Ufern des Maer Dualdon mit Regis.

Durch einen Bergpass im Norden blitzte ihm etwas Silbriges entgegen, vermutlich einer der Seen dort oben – der Rotwassersee oder der Lac Dinneshere.

Dann dachte er daran, wie Wulfgar als junger Mann in sein Leben getreten war, den Bruenor auf dem Schlachtfeld verschont hatte.

Während unter ihm die Welt vorbeizog, zog in seinen Gedanken sein Leben an ihm vorbei, führte ihn in Drachenhorte und in Bruenors Heimat, in den fernen Süden und zu den unerbittlichen Kämpfen mit Artemis Entreri. Bis er schließlich bei jenem schicksalhaften Tag ankam, an dem sich das Gewebe aufgelöst hatte und Catti-brie vom blauen Feuer der Zauberpest gezeichnet worden war. In diesem Moment war für ihn die Welt stehen geblieben.

Die folgenden hundert Jahre seines Lebens erschienen ihm wie vergeudete Jahre, doch er glaubte auch, dies sei das letzte Jahrhundert seines Lebens gewesen.

Denn alles war nur eine Illusion. Eine Täuschung. Und wenn doch nicht alles, dann war ihm irgendwann in diesem Zeitraum die Realität abhandengekommen, und jetzt narrten ihn seine Fantasien. Der Lauf der Zeit war bedeutungslos geworden, denn all dies war bloß Illusion.

Hatte er wirklich mit Bruenor Gauntlgrym gefunden, wo er Bruenor hatte sterben sehen?

»Ich habe es gefunden, Elf«, flüsterte er die letzten Worte des Zwergs und ließ sie im Wind verwehen.

Waren es überhaupt hundert Jahre gewesen? Oder hatte die grausame Lolth seinem Gedächtnis all diese Erlebnisse, diese unmöglichen Erfahrungen – besonders die Rückkehr der verlorenen Freunde – eingeflößt, so wie Errtu es einst bei Wulfgar gelungen war, damals, als der Balor den armen Mann über Jahre gefoltert hatte?

Ja, das war die Wahrheit, und Drizzt wusste es.

Bei dieser Erkenntnis hätte er sich am liebsten von Tazmikellas Rücken gleiten lassen, obwohl er befürchtete, lediglich auf dem Boden von Lolths Palast im Abgrund aufzuschlagen.

Er zog die Onyxfigur aus ihrem Beutel, warf kaum einen Blick auf die edle Arbeit und wollte sie von sich schleudern.

»Sie ist dein Leitstern, Liebster …«

Catti-bries Worte hallten in ihm nach. Er drückte die Pantherfigur fest an sich und schämte sich für seine eigenen Gedanken.

Achtsam schob er sie wieder in seinen Beutel, um sie dort sicher zu verwahren. In diesem Moment überkam ihn ein neuer Gedanke.

Ja, beschloss er, es war alles ein Traum, eine groß angelegte Täuschung, die ihn am Ende zerschmettern sollte. So gut er sich auch vorbereiten mochte, am Ende würde ihr genau dies gelingen. Wenn alles offenbar wurde, wenn er sah, wie Catti-brie sich als groteske Lüge entpuppte, wenn Bruenor, Regis, Wulfgar und alle anderen zu Manen wurden, Dämonen in Gestalt seiner Freunde, dann würde Drizzt Do'Urden tatsächlich zerbrechen.

Aber damit würde es nicht zu Ende sein, entschied er. Denn wenn seine Feinde endgültig triumphierten, würde er gnadenlos angreifen und so lange kämpfen, bis sein Körper schlimmer litt als sein Herz.

Er malte sich aus, wie er sich – vermutlich nackt und unbewaffnet – auf die Spinnenkönigin stürzen würde. Wie er sie biss und kratzte, sie zwang, sich zu wehren und all dem ein Ende zu machen.

Und dann würde er sie auslachen.

Am Ende würde er sie auslachen, er, Drizzt.

»Und dann finde ich ewigen Frieden«, flüsterte er.

Doch er glaubte selbst nicht daran.

Kapitel 13

Freunde aus Damara

»Eine viel bessere Reise als die von Suzail nach Del-thuntle«, sagte Regis zu Wulfgar, als an diesem Mitt-sommermorgen der Hafen von Neu-Sarshel, der nörd-lichsten Hafenstadt des Königreichs Impiltur, in Sicht kam. Er sah zu dem Barbaren hoch, aber Wulfgar zuckte nur mit den Schultern und schüttelte wenig überzeugt den Kopf. »Wir hatten keinen einzigen Sturm!«, protes-tierte Regis.

»Ach, unsere ungeplante Überwinterung im Sternen-turm von Prespur war gar nicht so übel«, antwortete Wulfgar grinsend. Er stützte sich auf die Reling der *Aard-vark*. Als der Halbling seufzend schwieg, lachte Wulfgar dröhnend. Das Schiff warf weit draußen den Anker. Hier war das Wasser seit der Teilung ziemlich flach. Bis vor einigen Jahren hätten sie noch hundert Meilen weiter nach Norden segeln können, bis zum Hafen von Uth-mere in Damara, doch dort lag jetzt nur noch ein Dorf inmitten einer Salzwiese.

»Erstes Boot zum Hafen«, sagte Boyko, der Erste Offi-zier, zu den beiden und lotste Wulfgar und Regis zur Strickleiter, damit sie in das Beiboot steigen konnten, das gerade heruntergelassen wurde.

Verwundert sahen die beiden ihn an, und Regis zeigte sicherheitshalber sogar auf sich selbst. »Das erste?«

»Ja, ab mit euch«, bestätigte Boyko und kam herüber. »Hat mich gefreut, und nun lebt wohl.« Etwas gedämpft fügte der schroffe kleine Mann hinzu: »Seht zu, dass ihr im Rollenden Schwein unterkommt.«

»Im Rollenden Schwein?«, vergewisserte sich Regis.

Boyko nickte, zog ab und brüllte weitere Kommandos.

»Scheint, als würde man uns erwarten«, sagte Wulfgar.

Bald darauf standen die zwei vor der fraglichen Taverne, einem kleinen Gebäude in Hafennähe, aber innerhalb der Stadtmauern von Neu-Sarshel. Als sie eintraten, war der Raum praktisch leer, doch bis sie am Tresen das erste Glas geleert hatten, trudelten bereits weitere Gäste ein, darunter auch einige von der *Aardvark*.

»Noch eine Runde Zzar für meinen Freund und mich, bitte«, rief Regis dem Wirt zu.

Der Mann reagierte mit einem Nicken, bediente jedoch zuerst einen anderen Gast, und zwar Boyko von der *Aardvark*. Das fand Regis im ersten Moment merkwürdig, griff aber dennoch in seinen Beutel und zog ein paar Silbermünzen hervor.

»Dein Silber kannst du stecken lassen«, sagte der Wirt augenzwinkernd, während er ihre Gläser nachfüllte. Er warf einen Blick auf ein Anschlagbrett hinter der Bar, wo einige Aushänge hingen. Dann nahm er ein Stück Pergament ab und schob es ihnen hin. »Eine Karawane nach Helgabal sucht noch Wachen.«

»Helgabal?«, fragte Wulfgar unschuldig. »Wie kommst du darauf …?«

Aber der Wirt wandte sich wieder ab, um andere Gäste zu bedienen, und Regis berührte Wulfgar am Arm. Mit dem Kinn deutete er zur Tür, wo Boyko gerade verschwand.

»Auf Donnola«, sagte Regis leise und hob anerkennend das Glas.

Fasziniert beobachtete Drizzt, wie sich Ilnezhara und Tazmikella aus herrlichen, schlangengleichen Kupferdrachen in ebenso hinreißende, anmutige Menschenfrauen von ganz anderer Schönheit verwandelten.

Konnte er sich etwas derart Eindrucksvolles wirklich ausdenken?

»Komm«, rief Jarlaxle und zeigte in die Gegenrichtung. Dort wartete der Waldrand und dahinter ein langer, unbewachsener Anstieg.

»Alles Gute, Drizzt Do'Urden«, sagte Tazmikella.

»Wir hoffen, du wirst dort Frieden und Erleuchtung finden«, fügte Ilnezhara hinzu. »Wisse, dass wir nicht jedem Sterblichen einen solchen Anblick oder unsere Flügel gewähren würden. Nein, und wer so viel bekommt, von dem wird auch viel erwartet.«

Drizzt starrte die große Frau mit dem kupferroten Haar fragend an, während er versuchte, die wahre Bedeutung dieser rätselhaften Bemerkung zu entschlüsseln. Was sollte ein Drache je von ihm erwarten?

Da nahm Jarlaxle Drizzt am Arm und zog ihn davon.

»Es sind wundersame Geschöpfe, nicht wahr?«, sagte er.

»Ich verstehe sie nicht.«

»Dennoch kann man sie zu schätzen wissen«, erwiderte Jarlaxle. »Sie haben viel für dich getan, mein Freund. Ich hoffe, du wirst das eines Tages würdigen können.«

»Warum?«, fragte Drizzt. Er blieb stehen und entzog sich Jarlaxles Griff.

Der Söldner ging einen Schritt weiter und sah sich nach ihm um, doch Drizzt wich seinem Blick aus. Stattdessen schaute er über Jarlaxles Schulter, denn hinter der Waldgrenze war am Ende des langen Hangs ganz oben ein prächtiges Gebäude aufgetaucht. Das Bauwerk aus Stein sah aus, als hätten viele Generationen an seiner Erbauung mitgewirkt, denn in ihm vereinten sich diverse Steinarten und Architekturstile wie in einem herrlich gewobenen Wandbehang. Über Erkern, Balkonen und prächtigen Fenstern in den unterschiedlichsten Formen und Größen thronte ein zinnenbewehrter Turm.

»Warum ich hoffe, dass du sie irgendwann zu schätzen weißt?«, fragte Jarlaxle.

»Nein – warum sie das alles für mich tun«, erklärte Drizzt.

»Weil wir Freunde sind. Und weil ich dein Freund bin. Ist das nicht der Sinn von Freundschaft? Ist das nicht der eigentliche Grund, warum Drizzt Do'Urden einst vor all diesen Jahren von seinem Gewissen gezwungen wurde, Menzoberranzan zu verlassen?«

Drizzts Gesicht erstarrte, doch die Worte hatten ihn getroffen. Nur klangen Jarlaxles Worte für ihn wie der allerschlimmste Hohn.

»Alles, ja?«, sagte Jarlaxle angesichts von Drizzts Miene. »Alles, was jemand sagt, ist für dich eine Lüge? Eine Falle?«

Drizzts Gesicht wurde nicht weicher.

»Komm«, bat Jarlaxle. »Ich rechne es dir hoch an, dass du mutig genug warst, dich hierauf einzulassen, obwohl du bestimmt nichts mehr zu verlieren hast.«

»Nur weil ich nichts mehr zu verlieren habe«, betonte Drizzt. Er folgte dem Söldner aus dem Wald zum Fuß eines grasbewachsenen Hangs.

»Mein Freund, man hat immer noch etwas zu verlieren.«

»Ist das eine Drohung?«

»Wohl kaum«, sagte Jarlaxle. »Du fürchtest, den Halt zu verlieren. Du fürchtest, alles sei nur der Treibsand einer riesigen Illusion. Dennoch bist du bereit, dieser Angst offen entgegenzutreten und dich der Wahrheit zu stellen, so grausam sie auch sein mag. Vielleicht ist es ein Akt der Verzweiflung, wie wenn man zu einem Kleriker geht, um sich die Bestätigung zu holen, dass man von einer Krankheit befallen ist, von der man längst weiß, dass sie unheilbar ist. Doch selbst in diesem Fall bewundere ich deinen Mut.«

Drizzt schlug erst die Augen nieder, dann schloss er sie, um sich zusammenzureißen. Und damit er nicht seine Säbel zog und auf Jarlaxle losging – das würde schließlich die Wahrheit enthüllen.

Gemeinsam stiegen sie den Berg hinauf, aber noch ehe sie auch nur in der Nähe des Klosters waren, erschienen auf allen Balkonen Mönche in schlichten braunen Roben, die aufmerksam herabstarrten. Viele von ihnen hielten eine gespannte Armbrust in der Hand.

»Bitte sagt Bruder Afafrenfere, dass seine Freunde zu Besuch kommen«, rief Jarlaxle ihnen zu.

»Einen Bruder Afafrenfere gibt es nicht mehr«, entgegnete kurz darauf eine Frau.

Jarlaxle reagierte erst besorgt, doch dann wurde sein Gesicht neugierig, denn genau der Mann, den er kannte, trat durch das große Tor des Klosters und sprang die Treppe herunter, bis er vor den beiden Drow stand.

»Seid gegrüßt!«, sagte Afafrenfere erfreut und verneigte sich tief.

»Aber sie sagte doch gerade …«, hob Jarlaxle an.

»Meister Afafrenfere!«, rief die Frau herüber. »Afafrenfere, Meister des Südwinds!«

»Kennst du sie und vertraust du ihnen, Meister?«, rief ein anderer Mönch.

Meister Afafrenfere nickte ihm zu. »Seht, das ist Drizzt Do'Urden, Held des Nordens!« Er deutete mit ausgebreitetem Arm auf Drizzt, worauf viele dort oben nickten und teilweise applaudierten.

»Ich fühle mich so klein«, sagte Jarlaxle scherzhaft zu Drizzt.

Der Waldläufer konnte nur den Kopf schütteln.

»Meister Afafrenfere, können wir unter vier Augen sprechen?«, fragte Jarlaxle. »Oder, besser noch, würdest du mich einlassen, damit ich mit den Meistern dieses wundersamen Ortes sprechen kann?«

»Meister Perrywinkle Shin?«

Jarlaxle nickte. »Dies ist kein einfacher Besuch. Ich komme mit einer inständigen Bitte.«

»Dann folgt mir«, sagte Afafrenfere und wandte sich zur Tür.

»Nur ich«, erklärte Jarlaxle, ehe er Drizzt zunickte.

Beide Drow bemerkten den halb neugierigen, halb skeptischen Blick von Afafrenfere, aber er bedeutete Jarlaxle, zur Tür zu gehen, und rief laut: »Bringt ihn sofort zu Meister Shin!« Dann wandte er sich Drizzt zu. »Erzähl mir alles«, bat der Mönch Drizzt sehr freundlich. »Es ist schon so lange her! Erzähl mir von unseren alten Gefährten und von deinen neuen!«

»Bleib auf der Hut«, warnte Jarlaxle leise, ehe er eilig zur Tür lief.

Sichtlich überrascht sah Afafrenfere dem Söldner nach, ehe er sich verwirrt ganz auf Drizzt konzentrierte.

»Was ist geschehen?«, fragte er Drizzt.

»Nichts. Oder alles«, antwortete der Waldläufer niedergeschlagen.

»Und nichts dazwischen?«

»Nichts, was der Rede wert wäre«, entgegnete Drizzt verstimmt.

»Wirklich?«, fragte Afafrenfere mit breitem Lächeln und entschiedenem Nicken. »Nicht einmal ein Kampf zwischen vier Drachen und ihren Reitern? Nicht einmal ein Schuss, der den Sattel von Tiago Baenre löste, nicht einmal der Angriff, der den weißen Drachen Aurbangras gegen die Flanke des Vierten Gipfels prallen ließ?«

Bei dieser Erinnerung musste Drizzt nun doch grinsen. Tatsächlich war das ein unglaublicher Kampf gewesen, einer der aufregendsten, die Drizzt je erlebt hatte. Schon bei dem Gedanken daran glaubte er wieder, den Wind im Gesicht zu spüren.

»Ich bin nicht zu stolz zu gestehen, dass ich panische Angst hatte, als ich mich auf diesem Berg einem Drachen stellen musste«, sagte Afafrenfere.

»Du hast Ruhe bewahrt und gesiegt.«

»Nicht allein«, erwiderte der Mönch. »Nicht allein.«

Drizzt starrte ihn einen Moment lang neugierig an. Oben an der Tür war Jarlaxle wieder aufgetaucht, dem jetzt eine hochrangige Mönchin folgte.

»Die Meisterin des Ostwinds, Savahn«, sagte Afafrenfere und nickte ihr zu.

»Hast du schon mit Meister Shin gesprochen?«, erkundigte er sich verwundert bei Jarlaxle, als die beiden näher kamen.

»Beizeiten«, antwortete Savahn. »Wir haben diesen Besuch erwartet, wussten, worum es bei Jarlaxles Bitte geht, und haben eingewilligt, ehe sie kamen.«

»Erwartet?«, fragte Afafrenfere sichtlich verwirrt. »Meister Shin?«

»Mindestens«, erwiderte Savahn, ehe sie Drizzt begrüßte. »Du bist uns willkommen, Waldläufer. Viele unter uns brennen darauf, dich kennen zu lernen.«

Drizzt sah Jarlaxle an, und dieser nickte. »Leb wohl, mein Freund«, sagte der Söldner. »Es kann sein, dass ich schon bald zurückkomme, wobei du dann vermutlich viel zu beschäftigt sein wirst, um von mir Notiz zu nehmen. Ich hoffe sehr, dass wir uns in diesem Leben wiedersehen, aber falls es nicht sein soll, sei gewiss, dass ich dir stets wohlgesinnt bin und hoffe, dass du deinen Weg findest.«

»Warte«, sagte Afafrenfere, als Jarlaxle Drizzt kurz die Hand drückte, ihn umarmte und dann den Berg hinabsteigen wollte. »Du gehst?«

»Jenseits der Mauern deines Klosters dreht die Welt sich schnell, Meister Afafrenfere«, antwortete Jarlaxle. »Wenn ich die Geschicke nicht lenke, wer dann?« Er lachte, tippte an seinen Hut und fügte hinzu: »Ich werde bald zurück sein.« Dann machte er sich auf den Weg, während Meisterin Savahn Drizzt an der Hand nahm und ihn ins Kloster der Gelben Rose führte.

Meister Afafrenfere blieb lange stehen und sah erst Jarlaxle nach, dann Drizzt. Auch nachdem beide verschwunden waren, der eine im Kloster, der andere im Wald, blieb er noch eine ganze Weile stehen und versuchte, diese unerwartete Wendung der Ereignisse zu begreifen.

Unerwartet, in der Tat, dachte er, als die Kupferdrachen aus dem Wald aufstiegen und sich in den Sommerhimmel schwangen, um mit Jarlaxle auf Ilnezhara nach Osten zu fliegen, demselben Drachen, auf dem Afafrenfere über Mithril-Halle in den Kampf gegen die weißen Drachen gezogen war.

»Hier müsst ihr absteigen«, sagte der Anführer der Karawane zu Wulfgar und Regis.

»Hier?«, wunderte sich Regis, während Wulfgar die Stirn runzelte. Der Halbling musterte den einsamen Weg und das Bergland, denn sie waren noch ein ganzes Stück südlich von Helgabal. »Wo ist hier?«

»Wo ich euch absetze«, antwortete der Anführer. Abgesehen von den geknurrten Befehlen, die der Mann erteilt hatte, seit die zwei vor einem Zehntag in Neu-Sarshel als Wachen für die fünf Wagen nach Helgabal bei ihm angeheuert hatten, waren das die ersten Worte, die er für sie fand. Merkwürdigerweise hatte ihre Pflicht bisher nur darin bestanden, in einem Wagen mitzufahren. Einmal, als einer der Wagen sich festgefahren hatte, hatte Wulfgar ihn wieder aus dem Schlamm gezogen, damit sie weiterkonnten.

»Wir wollten doch nach Helgabal«, protestierte Regis.

»Das ist höchstens noch ein Tagesmarsch«, erwiderte der Anführer. »Eher ein halber.«

»Aber auf dem Wagen geht es schneller!«

»Das ist richtig.«

»Aber warum ...?«, begann Wulfgar.

»Weil man mir genau das aufgetragen hat«, unterbrach ihn der Anführer. »Und jetzt steigt bitte von meinem Wagen.«

Die Freunde sahen einander ein, doch keiner von beiden fand eine passende Antwort. Offenbar war längst alles arrangiert. Auf Befehl von Donnola schien Boyko den Wirt angewiesen zu haben, Wulfgar und Regis zu dieser Karawane zu schicken, und höchstwahrscheinlich erhielt der Anführer seine Anweisungen über dieselbe Befehlskette.

Achselzuckend sprang Regis vom Wagen. »Bekommen wir wenigstens noch etwas zu essen?«, fragte er.

Der Mann deutete auf den Wagen mit den Vorräten, den dritten in der Kolonne, und wies ihn an, sich zu bedienen.

Bald darauf saßen Wulfgar und Regis unter einem schattigen Baum, aßen ein paar Kekse und Kartoffeln und sahen der Karawane nach, die bereits weit im Norden hinter einem Hügelkamm verschwand.

»Immerhin mussten wir seit Moradi Topolino kaum ein paar Schritte laufen«, stellte Regis schmatzend fest.

»Du brauchst sie gar nicht zu verteidigen«, erwiderte Wulfgar. »Ich gebe zu, dass du einen ausgezeichneten Frauengeschmack hast. Herrin Donnola ist ein tolles Mädchen.«

»Großmutter Donnola«, widersprach Regis, aber Wulfgar schüttelte den Kopf.

»Ein ziemlich absurder Titel für ein so hübsches junges Ding!«

»Der Titel zeugt von Respekt, und der ist unter« – er sah sich kurz um – »Assassinen unerlässlich.«

»Ich werde daran denken, falls sie jemals in die Nähe von Artemis Entreri kommt.« Der missbilligende Ton in Wulfgars Stimme war nicht zu überhören.

»Sie ist keine Mörderin!«, protestierte Regis, dem Wulfgars Falle erst auffiel, als dieser breit lächelte. »Nur wenn es unbedingt sein muss – aber kann man von uns beiden etwas anderes behaupten?«

Wulfgar lachte. »Immer mit der Ruhe, mein Freund. Ich sagte doch bereits, dass ich deine Donnola ganz bezaubernd finde.«

Bei diesen Worten nickte Regis, aber dann wich sein Lächeln einem Stirnrunzeln. »Wag es ja nicht!«, warnte er.

Wulfgar sah ihn an, als hätte man ihn geohrfeigt. »Ich?«

»Du!«, bekräftigte Regis und zeigte dabei mit dem Finger auf Wulfgar.

Da lachten beide los, bis sie von Hufgetrappel unterbrochen wurden und aus dem Gras hochfuhren. Sofort lagen ihre Hände an den Waffen.

Doch als der Reiter in Sicht kam, entspannten sie sich. Es war ein Halbling auf einem grauen Pony, der gezielt auf sie zuritt.

»Donnola«, bemerkte Wulfgar und nickte.

Bald darauf machte der Reiter vor ihnen halt. Er war ein eindrucksvoller Kämpfer in einer gut gearbeiteten Kettenrüstung, über der ein Reitumhang lag. Auf dem Kopf trug er einen Lederhut mit Feder, der auf einer Seite hochgesteckt war. Der Halbling war dem Anschein nach ein Stückchen älter als Regis und Wulfgar, Mitte sechzig vielleicht, was für einen Halbling noch jung war. Sein langes braunes Haar wies keine grauen Strähnen auf. Er zügelte sein Pony recht abrupt, und noch ehe es richtig zum Stehen kam, schwang er ein Bein über den Sattel und landete elegant auf dem Boden.

»Seid gegrüßt«, sagte er, verneigte sich und streckte eine Hand aus.

»Hocherfreut«, erwiderte Regis, schlug ein und verzog überrascht den Mund, als der Halbling kräftig zudrückte. Dabei war er sogar etwas kleiner als Regis.

»Tecumseh Stützgürtel, zu euren Diensten«, sagte der Fremde und bot auch Wulfgar die Hand. Sofort begann ein stilles Kräftemessen. Es war natürlich ein absurder Anblick, aber Tecumseh hielt dem Barbaren wacker stand, und beide drückten mit aller Macht und lächelten einander lange wissend an.

Magie, überlegte Regis und konzentrierte sich auf die Handschuhe des Reiters.

»Und wer bist du?«, fragte Tecumseh Regis, nachdem er endlich mit Wulfgar fertig war.

»Ein Reisender.«

»Aus Aglarond, ja, ich weiß«, sagte Tecumseh prompt. »Mich interessiert eher dein Name.«

»Spinne.«

»Meister Spinne Paraffin also. Bestens«, sagte Tecumseh. »Dann musst du Wulfgar aus dem Eiswindtal sein«, ergänzte er mit einem Blick auf den großen Menschen.

»Du scheinst viel über uns zu wissen«, sagte Wulfgar, »allerdings können wir über dich nicht dasselbe sagen.«

»Oh, das erzähle ich euch gern«, verkündete der Halbling. »Mit großem Vergnügen. Möchtet ihr vor der Weiterreise nach Helgabal vielleicht noch einen kleinen Imbiss?« Damit zog er einen großen Sack von seinem Pony, dessen Inhalt verlockend duftete.

»Wir sind gerade fertig«, wehrte Wulfgar ab, doch Regis schlug sofort ein: »Aber natürlich!«

So setzten sie sich wieder hin, wobei es diesmal ein gutes Steak gab, das sie mit köstlichem Rotwein herunterspülten.

Als sie anschließend mit vollem Bauch im Gras lagen, ging Tecumseh zu seinem Pony, um eine auffällige Glaskugel aus einer Satteltasche zu ziehen. Er ließ sich wieder zwischen den beiden Freunden nieder, hielt die Kugel hoch und schüttelte sie kräftig.

Da schien es in der Kugel zu schneien, und in dem Schneesturm tauchte das Bild eines Halblings in Heldenpose auf. Regis und Wulfgar blickten gebannt hin. Der kleine Kerl sah Tecumseh sehr ähnlich und trug die gleichen Handschuhe und das gleiche Schwert.

»Hobart Stützgürtel«, erklärte Tecumseh. »Mein Ururgroßvater.« Er nickte sehr zufrieden, als sollte dieser Name sie beeindrucken.

Regis zuckte mit den Schultern.

»Hobart Stützgürtel!«, wiederholte Tecumseh. »Ihr habt bestimmt schon von ihm gehört!«

Die beiden wechselten einen Blick, schüttelten aber dann den Kopf.

»Den kennt in Damara doch jeder!«, sagte Tecumseh ein wenig irritiert. Er hielt die Kugel etwas auf Abstand. »Er hat die Kniebrecher gegründet ...«

»Die kenne ich!«, warf Regis eilig ein, was Tecumseh zum Lächeln brachte.

»Ja, die besten Friedenswächter hier und vom großen König Gareth Drachenbann und Königin Christine und dem ganzen Orden des Goldenen Bechers hochgeschätzt«, erklärte Tecumseh. »Diese magische Kugel des Andenkens stammt immerhin von Emelyn dem Grauen persönlich! Für einen normalen Mann hätte er das wohl kaum geschaffen.«

»Vermutlich nicht«, sagte Regis angemessen beeindruckt, obwohl er von all den Namen, die Tecumseh erwähnt hatte, bisher nur den von König Gareth gekannt hatte.

»Du hast also schon von meiner Einheit gehört?«, vergewisserte sich Tecumseh.

»Deiner Einheit? Du bist der Anführer der Kniebrecher?«

»Allerdings! Selbstverständlich! Ich trage Hobarts Schwert und seine Handschuhe. Und andere ... Dinge.«

»Ich war Mitglied der Grinsenden Ponys auf der Handelsstraße«, sagte Regis erfreut, doch sein selbstzufriedenes Grinsen hielt nicht lange, denn Tecumseh reagierte nicht auf diese Bemerkung. »Eine ähnliche Einheit wie deine Kniebrecher«, erklärte Regis. »Die von einem deiner Leute mitgegründet wurde, einem feinen Halbling aus bester Familie, Showithal Terdidy.«

»Terdidy!«, rief Tecumseh aus. Dieser Name war ihm also ein Begriff. »Terdidy! Ein ausgezeichneter Mann! Geht es ihm gut?«

»Oh ja.«

»Ich habe ihn nur ungern gehen lassen. Er hatte viel Potenzial.«

»Warum ist er dann gegangen?«, fragte Wulfgar.

Tecumseh sah sich um, beugte sich vor und flüsterte: »Wer es sich in Damara mit König Yarin verscherzt, sollte tunlichst verschwinden. Bei Terdidy ging es um eine dumme Sache, die wohl mit dem Kind einer damaligen Königin zu tun hatte, der zweiten oder vielleicht auch dritten Frau von König Yarin. Nachdem die Ehe mit dem König beendet war, brachte sie ein Kind zur Welt, und sie wäre wohl getötet worden, wenn Showithal Terdidy damals nicht zufällig in der Stadt gewesen wäre und den Anschlag vereitelt hätte. Falls es einer war, was die meisten glauben.«

»Ein Mordanschlag auf Geheiß des Königs von Damara?«, fragte Wulfgar.

»So etwas würde ich niemals behaupten«, flüsterte Tecumseh, während er Wulfgar mit beiden Händen beschwor, leiser zu sprechen. »Sagen wir einfach, dass derjenige, der in jener dunklen Nacht hinter den Ereignissen in dem kleinen Ort Helmstal steckte, mit dem heldenhaften Eingreifen deines Freundes nicht einverstanden war. Und weil so viel gemunkelt wurde, haben wir Showithal Terdidy auf einem schnellen Boot in den Süden geschickt.«

Regis brauchte eine Weile, bis er das verdaut hatte. Donnola hatte ihm eingeschärft, dass König Yarin nicht zu trauen war, aber konnte dieser Mann derart unverfroren gegen den Sohn seiner früheren Gattin vorgehen? Und gegen ein Mitglied der Kniebrecher?

»Ich nehme an, dass der König nicht unbedingt auf dich hört«, sagte Regis.

Tecumseh schnaubte, als wäre diese Vorstellung völlig absurd. Das erklärte Regis auch, warum ein solcher Mann, der eine bekannte, gesetzestreue Einheit anführte, sich heute mit Moradi Topolino einließ.

»Nein, er hört nicht auf mich«, gab Tecumseh zu. »Die Kniebrecher stehen nicht in seiner Gunst. Es gibt uns nur noch inoffiziell, ein Haufen Verfechter alter Ideale und der stillen Hoffnung auf eine bessere Zukunft. Unsere Gründungsurkunde hat König Yarin vor meinen Augen verbrannt! Er bräuchte uns nicht, sagte er, denn er hätte seine eigenen Truppen. Wobei ihn in Wahrheit störte, dass wir unsere Grundsätze nicht seinen Wünschen opferten. Vermutlich empfand er uns als Bedrohung.«

»So einflussreich und zahlreich seid ihr?«, fragte Wulfgar.

»Ein Dutzend!«, betonte Tecumseh. »Jedenfalls waren wir das, bis Brouha sich auf ihren Hof zurückgezogen hat und Calumny Wandervogel einen Ausschlag am Hintern entwickelte, sodass er abends noch immer beim Essen stehen muss ...«

»Also zehn?«, sagte Wulfgar. »König Yarin fürchtet sich vor zehn Halblingen?«

Indigniert richtete Tecumseh sich auf, sodass Wulfgar rasch hinzufügte: »Euer Ruf muss eure Größe und Anzahl weit übertreffen!«

Das entlockte seinem Gegenüber ein Lächeln. Der Halbling hob das Glas.

»Ich warne euch. König Yarins Spione sind überall«, sagte Tecumseh gleich darauf ernster. »Und er duldet keine Rivalen. Sein Herz ist aus Eis und seine Faust aus Eisen. Und Gnade ist bei ihm kein ausgeprägter Zug.«

»Aber dennoch wagst du es, uns hier aufzusuchen«, überlegte Regis. »Weißt du, warum wir in Damara sind?«

Tecumseh schrak zurück und hob die Hände, um Regis zum Schweigen zu bringen. Er wollte nichts weiter hören. »Auf mich hört König Yarin nicht«, wiederholte er. »Aber man hat mich gebeten, euch Zugang zu ihm zu verschaffen, und das kann und werde ich tun, denn Don… eure Fürsprecher haben in diesen dunklen Zeiten stets zu den Kniebrechern gehalten und mir versichert, dass es um eine gerechte Sache geht.« Er griff in eine Tasche unter seinem Kettenhemd und zog ein gefaltetes, versiegeltes Pergament hervor. Damit tippte er an seinen guten Hut, ehe er es Regis reichte. »Ihr seid jetzt Unterhändler eines Konsortiums aus Delthuntle und Südaglarond, das den Hof von Helgabal mit gutem Whiskey beliefern möchte. Das zumindest sagt euer königlicher Geleitbrief.« Er wies auf das Schriftstück. »Damit wird der König euch zuhören«, fuhr Tecumseh fort. »Und wenn ihr auch Interesse an seiner Ware zeigt, wird er noch genauer zuhören. Sein Garten ist neuerdings sein ganzer Stolz und bringt auch Trauben hervor, die eigentlich viel zu süß und zu saftig für das hiesige Klima sind. Die Winzereien von Damara dürften gar nicht in der Lage sein, solchen Wein zu erzeugen. Im kalten, dunklen Damara ist das eigentlich unmöglich, und doch ist der Wein ausgezeichnet.«

Regis nickte und steckte den Brief ein.

»Und jetzt lasst uns aufbrechen, bevor die Sonne untergeht«, sagte Tecumseh, der beim Aufspringen sehr drahtig für sein Alter wirkte. »Ich erkläre euch, wo ihr unterkommen könnt und wie ihr mit mir Kontakt aufnehmt. Ich werde natürlich tun, was ich kann, um euch zu helfen – solange es wirklich um eine gute Sache geht –, aber natürlich nur aus der Ferne.«

»Du warst uns schon jetzt eine große Hilfe, Herr Kniebrecher«, versicherte Regis. »Ich bin sicher, der große Hobart Stützgürtel lächelt von den Gesegneten Feldern des Elysiums auf dich herab.«

Da strahlte Tecumseh gerührt und verbeugte sich tief.

»So treffen wir uns also wieder«, sagte eine Stimme aus den Schatten einen Zehntag später unerwartet zu Jarlaxle. »Seid Ihr gekommen, um einen neuen König von Vaasa auszurufen?«

Kane, der Großmeister der Blumen, trat aus dem spärlich beleuchteten Raum in der eindrucksvollen Villa von Ilnezhara und Tazmikella, die in einem unzugänglichen Tal in der Nähe von Helgabal lag. Da die Drachenschwestern gerade nicht vor Ort waren, fühlte sich Jarlaxle diesem überaus gefährlichen Mann ausgeliefert.

»Ihr habt ihn gesehen?«, fragte Jarlaxle. »Drizzt, meine ich, und, nein, kein neuer König.«

Kane lächelte und kam zu Jarlaxle herüber, der vor dem Kamin saß. Der Tag war nicht kalt, aber Jarlaxle hatte das Feuer geschürt, damit er nachdenklich in die Flammen starren konnte.

Einladend wies er auf den zweiten Sessel, doch Kane lehnte ab und ging einfach davor in die Hocke.

»Drizzt untersteht Perrywinkle Shin, dem Meister des Sommers. Ihr habt ihn getroffen, als Ihr mein Haus besucht habt.«

»Ich hatte gehofft, er sei bei Euch.«

»Zu gegebener Zeit«, erwiderte Großmeister Kane. »Vielleicht.«

Bei diesen Worten zog Jarlaxle misstrauisch die Augenbrauen hoch.

»Erst einmal muss er sich bewähren«, erläuterte Kane. »Vor sich selbst wie auch vor seinen Fürsprechern im Kloster. Meister Afafrenfere hat eine hohe Meinung von ihm.«

»Meister«, wiederholte Jarlaxle. »Mir scheint, mein Freund Afafrenfere hat einen rasanten Aufstieg hinter sich.«

»Allerdings«, bestätigte Kane. »Schneller als jeder andere, den ich kenne.«

»Woran Ihr gewissen Anteil hattet.«

»Nicht wenig«, pflichtete Kane ihm bei.

Jarlaxle musterte ihn aufmerksam, um herauszufinden, ob in dieser Bemerkung auch ein gewisser Stolz mitschwang, doch er fand nichts. Kane sagte einfach die Wahrheit, ohne sich hinter gespielter Demut zu verstecken.

»Afafrenferes Reise mit mir hat ihm gestattet, sein Potenzial gründlich zu entfalten«, erklärte der Großmeister. »Ich gehe davon aus, dass er bald mit Meisterin Savahn kämpfen wird, um zu prüfen, ob er ihr ebenbürtig ist.«

»Und Ihr habt ihm einen Vorteil verschafft.«

»Wohl kaum!«, entgegnete Kane. »Ich habe ihm geholfen, seinen wahren Weg schneller zu erkennen, aber wenn er nicht stärker ist, wird Savahn ihn schlagen.«

»Und wenn er gewinnt?«

»Dann wird er der Meister des Ostwinds, und sie wird wieder Meisterin des Südwinds.«

»Wird sie das nicht kränken?«

Diese absurde Sichtweise brachte Kane zum Lachen. »Wenn diese Möglichkeit auch nur annähernd in Betracht käme, hätte Savahn nie ihren gegenwärtigen Rang erreicht. Wir sind kein Drow-Haus. Unser Ansporn liegt allein in uns selbst.«

»Und deshalb kämpft Ihr miteinander?«

»Das ist kein Kampf, sondern eine Prüfung. Für beide Teilnehmer. Die Titel werden auf jeder Stufe nur wenigen Auserwählten zuerkannt.«

»Auch Euer eigener?«

Kanes Lächeln vermittelte Jarlaxle die klare Botschaft, dass dieser spezielle Mönch einzigartig war.

»Das war jetzt genug über meinen Orden, denn das hat nichts mit Euch zu tun«, sagte der Großmeister.

»Aber mit meinem Freund.«

»Vielleicht. Vielleicht auch nicht. Und nun erzählt mir bitte alles, was Ihr über Drizzt Do'Urden wisst. Und über diese Krankheit, an der er leidet.«

»Das wird eine lange Geschichte.«

»Gut«, sagte Kane. »Vielleicht gesellen sich unsere Drachenfreundinnen noch zu uns, ehe Ihr fertig seid.«

Darauf wusste Jarlaxle keine Erwiderung, obwohl er nicht daran zweifelte, dass Großmeister Kane die beiden Kupferdrachen in gewisser Weise als »Freundinnen« betrachtete. Immerhin war Kane – wenn auch im Körper von Afafrenfere – bei der Schlacht über Mithril-Halle selbst einmal auf Ilnezhara geritten.

Dennoch wirkte seine Aussage seltsam. Großmeister Kane hatte sich seinen Ruf im Dienst für König Gareth erworben, dessen Nachname nicht unbegründet war. Wegen dieses speziellen Mannes hatten sich die Drachenschwestern dem Kloster nicht nähern wollen.

»Ach, Drizzt«, begann der Söldner. »Ich kenne ihn schon nahezu sein ganzes Leben und kannte auch seinen Vater womöglich besser als jeder andere Drow von Menzoberranzan. Zaknafein war Drizzt sehr ähnlich, und ich bin sicher, dass er von jedwedem Ort, an den es ihn nach seinem Tod verschlagen haben mag, mit großem Stolz auf seinen Sohn herabblickt.«

»Und mit ebenso großer Sorge, schätze ich«, sagte der Mönch.

Jarlaxle nickte und verzog das Gesicht. In diesem Moment kristallisierte sich Drizzts mühsamer Weg vor ihm heraus. Plötzlich begriff er, was für eine ungeheure Tragödie sein Wahnsinn war, ausgerechnet zum Zeitpunkt des größten Triumphs von allem, was Drizzt sich je gewünscht hatte.

Und so begann Jarlaxle zu erzählen, ab dem Moment der Geburt, wo ein gnädiges Schicksal und ein Dolch Drizzt vor einem vorzeitigen Ende durch die Hände seiner eigenen Mutter bewahrt hatten.

Bald darauf kehrten die Drachenschwestern zurück, die Großmeister Kanes Anwesenheit in ihrem eigenen Haus zunächst etwas schockierte. Doch als Jarlaxle seine Geschichte fortsetzte, lauschten auch sie aufmerksam und voller Neugier der bemerkenswerten Geschichte dieses ungewöhnlichen Drow.

Kapitel 14

Der Schrecken von Damara

Von einem einsamen Hügel aus beobachtete Erste Priesterin Charri Hunzrin aus dem Haus Hunzrin von Menzoberranzan, wie die abgerissene Spriggan-Bande sich dem Nordtor von Helgabal näherte.

»Wann werden wir es wissen?«, fragte Shak'kral, eine tatendurstige junge Adlige desselben Hauses, dessen weitreichende Handelsbeziehungen sich über die Grenzen der Drow-Stadt hinaus bis zur wenig einladenden Oberflächenwelt erstreckten.

»Malcanthet ist eine Königin der unteren Ebenen«, rügte Charri sie. »Wir werden es wissen, wenn sie es uns wissen lassen will. Falls sie das will.«

»Welch ein Jammer, so viel Chaos heraufzubeschwören, ohne es mitzuerleben«, sagte die junge Drow. »Wir haben dem ahnungslosen König die Gefährtin von Demogorgon geschickt. Es wäre ein Hochgenuss, das mit anzusehen!«

Charri wollte die Frau schelten, zumal einige andere Drow aus der Handelsabordnung inzwischen zustimmend nickten. Doch auch sie hoffte, etwas von dem bevorstehenden Unheil mitzubekommen. In der Kette verbarg sich Malcanthet, die Königin der Sukkubi, um in all ihrem furchtbaren Glanz zu erscheinen.

Es würde wahrlich grandios werden!

»Hütet Euch vor Euren Wünschen«, warnte Denderida, die im Handel von Haus Hunzrin mit der Oberflächenwelt viel Erfahrung hatte. Sie war es, die das Treffen mit den Spriggan aus Smeltergard arrangiert hatte. Denderida war zwar keine Adlige, aber Charri behandelte sie aufgrund ihrer Leistungen mit großem Respekt. Im Verlauf von Jahrhunderten hatte sie die Oberflächenwelt besser kennen gelernt als jeder andere Drow von Menzoberranzan, ausgenommen vermutlich Jarlaxle.

»Ihr möchtet dieses ruhmreiche Spektakel nicht mit ansehen?«, fragte Shak'kral.

»Nun, was Malcanthet angeht, selbstverständlich«, erwiderte Denderida. »Aber Demogorgon wurde am Ende vernichtet oder zumindest von dieser Existenzebene verbannt.«

»Umso besser!«, hielt Shak'kral dagegen, doch Denderida schüttelte angesichts dieser erwartbaren Antwort den Kopf.

»Malcanthet hat sich im Abgrund viele Feinde geschaffen, und ohne Demogorgon …«

»Gerüchten zufolge ist Graz'zt im Unterreich aufgetaucht«, warnte Charri. Der Krieg zwischen dem Höllenfürsten Graz'zt und Malcanthet war unter den Drow kein Geheimnis.

»Wir haben Malcanthet einen Gefallen erwiesen, indem wir sie hierherbrachten«, fügte Denderida hinzu. »Und möchtet Ihr das dem Höllenfürsten aus dem Abgrund erklären?«

Shak'kral schrak ein Stück zurück und schüttelte den Kopf.

»Wir werden von weitem zusehen«, versprach Charri.

»Unsere schmutzigen Überbringer werden am Tor aufgehalten«, stellte Denderida fest, worauf alle Augen sich auf die Stadt in der Ferne richteten. »Sind die Opfer misstrauisch geworden?«

Das hielt Charri für unwahrscheinlich. Aber da sie keine sichere Antwort wusste, sagte sie weiter nichts, sondern sah mit ihren Schwestern einfach weiter zu.

»Pah, wir warten nischt gerne!«, murrte der dreckige Schahnlohf, als Ivan Felsenschulter endlich am Tor auftauchte, um sie einzulassen.

»Das tut niemand. Aber offenbar kommt ihr unangemeldet und wollt zum König, aye, und seine Wachen wurden angewiesen, in diesem Fall nach mir zu schicken.« Ivan bemühte sich um Höflichkeit, obwohl ihm das schwerfiel. Der Gestank dieser Truppe irritierte selbst ihn als Zwerg. Irgendetwas war faul an diesem Clan Dicker, auch wenn Ivan es noch nicht genau benennen konnte. »Ihr wollt also zu meinem König?«, fragte er, als keiner der Besucher Anstalten machte, etwas zu erwidern.

»Aye, und mit Geschenken«, sagte Schahnlohf.

»Ohne angemessenen Tribut würden wir niemals kommen«, fügte ein anderer hinzu.

»Und wer bist du?«, fragte Ivan.

»Komtoddy«, antwortete der Zwerg, der ziemlich kräftig wirkte. »Bester Kämpfer von Smeltergard.«

»Kämpfer?«

»Aye, Komtoddy ist ein Kämpfer, und kein schlechter!«, erklärte Schahnlohf Schungenschlapp. »Der verpascht dir eine ordentliche Tracht Prügel, wenn du willscht.«

Am liebsten wäre Ivan umgehend auf diese Herausforderung eingegangen, aber er schluckte seinen Stolz hinunter und dachte an seine Aufgabe. »Mein König Yarin hat mich geschickt, um euch gebührend zu empfangen und zu gegebener Zeit offiziell anzukündigen«, erklärte er. »Das ist ein Kompliment für euch, denn der König will, dass ihr von allen als anständige Bürger seines Reichs anerkannt werdet.«

»Anständig?«, fragte Schahnlohf mit erkennbarer Skepsis.

»Pah, was soll das denn heißen, anständig?«, rief ein anderer aus dem Haufen, der ziemlich beleidigt klang.

Ivan wollte etwas erwidern, verbiss sich aber den Kommentar und schüttelte nur den Kopf. Er konzentrierte sich lieber auf Schahnlohf, der offenbar der Anführer war. »Wollt ihr jetzt zum König oder nicht, und seid ihr nun Damaraner oder nicht?«, fragte er unumwunden. »Denn wenn beides zutrifft, kommt ihr jetzt mit und hört unterwegs gut zu, wenn ich euch genau erkläre, was ihr zu tun habt. Denn entweder macht ihr eure Sache ordentlich oder gar nicht, so viel steht fest!«

»Er droht uns!«, sagte das Großmaul im Hintergrund.

»Dasch isch keine Drohung!«, entgegnete Schahnlohf, langte nach hinten, verpasste Komtoddy eine Maulschelle, die dieser an seinen Hintermann weitergab, und so ging es weiter, bis das Großmaul seine Abreibung bekam.

Ivan seufzte. Er hatte den Eindruck, den Inbegriff der wüstesten Vorurteile gegen Zwerge vor den Augen zu haben.

»Bring misch zu deinem Anführer«, sagte Schahnlohf mit breitem, zahnlosem Grinsen.

»Aye, genau dazu bin ich hier«, bestätigte Ivan. »Und ich werde euch erklären, wie ihr euch dort zu benehmen habt, und wenn ihr klug seid und je wieder vor König Yarin aufmarschieren wollt, dann hört ihr genau zu und haltet euch an meine Worte.«

Schahnlohf sah sich nach seinen Begleitern um, und einen Augenblick lang war Ivan sich nicht sicher, wie die Sache ausgehen würde. Er fragte sich sogar, ob gleich ein Kampf losbrechen würde.

Dann aber drehte sich Schahnlohf zu ihm zurück, setzte ein nichtssagendes Lächeln auf und verbeugte sich.

Concettina zog das Laken über sich, sobald Yarin mit ihr fertig war. Zwischen ihnen gab es keine Zärtlichkeit, keine Liebe, keinerlei Verbundenheit. Der Akt diente nur einem Zweck, und dieser Zweck war vermutlich unerfüllbar, wie Concettina fürchtete. Zumindest für diesen Mann.

Sie brachte es nicht einmal über sich, ihm beim Ankleiden zuzusehen, und konnte ihr leises Wimmern nicht unterdrücken, als sie versuchte, ihren Abscheu vor diesem Mann – ihrem Mann – zu unterdrücken.

»Kommst du zum Hof?«, fragte Yarin scharf. Er war jetzt angezogen und hatte registriert, dass seine Frau noch im Bett lag. Höhnisch lachend, funkelte er sie an. »Nein«, entschied er. »Du bleibst hier. Es ist besser, wenn ich dich nicht sehen muss, damit ich nicht ständig an deine Unfähigkeit erinnert werde.« Er ging zur Tür und riss sie weit auf. »Ihr zwei!«, rief er den Wachen im Gang zu. »Lasst hier niemanden ein!« Nach einem Blick auf Concettina fügte er hasserfüllt hinzu: »Und niemanden heraus.«

»Aber ich wollte in die Gärten«, begehrte die Königin kläglich auf, worauf König Yarin sie wütend anschrie.

»Du bleibst in diesem Raum, bis dir das gelungen ist, wozu eine Frau da ist!«

Er schlug die Tür hinter sich zu, und Concettina zog voller Scham und Entsetzen die Decken über ihr Gesicht.

Bald darauf überreichte Ivan seinem König eine Schatulle, die König Yarin langsam öffnete, ohne dabei seine verdreckten Besucher aus dem Blick zu verlieren.

Zumindest bis der Deckel so weit offen stand, dass die Ketten zu sehen waren. Beide waren wunderschön und mit kostbaren, einzigartigen Steinen besetzt, die sofort seine Gier weckten.

»Ein Geschenk, mein König, für Euch und Eure Königin«, erklärte Schahnlohf.

Auf ein Nicken von Rot Mazzie, dem Hofzauberer, der bereits geprüft hatte, ob die Schmuckstücke magisch und womöglich schädlich waren, und ein zweites Nicken von Junquis Dularemay, dem Hofpriester, der die Kleinode mit heiligen Sprüchen auf Gift untersucht hatte, hob König Yarin die größere der beiden Ketten heraus und betrachtete sie genauer. Dabei lächelte er, denn das Gewicht des protzigen Stücks verriet ihm, dass die dicke Kette tatsächlich aus reinem Gold war.

»Ihr scheht damit gut ausch«, versicherte Schahnlohf dem König, der jedoch nicht ihn ansah, sondern Dreylil Andrus. Andrus gab einer Wache ein Zeichen, dann liefen die beiden zum König, nahmen ihm die Kette ab, und Andrus zog sie dem einfachen Soldaten ohne Umschweife über den Kopf.

»Die schind für den König, nischt für Eusch!«, protestierte Schahnlohf.

Hauptmann Andrus bedachte ihn mit einem drohenden Blick, ehe er die Kette löste und nach der offenen Schatulle griff. Denn es gab auf Toril natürlich gefährliche Schmuckstücke, die sich jeder magischen Entlarvung entzogen. Eine dieser Ketten war in jeder Hinsicht unauffällig, bis man sie dem nichts ahnenden Empfänger überstreifte. Dann zog sie sich zusammen und würgte ihr Opfer zu Tode, um anschließend wieder ihre normale Form anzunehmen.

Solche Strangulierungsketten machten bei ihren Opfern jedoch keinen Unterschied, und da der Soldat noch lebte und Andrus die Kette problemlos hatte abnehmen können, war dieser spezielle Gegenstand zumindest in dieser Hinsicht harmlos.

Ebenso wie die zweite Kette, wie sie sahen, als Dreylil Andrus dem Soldaten auch diese wieder abnahm und ihn an seinen Platz zurückschickte. Doch es gab noch andere verfluchte Halsketten in den Reichen, bei denen mitunter nicht einfach eine Falle ausgelöst wurde, sondern die eine bösartigere, intelligentere Umsetzung hinterhältiger Pläne gestatteten.

Auf Befehl des Königs legte Andrus ihm nun die große Goldkette um, und auf sein Zeichen verfielen alle Anwesenden in begeisterten Applaus.

König Yarin schob das Schmuckstück zurecht. Er wirkte beeindruckt.

»Clan Dicker jetscht Damaraner?«, fragte Schahnlohf.

»Ich würde sagen, ihr seid auf dem besten Wege«, antwortete der König. »Was habt ihr mir noch mitgebracht?«

Schahnlohf sah sich um und schien in Panik zu geraten. Die anderen Zwerge kratzten sich überfragt den Kopf.

Da lachte der König, und alle, sogar die Zwerge, fielen ein, als sie begriffen, dass er sich lediglich einen Scherz erlaubt hatte.

»Ja, meine treuen Untertanen, der König ist euch gewogen«, versicherte ihnen Yarin. »Kommt regelmäßig wieder her und bringt mir angemessenen Tribut, dann soll es auch so bleiben.«

»Blutstein?«, fragte Schahnlohf hoffnungsvoll.

»Ja, bitte!«, erwiderte König Yarin. Er wandte sich an Dreylil Andrus. »Gebt ihnen ein Schreiben, das sie in einem Wirtshaus in der Südstadt einquartiert. Jenseits der Mauer, bitte«, befahl er. »Und wenn sie ihre Karren frisch beladen haben, wünscht ihnen eine gute Heimreise.«

Mit einem Wink entließ er die Zwerge, die bereitwillig gehorchten. Im Gehen schob Schahnlohf eine Hand in die Tasche und fuhr damit über das leere Phylakterion, das exakt dem glich, das an der kleineren silbernen Kette baumelte.

Was hier geschehen würde, wusste er nicht genau, aber es würde bestimmt sehr lustig werden.

Beinahe hätte Malcanthet den kurzen Moment des Kontakts mit dem Soldaten genutzt, um hervorzubrechen. Wie sehr sie sich wünschte, dieses verdammte kleine Gefängnis zu verlassen, das Haus Hunzrin mit ihrer Hilfe für sie geschaffen hatte. Die schlauen Dunkelelfen von Menzoberranzan – die tückischen Kinder der trügerischen Lolth – hatten einen Weg ersonnen, trotz der beschädigten Faerzress-Schranke die Dämonen der Hölle zu verbannen.

Nein, nicht zu verbannen, sondern sie in Edelstein-Phylakterien einzuschließen, die sie dann als Handelswaren über ganz Toril verteilten.

Schlimmer noch, die gewieften Dunkelelfen hatten Demogorgon vernichtet, der in der Hölle zu ihren wenigen Verbündeten zählte, und das zu einem Zeitpunkt, wo viele mächtige Feinde, auch Graz'zt, frei durch das Unterreich streiften.

Aber der Sukkubus war selbst schlau und listenreich, und so hatte sie in diesem Haus Hunzrin, einem zwar nicht ranghohen, aber sehr mächtigen Kaufmannshaus, willfährige Verbündete gefunden, die zugleich die gegenwärtige Oberinmutter und ihre Verbündeten verabscheuten – jene Verbündeten, die Demogorgon ausgeschaltet hatten.

Und so hatte Oberinmutter Shakti Hunzrin der Dämonin geholfen, dem Unterreich zu entkommen, und nun hatte Erste Priesterin Charri sie an einen Ort gebracht, wo Graz'zt sie nicht finden konnte und wo sie gleichzeitig herrliches Chaos stiften und noch herrlicher morden konnte.

»Geduld«, sagte sich Malcanthet, die Königin der Sukkubi. In dem kurzen Moment am Hals des Soldaten hatte sie dessen Gedanken weit genug durchdringen können, um zu wissen, dass er nicht der Schlauste und nur eine Nebenfigur war. Sie hatte auch gewusst, dass er die Halskette auf Geheiß eines Königs prüfte. »Ja, ein König«, schnurrte Malcanthet in ihrem extradimensionalen Gefängnis. »Ein König mit einer Königin?«

Er klopfte nicht an, sondern platzte einfach ins Zimmer, so schwungvoll, dass die arme Concettina überrascht hochfuhr und aufschrie, ehe sie merkte, dass König Yarin gekommen war.

»Du hast mich erschreckt!«, protestierte sie.

Er baute sich neben ihr auf, stieß sie ins Bett zurück und begann, seine Kleider abzulegen, wobei eine prächtige, juwelenbesetzte Kette zum Vorschein kam. »Noch ein Wort, und du bekommst meine Hand zu spüren«, warnte er sie mit etwas belegter Stimme, die verriet, dass er auf dem Weg zu ihrem Zimmer an seinem Alkoholvorrat haltgemacht hatte.

Sie starrte die Kette an, wagte aber nicht zu fragen, woher sie stammte.

»Die gefällt dir, ja?«, fragte Yarin, wozu Concettina nickte, obwohl das gelogen war. In Wahrheit fand sie das protzige Teil ziemlich hässlich.

»Passend für einen König, ja?«

Sie nickte wieder.

»Und ich bin ein König!«, verkündete er. »Der König von Damara! Und weißt du, was einem König außerdem gut ansteht, Weib?«

Verängstigt schüttelte Concettina den Kopf. Sie bemerkte die Wachen im Gang. Yarin war zwar fast nackt und riss ihr sichtlich lüstern die Kleider vom Leib, hatte aber nicht einmal die Tür hinter sich zugemacht.

»Ein Erbe!«, schrie er. »Und den wirst du mir schenken. Und zwar bald! Denn meine Geduld ist am Ende, du dummes Ding!«

Er warf sich auf sie und hielt dabei ihre Arme neben ihrem Körper fest, sodass Concettina nur die Augen schließen konnte. Sie gab sich Mühe, nicht aufzuschreien. Ob die Wachen leise die Tür schlossen oder noch von draußen Zeuge wurden, wusste sie nicht.

Sie war so verzweifelt, dass es sie nicht einmal mehr kümmerte.

Kapitel 15

Schöpfung

»Weitermachen«, rief der Zauberer auf der anderen Seite der Schlucht.

Bruenor sah aus dem Vorraum zu Gromph und den anderen zurück, die sich alle an der Grube versammelt hatten. Die meisten konzentrierten sich ganz auf ihre Magie. Er wünschte, Catti-brie wäre unter ihnen, denn er hätte den Befehl lieber von ihr gehört, um mehr Vertrauen zu haben, dass es tatsächlich Zeit für dieses gewaltige Unterfangen war.

Bruenor schloss die Augen und dachte an seinen letzten Besuch auf dem Thron der Zwergengötter. Er hatte ihnen die Pläne übermittelt, obwohl er natürlich keine Ahnung hatte, ob sein Ruf die Existenzebenen überwand und Moradin, Dumathoin und Clangeddin zu Ohren kam.

Aber der Thron hatte ihn nicht durch den Raum geschleudert und gegen die Wand geschmettert, wie es sonst mitunter vorkam, wenn seine göttlichen Zuhörer nicht mit dem einverstanden waren, was das Herz des Zwergenkönigs bewegte.

»Sie können ihre Zauber nicht ewig aufrechterhalten, dummer Zwerg!«, brüllte Gromph, und Bruenor hatte die Vermutung, dass sein Ruf eine gewisse magische Verstärkung enthielt. Bevor er länger nachdachte, betätigte er den Hebel, der die Wasserelementare steuerte.

Bruenor hielt den Atem an. Der Strom des Wassers von der Decke blieb aus. Fast augenblicklich rülpste der Urelementar, und der Höhlenboden erzitterte.

Von seinem Standort aus konnte Bruenor nicht in die Grube blicken, und er wagte nicht, den Hebel zu verlassen. Im Gegenteil, er ließ ihn nicht einmal los und stand bereit, ihn jederzeit zurückzuziehen, um erneut Wasserelementare auf den Feuerelementar herabregnen zu lassen. Aber er sah Gromph. Der Zauberer lächelte übers ganze Gesicht, und in seinen Augen glänzte der Widerschein der brodelnden Lava tief unter ihm.

Der Urelementar rülpste erneut, worauf ein Magmaschwall aus der Grube in die wartende Leitung schoss. Und dann spie er mächtige übernatürliche Energie. Ein langer orangeroter Bogen geschmolzenen Magmas fuhr aus der Grube direkt in die geöffnete Wurzel des Hauptturms.

Bruenor hielt die ganze Sache für verrückt. Er hatte das Ungeheuer freigelassen! Es würde ganz Gauntlgrym verschlingen!

Der Zwerg umklammerte den Hebel fester und begann zu ziehen.

»Noch nicht!«, schrie Gromph, worauf der Zwerg feststellte, dass der Erzmagier neben ihm stand. »Nein, nicht«, wiederholte Gromph ruhiger. »Seht her, König Bruenor! Werdet Zeuge dieser Macht. Selbst ein Zwerg sollte diesen glorreichen Moment zu schätzen wissen.«

Er drängte Bruenor nach vorn, und als der Zwerg an den Rand des Hebelraums trat, spürte er deutlich die intensive Hitze. Seine Augen brannten, und der Bart wurde sogar angesengt, aber das war ihm gleichgültig. Wie gebannt blieb er stehen, denn die schiere Macht dieses gottgleichen Wesens war überwältigend.

Heiß und dick sprühte der Lavastrahl aus der Grube in die Wurzel hinauf, füllte sie und raste in ihr nach Luskan.

Viele Herzschläge später hörte er Gromph zählen, was ihn abrupt aus seiner Trance riss. Immer noch voller Ehrfurcht stolperte Bruenor zum Hebel zurück.

Er beherrschte die Sprache der Drow nicht ausreichend, um die Zahlen zu verstehen, aber schließlich sah Gromph ihn an, hielt alle zehn Finger hoch und zählte damit rückwärts. Bruenor hielt sich bereit, um die Wasserelementare zurückfluten zu lassen und das Ungeheuer wieder in seiner Grube einzusperren.

Catti-brie und Jarlaxle standen zwischen den Trümmern des alten Hauptturms an dem Loch im Boden und starrten auf den Berg aus Geröll, Kalkstein und Edelsteinen, den die Zwerge zusammengetragen und in das Loch geschüttet hatten. Hinter den beiden warteten Tausende Zuschauer, von denen viele fluchtbereit und auf dem Sprung wirkten.

Wer sollte es ihnen verdenken? Immerhin beschwor Catti-brie gerade einen Vulkan, einen Urelementar des Feuers, dieselbe Gewalt, die vor wenigen Jahrzehnten Niewinter zerstört und Tausende getötet hatte.

Da machten die aufgetürmten Tonnen von Gestein einen leichten Satz, und Catti-brie fuhr entsprechend zusammen.

Jarlaxles Griff um ihre Schulter wurde fester, und als sie ihn ansah, wurde ihr klar, dass er keineswegs entspannter war als sie.

Wieder zuckte das Geröll, doch diesmal schoss eine Lavafontäne senkrecht in die Luft, nur um dann wieder in sich zusammenzufallen. Die Stücke in der Grube begannen zu wogen und anzusteigen. Allmählich verschwammen die zuvor klaren Ränder der Steine und Trümmer des ehemaligen Hauptturms und schoben sich übereinander. Die blubbernde Lava erfüllte die Luft mit einem grässlichen Gestank.

Aber Catti-brie zog lediglich ihren Schal über das Gesicht, um den Gestank etwas abzumildern, und weder sie noch Jarlaxle – den der Geruch überhaupt nicht zu stören schien – wandten sich ab.

Der gesamte Schlackenball erhob sich aus dem Loch und schien dabei zu wachsen. Anfangs war er dünn, aber dann wurde er rasch breiter und schien den Stamm eines gigantischen Baums nachzubilden. Von diesem Ansatz aus wuchs er weiter in die Höhe, höher als die Zuschauer, zehn Fuß und mehr. Auf der Seite, wo Jarlaxle und Catti-brie standen, bildete sich eine dicke Blase, worauf die zwei vorsichtshalber ein paar Schritte zurückwichen.

Tatsächlich platzte die Blase auf, spritzte dabei aber nicht. Stattdessen wuchs aus dem Loch im Stamm ein dicker Ast, erst gerade nach außen, dann aufwärts.

Und dann war die Eruption vorbei, und das neue Gebilde – ein fünfzehn Fuß hoher, hohler Stamm und ein einzelner hohler Ast, der nur wenige Fuß aus dem Stamm ragte – rauchte aus beiden Öffnungen. Das neue Material, dieser extrem erhitzte, vom Urelementar verwandelte Kalkstein, glitzerte im Tageslicht wie nasser, polierter Stein.

Die Umstehenden auf dem Platz begannen staunend zu jubeln. Was sie gerade miterlebt hatten, erschien ihnen wie ein übernatürliches Werk von geradezu göttlicher Perfektion. Steine, die wuchsen, so wie einst vor Äonen die Berge gewachsen sein mussten!

Doch im Gegensatz zu den anderen zog Catti-brie nur

den Schal fester um die Schultern. Sie konnte sich nicht freuen.

»Das ist ein gewaltiger Anfang«, sagte Jarlaxle, der ihr den Arm um die Schultern legte. »Sogar mehr, als wir zu hoffen wagten. Deine Erkenntnisse haben sich als richtig erwiesen.«

Catti-brie nickte zögernd, doch ihr Gesicht blieb ernst.

»Es ist dein bisher größter Triumph«, erkannte Jarlaxle, »aber er ist nicht hier, um diesen Moment mit dir zu erleben.«

Catti-brie sah ihn wortlos an, denn eine Antwort erübrigte sich. Ihr Gesicht verriet alles.

Alles schien plötzlich glattzulaufen. Sie arbeiteten auf ein wunderbares, friedliches Ziel hin, aber Drizzt war nicht an ihrer Seite und würde womöglich Jahre oder Jahrzehnte fernbleiben. Oder für immer. Catti-brie hatte das schreckliche Gefühl, dass ihre gemeinsame Geschichte nun doch zu Ende war.

Jarlaxle hätte sie gern getröstet, sagte aber nichts, denn was immer er sagte, würde die traurige Wahrheit enthüllen, dass er dieser bitteren Einschätzung nicht widersprechen konnte.

Yvonnel Baenre hatte nicht einmal registriert, dass ihr Mund offen stand. Wie vom Donner gerührt starrte sie in das Wasser ihres Wahrsagebeckens, überwältigt von dieser Schönheit und Macht.

»Gromph ... der großartige Gromph«, flüsterte sie.

Ihr Vater koordinierte eine Gruppe mächtiger Zauberer und Priester bei der kalkulierten, kontrollierten Freilassung dieses Urelementars des Feuers.

Als die Wasserelementare wieder aus den Kanälen in der Decke herabströmten, um das Ungeheuer in seine

Grube zurückzutreiben, fuhr Yvonnel mit der Hand über das Becken und wechselte die Szene. Jetzt sah sie ihren Onkel Jarlaxle in Luskan mit der Menschenfrau Cattibrie vor ihrem Werk stehen.

Wieder stockte Yvonnel der Atem, und sie dachte staunend darüber nach, was für ein Unterfangen diese Leute dort in Angriff genommen hatten. Der Stamm, der erste Ansatz für einen wundersamen, massiven Turm, voller Magie und voller … Leben …

War das vorstellbar?

War das überhaupt möglich?

Doch das war es, was Yvonnels Herz und Verstand ihr sagten: Dieser Turm war mehr als ein lebloses Gebäude. Äußerlich glich er der Hülle eines einst riesigen Baums, aber sie spürte, dass mehr daran war. Etwas Lebendiges. Ob es an der Art und Weise lag, wie der Turm wuchs, oder an dem Turm selbst oder an beidem, konnte sie nicht sagen.

Sie wusste nur, dass ihr Herz jubelte und fest davon überzeugt war, dass sie Zeugin von etwas … Göttlichem geworden war.

Yvonnel brauchte eine ganze Weile, bis sie sich von dem Becken losreißen und den Raum verlassen konnte, und auch hinterher dauerte es, bis sie sich vollständig gefangen hatte.

Dann rief sie Minolin Fey zu sich und ging mit ihr zu Oberinmutter Quenthel.

»Wann habt Ihr das letzte Mal mit Gromph gesprochen?«, begann Yvonnel, wobei sie jegliche Etikette ignorierte. »Oder mit Jarlaxle? Habt Ihr in letzter Zeit von ihm gehört?«

»Nein, von keinem von beiden«, antwortete Quenthel. »Seit Ihr Jarlaxle gestattet habt, die Stadt mit dem Schurken Do'Urden und den anderen zu verlassen, hatte ich keinen Kontakt. Ich hielt es für besser, von ihnen Abstand zu halten.«

»Von mir, meint Ihr«, sagte Yvonnel, was Quenthel nicht abstritt.

»Was wisst Ihr sonst noch?«, wollte Yvonnel wissen. »Über die Stadt und über das, was sich außerhalb von Menzoberranzan abspielt.«

Quenthel hob hilflos die Hände. Das war eine ziemlich umfassende Aufforderung.

»Gibt es Intrigen gegen uns oder gegen Haus Do'Urden?«, wollte Yvonnel wissen.

Quenthel schüttelte den Kopf. »Haus Do'Urden wird von Oberinmutter Zeerith geleitet. Sie hat alle Angehörigen des ehemaligen Hauses Xorlarrin mitgebracht. Deshalb braucht sie nicht einmal mehr unsere Soldaten. Nur Barrison Del'Armgo könnte ihr gefährlich werden, und das würde Oberinmutter Mez'Barris in so schwierigen Zeiten nicht wagen.«

»Gestattet Oberinmutter Zeerith, ihren ehemaligen Hausnamen wiederzuerlangen. In jedem Fall ist es unpassend, ein Haus namens Do'Urden zu dulden«, verlangte Yvonnel. »Sie wurden gründlich ausgemerzt. Und dabei soll es bleiben.«

»Aber ist Drizzt nicht der Held von Menzoberranzan?«, fragte Quenthel verwirrt, was Yvonnel mit einem Knurren beantwortete.

»Es wäre besser für alle, wenn er einfach in Vergessenheit gerät«, erklärte Yvonnel.

Quenthel nickte.

»Anschließend lasst Ihr das neu konstituierte Haus Xorlarrin in der Hierarchie aufrücken«, fuhr Yvonnel fort. »Degradiert Haus Melarn zum Achten Haus und stellt Haus Vandree über sie, damit Vandree seinen gegenwärtigen Rang als Siebtes Haus behalten kann. Es ist angemessen, Oberinmutter Zhindia Melarn für ihren Angriff auf Haus Do'Urden zu bestrafen, und diese Neuordnung wird jegliche Proteste aus Haus Vandree im Keim ersticken.«

Quenthel überdachte die neue Rangfolge, ehe sie nickte.

»Damit bleibt für Oberinmutter Zeerith das Sechste Haus«, sprach Yvonnel weiter. »So lasst Ihr es für zehn Zehntage. In diesem Zeitraum teilt Ihr Oberinmutter Byrtyn Fey mit, dass Oberinmutter Zeerith bald über ihr stehen wird. Byrtyn Fey hat keine Wahl. Sie kann nichts dagegen einwenden, denn sie weiß, dass ihr Sitz im Herrschenden Konzil einzig und allein auf ihrem Bündnis mit Haus Baenre beruht. Ohne Euch würde Haus Fey-Branche bald von dieser oder jener Seite zermalmt werden, selbst angesichts einer so deutlichen Schwächung von Haus Melarn.«

»Soll ich den Häusern Mizzrym und Faen Tlabbar mitteilen, dass auch sie bald herabgestuft werden, um Haus Xorlarrin den weiteren Aufstieg zu ermöglichen?« Quenthels Frage war respektvoll vorgetragen, aber die Nervosität in ihrer Stimme war unüberhörbar.

»Oberinmutter Zeerith wird mit ihrem Platz als Fünftes Haus vorläufig zufrieden sein«, erwiderte Yvonnel. »Mehr kann sie nach dem Misserfolg ihrer jungen Stadt nicht erwarten.«

Quenthel dachte noch einmal nach, dann nickte sie. »Wie Ihr wünscht.«

»Ihr und Eure Schwester habt mich in Bezug auf Oberinmutter Zhindia Melarn um Rat gebeten. Jetzt habt Ihr ihn«, sagte Yvonnel.

Respektvoll senkte Quenthel den Kopf und wiederholte: »Wie Ihr wünscht.«

»Das ist mein Rat, nicht mein Befehl«, erklärte Yvonnel, deren Worte offenbar erst in Quenthels Gedanken einsickern mussten, bis diese Yvonnel mit großen Augen anstarrte. »Am Ende ist es Eure Entscheidung«, sagte Yvonnel. »Denn Ihr seid die Oberinmutter von Menzoberranzan, nicht ich.«

Quenthel machte ein misstrauisches Gesicht und schüttelte sogar leicht den Kopf, als würde sie sich jeden Gedanken über diese unerwartete Aussage verbieten. Jenes eine Mal hatte sie sich Yvonnel widersetzt, ja, und seitdem wussten sie beide – und jeder, der die Auseinandersetzung registriert hatte –, dass Quenthel nicht den Wunsch hegte, dies je zu wiederholen.

Minolin Fey, die neben der jungen Drow stand, war ebenso verblüfft wie Quenthel.

»Wenn die Oberinmutter beschließt, Haus Xorlarrin über Euer Herkunftshaus zu erheben, werdet Ihr dazu beitragen, Oberinmutter Byrtyn zu überzeugen, dass dies ein guter Schritt ist«, wies Yvonnel ihre Mutter an.

»Das ist doch ein Test«, sagte Quenthel geradeheraus.

»Ein Test?«, fragte Yvonnel.

»Ihr wollt feststellen, ob ich mich an Eure Wünsche halte, auch ohne dass Ihr es mir befehlt«, erklärte Quenthel. Offenbar fühlte sie sich derart in die Enge getrieben, dass sie glaubte, sie könne nichts mehr verlieren.

»Nein.«

»Ich bitte Euch, spielt keine derartigen Spielchen mit mir«, sagte Quenthel.

»Ihr seid die Oberinmutter von Menzoberranzan«, blaffte Yvonnel. »Ihr bittet niemanden außer der Herrin Lolth!«

Aber Quenthel schüttelte nur ebenso erschüttert wie verängstigt den Kopf.

»Das ist kein Trick. Und kein Test«, fuhr Yvonnel mit ruhiger Stimme fort. »Minolin Fey Baenre ist meine Zeugin. Ich habe noch einmal über unser Arrangement nachgedacht und erkannt, wo hier in Menzoberranzan mein Platz ist. Ich werde mich Euch nicht unterwerfen, Tante Quenthel.« Dabei grinste sie trocken, ehe sie hinzufügte: »Und wenn ich Euch bei einer privaten Unterredung nicht den nötigen Respekt erweise, müsst Ihr meine Unverfrorenheit leider dulden.«

Quenthel kniff die Augen zusammen, schwieg jedoch.

»Aber ich werde keine Oberinmutter«, endete Yvonnel. »Nicht jetzt. Wahrscheinlich nie. Ihr braucht also nicht zu befürchten, dass ich nach Eurem Thron greife. Im Gegenteil, wenn jemand dies versucht, könnt Ihr auf mich zählen, als eine Eurer treuesten Verbündeten. Und ich werde dafür sorgen, dass Sos'Umptu ebenso zuverlässig ist.«

»Warum?« Quenthels Stimme klang noch immer argwöhnisch.

»Weil mich das langweilt«, sagte Yvonnel. »Und Ihr langweilt mich. Ich habe nicht vor, die lächerlichen Intrigen mitzuspielen, die Eure wachen Stunden und zweifellos selbst Eure Entrückung beherrschen. Nennt es von mir aus einen Fluch, den ich Euch auferlege, keinen Gefallen, denn hiermit verfluche ich Euch zu Eurem Schicksal.«

Quenthel schüttelte unablässig den Kopf, schien jetzt aber mutiger und selbstsicherer zu werden. Ihr Körper straffte sich. »Die Herrin Lolth hatte Euer Erscheinen auf dem Gründungsfest von Haus Fey-Branche angekündigt. Sie sagte, Ihr, Yvonnel, Tochter des Gromph, würdet Oberinmutter von Haus Menzoberranzan werden. Das hat sie mir persönlich gesagt, und deshalb wäre mir nie der Gedanken gekommen, mich Euren Aufstiegsplänen entgegenzustellen. Ihr seid von Lolth auserkoren und habt damit einen klaren Anspruch auf Haus Baenre und ganz Menzoberranzan.«

»Sofern ich diesen nicht ausschlage«, erwiderte Yvonnel. »Und das tue ich.«

Quenthel riss die Augen auf und trat schockiert einen Schritt zurück.

»Ich überlasse Euch Eurem Fluch, Oberinmutter«, sagte Yvonnel respektvoll und verneigte sich. »Und ich überlasse Euch meine Mutter, Minolin Fey. Denn die ist mir auch nicht mehr so wichtig.«

Sie lachte kurz auf, drehte sich um und schritt aus dem Raum, während die beiden anderen Drow-Frauen ihr verwirrt nachsahen.

Yvonnel reagierte nicht sonderlich überrascht, aber doch ein wenig erschüttert, als Quenthel mit einer Zofe der Lolth in Drow-Gestalt an ihrer Seite an die Tür zu ihren privaten Gemächern klopfte.

»Lasst uns allein, Quenthel Baenre«, sagte Yiccardaria nach der Begrüßung durch Yvonnel.

Die Zofe hatte bewusst auf den Titel der Oberinmutter verzichtet, als sie Quenthel ansprach, was Yvonnel keineswegs entging.

»Es ist also wahr?«, erkundigte sich Yiccardaria, sobald sie unter sich waren.

»Was?«

»Ihr glaubt, Ihr stündet in der Gunst der Herrin Lolth?«

Yvonnel zuckte mit den Schultern. »Ich kann nur tun, was ich für das Beste halte, und hoffen, dass dieses Vorgehen ihr zusagt. Zumindest solange Ihr nicht wünscht, dass ich bei jeder Entscheidung Euch oder eine Eurer Schwestern hinzuziehe.«

Bei dieser Anmaßung runzelte die Zofe die Stirn. »Haltet Ihr dies für ein Spiel, Tochter des Gromph? Möchtet Ihr erfahren, dass dem nicht so ist?«

»Die Spinnenkönigin wollte Demogorgon aufhalten«, antwortete Yvonnel etwas zögerlich – sowohl um der Wirkung wegen als auch weil diese Drohung sie doch verunsicherte. »Ich habe dafür gesorgt, dass er aufgehalten wurde. Und zwar ziemlich gut, wie ich meine.«

»Indem Ihr den Ungläubigen eingesetzt habt!«

»Ein passender Zug«, protestierte Yvonnel. »Denn jetzt hat sich der Gestank um Haus Do'Urden weit genug verzogen, dass Oberinmutter Zeerith das Gebäude beziehen konnte und wieder einen Sitz im Herrschenden Konzil erhält. Was wiederum den Einfluss der Oberinmutter stärkt und das Bündnis von Haus Baenre festigt.«

»Einer Oberinmutter, die nicht Yvonnel heißt«, erinnerte Yiccardaria sie. »Obwohl die Herrin Lolth entschieden hatte, dass Yvonnel Oberinmutter wird. Wollt Ihr Lolth zu einer Lügnerin machen?«

Am liebsten hätte Yvonnel angeführt, dass die Königin des Chaos auf diesen Titel stolz sein müsste, aber diesen Gedanken behielt sie klugerweise für sich. »Im Augenblick der Krise galt ich als Oberinmutter, und diese Tatsache hat jeder in der Stadt gesehen«, antwortete sie stattdessen. »Ich habe den Widerstand gegen Demogorgon koordiniert und dabei keine Befehle von Quenthel oder einer anderen Oberinmutter ausgeführt.«

»Offiziell nicht.«

»Vielleicht werde ich wieder Anspruch auf den Titel der Oberinmutter erheben. Aber später«, fügte Yvonnel rasch hinzu. »Ich muss noch so viel lernen.«

»Ihr tut so, als hättet Ihr eine Wahl. Aber die habt Ihr nicht.«

Yvonnel hob beschwichtigend die Hände.

»Und Ihr habt die Spinnenkönigin enttäuscht«, ergänzte die Zofe.

Bei diesen Worten veränderte sich Yvonnels Gesichtsausdruck augenblicklich. Ihre Augen verrieten ihre Verwirrung und sogar einen Anflug von Furcht. Die Spinnenkönigin ließ sich ungern enttäuschen.

»Ihr solltet den Abtrünnigen erst benutzen und dann töten«, erinnerte Yiccardaria sie. »Ihr hättet ihn in einen Drider verwandeln können, wie Oberinmutter Quenthel es Euch riet. Natürlich hättet Ihr ihn auch so lange foltern können, bis der Schmerz keine Bedeutung mehr hätte, und ihn dann in den Straßen von Menzoberranzan zu Tode schleifen, damit jedes Haus und jeder Drow ihn anspucken und treten könnte. Aber das tatet Ihr nicht. Nein, Ihr wolltet wie üblich besonders schlau sein.«

»Mein Plan, dass er diejenige tötet, die er am meisten liebt, hätte ihn gründlicher gebrochen als alles, was man ihm körperlich …«

»Euer Plan ist aber nicht aufgegangen«, unterbrach sie die Zofe. »Oder wollt Ihr das bestreiten?«

Yvonnel starrte Yiccardaria durchdringend an. Sie wussten es! Sie konnte nicht fassen, wie genau man sie und Drizzt beobachtet hatte. Hatten Lolth und ihre Untertanen im wirbelnden grauen Höllenfeuer nicht genug zu tun, besonders wenn der größere Plan, die Dämonenlords in die Materielle Ebene ausrücken zu lassen, der Spinnenkönigin eine echte Chance bot, sich die Herrschaft über die Hölle zu sichern?

Doch sie kannten alle Einzelheiten. Yvonnel fuhr sich mit der Zunge über die Lippen und erwartete ihr Urteil.

»Ihr entscheidet Euch also dafür, vorläufig nicht Oberinmutter zu werden?«, fragte Yiccardaria.

»Wenn die Herrin Lolth es wünscht, werde ich diesen Titel annehmen«, antwortete Yvonnel, obwohl sie sich dabei für ihre Feigheit hasste.

»Eines Tages vielleicht«, sagte die Zofe. »Derzeit seid Ihr trotz des Wissens und der Erinnerungen Eurer Namenspatin, die Euch die Spinnenkönigin so großzügig geschenkt hat, offenbar noch nicht bereit für diese Aufgabe. Also gut. Verlasst die Stadt. Denn das wollt Ihr doch!«

Yvonnel starrte die Zofe mit blankem Entsetzen an.

»Geht und bereinigt Euren Fehler mit dem Ungläubigen«, fügte Yiccardaria hinzu.

»Ich soll Drizzt töten? Oder ihn in die Stadt zurückschleifen? Oder ihn der Herrin Lolth im Abgrund vorlegen?«

»Ihr geht und folgt dem Pfad, den Ihr für richtig haltet«, betonte Yiccardaria. »Wenn Ihr eines Tages Oberinmutter sein wollt, muss die Herrin Lolth sicher sein, dass Ihr das nötige Urteilsvermögen für diese Rolle besitzt.«

»Ich …«

»Habt Ihr Angst?«, gurrte Yiccardaria.

Nach kurzem Zögern nickte Yvonnel.

Und Yiccardaria ließ sie lachend stehen.

Kapitel 16

Feuer und Wasser

»Hast du ihm das gezeigt?«, fragte Savahn Afafrenfere.

Sie standen auf dem Balkon oberhalb des runden Kampfplatzes im Kloster der Gelben Rose, wo die Mönche einen Großteil ihres Kampftrainings und ihrer Übungskämpfe absolvierten. In das tiefer gelegene Rund führten verschiedene Türen, neben denen sich jeweils auf beiden Seiten schön gestaltete Waffenschränke mit allen erdenklichen Gegenständen befanden, darunter diverse exotische Instrumente, die außerhalb des Ordens kaum jemand kannte. Die eigentliche Arena war um eine orangefarbene Stufe erhöht und der Boden selbst mit ringförmigen Feuersymbolen geschmückt. In der Mitte befand sich die neueste Errungenschaft, ein springender Tiger.

»Drizzt trainiert schon länger auf diese Weise, als ich lebe«, antwortete Afafrenfere. »Schon ehe die Mutter der Mutter meiner Mutter geboren war. Das ist seine Kunst, die seinen Worten zufolge unter den Drow als relativ normal gilt.«

»Dann ist es kein Wunder, dass sie als Krieger gefürchtet sind«, meinte Savahn. Sie lehnte auf der Brüstung und beobachtete die Bewegungsabfolgen des Waldläufers.

Falls er die Zuschauer bemerkt hatte, zeigte er dies nicht. Sehr langsam drehte er sich um und ging in die

Knie, ganz wie er es bei einem echten Kampf tun würde. Seine Klingen bewegten sich so fließend wie zwei klare Bäche, die sich kreuzten, vereinten und wieder trennten, so flüssig und perfekt in ihren Bewegungen, dass schwer zu erkennen war, wo der Hieb des einen Krummsäbels endete und der Schwung des anderen begann.

»Faszinierend«, sagte Savahn. Sie sah Afafrenfere an und erklärte ohne jeden Sarkasmus: »Vielleicht sollte ich meine Energie lieber darauf verwenden, ihn zu trainieren, nicht dich.«

Bei dieser unerwarteten Bemerkung erstarrte Afafrenfere. »Zweifelst du an meinen Fähigkeiten?«, fragte er ohne Hohn oder Urteil. Natürlich würde Savahn so etwas nie als Beleidigung sagen, und es wäre dumm von Afafrenfere gewesen, ihre Worte als solche aufzufassen.

»Keineswegs.«

»Warum dann?«

»Vielleicht fürchte ich, dass du von Drizzt mehr lernen kannst als er von dir«, sagte die Frau mit trockenem Lächeln.

Erst da begriff Afafrenfere, worum es ihr ging. Savahn und Afafrenfere würden bald gegeneinander antreten, denn Afafrenfere wollte zum Meister des Ostwinds aufsteigen, einem Rang, den gegenwärtig Savahn innehatte. Und innerhalb des Ordens durfte es nur einen derartigen Meister geben. Sobald Afafrenfere alle anderen Voraussetzungen erfüllte, was angesichts seiner bemerkenswerten Fortschritte demnächst der Fall sein würde, war es sein gutes Recht, Savahn auf diesem Platz dort unten zum Zweikampf herauszufordern. Der Sieger würde den Titel erhalten, der jetzt Savahn zustand, der Unterlegene den Rang, der jetzt Afafrenfere zukam.

»Drizzt zu trainieren wirft mich in meinen eigenen Studien zurück«, wehrte Afafrenfere ab. »Vielleicht solltest du lieber dein eigenes Training forcieren, denn der Meister des Winters – der Rang über dir – ist im Orden zurzeit unbesetzt.«

Bei dieser Bemerkung nickte sie. Es stimmte. Die einzigen Ordensmitglieder, die noch über Savahn standen, waren Perrywinkle Shin und Großmeister Kane persönlich.

»Glaubst du, ich habe Angst davor, gegen dich zu kämpfen?«, fragte Savahn, die wieder lächelte. Natürlich würden sie kämpfen bis aufs Blut und einander nichts schenken. Nach einem derartigen Kräftemessen waren beide Gegner häufig viele Tage oder gar Zehntage außer Gefecht. Dennoch wurde das Ergebnis stets mit Anstand und Demut hingenommen. Einen solchen Kampf verlor man nur, weil das Gegenüber schlichtweg besser war. Die Reaktion auf eine solche Niederlage war daher niemals Ärger oder Rachsucht, sondern ein ehrlicher Blick ins eigene Innere. Und dann wurde das Training mit viel Disziplin wieder aufgenommen.

»Was meinst du, wer von uns wird eines Tages Großmeister Kane herausfordern?«, fragte Savahn.

Afafrenfere sah sie ungläubig an und zuckte wortlos mit den Schultern.

»Ich bestimmt nicht«, gestand Savahn. »Körperlich habe ich meine besten Jahre bereits hinter mir, und die Prüfungen der Vier Jahreszeiten übersteigen alle Aufgaben der vorherigen Ränge zusammen.«

Afafrenfere nickte nachdenklich. Im Orden der Gelben Rose gab es siebzehn Rangstufen. Afafrenfere hatte Stufe elf erreicht, Savahn Stufe zwölf und Meister Perrywinkle Shin als Meister des Sommers die fünfzehnte Stufe.

Inzwischen war Shin ein alter Mann, der kaum noch trainierte und offen zugegeben hatte, dass er sein Potenzial voll ausgeschöpft hatte. Damit würde er niemals den nachfolgenden Rang des Meisters des Frühlings erreichen, geschweige denn die Prüfungen bestehen, die erforderlich waren, um den legendären Großmeister der Blumen herauszufordern.

Savahns Bemerkung zu ihrem eigenen Aufstieg entsprach ebenfalls der Wahrheit, wie Afafrenfere glaubte. Vielleicht würde sie noch Meisterin des Winters werden und so Stufe dreizehn erreichen, wobei der Sprung in Bezug auf Fähigkeiten und innere Stärke zwischen diesen beiden Rängen – dem Ostwind und dem Winter – der zweitgrößte im ganzen Orden war, ähnlich dem Aufstieg zum Großmeister der Blumen.

Afafrenfere hingegen war jung genug, um diese Schritte zu bewältigen, wenn er sich voll darauf konzentrierte.

Diese geltungssüchtigen Gedanken schüttelte der Mönch jedoch rasch ab und rügte sich im Stillen, dass er sie überhaupt zugelassen hatte. Das Ziel war – und musste es sein – nur der eigene Fortschritt, nicht der Titel.

Diese Wahrheit war ihm bewusst, seit er mit Großmeister Kane einen Körper geteilt hatte. Genau solche Momente der Schwäche waren für Meister Afafrenfere das größte Hindernis für seinen Aufstieg. Er durfte sich nicht von einem glänzenden Ziel oder einem goldenen Ring ablenken lassen, wobei es in seinem speziellen Fall um die Liebe eines Mannes ging, der dieser Liebe nicht würdig gewesen war.

Ja, das war Afafrenferes größte innere Barriere. Allerdings blockierte sie keineswegs seinen Aufstieg durch die Ränge des Ordens der Gelben Rose, auch wenn sie in diesem Rahmen durchaus Bedeutung haben mochte. In gewisser Hinsicht waren die Ränge relativ willkürlich voneinander abgestuft, denn sie dienten nur als grober Maßstab für die Harmonie, die ein Bruder oder eine Schwester erreicht hatte – ob körperlich oder in Bezug auf den inneren Frieden.

Afafrenferes Mangel an innerer Harmonie konnte nur Afafrenfere selbst schaden, indem er ihm nie gestatten würde, vollständige Zufriedenheit zu erreichen und die Welt, die ihn umgab, seinen Platz in dieser Welt und das Leben selbst zu verstehen. Bevor er das Kloster verlassen hatte, um mit seinem Geliebten, Parbid, ins Schattenreich zu fliehen, war Afafrenfere kurz davor gewesen, im Orden der Gelben Rose zum Rang eines Meisters aufzusteigen. Nach seiner Rückkehr und dank der Besitzergreifung durch Großmeister Kane war Afafrenfere rasend schnell durch die nächsten Stufen geklettert, war Meister, Höherer Meister und Meister der Drachen geworden, bis er sich den Prüfungen der vier Winde stellen konnte und nun kurz davor war, sich mit Savahn zu messen. Das größte und hilfreichste Geschenk, das Kane ihm in der Zeit ihrer Verschmelzung gemacht hatte, bestand darin, dass er Afafrenfere daran erinnert hatte, wer er war und warum er dem Orden einst beigetreten war. Wenn es ihm nicht ursprünglich um Zufriedenheit gegangen wäre, hätte Afafrenfere nie derart viel Erfolg gehabt, bis er mit Parbid davongelaufen war.

Jetzt war er zurück und konzentrierte sich ganz auf seinen Weg, doch hin und wieder musste er sich selbst ermahnen.

Er stellte sich wieder neben Savahn, betrachtete Drizzt und nickte. Dieser Drow brachte ein Maß an Disziplin auf, von dem Afafrenfere nur träumen konnte.

»Welch ein Jammer, dass dieser unglaubliche Krieger sich so verrannt hat«, stellte Savahn fest, als könne sie Afafrenferes Gedanken lesen.

»Dann helfen wir ihm da raus«, erwiderte Afafrenfere.

»Es ist kinderleicht. Und es ist unglaublich schwer«, sagte Afafrenfere zu Drizzt. »Deine Schmerzen und dein Wachstum hängen ganz allein von dir ab, davon, wie du deinen Körper in diese Position bringst.«

»Man muss dabei an seine Grenzen gehen«, erwiderte Drizzt, und Afafrenfere lächelte.

Ergeben begann der Drow mit der Bewegung, die sein Freund, der Mönch, ihm beschrieben hatte. Erst stand er still da, dann ging er in die Hocke, richtete sich geschmeidig auf und hob die Arme über den Kopf. Dann lehnte er sich so weit nach hinten, bis er den Großteil der Wand hinter sich sehen konnte. Mit einem plötzlichen, kraftvollen Impuls schwang Drizzt nach vorn, knickte in der Taille ein und führte seine Stirn an die Knie. So verharrte er eine Weile und spürte dem leichten Ziehen an der Rückseite der Beine nach, doch das war nichts, was er nicht sehr, sehr lange aufrechterhalten konnte.

Also blieb er dabei, so wie Afafrenfere es ihm aufgetragen hatte. Er hielt absolut still, während die Kerzen herunterbrannten und die Sonne am Westhimmel sank.

»Finde Frieden«, flüsterte der Mönch hin und wieder.

Doch der Frieden blieb aus. Körperlich wurde Drizzt ganz still, in seinem Herzen jedoch nicht.

Und so gingen sie in den folgenden Stunden gemeinsam auf die Reise. Meister Afafrenfere lehrte Drizzt alle Bewegungen, die im Orden der Gelben Rose als »Biegsamkeit des Kindes« bezeichnet wurden und nicht nur

Spannungen lösen und die Beweglichkeit erweitern, sondern auch Geist und Herz zur Ruhe bringen sollten.

Schon beim ersten oder zweiten Anlauf konnte Drizzt jede Position derart perfekt ausführen und mit so erstaunlicher Geschmeidigkeit und Ausdauer beibehalten, dass Afafrenfere sich immer wieder am Kinn kratzte und sich fragte, ob der Drow überhaupt etwas von diesen Übungen haben mochte.

Aber Meister Perrywinkle Shin hatte ihm aufgetragen, so vorzugehen, und der Meister hatte ihm erklärt, dass er lediglich die Anweisungen von Großmeister Kane befolgte. Wie also sollte Afafrenfere sich weigern oder auch nur Fragen stellen?

Drizzt war die ganze Sache leid. Er kam sich vor wie ein Passagier an Bord eines Schiffes, das er nicht steuern durfte, und da das Schiff sein eigenes Leben war, vermochten diese ersten Tage im Kloster der Gelben Rose lediglich, das Ausmaß seiner Enttäuschung zu steigern.

Das entging Meister Afafrenfere im Verlauf der Tage natürlich ebenso wenig wie den anderen Meistern, und so kam der Mönch am siebten Tag nicht frühmorgens zu Drizzt, um ihn in der Biegsamkeit des Kindes zu unterweisen.

Statt seiner tauchte ein deutlich älterer Mann, Meister Perrywinkle Shin, an dem Tuch auf, das Drizzts kleines Zimmer von den privaten Räumen der vielen anderen abtrennte. Das Gesicht des alten Mannes war undurchdringlich, und er sagte zunächst nichts, sondern forderte Drizzt nur wortlos auf, ihm zu folgen.

»Die brauchst du nicht«, sagte er dann doch, als der Drow nach seiner Ausrüstung griff. »Nichts davon. Nur die Robe, die wir dir gegeben haben.«

Drizzt zögerte einen Moment und sah den älteren Mönch misstrauisch an. Am Ende fügte er sich achselzuckend, obwohl er sicher dachte, dass es mit seinem passiven Gehorsam für diesen Unsinn bald vorbei wäre.

Meister Shin führte Drizzt in einen kleinen runden Raum, einen der wenigen Orte in diesem großen Gebäude, der kaum Schriftzeichen, Statuen oder andere Hinweise auf die Erleuchtung enthielt. Nur widerstrebend folgte der Drow dem Meister in die Mitte des Raumes.

Genau im Zentrum stand dort auf einem kunstvoll geschmiedeten Kerzenhalter eine große Kerze auf dem Boden, die Drizzt den Eindruck vermittelte, er könne in einem Raum der Herbeirufung sein. Einen Moment lang prüfte er den Boden auf ein Muster, ein Pentagramm oder Runen, doch soweit er sah, gab es nichts davon.

»Stellt Euch auf die andere Seite der Kerze. Mir gegenüber«, verlangte Meister Shin, nahm einen Platz gegenüber der Tür ein und wandte sich wieder Drizzt zu.

»Welches Wesen wollt Ihr rufen?«, fragte Drizzt, während er gehorchte.

»Wesen? Rufen?«

Drizzt wies auf die Kerze.

»Ah«, sagte Meister Shin. »Nein, mein Freund, ich bin kein Schwarzmagier. Alles, wonach wir hier rufen, ist hoffentlich ein Moment der Leere.«

Drizzt wusste nicht, was das bedeutete. Also zuckte er mit den Schultern. Ihm war es einerlei.

Meister Shin setzte die Füße etwas mehr als schulterbreit nebeneinander und richtete die Zehen jeweils leicht nach außen. Dann legte er die Handflächen wie zum Gebet vor der Brust aneinander und ging langsam senkrecht in die Hocke, bis seine Beine am Knie nahezu rechtwinklig abknickten.

»Kannst du das?«, fragte er und schloss die Augen.

Drizzt kopierte die Beinbewegung.

»Die Hände auch«, wies Meister Shin ihn an, was Drizzt erstaunlich fand, weil der Mann – soweit Drizzt das beurteilen konnte – seine Auslassung registriert hatte, ohne die Augen zu öffnen.

Drizzt führte die Hände zusammen.

»Bereitet diese Position dir Schmerzen?«, fragte Meister Shin.

»Nein.«

Perrywinkle Shin richtete sich auf, hob aber abwehrend die Hand, als Drizzt es ihm gleichtun wollte. Der Meister zog ein kleines Gerät aus der Tasche seiner Robe und erzeugte mit einem Fingerschnippen ein Flämmchen darauf.

»Flint und Stahl mit einem Docht«, erklärte Meister Shin, während er die Kerze anzündete. »Wir sagen dazu *Zünder*.« Er nahm den kleinen Zünder zurück, blies die Flamme aus und steckte das Gerät wieder ein. »Ich überlasse dich deinen Gedanken«, teilte er dem Drow mit. »Verharre in dieser Position, solange du kannst. So lange, wie du dazu in der Lage bist. Bis du es absolut nicht mehr aushältst.«

»Das könnte sehr lange sein«, bemerkte Drizzt, doch Shin nahm keine Notiz davon, oder es kümmerte ihn nicht.

»Wenn du die Position aufgibst – wenn du gescheitert bist –, lösch bitte einfach die Kerze und bleib hier sitzen, bis ich wiederkomme.«

»Wie lange?«

»Mach dir darüber keine Gedanken. Wie lange kannst du diese Position halten? Bis die Kerze erlischt?«

Drizzt warf einen skeptischen Blick auf die brennende

Kerze. Das war kein Licht, das man in einer Hand trug, wenn man durch ein dunkles Haus ging.

»Tage?«, fragte er.

Mit einem leisen Lachen verließ Meister Perrywinkle Shin den Raum.

Drizzt sah zur Kerze zurück. Er drückte beide Handflächen fester gegeneinander und straffte sich. Dann überlegte er, ob er sanft in die Kerze blasen sollte – vielleicht würde der Zug sie heißer brennen lassen.

Er könnte sie natürlich auch ausblasen.

Aber warum sollte ihn das überhaupt kümmern?

Er dachte an Catti-brie und die gewaltige Täuschung, die ihm auferlegt worden war. Dann dachte er an Menzoberranzan, seine Heimat, die nie eine echte Heimat gewesen war, und an das Opfer von Zaknafein, das er in seinem Traumzustand in Haus Do'Urden gesehen hatte.

Oder befand er sich jetzt etwa in einem Traumzustand?

Wer entschied darüber, was real war und was Illusion?

Wer zog die Fäden?, fragte er sich.

Über diese Fragen dachte er lange nach.

Dachte nach und dachte nach …

Und diese Gedanken ließen seine Konzentration abschweifen.

Immer wieder schreckte er auf und drückte die Hände aneinander, wie um seine Enttäuschung aus sich herauszupressen. Er spannte die Beine an, bis die Muskeln zu glühen begannen.

Und sein Geist wanderte umher, bis der Raum verschwamm und die Position zerfiel, weil er selbst fiel. Ins Dunkel.

»Komm jetzt«, hörte er Meister Shin sagen.

Drizzt öffnete die Augen. Er lag vor der Kerze auf dem Boden, und ihm fiel wieder ein, dass er die Flamme noch mit Zeigefinger und Daumen ausgedrückt hatte, nachdem er zusammengebrochen war. Er war sehr lange dort liegen geblieben, mehrere Stunden vermutlich, aber er konnte sich nicht daran erinnern, dass er eingeschlafen war.

»Du wirst Hunger haben«, fügte der Mönch hinzu, und bei dieser Bemerkung stellte Drizzt fest, wie hungrig er tatsächlich war.

»Wie lange?«, fragte er.

Meister Shin bückte sich nach der Kerze, an deren Kerben man ablesen konnte, wie lange sie gebrannt hatte.

»Ich meine, wie lange bin ich schon hier?«, stellte der Drow klar.

»Es ist Morgen.«

Drizzt nickte, doch dann bemerkte er das neugierige Lächeln auf Meister Shins Gesicht.

»Was ist los?«

»Inwiefern?«

Drizzt nickte zu der Kerze hin. »Du findest das lustig?«

»Eher überraschend, obwohl es vorherzusehen war.«

»Was soll das heißen?«, fragte der Drow.

»Ich habe dich beim morgendlichen Training beobachtet und von deinen großen Taten in der Schlacht gehört – von Meister Afafrenfere, von dem Drow Jarlaxle, der dich hierhergebracht hat, und in vielen Geschichten, in denen dein Name fällt. Ich zweifle nicht daran, dass du viele in diesem Kloster im Zweikampf besiegen könntest und dass du dir dieses Niveau ehrlich erarbeitet hast.« Er drehte sich zu der Kerze um. »Und doch gibt es bei dieser Übung viele junge Mönche hier, von denen manche noch nicht einmal den Titel Bruder oder Schwester tragen, die dich schlagen könnten.«

Drizzt ließ nicht zu, dass sein Stolz wütend hochkochte. »Vielleicht habe ich es nicht als Herausforderung betrachtet.«

»Oh, doch, das hast du. Für dich ist alles im Leben eine Herausforderung.« Er ging zur Tür und gebot Drizzt, ihm zu folgen, wodurch seine letzte Bemerkung – ob als Beleidigung, Beobachtung oder Warnung – zum letzten Wort wurde.

Im Laufe des Tages nahm Drizzt die Übungen mit Afafrenfere wieder auf, bekam aber kaum mehr Erklärungen als bisher. Einige Tage später stand er wieder vor der Kerze, nur um sich am nächsten Morgen erneut hungrig von Meister Shin wecken zu lassen.

Und so ging es weiter, Tag für Tag, obwohl es ihm sinnlos erschien.

Bei Drizzts drittem Besuch im Kerzenraum verweigerte sich der Drow, als Meister Shin ihn wieder bat, in die Hocke zu gehen.

»Schluss damit«, sagte er. »Ich sehe keinen Sinn darin.«

»Dein zweiter Versuch war nicht besser als der erste«, entgegnete der Meister. »Eher schlechter.«

»Das heißt, ich habe versagt.«

»Das ist keine Option.«

»Wer sagt das?«, fuhr Drizzt auf.

»Alle, denen etwas an dir liegt. Und du selbst, wenn du klug genug wärst, tiefer in dein Herz zu blicken.«

»Große Worte«, antwortete Drizzt absichtlich bissig.

Meister Shin blieb ungerührt – darin war er richtig gut, dachte Drizzt, und es irritierte ihn mehr, als er erwartet hätte.

»Nimmst du die Prüfung an?«, fragte Meister Shin.

»Ich habe eure Prüfungen satt«, erwiderte der Drow. »Es wird Zeit, dass ich gehe.«

Meister Shins Schulterzucken überraschte ihn. Drizzt war davon ausgegangen, dass der Meister versuchen würde, ihn aufzuhalten.

»Es gibt nur einen, der sich dir in den Weg stellen würde«, sagte der Mönch stattdessen. »Komm, nimm deine Sachen. Ich zeige dir, wie du hier rauskommst.«

Drizzt zögerte, weil er noch versuchte, das Rätsel zu lösen. Nachdem Perrywinkle Shin den Raum verlassen hatte, starrte er noch eine Weile auf den leeren Durchgang. Dann jedoch sammelte er sein Zeug auf und eilte dem Mann hinterher.

»In den Weg stellen?«, fragte er argwöhnisch. »Ich bin also jetzt ein Gefangener?«

»Ein Gefangener warst du, ehe du hierherkamst, Meister Do'Urden. Nur deshalb wurdest du hierhergebracht. Nur deshalb haben wir dich bei uns aufgenommen.«

Er führte Drizzt in ein geräumiges, sehr schön gestaltetes Zimmer mit einem wunderbaren Kamin, in dem allerdings kein Feuer brannte. Vor dem Kamin stand nur ein einziger Stuhl, den der Bewohner des Zimmers jedoch nicht benutzte. Stattdessen hockte er vor dem Kamin und starrte auf die Asche.

»Deine Einstellung, dein Gefängnis«, erklärte Meister Shin vielsagend und deutete auf den hockenden Mann. Dann drehte er sich um, ging hinaus und schloss hinter sich die Tür.

Der Mann am Kamin machte keine Anstalten, aufzustehen oder zu prüfen, wer gerade hereingekommen war, sondern blieb so regungslos sitzen, dass Drizzt sich fragte, ob er überhaupt gemerkt hatte, dass er nicht mehr allein war.

Der Drow beließ es dabei, obwohl er weiterhin nicht zur Kenntnis genommen wurde. Schließlich setzte er sich auf den Stuhl und musterte den Mann gründlicher.

Dieser Mann war älter als Perrywinkle Shin, dem Gesicht nach über sechzig, vielleicht auch schon über achtzig, wobei seine Muskeln, soweit sie nicht von der schlichten weißen Robe bedeckt waren, und seine Gelenkigkeit angesichts seiner Hockstellung körperlich auf einen deutlich Jüngeren hindeuteten.

Da begriff Drizzt, dass dies der Großmeister der Blumen war, der legendäre Mönch, der im letzten Jahrhundert König Gareth unterstützt hatte und merkwürdigerweise noch immer am Leben war.

Doch war er das wirklich?, fragte sich der Drow. Dann grinste er, weil er glaubte, alles zu begreifen. Es waren so viele noch am Leben, die es nicht sein konnten. Das war kein Zufall, sondern die große Illusion.

Afafrenfere hatte diesen Mann oft erwähnt und sogar behauptet, Kane hätte im Silbermarken-Krieg seinen Körper mit ihm geteilt. Tatsächlich gingen Afafrenferes Taten in jenem Krieg weit über das Erwartbare hinaus, besonders als er auf dem Vierten Gipfel hoch über Mithril-Halle den weißen Drachen getötet hatte.

Auch Jarlaxle hatte von diesem Kane gesprochen und Drizzt versichert, dass er ihn kenne. Vor ewigen Zeiten hatten sich Jarlaxle und Entreri diesem Mann in den Blutsteinlanden sogar einmal im Zweikampf gestellt.

Kane machte keine Anstalten, Drizzt zur Kenntnis zu nehmen. Seine Augen waren geöffnet, aber es kam Drizzt nicht so vor, als ob der Mann überhaupt etwas sah. In Drizzt stieg der Verdacht auf, dass Kane geistig gänzlich leer war. Deshalb war er trotz der anstrengenden Haltung so unglaublich entspannt.

Während der Drow ihn betrachtete, fragte er sich, ob es wohl eine körperliche Grenze gab, wie lange der Mann diese tiefe Hockstellung beibehalten konnte.

Vielleicht wollten sie Drizzts Geduld nur erneut auf die Probe stellen? Sollte er Großmeister Kanes Meditation unterbrechen oder einfach abwarten?

Er beschloss zu warten, und der Tag verstrich. Immer wieder stand Drizzt auf und lief umher, wobei er sich zumindest anfangs bemühte, leise zu sein, auch wenn er merkte, dass diese Situation ihn immer wütender machte. Außerdem knurrte ihm der Magen.

Im Zimmer wurde es dunkel, als das Tageslicht schwand.

Drizzt lehnte sich zurück und schloss die Augen. Er würde sich zumindest in seine Entrückung versenken.

Die Stimme klang so unaufdringlich, dass der Drow eine gewisse Zeit brauchte, bis er begriff, dass sie ihm galt, und noch etwas länger, bis er sicher war, dass sie real war und keine Einbildung.

»Du möchtest uns verlassen«, sagte Kane.

»Ich verschwende meine Zeit«, antwortete Drizzt nach einer ganzen Weile.

»Deine gesamte Existenz ist eine große Illusion, sagst du doch«, erwiderte Kane. »Ist verschwendete Zeit nicht ebenso wertvoll wie Zeit, die du mit vergeblichem, sinnlosem Handeln verbringst?«

Auf diese schlichte Logik fand Drizzt keine prompte Antwort, was seine Gereiztheit jedoch nicht linderte.

Da wandte Kane dem Drow das Gesicht zu. »Mir wäre es lieber, wenn du bleibst. Ich glaube, du wirst hier deine Antwort finden oder zumindest den Weg, der dich zu der Antwort führen kann, die du brauchst.«

»Wenn du die Antwort kennst, sag sie mir.«

»Wenn ich sie dir gäbe, würdest du mir nicht glauben. Du würdest mir eher noch weniger vertrauen. Oder?«

»Vielleicht vertraue ich dir ohnehin nicht.«

»Wie du willst«, sagte Kane und starrte wieder in den Kamin. »Kennst du die vier Elementarebenen?«

Drizzt sah ihn verwundert an. »Natürlich.«

»Über die Lehren und Übungen im Orden der Gelben Rose stimmen wir uns darauf ein«, erklärte Kane. »Wer im Orden der Gelben Rose vorankommen will, muss je nach Anforderung der jeweiligen Stufe in allen vier Elementen seinen Frieden finden.«

»Man muss also schwimmen und über heiße Kohlen laufen?«, fragte Drizzt flapsig und wenig respektvoll. Kaum hatte er diese Worte ausgesprochen, bereute er sie. Am liebsten hätte er sie zurückgenommen, doch als Kane leise gluckste und mit einem freundlichen Lächeln zeigte, dass er keinen Anstoß nahm, entspannte er sich.

»Das Element Erde ist die materielle Welt, die uns umgibt«, erläuterte der Großmeister. »Hier geht es um unseren Platz in der Welt und wie wir mit ihr umgehen, mit der Natur und mit der Gemeinschaft. Das ist unsere nach außen gerichtete Moral.«

Drizzt nickte. Das kam ihm einfach vor.

»Die Luft ist die Spiritualität«, fuhr Kane fort. »Sie ist am schwersten zu definieren und zu verstehen. Unser Platz im Multiversum. Unsere Lebensenergie, die in diesem sterblichen Körper steckt. Hier geht es darum, Grenzen zu akzeptieren und zu verstehen, dass wir alle zugleich Teil von etwas viel Größerem sind, sprich das Paradoxon der rationalen Existenz, und um die Fähigkeit, über das greifbare Leben hinaus auch mit der Ungewissheit Frieden zu schließen.«

Bei den Worten des Mönchs kam Drizzt eine von vielen Nächten auf Kelvins Steinhügel in den Sinn, in denen er von Sternen umgeben war und das Gefühl hatte, über einen großen, für ihn unbegreiflichen Plan des Universums zu ihnen emporgehoben zu werden. Kanes Worte waren für ihn nachvollziehbar, was seine Mimik und sein Nicken spiegelten. Und das entlockte Großmeister Kane erneut ein Lächeln.

»Feuer ist die Perfektion des Körpers, die Kampfkünste, der gehärtete Kern«, sagte Kane. »In dieser Hinsicht bist du schon sehr weit und kannst dich vermutlich mit jedem messen, der zurzeit in diesem Kloster lernt. Deine Fähigkeiten und deine Disziplin im Reich des Feuers sind bemerkenswert.«

»So fortgeschritten wie deine?«, fragte Drizzt, wobei ihm der Verdacht kam, dass er womöglich gerade eine Herausforderung ausgesprochen hatte.

»Das spielt keine Rolle«, erwiderte der Mönch. »Der Gegenspieler des Feuers ist Wasser, und Wasser sind die Gedanken, ob im Fluss oder in der Ruhe. Was immer du auf der Feuerebene erreicht haben magst, Drizzt Do'Urden, wird durch den Damm der Gedanken geschmälert, den du vor deinem persönlichen Wasser errichtet hast. Gegenwärtig lässt du weder Stille noch den freien Fluss in dir zu. Deshalb bist du nicht annähernd so vollkommen, wie du vielleicht glaubst. Du bist verletzt und gebrochen.«

Drizzt starrte den Mann durchdringend an. Am liebsten hätte er ihn angegriffen.

»Dein klägliches Ergebnis bei einer einfachen Meditationshaltung straft alles Lügen, wofür du im Reich des Feuers trainiert hast«, stellte Großmeister Kane fest.

Sein Tonfall war nicht herablassend, und doch musste Drizzt sich wiederholt vorsagen, dass diese Worte keine

Beleidigung waren. All seine Frustration stieg wieder in ihm auf, schwarze Schatten, in denen er für immer festhängen würde, und er wünschte sich sehnlichst, diesem Frust ein Ziel zu geben. Er verzog ein paarmal das Gesicht, und jedes Mal registrierte er, wie Kane, der nicht einmal zu ihm hersah, wissend nickte, als könne er Drizzts Gedanken lesen.

Der Dämon, der ihn täuschte, würde das können. Lolth würde Bescheid wissen.

Drizzts Hand glitt zu dem Krummsäbel an seinem Gürtel, doch da stand Kane auf und wandte sich ihm zu. »Ich möchte nicht, dass du jetzt gehst. Du bewegst dich im Widerspruch zu allem, was du erreicht hast, zu allen Erinnerungen und jener Ehre, die diese Leistungen möglich machten. Du bist von deinem Weg abgewichen – der Grund dafür ist unwichtig –, und ich möchte dir helfen, ihn wiederzufinden.«

»Dann sag es mir!«

»Es ist keine Lüge«, sagte Kane sehr ruhig. »Nichts hier ist eine Lüge. Dein Leben ist so, wie du es wahrnimmst.«

Doch Drizzts Gesicht entspannte sich nicht.

»Und du kannst mir nicht glauben, und jetzt traust du mir noch weniger, falls das überhaupt möglich ist. Aber das ist unwichtig. Bleib. Es gibt keinen besseren Ort für dich.«

»Außer ich wäre sicher, dass ich von dir nichts Vernünftiges lernen kann«, entgegnete Drizzt.

»Dann schlage mich im Zweikampf. In der Arena«, sagte Kane. »Ich kann das Duell noch diese Stunde ansetzen.«

Drizzt lehnte sich abrupt nach hinten. Ungläubig starrte er den Mönch an.

»Du darfst deine Säbel benutzen. Und jeden Trick, den du kennst«, versprach Kane. »Auch deinen Bogen, wenn du willst.«

»Dann kann ich einfach Abstand halten und dich erschießen.«

»Das wäre doch schön einfach.«

Kane war bereits auf dem Weg nach draußen, blieb aber noch einmal stehen, um Drizzt aufzufordern, ihm zu folgen. »Hast du Angst, dich mir zu stellen? Oder Angst, dich dir selbst zu stellen?«, fragte der Mönch.

In diesem schrecklichen Moment kam das alles Drizzt so absurd vor, dass er mehr denn je den Boden unter den Füßen verlor. Dann aber brachte er seine Gedanken gründlich zum Schweigen, indem er sich sagte, dass er nun vielleicht seine Antwort finden würde, und sich daran erinnerte, dass alles, wodurch er das Ende dieser Täuschung herbeiführen konnte – wie hoch der Preis auch sein mochte –, besser war als der Treibsand, in dem er festsaß.

Sie gingen in den runden Übungsraum, wo Kane die wenigen trainierenden Mönche wegschickte, damit nur noch er und Drizzt dort standen. Einige andere, darunter Perrywinkle Shin, Savahn und Afafrenfere, blieben jedoch als Zuschauer. Der Großmeister wandte sich Drizzt zu, legte die Handflächen vor der Brust aneinander und verbeugte sich tief. Als er wieder hochkam, nahm er eine Kampfstellung ein, die Drizzt an Regis' neuen Kampfstil mit dem Schwert erinnerte, denn der vordere Fuß war vorgestellt und zeigte auf Drizzt, während der hintere quer dazu einen Großteil seines Gewichts trug.

Auf diesem hinteren Bein ging Kane tief in die Knie und schob den vorderen Fuß vor, als würde er sich auf ein Vorschnellen vorbereiten.

Drizzt zögerte, doch seine Hand schwebte über seinen Säbeln, obwohl ihm dies absurd vorkam. Kane war unbewaffnet und trug keine Rüstung, wohingegen Drizzt Waffen bei sich hatte, die einen Mann zweiteilen konnten. Seine Klingen durchdrangen Muskeln und Knochen so mühelos, wie eine Hand durch Wasser fuhr.

»Du bist unsicher«, sagte Kane, während er geringfügig höher kam.

»Ich möchte dich nicht töten.«

»Obwohl ich doch nur eine Lüge bin? Das ist deine Verwirrung, richtig?«

»Falls du keine Lüge bist und wirklich der Mann, von dem ich so viele Heldentaten gehört habe, wäre es eine Schande und Verschwendung, dich zu töten«, sagte Drizzt. »Und wenn du nur eine weitere Illusion und Teil der großen Täuschung bist, bringt es mir nichts, mit dir zu kämpfen, denn dann …«

Er ächzte schwer, denn Kane hatte ihm in einem brutalen, plötzlichen Angriff nach einem Salto zwei Tritte versetzt, die ihn nach hinten warfen. Der Drow rollte sich ab und brauchte drei Umdrehungen, um einen Großteil dieser Wucht abzufedern. Kurz vor der Wand kam er ein ganzes Stück von Kane entfernt unter Schmerzen wieder hoch. Er rang um Luft.

Kane lachte ihn aus. »Vielleicht nicht ganz die Herausforderung, die ich mir erhofft hatte«, spottete der Großmeister der Blumen. »Zieh die Waffen, Drizzt Do'Urden!«

»Und wenn ich mich weigere?«

»Dann kann ich nichts für dich tun«, antwortete Kane ungerührt, »und dann werde ich dich hier und jetzt einfach töten. So wie ich es mit Jarlaxle vereinbart habe. Ist es das, was du willst?«

Ungläubig starrte Drizzt den Mönch an und schüttelte

den Kopf, während dieser sich tatsächlich wie ein entschlossener Mörder an ihn heranpirschte.

Mit einer plötzlichen Bewegung zog Drizzt seine Säbel, Eisigen Tod und Vidrinath, und stürmte auf den nahenden Mönch los. Er hätte diesen Kampf gewinnen müssen. Sein Angriff war perfekt ausgeführt und hätte in diesem Tempo nahezu jeden Gegner erledigt, ehe dieser ihn überhaupt registrierte.

Doch sein Gegner war der Großmeister der Blumen, ein legendärer Krieger, und so führte Kane die linke Hand aufwärts und auswärts, als Vidrinath zustach, traf damit die flache Seite der Klinge und lenkte den Schlag von sich ab.

Drizzts Bewegung mit Eisiger Tod hatte genau das vorhergesehen und zielte daher mit einem tiefen Hieb von links nach rechts auf den Unterleib des Mönchs. Die nach vorne zeigende scharfe Klinge, die mit solcher Gewalt kam, konnte Kane unmöglich mit dem eigenen Fleisch abwehren.

Doch während dieses Schlages schien der Mönch einfach zu verschwinden, so fließend war er in die Luft gesprungen, hatte dabei die Beine angezogen, setzte wieder auf und schnellte augenblicklich vorwärts.

Drizzt hielt ihn mit einem Rückhandschlag von Eisiger Tod zurück und warf sich zur anderen Seite, weil er sich nicht auf einen Nahkampf mit dem Unbewaffneten einlassen wollte. Seine Krummsäbel verschafften ihm eine größere Reichweite, und diesen Vorteil wollte er nicht aufgeben.

Aber Kane folgte dichtauf, denn er bewegte sich genauso schnell wie Drizzt, ja noch schneller, obwohl der Drow dank seiner magischen Beinschienen bereits ein übernatürliches Tempo hatte.

Der Mönch sprang hoch und drehte sich nach links, wobei sein linker Fuß einen hohen, kreisförmigen Tritt ausführte. Drizzt konnte sich gerade noch zurücklehnen, um ihm auszuweichen. Aber als Kane am Ende der Drehung den rechten Fuß absetzte, trat der linke Fuß noch einmal gerade nach vorn.

Drizzt kreuzte abwehrend seine Säbel, doch die ungebremste Wucht des Tritts warf ihn nach hinten und hätte ihm beinahe die Waffen weggerissen. Immerhin war der Waldläufer geistesgegenwärtig genug, einen Krummsäbel kreisförmig nach innen zu ziehen, um damit die gestreckte Wade des Mönchs zu verletzen.

Mit verblüffender Geschicklichkeit zog Kane dieses Bein noch rechtzeitig ein, indem er es am Knie abknickte und es über die heransausende Klinge erhob. Dabei rollte er den Fuß und streckte das Bein wieder aus, was Drizzt den Arm verdrehte und ihm den Krummsäbel zu entreißen drohte.

Aber Drizzt ließ Vidrinath los, damit er noch rechtzeitig den Arm zurückreißen konnte, ehe Kanes Bein ihn brach, ging in die Knie und fing den Säbel wieder auf, noch ehe Kane auf seinen Rückzug reagieren konnte.

Als Drizzt nach rechts rannte, folgte ihm Kane dichtauf, doch der Drow hatte klugerweise die Krummsäbel hinter dem oberen Rücken gekreuzt, um einen weiteren Treffer zu verhindern. Er schoss erst nach rechts, warf sich dann nach links und kam in einigen Sätzen Abstand wieder hoch.

»Fantastisch!«, gratulierte Kane. »Oh, bitte, Krieger, enttäusche mich nicht. Bring mich nicht dazu, dich hier zu töten.«

Drizzt hörte seine Worte kaum, weil er mehr auf Kanes linkes Bein konzentriert war, besonders auf die Kniekehle. Sie müsste bluten. Trotz der genialen Reaktion des erfahrenen Mönchs hatte sein Schlag gesessen.

Aber er sah kein Blut, weshalb er sich fragte, ob die weiße Tunika des Großmeisters womöglich verzaubert oder mit Mithril durchwebt war.

In einem unablässigen Wirbel aus Händen und Füßen griff Kane erneut an.

Aber solche Kämpfe kannte Drizzt, und seine Klingen arbeiteten schnell und sicher, wehrten die Angriffe ab und starteten zum Gegenschlag, was jedoch in gleicher Weise von Kane abgewehrt und beantwortet wurde. Unwillkürlich fühlte sich der Drow an seine Kämpfe mit Entreri erinnert, vielleicht auch mit Marilith, denn die Bewegungen waren zu schnell für einen bewussten Gedanken. Hier ging es nur um Reaktionen und darum, im Fluss zu bleiben.

So ging es viele Augenblicke weiter, eine schwindelerregende, atemberaubende Abfolge von Schlägen, Stichen, Hieben und Tritten, oft schnell nacheinander oder gar gleichzeitig, weil beide Kämpfer keine Seite bevorzugten. In der raschen Bewegungsfolge konnte keiner der Zuschauer die Gegner noch auseinanderhalten oder feststellen, wo ein Säbel endete, wo ein Arm oder Bein begann. Dabei klirrte natürlich kein Metall aufeinander, sondern es gab nur beständige dumpfe Aufprallgeräusche.

Vidrinath fuhr tief nach rechts, dann hoch über Kanes linke Hand, was seinen Arm zur Abwehr zwang. Diese Bewegung nutzte Drizzt, um seinen rechten Fuß zu befreien und dem Mönch einen hohen, festen Tritt in die Seite zu versetzen.

Erst im Augenblick der Berührung wurde ihm bewusst, dass hinter den fließenden Armbewegungen auch

Kanes linkes Bein in die Luft geschnellt war, jedoch viel höher, über den Kopf des Mönchs hinaus.

Die Geschwindigkeit und Geschicklichkeit dieser Bewegung waren unvorstellbar, aber Drizzt dachte klugerweise nicht lange darüber nach. Stattdessen warf er sich schnell nach hinten, während das Bein des Mönchs senkrecht nach unten sauste.

Wenn dieser Abwärtstritt ihn getroffen hätte, hätte er ihm die Schulter gebrochen. So jedoch streifte ihn nur noch knapp der Fuß, was ausreichte, ihn noch weiter nach hinten taumeln zu lassen.

Nachdem sie sich voneinander gelöst hatten, blieb Drizzt kaum Zeit, sich zu fangen, weil Kane sofort wieder auf ihn losging. Dieses Mal jedoch kamen seine Angriffe eher von der Seite, mit ausladenden, gedrehten Tritten und Schlägen, die von plötzlichen Vorstößen von immenser Wucht unterbrochen wurden.

Drizzt blockierte und griff seinerseits an, aber diese Gegenattacken gingen allmählich zurück. Kane schien schneller und vehementer vorzugehen als alles, womit Drizzt es vernünftigerweise aufnehmen konnte. Noch nie hatte der Drow etwas Derartiges erlebt. Nicht einmal Marilith mit ihren sechs Klingen konnte so oft und so präzise angreifen wie Kane.

Drizzt wich zurück, denn ihm blieb keine Wahl, doch der Mönch kam ihm nach, ohne dabei von seinem Dauerangriff abzulassen, einer Bewegungsabfolge, deren Ablauf so präzise in Kanes Körpergedächtnis verankert war, dass er sie praktisch mühelos abspulte.

Er wurde nicht müde!

Drizzt wich noch weiter zurück. Er spürte, dass er sich der Wand näherte.

Diesen Gegner konnte er auf die übliche Weise nicht

besiegen, und so griff er zu einem verzweifelten, waghalsigen Mittel, indem er einen hohen Rückwärtssalto vollführte und sich direkt an der Wand drehte. Kane folgte ihm erneut.

Aber Drizzt landete nicht, sondern stemmte die Beine gegen die Wand, wo er sich unter Nutzung des Schwungs mit aller Kraft abstieß und dann unglaublich beweglich den Oberkörper wieder aufrichtete, als er sich von der Wand wegkatapultierte und so zu einem zweiten, höheren Salto ansetzte. Diesmal rollte er vorwärts und damit direkt über Kanes Kopf hinweg. Zum ersten Mal in diesem Kampf hatte der Drow den Großmeister überrascht. Beim Landen drehte er sich um und kam zum Stehen – und sah sich Kane gegenüber, der sich ebenfalls umgedreht hatte.

Eisiger Tod zuckte vor, doch Kane blockierte den Krummsäbel mit dem rechten Arm.

Da folgte Vidrinath, den Kane mit dem linken Arm abwehrte.

Und so maßen die beiden ihre Kräfte, während der Mönch beide Klingen mit bloßen Armen von sich schob. Drizzt konnte kaum fassen, dass seine mächtigen, magischen Waffen ihm kaum ein Haar gekrümmt hatten.

»Erster Treffer«, brachte der Drow heraus, während er ungläubig zurückwich. Tatsächlich hatte Vidrinath eine feine blutige Linie auf Kanes linkem Arm zurückgelassen.

Der Mönch lächelte trocken und antwortete: »Wohl kaum.«

Erst da nahm Drizzt wahr, dass auch er blutete, und zwar mehr als Kane. Kanes schier unmöglicher Abwärtstritt hatte eine Wunde hinterlassen, die vom Halsansatz bis über das Schlüsselbein reichte.

Wieder drang Kane vor.

Drizzt erschuf eine Kugel der Finsternis, stellte sich darin seinem Gegner, und der Kampf ging gnadenlos weiter. Blind zu kämpfen war für Drizzt kein Problem. Allerdings merkte er schnell, dass Kane sich auch davon nicht beeindrucken ließ.

Die Sinne des Drow nahmen nur noch den Moment war, das Rascheln von Kleidung, das leise Schaben eines Fußes, der sich auf dem Boden drehte, den Luftzug vor dem nächsten Schlag. Drizzt duckte sich vor einem hohen Tritt weg, stach nach vorn, traf aber nichts und sprang dann instinktiv hoch, wobei er die Beine anzog, als Kane versuchte, ihm mit einem weiten Tritt die Beine wegzuziehen.

Sie kämpften und kämpften. Manchmal landete einer einen Treffer, die meiste Zeit jedoch nicht. Drizzt spürte einen schmerzhaften Schlag gegen seine linke Schulter, der seinen Arm kurz gefühllos machte. Er fuhr herum, um die Schulter zu schützen, trat zu und traf etwas Festes … irgendeinen Teil von Kane. Damit hatte er die Position seines Gegners bestimmt. Mit Vidrinath setzte Drizzt zu einem furiosen Wirbel kurzer Stiche an, während er störrisch Eisiger Tod umklammerte, bis allmählich das Gefühl in seinen linken Arm zurückkehrte.

Dieses Mal war es Kane, der zurücksprang, und Drizzt wollte den Mönch nicht wieder von irgendwoher in die Kugel der Finsternis zurückkehren lassen. Deshalb warf auch er sich zur Seite und kam unter wilden Hieben hoch, bis er den Rand seiner Drow-Magie erreichte.

Kane war weit hinten auf der Seite. Da jedoch blitzten die Augen des Großmeisters auf, und er geriet in Bewegung, zog den linken Arm an sich und griff nach seiner Tunika – beziehungsweise holte er etwas aus einer verborgenen Tasche in seiner Tunika heraus, wie Drizzt feststellte. Als Kanes Arm sich wieder streckte, schleuderte er eine Reihe kleiner sternförmiger Scheiben nach dem Waldläufer.

Drizzt warf die Füße nach hinten und steckte die Krummsäbel weg, während er flach auf den Bauch fiel, damit die Geschosse des Mönchs an ihm vorbeisausen konnten. Gleich darauf kam er auf die Knie und hatte Taulmaril, den Herzenssucher, in der Hand.

Drizzt hasste sich für diesen Zug. Er hatte das Gefühl, ein Meisterwerk zu zerstören, aber dennoch schoss er seine Pfeile ab, einen tödlichen silbernen Streifen nach dem anderen.

Kane lehnte sich nach links, um dem ersten knapp zu entgehen, dann noch weiter für den zweiten. Dann warf er sich nach rechts vorne, um den dritten Pfeil an sich vorbeizulassen. Er sprang, duckte sich, überschlug sich, warf sich flach auf den Boden, überschlug sich noch einmal und ließ Pfeil um Pfeil an sich vorbei.

Schließlich brach Drizzt den Beschuss ab. Diesen Mann konnte er nicht treffen. Mit einem ungläubigen Seufzer drehte er ruckartig die Hand, um den magischen Bogen wieder in der verzauberten Gürtelschnalle zu verstauen. Dann zog er resigniert die Krummsäbel und schüttelte den Kopf.

»Nein, mein Freund, der Kampf ist vorüber«, sagte Kane.

»Ich kann also gehen?«

»Dazu müsstest du mich erst schlagen.«

»Du hast dich doch gerade …«

»Mich ergeben?«, schmunzelte Kane. »Keineswegs.«

»Dann kämpfe!«

»Du hast das Feuer gemeistert, die Kunst des Körpers«,

erklärte Kane. »Aber nicht die Kunst der Gedanken und der Ruhe. Deine Schwäche ist das Wasser, Drizzt Do'Urden, und auch ich kann von weitem zuschlagen.«

»Die Wurfsterne …«, setzte Drizzt an, aber seine Stimme verklang, ehe er zu Ende gesprochen hatte. Kane drückte die Fäuste vor seine Brust und riss beide Arme senkrecht nach unten, als ob er etwas aus seinem Leib zöge. Seine Hände bewegten sich bis auf Bauchhöhe, doch dann stieß er sie nach vorn und öffnete die Handflächen, als würde er etwas auf Drizzt schleudern.

Das tat er auch, aber es waren keine Sterne und nichts, was Drizzt sehen konnte, nichts, was Drizzt blockieren konnte, nichts, dem er ausweichen konnte.

Drizzt wurde von einer Woge lähmender Energie getroffen, die ihm die Luft nahm und seine nächste Frage in ein schmerzhaftes Aufkeuchen verwandelte. Als er zurücktaumelte, merkte er nicht einmal, wie er die Waffen fallen ließ. Er hörte auch nicht, wie sie auf dem Boden aufkamen.

Die Macht, die in seinen Körper gedrungen war, raubte ihm die Orientierung und betäubte ihn so gründlich, als wäre eine riesige Klaue über seine Lebensenergie gefahren und hätte sie wie eine Lautensaite gezupft.

Diese innere Energie vibrierte jetzt in ihm mit einem misstönenden Klang, der seine Beine nachgeben ließ. Noch immer schwankte er und wusste nicht einmal, wieso er noch stand.

Ihm kam der flüchtige Gedanke, dass er seine Krummsäbel aufheben sollte, doch da stand Großmeister Kane vor ihm.

Der Mönch zuckte mit den Schultern, seufzte resigniert und versetzte Drizzt dann einen rechten Haken, der ihn bewusstlos niederstreckte.

»Wir müssen ihn retten«, sagte Kane laut zu den Meistern, die oben auf dem Balkon zusahen. »Er hat sein ganzes Leben der Aufgabe verschrieben, sich und seine Welt besser zu machen. Er ist ein Kunstwerk, große Kunst, und wir dürfen nicht zulassen, dass es zerstört wird.«

Kapitel 17

Ein neuer Blickwinkel

Concettina wusste, dass König Yarin von ihr heute Nacht ganz besondere Aufmerksamkeit erwartete. Er brachte ihr eine schöne silberne Kette mit glitzernden Edelsteinen. Den Grund dafür verstand sie nicht, aber offenbar war Yarin sehr stolz auf sein Geschenk und die relativ ähnliche neue Kette, die er selbst trug. Er bestand darauf, dass sie die Kette während des Akts anbehielt.

Also bemühte sie sich, Genuss vorzutäuschen und auf ihn einzugehen, auch wenn die Ketten wenig dazu beitrugen, den Zwist des Paares zu lösen.

Zumindest zunächst.

»Du bist in diesen Dingen wirklich nicht besonders gut«, hörte sie sich sagen, obwohl sie es selbst ebenso wenig fassen konnte wie Yarin, der sich zumindest seiner Meinung nach heftig abgemüht hatte.

»Was hast du gesagt?«, fragte er nach einer langen Pause. So ungläubig hatte Concettina ihn noch nie erlebt.

»Wenn du geschickter wärst, hätten wir vielleicht eine bessere Chance, ein Kind zu empfangen.« Wieder konnte Concettina nicht glauben, was sie gerade sagte oder woher dieser plötzliche Mut – oder diese Dummheit – stammen mochte.

Yarin schob sich etwas hoch, starrte sie an und begann

zu beben. Dann hob er die Faust und schlug ihr ins Gesicht.

Concettina wollte aufschreien, hörte sich jedoch ... lachen.

»Schon besser«, sagte sie.

König Yarin schlug noch einmal zu und setzte zum dritten Mal an, doch dieses Mal hielt Concettina seine Hand mittendrin so fest, als hätte er gegen die Schlossmauer geschlagen.

»Gut. Du bist lernfähig«, sagte sie, hob Yarin mit erschütternder Kraft von sich weg und warf ihn auf den Rücken. Sie saß auf ihm, noch ehe er protestieren konnte.

Nicht lange darauf stolperte König Yarin nur halb bekleidet und gründlich aus der Fassung aus ihrem Zimmer. Eine der Wachen auf dem Gang sagte noch etwas zu ihm, doch der König entließ den Mann lediglich mit einer Handbewegung. Schon diese kleine Geste ließ ihn an die gegenüberliegende Wand taumeln.

Königin Concettina im Nebenzimmer lachte, und ihr Lachen verfolgte den König den Gang entlang, bis einer der Posten die Tür schloss.

Concettina in ihrem Bett fühlte sich ... mächtig. Was hatte sie getan? *Wie* hatte sie das getan? So mutig und stark war sie ihr ganzes Leben nicht gewesen! Sie wusste nicht, woher ihre tapferen Worte und die körperliche Kraft gekommen waren, wie sie die Schläge eingesteckt und dann so leicht gestoppt hatte, um den Spieß umzudrehen. Und dann ihre sexuelle Zügellosigkeit ...

Verzweiflung, dachte sie. Vielleicht war sie über Vernunft und Anstand längst hinaus. Wenn sie kein Kind empfing, würde sie sterben.

Falls König Yarin dann noch lebte ...

Obwohl sie über diese bösen Gedanken und ihr Handeln schockiert war, entlockte die Erinnerung an den aufgelösten alten Mann, der aus ihrem Schlafzimmer gehumpelt war, ihr ein Grinsen. Viele derartige Zusammenkünfte würde König Yarin nicht überleben.

Sie nahm die Kette ab, um sie zu ihrem sonstigen beträchtlichen Schmuck zu legen. Dann aber zögerte sie, als könne sie die Hand kaum davon lösen.

»Ich kann doch nicht damit schlafen gehen«, schalt sie sich leise und wollte sie erneut wegpacken.

»Leg sie an«, hörte sie ein Flüstern. Oder glaubte, es zu hören.

Concettina sah sich um. Schließlich blieb ihr Blick an dem Bild hängen, und sie fragte sich, ob Acelya ihren Lauschposten dort eingenommen hatte.

Nein, dachte sie, Acelya hatte eine näselnde Stimme, ein ständiges hohes Jammern. Das Flüstern, das sie vernommen hatte, stammte jedoch von einer melodischen, tiefen Stimme. Einer schönen Stimme.

»Es ist deine einzige Chance, Concettina«, sagte die Stimme. »Leg sie an.«

Erschrocken lief Concettina zur Tür, lauschte und öffnete sie sogar einen winzigen Spalt.

Draußen döste eine Wache auf einem Stuhl vor sich hin und stützte sich dabei auf ihre Hellebarde.

Concettina schloss die Tür wieder. »Wer ist da?«, fragte sie gedämpft.

»Leg sie an«, wiederholte die Stimme nachdrücklicher. »Du brauchst die Kraft.«

Concettina wollte gehorchen, aber dann versuchte sie entsetzt, die Kette auf den Boden zu werfen.

Nicht einmal dazu war sie in der Lage.

Sie hatte von magischen Gegenständen gehört, die einem Kraft verliehen, und dachte an ihr Vorgehen in dieser Nacht. Wie leicht sie Yarin von sich gehoben und auf den Rücken geworfen hatte! Wenn sie weiter das hilflose Opfer blieb, wäre das ihr sicherer Tod. Sie war ganz auf sich gestellt, auf ihren Verstand und wahrscheinlich auch auf ihre Kraft.

Da bemerkte Concettina ihr Spiegelbild im Ankleidespiegel, ging hin und blieb davor stehen. Sie ließ ihr Nachthemd sinken, das sie noch nicht übergestreift hatte, und betrachtete ihren Körper. Sie fühlte sich seltsam davon angezogen und fand es ziemlich schön, obwohl sie nie besonders eitel gewesen war.

»Er macht dich fertig«, flüsterte die Stimme.

»Wer?«, fragte sie und sah sich um. »Wer ist da? Wer spricht hier?«

Ihr Atem ging stoßweise. Sie hatte das Gefühl, davonlaufen zu müssen. Und natürlich musste sie diese Kette wegwerfen.

Doch sie starrte wie gebannt in den Spiegel, wo um ihr Abbild herum schwarzer Rauch aufzusteigen schien, der dort waberte, bis er sie vollständig verdeckte.

Der Rauch stieg weiter empor, und sie sah wieder ihre Füße. Langsam kamen ihre Beine zum Vorschein, dann ihr Bauch, die Brüste, die Schultern, der Hals …

»Leg sie an!«, beharrte die Stimme, doch Concettina hörte sie kaum, denn jetzt weiteten sich ihre Augen vor Entsetzen, weil sie im nun klaren Spiegel wieder ihr ganzes Bild sah.

Doch darauf fehlte der Kopf. Aus ihrem durchtrennten Hals strömte Blut, und das Bild war so überzeugend, dass die erschütterte Frau nach Luft schnappte und sich an Hals und Kinn griff, um sicherzugehen, dass der Kopf noch auf ihren Schultern saß.

Ohne lange nachzudenken, legte Concettina die Kette

wieder um ihren Hals, warf eilig das Nachthemd über, sprang ins Bett und zog die Decken über den Kopf, wobei sie unablässig nach dem Flüstern horchte.

Schließlich hatte sie sich erfolgreich eingeredet, dass da kein Flüstern gewesen war und auch kein Trugbild im Spiegel. Ganz sicher war das nur ihr eigenes Herz, das ihr einredete, dass diese Kette ihr guttäte und sie daran erinnern würde, König Yarins fleischliche Gelüste zu lenken.

Sie würde ihr Kind bekommen. Oder er würde bei dem Versuch sterben.

»Mein Name ist Spinne Paraffin von Moradi Topolino, guter König Yarin«, stellte sich der gut gekleidete Halbling an einem schönen Sommermorgen dem König und der Königin von Damara vor.

Bei der Erwähnung von Moradi Topolino wurde Ivan Felsenschulter, der im Halbschlaf auf der Seite der großen Halle Wache schob, hellhörig. Davon hatte er gehört und wusste zumindest, dass Moradi Topolino ein interessantes Haus in Königin Concettinas Heimatland Aglarond war, seines Wissens in Delthuntle.

»Ich komme, um Euch diesen großen Freund von Moradi Topolino vorzustellen, guter König«, fuhr der Halbling fort.

Irgendwie kam der kleine Kerl ihm bekannt vor, überlegte Ivan, verwarf diesen Gedanken jedoch sofort wieder. Er war in seinem Leben schon vielen Halblingen begegnet, die für ihn alle irgendwie gleich aussahen und klangen.

»Das hier ist Wulfgar aus dem Eiswindtal«, sagte der Halbling.

Auch dieser Name brachte in Ivan Felsenschulter

etwas zum Klingen. Irgendwann hatte er ihn wohl schon einmal gehört, vor so langer Zeit, dass es ihm fast wie in einem anderen Leben erschien.

Die Erinnerungen zauberten ein Lächeln auf sein Gesicht, aber er dachte nicht weiter darüber nach, sondern verfiel wieder in seinen gewohnten Halbschlaf.

»Und aus welchem Grund sollte ich diesen … Mann kennen lernen wollen?«, fragte König Yarin.

Regis hätte seine Frage beinahe überhört, denn er war von Königin Concettina gefesselt. Er hatte sie mit einem leichten Nicken begrüßt und hätte ihr am liebsten zugezwinkert, um sie wissen zu lassen, dass diese Begegnung mehr war als eine förmliche Vorstellung.

Ihr strahlendes Lächeln überwältigte den Halbling derart, dass er mehrfach ansetzen musste, ehe er dem König antworten konnte: »Ware! Wein und diverse andere Getränke! Aye. Wulfgar aus dem Eiswindtal kommt als Kaufmann in ganz Faerûn herum, hat so manches gute Fass und weiß, wo man mehr davon bekommt.«

»Und ihr habt Kostproben dabei?«

»Selbstverständlich, König Yarin.«

Der König winkte einem Bediensteten, der sofort zu Regis lief. »Übergebt sie«, wies König Yarin den Halbling an. »Sobald sie ordnungsgemäß vorgekostet wurden, werde ich sie persönlich prüfen. Wenn ich zufrieden bin, lasse ich euch vielleicht wieder rufen. Du bist ermächtigt, einen Vertrag auszuhandeln, ja?«

»Ich bin …«, begann Wulfgar.

»Nicht du.« König Yarin schnitt ihm das Wort ab. »Was bist du? Uthgart?«

Wulfgar nickte, denn diese Beschreibung war einigermaßen zutreffend, und er war nicht hier, um zu streiten –

oder tatsächlich zu handeln. »Vom Elchstamm aus dem Eiswindtal«, antwortete er daher nur.

»Na schön«, sagte König Yarin. »Aber ich kenne weder dich noch jemanden aus deinem Volk. Wenn deine Ware gut genug ist, gestatte ich dir vielleicht, in meiner Gegenwart zu sprechen. Vielleicht auch nicht. Der Kleine hier schlägt einen Handel vor, und bei ihm weiß ich, woher er kommt. Dieser Quelle vertraue ich. Glaubst du, ich hätte dich ohne deinen kleinen Freund überhaupt bei Hof empfangen? Du bist weder einer meiner Untertanen noch mit einem mir bekannten Königreich verbündet.«

Wulfgar wollte etwas erwidern, aber Regis trat ihm klugerweise rechtzeitig vors Schienbein.

»Bitte entschuldigt seine Manieren, König Yarin«, sagte Regis. »In seinem Land ist Wulfgar ein großer Mann. Er weiß alles über die Schwertküste. Die Fürsten von Tiefwasser akzeptieren ihn als ebenbürtig.«

König Yarin wirkte wenig beeindruckt, aber Regis registrierte, dass Königin Concettina bei diesen Worten die Brauen wölbte und ihre Augen zu glänzen begannen.

Gut so, dachte der Halbling, nur für den Fall, dass sie auf den Ersatzplan zurückgreifen mussten.

»Vielleicht kann er sich Euer Vertrauen eines Tages verdienen«, sagte Regis. Er verbeugte sich und schlug Wulfgar aufs Bein, um den großen Krieger zu einer vergleichbaren Geste zu ermuntern. Unter diversen Verbeugungen zog Regis sich zurück, und Wulfgar war zwar gründlich verwirrt und sogar irritiert, tat es ihm aber nach.

»Oh, bleibt doch bitte«, sagte Königin Concettina da unerwartet, was nicht nur Regis, sondern insbesondere den König überraschte.

»Wir nehmen in einem Gasthaus in der Stadt ein Zimmer«, erwiderte Regis, der nicht wusste, ob er überhaupt noch etwas sagen sollte, nachdem er sich bereits verabschiedet hatte.

»Ja, tut das«, forderte König Yarin ihn offenkundig irritiert auf.

Aber es wurde nur noch schlimmer, denn in diesem Moment fügte Königin Concettina hinzu: »Oh, nein, das wäre doch dumm. Für Glücksboten wie euch haben wir auf dem Palastgelände diverse Gästehäuser.«

König Yarin starrte sie durchdringend an. Auf seinem Gesicht mischten sich Ärger und Verwunderung.

»Ich würde es mir nie verzeihen, einen Boten der Herrin Donnola abzuwimmeln, die in Delthuntle zu meinen Freundinnen zählte.« Concettina hielt seinem strengen Blick stand. »Sie bleiben hier. Keine Widerrede.«

Bei diesen Worten riss nicht nur der König die Augen auf, sondern auch jeder Soldat und Dienstbote im Saal. Regis hielt den Atem an. Offenbar war Yarin es nicht gewohnt, dass man derart mit ihm sprach. Einen Moment lang rechnete Regis damit, gleich hier im Audienzsaal in einen Kampf verwickelt zu werden.

Aber Königin Concettina zuckte angesichts von Yarins mörderischem Blick nicht mit der Wimper. Stattdessen drückte sie ihm mit einer Hand auf den Unterarm, und seinem Gesicht nach war das weit mehr als ein sanfter Druck.

Auch ihr Blick ließ Regis einmal schlucken – und wieder war er nicht der Einzige –, denn dieser Blick war so vielsagend, dass er ihm den Atem verschlug.

»Ja, ja, kommt in einem Gästehaus unter«, murmelte König Yarin abwesend, ohne die zwei anzusehen. Als er sie entließ, winkte er einem anderen Diener zu, den beiden Besuchern ihr Quartier zuzuweisen.

Noch ehe Regis und Wulfgar den Saal verließen, hatten

sich König und Königin erhoben, obwohl noch eine lange Reihe Bauern, Kaufleute, Händler und dergleichen auf ihre eigene Audienz beim Königspaar warteten.

Regis musste seine Zweifel und seine Verwirrung erst einmal gründlich verdauen, während man ihn und Wulfgar zu einem Häuschen führte. In der Nähe der ausgedehnten Palastgärten lagen mehrere derartige Gästehäuser.

»Sobald ihr euch eingerichtet habt, dürft ihr im Gartenzelt gern Tee und Gebäck zu euch nehmen«, sagte der Diener, der ihnen ihr Haus zuwies.

Dieser Gedanke brachte Wulfgar zum Strahlen, denn sie hatten an diesem Tag noch nichts gegessen, so sehr hatten sie sich beeilt, um die erste Audienz zu erwischen. Regis ziemlich prompte Ablehnung überraschte ihn daher.

»Mein Magen knurrt dich an«, warnte der Barbar, nachdem der Diener abgezogen war. »Pass auf, dass ich stattdessen nicht dich vertilge!«

»Du hast ihre Macht gesehen«, erwiderte Regis kopfschüttelnd.

Wulfgar wusste nicht, worum es ging.

»Königin Concettina …«, erklärte der Halbling. »In diesem Saal hatte sie das Sagen. Nicht König Yarin.«

»Das ist bei Paaren häufig so«, verkündete Wulfgar. »Hab ich dir erzählt, wie meine Frau im Eiswindtal einmal darauf bestand, dass ich einen Yeti töte, weil sie einen Teppich brauchte? Iruladoon hat die Narben getilgt, aber …«

»Nein, das war etwas anderes«, unterbrach ihn Regis, der nachdenklich zur noch offenen Tür ging. »Sie hatte ihn souverän in der Hand.«

»In der Hand?«, wiederholte Wulfgar lachend.

»Allerdings«, erklärte der Halbling.

»Ich weiß, ich weiß, aber wenn du es so sagst ...« Wulfgar lachte wieder. »Der kultivierte Spinne Paraffin von Moradi Topolino. Gib Acht, mein Freund, an deinen schönen Stiefeln klebt Dreck.«

Regis, der immer noch auf dem Weg zur Tür war, warf prompt einen Blick auf seine Stiefel, ehe er Wulfgar grollend ansah.

»Du hast es doch bemerkt, oder?«, vergewisserte sich Regis. »Königin Concettina führte in diesem Raum das Kommando. Sie hat ihn sogar hinausgelockt, obwohl noch so viele warteten. Aus offensichtlich fleischlichem Verlangen.«

»Das ist eine Waffe«, seufzte Wulfgar ergeben.

Doch Regis schüttelte den Kopf. »Der Brief für Donnola war das Gegenteil davon. Er klang verzweifelt.« Er ging zur Tür. »Für mich passt das nicht zusammen.«

Dann blieb er stehen, weil er im Garten etwas hörte. Das »Hihihi« dazu kam ihm seltsam bekannt vor. Er war sich nicht sicher, was da los war, doch anstatt die Tür zu schließen, trat er ins Freie und sah sich um.

Ein Dutzend Schritte weiter hockte an einer Hecke ein Zwerg, der mit einer Blume redete – ein Zwerg mit grünem Bart und nur einem Arm, der seinen Bart über die Ohren geflochten hatte, wo er in seinem zotteligen Haar aufging.

»Bei Moradins Schnurrbart ...«, flüsterte der Halbling.

Concettinas Schlaf war von unruhigen Träumen durchzogen. Sie wälzte sich hin und her. Immer wieder sah sie das Fallbeil herabsausen. Sie wollte davonlaufen. Dass Moradi Topolino gekommen war, erfüllte sie mit neuer Hoffnung, und sie dachte auch an den zweiten Plan mit einem heimlichen Erzeuger. Hatte Donnola deshalb den gut aussehenden Wulfgar hergeschickt?

Aber diese Hoffnungen verflüchtigten sich bald.

Sie dachte an ihre neu entdeckte Stärke, die vermutlich magischer Natur war. Sie dachte daran, wie sie in der Nacht zuvor und am Morgen mit König Yarin gespielt hatte. Sie war die Stärkere!

Doch außerhalb ihres Bettes hatte nur er das Sagen. Ihre neue Macht über ihn würde bald vergehen. Wenn sie ihn tötete, würde man sie grausam hinrichten, erst hängen und dann öffentlich vierteilen.

Ein kurzes Bild.

Das Fallbeil sauste auf sie herab.

Dann rannte sie, doch sie steckte in zähem Schlamm und fand keinen Ausweg. Schreckliche geflügelte Kreaturen umflatterten sie, stießen auf sie herab, sodass sie sich duckte und aufschrie, und sie bestürmten sie nicht nur mit scharfen Krallen, sondern auch mit Fragen.

Sie verlangten Antworten. Sie jagten ihr Angst ein, griffen sie an, wollten sie packen.

Sie verlangten Antworten.

Der Schlamm, in dem sie festsaß, war tief. Sie wollte rennen, konnte aber nicht, schleppte sich vorwärts und wurde von den dämonischen Wesen ausgelacht.

Mit einem Schrei schrak sie hoch. Concettina war schweißgebadet, ihre Augen rot, das Bettzeug völlig zerknäult. Automatisch tastete sie nach ihrer Kette. Sie war noch da.

Concettina zog sich zum Bettrand hinüber, war aber so in ihren Decken verstrickt, dass sie sich einfach hinausfallen ließ. Mit Mühe kam sie hoch und stolperte auf den großen Spiegel zu.

Während sie sich schniefend die Tränen abwischte, betrachtete sie erschüttert ihre roten Augen. Sie wollte sie reiben, stellte dann jedoch fest, dass sie irgendwie größer aussah. Und kräftiger.

Ehe sie das begriffen hatte, sah sie Hörner aus ihrem Kopf wachsen, und als sie entgeistert zurückschreckte, umspielte sie ein Schwanz mit gegabelter Spitze.

»Was? Was?«, stammelte sie. Bestimmt träumte sie noch. Ja, das musste es sein.

Dennoch wäre sie beinahe in Ohnmacht gefallen, als aus ihrem Rücken große ledrige Flügel wuchsen.

Und dann teilte die Stimme in ihr der Königin mit, dass dies keineswegs eine Illusion war. Ihr kam der Name »Malcanthet« über die Zunge – ein Name, der ihr nichts sagte.

Aber das dort im Spiegel war keine Illusion und auch kein Zauberbild, sondern tatsächlich ihr Abbild.

Concettinas Gedanken überschlugen sich. Sie musste zu Yarin und den Priestern laufen. Ja, die Priester! Sie wandte sich zur Tür und schaffte einen Schritt.

Genau einen.

»Nein, du kannst nicht weglaufen, dumme Concettina«, hörte sie sich selbst sagen.

Sie blickte wieder in den Spiegel, wo ihre dämonische Reflexion mit den Fledermausflügeln breit lächelte.

»Du warst heute Nacht recht geschwätzig«, sagte das Spiegelbild zu ihr. Oder zeigte es nur, dass sie diese Worte sagte, obwohl sie das gar nicht vorhatte?

Concettina wusste es nicht und konnte es auch nicht unterscheiden. Erst da dachte sie an die letzten beiden Liebesstunden mit Yarin und was sie dabei von sich gegeben hatte.

»Der große Mann sieht wirklich gut aus, finde ich.«

Ihre Träume, begriff Concettina.

»Oh, ich weiß schon alles über dich und deine Umgebung, was ich wissen muss«, verriet ihr das Spiegelbild. »Und weißt du, was das heißt?«

Concettina wollte aufschreien. Sie wusste, dass sie sofort die Wachen alarmieren musste. Aber ihr Mund gehorchte nicht. Sie konnte ihre Bewegungen nicht mehr ausreichend koordinieren, sondern brachte nur ein Gurgeln heraus.

Da wurde das Bild im Spiegel wieder zu Concettina, nur sie selbst, ohne Hörner, ohne Schwanz und ohne die leuchtend roten Dämonenaugen. Die Königin entspannte sich kurz und sagte sich, dass sie noch mitten in einem Albtraum steckte.

Sie hob die Hand und berührte den großen Edelstein an ihrer Kette genau in der Mitte. Er fühlte sich kühl an, genau wie die anderen, aber sie spürte, wie er wärmer wurde, als würde in seinem Inneren eine Energie anwachsen.

Erst da begriff sie, dass ein anderes Wesen, etwas in ihrem Inneren, ihr diese Bewegung suggeriert hatte. Concettina versuchte zu spät, die Hand zurückzuziehen.

Der Edelstein griff nach ihrer Seele, entriss sie ihrem Körper und sog sie in sich hinein. Erst verstand sie es nicht und fragte sich verwirrt, wieso ihr Spiegelbild plötzlich so verschwommen aussah.

Dann hörte sie sich lachen.

Sie sah, wie das Spiegelbild von Concettina den Edelstein – das Phylakterion – bewunderte.

Diese Kreatur, Malcanthet, hatte ihren Körper gestohlen!

Entsetzt und angewidert versuchte Concettina mit aller Macht, sich zu befreien. Sie musste wieder in ihren Körper gelangen.

»Oh, du willst mit mir kämpfen?«, höhnte ihr Spiegelbild, Malcanthet. »Wenn ich dich hierlasse, gibst du bestimmt keine Ruhe. Aber ich habe viel zu tun, deshalb kann ich das natürlich nicht zulassen.«

Concettina fuhr zusammen, als sich eine riesige Hand um sie schloss, und brauchte einen Augenblick, um sich klarzumachen, dass dies keine Riesenhand war, sondern ihre eigene, die die Dämonin Malcanthet um den Edelstein legte.

Sie hörte ihre eigene Stimme einen Zauberspruch anstimmen. Dann erhob sich ein starker Wind, der auf sie einpeitschte und sie mitriss. Sie kämpfte, wollte sich festklammern, aber da war nichts, woran sie sich hätte festhalten können. Bald flog sie durch einen wirbelnden Tunnel voll dunklen Nebels weit, weit fort, bis sie am Ende wieder in dem Edelstein gefangen saß.

Doch, nein, erkannte sie bald darauf, sie war nicht mehr in ihrem Zimmer und sah auch keinen Spiegel.

Das Einzige, was sie sah, waren zwei hässliche, verwachsene Zwerge, die mit ihren gelblichen Augen in die milchige Wand ihres Gefängnisses starrten und dabei ein zahnloses Lächeln aufsetzten.

»Zwei Tonnen!«, rief der eine.

»Für den Spaß würde ich das Zehnfache zahlen!«, gab der andere zurück. »Aber, heda, wir sollten weit weg sein!«

Kapitel 18

Gebrochene Knochen und
ein gebrochener Geist

Yvonnel starrte die Oberinmutter lange an. Neben ihr versuchte Sos'Umptu, auf sich aufmerksam zu machen, um sie abzulenken. Deshalb ignorierte Yvonnel die Leiterin von Arach-Tinilith geflissentlich.

Yvonnel wollte Quenthel demonstrieren, dass sie die verschleierte Drohung verstand und mehr als bereit war, darauf zu reagieren. Sie hatte der Oberinmutter gerade ihre Abreise aus Menzoberranzan angekündigt, und Quenthels Antwort, dass Yvonnel klug beraten wäre, ihre Rückkehr in die Stadt rechtzeitig anzukündigen, war schlicht inakzeptabel.

»Die Zofe hat meinen Ruf prompt beantwortet«, sagte Quenthel angesichts des eisigen Blicks von Gromphs Tochter.

»Weil die Spinnenkönigin jede Entscheidung von mir registriert«, entgegnete Yvonnel ohne Zögern, um dieses »Registrieren« als etwas Positives darzustellen.

»Ja, registriert«, bestätigte Quenthel, die offensichtlich Stärke demonstrieren wollte. Aber dann war Yiccardaria wieder abgezogen, und trotz der Anwesenheit von Sos'Umptu und verschiedenen anderen Priesterinnen aus Haus Baenre zeigte sich, dass die Aussicht auf eine Konfrontation mit der mächtigen Yvonnel der Oberinmutter wenig verlockend erschien. »Die Spinnenkönigin hat genug registriert, um Yiccardaria zu schicken, um Euch zu rügen.«

»Für eine Klarstellung«, korrigierte Yvonnel sie. Sos'Umptu setzte zum Sprechen an, aber Yvonnel hob abrupt die Hand, um jeglichen Kommentar im Keim zu ersticken. »Damit wir uns richtig verstehen, Oberinmutter«, fuhr sie fort. »Die Herrin Lolth ist enttäuscht, dass ich noch keinen Anspruch auf den Thron von Haus Baenre und die Führung am Spinnentisch des Herrschenden Konzils erhebe. Sie wäre hochzufrieden, wenn ich diese Situation augenblicklich ändere.«

Das war eine unverhohlene Drohung, die viele Priesterinnen im Raum erschreckte. Auch Quenthel schien sie die Sprache zu verschlagen.

»Aber das möchte ich nicht«, erklärte Yvonnel, »und Yiccardaria akzeptiert meine Entscheidung. Vorläufig. Ich werde nach Menzoberranzan zurückkehren, wenn und sobald ich es für richtig halte, und wenn Ihr zu diesem Zeitpunkt noch Oberinmutter seid, werden wir beide zu einer Einigung kommen. Zum Wohl von Haus Baenre, zum Wohl von Menzoberranzan und zum Segen der Spinnenkönigin. Es wäre töricht, vorzeitig auf das Ergebnis zu setzen, versichere ich Euch.« Damit drehte sie sich um, bedachte Sos'Umptu mit einem verächtlichen Schnauben und Minolin Fey mit einem abfälligen Blick und blieb nur lange genug stehen, um herausfordernd hinzuzufügen: »Vielleicht habt Ihr Glück, Oberinmutter Quenthel Baenre, und ich bleibe für immer fort.«

Nach diesen überraschenden Abschiedsworten marschierte Yvonnel Baenre aus dem Raum.

Sie holte eine Rieseneidechse aus den Ställen von Haus Baenre und ließ die Stadt bald hinter sich, um durch die

Tunnel des Unterreichs zügig zu den unteren Ebenen von Gauntlgrym zu reiten.

»Immer nach Osten«, sagte Dahlia.

Artemis Entreri, der auf dem Feld vor dem wachsenden Hauptturm an der Zeltklappe stand, sah verwundert zu ihr zurück.

»Immer starrst du nach Osten«, ergänzte Dahlia.

Entreri zuckte mit den Schultern, als wüsste er nicht, worum es ging.

»Und dabei denkst du an ihn«, sagte sie.

Da verstand er. »Es bedrückt mich«, gab der Meuchelmörder zu. »Dass es für ihn so endet, hätte ich mir nie träumen lassen.«

Jetzt zuckte auch Dahlia mit den Schultern. »Ich wünsche Drizzt auch etwas Besseres. Aber was können wir schon tun? Catti-brie ist eine mächtige Priesterin. Nicht einmal sie konnte ihn heilen. Gromph hat es versucht – gibt es einen mächtigeren Zauberer? Und Kimmuriel ebenfalls. Bei ihm weiß ich aus erster Hand, was er alles bei einem gestörten Geist vermag. Dank Kimmuriels eigentümlicher Magie bin ich geheilt und kann wieder klar denken. Aber Drizzts Krankheit überstieg seine Kraft.«

»Genau das frustriert mich so«, sagte Entreri. Wieder sah er nach draußen und tatsächlich nach Osten. »Dass ich nichts tun kann.«

Er hatte Dahlias Bewegung nicht einmal registriert, deshalb schrak er leicht zusammen, als sie einen Arm um ihn legte und ihr Kinn auf seine Schulter setzte.

»Er ist dein Freund«, sagte sie.

»Er ist jemand, dem ich noch etwas schulde«, stellte Entreri richtig.

»Es ist mehr als das.«

Entreri antwortete nicht, und schon das sprach Bände. War »Freund« der passende Ausdruck für seine komplizierte Beziehung zu dem Waldläufer? In jedem Fall waren sie Kameraden und vom gleichen Schlag.

Zudem entsprach seine – möglicherweise unvollständige – Aussage der Wahrheit: Er stand in Drizzt Do'Urdens Schuld, weil dieser ihn bei der gefährlichen Reise nach Menzoberranzan bereitwillig begleitet hatte, um Dahlia zu retten. Zudem hatte Drizzt einst die Drow in Gauntlgrym überfallen, nur um seine ehemaligen Gefährten einschließlich Entreri zu befreien.

Hinzu kamen die Entwicklungen der letzten zwei Jahrzehnte, in denen Drizzt dem Meuchelmörder teils bewusst, teils durch sein Beispiel eine andere Sichtweise der Welt aufgezeigt hatte. Drizzt hatte Entreri die halbe Schwertküste entlanggeschleift, indem er ihm greifbare Belohnungen versprochen hatte – den juwelenbesetzten Dolch –, aber auch Belohnungen, die für Artemis Entreri lange Zeit nur schwer nachvollziehbar waren.

Doch, es war ein gutes Gefühl gewesen, den Bewohnern von Letzthafen beizustehen, wie sich Entreri irgendwann eingestanden hatte. Inzwischen wusste er diese Erkenntnis zu schätzen.

Jetzt konnte er wieder ohne Selbsthass in den Spiegel sehen – nein, nicht »wieder«, sondern zum ersten Mal, seit er denken konnte.

»Ja, Drizzt«, flüsterte er in die zu leere Luft, »Letzthafen vor den Seeteufeln zu retten hat mir etwas Frieden geschenkt.«

Dahlia umarmte ihn noch fester.

»Keine Ahnung, was du dir dabei gedacht hast, kleine Drow, aber jetzt hältst du schön dein nacktes Pferdchen an, sonst seid ihr beide gleich Matsch!«, dröhnte eine Zwergenstimme durch den Tunnel.

Yvonnel stoppte ihr Reittier und verschränkte trotzig die Arme, während sie bereits die nötigen Sprüche durchging, die den Wächter dieses tiefen Tunnels notfalls töten würden.

»So, ich habe gehorcht«, rief sie nach kurzer Wartezeit ungeduldig. »Ich bin auf dem Weg zu eurem König Bruenor, und es stünde dir wohl an, mich nicht warten zu lassen.«

»Und in welcher Angelegenheit …?«

»Das geht dich nichts an, Zwerg«, unterbrach Yvonnel den versteckten Posten. »Dein König wird mich vorlassen, denn ich habe gehört, dass er kein Dummkopf ist. Sag ihm, die Tochter von Erzmagier Gromph sei gekommen.«

Bald darauf traten aus einem geschickt angelegten Seitengang einige Zwergenkrieger in voller Kampfmontur, unter ihnen zwei Schlachtenwüter in Stachelrüstung, die ihre Waffen bereithielten.

»Die Tochter von Erzmagier Gromph, sagt Ihr? Woher wissen wir, ob das stimmt?«

»Fragt Drizzt. Und wenn der nicht da ist, Jarlaxle.«

Dass sie diese beiden zu kennen behauptete, gab den Zwergen zu denken, wie sie zufrieden bemerkte, und so waren sie bald gemeinsam auf dem Weg durch die Tunnel. Schließlich erreichten sie Stallungen, wo die Rothe und ein paar Oberflächentiere wie Schafe und Kühe untergebracht waren. Yvonnel wurde gebeten, ihre Eidechse dort zurückzulassen.

»Und was soll ich jetzt damit anstellen?«, wollte der zuständige Zwerg wissen, als ihm der Anführer der Zwerge die Zügel der Reiteidechse in die Hand drückte.

»Nicht essen und aufpassen, dass sie dich nicht frisst«, erwiderte der Posten. »Ansonsten kannst du machen, was du willst.«

Ab hier wurde Yvonnel von einem ganzen Zwergentrupp durch Gauntlgrym eskortiert, in dem auch drei Zwergenkleriker mitliefen, die unterwegs einen Zauber nach dem anderen wirkten. Yvonnel lachte nur über sie. Die Zwerge versuchten, alles Magische an ihr zu erkennen, und hielten bestimmt Stillezauber bereit, um sie im Zweifelsfall an eigenen Sprüchen zu hindern.

Am liebsten hätte sie selbst einen Schweigezauber ausgesprochen, nur um ihnen zu zeigen, dass sie dazu in der Lage war. Doch die uralten Erinnerungen von Yvonnel der Ewigen, der größten Oberinmutter aller Drow-Städte dieser Welt, zügelten die Impulsivität der jungen Drow-Frau.

Diese Erinnerungen mahnten sie in diesem speziellen Zwergenclan zur Vorsicht. Mit einem gewissen Respekt würde sie ihren Zielen deutlich näher kommen.

Deshalb ertrug sie die Dauerattacken der heiligen Sprüche ebenso wie den Gestank eines Dutzends Zwerge, bis sie endlich in einen größeren Raum der unteren Ebenen geleitet wurde, der den Hammerklängen zufolge ziemlich nah an der legendären Großen Schmiede liegen musste.

Hier erwarteten sie am Ende eines langen Teppichs zwei Zwergenmänner und eine Zwergin vor einem großen Thron, der von zwei kleineren flankiert wurde.

»Wie wär's, wenn Ihr uns Euren Namen verratet?«, begann der Älteste der drei.

»Nicht schlecht«, erwiderte Yvonnel.

Schmunzelnd schnalzte der Zwerg mit der Zunge. »Oh, meine Manieren«, seufzte er. »Narbendain von

Gauntlgrym, zu Euren Diensten, und das hier sind Athrogate und Amber Gristle O'Maul von den Adbar O'Mauls«, ergänzte er mit einer Geste zu den beiden anderen.

»Wie wir hören, wollt Ihr zu König Bruenor«, sagte Athrogate.

»Aye, und Ihr bezeichnet Euch als die Tochter von Gromph«, fügte Amber hinzu.

»Mein Name ist Yvonnel Baenre«, sagte Yvonnel. »Und ich will weder zu euch noch zu eurem König. Aber weil ich nun einmal durch sein Reich muss, hielt ich es für höflich, ihm eine Audienz zu gewähren.«

Die stolzen Zwerge schnaubten nur.

»Und diese Großzügigkeit auch von ihm anzunehmen«, ergänzte sie geziert.

»Na, die ist ja ganz schön von sich eingenommen, was?«, bemerkte Amber, doch der Zwerg neben ihr, Athrogate, brachte sie schnell zum Schweigen.

»Ich war hundert Jahre an Jarlaxles Seite«, sagte Athrogate. »Hin und wieder auch in Menzoberranzan. Wie kommt es, dass ich Euch nicht kenne?«

»Ich bin nicht so alt, wie ich aussehe«, antwortete Yvonnel, ohne näher darauf einzugehen.

»Aber Ihr seid Gromphs Tochter?«

»Ich bin weit mehr als nur die Tochter von Erzmagier Gromph«, sagte sie. »Und diese Diskussion ermüdet mich. Holt euren König und kündigt mich an, oder führt mich durch diesen ziemlich schäbigen Komplex, damit ich meinen Vater finden kann. Oder Jarlaxle, falls das einfacher erscheint.«

Amber schnaubte wieder, Narbendain riss die Augen auf, doch Athrogate beruhigte die Lage erneut.

»Kein Grund für Ankündigungen, denn ich habe genau zugehört«, sagte jemand anders, ein Zwerg mit rotem Bart, der nun im hinteren Teil des Raums aus einem Gang hinter einem Vorhang hervortrat.

Bei seinem Anblick kniff Yvonnel die Augen zusammen. Diesen speziellen Zwerg kannte sie aus den Erinnerungen ihrer Großmutter.

König Bruenor schritt zu dem großen Stuhl, und an seinen Seiten nahmen zwei junge Zwergenfrauen auf den kleineren Thronen Platz. Yvonnel würdigte die Frauen kaum eines Blickes, sondern behielt nur den König im Auge.

»Seid gegrüßt, König Bruenor«, sagte sie und ging dabei an den drei anderen Zwergen vorbei auf die Throne zu. »Ich habe viel von Euch gehört.«

»Und ich noch nichts von Euch«, erwiderte Bruenor.

»Das wird sich ändern«, versprach Yvonnel.

»Es geht um Geschäfte mit Menzoberranzan?«

Yvonnel schüttelte den Kopf. »Nein. Und das wird es auch nicht. Ich bin aus eigenem Antrieb und aus persönlichen Gründen hier. Ich suche meinen Vater – oder Jarlaxle –, und das hier ist mein Ausgangspunkt dafür. Ich erbitte also lediglich einen Hinweis, wo ich sie antreffen kann.«

»Sie sind nicht hier.«

»Dann eben Drizzt«, sagte sie.

Bruenor schnippte mit den Fingern. »Einfach so, ja?«, hakte er nach. Er lehnte sich zur Seite und schlug ein Bein über die Armlehne. »Ihr taucht hier auf, niemand kennt Euch, und Ihr glaubt, ich würde Euch schnurstracks zu meinem Freund führen? Am Ende seid Ihr auf ein Kopfgeld aus!«

»Ihr solltet eines wissen, guter Zwerg«, sagte Yvonnel. »Ohne mich wäre Euer Freund Drizzt nicht aus Menzoberranzan zu Euch zurückgekehrt. Ich bin es, die ihm gestattet hat, Dahlia zu retten. Ich bin es, die ihn in die Lage versetzt hat, als Speer zur Zerstörung von Demogorgon zu dienen. Ich bin diejenige, die eingeschritten ist, als man ihn in den Kerker von Haus Baenre brachte. Ohne mich hätten er, Jarlaxle, Dahlia und der Mensch, Artemis Entreri, dort ein grausames Ende gefunden. Vor Euch steht der einzige Grund, warum Euer Freund wiederkam, König Bruenor, und wenn Ihr mir nicht glaubt, tätet Ihr gut daran, mit Jarlaxle zu sprechen, bevor Ihr mich beleidigt. Denn Ihr wollt mich nicht beleidigen, König Bruenor.«

»Ihr seid diejenige, die sie gehen ließ?«

»Die bin ich.«

»Alle vier?«

»Alle vier.«

»Und deshalb sind wir Freunde?«, fragte Bruenor.

»Unwahrscheinlich«, antwortete die Drow mit betont abweisender Miene. »Mein Leben ist erfüllt und sehr zufriedenstellend, auch ohne einen einzigen Zwerg zum Freund zu haben.«

»Das hätte ich einst auch von den Drow behauptet«, erwiderte Bruenor, während die anderen fünf ihr wütende Blicke zuwarfen. Besonders die Königinnen, Faust und Furie, wären am liebsten auf die Drow losgegangen.

Leicht spöttisch, nahm Yvonnel seine Bemerkung zur Kenntnis und verneigte sich kurz.

»Nun gut«, sagte Bruenor, »dann werden wir vielleicht bald Freundschaft schließen.«

Doch Yvonnel schüttelte den Kopf, und ihre Miene verhärtete sich. »Das sehe ich nicht so, Zwergenkönig, denn ich erinnere mich lebhaft daran, wie Eure Axt mir den Schädel gespalten hat. Auf eine Freundschaft mit König Bruenor Heldenhammer lege ich keinen Wert.«

Diese Bemerkung ließ alle anwesenden Zwerge aufhorchen. Athrogate zuckte mit den Schultern, als Narbendain und Amber ihn fragend ansahen, und auch Bruenor konnte die forschenden Blicke seiner Königinnen nicht beantworten.

Aber Yvonnel sah, dass ihm allmählich etwas dämmerte. Er hatte zumindest beiläufig von ihr gehört, und auch ihr Name musste ihm bekannt vorkommen, obwohl er damals, an jenem fernen Tag in Mithril-Halle, einer anderen gehört hatte.

»Euer Vater ist nicht hier und Jarlaxle auch nicht«, erklärte Bruenor kühl. »Sie sind in Luskan, einer Stadt im Norden. Und ich weiß nicht, wann sie zurückkommen.«

»Werdet Ihr mir den Weg zeigen?«

Darüber dachte Bruenor gründlich nach, und sein Gesicht war ein Spiegel seiner Bedenken und Argumente. Yvonnel war klug genug, seine verständliche Zurückhaltung zu begreifen.

»Aye, wenn Ihr die seid, die zu sein Ihr behauptet, bekommen wir das hin«, antwortete er schließlich.

»Ihr benachrichtigt sie?«, folgerte sie daraus.

»Aye. Es wird nicht lange dauern. Der Weg nach Luskan ist von Läufern und Rufern gesäumt. Wir werden Euch einen Raum zuweisen, in dem Ihr Euch ausruhen könnt und nicht belästigt werdet, solange Ihr selbst niemanden belästigt.«

Yvonnel verbeugte sich zufrieden, und Narbendain rief die zwölf Zwerge, die sie hierher eskortiert hatten, um Yvonnel zusammen mit ihnen wegzuführen.

»Ihr den Schädel gespalten?«, hörte sie eine der Königinnen im Gehen flüstern.

»Tja, das wird sich dann vielleicht wiederholen«, kommentierte der Zwerg mit dem Namen Athrogate.

All dies registrierte Yvonnel, während sie überlegte, dass sie eines Tages womöglich nicht nur einen dieser Zwerge töten müsste.

Ihr Tross führte sie zu einem zweifellos sehr sicheren Zimmer. Dort sollte sie warten, und im Gang vor der einzigen Tür bezogen etliche Zwergenkrieger und Kleriker Stellung.

Also machte Yvonnel es sich gemütlich.

Sie brauchte jedoch nicht lange zu warten, denn noch ehe sie in ihre erste Entrückung versunken war, öffnete sich die Tür, und eine bekannte Gestalt trat ein.

»Seid gegrüßt, mein Vater«, sagte sie.

Erzmagier Gromph machte keinen erfreuten Eindruck.

Sie war überrascht, ihn zu sehen, und nicht sonderlich glücklich darüber. Was sie nicht verbarg. Trotz aller Versicherungen seitens Drizzt in jüngster Zeit hatte sich Catti-brie in Artemis Entreris Nähe nie sonderlich wohlgefühlt. Bei ihrer ersten Begegnung vor langer Zeit hatte der Meuchelmörder sie entführt.

»Was Drizzt zugestoßen ist, tut mir leid«, sagte Entreri zu ihr.

»Ich gebe dir nicht die Schuld daran«, erwiderte die Frau abwehrend.

»Das brauchst du gar nicht. Ich weiß, warum Drizzt im Unterreich war. Und das liegt teilweise an mir.«

»Von dem Wahnsinn der Hölle, der die Tunnel durchzog, konntest du nichts wissen«, sagte Catti-brie, doch ihre Stimme wurde nicht freundlicher. »Drizzt hat in seinem Leben zahlreiche Abenteuer durchgestanden, die in vielerlei Weise sein Ende hätten sein können. Wenn du dich in Schuldgefühlen suhlen willst, dann denk lieber an die Unschuldigen …«

»Das reicht!«, fauchte Entreri. Er riss sich zusammen, schloss die Augen und hob eine Hand, wie um noch einmal von vorne anzufangen. »Ich bin nicht gekommen, um zu streiten. Ganz im Gegenteil.«

»Du hast hier nichts zu suchen. Egal warum.«

»Oh, doch«, beharrte der Meuchelmörder. »Denn es geht um Drizzt. Ich verdanke ihm mein Leben ...«

»Viele Male«, warf Catti-brie ein. »Aber das hat dich von deinen Untaten nie abgehalten.«

Diesen bissigen Kommentar nahm Entreri resigniert hin. »Ich verdanke ihm mehr als mein Leben«, begann er erneut. »Du kannst die Welt nicht aus meiner Warte sehen, und ich verlange auch nicht, dass du es versuchst. Ich bin gekommen, um dir zu versichern: Wenn es etwas gibt, was ich für ihn tun kann, um ihn dir gesund zurückzubringen, dann würde ich es tun. Und wenn es mich selbst das Leben kostet.«

Catti-bries Augen wurden schmal, und ihr schien eine böse Bemerkung auf der Zunge zu liegen, doch sie hielt sich im Zaum und nickte nur.

»Ich hoffe, er kommt zu uns zurück. Zu dir«, endete Entreri. »Und ich hoffe, ihr beide findet, wonach ihr euch sehnt.« Mit einem kurzen Nicken zog er sich zurück und ließ Catti-brie verblüfft zurück.

Sie versuchte, diesen überraschenden Besuch zu verdrängen. Sie hatte in Bezug auf Drizzt zu viele Sorgen, um lange darüber nachzudenken, was Artemis Entreri gesagt hatte, und die Verantwortung für die Wiedererrichtung des Hauptturms lastete zu schwer auf ihr, um sich von der erstaunlichen Demut des Assassinen ablenken zu lassen. Wenn sie bei dieser Aufgabe versagte und die Magie des Hauptturms des Arkanums nicht wiederherstellen konnte, wäre nicht nur Gauntlgrym verloren, sondern es könnten Hunderte oder gar Tausende sterben.

Was scherte sie das Gewissen eines Mörders?

Aber er war ihr tatsächlich nicht gleichgültig …

»Unglaublich«, murmelte Jarlaxle, als Yvonnel in Illusk in sein Zimmer trat, wo er mit Gromph und Kimmuriel über ein paar Dinge sprach, die nichts mit dem Hauptturm zu tun hatten.

»Oh, Jarlaxle, mir scheint, Ihr habt mich innig vermisst«, erwiderte Yvonnel.

»Sie kommt hier einfach rein?«, fragte Kimmuriel überrascht. Bregan D'aerthe hatte in der alten Unterstadt immerhin erhebliche Sicherheitsvorkehrungen installiert. Der Psioniker wusste nicht, was er davon halten sollte, denn ihm war bewusst, dass Yvonnel vermutlich wenig von ihm hielt. Vielleicht würde sie ihn auf der Stelle töten.

»Sollte ich etwa davon ausgehen, dass die Lakaien von Haus Baenre mich abweisen?«, erwiderte Yvonnel. »Denn das ist schließlich die Rolle von Bregan D'aerthe, nicht wahr? Und der Grund, warum Haus Baenre Euch so viel Freiheit und Schutz zugesteht.«

»Es erstaunt mich nicht«, sagte Jarlaxle, dessen Worte mehr Kimmuriel galten als der Besucherin. »Oder vielleicht sollte ich sagen, dass es mich erstaunt, dass die Gerüchte aus Haus Baenre der Wahrheit entsprechen. Zumindest wussten unsere Wachen, dass mit Besuch aus Haus Baenre zu rechnen wäre.«

»Dann waren sie falsch informiert«, sagte Yvonnel. »Denn ich habe Haus Baenre verlassen.«

Bei diesen Worten sahen die drei Drow einander verwundert und ziemlich besorgt an. Yvonnel genoss es, wie sehr ihre Gegenwart diese drei einflussreichen, starken Männer irritierte.

»Man hat mich nicht informiert«, sagte Gromph – ziemlich herrisch, wie Yvonnel fand.

»Warum sollte man?«, antwortete sie lächelnd. »Haltet Ihr Euch immer noch für den Erzmagier von Menzoberranzan? Nun, Tsabrak Xorlarrin füllt diese Position hervorragend aus, zumal seine Oberinmutter Zeerith inzwischen als Oberinmutter von Haus Do'Urden – das bald erneut nach ihrer Familie benannt sein wird – im Herrschenden Konzil sitzt. Warum sollte Oberinmutter Baenre Euch mehr mitteilen, als Ihr wissen müsst, wenn allein Eure Erwähnung bei ihr die Sorge weckt, dass ihre Herrschaft instabil sein könnte?«

»Dann ist sie eine Närrin«, stellte Gromph fest.

»Das wissen wir bereits«, sagte Yvonnel.

»Mir wurde mitgeteilt, dass Ihr gegangen seid. Und das ist wahr«, mischte sich Jarlaxle ein. »Und jetzt seid Ihr hier. Gibt es dafür einen speziellen Grund?«

»Fühlt Ihr Euch in meiner Nähe unbehaglich, Onkel?«

»Ernsthaft?«, erwiderte Jarlaxle. »Ja.«

Das entlockte der Frau ein Lachen. »Gut. Dann wird Euch das vor übermäßiger Selbstgefälligkeit bewahren. Was Euch ebenso zugutekommen wird wie mir.«

»Ihr habt meine Frage nicht beantwortet«, sagte Jarlaxle.

»Nun, ich bin neugierig.«

»Inwiefern?«

»Auf das alles hier«, gab Yvonnel mit einem Blick auf den wachsenden Hauptturm zu. »Natürlich habe ich Euch von Haus Baenre aus beobachtet. Euer Werk ist wahrhaft erstaunlich schön.«

»Wenn Menzoberranzan in Bezug auf den Hauptturm

oder auf Luskan eigene Pläne hat, solltet Ihr Euch klarmachen, dass das Krieg bedeutet.«

»Ist das eine Drohung?«

»Es ist die schlichte Wahrheit«, erwiderte Jarlaxle. »König Bruenor ...«

»Ihr bezeichnet ihn als König!«, spottete Yvonnel.

»Bruenor«, begann Jarlaxle erneut, »wird weder meinen Einfluss in Luskan gefährden und auch keinen Einspruch dagegen erheben, dass Gromph den Hauptturm bezieht. In dieser Hinsicht sind wir uns alle einig. Aber wenn Menzoberranzan die Stadt überrennt, würden alle Delzoun-Zwerge sich gegen Euch verbünden und hätten vermutlich auch die Fürsten von Tiefwasser auf ihrer Seite.«

»Warum schließt Ihr mich in diese Drohung ein?«, fragte Yvonnel unschuldig. »Sagte ich nicht bereits, dass ich mit Haus Baenre und damit mit Menzoberranzan gebrochen habe? Womöglich für alle Zeiten? Ich interessiere mich mehr dafür, was Ihr und Eure fröhliche Räuberbande hier vorhabt. Bin ich etwa nicht willkommen, lieber Onkel?«

Jarlaxle sah die anderen beiden an, die ebenso besorgt wirkten wie er.

»Die hiesige Hierarchie dürfte Euch nicht gefallen«, erklärte Gromph.

»Und, nein, weder ich noch Kimmuriel werden unseren Platz räumen«, ergänzte Jarlaxle.

»So etwas würde ich nie verlangen«, erwiderte Yvonnel. »Ich bin ein Gast in Eurem Haus und eine begierige Schülerin.«

»In Euren Erinnerungen steckt mehr Wissen als in den Köpfen von uns dreien gemeinsam«, sagte Gromph aufgebracht.

Yvonnel zuckte mit den Schultern. »In vielerlei Hinsicht, ja. Aber es gibt noch vieles, was ich lernen möchte.« Nach einer kurzen Pause warf sie Jarlaxle einen koketten Blick zu. »Und vielleicht so manches, was ich lehren könnte.«

Er hielt ihrem Blick ungerührt stand.

»Ihr habt die Reise durch das Unterreich unbeschadet überstanden?«, erkundigte sie sich bei Jarlaxle.

Der Drow nickte. »Körperlich und geistig bin ich offenbar gesund.«

»Im Gegensatz zu Drizzt, der … krank wurde.«

Jarlaxles Gesicht erstarrte.

»Ich würde ihn gern sehen«, sagte Yvonnel.

»Er ist nicht hier.«

Das schien ihr gar nicht zu gefallen. »Ich würde ihn gern sehen«, wiederholte sie.

»Das geht nicht.« Sie wollte etwas erwidern, aber Jarlaxle schüttelte ablehnend den Kopf. »Drizzt ist an einem Ort, wo ihn niemand erreichen kann.«

»In seinem eigenen Kopf«, sagte sie.

»Und jetzt auch in seinem Körper. Wie es sich gehört.«

Yvonnel brauchte eine Weile, bis sie sich gefasst hatte. Es erstaunte sie selbst, wie sehr diese Nachricht ihr zu schaffen machte. »Ihr habt ihn geheilt?«, fragte sie.

»Das können wir nicht«, antwortete Kimmuriel und fügte dann hinzu: »Und Ihr auch nicht.«

»Erzählt es mir!«, beharrte Yvonnel. »Ihr müsst mir alles erzählen! Ich will wissen, was Ihr über sein Leiden in Erfahrung gebracht habt und woher Ihr wisst, dass Ihr ihn nicht heilen könnt. Dass nicht einmal ich es vermag, wie Ihr sagt.«

»Gegen die Höllenpest konnten meine Zauber nichts ausrichten.« Gromph war aufgesprungen. »Mehr kann ich zu diesem Thema nicht sagen.« Er ging zur Tür. »Ich habe weit Wichtigeres zu bedenken als das Schicksal eines dummen Abtrünnigen, der schon ewig tot sein müsste.«

»Er versteht es nicht«, sagte Yvonnel kopfschüttelnd, nachdem der Erzmagier gegangen war.

»Was wisst Ihr?«, fragte Jarlaxle.

»Erst Ihr«, sagte die Frau und nahm auf Gromphs Stuhl Platz. »Erzählt! Erzählt mir alles, was Ihr über Drizzts Krankheit wisst. Und alles, was Ihr versucht habt, um ihm zu helfen. Alle beide, bitte.«

Kimmuriel und Jarlaxle wechselten einen verwirrten Blick.

»Warum?«, fragte Jarlaxle.

»Erst Ihr«, beharrte die Frau, deren Gesichtsausdruck verriet, wie sehr diese Fragen sie bewegten.

Die Anführer von Bregan D'aerthe sahen sich noch einmal an, und Jarlaxle zuckte die Achseln.

»Bitte«, drängte Yvonnel. »Erzählt es mir.«

Da gaben sie nach. Sie berichteten Yvonnel, was die Priester, die Zauberer und Kimmuriel mit seinen Psi-Künsten alles unternommen hatten, um dem gequälten Drow seinen Frieden wiederzubringen, und am Ende betonte Kimmuriel, dass eine Heilung für Drizzt nur aus ihm selbst heraus erfolgen konnte.

»Und jetzt ist er weg«, sagte sie, als sie fertig waren. »Warum?«

Wieder sahen die beiden Männer sich an.

»Ich will ihm nicht hinterher und ihn töten!«, schrie Yvonnel Jarlaxle an. »Wenn ich Drizzt tot sehen wollte, hätte ich das längst tun können. Gerade Ihr müsstet das wissen!«

»Das stimmt«, räumte Jarlaxle ein. Er seufzte und blickte zu Kimmuriel, den die Anwesenheit einer Namensvetterin jener Frau, die sein Haus zerstört hatte, nicht gerade beglückte. Nach mehrfachem Seufzen nickte Kimmuriel schließlich. Daraufhin erzählte Jarlaxle der Drow von ihrem Versuch, der auf der vagen Hoffnung beruhte, dass Drizzt durch die Bemühungen eines legendären Großmeisters der Blumen und einen Orden disziplinierter Mönche inneren Frieden finden könnte.

Das alles überdachte sie von allen Seiten, während sie es mit den Erinnerungen von Oberinmutter Yvonnel der Ewigen verknüpfte.

Schließlich starrte sie Jarlaxle lächelnd an. »Ihr schätzt Drizzt falsch ein«, stellte sie unumwunden fest.

Daraufhin folgte lastendes Schweigen.

»Wollt Ihr denn gar nicht wissen, warum Ihr Euch irrt?«, fragte sie.

»Ihr hattet ihn in Eurem Kerker«, erinnerte Jarlaxle sie. »Wenn wir ihn falsch einschätzen – wieso habt Ihr ihn dann gehen lassen?«

»Nicht in dieser Hinsicht!«, erwiderte Yvonnel. »Ihr irrt Euch …« Sie sah Kimmuriel an und korrigierte sich selbst. »Genauer gesagt, Ihr, Kimmuriel Oblodra, irrt Euch in Bezug auf die Heilung von Drizzts Krankheit.«

Unwillkürlich beugte Jarlaxle sich vor und verriet damit, wie sehr ihm Drizzt am Herzen lag.

»Ihr besteht darauf, dass die Heilung von innen kommen muss, aus Drizzt heraus«, erklärte Yvonnel.

»Es gibt keine Magie. Keine Hilfestellung …«, begann Kimmuriel.

»Die Magie der Höllenpest ist real und von Dauer«, sagte Yvonnel. »Drizzt ist krank. Er kann nicht einfach den Willen aufbringen, nicht mehr krank zu sein, ganz gleich, für wie erleuchtet und tiefgründig diese Mönche sich halten.«

»Großmeister Kane hat seine sterbliche Hülle transzendiert«, gab Jarlaxle zu bedenken.

»Ich kenne diesen Mann nicht.«

»Er ist der Großmeister der Blumen aus dem Orden der Gelben Rose in Damara«, erläuterte Jarlaxle. »Er ist ein Mensch, doch ich habe vor hundert Jahren, lange vor Beginn der Zauberpest, gegen ihn gekämpft. Hundert Jahre, vielleicht zweihundert, und doch ist er am Leben und schlägt bis zum heutigen Tag nahezu jeden Gegner im Zweikampf. Sein Körper ist nur ein Medium, über das sein Geist mit der materiellen Welt in Kontakt bleibt, heißt es. Und da ich die unglaubliche Magie seines Willens selbst erlebt habe, kann ich dieser Einschätzung nicht widersprechen.«

»Er hat einen Ort perfekter Gedanken gefunden?«, fragte Yvonnel.

»Perfekter Konzentration«, stellte Kimmuriel richtig. »Er ist kein Illithide.«

»Trotzdem«, sagte die Frau. »Und dieser Kane war dazu in der Lage, weil sein Geist klar war und sein Denken rational. Für die perfekte Konzentration musste er perfekte innere Harmonie erreichen. Dass ihm das gelungen ist, führte ihn zur Transzendenz. Aber könnt Ihr Euch dasselbe für Drizzt erhoffen? Ernsthaft? Wenn es ihm so schlecht geht?«

»Kane wird Drizzt helfen, zu diesem Ort zu gelangen.« In Jarlaxles Stimme schwang ein Hauch von Verzweiflung mit.

»Aber wie?« Yvonnel lachte ihn und den nickenden Kimmuriel aus. »Wie?«

»Drizzts Krankheit ist die Unfähigkeit, die Wahrheit zu sehen. Deshalb wittert er überall Verrat«, erklärte Kimmuriel.

»Das sagtet Ihr bereits.«

»Wie also soll ich meine Einflüsterungen einsetzen, um ein derart fehlerhaftes Realitätskonzept geradezubiegen, in dem es kein Vertrauen mehr gibt? Wenn genau diese Heilungsversuche Drizzt als vollendeter und tückischer Betrug erscheinen?« Nachdenklich faltete Yvonnel die Hände. »Wenn ich die Antwort finde – werdet Ihr mir dann helfen, sie umzusetzen?«, fragte sie.

»Das wird er«, sagte Jarlaxle, ehe Kimmuriel etwas erwidern konnte.

Aber das reichte Yvonnel nicht. Sie starrte Kimmuriel an, bis dieser nach einem bösen Blick auf Jarlaxle nickte.

»Und jetzt möchte ich allein mit meinem Onkel sprechen«, sagte sie.

Kimmuriel war so erleichtert, dass er sich nicht einmal verabschiedete, ehe er den Raum verließ.

»Das kommt alles sehr unerwartet«, sagte Jarlaxle, nachdem Kimmuriel gegangen war.

»Ich habe ihn mit einem Fluch belegt«, gestand Yvonnel.

»Kimmuriel?«

»Drizzt«, sagte sie.

Jarlaxle lehnte sich abrupt zurück und umklammerte seine Stuhllehnen, als müsse er sich davon abhalten, wütend auf sie loszugehen.

Sie zuckte nicht mit der Wimper. »Nicht mit der Höllenpest«, stellte sie klar. »Damit verhält es sich so, wie Ihr glaubt.«

»Was dann? Und wann?«

»Als er Haus Baenre verließ, hat mein Fluch ihn verfolgt. Als er zu Catti-brie zurückkam und sie das erste Mal sah, sah er eine Dämonin«, erklärte Yvonnel. »Natürlich war nicht alles davon mein Tun. Wie Ihr wisst, hat Drizzt jegliches Vertrauen verloren. Deshalb habe ich ihn mit dieser Illusion genarrt. Ich wollte ihn zu dem Punkt bringen, auf den er ohnehin längst zuhielt: Er sollte sie töten, und mit dieser Tat hätte er sich selbst endgültig vernichtet. Ein passendes Ende für einen, der sich der Spinnenkönigin derart widersetzt hat, und ein Mittel, das die Herrin Lolth persönlich guthieß.«

Jarlaxle hob beide Hände und gab sich große Mühe, nicht zu zittern, wie Yvonnel sah. Immerhin hatte er ihr gerade verraten, wo Drizzt sich befand.

»Er hat es nicht getan«, stellte Yvonnel fest.

»Catti-brie konnte ihn abwehren.«

»Nein, er hat es nicht getan«, wiederholte sie. »Catti-brie war überrascht. Er hätte sie töten können. Problemlos. Aber er hat es nicht getan. Es gibt keinen logischen Grund, warum er das nicht tat – wie er der Falle entgehen konnte, die ich ihm gestellt hatte. Und dennoch: Er hat es nicht getan.«

»Das scheint Euch zu beeindrucken.«

Sie nickte. »Und es fasziniert mich.«

»Und jetzt seid Ihr hier, um es zu Ende …«

»Nein!«, rief sie so vehement, dass es sie selbst überraschte.

Jarlaxle starrte sie forschend an.

»Nein«, wiederholte sie leiser. »Ich komme ohne böse Absichten und ohne einen Wunsch nach Rache.«

»Weil er widerstanden hat, obwohl es unmöglich war«, folgerte Jarlaxle. Er nickte langsam, denn allmählich begriff er. »Das heißt, es gibt Hoffnung«, überlegte er. »Das heißt, irgendwo da drin ist noch ein Stück von Drizzt, von dem, der er war, ein Anker, an den er sich klammern kann.«

»Nein. Er wird seine Krankheit nicht aus eigener Kraft besiegen.«

»Aber Ihr sagtet doch gerade …«

»Dass er Catti-brie nicht niedergestreckt hat, ist erstaunlich«, räumte sie ein. »Und, ja, es deutet auf eine innere Kraft hin, die mich beeindruckt. Aber das bedeutet nicht, dass er das beständige Flüstern der Lüge in Schach halten kann.«

»Er hält die ganze Welt – seine gesamte Realität – für eine Riesentäuschung, nur dazu geschaffen, ihm das Herz zu brechen«, sagte Jarlaxle.

»Das beständige Flüstern der Lüge«, sagte Yvonnel noch einmal.

»Das heißt, wenn er erkennt, dass diese Lüge absurd ist …«, begann Jarlaxle.

»Diese Erkenntnis ist nicht von Dauer.«

»Großmeister Kane wird ihn lehren, seinen Körper und seinen Geist wirklich zu verstehen.«

»Aber das Flüstern wird für immer bleiben.«

»Er wird die Lügen durchschauen!«

»Nein.«

»Das wäre doch absurd.«

»Euer Verstand ist klar, und von Drizzt erwartet Ihr dasselbe«, sagte Yvonnel. »Ein verbreitetes Missverständnis. Er ist gebrochen. Etwas in ihm ist zerstört. Man kann von Drizzt nicht erwarten, seine verworrenen Gedanken zu entwirren. Da könnte man auch von einem Mann mit gebrochenen Beinen erwarten, dass er losrennt. Dass Ihr die Wunde nicht sehen könnt, heißt nicht, dass sie nicht da ist. Und sie lässt sich genauso wenig durch Willenskraft heilen, wie Entschlossenheit gebrochene Knochen heilen kann.«

Jarlaxle bemühte sich vergeblich, diese Logik abzustreiten.

»Es ist eine heimtückische Krankheit«, fuhr Yvonnel

selbstsicher fort. »Unablässige Zweifel und Ängste, die all seine Hoffnungen und Träume zunichtemachen.« Ihr leises Lachen klang hilflos. »Es gleicht den Lehren der Lolth und der Art und Weise, wie die Oberinnen die ganze Drow-Stadt in ihrem Bann halten. Nur stecken diese speziellen Oberinmütter in Drizzts Kopf, und sie lassen nicht locker. Er kann nicht gewinnen, denn im Gegensatz zu seinen frühen Tagen in Menzoberranzan kann Drizzt Do'Urden diesmal nicht davonlaufen.«

Jarlaxle hätte gern widersprochen, ließ am Ende aber die Schultern hängen. »Dass Drizzt Do'Urden dieses Schicksal erleiden muss …«, klagte er unglücklich.

»Ihr bewundert ihn«, erkannte Yvonnel.

Jarlaxle widersprach nicht.

»Und jetzt enttäuscht Euch seine Schwäche«, fügte sie hinzu.

»Nein«, widersprach der Söldner.

»Doch!«, entgegnete Yvonnel prompt. »Diese Wahrheit schmeckt Euch nicht, aber Euer Zorn macht sie nicht zur Lüge. Drizzt ist das Kind, das Euch enttäuscht, der Held, der diesmal nicht Euren Ansprüchen genügt.«

Jarlaxle wollte antworten, konnte aber nur ergeben die Hände heben.

»Weil Ihr seine Gedankengänge nicht verstehen könnt«, erklärte Yvonnel. »Wie auch? Denn Ihr denkt immer noch vernünftig. Das ist die nagende Enttäuschung und auch der Ärger, wie sehr Ihr es auch bestreitet. Wenn er sich mehr bemühen würde, wenn er lächelnd seine Gedanken im Zaum halten könnte, wäre alles gut, denn nur das könnt Ihr sehen. Weil Ihr nicht betroffen seid.«

»Was soll ich dazu sagen?«, fragte Jarlaxle bedrückt. »Was soll ich tun?«

»Drizzt braucht unsere Hilfe – zumindest meine und die von Kimmuriel«, erklärte Yvonnel.

Da ging die Tür auf, und Artemis Entreri trat ein. Beim Anblick von Yvonnel Baenre erstarrte er.

Ungerührt sprach Yvonnel weiter. »Vielleicht kann seine Arbeit mit den Mönchen Drizzt so weit bringen, dass er ausreichend Vertrauen aufbaut, diese Hilfe anzunehmen. In diesem Moment – und das dürfte ein flüchtiger Moment sein, fürchte ich – müssen wir bereitstehen und sofort eingreifen. Das ist seine einzige Hoffnung. Und auch unsere.«

Erst jetzt sah sie Entreri an und lieferte sich mit ihm ein Blickduell. Sie war schon lange zu dem Schluss gekommen, dass sie in dem Moment der Wahrheit, als er sich dem Dämon gestellt hatte, für den er Catti-brie hielt, den besten Augenblick verpasst hatte, Drizzt von der Höllenpest zu heilen. In diesem Moment, wo sie über ihr Becken alles mit angesehen hatte, war der Drow am Boden zerstört gewesen und hatte nichts mehr zu verlieren gehabt.

Das war eine Chance gewesen, hatte sie damals gedacht. Und daran glaubte sie noch immer. Während sie Entreri musterte, rief sie sich alles ins Gedächtnis, was sie über diesen Mann und Drizzt Do'Urden wusste. Und das war eine ganze Menge, denn als Artemis Entreri vor all den Jahren in Menzoberranzan gewesen und Drizzt das erste Mal in die Stadt zurückgekehrt war, war Yvonnel die Ewige noch die Oberinmutter gewesen.

Yvonnel starrte den Meuchelmörder lange an, bis sie schließlich nickte. Denn ihr kam eine Idee.

Teil 3

Ein unerwarteter Held

Momente, in denen ich das Gefühl habe, dass meine Ängste, dass dies alles eine albtraumhafte Verschwörung ist, absurd sind, erlebe ich jeden Tag, und mittlerweile auch zunehmend. In solchen Momenten scheinbarer Klarheit verblasst die Absurdität von all dem, was geschehen ist – die Rückkehr von Catti-brie und allen meinen Freunden, das lange Leben von Artemis Entreri –, vor der Absurdität meines Albtraums, denn warum sollte Lolth sich derart viel Mühe machen, mich zu vernichten?

Dann aber fällt mir wieder ein, wie sehr ich die Spinnenkönigin gekränkt habe. Ihr wäre keine Hürde zu hoch, um es mir angemessen heimzuzahlen.

Und ich erinnere mich wieder daran, wie heimtückisch Errtu Wulfgar manipuliert hat, um ihn dann auf grausamste Weise zu quälen.

Mein Weg hingegen erscheint mir umfassender und von viel größerem Ausmaß, denn zumindest in meinem Kopf habe ich mittlerweile halb Faerûn durchquert und befinde mich nun an einem Ort, den ich bisher nur vom Hörensagen kannte.

Im Kloster der Gelben Rose ist vieles bewundernswert. Die Brüder und Schwestern hier trainieren mit einer Disziplin, die ihresgleichen sucht. Wie sehr sie in ihren Grundsätzen und Ritualen verhaftet sind, grenzt an den Fanatismus der Knochenbrecher oder die Entschlossenheit der Waffenmeister von

Menzoberranzan. Zu erleben, wie so viele einträchtig trainieren und ehrlich auf gegenseitiges Wachstum hinarbeiten, selbst wenn der Aufstieg des einen wie bei Afafrenfere auf Kosten der eigenen Stellung gehen könnte, ist eine Wohltat.

Meisterin Savahn freut sich über Afafrenferes Weg durch die Hierarchien des Ordens der Gelben Rose. Als sie mir erzählte, dass sie noch nie so unglaubliche geistige und körperliche Fortschritte erlebt hat wie bei Afafrenfere, haben ihre Augen geleuchtet, und ihre Stimme klang beglückt. Und doch wird er sie bald herausfordern, und wenn sie verliert, muss sie in der Rangfolge des Ordens einen Schritt zurücktreten.

Ich habe sie danach gefragt, und ihre Antwort hörte sich ehrlich an: Wenn er sie schlagen kann, hat er die Würde des neuen Rangs verdient, und sie müsste sich mehr anstrengen, um ihren derzeitigen Platz zurückzuerobern. Damit würde Afafrenferes Aufstieg sie am Ende besser machen.

Sie hat das wahre Wesen des Wettkampfes erkannt: dass es keine bessere Herausforderung gibt als die, an sich selbst zu wachsen. Diese höchst persönliche Aufgabe ist bei weitem wichtiger als jede andere. Das Auftauchen eines Rivalen spornt jeden von uns an, besser zu werden und sich besser zu schlagen. Das sollte man feiern, nicht fürchten oder verhindern.

Diese Auffassung ist das Gegenteil von dem, was man in Menzoberranzan glaubt. Die Entschlossenheit der Drow, andere zurückzuhalten, notfalls auch durch Mord, nur damit die Mächtigen ihre Vorrechte behalten können, steht im Kern dessen, was mich aus der Stadt getrieben hat, denn sie beruht auf einer von Grund auf unmoralischen und einschränkenden Lebenseinstellung.

Im Kloster der Gelben Rose kommt es mir so vor, als hätte ich das genaue Gegenteil jener leeren Paranoia entdeckt. Ich fühle mich wieder wie damals, als ich Montolio getroffen und von Mielikki gehört habe, doch dieses Mal sehe ich, wie eine ganze Gemeinschaft das praktiziert, was in meinem Herzen steckt.

Und das ist etwas Wunderbares.

Zu schön, um wahr zu sein.

Genau wie Kane, der Großmeister der Blumen, ein Mann, der über tiefste Meditation und Hingabe mehr wurde als ein Geschöpf der Materiellen Ebene. Er ist gewichtslos und durchsichtig, weil er mehr als jeder andere, den ich kenne, auch an einem spirituellen Ort existiert und zur selben Zeit körperlich vollständig hier ist. Mittlerweile glaube ich, dass er mich während unseres Zweikampfs jederzeit hätte besiegen können. Er hat sich lediglich Zeit gelassen, um mich perfekt einschätzen zu können, und mir dadurch gezeigt, dass bis zur körperlichen Perfektion noch ein langer Weg vor mir liegt, falls ich diesen beschreiten will.

Ich habe oft gesagt, dass körperliche Perfektion unmöglich ist und dass der Weg dorthin, das Streben, wichtiger ist als das Ziel. Kane kommt jener schwer greifbaren, unerreichbaren Perfektion näher, als ich es je für möglich gehalten hätte.

Deshalb ist mir seine Gegenwart eine Ehre, und dass er mein Lehrmeister ist, noch mehr.

Inzwischen scheint der Boden unter meinen Füßen weniger zu schwanken, und das ist der entscheidende Hinweis. Wenn dies real und Kane wirklich so fortgeschritten wäre, wie es aussieht, dann könnte ich mir vorstellen, diesen Weg zu gehen.

Damit wird mir klar, dass meine Feinde eine Schwachstelle in meiner Abwehr entdeckt haben. Sie haben herausgefunden, welche Illusionen die tiefsten Wünsche von Drizzt Do'Urden ansprechen.

Und deshalb muss ich mich in den Momenten, wo ich wieder festen Boden unter den Füßen spüre, wo die Absurdität meiner Ängste weit größer erscheint als die Absurdität der

Realität, auf der diese Ängste beruhen, ermahnen, wachsam zu bleiben und an den hohen Preis zu denken, den ich zahlen werde, wenn ich mir einreden lasse, dass dies alles real sei.

Ja, dieses Kloster scheint das Umfeld zu sein, nach dem ich mich immer gesehnt habe.

Ja, dieser Großmeister der Blumen, Kane, ist die Verkörperung meiner persönlichen Ziele.

Ja, ich würde mich auf das alles hier gern einlassen.

Wenn ich es glauben würde.

Aber das tue ich nicht.

Drizzt Do'Urden

Kapitel 19

Als er seine Meisterin fand

Malcanthet saß im Zimmer der Königin und dachte gründlich nach. Die Zeit, in der sie diesen Körper mit Concettina geteilt hatte, hatte ihr ausreichend Informationen geliefert, um die Vorgänge am Hof von Helgabal und ihre eigene prekäre Lage in Bezug auf den frustrierten König Yarin einigermaßen zu verstehen, auch wenn sie diesbezüglich keine Angst hatte.

Aber sie wollte mehr. Und dafür brauchte sie einen Spion.

Die Königin der Sukkubi warf beiläufig ein Holzscheit in den Kamin. Dann hob sie den Arm, drehte ihn und erzeugte eine Feuerkugel, die über ihrer Handfläche schwebte. Nach einem leichten Pusten schwebte die Flamme zum Holz hinüber, um es augenblicklich in Brand zu setzen.

Malcanthet nickte, während sie ihre nächsten Schritte sorgfältig plante. Die Gefahren waren ihr bekannt. Viele Dämonenlords hatten den geschwächten Faerzress genutzt, um den Schranken der Hölle zu entkommen. Faerûns Unterreich steckte voller Dämonen aller Art, einschließlich der mächtigsten unter ihnen.

»Einschließlich Graz'zt«, flüsterte sie besorgt, wobei ihre Stimme durch das Zischen des brennenden Holzes übertönt wurde, das noch nicht ausreichend abgelagert war.

Graz'zt hielt wenig von ihr, und ihr stärkster Verbündeter, Demogorgon, war beim Betreten von Menzoberranzan vernichtend geschlagen worden, ehe sie an seine Seite eilen konnte. Vielleicht hätte Malcanthet in den Abgrund zurückkehren sollen, als sie von diesem Verlust erfuhr, aber die Aussicht darauf, sich hier auf der Materiellen Ebene austoben zu können, war zu verlockend gewesen.

Deshalb hatte sie sich in dem Edelstein versteckt und Lolths Untertanen gestattet, sie aus dem Unterreich auf die Oberfläche von Faerûn zu bringen. Hier konnte sie spielen, ja, aber sie durfte ihre Anwesenheit nicht zu laut hinausposaunen, damit die anderen es nicht erfuhren.

Sonst würde auch Graz'zt davon erfahren.

Malcanthet hatte nicht die Absicht, ihm hier auf der Materiellen Ebene gegenüberzutreten.

Gerade wollte sie Inchedeeko rufen und hatte die Worte schon auf den Lippen, als ihr auffiel, dass sie nicht allein war. Sie konnte den Eindringling wahrnehmen, ohne den Kopf zu drehen, denn dazu musste sie nur die Erinnerungen von Concettina anzapfen.

Malcanthet trat vom Kamin zurück, drehte sich um und bemerkte das Gemälde von König Yarin an der Rückwand des Zimmers. Das linke Auge des Gemäldes hatte sich verändert ... es war lebendig.

Malcanthet warf nur einen kurzen, unauffälligen Blick darauf, denn sie wollte die Spionin nicht warnen, aber mehr brauchte sie nicht. Sie wusste bereits, wer hinter der Wand steckte und sich in den Geheimgang duckte.

Langsam und verführerisch begann sie, sich zu entkleiden, und währenddessen übertrug sie ihre Gedanken in den Geheimgang, um flüsternd Prinzessin Acelya zu sich zu rufen. Wie feiner Rauch schlängelte sich Malcanthets Verführungszauber in die Frau hinein, erfüllte sie mit Gedanken an den Sukkubus, lockte sie mit Versprechungen und zog sie magisch zu Malcanthet hin.

Kurz darauf trat Acelya durch die Tür des Zimmers, in dem Malcanthet sie erwartete.

Die schwache, bezauberte Menschenfrau konnte Malcanthets Einflüsterungen nichts entgegensetzen. Als Acelya schließlich keuchend hinausstolperte, war Malcanthet sich sicher, dass diese Spionin ihr gehorsam alles sagen würde, was sie wissen musste.

Jetzt konnte sie sich ernsthaft ans Werk machen. Auf bloßen Füßen tappte sie zum Kamin zurück, legte Holz nach, sah die Flammen größer werden und sandte ihre Gedanken über das Feuer in den Abgrund. Auf diesem Weg rief sie ihre Dienerschaft zusammen und gab ihnen Instruktionen.

Heute Nacht durfte nur einer kommen, ein winziges Wesen mit kleinen spitzen Hörnern und Fledermausflügeln, dessen grüne Haut von triefenden Pusteln überzogen war. Malcanthet lächelte. In ihren Augen war Inchedeeko ebenso hässlich wie drollig, doch ihr Lächeln galt dem, was der kleine Quasit ihr mitgebracht hatte.

Sie schob die magische Peitsche unter die weiche Matratze ihres Betts und betrachtete ihr Lieblingsspielzeug, den großen Spiegel in seinem grün angelaufenen Kupferrahmen, der wie eine groteske, gierige Dämonenfratze aussah, das übertrieben große Maul weit aufgerissen. Dieser Mund war der eigentliche Spiegel. Sie hatte ihn von einem Erz-Lich erhalten, dem sie versprochen hatte, ihn irgendwann voller gefangener Seelen in sein Grab zurückzubringen, damit er sich an den Gefangenen laben konnte. Und dann würde er ihr natürlich einen neuen, leeren Spiegel übergeben, um das Spielchen fortzusetzen.

Sie hängte den Spiegel neben das Bildnis von König Yarin, verhüllte ihn mit einem der vielen Umhänge von Concettina und legte eine Blitzrune darüber, die jeden treffen würde, der den Umhang herunternahm.

Es wäre unklug, ein derart böses Instrument offen zu zeigen.

Wenn zu viele in seine extradimensionalen Kerkerzellen gesaugt wurden – wer wusste schon, was der Spiegel dafür zurückspie?

»Wir müssen dann längst weg sein und dürfen nicht zurückblicken«, sagte Ivan. »Sie werden merken, dass ihr das wart, ihr zwei und euer Haus oder Moradi oder wie das verdammte Dingsbums heißt.«

»Hihihi«, warf Pikel ein, was Ivan kaum langsamer sprechen ließ.

»Topo… äh, Topolungo, ach, keine Ahnung!«, endete Ivan, was Pikel wieder zum Kichern brachte.

»Bis König Yarin feststellt, dass Concettina nicht mehr da ist, sind wir längst über alle Berge«, erklärte Regis. »Donnola Topolinos Einfluss reicht weit, versichere ich euch.«

»Aber Yarins Spionen ist nicht zu trauen«, warnte Ivan. »Darum werden mein Bruder und ich euch begleiten.«

»Brüderchen!«, ergänzte Pikel.

Dieser deutliche Hinweis schien Regis nicht zu stören. Ihn begeisterte die Aussicht, wieder mit den Felsenschulter-Brüdern durchs Land zu ziehen, obwohl er dabei dachte, je eher er sie auf einem Boot nach Westen zu

Bruenor und den anderen hatte, desto besser für alle Beteiligten. Moradi Topolinos Überleben beruhte schließlich darauf, dass sie sich bedeckt hielten, und wenn er den Felsenschulter-Brüdern erlaubte, sich Topolino anzuschließen, würde man schon bald in ganz Aglarond über Pikel flüstern.

»Sie werden damit rechnen, dass wir die Straße nach Süden nehmen«, überlegte Regis. »Vielleicht sollten wir lieber nach Norden gehen.«

Ivan schüttelte den Kopf. »Nach Norden eher nicht. Da gibt es nur Bauern und Spione. Wir könnten nach Westen in die Berge und dann entlang ihrer Ausläufer nach Impiltur. Aber das ist eine lange, harte Reise.«

»Was rätst du uns dann?«, fragte Wulfgar.

»Hm. Einfach nach Süden, auf dem schnellsten Weg«, antwortete Ivan. »Wir werden etliche Meilen schaffen, und mein Bruder kann uns gut verstecken.«

»Brüderchen!«, krakelte Pikel erschreckend laut, was alle drei eilig »Psst!« zischen ließ.

»Ooooh«, sagte der grünbärtige Zwerg.

»Verschwinde du in deinen Garten«, wies Ivan ihn an. »Wir brauchen alle noch etwas Gutes zu essen, ehe es losgeht.« Dann wandte er sich an die anderen und ergänzte zu Ehren von Pikel: »Keiner kocht besser als mein Bruder.«

»Brü...«, begann Pikel glücklich, während er schon zur Tür lief, stockte aber angesichts der prompten warnenden Blicke der anderen. »...derchen«, flüsterte er, ehe er selbst hinzufügte: »Pst!«

Keiner der Verschwörer ahnte, dass die Lautstärke unwichtig war, weil der kleine Dämon, der sie belauschte, jedes Wort mitbekam. Und so war es kein Zufall, als

Königin Concettina bald darauf Pikel im Garten einen Besuch abstattete.

»Du kennst sie?«, vergewisserte sie sich, worauf das strahlende Lächeln des Zwergs sofort verschwand.

»Den Halbling und den Barbaren aus Aglarond«, fügte Malcanthet hinzu. »Es sind Freunde von dir.«

»Ähm …«

»Sie sind gekommen, damit ihr mich retten und heimlich in Sicherheit bringen könnt«, fasste der Sukkubus den Plan zusammen. Bei ihrem entwaffnend dankbaren Lächeln wurde Pikel fast schwindelig, so mächtig war die Bezauberung dahinter.

»Ooh«, gab er zu.

Die Königin bückte sich und dämpfte die Stimme, damit nur Pikel sie hören konnte. »Wir können nicht weglaufen. König Yarin ist auf der Hut. Er ist nicht dumm. Er weiß, dass der Halbling meinetwegen hier ist.«

»Oooh.« Es war der gleiche Laut, aber diesmal vermittelte der Tonfall Besorgnis.

»Ja, oooh«, wiederholte die Königin. »Ich kann nicht nach Aglarond fliehen, lieber Zwerg. Das würde Krieg bedeuten, und ich will keinen Krieg anzetteln.«

»Mhm«, stimmte Pikel zu.

»Aber ich will auch nicht als kopflose Statue enden«, klagte die Königin. »Ach, Pikel, du musst mir helfen!«

»Ei, ei!«

»Tust du das?«

Pikel nickte so nachdrücklich, dass er dabei fast hintenüberkippte.

»Die Wachen vor meiner Tür sind Faulpelze«, fuhr sie fort. »Sie schlafen die ganze Zeit. Schick mir heute Nacht den großen Mann.«

Pikel riss die Augen auf und kicherte nervös: »Hihihi.«

»Ja, ich weiß, es gehört sich nicht, aber mir bleibt keine Wahl«, erwiderte Concettina. »Ich werde nicht davonlaufen und einen Krieg anzetteln und dabei euch alle in Gefahr bringen. Aber ich muss etwas unternehmen. Also bring ihn mir, dann bekommt der König, was er sich am meisten wünscht, und wir finden hoffentlich alle unseren Frieden. Tust du das, Pikel? Sagst du es deinem Bruder?«

»Brüderchen!«

Hätte Pikel seine sieben Sinne beieinandergehabt, wäre ihm vielleicht aufgefallen, dass Königin Concettina gar nicht wissen konnte, dass er und Ivan Brüder waren. Und sie hätte den Plan der Freunde auch nicht so schnell und klar durchschauen dürfen. Doch etwas an dem Lächeln der Frau ließ nicht zu, dass diese Erkenntnis dem grünbärtigen Zwerg dämmerte, und so hüpfte er zu seinem Häuschen zurück, um den anderen mitzuteilen, dass die Planung sich verändert hatte.

»Beeil dich. Und sei leise!«, rief Ivan die enge Wendeltreppe hinunter. Es hatte drei Tage gedauert, aber schließlich hatte man dem Zwerg die Nachtwache bei Königin Concettina übertragen. Das war der geeignete Moment.

»Er ist ein Sturkopf«, rief Regis so gedämpft wie möglich nach oben.

Ivan eilte die Treppe hinunter und fand dort den Halbling vor, der wütend dem verstimmten Wulfgar gegenüberstand. Der Barbar lehnte im Treppenhaus an der Wand.

»Ich bin damit nicht einverstanden«, sagte Wulfgar. »Dazu bin ich nicht nach Damara gekommen!«

»Herrin Donnola ...«

»... hat mich in diesen Teil des Plans nicht eingeweiht«, beharrte Wulfgar.

»Wir sind gekommen, um die Königin zu retten«, erwiderte Regis, aber Wulfgar lenkte nicht ein, ganz im Gegenteil.

»Ihr verlangt von mir, ein Kind zu zeugen und es im
Stich zu lassen«, sagte der Barbar.

»Du bist in den letzten zwei Jahren zu jeder Frau ins
Bett gestiegen, die dich haben wollte!«, hielt Regis dagegen. Seine Lautstärke ließ Ivan zusammenfahren.

»Pst!«, schimpfte der Zwerg. »Wir sind im Haus des
Königs, du Dummkopf!«

Der Halbling nickte frustriert.

»Das war Spaß. Aber das hier ist Ernst«, sagte Wulfgar.
In seinen Augen hatte er sich den Frauen gegenüber, denen er in seinem zweiten Leben nähergekommen war,
stets verantwortungsbewusst verhalten und keiner etwas vorgemacht. Für ihn war es tatsächlich Spielerei gewesen, und er hatte die nötigen Vorsichtsmaßnahmen
beherzigt – besonders seitdem ihm Penelope Harpell
diverse Tricks und Hausmittel gezeigt hatte, mit denen
sich eine Empfängnis verhindern ließ.

»Ein Spaß, der ...«, drängte der Halbling.

»Schluss damit!«, sagte Wulfgar. »Du wirst mir nicht
vorschreiben, wie ich mein Leben führen soll, alter
Freund. Ich habe gut aufgepasst und niemanden belogen. Aber hier soll ich absichtlich ein Kind zeugen, das
ich wahrscheinlich niemals kennen lerne.«

Angesichts seiner standhaften Weigerung wechselten
Regis und Ivan einen verwirrten Blick, doch da fiel Regis
ein nicht unwichtiges Detail ein.

»Colson«, sagte er. »Das erinnert dich an Colson.« Er
wandte sich Ivan zu. »Wulfgar hatte mal ein Kind, das

nicht von ihm war. Das war eine ganz ähnliche Zwangslage.«

»Schluss damit«, verlangte Wulfgar noch einmal. Tatsächlich dachte er sehr oft an Colson, das süße kleine Mädchen, das er in seinem ersten Leben vor all den Jahrzehnten wieder zu seiner Mutter gebracht hatte, nachdem er seine Freunde in Mithril-Halle zurückgelassen hatte. Danach hatte er Colson nie wiedergesehen. Er hatte keine Ahnung, was aus ihr geworden war. Damals, als Wulfgar sie zu Meralda in das Gebirgsstädtchen Auckney zurückgebracht hatte, hatte ihre Zukunft tatsächlich rosig ausgesehen, aber dennoch hatte die Ungewissheit den Barbaren noch in der Tundra verfolgt und ihn viele Nächte sorgenvoll wachgehalten – obwohl Colson nicht einmal seine leibliche Tochter gewesen war. »Du hast doch keine Ahnung!«, fuhr Wulfgar fort. »Was ihr von mir verlangt, ist …«

»Es ist der einzige Weg, Junge«, unterbrach ihn Ivan einfühlsam, der jetzt vortrat. »Ich wünschte, es wäre anders, aber du hast doch gehört, was die Königin zu meinem Bruder sagte. Wir können sie nicht entführen, ohne einen Krieg zu riskieren, und das willst du bestimmt auch nicht. Pah! Wie viele Männer werden ihre Kinder wohl niemals kennen lernen, wenn sie auf dem Schlachtfeld verbluten?«

»Es ist der Königin gegenüber unfair«, versuchte Wulfgar zu widersprechen, um dem Gespräch eine neue Richtung zu geben.

»Es war ihre eigene Idee«, sagte Ivan. »Und wer sollte es ihr verdenken? Entweder wird sie schwanger, oder sie verliert ihren Kopf. Wir können nichts dagegen tun, Junge. Außer dem, was wir vorhaben. Du kannst nicht mit König Yarin kämpfen, und du kannst nicht davonlaufen, denn er kriegt dich. Er kriegt uns alle. Und wenn nicht, schickt er seine Armee nach Aglarond, und das wird ein übler Krieg, sage ich dir. Also ab mit dir nach oben! Sie erwartet dich. Du rettest einer Frau das Leben, und sie ist eine gute Frau, die es verdient hat.«

Wulfgar warf Regis einen Blick zu, und der Halbling nickte.

»Und dein Sohn wird König von Damara«, ergänzte Ivan. »Oder deine Tochter Königin von Damara, und sie wird eine liebevolle, freundliche Mutter haben. Und du hilfst uns allen, einen Krieg zu verhindern. Und der König ist ein alter Mann. Nichts kann dich daran hindern zurückzukommen, wenn er nach seinem Tod für seine Taten büßen muss!«

Wulfgar massierte sein Gesicht, denn er kam mit der ganzen Situation noch immer nicht zurecht. Er wollte keinen Krieg, und natürlich wollte er auch nicht, dass die arme Frau hingerichtet wurde. Dann dachte er an die hübsche junge Königin, die er bei Hof gesehen hatte. Er konnte sich nur schwer vorstellen, dass sie sich freiwillig mit dem verlebten, hässlichen alten König abgab, und dieser Gedanke – dass es bestimmt eine arrangierte Ehe und keine Liebesheirat gewesen war – ließ ihn schließlich einwilligen und die Treppe hochsteigen.

Sehr viel später öffnete Ivan die verborgene Geheimtür zum Garten und spähte in die Dunkelheit hinaus. Nachdem er niemanden entdeckte, ließ er Regis und Wulfgar in die Nacht hinausschlüpfen, um zum Gästehaus zurückzukehren.

Wulfgar war so erschöpft, dass er kaum noch laufen konnte. Bei jedem Schritt schüttelte er so verwirrt den Kopf, dass der Zwerg und der Halbling sich kaum das Lachen verkneifen konnten.

»Wie gut, dass du das Angebot von Jarlaxles Drachen-freundin ausgeschlagen hast«, kicherte Regis, sobald sie in sicherem Abstand vom Palast waren. »Die hätte dich vermutlich erledigt.«

Der Halbling grinste seinen Freund an, aber das sah Wulfgar nicht.

Kapitel 20

Der Disziplinlose

Ihm fehlten seine Krummsäbel. Ihm fehlte sein Bogen. Auch die magischen Beinschienen und die Rüstungen waren in seinem Zimmer geblieben, das weit vom Trainingsbereich entfernt lag.

Sein Gegner hingegen hatte alle seine üblichen Waffen – Hände und Füße – dabei und hatte seine Haut wie eine Rüstung gestählt.

Allein das Tempo, seine Geschicklichkeit und der Gleichgewichtssinn eines Drow-Kriegers hielten Drizzt aufrecht, während Meister Afafrenfere mit Fäusten, Handkanten, Ellbogen, Knien und hohen Fußtritten zum Nahkampf überging.

Drizzt blockierte eine Salve Schläge, indem er den Unterarm hochriss, und rammte Afafrenfere ein Knie in die Hüfte. Aber der Mönch fuhr so schnell herum, dass er keine Blessuren davontrug, und nutzte die Drehung obendrein für einen langen, gedrehten Tritt.

Drizzt konnte nur noch hochspringen, damit der Mönch ihm nicht die Beine wegriss. Mit angezogenen Knien landete Drizzt in der Hocke, während Afafrenfere dieses Bein aufsetzte. Der Mönch nutzte den Schwung seines Körpers, um mit dem anderen Bein hoch nach oben zu treten, zu hoch für Drizzt, der bereits tief am Boden war, aber gleich wieder hochschnellte.

Diesmal griff Drizzt an und schaffte ein Dutzend kurzer, aber kräftiger Hiebe und einen Tritt aus dem Knie, von denen jedoch nichts die perfekt angesetzten Abwehrbewegungen und Drehungen von Afafrenfere durchdrang.

Immerhin ließ seine Fähigkeit, selbst wieder anzugreifen und im unbewaffneten Zweikampf gegen einen Meister des Südwinds die Initiative zurückzugewinnen, die Zuschauer oben auf dem Balkon anerkennend nicken.

Beide Gegner traten zu, und ihre Schienbeine stießen heftig gegeneinander. Drizzt musste den größeren Teil der Wucht abfedern und merkte, wie sein Knie etwas nachgab, als sein Fuß wieder den Boden berührte. Er versuchte, seinen Nachteil durch ein Vorschnellen zu überspielen, knickte aber beim ersten Schritt etwas ein. Damit geriet er zu weit zur Seite, und der linke Haken, zu dem er angesetzt hatte, war nicht sauber gezielt.

Afafrenfere duckte sich darunter weg, sprang vor, passierte Drizzts ungeschützte Seite und landete mit dem hinteren Fuß auf gleicher Höhe mit dem rechten Fuß des Drow.

Daraufhin stieß der Mönch mit dem linken Arm unter Drizzts zurückgerissenem linkem Arm hindurch in seine Armbeuge, schob Unterarm und Hand weiter aufwärts über die Schulter des Drow und packte ihn von hinten am Haar.

Drizzt wollte sich zur Seite ducken, aber das ließ der Mönch nicht zu, sondern trat mit festem Halt gezielt hinter ihn.

Mit dem Ellbogen versuchte Drizzt, Afafrenfere von diesem Punkt zu vertreiben und links wieder einen besseren Stand zu finden, aber diesen Gegenangriff hatte der Mönch erwartet und nahm den wenig nachdrücklichen Schlag hin, indem er nur leicht den Oberkörper verdrehte. Gleichzeitig drehte er den rechten Arm unter dem angewinkelten Ellbogen von Drizzt hindurch auswärts.

Dann fuhr der Mönch nach oben und hatte Drizzt fest im Griff: Sein linker Arm wurde von dem linken Oberarm des Mönchs, der unter der Armbeuge des Drow steckte, nach außen gedrückt, Afafrenfere hielt immer noch Drizzts Haare fest, und der rechte Arm wurde von Afafrenferes rechtem Arm schmerzhaft in die Höhe geschoben.

Um dieser Falle zu entrinnen, hätte Drizzt sich hinwerfen und abrollen müssen, aber als er dazu ansetzte, gab sein angeschlagenes Knie erneut nach. Das kurze Zögern ermöglichte Afafrenfere, den rechten Fuß vor den von Drizzt zu setzen. Und dann hob der Mönch den Fuß, schubste und ließ Drizzt vornüberfallen. Da seine Arme bewegungsunfähig waren, konnte der Drow das Gewicht des Sturzes nicht abfangen. Er und Afafrenfere kippten nach vorn, Drizzt landete auf dem Gesicht, und der Mönch fiel auf ihn.

Benommen und hilflos rang der Drow nach Luft, während der Mönch sich rittlings auf ihn setzte und Drizzts Arme dabei schmerzhaft weiter hochdrückte.

Als Drizzt wieder bei sich war, wurde ihm bewusst, dass Afafrenfere ihm in dieser Position leicht die Schultern auskugeln konnte.

Der Mönch wusste das ebenfalls. Deshalb ließ er los, sprang auf und wartete gelassen ab, während Drizzt sich schließlich aufrappelte. Drizzt sah Afafrenfere an, der die Hände vor der Brust zusammenführte und sich verbeugte.

Er ist ein Schwindler, ein Dämon, der dich demütigen will, kreischten die Stimmen in Drizzts Kopf. Der Drow kämpfte sich durch das finstere Labyrinth der Unvernunft, bis er irgendwann zu dem Schluss kam, dass Afafrenfere ihn nicht in dieser Form besiegt hatte, um ihn zu demütigen, sondern um den Anschein zu erwecken, dass alles gut war. Wie hätte ein Kampf gegen einen Gegner, der im unbewaffneten Zweikampf so fortgeschritten war, auch anders ausgehen sollen?

Mit jeder Faser wollte Drizzt auf den wehrlosen, gebeugten Mann losgehen und ihn in einen tödlichen Würgegriff nehmen.

Er setzte sogar zu der Bewegung an, hielt sich dann jedoch zurück, weil ihn doch noch ein Schimmer Anstand überkam.

Deshalb stolperte er davon, ohne den Mann anzugreifen, der ihn eben besiegt hatte.

Aber die Verbeugung, jenes Grundelement im Zweikampf, erwiderte er nicht, und dieses Versäumnis entging weder Afafrenfere noch den Zuschauern.

Yvonnels Worte klangen für Jarlaxle, Kimmuriel und Gromph gleichermaßen erstaunlich: »Er braucht unsere Hilfe, also helfen wir ihm.«

»Warum?« Gromph sprach die Frage aus, die alle im Sinn hatten.

Aber bevor das Gespräch auf eine tiefere Ebene übergehen konnte, schritt Jarlaxle ein. »Genau das tue ich bereits.«

»Und Ihr werdet scheitern«, sagte Yvonnel. Hilfesuchend sah sie Kimmuriel an, und zu Jarlaxles Überraschung stimmte der Psioniker ihr zu.

»Warum?«, fragte Gromph noch einmal.

»Weil die Heilung, die Jarlaxle über die Mönche anstrebt, unvollständig ist«, antwortete Yvonnel.

»Das meine ich nicht«, sagte der Erzmagier. »Warum interessiert Euch das Wohlergehen eines abtrünnigen Häretikers aus einem gefallenen Haus, der Menzoberranzan nichts als Ärger gebracht hat?«

»Vielleicht erkenne ich einen Wert in ihm«, antwortete Jarlaxle. »Und vielleicht ist er mein Freund.«

»Nicht Ihr«, stellte Gromph klar. »Eure Motive verstehe ich, auch wenn ich Euch für einen Dummkopf halte. Aber warum Ihr?« Er nickte zu Yvonnel hinüber. »Welches Spielchen spielt Ihr hier?«

»Er ist der Held von Menzoberranzan. Oder habt Ihr seinen glorreichen Sieg nicht verfolgt?«

»Er war ein Speer, der nach einem Dämon geworfen wurde, weiter nichts«, hielt der Erzmagier dagegen.

»Ist der Grund denn wichtig?«, warf Jarlaxle ein. »Eure Tochter ...«

»Nennt sie nicht so!«, unterbrach ihn Gromph, und Jarlaxle bemerkte den Blickwechsel zwischen ihm und Yvonnel. In diesem Punkt waren die beiden sich einig. Offensichtlich beschränkten sich ihre Familienbande im Sinne von Vater und Tochter auf den rein körperlichen Anteil. Angesichts der geistigen Kapazität dieser ungewöhnlichen Frau erschien Jarlaxle das einleuchtend. War sie in Wahrheit eher Gromphs Tochter oder seine – und Jarlaxles – Mutter? Und natürlich spielte nicht einmal das eine Rolle, denn weit wichtiger war die Frage: War Yvonnel noch etwas anderes als ein Avatar der Lolth, die Stimme der Spinnenkönigin, so wie einst ihre Vorfahrin? Yvonnel die Ewige hatte Haus Oblodra zerschmettert, indem sie zum Kanal für die ungezügelte Macht der Lolth geworden war. Konnte man von dem Schauspiel, das Yvonnel angesichts von Demogorgon geboten hatte, weniger behaupten?

»Ist das denn wichtig?«, fragte Jarlaxle erneut. »Sie kommt mit wichtigen Erkenntnissen zu uns, die selbst Kimmuriel anerkennt. Bin ich Drizzt diesen Versuch nicht schuldig?«

»Ich weiß nicht, was Euer verdrehter Verstand als Schuld gegenüber diesem wertlosen Verräter betrachtet«, sagte Gromph, »aber vielleicht tätet Ihr gut daran, mehr auf die Motive der Frau zu achten, die vor Euch sitzt. Vielleicht möchte sie, dass Drizzt nicht verrückt ist, wenn sie ihn zu Tode foltert oder ihm alles nimmt, was ihm wichtig ist. Entspräche das nicht dem Vorgehen von Lolth?«

Seine Worte gaben Jarlaxle zu denken. Er lehnte sich zurück, starrte Yvonnel durchdringend an und nahm dabei jedes Merkmal der überirdisch schönen, jungen Frau wahr. Er betrachtete ihren Rat und ihr Angebot aus jedem erdenklichen Blickwinkel und bemühte sich, Gromphs Einwand zu berücksichtigen, doch sosehr er sich auch anstrengte, eine so düstere Vision konnte er nicht nachvollziehen. Er war mit Drizzt, Entreri und Dahlia im Kerker von Haus Baenre gewesen. Warum hätte Yvonnel all diese Mühe auf sich nehmen sollen? Damals hatte sie ihn gehabt, gänzlich hilflos und verwundbar. Und wenn aus ihr wirklich die Stimme der Lolth sprach, hätte sie ihn auch in den Verliesen von Haus Baenre heilen und dann töten können, falls das ihr Wunsch war.

Deshalb ließ Jarlaxle seine Gedanken weiter wandern, über Drizzt hinaus. Ging es Yvonnel womöglich um einen größeren Plan, der auch Jarlaxle bestrafen sollte? Und vielleicht auch Kimmuriel und Gromph? Gehörten ihr Auftauchen hier und die nachfolgenden Vorschläge lediglich zu einem Plan, um jene groß angelegte Verschwörung gegen Menzoberranzan zu zerschlagen, die viele Männer und sogar Oberin Zeerith Xorlarrin umfasste?

In gewisser Weise erschien das nachvollziehbar, aber Jarlaxle schüttelte wieder den Kopf. Wenn Lolth über Yvonnel das beginnende Aufbegehren der Drow-Männer und ihren Wunsch nach mehr Ebenbürtigkeit in der Stadt eindämmen wollte, dann wäre ein teuflischer Plan, Drizzt erst zu heilen, um ihn dann umso schlimmer zu foltern, ein wirklich absurder Zug.

Nein, das wahrscheinlichste Motiv war das, was Jarlaxle in Yvonnels Augen hatte schimmern sehen, als sie gekommen war. Sie war von Drizzt fasziniert. Auch sie hatte die Möglichkeiten einer breiter angelegten, größeren Denkweise erkannt, die nicht nur auf Selbstliebe basierte, sondern auch – oder gar noch mehr – auf der Liebe zu anderen. Drizzts Hingabe an etwas Größeres als seinen eigenen Vorteil deutete auf etwas hin, wonach die meisten Drow hungerten.

»Dann lasst uns ihm helfen«, sagte Jarlaxle.

Yvonnel lächelte zufrieden. »Wir müssen zu ihm. Zumindest ich muss das.«

»Ich begleite Euch«, bot Jarlaxle an.

Nach kurzem Nachdenken schüttelte sie den Kopf. »Ich kenne jeden Schritt meines Plans. Ihr gehört derzeit nicht dazu. Es ist nicht nötig, alles komplizierter zu machen.« Jarlaxle wollte aufbegehren, aber Yvonnel wandte sich bereits Kimmuriel zu. »Ich wünsche nicht, dass Ihr mich begleitet.«

»Das habe ich auch nicht vor«, sagte er, wozu sie lediglich nickte, ehe sie weitersprach.

»Aber ich werde Euch schon bald für kurze Zeit brauchen und dann vielleicht noch einmal, wenn der Augenblick der Wahrheit enthüllt wird. Offenbar könnt Ihr durch Zeit und Raum reisen, zumindest in Gedanken.«

Auf Kimmuriels Nicken hin nahm Jarlaxle, ohne zu zögern, die silberne Kette ab, an der eine kleine Pfeife hing. Er warf Yvonnel die Kette zu. »Sie ist auf Kimmuriel abgestimmt«, erklärte er. »Er hört sie quer durch alle Existenzebenen. Sie leitet ihn zielsicher und wird ihn bei Bedarf schnell an Eure Seite führen.«

»Könnt Ihr mich zu diesem Kloster der Gelben Rose bringen?«, fragte Yvonnel Gromph.

»Nein.«

»Ich erbitte lediglich einen einfachen Teleportationszauber«, fauchte die junge Frau ihn an. »Für mich und eine zweite Person. Das wird ja wohl …«

»Ich kenne diesen Ort nicht«, sagte Gromph. »Ich war noch nie dort und habe ihn nie gesehen. Daher ist ein solcher Zauber riskant.«

»Nicht sonderlich.«

»Zum Wohl von Drizzt Do'Urden gehe ich kein noch so geringes Risiko ein«, betonte Gromph. »Keines.«

»Ich kann Euch hinbringen«, warf Jarlaxle ein und sah Kimmuriel an. Aber auch Kimmuriel schüttelte den Kopf, und als Jarlaxle noch einmal nachdachte, verstand er es, denn auch Kimmuriel konnte nicht einfach nach Lust und Laune Zeit und Raum verbiegen. Er konnte zu Orten reisen, die er gut kannte, oder dem Ruf der Pfeife folgen, indem er seine Gedanken über jegliche Entfernung und sogar durch interplanare Grenzen sandte. Aber wie Gromph war auch er nie beim Kloster gewesen.

»Seid Ihr schon mal auf einem Drachen geritten?«, fragte Jarlaxle die Drow-Frau. »Es dauert ein paar Tage – zweifellos länger als eine Teleportation –, aber …«

»Auf dieses Erlebnis freue ich mich«, sagte sie. »Arrangiert meinen Flug und verschafft mir eine Audienz bei Großmeister Kane.«

»Er ist schneller als jeder, mit dem ich je gekämpft habe«, sagte Meister Afafrenfere zu Savahn und Perrywinkle Shin. »Sogar ohne die magischen Beinschienen.«

»Seine Leistung war höchst beeindruckend«, stimmte Savahn zu, ehe sie grinsend hinzufügte: »Einen Augenblick fürchtete ich, es wäre nicht Bruder Afafrenfere, der mich bald um den Titel Meister des Ostwinds herausfordert.«

»Diesen Rang könnte Drizzt durchaus erreichen«, sagte Afafrenfere.

»Nein, keineswegs«, widersprach Perrywinkle Shin, während Savahn bereits nickte. Die beiden sahen den Meister des Sommers an, der neben Großmeister Kane der höchstrangige Mönch im Kloster war.

Meister Shin gab ihnen keine Erklärung, sondern erwiderte lediglich ihre Blicke, als müssten sie seine Gedanken selbst nachvollziehen.

Und da nickten die beiden, denn sie erinnerten sich an das Ende des Kampfes zwischen Afafrenfere und Drizzt. Der Drow hatte seinem Gegner keinen Respekt erwiesen und vielmehr den Eindruck gemacht, dem Mönch am liebsten ins Gesicht schlagen zu wollen.

Körperlich schienen Drizzt Do'Urden alle Wege offen zu stehen. Bei jahrelangem Training könnte er zweifellos auf die Stufen von Afafrenfere oder Savahn aufsteigen, vermutlich sogar bis zum Rang von Perrywinkle Shin.

Vielleicht könnte er sogar zu den wenigen zählen, die wie Kane die Transzendenz erreichten.

Doch für diese höheren Stufen im Orden der Gelben Rose brauchte man nicht nur körperliche Fähigkeiten, sondern vor allem die geistige und emotionale Disziplin, die einem Mönch gestattete, diese harten Lehren zu verarbeiten und den eigenen Körper entsprechend zu beherrschen.

In diesem zentralen Bereich wies Drizzt Do'Urden große Defizite auf.

Niemand, der Drizzt vor seiner Reise ins Unterreich gekannt hatte, hätte so etwas je vermutet.

»Wie lange?«, fragte Dahlia.

Entreri verstand, dass sie sich große Mühe gab, keine Angst zu zeigen, und es tat ihm weh, dass seine Idee sie derart getroffen hatte. Als er eingewilligt hatte, Yvonnel zu begleiten, hatte er keinen Moment daran gedacht, was er Dahlia damit antun würde. Artemis Entreri war es einfach nicht gewohnt, an andere zu denken. Zumindest war es für ihn nicht selbstverständlich.

Und warum sollte Dahlia seine Entscheidung nicht gutheißen? Sie war nicht feige und verstand sehr gut, wie wichtig Freunde waren und warum Kameraden füreinander Verantwortung tragen mussten. Hatten Entreri, Jarlaxle und Drizzt sie nicht gerade erst gerettet? Aber sie genoss nach jahrelangen Qualen gerade erst ein bisschen Frieden und Sicherheit. Sie hatte ihre Probleme mit ihrem Sohn gelöst, und jetzt schuf Effron seine eigenen Räumlichkeiten im wachsenden Hauptturm des Arkanums.

Endlich hatten sie und Entreri einander wiedergefunden und konnten sich etwas schenken, das den Schmerz linderte und ihnen neue Perspektiven eröffnete.

Und jetzt wollte er gehen, ausgerechnet mit der wohl gefährlichsten Drow auf Faerûns Oberfläche. Und Gromph Baenre gehörte zu dieser Gruppe.

»Seit du von diesem komischen Kimmuriel zurück bist, bist du nicht mehr du selbst«, stellte Dahlia fest.

Das konnte Entreri kaum bestreiten. Nach dem Treffen mit Yvonnel hatten Jarlaxle und Kimmuriel ihm Yvonnels Plan erklärt, einen Plan, der Entreri einbezog. Er sollte Yvonnel zum Kloster der Gelben Rose begleiten. Zur Vorbereitung dieser Reise hatte Entreri Kimmuriel gestattet, in seine Gedanken einzudringen, was eine sehr beunruhigende Erfahrung gewesen war.

»Wir haben eine lange Reise unternommen«, versuchte Entreri zu erklären.

Diese Aussage überraschte Dahlia. »Wohin?«

»Nicht wohin, sondern in welche Zeit«, sagte Entreri. »Über Jahrhunderte hinweg, zu längst verblassten Erinnerungen, die mich heute überraschen.«

Dahlia verstand zwar nichts, beließ es aber dabei.

»Du glaubst, du bist es Drizzt schuldig«, sagte sie, als Entreri weiter schwieg und ihr die Geduld ausging. »Das verstehe ich.«

Entreri schüttelte den Kopf. Ihre Worte klangen rational und logisch. Angesichts des Zwecks von Drizzts Ausflug ins Unterreich, wo seine Krankheit ausgebrochen war, waren sie nachvollziehbar. Dennoch trafen sie aus seiner Sicht nicht den Kern der Sache. Es waren keine Schuldgefühle, die ihn zu Drizzt trieben, um den Waldläufer durch einen verzweifelten Plan zu retten. Nein, hier ging es um mehr. Wenn überhaupt Schuld im Spiel war, dann war es merkwürdigerweise etwas, was Artemis Entreri sich selber schuldig war. Er dachte an einen windgepeitschten Felsen vor Mithril-Halle, an einen

Kanal in Calimhafen, an ein Turmzimmer, das eigens für einen Zweikampf zwischen ihm und Drizzt konstruiert worden war.

»Dann sollte ich lieber mitgehen«, sagte Dahlia, doch Entreri schüttelte wieder den Kopf.

»Yvonnel hat mich gebeten. Sie lässt nicht einmal zu, dass Jarlaxle uns begleitet.«

»Warum? Und warum traust du ihr?«

»Das tue ich nicht.«

»Offensichtlich doch!«

Entreri seufzte, denn es ließ sich kaum widerlegen, dass er tatsächlich viel Vertrauen in die ungewöhnliche junge Dunkelelfe setzte.

»Ich gehe davon aus, dass sie keinen Grund hat, mich wegzulocken, weil sie mich – uns alle – kürzlich in der Hand hatte«, erläuterte er.

»Aus welchem Grund sollte sie Drizzt helfen wollen?«

»Ich habe nicht die leiseste Ahnung.«

Dahlia schnaubte und stemmte die Hände in die Hüften. »Ich will mich keineswegs querstellen«, sagte sie, »aber das erscheint mir alles sehr unlogisch.«

»Yvonnel ist davon überzeugt, dass Drizzt ein starkes Trauma braucht, eine massive persönliche Krise, damit ihre Zauber ihn heilen können«, erklärte Entreri. »Und gäbe es jemanden auf der Welt, der Drizzt Do'Urden besser in eine massive Krise stürzen könnte, als Artemis Entreri?«

Seine Flapsigkeit schien Dahlia nicht zu beeindrucken.

»Es geht vor allem darum, dass er seine absolute Verzweiflung anerkennt und sich dem stellt, was er insgeheim für unausweichlich hält«, fuhr Entreri ernster fort. »Vorher wird er in seiner Sturheit weder Yvonnels Hilfe noch die Hilfe anderer zulassen.«

»Das leuchtet mir nicht so richtig ein«, stellte Dahlia fest.

»Mir auch nicht«, gestand Entreri, dem durchaus bewusst war, dass er hierbei leicht umkommen könnte, falls Yvonnel sich irrte. Instinktiv glitt seine Hand zu Charons Klaue. Viele Jahre hatte er seine Klinge verflucht, weil sie ihn am Leben erhalten hatte, doch inzwischen war er nicht mehr so sicher, dass sein Fluch von dem Schwert stammte. Andererseits war er mittlerweile relativ sicher, dass die Nesserklinge weniger oder gar keine Gewalt mehr über seine Seele hatte. Das bedeutete, dass Artemis Entreri wieder das Gefühl hatte, sterblich zu sein – ein großes Pech, denn zum wohl ersten Mal in seinem Leben wollte er nicht mehr sterben.

»Du triffst also wieder auf diesen Meister Kane?«, fragte Dahlia. Entreri hatte ihr von seiner letzten Begegnung mit dem Großmeister der Blumen berichtet, als er vor über hundert Jahren mit Jarlaxle in die Blutsteinlande vorgestoßen war.

»Vielleicht. Wenn Jarlaxle es arrangieren kann.«

Dahlias breites Lächeln zeigte Entreri, dass sie einverstanden war und ihm vertraute, was er sehr zu schätzen wusste.

»Sag Kane, dass du der König von Vaasa bist«, scherzte sie in Anspielung auf jenes Zusammentreffen. »Dann sollte er dir bereitwillig entgegenkommen.«

Entreri schloss Dahlia fest in die Arme.

»Bitte sag Catti-brie nichts. Weder von meiner Abreise noch von Yvonnels Plänen«, flüsterte er nach einem langen Kuss. »Ich möchte keine falschen Hoffnungen wecken.«

Dahlia zog die Augenbrauen hoch.

Entreri konnte nur mit den Schultern zucken. Bei Licht

betrachtet, kam ihm Yvonnels Plan schwierig bis lächerlich vor. Aber etwas Besseres hatten sie nicht.

Zögernd betrat Drizzt den kleinen, runden Raum.

Die Kerze war neu und stand genauso bereit wie bei Drizzts erstem Besuch in diesem Zimmer. Sie hatten sein Auftauchen also vorhergesehen, dachte er, als er den kleinen Anzünder auf dem Boden registrierte.

Man schien ihn hier gut zu kennen.

Zu gut.

Der Gedanke, dass man mit ihm spielte und dass seine Verfolger es genossen, wie er endlos im Kreis lief, verfolgte ihn, bis er seinen Platz vor der Kerze einnahm, und er spielte verunsichert mit dem Anzünder herum. Sollte er fortfahren? Er wollte seine Grenzen ausloten, aber zugleich wollte er seinen Häschern – wie er die Mönche inzwischen einstufte – nicht das Schauspiel liefern, das sie offenbar wünschten.

Doch er konnte nicht widerstehen, und so betätigte er den Anzünder und nahm danach die tiefe Hockstellung ein, denn er war fest entschlossen, all dies zu durchschauen und wenigstens sich selbst zu beweisen, dass er einen Ort der Zufriedenheit finden konnte, in der Stille der Meditation, einen Ort, an dem die, die ihn quälten, und vielleicht auch sein Fluch ihn nicht erreichen konnten.

Anfangs kam es ihm vor, als könne er diese Stellung ewig beibehalten. Scheinbar anstrengungslos versenkte er sich in die volle Position und faltete vor dem Körper die Hände. Er starrte auf die Kerze, um sich von ihrem Licht nach innen führen zu lassen, nicht in die Kerze hinein, sondern in sich selbst.

Die Muskeln auf der Beinrückseite begannen allmählich zu glühen.

Er kämpfte gegen den Schmerz und behielt seine Position stur bei.

Die Zeit verstrich, ohne dass er sie wahrnahm. Drizzt spürte das Unbehagen und rang darum, tiefer in die Kerze und in sich selbst einzutauchen. Aus seinen vielen Stunden mit Afafrenfere und den anderen wusste er, dass nur seine eigene Wahrnehmung dieser Haltung für die Schmerzen verantwortlich war. Seine Muskeln zuckten, so sehr bemühten sie sich um perfekte Stabilität. Und es war genau das, das Bemühen um Perfektion, das ihn davon abhielt.

Drizzt löste sich davon. Er blickte nur in die Kerze. Er blickte in sich selbst hinein. Dabei dachte er nur an seinen eigenen Atem und ließ sich von dem langweiligen Rhythmus an einen tieferen, zufriedeneren Ort führen.

Ohne es zu merken, schloss er die Augen. Seine Haltung war tatsächlich perfekt ausgewogen und ruhig, aber das war ihm nicht bewusst.

Er fand einen Ort des Nichts, und der war ein Zufluchtsort, der Frieden versprach.

Catti-brie war bei ihm, so schön und warm, und das war herrlich.

Sie lächelte ihn an, und ihre Zähne waren spitz – raubtierhaft und böse –, und ihr kreischendes Lachen war ein grausames Geräusch.

Drizzt versuchte, das Bild abzuschütteln. Da kehrten die Schmerzen in seinen Beinen zurück, und er spürte seine brennenden Muskeln.

Er schlug die Augen auf und entdeckte die Kerze, auf die er sich konzentrieren wollte, aber das Licht flackerte wild, und diese Unruhe verstärkte seine eigene.

Es war sein eigener keuchender Atem, der die Kerze

bewegte, weil er sich bemühte, sich an etwas derart Flüchtiges zu klammern.

Seine Beine schmerzten, und schließlich saß er erschöpft auf dem Boden.

Die Kerze war ein Stück heruntergebrannt, wie er sah, deutlich weiter als bei seinen bisherigen Versuchen, doch dem Drow kam diese Leistung immer noch jämmerlich vor. Unwichtig.

Er hatte einen Ort des Friedens gefunden, einen ganz persönlichen, geheimen Zufluchtsort.

Und auch dort hatten ihn seine Folterer entdeckt.

Es gab keinen sicheren Ort.

Drizzt Do'Urden war überzeugter denn je, dass er verloren war. Er torkelte in sein Zimmer zurück, warf sich auf die Strohmatratze und betete nur noch darum, nichts mehr wahrnehmen zu müssen, um endlich Erlösung zu finden.

»Du hast dich bei deiner Meditation besser geschlagen«, sagte Kane am anderen Morgen zu Drizzt. Der Großmeister hatte den Drow sehr früh geweckt, noch ehe am östlichen Horizont die Sonne auftauchte.

Drizzt starrte ihn an. Wie sollte er darauf reagieren?

Es war ihm gleichgültig, doch er war sich ziemlich sicher, dass nichts, was er jetzt sagen mochte, diesem Mann … oder Dämon – oder was dieser angebliche Großmeister Kane auch immer sein mochte – gefallen würde.

»Wenn du dem Orden der Gelben Rose angehören würdest, dürftest du dich jetzt Makelloser Bruder Drizzt nennen«, fuhr Kane fort.

Drizzts Miene verriet, wie wenig ihm dies bedeutete.

»Womit du auf dem besten Weg zum Meister wärst«, fuhr Kane ungerührt fort. »Das mag kein sonderlich hoher Rang sein, aber dennoch einer, den nur wenige Brüder oder Schwestern je erreichen. Bei dir jedoch sehe ich diese Möglichkeit. Die Disziplin ist da, auch wenn du sie unter deiner Unsicherheit …«

»Das reicht!«, fuhr Drizzt auf. Die nächste Bemerkung verbiss er sich, schüttelte nur den Kopf, um sich zu fangen, und wiederholte: »Das reicht.«

»Du hast viele Jahrzehnte trainiert. Das merkt man«, sagte Großmeister Kane, der jetzt ebenfalls den Kopf schüttelte. »Ein Jammer«, murmelte er, ehe er davonging.

Kapitel 21

Entlarvt

Ihn zu töten hätte alles ruiniert, zumal Malcanthet all-mählich herausfand, wie sie in diesem abgelegenen, hässlichen kleinen Winkel der Welt doch ein bisschen Spaß haben könnte. Auf den Hunzrin-Plan, sie an die Oberfläche zu bringen, hatte sie sich nur eingelassen, weil ihr dieser Ort nach Demogorgons Zerstörung und Graz'zts angeblichem Auftauchen deutlich sicherer er-schienen war. Sie war immer davon ausgegangen, dass sie ins Unterreich zurückkehren würde, sobald Graz'zt wieder im Abgrund war. Schließlich hatte sie Verbindun-gen in mehr als eine Drow-Stadt.

Jetzt hingegen war sie sich nicht mehr so sicher. Diese Menschen ließen sich so leicht manipulieren … »Ich habe furchtbare Kopfschmerzen. Ich kann kaum die Augen of-fen halten«, klagte sie und schlug dramatisch den Unter-arm vor die Stirn.

»Das ist mir egal!«, sagte König Yarin und packte sie an den Schultern. »Ich muss dich haben!«

Er wollte sie auf das Bett stoßen.

Er hätte auch versuchen können, das Schloss umzu-werfen. Verdutzt blickte Yarin in die roten Augen seiner Königin. Rot?

»Ich sagte, ich bin nicht bereit für diese … Pflichten«, erklärte Malcanthet.

König Yarin schrak zurück und schluckte.

Ihre Augen nahmen wieder die blaue Farbe von Concettinas Augen an, und sie lächelte einlenkend. »Ich schicke nach dir, sobald es mir besser geht, mein Schatz.«

König Yarin wich zurück, drehte sich abrupt um und taumelte hinaus, wobei er grübelnd darüber nachdachte, was gerade geschehen war.

Malcanthet sah ihn an den Wachen vorbeilaufen. Der Zwerg unter ihnen warf ihr einen wissenden Blick zu. Sie nickte Ivan zu und schloss die Tür.

»Gewagte Spielchen«, sagte Inchedeeko, der Quasit, als sie sich umdrehte. »Du lässt den Menschen die Wahrheit sehen.«

»Er hat keine Ahnung, was er gesehen hat«, erwiderte Malcanthet.

»Und jetzt holst du den Barbaren?«

Der Sukkubus grinste böse. »Mir ist langweilig.«

»Und deshalb zettelst du Ärger an? Großen Ärger?«

»Vielleicht«, antwortete Malcanthet achselzuckend. »Gefällt es dir?«

Der Quasit kicherte und huschte unter das Bett, als jemand leise an die Tür der Königin klopfte.

Ivan bewachte den Gang und hielt so viel Abstand von Königin Concettinas Schlafzimmer, wie gerade noch möglich war, ohne seinen Posten zu verlassen. Er lehnte an der Brüstung des Treppenabsatzes der Hintertreppe. Von hier aus konnte er die Tür nicht mehr sehen. Er tat so, als würde er einen Fleck auf der glänzenden Rüstung polieren, die Gerüchten zufolge, die kaum jemand glaubte, einst König Gareth Drachenbann persönlich gehört hatte.

»Oh, Herrin, Herrin, Herrin«, hörte er von unten eine

lauter werdende Stimme. Offenbar rannte jemand die Treppe herauf. Eine Frau.

Der Zwerg stöhnte. An diesem Abend hatte er das Stelldichein für besonders gefährlich gehalten, und die schlechte Laune des Königs beim Abzug aus Concettinas Zimmer hatte seine nagenden Zweifel noch verstärkt. Aber er hatte Königin Concettinas Nicken, als der König ging, auch nicht einfach ignorieren können. Sie hatte es angeordnet.

»Oh, Herrin, die Wachen!«, rief die Stimme.

Erschrocken machte sich Ivan auf den Weg in den Gang, verharrte dann jedoch überrascht hinter der Statue.

»Die Wachen kommen. Achtung, Herrin!«

Acelya Frostmantel, die Schwester des Königs, rauschte an Ivan vorbei, ohne ihn zu bemerken, so dringend wollte sie zu Concettina.

»Acelya?«, flüsterte der Zwerg. Ihre offenkundige Sorge erschien ihm völlig unlogisch. Acelya hasste Concettina und machte daraus kein Geheimnis. Warum also sollte sie die Königin eilends vor Wachen warnen wollen, die ihr feindselig gesinnt waren? Und woher wusste Acelya überhaupt von Wulfgars Anwesenheit?

Oder ahnte sie womöglich gar nichts davon?

»Herrin! Die Wachen!«, rief es draußen hektisch, ehe ein noch drängenderes Klopfen erfolgte. Königin Concettina streifte Wulfgar gerade das Hemd vom Leib und küsste ihn stürmisch. Dann stieß sie den Barbaren von sich, der dabei durch das halbe Zimmer taumelte.

»Was?«, fragte er und riss die Augen auf.

»Wachen!«, schrie die Frau an der Tür. »Sie kommen schnell, meine Königin!«

»Ihr müsst mich hier rausschaffen!«, sagte Wulfgar.

Ohne die Antwort abzuwarten, lief er zum Fenster, aber die Frau schnitt ihm den Weg ab.

»Es gibt keinen Ausweg!«, sagte sie.

Da flog die Tür auf, und Prinzessin Acelya kam herein. »Herrin!«

»Ruhe!«, befahl die Königin mit tieferer, böserer Stimme. »Und mach gefälligst die Tür zu!«

Gehorsam führte Acelya den Befehl aus.

»Was …?«, fragte Wulfgar wieder, doch diesmal versagte seine Stimme, weil die Frau, die er für Königin Concettina hielt, ihn grimmig anfunkelte. Ihre Augen waren rot, und auf ihrer Stirn waren kurze Hörner gewachsen, die denen einer Ziege ähnelten.

»Heute Nacht wird hier nicht herumgetändelt«, teilte sie ihm mit.

Wulfgar schlug nach ihr und blickte zu dem Tischchen neben dem Bett, wo sein Kriegshammer lag. Er wollte ihn zu sich rufen, doch als die Dämonin zurückschlug, blieb ihm die Luft weg. Sie hatte die Kraft einer Riesin.

Er taumelte zurück, aber sie sprang ihm nach und rang mit ihm. Immerhin konnte er Aegisfang zu sich rufen, doch es gelang ihm nicht, den Hammer tatsächlich einzusetzen. Die angebliche Königin war ihm zu nahe, um vernünftig anzugreifen.

Da ergriff er den Hammer mit beiden Händen und versuchte, sie zurückzustoßen, doch auch sie griff durch seine Arme hindurch nach der Waffe. Ihre abrupte Drehung zwang den mächtigen Barbaren auf ein Knie.

Mit Leichtigkeit entwand die Kreatur Wulfgar seinen Hammer und warf ihn beiseite. Dann verpasste sie ihm eine so kräftige Ohrfeige, dass er das Gleichgewicht verlor und fast umkippte.

Aber er fing sich wieder, denn die falsche Königin hielt ihn mit einer Hand vorne am Hemd fest.

»Du hast Glück, dass ich gern mit dir spiele«, sagte sie. Und sie schleuderte Wulfgar quer durch den Raum, bis er gegen den Kamin prallte und dort zur Seite stolperte.

Da riss der Krieger sich zusammen und besann sich auf all die Jahre Kampferfahrung, damit seine Sinne die unglaubliche Situation begreifen konnten, mit der er urplötzlich konfrontiert war. Wieder wollte er seinen Hammer rufen.

Aber am Fußende des Bettes stand die Kreatur, die er für Königin Concettina gehalten hatte, und grinste ihn an. Hinter ihr entfalteten sich große Fledermausflügel. Sie holte mit einem Arm aus und schlug mit einer dunklen Schnur nach ihm. Einer Peitsche! Beim Knall der Peitschenschnur zuckten gefährliche Blitze heraus, die knisternd Wulfgars Arm versengten.

In ihm loderte plötzlich ein Feuer, das ihm den Atem raubte, und eine Woge der Übelkeit ließ ihn das Wort, mit dem er seinen Hammer rufen wollte, nicht über die Lippen bringen. Erst war ihm schwindelig, dann war er wie betäubt.

Sein Arm sackte gefühllos an seiner Seite herab.

Das Dämonenwesen lachte, spitzte die Lippen und pustete sanft, was sich für Wulfgar wie ein kräftiger Windstoß anfühlte. Er hörte, wie sich hinter ihm ein Umhang aufbauschte.

Die Peitsche knallte noch einmal, und er wich davor zurück, drehte sich schutzsuchend um und gab sich Mühe, auf seinen wackligen Beinen zu bleiben. Da sah er den Mantel neben dem Kamin zur Seite wehen und den Blick auf die gierige Dämonenfratze mit dem Spiegel in ihrem klaffenden Maul preisgeben.

Nur ganz kurz entdeckte Wulfgar sein Spiegelbild darin, ehe ein unbekannter Feind aus dem Spiegel heraus nach ihm griff, ihn packte und umschloss. Er hatte das Gefühl, gestreckt zu werden, und begriff nur, dass er sich zu der Glasfläche hinbeugte.

Das Zimmer wurde immer länger, und dann war er verschwunden, vom Spiegel eingesaugt. Zurück blieb die lachende Dämonin.

»Der kommt mit mir«, sagte Malcanthet hochmütig zu Acelya, die fassungslos auf den Platz starrte, wo eben noch der Mann gestanden hatte.

Im Gang wurde es laut. Die Wachen waren gekommen.

»Nimm mich mit!«, rief Acelya.

Malcanthet griff nach Wulfgars Hammer, aber in diesem Moment verschwand die Waffe. Sie blickte zum Spiegel zurück und nickte, obwohl es sie überraschte, dass ihr Sklave durch den extraplanaren, Leben fangenden Spiegel noch nach seiner Zauberwaffe rufen konnte.

Eine Faust hämmerte an die Tür.

»Im Namen des Königs!«, rief jemand laut.

Malcanthet winkte zur Tür hin, worauf deren Holz aufquoll und den Knauf verklemmte.

»Das ist Rafer!«, flehte Acelya und griff nach Malcanthets Arm. »Bitte, nimm mich mit!«

Sie wandte sich dem Spiegel zu, aber der Sukkubus hielt mit einer Hand ihr Kinn fest, damit sie nicht hineinsehen und im Glas gefangen werden konnte.

»Nein, liebes Kind«, gurrte Malcanthet, während sie Acelya sanft über das Gesicht strich.

»Das verdammte Ding ist abgeschlossen!«, fluchte Rafer Ingot. Er rammte mit der Schulter die Tür.

»Die Tür hat doch gar kein Schloss!«, rief eine andere Wache und trat zu, während Rafer sich erneut dagegenwarf. Dieses Mal ächzte der Knauf, und das Holz gab knirschend etwas nach.

Ivan wusste nicht, was er tun sollte. Einerseits konnte er Wulfgar nicht einfach den Wachen überlassen, aber würde es ihm helfen, wenn sich herausstellte, dass Ivan Teil der Verschwörung war? Für Wulfgar gab es hier kein Entkommen, und wenn die treuen Wachen ihn in kompromittierender Situation mit Königin Concettina entdeckten, würde der Barbar bald im Garten mit König Yarins Fallbeil Bekanntschaft machen.

Mangels anderer Optionen tauchte Ivan hinter den wütenden Soldaten auf.

»Habt doch Respekt vor der Königin!«, brüllte er, doch sie schienen ihn nicht zu hören.

Nur Rafer Ingot nahm ihn wahr und streckte dem Zwerg die Hand hin. »Die Axt!«, verlangte er.

Ivan schrak zurück und wollte Einwände erheben, aber da ergriffen ihn auch schon einige andere, und ehe er wusste, wie ihm geschah, hatte Rafer seine Axt in der Hand und hackte damit auf die Tür ein.

Die Splitter flogen nach allen Seiten. Sobald das mittlere Brett vollständig zerlegt war, gaben die aufgequollenen Ränder nach, und als Rafer noch einmal mit der Schulter die Tür rammte, brach sie. Da warf der Schläger Ivans Axt weg, griff nach seiner vertrauten Waffe, dem Schwert, und stürmte ins Zimmer. Ivan, der in dem Gedränge der Soldaten noch seine Axt aufheben wollte, hörte einen Peitschenknall, bei dem Rafer aufschrie.

Verwirrt wartete der Zwerg auf Wulfgars Aufbrüllen. Was sollte er dann unternehmen?

Er konnte unmöglich zulassen, dass Rafer und die

anderen den Barbaren töteten oder auch nur niederschlugen. Andererseits waren gerade in dieser Einheit einige Männer und Frauen, die Ivan als Freunde betrachtete.

Als er sich endlich durch das Gewühl an der Tür geschoben hatte und im Zimmer stand, sah der Zwerg, dass es hier um etwas ganz anderes ging. Nicht Wulfgar kämpfte mit den Wachen, sondern jemand – etwas – ganz anderes.

Das Wesen ähnelte in gewisser Weise Concettina, war aber größer und hatte Hörner und Fledermausflügel, dazu eine erschreckende, funkensprühende Peitsche, die beim Ausholen knisterte und mit solcher Gewalt zuschlug, dass alle, die in der Nähe der Peitschenspitze standen, davor die Augen abschirmten und wie beim Blitzschlag eines Magiers unter Schmerzen Schutz suchten.

Als die Waffe diesmal knallte, brach der Mann neben Ivan über dem Zwerg zusammen und riss ihn zu Boden. Von dort aus entdeckte der Zwerg Rafer, der drüben am Bett gefallen war, sich schreiend wand und versuchte, an sein Gesicht zu greifen, doch er konnte den Arm nicht bewegen. Der Hauptmann rollte herum, und Ivan holte erschrocken Luft. Der erste Peitschenschlag hatte ihm ein Auge ausgerissen – der verletzte Augapfel rollte am Ende seines Muskelstrangs noch über die Wange.

Ivan wollte aufspringen und sich ins Getümmel stürzen, aber da traf ihn ein weiterer Körper und rammte ihn neben der Tür an die Wand. Ein halbes Dutzend Soldaten waren gefallen, und einen siebten riss die monströse Dämonin gerade mit der linken Hand in die Höhe. Ungerührt schleuderte sie den armen Mann Hals über Kopf wie eine Puppe durch das Zimmer, bis er durchs Fenster brach und inmitten von Glas und Rahmenstücken in die Nachtluft hinausflog.

Ivan hörte seine Schreie leiser werden, während er vierzig Fuß in die Tiefe stürzte.

»Du Miststück«, knurrte der Zwerg und versuchte erneut, sich zu befreien.

Da erstarrte er, denn er hatte an der nackten Dämonin vorbei zur hinteren Wand geschaut, wo ein grünes Dämonengesicht und ein Spiegel aufgetaucht waren. Und in diesem Spiegel sah er Wulfgar, der die Hände an das Glas presste – von innen. Der Barbar riss in einem stummen Schrei den Mund auf, während sein Bild wirbelnd verblasste.

Zwei weitere Wachen stürmten durch die Tür, wurden aber vom Knallen der Blitzpeitsche aufgehalten.

Die Dämonin – Concettina oder wer oder was auch immer – sprang los, riss mit erschreckender Kraft den Spiegel von der Wand und klemmte ihn sich unter den Arm. Noch ehe Ivan unter dem leblosen Körper hervorkriechen konnte, der ihn niederdrückte, und ehe die neu eingetroffenen Wachen die Dämonin erneut angreifen konnten, verschwand sie mit einem hohen Sprung durch das Fenster, um dort die Flügel auszubreiten und den Wind zu nutzen.

Ivan stolperte zum Fensterbrett und starrte in die Nacht hinaus. Das Ungeheuer glitt hinunter in den Garten, sprang dort noch einmal hoch in die Luft und flog über die Stadtmauer in Richtung Norden.

Der Zwerg drehte sich um und verschaffte sich einen Überblick über das Chaos. Soldaten stöhnten, andere liefen umher und kümmerten sich um die Verletzten. Draußen im Gang herrschte ebenfalls Getümmel.

Ivan drängte sich durch, verließ das Zimmer und eilte zur Treppe.

»Nach dem König sehen!«, schnauzte er eine Wache an, die ihn fragte, wohin er wollte.

Aber das war gelogen. König Yarin war der Letzte, um den Ivan sich gerade sorgte. Er sprang die Treppe hinunter, wobei er nur jede dritte Stufe berührte, und stahl sich dann blitzschnell durch die Hintertür, um zu Pikel und Regis im Gästehaus zu rennen.

Kapitel 22

Der geschluckte Dämon

»Natürlich akzeptiere ich deine Weisheit«, sagte Bruder Afafrenfere. Er kämpfte sichtlich um seine Fassung, was die anderen daran erinnerte, dass er trotz seines ausgesprochen rasanten Aufstiegs in die höheren Ränge des Ordens nach wie vor ein junger, nicht immer ausgeglichener Mann war.

»Aber du bist nicht einverstanden«, antwortete Großmeister Kane.

»Doch!«, rief Afafrenfere. »Nur … ich weiß nicht, warum, Großmeister, aber dieser ungewöhnliche Drow liegt mir sehr am Herzen. Auf jeden Fall stehe ich tief in seiner Schuld. Ich ging in die Irre, und er gehörte zu denen, die mich fanden. Als die Zwergin Ambergris mich bei unserer ersten Begegnung rettete, nachdem ich mit Drizzt gekämpft hatte, und mich so der Schattenebene entriss, hätte Drizzt mir keineswegs vergeben und mich annehmen müssen. Er hätte mir nicht helfen müssen, einen besseren Weg einzuschlagen. Er hätte jedes Recht gehabt, auch moralisch, mich zu töten oder zumindest ins Gefängnis zu stecken. Aber das tat er nicht. Er nahm mich in seine Gruppe auf, wo er mich im Auge behalten konnte, und auf unseren Reisen hat er mir vertraut. Das war vielleicht das größte Geschenk, das ich je erhalten habe.«

Bei dieser Aussage hoben die wenigen anderen Mönche im Raum die Augenbrauen. Immerhin hatte Großmeister Kane diesem speziellen Bruder eine erstaunliche Gunst erwiesen, indem er in ihn gefahren und ihn Dinge gelehrt hatte, für die sich andere Jahre oder Jahrzehnte und zumeist vergeblich abmühten.

Doch Kane verstand, worum es Afafrenfere ging. Als er nickte, war sein Lächeln ehrlich.

»So lange ist es noch nicht«, flehte Afafrenfere.

»Lange genug, um es zu wissen«, sagte Kane. »Wir haben für Drizzt Do'Urden alles getan, was wir können. Und das reicht nicht, aber so sei es. Es wird Zeit, dass er heimgeht.«

»Ja, Großmeister«, sagte Afafrenfere, der sich gehorsam verneigte. »Soll ich es ihm mitteilen?«

»Nein. Geh und hole ihn.« Kane musterte die Übrigen. »Ihr alle. Ich werde allein mit Drizzt sprechen.«

Als die Mönche gegangen waren, wandte Kane sich der Seitentür zu. Auf seinen leisen Ruf kam Yvonnel heraus und trat vor ihn.

»Euer Vertrauen ehrt mich«, sagte sie.

»Ich würde jemandem wie Jarlaxle nie vertrauen und damit auch Euch nicht, Yvonnel, von der es heißt, dass Ihr zu ganz ungewöhnlicher Macht Zugang habt.«

»Dennoch habt Ihr mir auf Ersuchen von Jarlaxle eine Audienz gewährt, und zwar hier, in Eurem Haus.«

Kane zuckte mit den Schultern. »Weil ich keine Angst habe.«

Da lächelte Yvonnel. »Könnt Ihr in meine Seele blicken, Großmeister der Blumen?«, fragte sie.

»Ich weiß, dass Drizzt viele Freunde hat, die bereit wären, für ihn ihr Leben zu geben«, erwiderte der Mönch. »Und Jarlaxle scheint einer davon zu sein, weshalb ich davon ausgehe, dass sein Ansinnen in dieser Hinsicht nachvollziehbar und richtig ist. Auf alle Fälle habe ich meine Brüder nicht belogen, denn mein Entschluss im Hinblick auf unseren verwirrten Freund steht fest. Es ist mir ein Rätsel, dieses Leiden, das einen Krieger mit einem Herzen, einem Ruf und einer Disziplin wie Drizzt derart ruinieren konnte. Ein Rätsel und eine Tragödie. Ich kann ihm nicht helfen, weil ...?«

»Weil er sich selbst nicht helfen kann«, antwortete Yvonnel, wozu Kane nach kurzem, verwundertem Zögern nickte.

»Und Ihr glaubt, dass Ihr das könnt?«, fragte der Mönch.

Yvonnel hätte gern genickt, schüttelte am Ende aber doch den Kopf. »Das weiß ich nicht. Aber ich möchte es versuchen.«

»Warum?«

Da erzählte ihm Yvonnel von dem Fluch, mit dem sie Drizzt belegt hatte, und wie sehr es sie schockiert hatte, als er ihrer Falle irgendwie ausgewichen war – allein durch die Kraft seines Willens und vielleicht noch etwas anderes, das tiefer in seinem Herzen ruhte. Sie erzählte ihm auch, was sie jetzt vorhatte und warum dies ihrer Ansicht nach das fehlende Puzzleteil zu Drizzts Erkrankung war.

Der Mönch hörte ihr nachdenklich zu. »Es gibt zwei Sorten Dämonen auf der Welt«, erklärte er schließlich. »Die eine ist Euch, die Ihr aus Menzoberranzan stammt und die Wege der Spinnenkönigin bestens kennt, wohlvertraut. Das sind die Dämonen der Hölle, greifbare Dämonen, die manchen göttlich erscheinen.«

Yvonnels Schnauben war vielsagend.

»Aber ich sage, das ist eine Lüge!«, fuhr Großmeister

Kane mit großer Sicherheit und ungewöhnlich emotional vor. »Es ist eine Lüge, weil wir die Götter über diese falschen Kreaturen sind. Sie existieren nur, weil sie der Stoff unserer gemeinsamen Albträume sind. Wenn niemand sie verehren würde, wenn niemand an sie glauben oder sie fürchten würde, hätten sie keinerlei Macht. Doch dazu wird es leider nicht kommen.«

Yvonnel starrte ihn lange fasziniert an. Was er gesagt hatte, war nicht von der Hand zu weisen.

»Ihr habt zwei Arten von Dämonen erwähnt«, sagte sie schließlich zu dem Mönch.

»Die andere Form sind diejenigen, die wir selbst erschaffen«, erklärte Kane. »Das sind die Dämonen des Hasses und der Angst. Sie sind sehr mächtig. Obwohl sie keine körperliche Form annehmen, sind sie so real wie jede Kreatur der Hölle. Drizzt Do'Urden hat seinen Dämon der Angst geschluckt und damit zugelassen, dass dieser sich in seinem Herz und Geist einnisten konnte.«

»Und ein solcher Dämon schützt sich selbst, indem er seinem Wirt Angst einflößt.« Yvonnel nickte nachdenklich. »Die Höllenpest hat im Unterreich für viel Unruhe und große Verzweiflung gesorgt«, ergänzte sie. »Fast keiner der Erkrankten wird sich von den Fesseln dieses Wahnsinns befreien können, denke ich, denn selbst wenn mächtige Priesterinnen, Zauberer oder Psioniker bereitstehen, halten die Dämonen der Angst die Betroffenen davon ab, die Heilung anzunehmen.«

»Aber Drizzt könnte eine Ausnahme sein«, sagte Kane.

Dazu konnte Yvonnel nur mit den Schultern zucken. »Ein Gegenmittel zu finden liegt im Interesse meines Volkes«, erwiderte sie vage.

Sie kannte so viele Geschichten über den disziplinerten Drizzt Do'Urden, besonders von den vielen Drow in Menzoberranzan, die ihn und seinen Vater gekannt hatten und insgeheim der Meinung waren, dass Drizzt in der Stadt einer der größten Waffenmeister aller Zeiten geworden wäre. Als Männer genossen Waffenmeister zwar kein hohes Ansehen, doch Yvonnel die Ewige wusste, dass ein wahrhaft disziplinierter Krieger ein ebenso vollkommenes Kunstwerk war wie jede Priesterin und jeder Zauberer.

»Und wenn Euer Plan nicht aufgeht?«, fragte der Mönch.

»Dann bringe ich ihn zu Catti-brie und den anderen zurück, wenn ich dazu in der Lage bin«, antwortete sie ernst. »Und wenn ich es nicht schaffe, bringe ich zumindest seinen Körper nach Hause, damit seine Freunde ihn angemessen betrauern können.«

»Und wenn Ihr ihn nicht schlagen könnt? Muss ich mich auf einen irren Drizzt Do'Urden einstellen, der im Kloster der Gelben Rose Amok läuft?«

Dieser scheinbar absurde Gedanke brachte Yvonnel zum Lachen.

»Und der andere?«, fragte Kane. »Euer Plan beruht auf Verrat, Priesterin der Lolth, und Verrat an einem solchen Geschöpf führt meistens dazu, dass einer dabei umkommt. Oder Schlimmeres.«

»Ich habe Euch um Hilfe gebeten«, erinnerte ihn Yvonnel. »Seid Ihr so vortrefflich, wie ich gehört habe?«

Großmeister Kane nickte. »Drizzt wird gerade ausgestoßen.«

»Dann erwarte ich ihn vor Euren Toren auf dem Feld«, sagte sie.

Damit verließ Yvonnel den Raum und trat den Rückweg an. Auf ihrem Weg durch die Gänge und Säle des Klosters der Gelben Rose wurde sie genauestens beobachtet, aber zugleich verhielten sich die Brüder und Schwestern höflich und blieben auf Distanz, sofern sie ihr nicht eine Tür öffnen mussten. Sie sorgten nur dafür, dass sie keine Umwege machte.

Draußen stieg Yvonnel über den grasbewachsenen Hang zum Wald hinunter, wo sie Entreri und den Drachen suchte, der sie aus Luskan hierhergebracht hatte.

Doch Entreri war allein.

»Wo ist Tazmikella?«

»Sie und ihre Schwester haben in der Nähe von Helgabal ein Haus«, sagte Entreri. »Als sie fortgingen, haben sie es gut getarnt und bewacht zurückgelassen, aber unsere Freundin wollte offenbar nach ihren Schätzen sehen. Immerhin ist sie ein Drache.«

»Die Schwestern haben uns so bereitwillig hierhergebracht, dass ich damit gerechnet hatte, dass sie vielleicht auch eigenen Geschäften nachgehen«, sagte Yvonnel. »Wahrscheinlich ist es besser, dass sie nicht hier ist, wenn Drizzt kommt.«

»Kane war also einverstanden?«

»Er hat mit Drizzt abgeschlossen«, antwortete Yvonnel. »Er weiß, dass er versagt hat und nicht mehr viel ausrichten könnte.«

Entreris Gesicht verdüsterte sich.

»Er konnte Drizzt zu etwas innerem Frieden verhelfen«, erklärte Yvonnel, um den Schlag abzumildern. »Das ist wenigstens etwas. Aber wie schon gesagt: Drizzts Krankheit ist nichts, was er willentlich besiegen könnte. Er ist verwundet, und diese Wunde ist real. Die Verletzung wird erst heilbar, wenn er den Heilenden bereitwillig in seine Gedanken einlässt.«

Artemis Entreri wusste genau, was er zu tun hatte, um Drizzt an diesen Punkt zu bringen. Mit ernster Miene nickte er, wobei seine Hände instinktiv zu seinen Waffen glitten.

»Ich muss bald Kimmuriel rufen«, kündigte Yvonnel an. »Hoffentlich.«

Entreri nickte wieder, wechselte dann aber das Thema. »Es gibt da noch etwas«, sagte er.

Yvonnel hatte keine große Lust auf Komplikationen, was man ihr deutlich ansah – dennoch sprach Entreri weiter.

»In Damara stimmt etwas nicht, hat mir Tazmikella gesagt«, erklärte der Meuchelmörder.

»Was? Hat es etwas mit uns zu tun?«

Entreri zuckte mit den Schultern. »Sie sagte nur, dort ginge etwas vor sich, was wir nicht sehen könnten. Ihre Drachenaugen hätten ihr etwas Verstörendes offenbart. Sobald sie aus Helgabal zurück ist, will sie uns Genaueres berichten.«

Yvonnel ging der Sache nicht weiter nach, weil es ihr in diesem Moment herzlich gleichgültig war und sie annahm, dass Tazmikellas Sorge um ein kleines Menschenreich wenig mit ihr zu tun hätte. Ihr Nicken sollte Entreri nur wissen lassen, dass er sie pflichtgemäß informiert hatte. Das reichte.

»Wir sollen also einfach hier warten?«, fragte Entreri.

Yvonnel trat an die Baumgrenze und sah den Berg hoch zum Tor des Klosters der Gelben Rose. »Ich denke, er wird bald kommen«, sagte sie. »Du weißt, was du zu tun hast?«

»Absolut.«

»Drizzt darf nicht wissen, dass ich hier bin. Ist das klar?«

Als Entreri schnaubte, fuhr Yvonnel brüsk herum. »Du begreifst nicht, wie scharf die Schneide ist, auf der du stehst«, betonte sie. »Wahrscheinlich wirst du heute sterben.«

»Ich weiß.«

»Ich habe viele Zauber gewirkt und kann dir versichern, dass ich nicht davon ausgehe, dass Charons Klaue dich noch beschützt, auch wenn sie dein Leben früher verlängert haben mag. Die Teilung hat das beendet. Falls es je zutraf.«

»Ich weiß.«

»Wahrscheinlich wirst du heute sterben«, wiederholte sie.

»Ich weiß.«

»Oder du tötest diesen Drow, den du als deinen Freund betrachtest.«

»Ich weiß.«

»Tatsächlich?«, fragte Yvonnel und trat vor. »Wenn du zögerst – wenn du bei diesem Kampf nicht absolut aufrichtig bist –, ist alles umsonst. Dann wirst du versagen und sterben, aber Drizzt hätte nichts davon. Ein derart klägliches Versagen deinerseits könnte ihn vielmehr auf ewig verdammen.«

»Was schert Euch das?«, knurrte Entreri sie an. »Wer seid Ihr? Mir wurde gesagt, Ihr wärt die Tochter von Gromph, aber ihm seid Ihr einerlei. Er wollte uns noch nicht einmal hierherteleportieren. Mir wurde gesagt, Ihr hättet die Oberinmutter von Menzoberranzan werden können, das verdammte Sprachrohr einer Dämonengöttin …«

»Hüte deine Zunge«, warnte Yvonnel so unmissverständlich, dass Entreri tatsächlich seine Wortwahl anpasste.

»Warum sollte die Oberinmutter sich um Drizzt Do'Urden sorgen, den Abtrünnigen, den gefallenen Helden?«, fragte er.

»Ich bin nicht die Oberinmutter.«

»Aber Ihr könntet es sein.«

»Richtig. Mit einem Wort. Aber ich bin es nicht. Schon das sollte dir etwas verraten.«

Entreri seufzte frustriert. »Was schert es Euch?«

»Was schert es dich?«

»Ihr könnt mir nicht einfach antworten?«

»Beantworte deine eigene Frage. Ich bin sicher, dass unsere Gründe sich weitgehend gleichen.«

Entreri war überfordert. Er wich einen Schritt zurück, schüttelte den Kopf und versuchte, sich einen Reim auf das alles zu machen. Sein Motiv war, dass Drizzt ihm einen Spiegel vorgehalten und ihn gezwungen hatte, sein Spiegelbild ehrlich zu betrachten.

Drizzts Beispiel hatte Entreri geholfen, in diesen Spiegel zu blicken und das, was er dort sah, nicht zu hassen. Das war sein Motiv.

Er musterte Yvonnel gründlicher, und plötzlich kam ihm diese überaus mächtige Drow, der eine Armee aus zwanzigtausend Dunkelelfen zur Verfügung stand, die auf die höchsten Priesterzauber ihres Volkes Zugriff hatte und sich zugleich in der arkanen Magie mit Zauberern wie Gromph Baenre messen konnte, sehr klein vor.

Als er an ihr vorbei zum Berg blickte, sah er eine Gestalt aus dem Kloster treten, die ein magisches Einhorn rief und es den Abhang hinunterführte. Da wusste Artemis Entreri, dass sein Moment der Wahrheit gekommen war.

»Da kommt er«, flüsterte er.

»Denk an deine Rolle und daran, wieso du hier bist«, mahnte Yvonnel, ehe sie im Unterholz verschwand.

Mittels einer Obsidianfigur rief Entreri sein eigenes Reittier, einen Nachtmahr, und führte diesen im Schatten der Bäume auf die Straße, um dort auf Drizzt zu warten.

»Was tust du denn hier?«, fragte der Drow überrascht, als er auf Entreri stieß. Er machte einen ziemlich erschütterten Eindruck, aber das war schon so gewesen, ehe er Entreri unter den Bäumen vorfand.

Entreri spuckte auf den Boden. »Alles hier dreht sich nur um dich, und trotzdem begreifst du die Wahrheit nicht?«, fragte er höhnisch. »Du enttäuschst mich, Drizzt Do'Urden.«

Drizzt richtete sich auf. »Was soll das heißen?«

Entreri glitt von seinem Nachtmahr und entließ das Tier mit einer Handbewegung. Dann winkte er Drizzt zu sich.

Der Drow musterte ihn fragend und etwas misstrauisch, schickte aber Andahar ebenfalls weg. Danach standen die beiden Männer einander in einem gewissen Abstand gegenüber.

»Was machst du hier?«, wollte Drizzt noch einmal wissen. »Schickt dich …?«

»Ich brauche keine Partner«, unterbrach ihn Entreri.

»Dann ist diese Begegnung also reiner Zufall?«

»Ich glaube nicht an Zufälle«, sagte Entreri in einem Ton, der etwas tief in Drizzt zum Schwingen brachte, als hätte er diese Worte von genau diesem Mann vor vielen Jahrzehnten schon einmal so gehört.

Und das stimmte sogar. Es war in den Tunneln von Mithril-Halle gewesen, beim ersten Angriff der Drow von Menzoberranzan auf König Bruenor, und Artemis

Entreri hatte die Gestalt von Regis angenommen und sich so unter Drizzt und dessen Freunde gemischt.

Drizzt schüttelte den Kopf.

»Kannst du nicht erraten, warum ich hier bin?«, fragte Entreri finster. »Warum ich? Warum diese Gestalt, dieser Mann, dieser Feind?«

Drizzt zuckte zusammen.

»Wer sonst als die Verkörperung deines schlimmsten Albtraums?«, sagte Entreri.

Drizzt fuhr sichtlich schockiert zurück.

Da zog Entreri Charons Klaue, deren rote Klinge einen Sonnenstrahl einfing und boshaft glänzte. Und er zückte sein Markenzeichen, den Dolch, den er mehrfach hochwarf, damit der juwelenbesetzte Griff richtig funkeln konnte.

»Was weißt du schon von meinen Albträumen?«, entgegnete Drizzt, während er sich zu fassen versuchte.

»Es ist alles eine große Lüge, nicht wahr?«, sagte Entreri. Er setzte ein boshaftes Lächeln auf. »Ein gewaltiges Täuschungsmanöver, um dich vollständig zu vernichten. Oder bist du womöglich einfach nur ein arroganter Narr, der sich für das Zentrum der ganzen Welt hält?«

Er trat einen Schritt vor, worauf Drizzt einen Schritt zurückwich.

»Ich bin deine Nemesis, Drizzt Do'Urden«, verkündete Entreri. »Und wenn es eine große Illusion ist, dann wird es jetzt Zeit für deinen Untergang.«

»Warum?«, fragte Drizzt, während er weiter zurücktrat. »Warum das Ganze? Wozu eine so ausgeklügelte Täuschung?«

Mit unglaublich boshaftem Lächeln zitierte Entreri sich selbst: »Umso süßer wird mein Sieg sein.«

Drizzt war, als hätte er einen Schlag in die Magengrube bekommen, denn auch diese Worte weckten uralte Erinnerungen an Artemis Entreri.

»Zieh deine Waffen, Drizzt Do'Urden, damit wir den Kampf fortsetzen können, der in den Kanälen von Calimhafen begonnen hat«, stichelte Entreri. »Wir wussten beide, dass es länger dauern würde, weil meine Kunst deine Prinzipien Lügen strafte und deine bloße Existenz mein Handwerk verspottete. Darauf beruhte unsere Rivalität. Erinnerst du dich?«

»Das ist sehr lange her. Und der Ort war weit entfernt.«

»So weit offenbar doch nicht. Zieh deine Waffen.«

Drizzt machte keine Anstalten.

»Zieh deine Waffen, damit du die Wahrheit erfährst«, sagte Entreri.

»Ich kenne die Wahrheit.«

»Zieh. Sonst töte ich dich hier und jetzt.« Er bluffte nicht.

Drizzt war mehr als bereit, die ganze Sache endlich hinter sich zu bringen. Anstatt seine Säbel zu ziehen, breitete er lediglich die Arme aus, um die Klingen des Meuchelmörders hinzunehmen.

»Kämpfe für deine Freunde, wenn schon nicht für dich selbst!«, verlangte Entreri.

»Meine Freunde sind tot. Schon lange«, sagte Drizzt.

»Kämpfe! Oder ich quäle sie bis in alle Ewigkeit!«, schrie Entreri, in dessen Stimme nun Verzweiflung durchschimmerte, ein Zeichen dafür, dass er vielleicht doch nicht so die Oberhand hatte, wie er behauptete.

»Wenn du das bist, was du behauptest, wirst du das ohnehin tun«, antwortete Drizzt mit resignierter Stimme.

Entreri riss sich zusammen und setzte wieder das

grausame Lächeln auf. »Aber es wird mir mehr Vergnügen bereiten.«

Drizzt richtete sich auf. Sein Gesicht wurde hart.

»Feigling«, höhnte Entreri.

»Dann töte mich.«

»Am Ende ist Drizzt Do'Urden also ein Feigling«, sagte Entreri. »Du hältst dich für tapfer, so bereit für den Tod. Aber du bist nur bereit, weil du dich so sehr vor deinen eigenen Ängsten fürchtest. Am Ende ist Drizzt Do'Urden ein Feigling.«

»Wie du willst.«

»Es ist einfach eine Tatsache«, betonte Entreri. »Wenn ich dich jetzt töte, bleibt dir ein Rest Unsicherheit, ein Funken Hoffnung, der deinen wirren Geist nicht zu der von dir befürchteten Schlussfolgerung kommen lässt. Das heißt, du akzeptierst es nicht. Du gibst lediglich auf.«

Er endete mit einem trägen Stoß von Charons Klaue, der kurz vor Drizzt stoppte, doch er zog mit seiner Dolchhand nach, ritzte die Wange des Drow und hinterließ eine blutige Spur. Es war keine schlimme Wunde, zumindest nicht auf den ersten Blick.

Dennoch weiteten sich Drizzts Augen vor Schreck, und Entreri wusste, dass er die Botschaft des furchtbaren Dolches vernommen hatte, den Vorgeschmack auf die restlose Vernichtung, wenn der Dolch ihm die Essenz seines Lebens rauben würde.

Trotz all seiner Verzweiflung, der Umnachtung, der Hilflosigkeit und der Resignation, die Drizzt Do'Urden niederdrückten, trotz der Verwirrung durch die Höllenpest, dieses Gefühl der absoluten Ausmerzung schob alles andere beiseite.

In Drizzts Händen erschienen die Krummsäbel, Eisiger Tod und Vidrinath.

»Lass es uns endlich zu Ende bringen«, sagte Artemis Entreri.

Und damit drang er vor und setzte gekonnt zum Kampf an, bei dem er und sein erfahrener Gegner in einen Rhythmus verfielen, den sie beide so gut kannten.

Wie viele Male hatten sie die Klingen gekreuzt? Wie viele Male hatten sie zusammen gegen einen gemeinsamen Gegner gefochten? Gegeneinander oder miteinander war so ähnlich, denn die Harmonie und der Fluss der Schläge und Drehungen ergänzten einander so perfekt und sahen die Bewegungen des anderen so genau voraus, dass der Kampf mehr einem Tanz glich als einem Ringen.

Aus dem Schatten der Bäume beobachtete Yvonnel den Zweikampf mit ehrlicher Hochachtung. Schon diese ersten Hiebe und Paraden, mit denen die Gegner sich lediglich auf den Rhythmus des anderen einstimmten, entsprachen denen der besten Kämpfer von Melee-Magthere.

Als das Tempo mit jeder Wende zunahm, ließ sich das Dauerklirren kaum noch voneinander unterscheiden und ähnelte schließlich einem einzigen langen Kreischen von Stahl auf Stahl. Auf jede geschickt geführte Klinge folgte eine ebenso durchdachte Abwehr, bis jene tastenden ersten Schläge völlig verblasst waren.

Yvonnel nickte und hob die Pfeife an den Mund, um Kimmuriel herbeizurufen. Obwohl sie nichts hörte, vertraute sie Jarlaxle. Der Psioniker würde sie hören.

Aber würde er dem Ruf Folge leisten?

Yvonnel zuckte mit den Schultern. Das war unwichtig. Wenn alles wie erhofft verlief, würde Kimmuriel ihr helfen und ihre Botschaft verstärken, doch er war nicht das entscheidende Element.

Die Priesterin schloss die Augen und murmelte einen Zauber, der ihre Gedanken über alle Ebenen hinweg zu Yiccardaria in den Abgrund sandte.

»Lolth, erhöre mich«, flüsterte sie.

Die Zofe hörte sie. Und trotz ihrer Verwirrung machte sich Yiccardaria auf den Weg zu Yvonnel.

Drizzts Klingen arbeiteten schwindelerregend schnell, dreimal links und rechts, und jedes Mal wehrte Entreri die Angriffe ab. Damit hatte Drizzt gerechnet. Alles war so vertraut, so stimmig, wie schon so oft! Diesen Kampf hatten sie längst ausgefochten, mit ähnlicher Choreografie, fast genauso und teilweise mit denselben Waffen.

Wie auf Kommando stürmte Entreri vor, riss das Schwert hoch und zwang Drizzt, sich zu ducken und sich wegzudrehen, während Vidrinath hochfuhr, um einen unauffälligen Angriff des Dolches von unten her zu kontern.

Der gerollte Krummsäbel zielte auf die Brust des Meuchelmörders, doch Entreri war zu schnell und wich zurück, ehe der Säbel ihn erreichen konnte.

Zur Antwort zog er Charons Klaue durch die Luft und hinterließ einen Aschevorhang. Drizzt warf sich zur Seite, während Entreri durch die Asche brach, sodass die geschwungenen Waffen nur noch Luft vorfanden. Dadurch geriet der Meuchelmörder jedoch keineswegs ins Hintertreffen. Drizzt tauchte hinter ihm auf, aber die Nesserklinge fuhr bereits durch die Luft, während Entreri sich zu dem Drow umdrehte und dabei eine zweite trübe Wand zwischen ihnen erschuf. Dieses Mal sprang Drizzt zum selben Zeitpunkt hindurch wie Entreri, genau neben ihm! Und trotz der Sichtschranke zwischen ihnen kannten die beiden sich so gut, dass auch bei diesem Sprung nur Metall auf Metall traf, weil jeder Stoß des einen vom anderen sofort gekontert und genutzt wurde.

Der fortgesetzte Kampf ließ die Aschewand zerstieben, und als Entreri zur nächsten ansetzte, schlug Drizzt zuvor zu und umhüllte sie beide mit einer magischen Kugel der absoluten Finsternis.

In dieser Schwärze kämpften sie weiter, Klinge gegen Klinge, und verließen sich bei ihren Drehungen allein auf ihren Instinkt, auf ihr Hörvermögen und ihr Wissen um die Position des Gegners.

Entreri tauchte zuerst aus der Kugel auf und rollte sich zur Seite. Ein Stück weiter kam auch Drizzt heraus, und da etwas Abstand zwischen ihnen lag, zückte er Taulmaril.

»Immer noch feige!«, konstatierte Entreri, ehe er wieder in die Kugel sprang.

Drizzts gespannter Bogen zielte auf ihn. Der Drow könnte den Mann auch in der Dunkelheit erwischen, denn der konnte den Pfeilhagel weder blockieren noch ihm entrinnen.

Aber er schoss nicht. Etwas hielt ihn zurück – vielleicht die Vertrautheit der Situation, vielleicht auch sein Ehrgefühl. Er setzte den Bogen in seine Gürtelschnalle zurück und griff nach seinen Nahkampfwaffen.

Auch den Gedanken an Guenhwyvar verwarf er schnell wieder.

Er würde diesen Mann allein besiegen. Ohne Tricks.

Während Drizzt wieder in die Kugel der Finsternis eintauchte, fragte er sich, warum ihm dieser Punkt so wichtig war. Schließlich war Entreri nicht Entreri, sondern nur ein Dämon, der seinen Körper und seine Seele brechen sollte. Da konnte er doch bedenkenlos jeden

Vorteil nutzen, um seinen Gegner zu besiegen. So wie bei Tiago Baenre.

Doch das war nur ein flüchtiger Gedanke, denn schon standen die beiden wieder Klinge gegen Klinge im Nahkampf, stießen und schlugen. Als Drizzt einmal falsch parierte und nur knapp einer schweren Verwundung entging, hörte er Entreri aufkeuchen und nutzte diese scheinbare Ablenkung, um mit Eisiger Tod zuzustechen.

Aber die Klinge wurde abgefangen und von dem grauenvollen Dolch weit zur Seite gezogen. Offenbar hatte Entreri erkannt, wie prompt ihn sein Geräusch verraten hatte – falls das wirklich ein Fehler gewesen war und nicht eine List. Und so warf sich der Drow wieder vorwärts, um noch härter auf seinen Gegner loszugehen.

In den Nahkampf verstrickt, kamen sie auf der Rückseite der Kugel heraus, lösten sich abrollend voneinander und sprangen in einigem Abstand wieder auf. Inzwischen hatten beide etliche Schnitte und Wunden davongetragen.

Drizzt dachte an das Schlafgift von Vidrinath. Vielleicht würde das seinen Feind verlangsamen.

Er dachte allerdings auch an die schwärenden Wunden, die Charons Klaue schlug, und fragte sich, ob er bereits tot war.

»Er muss geheilt werden. Erst dann wird er begreifen, dass er verloren ist«, erklärte Yvonnel der Zofe der Lolth. »Und gleichzeitig werden die Kinder der Lolth endlich verstehen, wie man die Krankheit des Abgrunds besiegen kann.«

»Ziemlich viel Aufwand für einen einzelnen Mann«, stellte Yiccardaria fest. Die Zofe hatte ihre bezaubernde Dunkelelfengestalt angenommen.

»Er ist nicht irgendein Mann«, erinnerte Yvonnel sie, »sondern jemand, den Lolth für exquisite Qualen ausersehen hat.«

»Dann tötet seine Frau und seine Freunde vor seinen Augen«, sagte die Zofe. »Foltert sie. Brecht sie und brecht damit ihn. Und dann könnt Ihr ihn in einen Drider verwandeln – das passende Ende für Drizzt Do'Urden!«

»Er wird es uns nicht glauben. Nichts davon«, sagte Yvonnel. »Die Höllenpest hat ihn gegenüber solchen Qualen abgestumpft. Ich könnte seine Freunde auf grässlichste Weise vor seinen Augen töten, aber weil er es nicht für real hält, wird er nie den ultimativen Schmerz empfinden. Deshalb sollten wir ihn erst heilen. Gewährt mir das!«

Yiccardaria sah sie misstrauisch an. »Auch wenn ich und Ihr und ganz gewiss die Herrin Lolth schon viel zu viel Zeit für dieses unbedeutende Insekt verschwendet haben, bleibe ich an Eurer Seite, bis Ihr fertig seid. Bis Drizzt Do'Urden endlich restlos vernichtet ist«, sagte sie.

»Selbstverständlich, Zofe.« Yvonnel verneigte sich.

Da sah sich Yiccardaria erst verwundert, dann erschrocken um.

»Kimmuriel Oblodra«, erklärte Yvonnel, die ebenfalls die Veränderung registrierte. »Er folgt meinem Ruf durch Raum und Zeit.«

»Noch ein Ungläubiger!«, blaffte die Zofe.

Yvonnel hob die Hand, um zu widersprechen. »Er ist Jarlaxles Lakai. Sollen wir ihn ebenfalls bestrafen? Ist das der Wunsch der Herrin Lolth? Denkt daran, wie Kimmuriel über das Schwarmgehirn der Illithiden dazu beigetragen hat, Menzoberranzan gegen Demogorgon zu verteidigen. Das dürfte eine gewisse Sühne sein.«

Yiccardaria verblasste. »Ich werde mich erkundigen«, sagte sie, während sie verschwand.

In diesem Augenblick wurde Kimmuriel sichtbar. »Die schon wieder«, sagte der Psioniker, als er an Yvonnel vorbei zu den zwei Kämpfenden hinübersah. »Diese Klänge habe ich schon zu oft vernommen. Bringen wir es hinter uns, wenn Ihr geruht.«

»Das werde ich«, versprach Yvonnel, »sobald Drizzt für uns bereit ist.«

Voller Vorfreude leckte sich die Tochter von Gromph die Lippen. Alles fügte sich perfekt ineinander.

Das hoffte sie zumindest.

Drizzt stieß Entreri Vidrinath zwischen die erhobenen Waffen, doch die rote Klinge von Charons Klaue fegte den Säbel beiseite. Die anschließende Bewegung des Assassinen nach links drängte den Drow wieder auf ein Birkendickicht zu.

Entreri begann mit einem tiefen Hieb seines Dolchs anstelle des Schwertes. Aber das hatte Drizzt vorhergesehen. Schon als er im Zurücktreten von oben herab auf den geduckten Mann einschlug, wusste er, dass Entreris Schwert hochfahren würde, um dazwischenzugehen. Als er Eisiger Tod für einen flacheren Stich neu ausrichten wollte, zuckte der Dolch aufwärts, um ihn zur Seite zu drücken.

»Das wird kein schneller Sieg«, versprach Entreri, und wieder glaubte Drizzt, nach einem Zeitsprung auf einem windigen Felsabsatz zu stehen …

Wie um seine Worte Lügen zu strafen – und wie Drizzt es gewusst hatte –, drang Entreri wütend auf ihn ein. Als der Drow den Angriff blockierte, drehte sich der Meuchelmörder um sich selbst und hielt dabei die Klingen seitwärts.

Drizzt ergänzte seine Bewegung.

Wie zwei wetteifernde Staubteufel in den endlosen Dünen des fernen Calimshan drehten sich die beiden um sich selbst, wechselten die Richtung und reagierten perfekt aufeinander.

Dicht nebeneinander kamen sie gleichzeitig aus ihren Drehungen, und das nächste Gefecht war das bisher furioseste, in dem Krummsäbel, Schwert und Dolch klirrend verschwammen, Metall an Metall entlangsauste und beide Gegner ächzend gegen Schmerzen und Erschöpfung ankämpften.

Entreri zog sein Schwert tief am Boden zur Seite. Drizzt sprang darüber und konterte mit einem hohen Schlag.

Entreri duckte sich, kam in einem tödlichen Winkel wieder hoch, doch Drizzt lehnte sich nach hinten, so weit, dass er fast den Boden berührte.

Und er fuhr prompt wieder hoch, stach zweimal tief zu, und Charons Klaue musste herunterfahren, um die Klingen so weit unten zu halten, dass sie nicht treffen konnten.

Mit einem hohen Angriff forderte Drizzt den nächsten Angriff heraus. Entreri schluckte den Köder und reagierte mit einem tief angesetzten Doppelstoß.

Drizzts Krummsäbel kreuzten Entreris Klingen, und sein Bein fuhr hoch, um dem Mann mit einem raschen, kurzen Tritt die Nase zu brechen.

Da schnellte jedoch auch der Dolch empor und drang Drizzt in die Wade. Der Drow musste ausweichen.

Entreri schwenkte Charons Klaue, um ein neues Aschefeld zu erzeugen.

Drizzt zögerte nicht.

Wahrscheinlich wähnte Entreri sich im Vorteil. Er hielt Drizzt für schlimmer verletzt, als er war. Mit wirbelnden

Klingen sprang der Drow durch die Asche, um dahinter Entreri zu erwischen.

Aber der Assassine war nicht da.

Verwirrt und überaus misstrauisch verfiel der Drow in eine geduckte Abwehrhaltung, bis er endlich Entreri entdeckte, der ziemlich gelassen ein paar Schritte weiter wartete.

Drizzt näherte sich vorsichtig, um den Kampf wiederaufzunehmen, und eilte mit den Säbeln vor dem Körper auf seinen Gegner zu. Entreri hob seine Waffen wie zur Abwehr, ließ dann aber die Arme sinken und sowohl Charons Klaue als auch den Dolch fallen. Das Schwert sank ein Stück ein und blieb schräg stehen. Der Dolch grub sich bis ans Heft in die Erde.

»Was soll das?«, fragte Drizzt. Vidrinath und Eisiger Tod schwebten einen Fingerbreit vor der Brust des Assassinen.

»Na los«, sagte Entreri.

»Was tust du?« Drizzts Hände begannen mehr zu schwitzen als während des wilden Kampfes.

»Wenn du mich für deinen Feind hältst, dann erledige mich hier und jetzt«, erwiderte Entreri. »Wenn ich den Albtraum verkörpere, in dem du zu leben glaubst, dann bring es zu Ende. Setze mir ein Ende.«

»Du hast gesagt ...«

»Ich habe dir gesagt, was du glauben solltest. Weiter nichts.«

Drizzt zögerte.

»Ist das alles eine Lüge, Drizzt Do'Urden?«, fragte Entreri. »Ist das alles eine große Illusion?«

»Ja!«, beharrte Drizzt.

»Und wer außer Artemis Entreri würde dich täuschen wollen?«

»Lolth!«, antwortete Drizzt, ohne lange nachzudenken. »Könnte sie eine bessere Gestalt wählen?«

Da schnitt Vidrinath durch die Lederweste des Meuchelmörders, als wäre sie aus Papier, drang in seine Haut und stieß an eine Rippe.

Entreri verzog das Gesicht und kämpfte darum, aufrecht stehen zu bleiben.

»Wenn du alles für eine Lüge hältst, bin ich auch eine Lüge«, sagte Entreri. »Wenn ich eine Lüge bin, dann zerstöre die Fassade. Na los!«

»Sei still!«, schrie Drizzt ihn an.

»Feigling!«

Drizzt funkelte ihn an.

»Du kannst es nicht! Feigling!«

»Oh, doch!«

Entreri kam ihm entgegen, und der Krummsäbel drang tiefer.

Kapitel 23

Das Rätsel

In ganz Helgabal läuteten die Glocken, um die Armee von König Yarin zusammenzurufen und die Bürger aufzufordern, sich zu verbarrikadieren und wachsam zu bleiben. Männer und Frauen rannten durch die Straßen, um sich in Sicherheit zu bringen oder dem Ruf Folge zu leisten. Kinder schrien herum, stießen aufgeregt die Fäuste in die Luft und genossen die Unterbrechung des normalen Tagesablaufs, ohne den Ernst der Lage zu begreifen.

»König Yarin wird seine Gemächer nicht verlassen«, teilte Dreylil Andrus dem Hofzauberer Rot Mazzie mit, als er sich in Königin Concettinas Zimmer zu ihm gesellte.

Der Raum war voller Blut und Brandspuren, die sie tropfendem Dämonenblut zuschrieben.

»Ich bin überrascht, dass er dich von seiner Seite gelassen hat«, stellte Rot Mazzie fest. »Ich habe ihn noch nie so erschüttert gesehen, nicht einmal damals, als die Linie Drachenbann am Ende war und ein Dutzend Rivalen um den Thron von Damara wetteiferte.«

»Es sind viele zuverlässige Wachen bei ihm«, versicherte der Hauptmann dem Zauberer.

»Wie geht es Rafer Ingot?«, fragte Rot Mazzie. Rafer war Yarins bevorzugter Leibwächter, so sehr Dreylil Andrus und Rot Mazzie den Mann auch hassten.

»Liegt im Sterben«, antwortete Andrus. »Die Peitsche der Dämonin hat eine schwärende Wunde erzeugt. Die Priester können ihm nicht helfen. Er wird qualvoll umkommen.«

»Wie traurig«, erwiderte Rot Mazzie, wobei er wenig betrübt wirkte.

»Aber der König lebt und ist in Sicherheit«, sagte der Hauptmann. »Sein Zimmer ist eine Festung.«

Rot Mazzie nickte, doch angesichts seiner zweifelnden Miene bat Dreylil Andrus ihn, offen zu sprechen.

»Dasselbe dachten wir von Prinzessin Acelyas Zimmer«, erinnerte ihn Rot Mazzie. »Hat man sie gefunden?«

Der Hauptmann der Wache schüttelte den Kopf. »Wir haben uns auf das Zimmer der Königin konzentriert«, erklärte er, denn der unerwartete Kampf war noch nicht lange her. »Die Kreatur ist über die Nordmauer geflogen«, fuhr Andrus fort, »und dann offenbar weiter nach Norden. Dafür gibt es viele Zeugen, obwohl wir nach wie vor nicht wissen, was für ein Ungeheuer das war.«

»Ein Sukkubus«, antwortete Rot Mazzie. »Das wäre meine Vermutung. Und wenn man sich so ansieht, was er angestellt hat, dann war der ziemlich mächtig.« Er blickte sich um und seufzte. Nachdenklich schüttelte er den Kopf. »Vielleicht ein halber Sukkubus«, sagte er ziemlich unsicher und wenig überzeugt, »und zur anderen Hälfte ein mächtigerer Dämon. Mit Dämonologie kenne ich mich nicht gut aus, das gebe ich zu. Von den unteren Ebenen halte ich mich lieber fern.«

Dreylil Andrus sah sich um. »Das dürften viele nachvollziehen können.«

»Wie lange wird der König in seinen privaten Gemächern bleiben, wenn das Biest weg ist?«, fragte der Zauberer.

Dreylil Andrus dämpfte die Stimme, weil auch andere im Zimmer waren, die Raum und Gang nach Hinweisen absuchten. »König Yarin hat anscheinend einer Dämonin beigewohnt, und das hat ihm einen Riesenschrecken eingejagt. Die Vorstellung, dass er mit diesem Ungeheuer im Bett war, womöglich schon seit Jahren ...«

»Keine Jahre«, antwortete Rot Mazzie mit fester Stimme. »Woher willst du das wissen?«

Der Zauberer führte Andrus zum zerbrochenen Fenster hinüber und zog eine edelsteinbesetzte Kette aus seiner Tasche. »Erinnerst du dich daran?«

»Von den dreckigen Zwergen«, erwiderte der Hauptmann der Wache.

Rot Mazzie berührte einen bestimmten Edelstein der Kette. »Der hier war verzaubert«, sagte er. »Ich fühle noch das Echo der Magie. Ein Phylakterion, und ich gehe davon aus, dass die Dämonin darin war. Nein, eigentlich bin ich davon überzeugt.«

Dreylil Andrus riss die Augen auf. »Der König trägt eine ähnliche Kette!« Er wollte sofort losstürmen, doch Rot Mazzie hielt ihn zurück.

»Die Kette des Königs konnte ich überprüfen, als er das Geschenk entgegengenommen hat«, erinnerte er den Hauptmann. »Ich bin immer noch sicher, dass sie nicht verzaubert war. Aber natürlich werde ich sie mir noch einmal ganz genau ansehen. Und wir sollten sie König Yarin sicherheitshalber wegnehmen.«

»Wenn in dieser hier die Dämonin steckte und sie jetzt leer ist ...«

»Sie kann jetzt nichts mehr anrichten«, versicherte der Zauberer. »Der Zauber ist gebrochen.«

»Das heißt, die Königin und die Dämonin teilen ihren sterblichen Körper?«

Rot Mazzie schüttelte den Kopf.

»Und wo ist dann die Seele von Königin Concettina hin?«, fragte der Hauptmann.

Ehe der Zauberer darüber spekulieren konnte, schrie drüben am Kamin eine Frau auf. Sofort liefen die beiden Männer und einige andere zu ihr hinüber.

Zitternd deutete die Frau auf den Kamin und dann auf die Feuerstelle, wo sich in der Asche eine blutige Pfütze gebildet hatte. Dreylil Andrus ging auf die Knie und reckte den Hals, um in den Kamin hinaufzuspähen. Gleich darauf fuhr er kalkweiß im Gesicht zurück.

»Holt sie raus«, befahl er der Wache, die neben ihm stand. Er trat einen Schritt nach hinten.

»Die Königin!« Rot Mazzie dachte, sie hätten das Rätsel gelöst.

Die Wache ging an den Kamin und begann erst zögerlich, dann ziemlich angewidert zu ziehen, weil der Körper im Schlot feststeckte. Sobald der bloße Arm einer Frau in Sicht kam, zog der Mann fester. Auch nachdem eine zweite Wache half, brauchten sie eine ganze Weile, bis sie das unglückliche Opfer endlich aus dem engen Kaminschlot befreit hatten. Doch sobald der leblose Körper in die Asche fiel, erkannten Rot Mazzie und die anderen ihren Irrtum.

»Prinzessin Acelya«, flüsterte Dreylil Andrus.

»Aber wo ist Königin Concettina?«, fragte eine der Wachen.

»In der Kette steckt sie nicht«, versicherte Rot Mazzie. »Die Magie ist vollständig verbraucht.«

»Und wo ist der Mann, der angeblich im Zimmer war?«, wagte eine andere Wache zu bemerken, was von Rot Mazzie und Dreylil Andrus mit drohenden Blicken bedacht wurde.

»Solche Gerüchte können dich den Kopf kosten!«, sagte der Zauberer und ließ damit die Wache – alle Wachen – zurückweichen.

»Bringt sie hier raus«, befahl der Hauptmann der Frau, die Acelya gefunden hatte. »Und verhüllt sie sorgfältig. Mit dem gebührenden Respekt für die Prinzessin von Damara.«

Die Frau nickte und rief den Mann zu sich, der die arme Frau aus dem Kamin gezogen hatte. Er trat zu ihr, nahm den Körper in die Arme und legte sich Acelya sanft über die Schulter.

»Ihr anderen durchsucht die Gänge und alle Nachbarzimmer«, ordnete Andrus an. »Wir werden Königin Concettina finden. Und alle, die etwas über dieses schreckliche Verbrechen wissen könnten.«

»Du kennst die Gerüchte über den Liebhaber der Königin?«, fragte Rot Mazzie, nachdem er mit dem Hauptmann allein war.

»Der Barbar aus Aglarond«, antwortete Dreylil Andrus.

»Eigentlich aus dem Eiswindtal, aber, ja, der. Die Wachen sind nicht wegen eines Hilferufs gekommen, sondern …«

»Ich weiß.«

»Und wo ist er?«, fragte der Zauberer.

»Bei Königin Concettina? War sie überhaupt hier? Ist sie überhaupt noch irgendwo? Oder hat die Dämonin sie schon längst beseitigt?«

»Aber wo ist dann ihr Liebhaber?«, fragte der Zauberer noch einmal.

Dreylil Andrus nickte. Das war in der Tat ein Rätsel, und bei diesem Gedanken fiel ihm noch etwas auf. Zwischen den Zwergen und dem Barbaren bestand nur eine einzige Verbindung, nämlich über einen seiner Soldaten, der ausgerechnet heute Nacht hier Dienst gehabt und mit dessen grünbärtigem Bruder sich Königin Concettina schon häufig in den Gärten unterhalten hatte. Erst gestern hatte man sie wieder zusammen dort gesehen.

Dieser Gedanke schmeckte Hauptmann Andrus überhaupt nicht. Er mochte die beiden Zwerge und hielt Ivan Felsenschulter für einen seiner besten Männer.

Dennoch konnte das kein Zufall sein.

Der Körper, in dem sie steckte, spürte, wo seine rechtmäßige Seele weilte, sodass Malcanthet nur kurz nach Norden floh, ehe sie sich nach Westen wandte. Ihre Flügel verhalfen dem Sukkubus zu langen Sprüngen, mit denen Malcanthet unglaublich schnell vorankam, und so türmte sich vor ihr das Galena-Gebirge auf, als die ersten Strahlen der Morgensonne seine Gipfel erhellten.

Nach jedem langen Satz hielt sie inne und passte ihre Richtung an, denn sie spürte, wie sie ihrem Ziel näher kam. Allerdings steckte der Edelstein mit der wahren Seele ihres Körpers unter der Erde in einem tiefen Tunnelsystem, das angeblich durch das Gebirge ganz bis nach Vaasa verlief. Malcanthet wusste, dass es nicht leicht werden würde, den Zugang zu finden.

Bald war sie in den felsigen Ausläufern, wo sie aufmerksamer vorrückte. Immer wieder sprang sie senkrecht in die Luft und flatterte höher, um nach Spuren des Spriggan-Clans Ausschau zu halten.

Nach vielen Versuchen war die Sonne schon auf halbem Wege zum Zenit. Erst da setzte sich die Dämonin auf einen großen Felsen und rief Inchedeeko herbei, der die kleineren Klüfte und Einschnitte durchsuchen sollte. Bald darauf brachte sie vier weitere Diener her, fliegende

Chasme-Dämonen, die ebenfalls für sie die Berge absuchen mussten.

Dennoch dauerte es bis zum frühen Abend, bis Inchedeeko endlich mit der Nachricht wiederkehrte, dass sie an einer Geröllhalde etwas nördlich von Malcanthet einige Zwergenposten – oder eher Spriggan – gesichtet hatten.

Nachdem der Quasit Malcanthet dorthin geführt hatte, spazierte der Sukkubus in Gestalt einer gewöhnlichen Menschenfrau – genauer gesagt Königin Concettina – zu einem flachen Felsen in der Mitte des überwachten Gebiets.

»Ich suche Schahnlohf und Komtoddy!«, rief sie und lauschte auf das Echo ihrer Worte zwischen den Steinen.

Die Antwort kam in Form eines Steinwurfs, der auf ihren Kopf zielte. Im letzten Moment drehte sie sich beiseite, ließ sich aber absichtlich von dem Stein streifen. Das brachte sie ins Taumeln, und sie sank zu Boden, als wäre es ein tödlicher Treffer gewesen.

Im Liegen bemühte sich Malcanthet, ihr höhnisches Grollen zu unterdrücken. Sie hörte, wie einer der Angreifer sich mit schweren Schritten näherte. Ein Riese schimpfte: »Pah, du hast sie ja getötet!«

Malcanthet ließ die Spriggan näher kommen. Einer kniete neben ihr nieder und rollte sie herum, um zu prüfen, ob sie noch lebte.

Sie hatte die Augen aufgeschlagen und blickte kurz an ihm vorbei. Hinter ihm stieg gerade ein halbes Dutzend der wilden Kerle auf den Felsen.

»Dein Freund da wollte mich verletzen«, flüsterte sie dem Riesen mit reichlich Magie in der Stimme zu. »Damit ich hässlich werde. Du willst doch nicht, dass ich hässlich bin ...«

»He, warum hast du den Stein geschmissen?«, brüllte der kniende Riese, sprang auf und funkelte einen Clan-bruder an. »Du dämlicher Goblin!«

»Selber Goblin!«, gab der andere zurück und zeigte auf den ersten.

Malcanthet richtete sich in eine sitzende Position auf und sah der Auseinandersetzung lächelnd zu.

»He, die steht auf!«, sagte ein dritter Riese. Das hielt den, der als Erster bei ihr gewesen war und den sie be-zaubert hatte, jedoch nicht zurück, rasend vor Wut auf den Kerl loszugehen, der sich erdreistet hatte, das schönste Geschöpf der Welt zu besudeln. Deshalb boxte der bezauberte Riese dem anderen direkt in den Mund, folgte seinem Gegner, als der zurückwich, und kugelte bald mit ihm über den flachen Stein.

Die Übrigen wollten die zwei erst auseinanderbrin-gen, schraken aber zurück, als eine Peitsche knallte und ein Blitz knisterte.

Der Riese, den die Peitsche traf, knickte schmerzhaft zur Seite ein und brach zusammen. Er wollte wieder auf-stehen, zuckte jedoch wie ein Fisch an Land, denn er konnte eine Hälfte seines Körpers nicht kontrollieren.

»Du Miststück!«, schrie der nächste Spriggan und warf der Frau einen Stein ins Gesicht.

Sie wehrte den Stein mit einer Hand ab, und als der Riese sie umrennen und unter sich begraben wollte, streckte sie die andere Hand aus und hielt ihn damit so sicher zurück, als wäre er gegen eine Klippe gerannt. Dann schloss sie die Hand, zerdrückte damit seine Rüs-tung und kniff seine Haut zusammen. Mit einem Ruck warf sie den Riesen zur Seite und ließ ihn dabei Hals über Kopf durch die Luft fliegen.

Ihre Peitsche knallte erneut und riss dem nächsten

Riesen das Gesicht auf. Auch dieser Spriggan fiel zu Boden, wo er sich gurgelnd in unkontrollierten Zuckungen wand.

»Bringt mich zu Komtoddy und Schahnlohf. Jetzt!«, verlangte die Dämonin. »Sonst suche ich sie selbst und bringe ihnen eure Köpfe mit.«

Bei dieser Drohung sank ein summender Schwarm Chasme herab, deren grotesk aufgedunsene Menschengesichter die Spriggan hungrig anstarrten.

Dass sie keinen Widerspruch mehr hörte, überraschte Malcanthet nicht.

»Ui, ui«, sagte Pikel, als Ivan die Haustür aufriss und beim Eintreten beinahe auf die Nase gefallen wäre.

»Aye.« Ivan nickte seinem Bruder und Regis zu, der sich gerade mit einem vollen Teller ans Abendessen gemacht hatte. »Verschwindet hier, alle beide! Schnell weg. Lauft!«

»Ooooh.«

»Verschwinden? Wohin denn?«, fragte Regis, der schnell noch einen letzten Bissen aß, ehe er aufsprang.

»Etwas … Böses«, stammelte Ivan, und Regis schob ihm einen Stuhl hin. »Etwas Böses, und sie wissen, dass ich tief mit drinstecke.«

»Sie haben Wulfgar entdeckt«, flüsterte der Halbling.

»Ooooh«, machte Pikel.

»Nein, nicht das, aber etwas … Böses«, versuchte Ivan zu erklären. »Die Königin … sie ist nicht die Königin! Sie ist eine Art Dämonin.«

»Hä?«, machten Pikel und Regis gleichzeitig.

Ivan atmete tief durch und brachte die beiden mit erhobener Hand zum Schweigen. »Die Wachen kamen angerannt, als ob sie wüssten, dass Wulfgar da ist«, erklärte er. »Sie haben die Tür aufgerissen und fanden die Königin oder etwas, das ihr ähnlich sah, aber es hatte breite Flügel und Hörner und eine Peitsche. Die Kreatur griff uns blitzartig an – so etwas habe ich noch nie gesehen, sage ich euch!«

»Ooooh«, machte Pikel.

»Und sie hatte diesen Spiegel – in dem habe ich Wulfgar gesehen!«

»Sein Spiegelbild«, sagte Regis.

»Nein, ihn selbst. Auf der anderen Seite«, erklärte Ivan. »Sie hat ihn mitgenommen und ist durch das Fenster davongeflogen. Kam unten im Garten auf, nicht weit von hier, aber dann sprang sie wieder hoch und flog über die Nordmauer. Was sie auch ist, sie hat Wulfgar, und ihr müsst hinterher. Sofort!«

»Wir«, stellte Regis klar.

»Brüderchen!«, rief Pikel.

»Nein, ich nicht.« Ivan schüttelte den Kopf. »Sie wissen es. Und sie kommen. Ich habe Wulfgar in das Zimmer gelassen. Wenn sie wissen, dass er da war, wissen sie auch, wer ihn eingelassen hat.«

»Das kannst du nicht wissen«, sagte Regis, doch im gleichen Moment hörten sie in der Nähe den Ruf: »Ivan Felsenschulter!«

Pikel pfiff einer Ranke an der Tür zu, die etwas ausholte, gegen die Tür schwang und diese zudrückte.

»Ich kann sie aufhalten, aber ihr müsst herausfinden, wo das Biest hin ist«, erklärte Ivan. »Ich werde behaupten, dass Wulfgar da rein ist, um die Dämonin zu entlarven. Wenn wir herausfinden, wohin sie geflüchtet ist, werden sie mir danken, anstatt mir den Kopf abzuschlagen.«

»Ooooh, Brüderchen«, sagte Pikel.

»Los, los, los«, drängte Ivan und schob Regis und seinen Bruder zu einer großen Pflanze an der Seite der Küche, deren umfangreicher Topf keinen Boden besaß.

»Wohin denn?«, fragte Regis. »Sie stehen doch schon vor der Tür!«

Aber Pikel nahm den Halbling an die Hand und langte mit dem Stumpf seines zweiten Arms nach der Pflanze. Noch während die Tür aufschwang, saugte die Pflanze die beiden blitzschnell ein und transportierte sie über Stängel und Wurzeln in benachbarte Wurzeln, die sie weiterschoben und draußen im Garten absetzten.

Dort tauchten sie in einem dichten Fliederbusch wieder auf. Als sie sich umsahen, wurde Ivan bereits mit auf dem Rücken gefesselten Händen abgeführt.

»Grrr«, machte Pikel, doch als er hinlaufen wollte, zog Regis ihn in ihre Deckung zurück.

»Das Beste, was wir jetzt für deinen Bruder …«

»Brüderchen!«

»Schsch«, bat Regis. »Also, das Beste, was für jetzt für deinen … für Ivan tun können, ist, dass wir dieses … dieses … Ding finden, das Wulfgar entführt hat.«

Pikel wiegte den Kopf, doch dann verzog er angewidert die Nase.

»Was ist?«, fragte der Halbling.

»Stinkt«, sagte Pikel, stieg aus dem Flieder und begann im Kreis zu hüpfen.

»So schlimm nun auch wieder nicht«, fand Regis, während er ihm folgte und zum Flieder aufsah.

»Nein, nein, nein, nein«, sagte Pikel, beschrieb einen langen Bogen, blieb kurz stehen und rannte dann zu einer Stelle, wo er auf den Boden zeigte und wiederholte: »Stinkt!«

Als Regis zu ihm trat, sah er einen Fleck, wo das Gras

des Gartens abgestorben war und faulig roch. Er wollte gerade erklären, dass dies unlogisch war, weil der Rest des Rasens kerngesund war, doch dann ging ihm auf, warum Pikel deswegen so aufgeregt war.

Das war ein Fußabdruck.

Die Dämonin, die sich für die Königin ausgegeben und Wulfgar entführt hatte, hatte eine Spur hinterlassen, die die Pflanzen kannten.

Und Pikel konnte mit den Pflanzen sprechen.

»Gebt mir den Edelstein«, verlangte Malcanthet.

Schahnlohf Schungenschlapp und Komtoddy wechselten einen nervösen Blick. Woher kannte diese Dämonin ihre Namen? Sie hatte gezielt nach ihnen gefragt.

Nachdrücklich hielt sie Schahnlohf die Hand hin. »Ich weiß, dass er in deiner Tasche steckt«, sagte der Sukkubus. »Dieser Körper spürt seine rechtmäßige Besitzerin und hat mich zu euch geführt. Gib ihn mir jetzt. Sonst reiße ich dich in Stücke und hole ihn mir.«

Der Spriggan war mehr als doppelt so groß wie der Sukkubus, zweifelte aber nicht daran, dass die Dämonin genau das vermochte. Ganz zu schweigen von ihrem grotesken Gefolge, das wie eine Kreuzung zwischen Mensch und Stubenfliege oben an der Decke herumkroch. Schahnlohf griff in die Tasche und zog den Edelstein hervor, in dem die Seele von Königin Concettina gefangen saß.

»Ich brauche ein Zimmer«, sagte Malcanthet. »Wann kommt die Drow zurück?«

Wieder sahen sich die Spriggan verdutzt an und zuckten gegenüber Malcanthet mit den Schultern.

»Trottel«, sagte sie. »Welches ist das beste Zimmer hier? Bringt mich sofort dorthin. Und seid gewiss, dass ich mich in den kommenden Tagen gründlich hier umsehen werde. Falls ich ein besseres finde, lege ich den Boden mit Spriggan-Häuten aus!«

Die beiden Spriggan hatten über den Kampf auf dem Berg genug gehört, um zu begreifen, dass sie dazu wirklich in der Lage war und es vermutlich auch umsetzen würde. Deshalb führten sie die Dämonin eilends in die tieferen Bereiche der damarischen Seite von Smeltergard. Zügig hielten sie auf ein bestimmtes Zimmer zu, das sie eigentlich für sich selbst eingerichtet hatten.

Die Tür war mit Eisen verstärkt und bestand aus einem schönen graugrünen Stein mit dunkelroten Einsprengseln: dem Blutstein, nach dem diese Region benannt war. Schahnlohf fummelte mit einem großen Schlüsselbund herum, bis er den passenden Schlüssel für die Tür gefunden hatte. Er schob ihn ins Schlüsselloch.

Aber Malcanthet hielt ihn zurück, riss ihm unsanft die Schlüsselkette aus der Hand und schubste ihn so heftig, dass er zur Seite stolperte. Sie betrachtete den Schlüssel und hielt dem Spriggan dann einen zweiten vor die Nase, der genauso aussah.

»Aye, der auch«, bestätigte Schahnlohf.

Malcanthet schnappte sich die beiden Schlüssel mit je einer Hand, zog mit einem Ruck nach beiden Seiten und riss damit den Ring entzwei. Der zerbrochene Ring und Dutzende anderer schwerer Eisenschlüssel landeten geräuschvoll auf dem Boden.

»Gibt es weitere Schlüssel für diese Tür?«, wollte die Dämonin wissen.

Die Spriggan schüttelten heftig den Kopf.

»Sorgt dafür, dass ich nicht gestört werde«, sagte Malcanthet. »Niemals!«

Die beiden nickten eilig.

Malcanthet schloss die Blutsteintür auf, öffnete sie und musterte die eingeschüchterten Spriggan vor dem Eintreten noch einmal. »Außer wenn die Hunzrin-Drow zurückkommt«, sagte sie. »Das teilt ihr mir mit.«

Als sie die Tür hinter sich ins Schloss warf, nickten die zwei immer noch.

Drinnen fand der Sukkubus einen großen, annähernd ovalen Raum vor, der von Flechten und ein paar Glühwürmchen an der hohen Decke erhellt war. Die Wände waren glatt geschabt, um die Schatten abzumildern, und aus der einzigen Tropfsteinformation in der Höhle hatte man einen Schornstein gemacht. Der untere Bereich war zu einer offenen Feuerstelle ausgehöhlt, an der Torf und Feuerholz bereitlagen.

Damit konnte sie arbeiten, dachte Malcanthet, während sie sich genauer umsah. Ihr Blick blieb an der gekrümmten, rechten Wand der Höhle hängen, wo das auffälligste und erfreulichste Element des Raumes wartete: ein unterirdischer Teich von etwa zwanzig Fuß Durchmesser, dessen stilles Wasser so klar war, dass die Dämonin im schwachen Licht der Flechten gelegentlich Fische dicht unter der Oberfläche schimmern sah.

Sie verschwendete keine Zeit, sondern hängte sofort ihren hungrigen Spiegel gegenüber der Tür an den Kamin, um jeden Eindringling zu fangen.

Dann trat sie einige Holzscheite in die Feuerstelle und erzeugte in der erhobenen Hand eine prasselnde Flamme, die sie hineinwarf. Sofort loderte im Kamin ein Feuer. Und dieses Feuer diente als Verkörperung von Malcanthets magischem Tor, mit dem sie als Erstes Inchedeeko zurückholte. Der Quasit brachte ihr verschiedene Dinge mit: ihr Lieblingskleid, ein schwarz-rotes Gewand, das sich über Brust und Hüften kreuzte, ansonsten aber wenig Stoff aufwies und den Großteil ihres Bauchs sowie ihre Arme und Beine unbedeckt ließ.

Verführung war häufig ihre stärkste Waffe.

Inchedeeko hatte auch ihre magischen Ringe und Beinschienen dabei, die Kette, die Zaubersprüche speichern konnte, und ihren Schutzmantel.

»Durchsuche den Teich auf mögliche Gefahren«, befahl sie, und schon sprang der Quasit davon.

Malcanthet rieb ihre Finger und sandte den nächsten Ruf in die unteren Ebenen aus. Dieses Mal sprang ein großer, geierartiger Dämon mit krummem Schnabel und Armen mit langen Klauen aus dem Feuer.

»Vor die Tür«, befahl sie dem Vrock. Gleich darauf rief sie einen zweiten herbei, den sie neben den ersten stellte.

Dann holte sie die Chasme aus dem Gang und sandte sie durch das Flammentor in die Hölle zurück, um weitere Dinge zu holen.

»Ja«, sagte sie zufrieden, nachdem die Fliegendämonen verschwunden waren. Jetzt wirkte der Raum schon viel einladender.

Sie würde ihren Aufenthalt hier genießen.

»Bäh«, sagte Pikel zu Regis, der sofort verstand, was Pikel so hässlich fand.

Die beiden duckten sich hinter eine grobe Steinmauer und starrten zum Eingang einer tiefen Höhle hinunter, vermutlich einem Bergbaustollen, denn draußen lagen viele dunkle Gesteinstrümmer und Geröll herum. Hin und wieder tauchten Goblins auf, die einen neuen Karren Abraum schoben.

Doch trotz der hässlichen Goblins war Regis klar, dass Pikel die anderen Zweibeiner meinte, die hier umherliefen. Einige waren Riesen, andere Zwerge, aber alle gleichermaßen schmutzig und verwachsen.

»Ooooh«, hauchten sie beide gleichzeitig, als ein Riese etwas zur Seite ging, wo er zitternd stehen blieb, weil seine Knochen immer mehr bebten, bis er unter lautem Knacken zum Zwerg schrumpfte.

»Wie bitte?«, flüsterte Regis erstaunt.

»Spriggan«, antwortete Pikel.

Regis hatte keine Ahnung, wovon die Rede war, sondern wusste nur, dass Pikel gerade dasselbe gesehen hatte wie er: Im Gegensatz zu den Goblins konnte das Wesen dort unten dramatisch die Größe verändern, vom Zwerg zum Riesen, und zwar schnell und mitsamt seiner Rüstung und aller Dinge, die es bei sich hatte – alles passte sich der neuen Größe an.

Vorsichtig zogen sich die beiden hinter eine Felsnase zurück.

»Bist du sicher?«, fragte Regis leise. »Die Dämonin ist in dieser Höhle verschwunden?«

»Mhm.«

»Vielleicht kam sie nur hier vorbei«, meinte der Halbling, der nur sehr ungern dort hineinschleichen wollte.

Aber Pikels prompte Antwort bestand aus einem überzeugenden »M-m«.

»Wir sollten zurückgehen und den König informieren«, schlug Regis vor.

»M-m«, widersprach Pikel erneut und hob mahnend den Finger.

»Ich weiß nicht, wie wir da reinkommen sollen«, sagte Regis. Er spähte noch einmal über die Mauer. Es waren Dutzende Zwerge und Riesen da drüben. »Alles ist streng bewacht.«

Pikel zog an seinem Arm, und als Regis den Zwerg

fragend ansah, deutete dieser auf ein paar Bäume neben dem Eingang und auf der Bergflanke.

Augenzwinkernd führte er Regis in einem weiten Bogen zu den Bäumen. Dann fasste er seine Hand fester und hielt auf den nächsten Baum zu.

»Das geht nicht«, flüsterte Regis eindringlich. »Am Ende sind da hundert von ihnen!«

Aber Pikel kicherte nur, zauberte und verschwand samt Regis im Baum, um durch einen neuerlichen, beunruhigenden Wurzelritt an einen dunkleren Ort im Inneren des Berges zu gelangen. Zehn Fuß über dem Boden kamen sie aus einem freiliegenden Wurzelende heraus und landeten unsanft im Moos.

Nachdem Regis sich orientiert hatte, atmete er erleichtert auf, denn der Abschnitt des Gangs, in dem sie gelandet waren, war leer. Die Erleichterung war allerdings von kurzer Dauer, denn hinter der nächsten Ecke waren schroffe Stimmen zu vernehmen.

»Pikel!«, flüsterte der Halbling, tippte an seine Mütze und veränderte sein Äußeres so, dass er wie ein Goblin aussah.

»Hihihi«, machte Pikel, und noch ehe Regis ihn ermahnen konnte, sich zu verstecken, verwandelte der Zwerg sich mit einem Fingerschnippen in einen räudigen Hund, dessen eines Vorderbein wie der Arm des Zwergs ein Stumpf war.

»So etwas kannst du?«, staunte Regis, dem bei diesem Anblick fast die Augen aus dem Kopf fielen. Pikel hatte sich immer als Druide bezeichnet, und das war er auch. Offenbar sogar ein erstaunlich fortgeschrittener!

Als zwei Goblins um die Ecke bogen, sträubte Pikel knurrend das Fell. Die Goblins blieben überrascht stehen und musterten beide den Hund.

Einer von ihnen sprach Regis an, der die kehlige Goblin-Sprache allerdings kaum verstehen konnte, so schnell redete der kleine Kerl im hiesigen Dialekt. Immerhin schnappte er das Goblin-Wort für »Essen« auf, wusste jedoch nicht genau, ob der Goblin über Futter für den Hund redete oder den Hund selbst auftischen wollte.

Wahrscheinlich eher Letzteres, dachte er und wies sie streng zurecht. Offenbar hatte auch Pikel verstanden, denn der kleine Hund knurrte wirklich sehr gefährlich.

Die Goblins wichen zurück, aber nur einen Schritt. Dann hoben beide ihre Spitzhacken.

Regis packte den Hund am Nackenfell und hob die andere Hand, um die Situation zu entschärfen.

»Seit sie wieder da ist, ist der Hund nervös«, sagte er in seinem besten Goblinisch, das nicht sonderlich gut war.

Die Goblins sahen ihn argwöhnisch an, ohne einzulenken. Hatte er wirklich das gesagt, was er hatte sagen wollen?, fragte sich Regis.

»Sie«, wiederholte Regis und hob beide Arme, um große Flügel anzudeuten.

Beide Goblins nickten. Der eine stellte eine Frage.

»Sie hat uns hergebracht«, antwortete Regis. Er dachte, sie wollten vielleicht wissen, wer er war oder warum er hier war. Wahrscheinlich beides. »Ich soll ihr diesen Höllenhund bringen«, improvisierte er, »aber ich kann sie nicht finden.«

Mit sichtlichem Argwohn betrachteten die Goblins den dreibeinigen Hund.

»Höllenhund?«, fragte der eine.

Pikel stieß ein paar ungewöhnliche Knurrlaute aus, bei denen Regis sich an einen Zauberspruch erinnert fühlte.

Dann bellte er und spie eine stinkende grüne Rauch-wolke, vor der die Goblins zurücksprangen.

Lauter knurrend, hüpfte Pikel auf sie zu.

»Zeigt uns, wo sie ist«, sagte Regis. »Der Höllenhund wartet nicht.«

Der eine Goblin zeigte nach unten und nach links, der andere machte kehrt und rannte davon. Sobald dem ers-ten klar wurde, dass er allein war, folgte er seinem Ka-meraden.

Regis sah Pikel achselzuckend an. Sie konnten zwar nicht durch den Berg vordringen, aber immerhin kann-ten sie nun die ungefähre Richtung.

Also machten sich der Goblin, der kein Goblin war, und sein Höllenhund, der kein Höllenhund war, auf den Weg durch die finsteren Gänge. Unterwegs trafen sie weitere Goblins und sogar ein paar der merkwürdigen Riesenzwerge, denen sich Regis immer mit »Der Hund der Dame« vorstellte, worauf Pikel eine stinkende grüne Gaswolke erzeugte oder alle Wurzeln in der Umgebung beschwor, wild zu erzittern, oder ein paar Fledermäuse herbeilockte – und alle seine Druidentricks wirkten ziemlich dämonisch auf die Zuschauer.

Nach einigen weiteren Hinweisen erreichten sie ei-nen breiten Gang mit mehreren baufälligen Türen, an dessen Ende sie eine große, perfekt eingepasste Tür aus Blutstein erwartete. Beiderseits dieser Tür standen zwei eindrucksvolle Wachen, die an eine Kreuzung zwischen einem Riesengeier und einem großen Mann mit Klau-enhänden und einem Schnabel im Gesicht erinnerten. Wahrscheinlich konnten sie mit ihrem Schnabel Stein durchstoßen. Die Dämonen waren nicht so groß wie die Riesen, wirkten aber deutlich gefährlicher und vor allem weniger einfältig.

»Und jetzt?«, flüsterte der Goblin-Halbling seinem Höllenhund zu.

Pikel biss in Regis' Hosenbein und zerrte ihn durch eine Tür in einen Nebenraum. Dort verwandelte sich der Zwerg wieder in einen Zwerg, lief zu der Wand, die ihrem Ziel am nächsten war, und betastete das Gestein.

»Was machst du da?«, flüsterte Regis. Er hielt jedoch sogleich den Mund und huschte ganz nah zu dem Zwerg, als draußen eine große Gestalt mit mehreren kleineren vorbeikam.

Dann hörten die beiden weibliche Stimmen: Die eine war die der Dämonin in Concettinas Körper. Die anderen redeten in der melodischen, wohlklingenden Sprache der Drow.

»Was jetzt, Pikel?«, hauchte Regis drängend. Er wollte unbedingt von hier verschwinden, aber der Zwerg legte nur einen Finger an die gespitzten Lippen und starrte zur Tür. Dann nickte er grinsend, denn das Gespräch wurde leiser. Die Gruppe bewegte sich weiter.

Er kehrte zu einem Riss in der Wand zurück, schloss die Augen, tastete weiter herum und schüttelte glücklich den Kopf.

»Was soll das?«, fragte Regis. »Eine Wurzel?«

Lächelnd griff Pikel nach seiner Hand.

»Das ist doch bloß ein Spalt!«, sagte Regis lauter als beabsichtigt. Vergeblich versuchte er, die Hand wegzuziehen.

Pikel war jedoch bereits am Zaubern. Sein Körper verzerrte sich, wurde durch den Spalt gesogen, glitt in die Wurzel und zog den entsetzten Regis hinter sich her.

Schon der Weg durch die Wurzeln hatte Regis verunsichert und ihm die Orientierung geraubt, doch durch derart feine Risse in hartem Fels vorzudringen war entsetzlich für ihn. Während der gesamten magischen Reise war sein Mund zu einem endlosen, unhörbaren Schrei aufgerissen.

Als sie bald darauf auf der anderen Seite aus der Wand kamen, als hätte die Mauer sie ausgespuckt, nahmen ihre Körper wie nach der Reise durch die Wurzeln wieder Form an. Beide fielen auf den nassen Steinboden.

Pikels »Ooooh« half Regis, wieder zu sich zu kommen, und dann merkte er, dass sie im Zimmer der Dämonin waren. Links von ihnen war dieselbe Blutsteintür, diesmal jedoch von der anderen Seite, und rechts von ihnen hing der grausige Spiegel in der Dämonenfratze.

»Nein!«, flüsterte Pikel schnell und schlug das Gesicht des Halblings zur Seite, als Regis den Spiegel wahrnahm.

Der Halbling stolperte und hob die Hand, um dem Zwerg zu zeigen, dass er verstanden hatte. Ivans Bemerkung zu Wulfgar im Spiegel war Warnung genug gewesen.

»Das muss er sein«, flüsterte Regis. »Der Spiegel, der Wulfgar gefangen hält.«

»Wuffgar«, stimmte Pikel zu.

Der Halbling blickte sich in dem runden Zimmer um und registrierte dabei den Teich und das ungewöhnliche Mobiliar, darunter Stühle und ein Tisch wie für Menschen, die jedoch aus Pilzstängeln zu bestehen schienen, und ein rundes Bett mit einem großen roten Baldachin voller goldener Muster und blutroten Laken. Der Halbling erschauerte, als er Handschellen am Kopfende entdeckte, und dachte an Wulfgars Bemerkungen zu dem Wesen, das sie für Königin Concettina gehalten hatten.

Offenbar schuldete er seinem Freund eine ehrliche Entschuldigung. Dann aber kicherte er trotz der gefährlichen Situation, denn Wulfgar hatte eher ihm zu danken.

»Lass uns den Spiegel nehmen und von hier verschwinden«, sagte er zu Pikel, der glücklich zustimmte.

Da der Halbling es für sinnvoll hielt, das Glas zu bedecken, nahm er seinen Mantel ab.

Pikel war nicht der Einzige, der nickte. Im Schatten einer Nische hoch über dem Spiegel hörte Inchedeeko jedes Wort. Der Quasit, der an seine Herrin gebunden war, übermittelte Malcanthet jede Silbe. Und sie war gar nicht weit weg.

»Entschuldige mich«, sagte die Dämonin zu Charri Hunzrin und den anderen, die zu ihr gekommen waren. »Ich habe Besuch.«

Dann eilte sie aus dem Zimmer, breitete die Flügel aus und durchquerte halb rennend, halb fliegend den langen Gang. An einem Seitenkorridor rief sie eine Gruppe Goblins zu sich und forderte sie auf, sich so im Gang aufzustellen, dass niemand entkommen konnte.

Regis hatte seinen Umhang über den Spiegel geworfen, den er mit Pikel zusammen abgenommen und an den Kamin gelehnt hatte. Der Zwerg schlüpfte zur Seite, um den Mantel auf der eiligen Flucht mit ein paar Ranken zusammenzubinden, während der Halbling sich insgeheim schon für sein diszipliniertes Vorgehen gratulierte. Er hatte nicht ein einziges Mal in den Spiegel gesehen!

»Wir holen dich da raus«, versprach er Wulfgar. Am liebsten hätte er ihn gerufen – vielleicht konnte die Magie des Spiegels Wulfgars Bild wieder nach vorne bringen, damit er ihn sehen konnte.

Er griff nach dem Zipfel seines Mantels und wollte ihn schon so weit anheben, dass er seinem Freund etwas zuflüstern könnte, aber er wusste genug über derartige magische Artefakte, um von einer solchen Dummheit Abstand zu nehmen.

Ihm gingen zahlreiche Gedanken durch den Kopf. Würde Pikel in der Lage sein, sie mit dem Spiegel auf dem Weg hier rauszubringen, auf dem sie hereingekommen waren?

Konnte er den Spiegel in seinem Beutel verstauen?

Diese Idee verwarf Regis sofort wieder, denn sowohl der Spiegel als auch sein Beutel waren extradimensional, und eine Kombination von beidem dürfte sehr, sehr schlimme Folgen haben, wie man ihm eingebläut hatte.

Bei diesem beunruhigenden Gedanken war er doppelt froh, dass er nicht versehentlich in den Spiegel geblickt hatte.

Erleichtert seufzte er auf, doch dann japste er überrascht nach Luft, weil die Blutsteintür aufflog. Regis fuhr herum. Zwei Chasme rasten auf ihn zu, und draußen stürmte die Dämonin Concettina herbei, dicht gefolgt von einer Horde Goblins.

Der Halbling zog sein Schwert, schrie: »Lauf, Pikel!«, und fragte sich, wie er eigentlich mit seinem schmalen Degen gegen diese Angreifer bestehen sollte.

Die Armbrust würde sie nicht aufhalten, seinen Dolch konnte er nicht mehr zücken und die lebenden Schlangen aktivieren, und der Degen würde seine Gegner allenfalls kitzeln, ehe sie ihn zerrissen. Weglaufen konnte er auch nicht mehr. Daher zog er den Mantel vom Spiegel und warf sich zur Seite.

Die Vrocks kamen zum Stehen, und als ihre verdutzten Schnabelgesichter ihr eigenes Spiegelbild wahrnahmen, saßen sie fest.

Und dann verschwanden sie im Spiegel, während Regis an der rechten Wand Rückendeckung suchte, wo er mit Pikel hereingekommen war. Er konnte es schaffen!

Aber Pikel nicht. Der Zwerg versuchte sich hinter den Kamin mit dem Spiegel zu flüchten, aber jetzt war die geflügelte Dämonin mit ihrer Peitsche eingetroffen.

»Pikel!«, schrie Regis, zog seine Handarmbrust und feuerte einen Bolzen auf den Sukkubus ab. Er hatte keine Ahnung, ob er getroffen hatte – in jedem Fall zeigte sich keine Wirkung. Ihre Peitsche traf Pikel an der Seite, der sich einmal um sich selbst drehte, wild zuckend zu Boden ging und ein lautes »Uff!« ausstieß. Dann folgte ein langes, qualvolles »Ooooh!«.

Zischend und mit vor Wut blutroten Augen wandte sich die Dämonin Regis zu.

Gleichzeitig kamen Dutzende Goblins hereingerannt.

»Nein!«, kreischte die Dämonin, aber es war zu spät. Es waren dumme Goblins, und der Spiegel war unverhüllt.

Der erste Goblin wurde eingesaugt, dann ein zweiter, ein dritter und ein vierter. Aber Malcanthets Spiegel der Lebendfalle konnte nur anderthalb Dutzend extradimensionale Zellen füllen, in denen nicht nur ihre Gefangenen saßen.

Und wenn alle Plätze dort besetzt waren, spuckte der Spiegel für jeden neuen Gefangenen einen zufällig ausgewählten, bereits einsitzenden Gefangenen wieder aus.

Und die mächtige, tückische, ränkeschmiedende Malcanthet hatte so einige Gefangene, die sie keinesfalls freilassen wollte!

Regis rannte zu Pikel, der am Teich zusammengebrochen war. Er ging neben dem Zwerg auf die Knie und flehte ihn an, sie hier rauszuholen.

»Ooooh«, stöhnte der Zwerg. Er wollte mehr sagen, doch sein Mundwinkel hing schlaff herab. Tatsächlich war die halbe Körperseite, die Malcanthets Peitsche getroffen hatte, weitgehend gelähmt. Regis zog den Zwerg an die Wand.

Da verschwand der sechste Goblin und dann, ehe sich Malcanthet vor den Spiegel werfen konnte, um ihn zu verdecken, ein siebter. Der neunzehnte Gefangene.

Der wieder zum achtzehnten wurde, weil der Spiegel jetzt ein vorheriges Opfer freigab.

Eine Hydra.

Die riesige rötliche Kreatur mit den zehn Köpfen kam kampfbereit heraus. Ihre Hälse schwangen nach allen Seiten, und ihre Drachenmäuler schnappten nach den nächsten Goblins, denen sie Hände, Arme und sogar einen Kopf abbiss, ehe die Goblins ihr Eintreffen registrierten.

Dann jedoch nahmen sie die Beine in die Hand. Die Hydra folgte ihnen, ließ ihre Köpfe schwingen und spie Feuer.

»Ooooh«, schrie Pikel.

Regis zerrte mit aller Kraft an ihm, und die Goblins rannten auf sie zu. Ein Feuerstrahl wogte in ihre Richtung.

Pikel hörte das Trappeln und Schreien, die fallenden Körper und das zischende Wasser, als die Flammen über ihn hinwegrasten und ihn versengten.

Er schrie nach Regis, nach seinem Brüderchen, nach Wulfgar. Gleichzeitig zog er sich mühsam weiter, drehte sich zur Wand und tastete nach einer Ritze.

»Ihr Trottel!«, hörte Pikel die Dämonin schreien und blickte sich verzweifelt nach Regis um.

Aber er sah nur Körper, so viele Körper, die brennend

herumlagen, dazu die Hydra zwischen dem Kamin und der Tür und die Dämonin am Spiegel und ein paar Dunkelelfen – konnte es denn noch schlimmer werden? – an der Tür, die entsetzt zurückwichen.

Zwei Hydraköpfe schwangen in Pikels Richtung. Einer drehte sich nach vorn und spie einen Feuerstrahl auf eine Gruppe Goblins, die zur Tür zurückrennen wollten.

Der andere spie nach dem armen, hilflosen Pikel.

Doch dessen Hand hatte gerade eine Wurzelspitze ertastet.

Die Drachenköpfe wandten sich Malcanthet zu, ihrer Wärterin, der Dämonin, die die Pyrohydra vor unzähligen Jahrzehnten gefangen und in ihre eintönige Zelle gesteckt hatte.

Die allerdings stand wenig erfreut hinter ihrem Spiegel.

Die meisten der zehn Köpfe vermieden den Blick in das Glas, aber mindestens einem gelang es nicht.

Und so verschwand die Hydra wieder im Spiegel, aus dem ein sehr verwirrter Goblin auftauchte, der plötzlich ziemlich genau auf der Stelle stand, wo ihn der Spiegel geschnappt hatte.

Verwundert starrte er die Frau mit den Fledermausflügeln an.

Malcanthets Peitsche halbierte den armen Kerl, ehe er dumm genug sein konnte, noch einmal in das magische Glas zu sehen.

»Ihr könnt jetzt eintreten«, rief Malcanthet Charri Hunzrin und den anderen zu, denen sich einige Spriggan unter der Führung von Schahnlohf und Komtoddy beigesellt hatten.

»Was war das denn?«, fragte die Drow-Priesterin.

»Eindringlinge«, sagte die Dämonin mit einem harten Blick auf Schahnlohf. »Eure Tunnel sind offenbar weniger sicher, als ihr glaubt«, fügte sie in vernichtendem Ton hinzu, was die Spriggan zurückweichen ließ.

»Eine feuerspeiende Hydra?«, fragte Charri Hunzrin verwundert. »Wie gut, dass der Spiegel zur Hand war!«

»Wie gut, dass bei ihrem Verschwinden nur ein Goblin herauskam«, betonte Malcanthet. »Ich kann dir versichern, Drow, dass mein Spielzeug schlimmere Kreaturen birgt.«

»So etwas habe ich noch nie gesehen«, sagte Charri.

»Sieh nicht zu genau hin«, warnte die Dämonin. »Der Spiegel war ein Geschenk von einem mächtigen Lich, der in dem Land Chult in einem alten Grabmal herrscht. Mit den gefangenen Seelen füttert er seine Untoten.« Sie drehte den Kopf ein Stück zur Seite, als würde sie in die Ferne blicken. »Ich sollte ihn bald zurückbringen, mir meine Belohnung abholen und einen neuen mitnehmen. Jetzt, nachdem er voll ist, setzt er bei jedem neuen Einsatz einen Gefangenen frei, und manche sollten lieber drinbleiben.«

Die Dunkelelfen schraken zurück, doch Malcanthet lachte nur.

Pikel rollte in die Baumgruppe am Tunneleingang. Er konnte nicht aufstehen und sah nur sehr wenig, denn seine Augen waren vom Feuer der Hydra versengt und der Körper immer noch halb taub von dem Blitzgewitter der Dämonenpeitsche.

Nicht weit von den Bäumen entfernt hörte er die Riesen aufgeregt über etwas reden, was sich tief in ihrer Heimat ereignet hatte.

»Regis«, murmelte der Zwerg in sich hinein und

dachte wieder an die brennenden Körper im ganzen Zimmer. Den Gestank roch er immer noch, er hing in seinem eigenen Bart.

Wie gerne er zurückkehren und seinen Freund retten wollte. Und den anderen auch!

»Wuffgar«, klagte er.

Doch er konnte nichts für sie tun. Selbst wenn sein Körper wie durch ein Wunder sofort heilte – was sollte er gegen eine so mächtige Dämonin ausrichten?

Wenn er gewusst hätte, wer Malcanthet in Wahrheit war, die Königin der Sukkubi und Gefährtin des göttlichen Demogorgon, des verhassten Rivalen von Graz'zt, wäre ihm die Lage noch viel hoffnungsloser erschienen.

Pikel wollte aufstehen und fortgehen, aber das konnte er nicht. Also kroch er, aber das tat zu weh. Vielleicht konnte er wieder ein Hund werden? Aber was half das schon, solange er halbseitig gelähmt war?

Er versuchte es mit einem Heilzauber, was sich gut anfühlte, aber wenig ausrichtete. Kurz darauf merkte er, dass der Heilzauber ihn so viel Kraft kostete, dass es ihm jetzt schlechter ging als vorher. Er überlegte erneut, wie er von hier verschwinden und Hilfe holen könnte. Am liebsten hätte er sich in einen Vogel verwandelt und wäre geflogen, doch er hatte nur einen Arm. Ein Vogel mit einem Flügel würde nicht sehr weit kommen.

Außerdem war eine Seite gelähmt; die Peitsche hatte sie fürs Erste abgetötet.

Wieder hörte er die Stimmen der Riesen. Offenbar hatte sich die Lage unten entspannt. Er wusste, er war hier verwundbar, doch er hatte nicht mehr ausreichend Kraft, um wieder zur druidischen Wurzelreise überzugehen.

Dennoch konnte er sich noch einmal verwandeln, und so wurde der schlaue Zwerg zur Schlange. Obwohl sein

Körper zur Hälfte gelähmt war, konnte Pikel sich schlängeln.

Also schlängelte er sich zwischen den Bäumen hervor. Er glitt den Hang hinunter und achtete dabei genau auf seine Umgebung, damit er den Ort später wiederfinden würde.

Die Sonne ging unter, und er glitt immer noch dahin.

Er fand eine Straße und kroch weiter.

Bis spät in die Nacht schlängelte er sich immer weiter, und dann versteckte er sich am Straßenrand und rollte sich dort zusammen. Morgen früh würde es ihm besser gehen. Dann hätte er wieder Zugriff auf seine Druidenkräfte und könnte über die Wurzeln nach Helgabal zurückkehren.

Aber sein Schlaf war voller Albträume, die durch die Magie der Peitsche verursacht wurden. Bei Sonnenaufgang war Pikel wieder zum Zwerg geworden, und es ging ihm nicht besser, sondern schlechter als am Vortag. Das Gift oder die Magie der Dämonin war tiefer in seinen Körper eingedrungen. Pikel konnte nicht beten, nicht um neue Magie bitten und nicht annähernd klar genug denken, um sich an etwas zu erinnern oder überhaupt zu zaubern.

Er konnte nicht einmal mehr zur Schlange werden.

Also kroch er mühsam weiter.

Zoll für Zoll schob er sich den Weg entlang, ignorierte seine splitternden Fingernägel und kämpfte sich keuchend voran, obwohl seine Lunge ihm beinahe den Dienst versagte.

Die Sonne stieg immer höher. Es wurde ein heißer Sommertag voller summender Bienen und zwitschernder Vögel.

Schweißüberströmt kroch der Zwerg weiter.

Er hätte gern angehalten. Einfach aufgeben, sich dem Tod überantworten und dem Schmerz ein Ende machen.

»Wuffgar«, flüsterte er mit Lippen, die sich kaum noch bewegten. Er wusste, dass er weiterkriechen musste.

Also tat er es.

Und wieder weckte Pikel das Sonnenlicht, doch diesmal stellte er verwirrt fest, dass er nicht auf der Straße lag, sondern in einem Bett.

Einem weichen Bett in einem sauberen Zimmer. Der ganze Körper tat ihm weh, denn das Dämonengift nagte an ihm und forderte ihn flüsternd auf, am besten einfach zu sterben.

Er drehte den Kopf zum Fenster, blickte in Richtung Sonnenaufgang und suchte flüsternd nach seinem Bruder.

»Ah, du bist wach!«, sagte jemand.

Pikel versuchte den Kopf zu drehen.

Über ihm tauchte ein breites, rotwangiges Gesicht auf, mit ehrlichem Lächeln und freundlichen blauen Augen. »Wir dachten schon, wir hätten dich verloren«, sagte die Frau. »Oh, Chalmer!«

»Was ist denn, Frau?«, sagte eine zweite Stimme, die eines Mannes. Es gelang Pikel, den Kopf so weit zur offenen Tür zu drehen, dass er ein noch feisteres Gesicht erkennen konnte, das von einem dichten grauen Backenbart gesäumt war.

»Ah, du hast noch eine Nacht überstanden«, stellte der Mann fest. Er sah die Frau an, die Pikel für seine Frau hielt. »Ich hole ihm ein wenig Suppe.«

»Wuffgar!«, flüsterte Pikel.

»Oh, er redet ja!«, staunte die Frau.

»Wu… Wuff…«

Chalmer lachte. »Oder er bellt«, sagte er. »Ach, kümmere dich einfach um ihn. Er hat sowieso nicht mehr lange zu leben.«

»Wuff...«, wimmerte Pikel keuchend. Dann begann er zu husten.

Flehentlich sah er dem Mann nach, der in einem Schankraum voller Gäste verschwand, die dort herumliefen oder sich ans Frühstück machten.

Ihre Stimmen drangen herein, zeugten von Leben, und Pikel konnte nur zuhören.

Chalmer und seine Frau versuchten, ihn zu füttern, aber Pikel konnte nicht schlucken und erstickte fast vor Husten.

Also wickelten sie ihn fester in seine Decken.

»Ich bleibe bei ihm«, sagte die Frau, worauf der Mann hinausging, auf ihren Wunsch jedoch die Tür offen ließ.

Pikel blieb still liegen, lauschte dem Leben und wusste, dass sein eigenes zu Ende ging.

Etwas später jedoch merkte er auf, als ein elegant gekleideter Halbling an der Tür vorbeiging. Regis!

Doch, nein, das war nicht Regis. Das hörte er an der Stimme, als die Halbling-Frau mit ihrem Freund sprach.

Von diesem Gespräch und anderen im Raum bekam Pikel nur Fetzen mit, klammerte sich jedoch daran, weil er die Welt in seinen letzten verbliebenen Momenten noch bewusst wahrnehmen wollte.

So hörte er, dass vor Helgabal eine Armee aufgestellt wurde. Das ließ ihn hoffen, dass König Yarin die Dämonin suchen und vielleicht Wulfgar finden würde.

Er hörte Gerüchte von einem Drachen, der über die Felder nach Osten geflogen sein sollte, und lächelte bei dem Gedanken an die Gerüchte von Drachen, die vor einigen Jahren angeblich an Yarins Hof gekommen waren.

Er hörte, wie die Halblinge seltsame Ereignisse besprachen, die am Kloster der Gelben Rose vor sich gingen.

»Sie haben einen Drow in ihren Orden aufgenommen«, sagte einer ziemlich ungläubig. Die Erwähnung eines Dunkelelfen alarmierte Pikel, denn in den Minen hatte er im Gemach der Dämonin Drow gesehen.

»Aye«, bestätigte die Halbling-Frau. »Aber nicht irgendeinen. Es ist Drizzt Do'Urden persönlich, wie ich gehört habe. Er kam von der Schwertküste.«

Pikel riss die Augen weit auf und versuchte, sich aufzurichten. Sofort half ihm die Frau und rief nach ihrem Mann.

»Er hat Todeszuckungen!«, sagte sie zu Chalmer, als dieser hereinstürmte und einige andere hinter ihm hineindrängten. »Ach, der Arme!«

Pikel kämpfte gegen die Schmerzen an. »Drizzit Dudden!«, japste er. »Drizzit Dudden!«

Chalmer und seine Frau sahen einander verwirrt an. »Was?«

»Drizzit Dudden?«, wiederholte eine Halbling-Stimme an der Tür.

Kapitel 24

Der Häretiker

Drizzt rang nach Atem, während er erschüttert den Arm zurückzog und Blut von der Spitze seiner Glasstahlklinge tropfen sah.

»Warum zögerst du?«, fuhr Entreri ihn geradezu herausfordernd an, obwohl seine Stimme gepresst klang. »Du weißt, dass ich ein Dämon bin! Du weißt, dass alles eine riesige Lüge ist!«

»Sei still!«, rief Drizzt und schoss vor, um dem ein Ende zu machen. Um Artemis Entreri ein Ende zu machen.

Und Artemis Entreri blieb stehen und schloss die Augen, breitete die Arme aus und erwartete den Todesstoß.

Stattdessen war es Drizzt, der zu Boden sank, nachdem ihm seine Krummsäbel entglitten waren. Voller Qualen kauerte sich der Drow zusammen, von Schmerzen und Zweifeln übermannt. Er war sich so sicher, so sicher, dass alles gelogen war, eine gewaltige Illusion, die ihn zerstören sollte, aber in diesem Augenblick der Wahrheit, bei diesem letzten verzweifelten Aufbegehren stellte er fest, dass er es nicht vermochte: Er konnte diesen Mann, den er inzwischen als Verbündeten betrachtete, nicht töten. So wie er Catti-brie nicht hatte töten können.

Deshalb war er verloren. Zweifel und Entsetzen drückten ihn mit ihren schwarzen Schwingen nieder und hielten ihn schluchzend fest.

Artemis Entreri stand wortlos über ihm.

Kimmuriel nahm Yvonnels Hand und sandte seine Psi-Woge zu dem zusammengebrochenen Waldläufer. Diese Woge transportierte Yvonnels Zauber und ihr Bewusstsein zu ihm.

Ihre Lippenbewegungen erzeugten zwei Zaubersprüche zugleich, einen arkanen und einen göttlichen, um Zauberei zu bannen und Krankheit zu heilen. Mit Kimmuriels Hilfe reiste sie durch die jüngsten Erinnerungen des Waldläufers bis zurück ins Kloster der Gelben Rose. An all den Punkten, wo Drizzt sich dazu gezwungen hatte, die Realität zur Illusion zu erklären, griff Yvonnel diese Zweifel an. Ihr erschienen sie wie nebelgraue Vorhänge, die sie mit Leichtigkeit zerriss, um weiterzugehen, immer weiter zurück, zum nächsten Vorhang des Zweifels und dann wieder dem nächsten dahinter.

Drizzts Weg führte nach Luskan zurück. Der dicke Vorhang, der dem Angriff auf Catti-brie vorweggegangen war, wurde zerfetzt, sodass Drizzt sich der nackten Wahrheit stellen musste: Um ein Haar hätte er seine geliebte Frau getötet.

Keinen Dämon, sondern seine Catti-brie. Einfach Catti-brie. Wirklich Catti-brie!

Dann waren sie wieder in Menzoberranzan und in Haus Do'Urden, wo Yvonnel in Drizzts Erinnerungen den Tod von Zaknafein mit ansah.

Auch diesen Vorhang riss sie nieder.

Sie liefen zurück in die Tunnel, bis sie von Gauntlgrym aus die Reise nach Menzoberranzan antraten. Und dort fand Yvonnel schließlich den ersten Kontakt mit der

Höllenpest, eine Mauer aus Verwirrung, Schwermut und Zweifel, die Drizzts Realität verzerrt hatte.

Ihre Heilsprüche hämmerten gegen diese Wand an, um ein wenig Finsternis wegzumeißeln, aber das hier war nicht mehr so leicht, wie einen Vorhang aufzulösen.

»Erhöre mich, o Herrin Lolth«, flehte sie in dem Wissen, dass eine, die in der Nähe stand, auf ihre Gebete reagieren konnte.

Noch einmal rannte sie gegen die schwarze Mauer an und wurde zurückgeworfen, aber sie hoffte weiter, denn es war nicht Drizzt, der hier gegen sie ankämpfte. Er war gebrochen, war ein Zeuge, kein Teilnehmer, und damit hatte sie gerechnet.

»Yiccardaria«, flüsterte sie und wurde erhört.

Eine Woge magischer Energie verstärkte ihren Priesterinnenzauber und drang wie ein wirbelnder Bohrer in die Wand der Höllenzweifel ein, bis nach allen Seiten schwarze Bruchstücke flogen.

Dahinter wartete Licht. Dort wartete die Realität, und es warteten Erinnerungen, echte, vertrauenswürdige Erinnerungen.

Die Priesterin tauchte aus ihrer Trance auf und taumelte unter dem Gewicht der von ihr ausgeübten Magie. Dann blickte sie zu Drizzt hinüber, der schluchzend auf den Knien lag. Der zerbrochene Drow.

Das zerfetzte Meisterwerk.

Innerlich stand er wieder auf Kelvins Steinhügel, wo seine Gedanken sich nach der Konfrontation mit Dahlia im Kreis drehten. Sie hatte ihn getötet.

Aber Catti-brie war bei ihm, und Bruenor und Regis kamen zu ihm und Guenhwyvar geeilt. Warme Heilmagie durchströmte ihn.

Auch Wulfgar war da.

Drizzt schlug die Augen auf und bekam vor Schreck kaum noch Luft, als er auf Artemis Entreris Füße starrte.

Doch er klammerte sich an jenen Augenblick auf Kelvins Steinhügel. Denn der war real.

Wie die ganze Geschichte.

»Ein genialer Schachzug«, sagte eine weibliche Stimme hinter Kimmuriel und Yvonnel, wo sich Yiccardaria näherte.

Yvonnel hatte gewusst, dass die Zofe zurückkehren würde, doch Kimmuriel erschrak.

»Abtrünniger«, sagte Yiccardaria, und das reichte schon – oder war bereits zu viel. Kimmuriel griff auf die Psionik zurück und verschwand mit einem Sprung durch Raum und Zeit.

Wahrscheinlich zurück nach Illusk, unter Luskan, dachte Yvonnel.

Yiccardaria lachte.

»Ihr hättet ihn aufhalten können«, sagte Yvonnel.

»Ich bin eine Zofe der Lolth«, erwiderte Yiccardaria. »Natürlich.«

»Aber er durfte gehen. Also ist die Herrin Lolth mit meinem Tun hier einverstanden. Und mit Kimmuriels Hilfe.«

»Oder der Freund der Gedankenschinder ist ihr schlichtweg gleichgültig«, sagte Yiccardaria.

Yvonnel nickte. »Aber Ihr ... nein, sie hat mir die Zauber gewährt, um die Höllenpest in Drizzt zu besiegen.«

Yiccardaria stellte sich neben Yvonnel und blickte auf den Kampfplatz hinaus, wo Drizzt noch immer auf den Knien lag. Er hatte die Hände vors Gesicht geschlagen, und seine Waffen lagen neben ihm.

»Habt Ihr ihn geheilt oder ihn gebrochen?«, fragte die Zofe.

»Er sieht jetzt die Wahrheit. So wie er sie die ganze Zeit vor Augen hatte. Jedenfalls glaube ich das. Solche Reaktionen wären von jemandem mit seinem Gewissen zu erwarten.«

»Gut«, sagte Yiccardaria. »Dann wurde Euch dieser Wunsch, ihn zu heilen, gewährt, damit sein Tod umso grausamer ausfällt.« Sie deutete auf den Waldläufer. »Ich würde gern zusehen, wie Ihr ihn in einen Drider verwandelt. Und ich werde es Euch lehren.«

»Nein.«

Die klare Antwort ließ Yiccardaria innehalten. »Nein? Ihr würdet ihn lieber einfach zu Tode martern?«

»Nein.«

»Es wird keinen leichten Tod geben«, mahnte die Zofe. »Das ist die Vereinbarung. Keine schlauen Fallen mehr für den abtrünnigen Drizzt. Wenn er noch eine Zeit lang leben soll, dann macht ihn zu einem Drider. Ansonsten beginnt mit der Folter, und ich übertrage seine Schreie an die Spinnenkönigin. Das wird ihr gefallen.«

»Nein.«

»Wie, nein?«

»Nein. Ich werde keine schlauen Pläne ersinnen, um ihn zu zerstören«, sagte Yvonnel. »Ich werde ihn weder foltern noch töten und ganz bestimmt nicht in einen Drider verwandeln.«

Die Zofe starrte sie drohend an. »Hier gibt es nichts zu verhandeln«, warnte sie. »Ihr werdet tun, was wir vereinbart haben.«

»Werde ich das?«, entgegnete Yvonnel, sah an Yiccardaria vorbei und nickte leicht.

Die Zofe fuhr herum und hätte beinahe »Kimmuriel!«

gerufen, weil sie vermutete, die zwei hätten diese Blasphemie zusammen ausgeheckt.

Doch hinter ihr stand nicht Kimmuriel Oblodra.

Es war Kane, der Großmeister der Blumen.

Wortlos und mit einem Tempo, das die Dämonin nicht annähernd voraussehen konnte, schlug der Mönch der Zofe so fest kreuzweise in ihr hübsches Drow-Gesicht, dass sie dabei ihre äußere Form verlor. Plötzlich glich sie nur noch einem Lehmklumpen oder einer halb geschmolzenen Kerze mit wedelnden Tentakeln, die den Platz einnahm, wo eben noch die Drow gestanden hatte.

Sie schlug zwar um sich, konnte aber nicht richtig zielen, denn gegen Kanes verblüffende Kraft kam Yiccardaria nicht an.

Wieder traf er sie von rechts und links, sprang hoch und versetzte ihr einen vernichtenden Doppeltritt von oben. Nach einem Rückwärtssalto stand er ihr gegenüber und deckte sie mit einem solchen Hagel brutaler Schläge ein, dass Yvonnel unwillkürlich zurückwich.

Die Zofe hatte keine Chance: Nicht ein einziges Mal hatte sie einen Treffer abfangen oder gar zurückschlagen können.

So sank sie einfach als blubbernde, zähe Schlammpfütze zu Boden.

Kane verbeugte sich vor der besiegten Gegnerin, richtete sich wieder auf und fixierte Yvonnel, die wusste, wie erschrocken sie aussah. Ein derart überwältigendes, kontrolliert brutales Vorgehen, so schnell, so präzise und so stark, hatte sie noch nie mit angesehen. Am allerwenigsten bei einem scheinbar unbewaffneten Menschen.

»Und jetzt wird Lolth mich zur Häretikerin erklären«, sagte Yvonnel achselzuckend. »Womit ich in bester Gesellschaft bin.«

»Ist er wirklich geheilt?«, fragte der Mönch und blickte zu Drizzt hinüber.

»Zumindest hat er mich nicht abgewiesen, als ich ihm die Wahrheit offenbart habe«, sagte Yvonnel. »Er war gebrochen, hatte nichts mehr zu verlieren und war völlig aufgelöst.«

»Wie erwartet.«

Die Frau nickte. »Vorher hätte Drizzt eine Heilung nie zugelassen. Denn er konnte keinem Heilkundigen vertrauen. Jetzt hatte er keine andere Wahl.«

»Dann sehen wir ihn uns einmal an«, sagte Kane und trat, gefolgt von Yvonnel, aus dem Dickicht heraus auf den Kampfplatz.

Drizzt kniete noch immer, und Entreri stand neben ihm. Der Drow sah Kane und Yvonnel entgegen. Als er Gromphs Tochter erkannte, machte er große Augen.

»Seid gegrüßt, Drizzt Do'Urden«, sagte Yvonnel.

Der Drow warf einen Blick auf seine Krummsäbel, die immer noch neben ihm lagen.

»Ja, ich glaube, mich würdet Ihr bestimmt bereitwilliger töten als Catti-brie oder Artemis Entreri«, stellte Yvonnel fest, worauf die lavendelblauen Augen sie noch gründlicher musterten.

»Ihr kennt die Wahrheit«, verkündete Yvonnel. »Ihr seid geheilt.«

»Und?«, fragte Drizzt.

»Damit seid Ihr frei«, antwortete Yvonnel. »Wir bringen Euch nach Luskan und zu Catti-brie zurück. Dort steht alles bestens, und die Magie bringt Großartiges zustande. Aber ich fürchte, Catti-brie ist nicht zufrieden.«

Fragend neigte Drizzt den Kopf zur Seite.

»Deinetwegen natürlich«, sagte Entreri. »Du hast ihr das Herz gebrochen, aber auch das dürfte bald heilen.«

»Tatsächlich?«, fragte Drizzt, der wieder Yvonnel anstarrte. »Gehört das zu Eurem weitreichenden Triumph über meine … Zukunft?«

»Ich hoffe, dies ist nicht mein letztes Abenteuer mit Euch«, räumte Yvonnel ein, doch als sowohl Entreri als auch Drizzt die Augen aufrissen, lachte sie nur. »Aber es wird der Abschluss dieser gemeinsamen Reise. Ich gewähre Euch einen klaren Geist, ein Herz, das vertrauen kann, einen Weg, den Ihr selber wählt.«

»Warum?«

»Weil Ihr das verdient habt. Und wie klein und armselig wäre es, wenn ich zuließe, dass mein Staunen über Eure Widerstandsfähigkeit und die Stärke Eurer Liebe bei mir Eifersucht auslösen würde anstelle einer gewissen Erleuchtung. Und ich bin nicht klein und armselig.«

»Ich bin also frei?«

»Natürlich.«

»Und ich bin Euch nichts schuldig?«

»Mir nicht.« Sie sah zu Kane hinüber. »Was das Kloster angeht …«

»Du schuldest uns nichts«, begann Kane, doch nach einem forschenden Blick auf Drizzt änderte er seine Meinung. »Aber einen Wunsch habe ich noch.«

Drizzt sah die Kerze herunterbrennen – eine vollständige Kerze, die nicht die Minuten, sondern die Stunden maß.

Fast drei Stunden hatte er seine Position beibehalten, in perfekter Haltung langsam und gleichmäßig geatmet und jeden Gedanken loslassen können. So lange war ihm das bisher nie gelungen. Bei seinen letzten Zusammenbrüchen war nicht einmal ein Zehntel der Kerze verbraucht gewesen.

Diesmal war sie vollständig geschmolzen, und Drizzt hatte das Gefühl, noch weitermachen zu können. Und genau das erwartete er, als Großmeister Kane den Raum betrat. Aber der Mönch gebot ihm, sich aufzurichten, und zeigte dabei echte Anerkennung, ja Freude.

»Gegenwärtig brauchst du nicht länger durchzuhalten«, sagte Kane.

»Warum? Warum gibt es eine Beschränkung?«

»Nicht einmal sechs im Orden können die gesamte Kerze herunterbrennen sehen«, erklärte Kane. »Um derart lange bei der Sache zu bleiben, muss man reinen, inneren Frieden gefunden haben.« Der Mönch nickte. »Daher kann ich Yvonnels Worte bestätigen. Du bist tatsächlich vollständig geheilt, Drizzt Do'Urden.«

»Das bin ich«, sagte der Drow. »Und jetzt will ich nach Hause.« Er lachte leise. »Sosehr mich dieser Ort mit seinen Lehren auch fasziniert.«

»Ihr habt noch viele Jahre vor Euch. Schlagt auf Eurer Reise keine Türen hinter Euch zu.«

Drizzt nickte und folgte Kane nach draußen. Zu seiner Überraschung hatten die Mönche ihm zu Ehren und zur Feier seiner Genesung ein Festmahl vorbereitet. Auch Artemis Entreri war dabei, was ihn freute.

Und Yvonnel, was ihn verwirrte.

Kane setzte Drizzt direkt zwischen die Frau und Afafrenfere, und neben Yvonnel saß Entreri.

»Ja, es gibt vieles, was Ihr nicht wisst«, lachte Yvonnel angesichts der Zweifel, die auf Drizzts Gesicht standen. »Ich habe Menzoberranzan verlassen«, erklärte sie. »Wahrscheinlich hasst mich die Spinnenkönigin jetzt noch mehr als Euch.«

»Das scheint Euch zu freuen.«

»Es belustigt mich«, stellte Yvonnel klar. »Das wird

vorbeigehen. Lolth hat wichtigere Probleme als eine entlaufene Priesterin.«

»Die keine Priesterin mehr ist, möchte ich meinen.«

»Wir werden sehen. Die Herrin Lolth ist komplizierter, als die meisten sich vorstellen können. Meine kleinen Überraschungen dürften sie – wie die Euren – eher amüsieren als ärgern, weil sie ihre Kinder ins Chaos stürzen. So weit kennt Ihr Eure Rolle sicher, nicht wahr, Drizzt Do'Urden?«

Verwundert schüttelte er den Kopf.

»Die ganze Zeit, in der Ihr vor Eurem Erbe geflohen seid, bis hin zu den Kämpfen gegen die Drow, und selbst, als Euer Zwergenfreund meine Namenspatronin getötet hat – eine äußerst schmerzhafte Erinnerung, wie ich versichern kann –, habt Ihr letztlich für Lolth gearbeitet.«

Bei diesen Worten richtete sich Drizzt empört auf.

»Betrachtet das nicht als Beleidigung«, sagte Yvonnel. »Ihr habt keineswegs Lolth gedient. Eure Taten allerdings durchaus, denn Ambitionen, Chaos und Konflikt sind ihr Lebenselixier. Harmonie in Menzoberranzan langweilt sie und schenkt ihren frommen Getreuen zu viel Zeit für eigene Gedanken. Deshalb sorgt sie dafür, dass es nicht dazu kommt.«

Drizzt entspannte sich etwas, blieb aber höchst aufmerksam.

»Vielleicht werden wir es ihr eines Tages abnehmen«, fügte Yvonnel hinzu.

»Was?«

»Menzoberranzan«, sagte die Frau. »Und unser eigenes Schicksal. Danach habt Ihr Euch doch immer gesehnt?«

»Ihr wollt eine Revolution anzetteln?«

»Das Leben ist lang«, sagte Yvonnel. »Wer weiß schon, was ein Jahrtausend bringen mag?«

Drizzt hätte gern boshaft erwidert, dass Yvonnel wieder unter Lolths Einfluss geraten könnte, hielt diese Worte aber zurück und dachte lieber daran, wie sehr sich die Welt in den letzten zweihundert Jahren verändert hatte.

Mitunter schien der Weg im Kreis zu verlaufen, aber er führte nur selten an genau dieselbe Stelle zurück.

Es gab immer Überraschungen.

Und daher galoppierte am nächsten Morgen, als Drizzt, Yvonnel und Entreri sich gerade auf den Weg zu Tazmikella machen wollten, ein erschöpfter, staubiger Halbling auf einem erschöpften, staubigen Pony den Berg herauf.

»Ich suche den Drow mit dem Namen Drizzt Do'Urden«, rief eine Frauenstimme den Mönchen zu, die am Portal des Klosters standen, wo sich Drizzt und seine Freunde von den Ordensmeistern verabschiedeten. »Oder Drizzit Dudden oder so«, fügte die Frau drängend hinzu.

»Drizzit Dudden?«, flüsterte Drizzt. Diese ungewöhnliche Verballhornung seines Namens kannte er nur von einem einzigen Kameraden. Und diese Begegnung war sehr lange her …

Wir sollten von hier verschwinden, teilten Denderidas Finger der Priesterin Charri mit.

Malcanthet hat die Gefahr gebannt, antworteten Charris Hände.

Vorläufig. Aber da kommt noch mehr.

Charri Hunzrin ging zu der schlecht eingepassten Tür des Raums, den die Spriggan ihr und ihrem Gefolge zugewiesen hatten. Sie konnte die Befürchtungen von

Denderida durchaus nachvollziehen, doch hier waren noch andere Dinge im Spiel, die eher dagegensprachen.

Haus Hunzrin hatte Malcanthet absichtlich an die Oberfläche gebracht, und zwar ohne den Segen von Haus Baenre und auch nicht auf ausdrücklichen Wunsch von Lolth. Deshalb mussten Charri und die anderen den Sukkubus mit ihrem Tun vollständig zufriedenstellen, sonst würde dieser sich zweifellos bei Oberinmutter Baenre beschweren.

»Noch ein Zehntag«, sagte Charri.

»Ein Zehntag in diesem Drecksloch«, klagte eine Priesterin, doch Charri wies sie nicht zurecht. Was sollte sie schon dagegen sagen? Selbst stinkende Goblins und Orks wären ihr lieber als diese abstoßenden Spriggan, und auch dieser Vergleich hinkte noch.

Ihre Finger sprachen zu Denderida: *Geht zu Schahnlohf und besorgt uns ein Zimmer weiter oben und näher an Vaasa. Wenn Malcanthet Ärger bekommt, soll sie das mit ihren Spriggan-Verbündeten selber klären.*

Denderida nickte, und bald darauf marschierten die Drow durch die Tunnel des oberen Smeltergard zügig nach Nordwesten in weniger bewohnte und in Charris Augen erheblich angenehmere Bereiche.

Sie ließen sich von der Halbling-Frau Brouha, die den Kniebrechern angehörte, genau Instruktionen geben, luden sie jedoch nicht ein, sie zu begleiten. Falls die Frau Einwände hatte, änderte sich dies spätestens in dem Moment, als Artemis Entreri vor ihren erstaunten Augen eine Obsidianfigur auf den Boden warf und ein kohlschwarzes Höllenross herbeirief, einen Nachtmahr mit feurigen Hufen, der Rauch atmete.

Und als der Assassine sein Reittier bestieg, blies Drizzt

in eine Pfeife, worauf in scheinbar weiter Ferne ein zweites Wesen auftauchte. Selbst auf diese Distanz sahen alle, die am Eingang zum Kloster versammelt waren, den dramatischen Kontrast. Was dort kam, war kein Höllenwesen, sondern ein strahlend weißes Einhorn mit einem herrlichen Horn.

Einen, zwei, drei Sätze später entpuppte sich die scheinbare Entfernung als Illusion oder als eine Art Grenze zwischen den Ebenen. Glänzend im Sonnenlicht trabte das Tier auf Drizzt zu.

Der Drow schwang sich hinauf, und während Artemis Entreri Yvonnel die Hand bot, damit sie hinter ihm Platz nehmen konnte, tat Drizzt dasselbe für Großmeister Kane.

Der Mönch jedoch schüttelte den Kopf. »Wir treffen uns in Chalmers Haus«, sagte er. »Ich kenne den Ort und möchte zuvor noch etwas auskundschaften.«

»Unsere Tiere ermüden nicht. Wir können die Nacht durchreiten«, erwiderte Drizzt.

»Ihr werdet keinen großen Vorsprung haben«, versprach Kane und zwinkerte verschmitzt.

Drizzt nickte. Von diesem Mann hatte er schon zu viele unerklärliche Taten miterlebt, um zu widersprechen.

Sie ritten schnellstens nach Nordosten, immer linker Hand am Galena-Gebirge entlang. Als die Berge einen Bogen machten, hielten sie sich nördlich und trafen bald auf die Straße. Am Morgen lagen fast hundert Meilen hinter ihnen, als sie schließlich eine Kreuzung erreichten, wo sich viele Wege trafen, auch wenn die meisten kaum mehr als Trampelpfade waren. An dieser Stelle fanden sie exakt die Ortschaft vor, die die Halbling-Frau ihnen beschrieben hatte.

Noch ehe die Gäste zum Frühstück kamen, stand Drizzt an Pikels Bett.

Das Gesicht des Zwergs war aschfahl. Irgendwann blinzelte er mit einem Auge und stieß flüsternd hervor: »Drizzit Dudden.« Dabei grinste er, obwohl diese Anstrengung ihn noch weiter entgleiten ließ.

»Tut etwas!«, bat Drizzt Yvonnel, die in der Tür stand.

»Soll ich etwa die Herrin Lolth anrufen?«, fragte die Priesterin skeptisch und breitete die Hände aus. »Die dürfte mir derzeit keine große Macht gewähren.«

»Habt Ihr denn gar nichts?«

»Nur kleinere Zauber, aber …«

»Dann benutzt sie!«, rief Drizzt. »Alles, was Ihr habt!«

Yvonnel nickte und trat an Pikels Bett. Schon bei der ersten Untersuchung wurde ihr klar, dass sie ihm mit diesen einfachen Zaubern, die keinerlei Unterstützung durch die Göttin oder ihre Zofen erforderten, allenfalls vorübergehende Erleichterung verschaffen konnte.

Sie betrachtete die Verletzungen genauer. Irgendwo tief in ihren Erinnerungen, den Erinnerungen von Yvonnel der Ewigen, erkannte sie diese Wunde. Sie war sicher, dass sie so etwas schon gesehen hatte, konnte es aber nicht exakt einordnen.

Immerhin verstand sie, worum es ging.

Mit ein paar einfachen Heilsprüchen verhalf sie dem armen Zwerg zu einer gewissen Linderung.

»Vielleicht kann ich doch mehr tun, als ich dachte«, sagte sie zu Drizzt. »Diese Wunde beruht auf Magie, und wie so vieles im Abgrund ist sie eine Mischung aus klassischer und heiliger Magie.«

Diesmal stimmte sie eine andere Tonfolge an, die normalerweise nicht die Priesterinnen, sondern die Zauberer wählten.

Pikels Atem wurde gleichmäßiger. Er schlug die Augen auf.

»Drizzit Dudden«, sagte er deutlicher und lächelte.

Drizzt und Yvonnel tauschten wieder die Plätze, wobei Yvonnel ihm zuflüsterte:»Das ist nur kurzfristig. Bis heute Abend ist er wahrscheinlich tot. Es gibt nichts, was ich dagegen tun könnte.«

Diese Worte nahm Drizzt hin, ohne sein Lächeln vollständig aufzugeben. Er kniete sich neben Pikel und nahm dessen Hand.

»Wuffgar«, sagte Pikel.

»Wuffgar?«

»Wuffgar! Wuffgar und Regis«, sagte der Zwerg.

»Wulfgar?«, rief Drizzt und wandte sich den anderen zu.

»Schsch«, sagte Pikel und begann zu husten.

»Lasst mich mit ihm allein«, bat Drizzt die anderen, worauf diese den Raum verließen und die Tür schlossen, damit Drizzt Pikel genau zuhören konnte.

Stunden später kam Drizzt aus Pikels Zimmer und brachte eine schier unglaubliche Geschichte mit. Er berichtete Yvonnel, Entreri und Kane, der inzwischen ebenfalls eingetroffen war, was Pikel ihm erzählt hatte.

Es war eine kurze Geschichte von einem unterirdischen Reich, von Zwergen, die sich in Riesen verwandeln konnten, und von einer geflügelten Dämonin, die den Körper der Königin von Damara geraubt hatte. Und jetzt hatte sie »Wuffgar« tief in den Minen in einer Art Zauberspiegel gefangen.

»Das ist alles?«, fragte Entreri.

Der Drow nickte.

»Du warst den ganzen Morgen da drin!«, begehrte Entreri auf.

»Hast du dich je mit Pikel Felsenschulter unterhalten?«, entgegnete Drizzt in scharfem Ton. Das Aufblitzen seiner Augen zeugte von so viel Ärger oder auch Schmerz, dass sich weitere Fragen erübrigten.

Der Waldläufer seufzte. Er konnte kaum glauben, dass er seinen alten Freund ausgerechnet hier wiederfand, wo Pikels Leben zu Ende ging. Noch weniger konnte er glauben, dass er offenbar einen anderen treuen Freund, den armen Regis, erneut verloren hatte.

Da fiel ihm eine weitere Einzelheit aus Pikels Bemerkungen ein. »Er sagte, es waren Dunkelelfen in den Höhlen dieser Zwerge oder Riesen oder was auch immer.«

»Drow?«, staunte Yvonnel. Dieses Detail eröffnete viele Möglichkeiten. »Hat er gesagt, wer?«, fragte sie gespannt.

»Er hat sie nur flüchtig gesehen. Aber ich glaube, es waren ranghohe Priesterinnen. Pikel hat mir ein Gewand beschrieben, und wenn ihn seine Erinnerungen nicht trügen, würde nur eine Tochter aus adligem Haus so etwas tragen.«

Yvonnel nickte. Allmählich fügte sich einiges für sie zusammen, besonders angesichts der angeblichen Besessenheit der Königin.

»Was wisst Ihr über diese Königin von Damara?«, fragte sie Kane.

»Königin Concettina«, antwortete er. »Auf den Straßen von Helgabal schwirren viele Gerüchte über sie herum.«

»Wann?«, fragte Entreri skeptisch.

»Letzte Nacht. Als ich dort war«, sagte Kane, was Drizzt nicht überraschte.

»Das ist hundert Meilen weiter östlich«, protestierte Entreri, wozu Kane lediglich nickte.

»König Yarin hat seine Armee aufgestellt«, fuhr der

große Mönch fort, »aber sie kennt ihr Ziel noch nicht. Es heißt, Königin Concettina sei im Rahmen einer Verschwörung entführt worden, an der eine Dämonin, ein Barbar aus dem Eiswindtal und ein Halbling aus Aglarond beteiligt waren.«

Jeder Windhauch hätte Drizzt in diesem Moment zu Fall bringen können.

»Kennt ihr die Geschichten von König Yarins Frauen?«, fragte Kane. Als keiner antwortete, erzählte der Mönch von Drielle und ihren Vorgängerinnen, von der peinlichen Lage des Königs und auch von den Hinrichtungen und den kopflosen Statuen im Garten, auf denen die Tauben hockten. Am Ende berichtete er, dass Pikel in den Palastgärten des Königs gearbeitet hatte, und schlug dann den Kreis zu der angeblichen Verschwörung, von der in Helgabal gemunkelt wurde. »Der Halbling und der Barbar, eine Dämonin und ein Zwerg mit Namen Felsenschulter«, endete Kane und sah wie die anderen zu Pikels Zimmer hinüber.

»Dann werden sie ihn jagen«, überlegte Entreri.

»Nein«, sagte Drizzt, denn Pikel hatte ihm weitere Befürchtungen mitgeteilt. »Hier geht es nicht um Pikel, sondern um seinen Bruder Ivan, der vermutlich längst im Verlies des Königs steckt. Wenn er nicht schon hingerichtet wurde.«

»Dann gebt der Armee des Königs die nötigen Hinweise«, sagte Yvonnel zu Kane.

»Ich muss sofort in die Höhlen«, sagte Drizzt, »sonst würde ich Euch begleiten und mich für Ivan Felsenschulter einsetzen, einen der wackersten Zwerge, den ich je erlebt habe.«

Kanes Blick verriet Drizzt, dass er die eigentliche Bedeutung dieser Bemerkung verstanden hatte, und das ließ den Drow hoffen. Einen Großmeister Kane würden eine Kerkertür und ein paar Wärter nicht lange aufhalten.

»Dann auf zu den Höhlen!«, sagte Entreri, der seinem Freund, dem Waldläufer, entschlossen zunickte.

»Ich muss noch ein paar andere Dinge erledigen, die uns allen zugutekommen werden. Geht davon aus, dass wir uns dort sehen«, teilte Yvonnel den beiden mit.

»Ruht euch aus und esst etwas, bevor ihr geht«, bat Kane. Er selbst befolgte seinen eigenen Rat allerdings nicht, sondern verließ Chalmers gastliches Haus und eilte so schnell die Oststraße nach Helgabal entlang, dass Drizzt Zweifel hatte, ob selbst Andahar mit ihm Schritt halten könnte.

»Wir holen Wulfgar«, versicherte Drizzt bald darauf dem Zwerg, der sich etwas ausgeruht hatte. »Und Ivan vergessen wir auch nicht. Versprochen!«

»Brüderchen«, flüsterte Pikel mit matter Stimme. Auch seine Hand wurde schwächer, wie Drizzt bemerkte.

»Ruh dich aus, mein Freund«, sagte Drizzt und tätschelte seine Hand. Er warf einen Blick zur offenen Tür, wo Yvonnel wartete. Inzwischen hatte auch sie sich etwas ausgeruht und zugesagt, noch einmal jeden Heilzauber für Pikel zu benutzen, zu dem sie fähig war.

In der Gaststube nahm Drizzt mit Entreri eine kleine Mahlzeit zu sich, und sie besprachen, wie sie vorgehen wollten. Falls die Informationen, die Drizzt von Pikel erhalten hatte, stimmten und auch Kanes Richtungsangaben zutrafen, konnten sie die Höhlen wohl noch vor Anbruch der Nacht erreichen.

Kurze Zeit später kehrte Yvonnel aus Pikels Zimmer zurück, nickte den beiden kurz zu und zog sich in einen

Nebenraum zurück, den der Wirt ihr zur Verfügung gestellt hatte. Im Vorbeigehen nahm sie einen Krug Wasser mit, der für sie bereitstand.

»Weissagung«, erklärte Entreri, und Drizzt nickte.

»Ich gehe davon aus, dass sie ziemlich viel weiß, von dem wir keine Ahnung haben«, antwortete der Drow.

»Es passiert gerade sehr viel«, erwiderte Entreri, schnallte seinen Waffengurt um und ging mit der Obsidianfigur in der Hand zur Tür.

Nicht lange darauf donnerte das Paar bereits auf der Straße nach Norden auf die Berge zu.

»Rache für den Zwerg«, sagte Entreri zu Drizzt, als sie langsamer wurden und einen schmalen Pfad nach oben entdeckten – genauso hatte Pikel es Drizzt beschrieben.

»Und für Regis«, ergänzte Drizzt. »Den hast du auch gut gekannt.«

Entreri zuckte mit den Schultern, denn zu diesem speziellen Freund von Drizzt Do'Urden wollte er sich lieber nicht äußern. In seinem früheren Leben hatte Artemis Entreri dem Halbling einen Finger abgeschnitten, eine Verletzung, die merkwürdigerweise auch an seinem neuen Körper erschienen war.

»Du hättest ihn gemocht, wenn ihr die Chance gehabt hättet, euch besser kennen zu lernen«, versicherte ihm Drizzt. »In Regis – Knurrbauch – steckte viel mehr, als die meisten je erkannt haben.«

»Und Wulfgar?«

»In dem auch! Und wie!«

»Dann lass ihn uns aus dem Spiegel holen. Und dann retten wir den anderen Zwerg vor dem König«, sagte Entreri. »Mit jeder Geschichte, die ich über diesen König Yarin höre, mag ich ihn noch weniger.«

»Da dürftest du nicht der Einzige sein.«

An diesem Abend lief Yvonnel voller Sorge auf und ab, nachdem mehrere Weissagungsversuche gescheitert waren. Sie suchte nach einer Dämonin, konnte jedoch weder auf die Hilfe der Spinnenkönigin noch die ihres Gefolges bauen.

Aber Yvonnel sagte sich, dass diese mangelnde Kooperation weniger mit der derzeitigen Gunst der Lolth zu tun hatte, sondern eher mit deren weiser Entscheidung, sich von den Prinzen, Fürsten und Königinnen der Dämonen fernzuhalten, die sie auf die Materielle Ebene losgelassen hatte.

Nachdem sie ihre Fassung wiedergefunden hatte, kehrte sie zu der Wasserschale zurück und setzte noch einmal zu einer Weissagung an.

Die Schale zeigte ihr das Galena-Gebirge, wobei ihre Magie genau dem Weg folgte, den der Zwerg Drizzt beschrieben hatte. Den Eingang zu diesem Bergwerk, das von Riesen und Zwergen bewacht wurde, hatte sie bereits entdeckt, aber dann hatte sie sich in dem Labyrinth verlaufen, weil sie keine dämonische Energie als Anhaltspunkt gespürt hatte.

Dieses Mal wollte sie sich daher nicht zu der Dämonin in Königin Concettinas Körper führen lassen, sondern zu den Hunzrin-Drow.

Sie konnte nur hoffen, dass die noch anwesend waren.

Und tatsächlich fand sie sie, wenn auch weit im Norden, wo sie über einigen Karten brüteten, die auf einem Tisch ausgebreitet waren. Yvonnel erkannte Charri, Erste Priesterin des Handelshauses Hunzrin, sowie eine Frau, die sie für Denderida hielt, eine bekannte Späherin. Die anderen drei Anwesenden waren von erkennbar niedrigerem Stand.

Yvonnel lauschte aufmerksam und nickte in sich hinein, als die Drow darüber sprachen, wie sie verlockende Juwelen zu nichts ahnenden Königen und Königinnen auf der Oberfläche schleusen konnten, die ihre Besitzer vergiften würden. Denn in den Juwelen würde jeweils ein Dämon lauern, der sie unter Kontrolle bringen sollte, so wie es Malcanthet bei der Königin von Damara getan hatte.

Yvonnel löste sich von der Schale.

»Malcanthet«, flüsterte sie. Das bestätigte ihre Befürchtung angesichts der Geschichte, die Drizzt dem Zwerg entlockt hatte. Yvonnel die Ewige kannte die Königin der Sukkubi natürlich, und die neue Yvonnel konnte weiterhin auf ihre Erinnerungen an die enorme Macht dieser Dämonin zugreifen.

Schon als Drizzt den Zauberspiegel erwähnt hatte, der lebendige Wesen fangen konnte, hatte sie an diese spezielle Dämonin gedacht. Vor langer Zeit war Malcanthet einen Pakt mit dem Lich Acererak eingegangen, für den sie jeweils eines dieser grausigen Spielzeuge füllen und es zu seinem Grab bringen sollte.

Malcanthet war die offizielle Gefährtin von Demogorgon, weshalb sie logischerweise in der Nähe von Menzoberranzan gewesen war, als sie dort die körperliche Manifestation des Dämonenfürsten vernichtet hatten. Offenbar hatten die Hunzrins sie in Sicherheit gebracht.

Oder vielleicht auch nicht.

Yvonnel zog eine Schriftrolle aus der Tasche und entrollte sie auf dem Tisch neben der Schale. Sie dachte an Gromphs Weigerung, sie nach Damara zu teleportieren, um Drizzt zu suchen. Gromph hatte sie daran erinnert, wie riskant es war, an einen weitgehend unbekannten Ort zu teleportieren, und darauf beharrt, dass ihm für Drizzt Do'Urden jegliches Risiko zu hoch war.

Yvonnel blickte von dem Teleportationsspruch zu der Schale zurück. Ein magischer Transport an einen unterirdischen Ort, den sie nur von einem kurzen Blick durch die Weissageschale kannte, war erheblich schwieriger, denn wenn sie zu tief oder zu hoch auftauchte, würde sie im Gestein feststecken.

Mitten in einem Stein Gestalt anzunehmen war nicht die angenehmste Todesart.

Eigentlich konnte sie kaum glauben, dass sie über einen derart gefährlichen Zauber zugunsten des abtrünnigen Do'Urden überhaupt nachdachte.

Aber gleich darauf war dieser Gedanke verflogen. Entschlossen stimmte Yvonnel den Zauberspruch an, fühlte, wie sich die Energie um sie herum aufbaute, und starrte in die Schale, um sich ihr Ziel genau einzuprägen.

Und dann stand sie zum Schrecken von fünf Drow-Frauen plötzlich zwischen Charri Hunzrin und Denderida.

»Weiß Oberinmutter Quenthel, dass Ihr eine Dämonenkönigin aus dem Unterreich an die Oberfläche von Faerûn gebracht habt?«, fragte sie unverblümt, noch ehe die anderen den Schock über ihr Auftauchen verdaut hatten.

Charri Hunzrin wich mit weit aufgerissenen Augen zurück, als Yvonnel vortrat und das Gesicht der gefährlichen jungen Baenre-Hexe dicht vor dem der Hunzrin-Priesterin schwebte.

Die Frau stotterte, aber Yvonnel kam noch näher. Ihre Augen funkelten drohend.

»Herrin Baenre …«, begann eine andere Angehörige von Haus Hunzrin, doch da fuhr Yvonnels Kopf herum und brachte die unverschämte Frau mit einem vernichtenden Blick zum Schweigen.

Diese kurze Ablenkung gestattete Charri Hunzrin, sich so weit zu fassen, dass sie sagen konnte: »Unser Plan, über kostbare Phylakterien Dämonen in die Oberflächenwelt zu transportieren, war dem Herrschenden Konzil bekannt.«

»Einschließlich der Königin der Sukkubi?«, hakte Yvonnel nach.

Darauf fand Charri keine Antwort.

»Wäre dies nicht im Sinne der Herrin Lolth?«, warf Denderida ein. »Immerhin stiftet es Chaos und zieht zugleich eine Bedrohung von Menzoberranzan ab, denn Malcanthet war über die Vernichtung von Demogorgon sicher nicht erfreut.«

»Und das hat sie Euch mitgeteilt?«, erkundigte sich Yvonnel, während sie die Späherin begutachtete.

Statt Denderida antwortete Charri: »Es ist eine naheliegende Vermutung.«

»Vielleicht hatte sie auch nur Angst«, sagte Yvonnel, drehte sich um und hielt diesmal so viel Abstand, dass ein Gespräch möglich wurde, bei dem die anderen nicht vollkommen eingeschüchtert waren. »Und vielleicht aus gutem Grund.«

»Wenn wir Demogorgon besiegen konnten …«, begann Charri, doch Yvonnel fiel ihr ins Wort.

»In den Tunneln des Unterreichs lauern Wesen, die Malcanthet mehr Furcht einjagen als die Drow«, stellte sie fest. »Und warum sollten wir die Sukkubus-Königin angreifen, die seit jeher mit den größten Adelshäusern im Bunde ist?«

Diese Worte stimmten die anderen besorgt. Hatten sie in derart gefährlichen Zeiten womöglich eine Baenre-Verbündete hinausgeschmuggelt, ohne die Oberinmutter einzuweihen?

Charri Hunzrin schluckte. »Wir wollten nur das Chaos fördern«, versicherte sie.

»Und davon profitieren«, ergänzte Yvonnel.

»Ist das nicht unser erklärtes Ziel?«

»Vielleicht. Aber jetzt hat Euer Ziel meine Pläne durchkreuzt, und das gefällt mir gar nicht«, sagte Yvonnel. »Und nun sagt mir: Wie wollt Ihr die Dämonin wieder in ihren Käfig stecken?«

Charri, Denderida und die anderen sahen einander nervös an. Dazu waren sie selbstverständlich nicht in der Lage. Auch mit vereinten Kräften – und vermutlich selbst mit Unterstützung der angeblich so mächtigen Tochter von Gromph – waren sie Malcanthet nicht gewachsen.

»Das können wir nicht«, gab Charri betreten zu.

»Aber Ihr werdet es«, verkündete Yvonnel und murmelte etwas in sich hinein.

»Aber Herrin Baenre, das ist unmöglich!«, widersprach eine der einfachen Priesterinnen wie auf Kommando.

Yvonnel beendete ihren Zauber, deutete auf die junge Frau, die kaum mehr als ein Mädchen war. Als die Magie sie traf, schrie sie auf.

Und dann quakte sie nur noch, denn wo sie eben noch gestanden hatte, hockte jetzt ein Ochsenfrosch, der sich völlig verwirrt umsah.

»Ihr tut genau das, was ich sage«, warnte Yvonnel erst Charri und bezog dann Denderida und die anderen in die Drohung mit ein. »Ein falsches Wort, eine falsche Silbe, eine falsche Betonung, und ich vernichte nicht nur Euch, sondern das gesamte Haus Hunzrin gleich mit.«

Sie starrte Charri an. »Sind wir uns einig?«

Die Frau schluckte erneut, ohne sofort zu antworten.

Daraufhin machte Yvonnel einen Schritt zur Seite und zertrat mit ihrem Stiefel den Frosch auf dem Steinboden.

»Ihr zweifelt an mir?«, fragte sie die fassungslosen Hunzrins. »Möchtet Ihr vielleicht eine Zofe der Lolth rufen, Priesterin Charri, und sie bitten, Eure junge Dame hier wiederauferstehen zu lassen?«

»Sie war mir gleichgültig«, antwortete Charri wenig überzeugend.

»Ihr scheut doch nicht etwa davor zurück?«, sagte Yvonnel. »Denn falls Lolth Euer Gebet nicht erhören würde, wärt Ihr in jedem Fall verloren!«

Charri Hunzrin schien einer Ohnmacht nahe zu sein.

»Nun, Ihr habt Glück, denn ich habe einen Plan, mit dem Ihr Eure Fehler wiedergutmachen könnt«, sagte Yvonnel. »Und wenn Ihr meinen Plan befolgt – exakt nach meinen Anweisungen –, dann werdet Ihr die Macht erhalten, Eure … Freundin wiederzubeleben. Und Ihr werdet wissen, dass Ihr wieder in der Gunst der Lolth steht und sicher sein dürft, dass Euer kleines Geheimnis hier weder der Oberinmutter noch dem Herrschenden Konzil oder anderen zu Ohren kommt, die daran Anstoß nehmen könnten, dass Ihr ohne Genehmigung eine Dämonenkönigin aus der Stadt geschafft habt.« Sie senkte drohend die Stimme: »Sind wir uns einig?«

Charri Hunzrin nickte.

»Jede Silbe, jede Betonung«, warnte Yvonnel noch einmal.

Kapitel 25

In der Unterzahl

Eine lautstarke Auseinandersetzung führte Drizzt und Entreri auf eine Klippe oberhalb eines flachen Steins vor dem Zugang zu einer großen Höhle. Abgesehen von dem offensichtlichen Größenunterschied sahen die Zwerge und Riesen dort unten einander sehr ähnlich, die jetzt knurrend und fauchend Knochen warfen, um die Dinge zu verteilen, die sie zwei Riesen abgenommen hatten, die neben dem Stein auf dem Boden lagen. Die zwei fast nackten Körper mussten schon einige Tage hier liegen, und offenbar hatten sich in der Nacht ein paar Wölfe daran gütlich getan, die Gliedmaßen und Eingeweide verstreut hatten.

Entreri berührte Drizzt an der Schulter und deutete auf einen Sims oberhalb der Höhle. Dort standen mehrere Riesen, die lachend auf die Spieler zeigten.

»Zu gut bewacht?«, flüsterte Drizzt. »Vielleicht gibt es einen Seiteneingang.«

Entreri schüttelte abwehrend den Kopf. »Erinnerst du dich an die Duergar?«, fragte er lauernd.

Drizzt nickte lächelnd. Er hatte sich selten so auf einen Kampf gefreut wie jetzt. Sein Geist war klar, sein Herz voller Mut, er war fest entschlossen, und er hatte Artemis Entreri an seiner Seite.

»Schnell in die Höhle, damit sie uns nicht mit Steinen bewerfen können«, sagte Entreri.

»Sie werden herunterkommen. Wenn drinnen Verbündete warten, gibt es für uns keinen Weg zurück«, warnte Drizzt.

»Oh, doch«, erwiderte Entreri und zog seine Waffen. »Es dauert nur ein bisschen länger.«

Wieder wechselten sie einen lächelnden Blick, und Drizzt hielt die Zeit für gekommen, einen weiteren Verbündeten zu rufen. Er zog die Onyxfigur aus seinem Beutel und flüsterte: »Guenhwyvar.«

In dem ständigen grauen Nebel konnte sie nichts sehen.

»Bin ich tot?«, fragte die arme Concettina Delcasio Frostmantel wohl schon zum hundertsten Mal, seit sie aus ihrem Körper in dieses seltsame Gefängnis oder Leben nach dem Leben oder was auch immer gelangt war.

»Bin ich ein Geist?«, fragte sie, während sie durch den Nebel zu einer Wand vordrang, durch die sie die Welt zu sehen glaubte, die sie zurückgelassen hatte.

»Hilfe!«, schrie sie, so laut sie konnte.

Sie drückte das Gesicht fester an die Wand. Wie durch eine verzerrte Linse sah sie etwas, das einer Burgmauer oder Stadtmauer zu ähneln schien. Dahinter flackerte eine orangefarbene Flamme, doch sie sah nicht das Feuer, sondern nur seinen unheimlichen Widerschein in einer Höhle.

Die Frau schüttelte den Kopf. Das war doch alles unlogisch. Und wenn das vor ihr wirklich eine Mauer um eine Burg oder eine Stadt war, musste die Höhle gigantisch sein.

Angestrengt schaute sie genauer hin. Vielleicht hatte sie auch nur eine durchsichtigere Stelle in dem Material entdeckt. Plötzlich hatte Concettina den Eindruck, sie befände sich in einem seltsamen Raum in der Truhe eines

Riesen. Waren das wirklich Gold- und Silbermünzen um sie herum?

Aber die waren riesig!

»Ich werde verrückt«, flüsterte sie und wandte sich ab.

Als sie sich wieder umdrehte, sah sie eine gewaltige Hand mit vier Fingern auf sich zukommen. Concettina hatte das Gefühl zu fallen, aber wie bei allem in diesem merkwürdigen Zustand fiel sie nicht wirklich, denn sie konnte nicht fallen, weil selbst ihre körperliche Form offenbar eine Illusion war.

Nur die Hand war keine Illusion. Sie schloss sich um die durchscheinende Wand.

Concettina warf sich gegen die Wand und wusste, dass sie hier war, obwohl sie nichts Festes spürte.

Trotzdem schrie sie. Sie schrie um ihr Leben.

Obwohl ihr irgendwann aufging, dass sie nicht einmal ihre eigene Stimme hörte, denn ihr Schrei war so irreal wie ihr Körper. Aber die panische Concettina schrie weiter.

»Erinnerst du dich an die Duergar?«, fragte Artemis Entreri augenzwinkernd, was Drizzt ein Grinsen entlockte.

Wie aus dem Nichts fielen die beiden über die nichts ahnenden Spriggan her, griffen die Riesen in schwindelerregendem Tempo an, drehten sich dabei ständig umeinander und stimmten mit ihren vier Klingen ein tödliches Lied an.

Mit einem Doppelstoß seiner Krummsäbel trieb Drizzt einen Riesen zurück und hielt danach beide Säbel in einer Hand. Er fuhr herum, wandte dem Riesen den Rücken zu und stellte beide Beine fest auf die Erde, als dieser herbeistürmte. Dann hielt er die freie Rechte tief vor seinen Körper.

Entreri rannte los, nutzte die Hilfestellung und sprang, wobei Drizzt ihn noch höher warf.

Blinzelnd hob der Riese die Arme, aber es war zu spät. Charons Klaue schnitt ihm den Hals durch, als der Assassine vorbeischoss.

Gleichzeitig rannte Drizzt zwischen den Beinen des bebenden Riesen hindurch und kappte mit seinen Krummsäbeln die Sehnen an der Rückseite der Knöchel.

Seite an Seite stellten sich die Gefährten den nächsten beiden Gegnern, wichen ihren Schlägen aus und konterten schnell und präzise. Nur ein gefährlicher Treffer gelang ihnen nicht.

Als die Riesen gerade zum nächsten Angriff ansetzten, lief Drizzt nach links und Entreri nach rechts, doch als sie einander nahtlos kreuzten, wechselten beide die Richtung.

Was die Spriggan ebenfalls taten, dabei allerdings ungebremst gegeneinanderprallten.

Beide Spriggan mussten ein Dutzend Stiche und Hiebe hinnehmen, ehe sie ihren Fehler erkannten, und ein Dutzend weitere, ehe sie sich so weit voneinander gelöst hatten, dass sie sich wehren konnten.

Drizzt und Entreri rannten weiter.

Der Drow warf sich zur Seite, als ein großer Stein vor ihnen herabsauste. Oben über der Höhle sah er die anderen Posten stehen. Ein zweiter von ihnen hielt einen Stein wurfbereit über dem Kopf.

Aber Guenhwyvar kam ihm zuvor. Sie schnellte am Gesicht des Riesen vorbei, um es mit ihren Klauen zu zerfetzen. Der Riese versuchte aufheulend auszuweichen und warf dabei seinen Stein einem anderen Spriggan ins Gesicht.

Nun war Drizzt von Entreri abgeschnitten und sah

sich dem nächsten Spriggan gegenüber, dessen Schwert länger war als der ganze Drow. Ein paar schwerfällige Schläge konnten dem schnellen Drow nichts anhaben, aber dieser Gegner war schlau. Nachdem er scheinbar zu einem weiteren Schlag von der Seite angesetzt hatte, veränderte er die Bewegung, drehte ab und versuchte, Drizzt mit dem linken Bein zu Fall zu bringen.

Aber der Waldläufer sprang in die Höhe, zog die Beine an und konnte dem Tritt des Riesen ausweichen. Und bei diesem Sprung steckte er die Krummsäbel weg, zog seinen Gürtelbogen und legte einen Pfeil an die Sehne.

Noch ehe er den Boden berührte, schoss Drizzt auf den Riesen, der schon wieder mit dem Schwert ausholte. Der knisternde Blitzpfeil traf den Riesen unter dem Kinn, durchstieß seinen Mund und explodierte im Gehirn.

Der Gigant taumelte einen Schritt zurück, dann noch einen und kippte tot um.

Drizzt rollte sich zur Seite, um einem neuerlichen Steinwurf zu entgehen, kam hoch und stand vor dem Sims, wo die einen Riesen sich wütend gegen den Panther wehrten, während einer immer noch Steine warf.

Er schoss eine ganze Salve Blitzpfeile ab, und der zweite Schuss traf den Steinewerfer, als dieser gerade den nächsten Felsbrocken hochhob. Der Stein löste sich und krachte dem Riesen ins Gesicht. Der Gigant ließ sich nicht beirren, aber da traf ihn der nächste Pfeil in die Wange und warf ihn an die Felswand hinter dem Absatz.

Drizzt feuerte weiter und pfiff.

Seitlich von ihm rief Entreri nach ihm. Er wirbelte noch weiter von Drizzt weg, um mit dem Schwert einen Goblin niederzustrecken. Dann drehte er sich weiter und rammte einem Zwerg, der dummerweise versucht hatte, sich an Artemis Entreri anzuschleichen, den Dolch in die Brust.

Die nächste Gruppe – zwei Goblins, ein Zwerg und noch ein Riese – zögerte, als Entreris Nachtmahr erschien, der mit feuersprühenden Hufen und rauchenden Nüstern ungezügelt auf sie losging.

Gleichzeitig galoppierte Andahar über den flachen Stein zu Drizzt, fegte an dem Drow vorbei und hielt auf die Höhle zu.

Die Goblins warfen sich nach beiden Seiten, aber ein Spriggan-Riese wollte Andahar aufhalten.

Als Andahars Horn aus seinem Rücken stak, erkannte er seinen Fehler.

»So was will ich auch!«, sagte Entreri, als Drizzt Taulmaril wegsteckte und wieder zu den Krummsäbeln griff. Beide Kämpfer folgten ihren magischen Reittieren.

Eine weitere Gruppe wartete gleich hinter dem Zugang, doch die wenigen, die dem Angriff von Nachtmahr und Einhorn ausweichen konnten, sahen sich sofort vier Klingen gegenüber, die zu schnell und zu gezielt auf sie einschlugen, um auch nur zu reagieren.

Seite an Seite drangen Drizzt und Entreri in die Dunkelheit vor. Hier mussten sie ihre starken, magischen Reittiere entlassen.

Doch sie waren nicht allein. Denn neben ihnen tappte Guenhwyvar auf blutigen Tatzen mit Spriggan-Haut zwischen den Zähnen. Und sie war immer noch hungrig.

Während sie durch die oberen Tunnel von Smeltergard vordrangen, überdachte Yvonnel auf dem Weg zum Zugang nach Damara noch einmal ihre Pläne. Falls ihre List aufgedeckt wurde, war sie ernsthaft in Gefahr. Das Kartenhaus für sie und die anderen würde einfach in sich zusammenfallen.

Nicht einmal ihre Eskorte aus Hunzrins begriff die Tragweite dieses Moments. Sie hatten keine Ahnung, wen sie auf die Oberflächenwelt losgelassen hatten. Malcanthet war nicht einfach ein Sukkubus, die normalerweise nicht annähernd so gefährlich waren wie ein Höllenschlundteufel oder ein Balor.

Das hier war die Königin der Sukkubi, eine Dämonenprinzessin, die nur den Dämonenfürsten unterstand, die ins Unterreich vorgedrungen waren. Wenn Drizzt alle seine Gefährten bei sich hatte, Yvonnel ihren Vater rufen konnte, dazu Jarlaxle und Kimmuriel, und eventuell auch Großmeister Kane überreden konnte, sich ihnen anzuschließen, könnten sie einen solchen Kampf vielleicht wagen.

Aber darauf bestand keine Aussicht, zumindest nicht in der verfügbaren Zeit. Diesmal mussten sie auf Arglist und Durchhaltevermögen setzen.

Angesichts ihres Polymorphzaubers und ihrer Verwundbarkeit war Durchhaltevermögen allerdings keine echte Option. Sie brauchte einen Sündenbock.

»Wer führt diese hässlichen Zwerge an?«, fragte sie. »Oder sind es doch eher Riesen?«

»Spriggan«, stellte Charri Hunzrin klar.

»Natürlich«, sagte Yvonnel. »Und wer ist der Anführer?«

Charri und Denderida wechselten sichtlich nervös einen Blick.

»Ernsthaft?«, fragte Yvonnel und zog ein Glasgefäß aus ihrem Beutel, das sie schüttelte, sodass die Eingeweide und blutigen Überreste des Frosches an den Innenwänden klebten.

»Schahnlohf und Komtoddy«, antwortete Charri schnell.

Yvonnel verzog das Gesicht, denn die Namen klangen wie ein dummes Zwergenlied. Es gab sogar ein ganz ähnliches: »Zahnlos und sein Kumpel Toddy.«

»Bringt mich zu ihnen«, verlangte Yvonnel. »Einer von ihnen soll heute wenigstens für eine Weile gut aussehen.«

Wieder sahen die Hunzrins einander zweifelnd an, aber da Yvonnel immer noch das Glasgefäß hielt, gingen sie zu den Räumen der Spriggan-Anführer.

»Ach, ihr Trottel solltet mal die Augen aufsperren«, fuhr der Zwerg die Goblin-Patrouille an. »Muss ich denn alles selbst machen?«

Der Spriggan starrte den glotzenden Goblin an der Spitze wütend an.

»Was?«, fragte der Zwerg, ehe ihm auffiel, dass der Goblin an ihm vorbeiblickte.

Er fuhr herum.

Und er war tot.

Die Goblins stoben auseinander, während Drizzt und Entreri an dem gefallenen Zwerg vorbeiliefen, wobei die hinteren noch johlten, weil sie sicher waren, dass die Ärmsten in der ersten Reihe die unerwarteten Angreifer lange genug aufhalten würden, um ihnen die Flucht zu ermöglichen.

Aber das Duo war ein Trio, und Guenhwyvar sprang über die vorderen Linien hinweg, um die hinteren aufzuhalten. Mit Zähnen und Klauen zerriss sie diejenigen, die fliehen wollten.

Das wäre ihnen allerdings ohnehin nicht geglückt. Drizzt und Entreri durchstießen die vorderen Reihen so mühelos, als wären sie durch eine von Entreris Asche-wänden gebrochen.

Gleich darauf rannte nur noch einer davon; alle anderen waren tot oder lagen im Sterben.

Drizzt zückte Taulmaril, aber bevor er einen Pfeil anlegen und schießen konnte, sauste ein Geschoss an ihm vorbei, das den Goblin in den Rücken traf und niederstreckte.

Drizzt sah den juwelenbesetzten Dolch aus dem Rücken des zuckenden Goblins ragen. Er warf Entreri einen Blick zu.

»Verschaff mir so einen Bogen«, sagte der Meuchelmörder, während er seinen Dolch an sich nahm. »Vielleicht gelingt es dir dann mal hin und wieder, mich zu schlagen.«

Kopfschüttelnd sah der Drow sich um. Entreris Effektivität ließ sich nicht bestreiten.

Durch mehrere leere Gänge gelangten sie zügig in die unteren Ebenen, denn Pikel hatte angedeutet, dass die Dämonin mit dem Spiegel und Wulfgar ganz unten in der Anlage steckte. Mehrfach hörten sie eilige Schritte von weiteren Goblins und Spriggan, die in Richtung Oberfläche liefen.

Hoffen wir, dass die Dämonin sich ebenfalls oben umschauen will, teilte Entreri Drizzt wortlos mit. Der Assassine verwendete seine Finger und nutzte die lautlose Zeichensprache der Drow.

Drizzt nickte zustimmend und zeigte zur Seite. Guenhwyvar hatte die Ohren angelegt und spähte konzentriert zu einer Gabelung vor ihnen. Dort endete der gegenwärtige Gang und teilte sich nach rechts und links. Aus beiden Seiten nahten flackernde Lichter.

Geduckt schlichen sie zur Ecke. Links säumten weitere

baufällige Türen den Gang, aber rechts bemerkten sie am Ende des Gangs zwei Riesen, über denen beiderseits einer prächtigen Blutsteintür brennende Fackeln steckten. Genau so hatte Pikel es beschrieben.

Zähl bis zwanzig, signalisierte Entreri seinem Begleiter, ehe er um die Ecke schlüpfte und gekonnt in den Schatten untertauchte.

Und wo diese Schatten fehlten, nutzte Entreri Charons Klaue, um sich selbst Deckung zu verschaffen. Darin war er so geübt, dass selbst Drizzt mit seinen Unterreich-Augen den Mann aus den Augen verlor, ehe er innerlich bis zehn gezählt hatte.

Der Drow zählte weiter und legte einen Pfeil an die Sehne.

»Leise, Guen«, flüsterte er der Katze zu. Dann warf er sich um die Ecke und zielte auf den Riesen links.

Aber Entreri war schon dort und brachte diesen Riesen mit seinem rot glühenden Schwert lautlos zu Fall, indem er ihn von oben ansprang und ihm die Kehle durchschnitt.

Drizzt zog Taulmaril herum und schoss auf den anderen. Sein Pfeil bohrte sich in die Brust des Spriggan und warf ihn gegen die Wand.

Entreri wollte dem Riesen ein Ende setzen, blieb jedoch zurück, weil das geballte Kraftpaket des Panthers bereits wütend zuschlug. Guenhwyvar landete auf der Brust des Riesen, schloss die Kiefer um seine Kehle und erstickte jeden Schrei.

Bis Drizzt das Ende des Gangs erreicht hatte, untersuchten Entreris Finger bereits den Türknauf.

Es könnte eine magische Falle geben, warnte Drizzt.

Entreri zuckte mit den Schultern. Hatten sie eine bessere Wahl?

Gleich darauf hatte er die Schlösser geknackt. Als er vorsichtig den letzten Riegel entfernte, verzog er das Gesicht, als würde er mit einem Feuerball rechnen.

Drizzt warnte ihn noch einmal in der Fingersprache, nicht in den Spiegel zu blicken.

Aus diesem Grund schickte der Drow Guenhwyvar zurück, um den Gang zu bewachen.

Der Drow nahm Taulmaril zur Hand und legte einen Pfeil an die Sehne.

Entreri umfasste den Türgriff.

Dann nickten beide.

Die Gerüchte über eine Invasion erreichten die Drow-Priesterinnen, als sie in die südlichen Bereiche von Smeltergard vorstießen. Yvonnel war klug genug, keine Miene zu verziehen. Die fliehenden Goblins, die sie befragten, berichteten hektisch, dass eine Gruppe in die Minen eingedrungen sei, die eine Blutspur hinter sich herzog.

Bei diesen Nachrichten trieb Yvonnel die Hunzrins zu noch mehr Eile an, weil sie fürchtete, dass Drizzt und Entreri es bald mit Malcanthet zu tun haben würden.

Nicht lange danach trafen sie die Spriggan-Anführer in ihren Zwergengestalten in dem gemeinsam bewohnten Raum an.

»Smeltergard wurde angegriffen«, verkündete Charri Hunzrin beim Eintreten.

»Drow«, antwortete Komtoddy.

»Und ihr habt diese Drow getötet?«, fragte Yvonnel.

Die Spriggan erblassten, wichen zurück und schüttelten mit Nachdruck den Kopf.

»Die schind runter. Weit runter«, sagte Schahnlohf. »Bestimmt Freunde von unserem Gast.«

»Wohl kaum«, begann Charri Hunzrin. Dann aber brach sie ab und warf Yvonnel einen argwöhnischen Blick zu. Von anderen Drow, die gegen Malcanthet vorgingen, hatte diese bisher nichts erwähnt.

Yvonnel ignorierte sie und baute sich vor den Spriggan-Anführern auf, die sie einen Augenblick gründlich musterte. Der Kleinere mit der verwaschenen Sprache wirkte verschlagener, der andere hingegen körperlich stärker.

»Ich habe einen Auftrag für dich«, sagte sie zu Komtoddy.

Der Zwerg blickte zu Charri Hunzrin.

»Jetscht werden wir alscho herumkommandiert, ja?«, sagte Schahnlohf zu Charri.

»Das ist die ehrwürdige Oberinmutter von Menzoberranzan«, warnte Charri und deutete auf Yvonnel. »Hüte deine Zunge, Schahnlohf Schungenschlapp, denn niemand ist ein direkteres Sprachrohr der Spinnenkönigin als Oberinmutter Yvonnel Baenre.«

Diesen Fehler ließ Yvonnel durchgehen, denn er kam ihr zugute, weil beide Spriggan sich plötzlich aufrichteten und aufmerkten.

»Du da«, sagte Yvonnel und zeigte auf Schahnlohf, »verschwinde von hier. Wenn du klug bist, nimmst du deine Männer und fliehst nach Norden. Der König von Helgabal schickt eine Armee gegen euch, und er hat mächtige Verbündete. Der Angriff hat gerade erst begonnen, und für alle aus deinem Clan, die hier erwischt werden, wird das nicht gut ausgehen.«

Schahnlohf starrte Komtoddy an, leckte sich die Lippen und wollte nach seinem Freund fragen, aber Yvonnels böser Blick brachte ihn zum Schweigen. Nach einem letzten Blick auf seinen Freund, der eher ein Besser-duals-ich als Mitleid ausdrückte, trollte sich Schahnlohf in Richtung Tür.

»Du kannst dich in einen Riesen verwandeln?«, fragte Yvonnel den sichtlich nervösen Komtoddy.

Dieser nickte zögernd.

»Dann los!«

Der Spriggan verschränkte die Arme vor der Brust und lieferte sich mit Yvonnel ein Blickduell.

»Schahnlohf Schungenschlapp!«, rief diese und starrte den Spriggan an, der gerade verschwinden wollte. Sie hob die Hand und winkte den Zwerg zurück.

»Zeig deinem Freund, was ihm zustoßen wird, wenn er mir den Gehorsam verweigert«, verlangte Yvonnel, als Schahnlohf neben ihr stand.

Verwirrt sah der Spriggan sie an.

Da schoss Yvonnel einen Blitz auf ihn ab, der ihn durch den Raum in den Gang schleuderte, wo er in tausend Stücke zerbarst.

Die Wucht des Angriffs ließ nicht nur den Raum, sondern das ganze Tunnelsystem erzittern.

Gelassen sah Yvonnel Komtoddy an.

Während die Knochen des Spriggan sich knackend verlängerten, ging Yvonnel zum Waffenständer und zog ein großes Schwert heraus, passend für einen Riesen. Sie konnte die Waffe kaum anheben, so schwer war sie, deshalb ließ sie die Spitze auf dem Boden ruhen, während sie zum nächsten Zauber ansetzte, mit einer Hand an der Klinge entlangfuhr und links und rechts drückte.

Es folgten weitere Zaubersprüche, bis sie sich schließlich grinsend zu den Hunzrins und dem jetzt großen Komtoddy umdrehte. »Ich mache dich zum Helden!«, erklärte sie. Damit trat sie zur Seite und gab den Blick auf das Schwert frei, das jetzt deutlich schmaler, aber auch gefährlicher aussah. Die Klinge war nicht mehr gerade, sondern gewellt.

»Zum Helden?«, flüsterte Charri Hunzrin.

»Der Fürst der Finsternis ...«, sagte Denderida.

»Komm schon, mein Kleiner«, forderte Yvonnel den Zwerg auf. »Wie heißt du?«

Der Spriggan trat zögerlich näher. »Komtoddy.«

»Ich muss etwas mit dir erledigen, Komtoddy. Dafür muss deine Haut glänzen wie polierter Stein, und du brauchst mehr Finger und Zehen.«

Erschrocken wandte sich Komtoddy Charri Hunzrin zu und sah sie flehend an, aber die wich nur abwehrend zurück.

Yvonnel war schon wieder am Zaubern.

Entreri riss die Tür auf und warf sich seitlich auf den Boden, wo er im Abrollen seine Waffen zog.

Drizzt folgte ihm auf dem Fuße, sprang über die Schwelle und zielte mit Taulmaril sofort auf die Frau, die sie neben dem Kamin – und dem Spiegel – erwartete.

Als sie die Flügel ausbreitete, schoss Drizzt den Pfeil ab.

Sein Pfeil sauste auf ihre Brust zu, traf einen magischen Schild und zerplatzte in tausend harmlose Funken.

Drizzt schoss erneut, wieder und wieder, aber offenbar wirkungslos, während Entreri sich der Dämonin weiter geduckt näherte, bis diese reagierte.

Ihr Feuerball erfüllte den ganzen Raum, zischte über die Oberfläche des kleinen Teichs zur Rechten, fegte auf Drizzt zu und umschloss Entreri. Drizzt warf sich zu Boden, wobei er Taulmaril verstaute und Eisiger Tod und Vidrinath zückte. Als Flammen und Rauch sich auflösten, verzog er das Gesicht. Über dem Wasser stieg dichter Dampf auf. Entreri sprang auf und wollte die Dämonin angreifen.

Aber der Assassine fand nur Dampf vor. Die Frau war verschwunden.

»Wo ist sie?«, rief er Drizzt zu.

»Bleib in Bewegung«, warnte dieser, als er die Dämonin auf der anderen Seite des Kamins wiederfand. »Links!«, rief Drizzt.

Da knallte unmittelbar vor ihm eine Peitsche, deren Blitzfunken Drizzt zurücktrieben. Die Entladung ließ seine Haare wild abstehen.

Mühsam fing er sich und entdeckte dabei Entreri, der sich der Dämonin rasch von hinten näherte.

Doch schon war sie wieder verschwunden, mit einem einzigen Schlag ihrer mächtigen Flügel und vermutlich ein wenig Zauberkraft, sodass der Assassine unter ihr hindurchrannte, ohne sie vorzufinden.

Drizzt hatte wieder Taulmaril in der Hand und schoss Pfeil um Pfeil ab, um den magischen Schild niederzubrennen.

Die Dämonin lachte nur. Sie stieß eine Wolke aus noch dichterem Rauch aus, die den Raum vernebelte.

Dann kam sie herunter, knallte mit der Peitsche und erfüllte das Zimmer mit Schwefelgestank.

Drizzt und Entreri stimmten sich über Rufe ab. An der Tür erzeugte Drizzt eine Kugel der Finsternis, auf die die Dämonenpeitsche sofort knisternd einschlug. Damit hatte er genug gesehen. Diesmal zapfte er seine uralten angeborenen Drow-Fähigkeiten aus dem Unterreich an, die hier deutlich zu spüren waren, und umrahmte die Dämonin mit Feenfeuer.

Die blauen Flämmchen schadeten ihr nicht, zeigten

ihre Konturen aber so deutlich, dass ihr Nebel die Kämpfer weniger ablenkte.

Sie fuhr herum und schrie auf, denn Entreri hatte sie erreicht.

Drizzt kam von der anderen Seite, stach fest zu und landete einen Treffer, als die Dämonin erneut in die Höhe sprang.

Beide Männer warfen sich auf den Boden, weil ihre Mühe mit einem zweiten Feuerball bestraft wurde.

Drizzt kam wieder hoch, doch Entreri wich taumelnd zur Seite. »Alles klar«, versicherte der Assassine, aber seine Stimme klang gepresst und sein Husten echt. Diese Explosion hatte ihn einiges gekostet.

Drizzt wollte wieder Taulmaril einsetzen, sah jedoch, wie die Dämonin herunterkam und auf Entreri losging.

Da schrie er nach Guenhwyvar und wollte dazwischenspringen. Er konnte die Dämonin gerade noch davon abhalten, Entreri ein Ende zu setzen, der nach dem Feuerball immer noch zu kämpfen hatte. So schlug sie Entreri lediglich zur Seite und fuhr zu Drizzt herum und zielte mit der Peitsche auf ihn.

Er war zu schnell und hatte den gefährlichen Stachel am Ende der Peitsche bereits hinter sich.

Aber diese Waffe war keine gewöhnliche Peitsche. Sie unterstand weniger dem Arm der Dämonin als vielmehr ihrem Willen. Und so rief sie den Stachel zurück.

Kurz bevor Drizzt seine Gegnerin erreichte, traf ihn der Stachel in den Rücken und ließ die ungezügelte Macht eines tückischen Blitzschlags direkt aus der Hölle in ihm explodieren. Er merkte noch, wie er flog, und sah die Wand auf sich zurasen. Aber als er mit dem Gesicht voran gegen die Wand knallte, fühlte er seltsamerweise nichts. Gar nichts.

Er prallte ab, landete in den Fängen der Dämonin und wurde zu ihr gezogen. Sie schleppte ihn mit sich, als hätte er keinerlei Gewicht, während sie Entreri nachsetzte.

Und dann biss sie Drizzt in den Hals, und er spürte, wie ihm die Lebenskraft entzogen wurde. Die Dämonin fraß.

»Das ist doch Wahnsinn«, wagte Charri Hunzrin einzuwenden, als die Prozession durch die Gänge von Smeltergard auf den Raum zuhielt, den die Spriggan Malcanthet zugeteilt hatten.

Yvonnel blieb stehen und verstellte der unverschämten Hunzrin-Priesterin den Weg. »Ihr versteht doch sicher, dass dies der einzige Weg ist, den Zorn der Oberinmutter abzuwenden«, sagte sie.

»Ihr wollt die Sukkubus-Königin täuschen?«, erwiderte Charri.

»Wollt Ihr etwa gegen sie kämpfen?«

»Natürlich nicht!«

»Wolltet Ihr sie höflich bitten, wieder zu gehen?«

»Unsinn«, sagte die Hunzrin-Priesterin kopfschüttelnd.

»Mag sein«, räumte Yvonnel ein. »Aber Ihr werdet diesen Unsinn unterstützen.« Sie hielt noch einmal das Glas mit den Froschresten hoch und schüttelte es. »Jedes Wort, jede Silbe, jede Betonung«, warnte Yvonnel in unmissverständlichem Ton.

Charri Hunzrin sah Denderida hilfesuchend an, doch ihre Späherin war klug genug, Yvonnels Erinnerung lediglich zur Kenntnis zu nehmen.

»Wir schaffen das«, versprach Yvonnel. »Dann kann Haus Hunzrin seinen Handel mit der Oberfläche ohne unangenehme Konsequenzen wegen dieses mangelhaften Urteilsvermögens fortsetzen. Es ist ein Fehler, der unter diesen Beteiligten bleibt, aus Haus Hunzrin und Haus Baenre.«

Charri wirkte misstrauisch. Genau das hatte Yvonnel sich erhofft. Diese Frau würde niemals glauben, dass Haus Baenre etwas zu verschenken hätte, am allerwenigsten die Tochter von Gromph, die dieses Haus repräsentierte. Doch der Hinweis, dass ihr kleines Geheimnis sicher sein würde, deutete einen größeren Plan an, einen späteren Dienst oder ein Bündnis, vielleicht über einen Hunzrin-Partner wie Haus Melarn. Das passte schon eher zu den Baenre-Ambitionen.

Und damit stärkte es Yvonnels Lüge.

»Und ich führe Smeltergard!«, fügte Komtoddy mit seinen sechs Fingern, sechs Zehen, sechs Hörnern und der Obsidianhaut hinzu. Seine Stimme war klar und volltönend.

Da lächelte Yvonnel ihn an. »Wenn du willst, kannst du diese Gestalt behalten«, sagte sie. »Du siehst ziemlich gut aus.«

Komtoddy lachte.

Er hatte keine Ahnung, welche unbeabsichtigten Folgen mit diesem angeblichen Geschenk verbunden waren.

Der zweite Feuerball hatte ihn verletzt. Sein Hals war versengt, und er hatte große Mühe, tief durchzuatmen. Aber was blieb ihm übrig?

Artemis Entreri schoss vorne um den Kamin und achtete dabei darauf, nicht in den furchtbaren Spiegel zu blicken.

Er sah, wie die Dämonin zur rechten Seite hinüberglitt, zum Teich, um Abstand zwischen ihn und sich zu bringen.

Dann entdeckte er Drizzt.

Dem Assassinen sank das Herz. Sie hatte Drizzt die Zähne in den Hals geschlagen, und der Drow wehrte sich nicht. Er hing schlaff herunter, wie tot. Er hatte nicht einmal mehr seine Säbel in der Hand, denn die hatte er hinter dem Kamin fallen lassen.

Die Dämonin sah zu Entreri hinüber und breitete wie ein stolzer Adler ihre Flügel aus. Ihr Gesicht war mit Drizzts Blut besudelt, und auch sein Hals und seine Brust waren blutig.

Der Drow rührte sich immer noch nicht.

Da flackerte ein Hoffnungsschimmer auf, ein schwarzer, fliegender Hoffnungsschimmer, denn Guenhwyvar stürmte herein und sprang die Dämonin an.

Mit raubtierhaftem Knurren folgte ihr Artemis Entreri.

Er hörte die Peitsche knallen, deren Nachhall ihn stocken ließ. Die Katze war so hart getroffen, dass sie zusammenbrach und direkt auf die Dämonin und Drizzt zuzurutschen schien. Aber dann glitt der Panther einfach durch die beiden hindurch, verwandelte sich in Nebel und kehrte zur Astralebene zurück.

Mit einem einzigen Knall dieser furchtbaren Peitsche hatte die Dämonin den mächtigen Panther besiegt!

Und jetzt sah Entreri die Peitsche nach ihm zielen, dünn, gefährlich und mit schwarzen Blitzen, die ihrem gewölbten Schwung folgten.

Damit die Dämonin den Winkel nicht mehr wie bei Drizzt anpassen konnte, sprang Entreri erst im letzten Moment über die Peitsche und rollte sich dann ab. Er wurde zwar nicht getroffen, entkam aber nur mit knapper Not, und der Aufprall schleuderte ihn weiter.

Er kam auf die Beine, drehte sich auf der Stelle und rannte geradewegs auf die Dämonin zu.

Wieder knallte die Peitsche, und noch einmal wich Entreri im letzten Moment aus und entging damit knapp ihrer brutalen Energie. Doch jetzt war er näher dran, zu nahe für einen dritten Peitschenhieb. Charons Klaue schlug nach der ungeschützten linken Flanke der Dämonin. Ihr Arm fuhr herunter, und sie nahm den Treffer mit dem bloßen Fleisch hin.

Bloßes Fleisch, aber magisch verstärkt, denn ein solcher Schlag des magischen Schwertes hätte ihr den Arm problemlos abtrennen müssen. Es hinterließ eine tiefe Wunde, welche die Dämonin nicht zu beeinträchtigen schien. Sie wurde nicht langsamer, und Entreri hatte deutlich gespürt, dass die tödliche Macht seines Schwertes, das von den unteren Ebenen stammte, kaum eine Wirkung auf sie hatte.

Spöttisch lächelte sie ihn an und setzte ihren Angriff fort. Die Kraft ihres Rückhandschlags war so gewaltig, dass der schockierte Entreri davon zurückgetrieben wurde. Seine Schulter wurde taub, und Charons Klaue flog quer durch den Raum in den Teich.

Doch er ging sofort wieder zum Nahkampf über – was blieb ihm anderes übrig? – und klammerte sich mit aller Kraft fest.

Mit dem Dolch stach er nicht zu, noch nicht, denn er hoffte auf eine letzte Chance.

Die ihn höchstwahrscheinlich das Leben kosten würde.

Sei's drum!

Die Hand der Dämonin griff mit unglaublicher Kraft zu, und er fürchtete, sie hätte ihm die Schulter zerquetscht. Aber Artemis Entreri ließ nicht locker. Er griff nach Drizzts Arm, der schlaff und leblos dort hing, drückte dem Drow seinen Dolch in die Hand, schloss seine eigene Hand darum und führte ihn so, dass er der Dämonin in den Bauch stach.

Malcanthet schlug hart nach Entreri und schleuderte ihn gegen den Kamin. Der Assassine war kurz davor, ohnmächtig zu sein, kroch aber dennoch weiter, um wenigstens Drizzts Krummsäbel zu erreichen.

Die Dämonin brüllte auf. Entreri glaubte, seine letzte Stunde hätte geschlagen. Er griff nach den Waffen, packte Eisiger Tod, rollte sich herum und stellte sich dem Tod.

Aber die schockierte Dämonin brüllte nicht ihn an und war auch nicht außer sich vor Schmerz, sondern eher vor Wut. Der Dolch hatte sie nur ein wenig verletzt, aber jetzt trank er ihre enorme Lebenskraft und übertrug sie an den, der ihn geführt hatte. Und damit verlieh er Drizzt genug Bewusstsein, ihn keinesfalls loszulassen.

Erschrocken riss Malcanthet die Augen auf. Wütend biss sie noch einmal in Drizzts Hals, um ihm das Leben auszusaugen, sich an ihm zu laben, so wie er sie aussaugte.

Sie tanzten im Kreis wie in einem makabren Tanz, und der grässliche Anblick ließ Entreri durch die verbrannte Kehle aufkeuchen.

»Jetzt«, sagte er sich, weil er dachte, er hätte noch eine Chance, hob auch Vidrinath auf und kam wieder hoch.

Doch es gab keine Blöße. Die Dämonin erschauerte, atmete tief aus, stieß Drizzt von sich und warf ihn auf den Boden, wo er wie ein toter Seehund in der Brandung weiterrollte.

Die Dämonin riss die Augen auf und lächelte, was angesichts ihres blutverschmierten Gesichts noch grausiger wirkte. Offenbar war sie nicht ernsthaft verletzt. Entreri wusste, dass er verloren war.

Mit langsamen Schritten kam sie auf ihn zu, und ihre boshafte Miene verhöhnte ihn.

Dann aber blieb sie stehen und richtete sich verwirrt auf. Sie fuhr herum, doch ihr neuester Angreifer blieb wacker hinter ihr.

Ein tropfnasser Halbling hatte ihr seinen eleganten Degen in den Rücken gestochen. Damit hatte er ihr allerdings wenig geschadet, sodass er in seiner Panik eine zweite Waffe einsetzte, und die war nicht etwa ein Dolch mit drei Klingen.

Ungläubig sah Entreri mit an, wie Regis einen flachen Edelstein auf das kleine Loch setzte, das er in den Rücken der Dämonin gestochen hatte.

Die Dämonin fuhr herum, und Regis wollte fliehen, doch sie schlug ihn mitsamt dem Edelstein und dem Degen mit dem Handrücken weg. Er landete unsanft, schrie entsetzt auf und rannte zum Teich, wo er ins Wasser sprang und wieder verschwand, während die Peitsche knallte und einen gleißenden Blitz über die Oberfläche zucken ließ.

Jetzt war die Dämonin wirklich erbost. Sie fuhr zu Entreri herum, der noch einmal versucht hatte, zu ihr zu gelangen. Sie hob die Peitsche zum Todesstreich.

Entreri warf sich zurück, überschlug sich mehrfach und versuchte, wenigstens hinter den Kamin zu gelangen.

Aber der Schlag blieb aus. Die Dämonin geriet ins Wanken. Sie begann zu stolpern. Malcanthet fluchte, aber ihre Worte waren ein Kauderwelsch, denn ihr Mund verzog sich, als könne sie ihn nicht mehr kontrollieren.

Sie wollte loslaufen, hielt auf die Tür zu und brach aus dem Zimmer. Draußen brüllte sie wütend auf.

Entreri hatte nicht vor, ihr nachzusetzen.

Kapitel 26

Mut

Ich hätte diese Waffe an mich nehmen sollen, fluchte Malcanthet in sich hinein. Während sie durch den Gang wankte und sich mal an der einen, mal an der anderen Wand abstützte, brachte sie keine Worte mehr zustande. Der furchtbare Dolch hatte sie schlimmer verletzt, als sie wahrhaben wollte.

Die Seele von Concettina war in ihren Körper zurückgekehrt und kämpfte bei vollem Bewusstsein mit aller Kraft um ihre physische Realität. Jeder Schritt wurde mühsam und immer schwerer, während die Teilung schärfer wurde und die Schlacht wilder.

Von jemandem Besitz zu ergreifen war auch unter besten Voraussetzungen, wenn man das Opfer überrumpeln konnte, nicht leicht, doch dieser Kampf würde hart werden. Denn es ging nicht nur um Concettinas Körper. Der Dolch hatte an Malcanthets Lebenskraft gezehrt, und diesen Schmerz spürte sie, während Concettina um ihren Körper rang.

So ging das nicht. Ganz und gar nicht!

Miteinander kämpfend, stolperten sie durch mehrere Gänge, den Mund zu unverständlichen Schreien verzogen, die Beine steif, das Auftreten unsicher.

Malcanthet musste noch so lange durchhalten, bis sie einen neuen, nichts ahnenden Wirt fand.

Die Frau fiel gegen eine Tür, die aufschwang und sie kopfüber auf dem Boden landen ließ. Mit den Ohren des Frauenkörpers hörten Malcanthet und Concettina das überraschte Aufkeuchen von Goblins, ihr Rufen und Jaulen.

Aber jetzt waren sie beide scheinbar bloß noch eine Frau, ein geschwächter, verletzter Mensch und obendrein nur spärlich bekleidet.

Ein Goblin kam herüber, griff in das dichte blonde Haar und riss den Kopf der Frau hoch.

Das stinkende Monster mit seinem gezackten Messer war nicht allein. Die anderen Goblins im Raum, die sich von ihrem Schrecken über diesen Eindringling erholt hatten, schienen nicht mehr Anstand zu kennen als der erste verkommene Kerl.

»Sieh nicht in den Spiegel!«, warnte Regis Entreri. »Sieh nicht in den Spiegel! Da sind schlimme Dinge drin! Sehr, sehr schlimme!«

Der Halbling schnappte nach Luft. Er war ziemlich außer sich und nach allem, was er durchgemacht hatte, sichtlich überwältigt. Entreri ging davon aus, dass er mehr durchgestanden hatte als nur diesen letzten Kampf mit der Dämonin.

»Es hieß, du wärst tot«, erwiderte Entreri, während er an Regis vorbeilief, um Drizzt zu untersuchen. Nachdem er sich zu ihm gekniet hatte, nahm er Drizzts Kopf in den Schoß, um ihm Lebewohl zu sagen. Doch zu seinem Erstaunen war Drizzt nicht tot.

»Tu etwas! Egal was!«, schrie Entreri aufgeregt, und sobald Regis den Spiegel wieder verhängt hatte, kam er zu ihm gelaufen.

»Drizzt!«, rief Regis und griff in seinen magischen Tragebeutel.

Er zog ein Fläschchen heraus, das er dem Drow eilig an die Lippen hielt, um ihm die Flüssigkeit einzuflößen.

»Ich wusste gar nicht, dass er hier war«, staunte Regis.

»Sie hat ihn hier hingeworfen«, sagte Entreri grimmig. »Und sie hat die Katze besiegt.«

»Guen«, hauchte Regis, stellte die leere Phiole hin und holte noch eine aus seinem Beutel. Auch diesen Trank setzte er Drizzt an die Lippen.

»Wo kommst du denn her?«, wollte Entreri wissen.

»Aus dem Teich. Ich bin in den Teich gesprungen. Da war eine Hydra. Oder ein Drache mit vielen Köpfen, die Feuer spien. Ich konnte nirgendwohin.«

»Das ist doch Tage her.«

»Ich habe nur Luft geholt, wenn es unbedingt sein musste. Ein paarmal, nicht öfter.«

»Wie bitte?«, fragte der Assassine ungläubig.

Regis schüttelte den Kopf, denn er hatte nicht die Absicht, ausgerechnet jetzt über sein Genasi-Erbe zu sprechen. »Wer hat euch erzählt, dass ich tot bin?«, fragte er.

»Der Zwerg. Pikel.«

»Er lebt?«, fragte Regis ungläubig. »Er konnte entkommen? Oh, Pikel!«

Ehe Entreri antworten konnte, hustete Drizzt. Es war ein klägliches, keuchendes Geräusch, aber immerhin ein Lebenszeichen. Der Waldläufer öffnete die Augen und nahm die Szene in sich auf. Zwei Gesichter beugten sich über ihn. Diese beiden hatten ihn gerettet.

»Drizzt!«, rief Regis und setzte dem Drow wieder das Fläschchen an die Lippen, damit er jeden Schluck von dem Heiltrank aufnahm.

»Kannst du dich bewegen?«, fragte Entreri.

Drizzt sah ihm in die Augen, rührte sich aber nicht und drehte nicht einmal den Kopf.

»Nimm seine Sachen«, befahl Entreri. »Wir legen ihn da drüben neben die Tür.«

»Was ist mit ihm?«, drängte Regis, doch dann sog er die Luft ein, denn er kannte die Antwort. »Die Peitsche! Oh, diese verdammte Peitsche!«

Er suchte nach dem nächsten Heiltrank, aber er wusste, dass der wenig ausrichten konnte.

»Was machst du hier?«, fragte er Entreri.

»Ich habe Drizzt begleitet.«

»Das ist mir klar. Aber was machst *du* hier?«, fragte Regis noch einmal betont.

Entreri schnaubte. »Es heißt doch immer, mit dem Alter kommt die Weisheit, richtig?«

»Ja.«

»Stimmt nicht!«

Regis drückte Entreri Eisiger Tod in die Hand, und der schob die Waffe in Drizzts rechte Scheide.

»Wir müssen hier raus«, sagte der Assassine.

»Aber Wulfgar ist da drin«, widersprach Regis und zeigte auf den Spiegel.

»Ich weiß. Doch ich glaube kaum, dass wir den mitnehmen können.«

»Aber …« Regis suchte nach einer Antwort. »Wenn etwas in den Spiegel geht, kommt etwas anderes heraus.«

»Zum Beispiel?«

»Zum Beispiel dieser feuerspeiende Hydra-Drache.«

»Na, wunderbar.«

»Ich weiß nicht, wie es geht«, gab Regis zu. »Aber die Dämonin sagte zu den Drow …«

»Den Drow?«

»Hier unten sind Dunkelelfen. Priesterinnen aus Menzoberranzan, vermute ich.«

So viel hatte Entreri schon in Chalmers Haus gehört,

aber er hoffte entgegen aller Hoffnung, dass Regis nur von einer Drow sprach, einer einzigen Priesterin. Yvonnel. Offenbar nicht.

»Sie sagte, der Spiegel sei voll«, erzählte Regis. »Mit Gefangenen, schätze ich, und wann immer ein neuer reinkommt, spuckt er einen anderen aus.«

Seufzend rieb sich Artemis Entreri das Gesicht. »Und Wulfgar ist da drin?«

Regis nickte.

»Bist du sicher?«

Der Halbling zögerte einen winzigen Augenblick, aber dann nickte er erneut.

»Du bleibst bei Drizzt«, befahl Entreri. »Pass gut auf ihn auf.«

»Wo willst du hin?«

Entreri lief zur Tür und spähte nach draußen. Nach einem letzten Blick auf Regis und Drizzt verließ er den Raum und schloss hinter sich die Tür.

Die Goblins schnatterten aufgeregt über die Möglichkeiten, die dieses Geschenk, das ihnen in Form einer hilflosen Frau vor die Füße gefallen war, ihnen bot.

Allerdings gab es da ein Missverständnis.

Der Erste, der den Fehler bemerkte, war der Goblin mit dem Messer, der die Frau an der Hand festhielt und die Entscheidung seiner Freunde abwartete – verletzen oder töten?

Malcanthet war klar geworden, dass sie den Körper der aufgebrachten Concettina nicht so schnell wieder übernehmen konnte. Die Menschenfrau hatte verstanden, wie furchtbar es war, wenn ein anderes Wesen in den eigenen Körper eindrang.

Diese Tatsache akzeptierte Malcanthet, denn inzwischen brauchte sie Concettinas Körper nicht mehr, jedenfalls nicht, um ihn selbst zu bewohnen.

Deshalb fuhr die Dämonin heraus, doch ihre Seele schwebte nur einen kurzen Moment frei herum, dann sank sie in den Körper des arglosen Goblins.

Der Goblin machte einen Satz und wich verwirrt zurück. Er war nicht sonderlich klug oder willensstark, sodass Malcanthet ihn überwältigen konnte, indem sie ihn zu Tode erschreckte und mental auf ihn einschlug.

Der kleine Kerl hatte keine Chance. Im Nu hatte Malcanthet die Kontrolle übernommen und konnte damit auch seine körperlichen Grenzen durchbrechen. Sie verlieh seinem Fleisch eine neue Form und schwelgte in den Schmerzen der brechenden, sich verziehenden und wachsenden Knochen.

Und dann waren zwei Frauen im Raum, die weinende, geschundene Concettina und eine größere, stabilere, schwarzhaarige Frau, die böse grinste, während ihr Hörner aus der Stirn wuchsen und aus ihrem knirschenden Rücken Flügel sprossen, welche die Fetzen zerrissen, die der Goblin am Leib getragen hatte.

Die anderen Goblins suchten Hals über Kopf Abstand von der mächtigen Dämonin.

Malcanthet entriss Concettina ihre Peitsche und knallte einmal vor den Goblins damit. Wie sie rannten!

Der Sukkubus lachte. Dann packte die Dämonin Concettina an den Haaren und riss sie mit erschreckender Leichtigkeit hoch. Sie zog ihr grob die Ringe von der Hand, nahm ihr auch die Halskette ab und holte sich ihr Lieblingskleid zurück.

Dann ließ sie die jetzt unbekleidete Königin von Damara wieder auf den Boden fallen.

»Du hast Glück. Ich könnte dich nämlich noch einmal

brauchen«, sagte sie angesichts von Concettinas Schluchzen. Mit dem Fuß stieß sie die hilflose Frau in Richtung
Tür. »Krieche!«, befahl sie.

Concettina weinte.

Malcanthet griff noch einmal in ihre Haare und zerrte
sie nach vorn. »Krieche. Oder ich schleife dich!«

Concettina, die sich in ihrem Körper erst wieder zu-
rechtfinden musste, war von dem Kampf gegen die Dämonin und den Verletzungen, die Malcanthet in dem
vorherigen Kampf erlitten hatte, völlig erschöpft. Dennoch stemmte sie sich auf Hände und Knie.

Als die Peitsche knallte, erbebte die zutiefst gedemü-
tigte Frau vor Angst.

Auf dem langen Weg machte sich Malcanthet unablässig über Concettina lustig, bedrohte sie und kündigte ihr
genussvoll an, was sie alles mit der Frau anstellen würde,
wenn sie diese nicht mehr brauchte.

Sie waren während ihres Ringens durch viele Gänge
gelaufen, doch Malcanthet fand sich schnell wieder zurecht und wusste, wie sie zum Zimmer der Spriggan-Anführer kam. Und so trieb sie Concettina weiter, die wie
ein müder alter Hund gehorchte.

Obwohl sie sich auf dem harten Boden Hände und
Knie aufriss, kroch sie weiter.

Und während sie schluchzend vor sich hin kroch, bogen andere Frauen um die Ecke: Dunkelelfen. Gefährliche Drow.

»Was geht hier vor?«, fragte Charri Hunzrin, deren
Blick von Malcanthets wahrer Gestalt zu der blutigen,
besiegten Frau am Boden glitt.

»Sagt ihr es mir!«, verlangte die Dämonin.

»Es sind Eindringlinge in Smeltergard«, teilte Charri
ihr mit. »Und es kommen noch mehr. Du solltest von hier

verschwinden. Und zwar schnell, denn Haus Baenre hat von deiner Flucht in die Oberflächenwelt erfahren und ist wenig erfreut darüber.«

Die Königin der Sukkubi rümpfte die Nase. »Die Kinder der Lolth sagen mir, was ich zu tun habe? Welche Anmaßung!«, warnte sie.

»Reine Klugheit«, ertönte eine andere Stimme hinter der Hunzrin-Abordnung. Eine fünfte Drow-Frau kam in Sicht. »Ich bin Yvonnel … Baenre«, sagte sie. »Die Tochter von Erzmagier Gromph.«

»Dann solltest du mir dankbar sein«, erwiderte Malcanthet wenig beeindruckt. »Denn durch meine Hand starb einer der verhasstesten Lästerer der Lolth.«

Als Yvonnels Mund zuckte, lächelte Malcanthet.

»Du solltest von hier verschwinden«, wiederholte Yvonnel. »Und zwar sehr weit.«

»Du willst mich herumkommandieren, Kind der Lolth?«

»Es ist eine Frage der Vorsicht«, erwiderte Yvonnel mit mehr Nachdruck. »Deine Anwesenheit hier ist kein Geheimnis, weder für Haus Baenre noch für mächtige Feinde, die du gegen dich aufgebracht hast. Eine Armee rückt an, und sie hat mächtige Kämpfer in ihren Reihen.«

»Der jämmerliche König?« Malcanthet lachte. »Gut. Denn ich will seinen Tod.« Sie trat Concettina gegen die Wand des Gangs, worauf diese stöhnend aufschluchzte. Malcanthet ging ihr nach, packte sie mit ihrer entsetzlichen Kraft und rammte sie auf den Boden.

»Und andere«, ergänzte Yvonnel. »Denn auch andere haben deine Anwesenheit bemerkt. Kennst du mich, Malcanthet? Ich bin Yvonnel, die in Menzoberranzan den Sieg über Demogorgon in die Wege geleitet hat.«

Fauchend hob Malcanthet ihre Peitsche.

»Ich bin gekommen, um dich zu suchen. Und dich zu warnen«, fuhr Yvonnel fort, ohne mit der Wimper zu zucken.

»Glaubst du, du kannst auch mich besiegen?«

Yvonnel zuckte mit den Schultern. »Du kennst unsere Spielregeln«, erklärte sie. »Im Dauerkrieg wählen wir unsere Seiten selbst.«

»Und ihr stellt euch gegen mich?«, fragte der Sukkubus ungläubig.

»In einem Krieg gegen *ihn*?«, fragte Yvonnel ähnlich ungläubig. Sie trat zur Seite und gab den Blick auf den Gang hinter sich frei, wo an einer fernen Ecke Rauch aufstieg und inmitten von Dunst, Rauch und Feuer ein großer, menschenähnlicher Dämon mit schwarzer Haut und einem riesigen, wellenförmigen Schwert auftauchte.

Malcanthet riss die Augen auf. »Graz'zt«, flüsterte sie.

Yvonnel lächelte nur. Die Hunzrins wichen eilig zur Seite, um in dem bevorstehenden Kampf der Titanen nicht zwischen die Fronten zu geraten.

»Du hast dir heute einen mächtigen Feind geschaffen!«, fuhr Malcanthet Yvonnel an. Mit einem wütenden Fauchen hob der Sukkubus den Fuß und zerquetschte die arme Concettina auf dem Boden. »Du wirst nie wieder ruhig schlafen können!«, kreischte Malcanthet, schlug aber nicht mit der Peitsche nach Yvonnel und griff auch nicht an. Mit Graz'zt wollte sie nichts zu tun haben.

Malcanthet drehte sich einmal um sich selbst, rief einen Zauberspruch, bei dem sich die Luft wie eine Tür auftat, und trat hindurch. Dann war sie verschwunden.

Zurück in den Abgrund – Yvonnel atmete erleichtert auf.

»Heilt sie!«, befahl sie Charri Hunzrin und zeigte auf Concettina.

Die Priesterin machte ein empörtes Gesicht.

»Wir brauchen sie noch!«, blaffte Yvonnel. »Heilt sie! Und Ihr da, schafft mir den verdammten Spriggan aus den Augen, bevor ich ihn in ein Häufchen Asche verwandle«, befahl sie Denderida, die sofort zu Komtoddy eilte.

Yvonnel massierte ihr Gesicht und überlegte sich ihren nächsten Zug. Drizzt war tot, hatte Malcanthet behauptet. Die junge Frau konnte kaum fassen, wie weh ihr diese Nachricht tat.

»Bringt mich zu Drizzt«, flüsterte sie Charri Hunzrin zu, aber die Priesterin war in ihren Zauber versunken und hatte nichts gehört.

Regis zuckte erschrocken zusammen, als die Tür aufging und ein Goblin hereinstolperte. Aber gleich darauf atmete er auf, den hinter dem armseligen Ding kam mit gezogenem Schwert Entreri.

Der Assassine schloss die Tür, packte den Goblin an seinem borstigen Nacken und führte ihn zu dem verhängten Spiegel. Dann nickte er Regis zu.

»Bist du sicher?«, fragte der Halbling. »Da sind schlimme Dinge drin.«

»Willst du hier raus oder nicht?«

Regis legte die Pantherfigur weg, mit der er gespielt hatte. Er hatte überlegt, ob er Guenhwyvar rufen sollte, um zu prüfen, ob die Astralebene ihr bei der Heilung der Verletzungen durch die Dämonenpeitsche hatte helfen können, doch er zögerte noch.

»Falls die Heimreise Guen geholfen hat, könnten wir Drizzt mit ihr zusammen dorthin zurückschicken«, sagte er.

»Das bezweifle ich.«

»Wir müssen es versuchen!« Regis ging auf die andere Seite des Zauberspiegels und ein Stück nach hinten, damit er nicht versehentlich hineinblicken konnte.

»Wir müssen alles versuchen«, stimmte Entreri zu und trat ebenfalls auf die Seite, hielt aber das Schwert weiter auf den Gefangenen gerichtet.

»Sag mir, was du siehst«, befahl er dem Goblin, worauf Regis den Mantel wegzog.

Der Goblin blickte erst zu Entreri, dann zu Regis, doch dann betrachtete er gebannt sein eigenes Spiegelbild.

Er wurde in die Länge gezogen und in den Spiegel gesaugt, als dessen Magie ihn umfing, und schon materialisierte sich ein anderer Gefangener vor dem Glas.

Eine Echse.

Eine große blaue Echse, länger als zehn lange Schritte von Wulfgar, mit einem Dutzend Beinen, gebogenen Hörnern und einem gewaltigen Krokodilkopf. Als sie zischte, warfen die Wände das Geräusch zurück. Ohne in den Spiegel zurückzusehen, sprang sie auf den Stalagmitenkamin und rannte erschreckend schnell auf ihren zwölf Beinen rundherum bis zur hohen Decke des Zimmers.

Regis und Entreri wichen natürlich zurück.

»Was bei den Neun Höllen ist das?«, rief Regis.

»Gib mir den Bogen!«, schrie Entreri ihm zu.

Die Augen des Reptils starrten auf sie herab. Das Krokodilmaul schnappte und spie einen Blitzschlag, dem der rennende Halbling nur mit knapper Not entging und der den gesamten Raum erbeben ließ.

»Vergiss den Bogen!«, schrie Entreri, der auf der anderen Seite Deckung suchte. Wesen mit solchen Odemwaffen – also Drachen, auch wenn Entreri einen solchen Drachen noch nie gesehen hatte! – schadeten Waffen ihrer eigenen Magieform nur selten, und Drizzts Bogen erzeugte Blitzpfeile.

»Ich werde euch töten!«, schrie die Echse.

»Sie kann sprechen?«, sagten Regis und Entreri verdutzt.

»Wie könnt ihr es wagen, mich in diesen Spiegel zu sperren?«, kreischte der Drache, kam in schwindelerregendem Tempo den Stalagmiten heruntergerannt und raste auf Regis zu, der sich in den Teich stürzte. Erstaunlich behände für ein derart großes Geschöpf fuhr der Drache herum und stellte Entreri, ehe dieser an der Tür war.

»Nicht wir haben dich darin gefangen!«, keuchte Entreri und drehte Schwert und Dolch in seinen Händen, die angesichts der Kraft und Größe dieses Monstrums lächerlich wirkten. »Wir haben dich freigelassen!«

Die Echse zischte ihm ins Gesicht. »Warum?«

»Wir suchen einen Freund. Er ist auch in dem Spiegel«, erklärte Entreri. »Eine Sukkubus-Dämonin hat ihn eingefangen.«

Die Echse wich etwas zurück. »Ja«, zischte sie und dehnte diese Silbe. »Ich erinnere mich an sie.« Der riesige Krokodilkopf nickte, was ein eigenartiger Anblick war. »Wo ist sie?«

Entreri nickte in Richtung Tür. »Irgendwo da draußen in den Höhlen.«

»Höhlen?«

»Tunnel«, rief er. »Viele. Willst du sie töten? Wir können dir dabei helfen.«

»Von dieser Kreatur halte ich mich so fern wie möglich!«, verkündete die Echse, lief zur Tür, zog sie vorsichtig auf und spähte nach draußen.

»Wer bist du?«, fragte Entreri. »Was bist du? So einen Drachen habe ich noch nie gesehen.«

Die Echse rümpfte die Nase, was noch befremdlicher aussah, und schlüpfte durch die Tür.

Entreri rannte hinterher und sah sie eilig um eine Ecke verschwinden. Danach machte er die Tür wieder zu und lehnte sich mit einem erleichterten Seufzer von innen dagegen.

»Was war das?«, fragte Regis kurz darauf, nachdem er wieder aus dem Teich gestiegen war.

»Gut zu wissen, dass ich auf dich zählen kann, wenn es ernst wird«, sagte Entreri trocken.

»Du wolltest gegen so etwas kämpfen?«, fragte Regis, doch der Assassine zuckte nur mit den Schultern. Wenn er auf der anderen Seite gewesen wäre, wäre er noch schneller unter Wasser gewesen als Regis.

Beinahe hätte er den Kopf zum Raum gedreht. »Verhäng den Spiegel«, sagte er zu Regis und legte eine Hand über seine Augen, damit er nicht versehentlich hinsah. »Diese Kreatur war zu klug, um noch einmal zurückzublicken«, erklärte er. »Das heißt, wir stehen wieder am Anfang.« Er machte die Tür erneut auf.

»Wo willst du hin?«

»Zum selben Ort wie letztes Mal«, antwortete Entreri.

»Das ist nicht dein Ernst«, sagte der Halbling. »Du willst das wiederholen?«

»Willst du deinen Freund wiederhaben oder nicht?« Und damit war er verschwunden.

»Hör auf zu heulen«, sagte Charri Hunzrin schroff zu Concettina.

Trotz ihrer Heilung durch die Drow-Priesterin weinte die Frau immer noch erschüttert vor sich hin.

»Lasst sie in Ruhe«, blaffte Yvonnel. Sie zauberte eine kleine Truhe herbei und klappte sie auf. In der Truhe lagen verschiedene Gewänder. Nach kurzem Herumwühlen warf sie der nackten Frau eine Robe zu und sagte: »Du bist in Sicherheit.«

Charri Hunzrin schnaubte abfällig.

»Bringt mich zu Malcanthets Zimmer«, sagte Yvonnel zu Charri.

Concettina wich erschrocken zurück, denn schon der Name der Dämonin ließ ihre Knie weich werden.

»Die Dämonin ist weg. Sie kommt nicht zurück«, teilte Yvonnel ihr mit. »Sie hat einen neuen Körper gefunden, und du bist in Sicherheit.«

Charri Hunzrin stolzierte an Yvonnel vorbei, doch ihr Gesicht verriet deutlich, wie sehr ihr die aktuelle Wendung der Ereignisse missfiel.

»Nein, wartet!« Yvonnel hatte es sich anders überlegt. »Haus Hunzrin ist hier fertig. Am besten verschwindet auch Ihr umgehend von diesem Ort.«

»Mit Vergnügen«, sagte Charri.

Yvonnel nahm wahr, dass die erfahrene Denderida weit besser einschätzen konnte, wer Yvonnel Baenre war, und die Erste Priesterin von Haus Hunzrin angesichts von Charris kaum verhohlener Aggressivität mittels Körpersprache zur Vorsicht mahnte.

»An den Ausläufern der Berge im Süden des Ausgangs nach Damara liegt eine Straße«, sagte Yvonnel drohend, rückte etwas näher und fixierte Charri mit festem Blick. »Diese Straße führt zu einem kleinen Weiler. Im Haus der Chalmers werdet Ihr einen Zwerg vorfinden, Pikel Felsenschulter. Er ist schwer krank. Durch Malcanthets Peitsche.« Sie legte eine Pause ein, denn sie hatte das hoffnungsvolle Wiedererkennen in Concettinas Gesicht bemerkt. »Heilt ihn«, befahl Yvonnel.

»Einen Zwerg?«

»Wenn er stirbt und wenn ich erfahre, dass dies nach Eurer Ankunft geschah – weil Ihr versagt habt –, könnt Ihr zu Oberinmutter Shakti zurückkehren und ihr erklären, warum ihr Haus den Zorn von Baenre auf sich gezogen hat«, fuhr Yvonnel in aller Ruhe fort. »In seiner ganzen Macht.«

Denderida schluckte, und Charris Großspurigkeit löste sich auf.

»Ihr …«

»Ruhe jetzt!«, befahl Yvonnel. »Verschwindet von hier. Und heilt den Zwerg!«

Charri Hunzrin sah aus, als hätte sie eine Ohrfeige erhalten, aber Denderida nahm sie schnell am Arm und zog sie mit sich.

Komtoddy wollte ihnen folgen.

»Du nicht!«, hielt Yvonnel den scheinbaren Dämon zurück. »Du bringst mich zu Malcanthets Zimmer. Und zwar sofort.«

Graz'zts Ebenbild gehorchte behäbig.

Entreri schubste den Goblin vor den verhüllten Spiegel.

»Bist du sicher?«, fragte Regis.

»Gib mir den Bogen!«, antwortete Entreri.

Regis ging zu Drizzts schlaffem Körper, fummelte an der Gürtelschnalle herum, bis er den Bogen in den Händen hielt, und brachte ihn samt magischem Köcher zu Entreri.

Auf ein Nicken des Assassinen hielt Regis dem Goblin seinen Degen an die Kehle, sodass dieser sich nicht zu rühren wagte, während Entreri die Waffen tauschte und einen Pfeil an die Sehne legte.

»Die Dämonin sagte, da drin gäbe es schlimmere Dinge als die Hydra«, gab Regis noch einmal zu bedenken, während er neben dem Spiegel Position bezog.

»Wir lassen ihn nicht im Stich.«

»Wir könnten den Spiegel mitnehmen und die Gefangenen herauslassen, wenn mehr Verbündete in der Nähe sind«, schlug der Halbling vor.

Der Assassine starrte ihn durchdringend an. Er sollte endlich den verdammten Mantel wegziehen.

Regis gehorchte seufzend. Nach einem Blick wurde der Goblin in den Spiegel gezogen.

Da tauchte eine neue Gestalt auf, eine Art Geier. So etwas hatte Regis schon einmal gesehen.

Der Halbling wich zurück und zog seine Handarmbrust.

Entreri schoss dem Ungeheuer ins Gesicht und brach ihm mit dem Blitzpfeil den Schnabel.

Aber der Vrock sprang auf Regis los, der verzweifelt seinen Dolch zückte, die Seitenklingen löste und nacheinander die lebenden Schlangen warf. Beide Schlangen legten sich sofort um den Dämonenhals. Hinter ihm tauchten die Schreckgespenster auf und zogen ihre Schlingen gewaltsam zu.

Der Vrock war zu stark, um sich davon umwerfen zu lassen; die magischen Würgeschlingen konnten ihn kaum verlangsamen. Und da Dämonen keine Luft zum Atmen brauchten, konnten sie ihn auch nicht ersticken.

Regis erkannte seinen Fehler, schrie auf und wich weiter zurück, auch wenn er diesmal nicht in den Teich abtauchen und Entreri allein lassen wollte.

Mit Dolch und Degen in der Hand rüstete er sich und fasste neuen Mut, als ein zweiter Pfeil den Dämon zur Seite warf.

Regis hielt den Dämon für abgelenkt und wollte angreifen, doch eine schwarze Wand zwischen ihm und dem Vrock ließ ihn erneut zurückschrecken. Erst als

Artemis Entreri vor ihm auftauchte und durch den dichten Aschevorhang sprang, begriff der Halbling.

Regis sah das Getümmel hinter der Wolke und hörte das ohrenbetäubende Kreischen des Geierdämons, das die Höhlenwände zurückwarfen.

Der Halbling lief seitlich um die Wand herum, weil er sich nicht blindlings in den Kampf stürzen wollte, und als er die beiden Kämpfenden endlich sehen konnte, lag der Vrock am Boden. Er stützte sich noch auf einer Seite ab und wollte wieder aufstehen, aber Entreri schlug mit seinem mächtigen Schwert auf ihn ein, und die beiden Gespenster zerrten noch immer an ihren Schlingen.

Da sank der Dämon endlich nieder, und Entreri trat zurück. Seine Klingen zeigten auf die Schreckgespenster. »Was ist das denn?«, fragte er.

Regis ging gelassen hinüber und stach erst das eine, dann das andere Gespenst an, worauf beide verpufften. Ergeben hielt er den Hirschfänger in die Höhe, der jetzt nur noch eine Klinge hatte.

Entreri nickte. »Ich hole noch einen Goblin.«

Regis wollte widersprechen, aber der Assassine schnitt ihm das Wort ab. »Deck den Spiegel ab.«

Kaum hatte Regis den Mantel vor den Spiegel gehängt, da kam Entreri auch schon mit dem nächsten Goblin zurück.

Kurz darauf verschwand dieser Goblin im Spiegel, und an seiner Stelle tauchte ein anderer Goblin auf.

»Sieh in den Spiegel!«, befahl Entreri dem Goblin. Er hielt Taulmaril schussbereit.

»Bitte nicht!«, flehte die Kreatur.

»Sonst bist du tot!«, warnte Entreri. »Sieh in den Spiegel!« Er schoss dem widerstrebenden Monster einen Blitzpfeil vor die Füße und hielt schon den nächsten parat, als der Goblin sich von seinem Schrecken erholt hatte.

»Sofort!«, befahl Entreri.

Da verschwand auch dieser Goblin im Spiegel.

Und diesmal kam Wulfgar heraus.

Kapitel 27

Gott und Leben

»Nicht umdrehen!«, rief Entreri Wulfgar warnend zu.

»Hinter dir ist der Spiegel«, erklärte Regis, während er versuchte, wieder seinen Umhang darüberzulegen, um den Spiegel wenigstens teilweise abzudecken. »Wenn du reinschaust, sitzt du wieder darin fest.«

»Wo bin ich? Was ist das für ein Ort?«, wollte Wulfgar wissen.

»Geh zu ihm«, sagte Entreri zu Regis, während er den Spiegel abnahm und zur Seite trat.

»Was tust du da?«, fragte der Halbling.

»Artemis Entreri?«, fragte Wulfgar, doch als er an dem Mann vorbeisah, der sich Richtung Teich bewegte, veränderte sich seine Stimme. »Drizzt!« Auf dem Weg zu dem reglos an der Wand liegenden Drow riss er Regis mit sich. Dann ging Wulfgar in die Knie und nahm Drizzts Kopf in beide Hände. »Was war hier los?«, fragte er erschüttert.

»Die Dämonin …«, begann Regis, doch ihm versagte die Stimme, als er sah, wie Entreri den Spiegel in den Teich warf.

»Verdammt soll sie sein. Mitsamt ihrem Spielzeug!«, fluchte der Assassine, als Regis und Wulfgar ihn ungläubig anstarrten.

Regis schüttelte panisch den Kopf.

Aber Wulfgar dachte nur an den Freund in seinen Armen. In ihm war keinerlei Kraft mehr, und er befürchtete zu Recht eine lebensgefährliche Verletzung.

»Nicht da rein«, sagte Regis zu Entreri, worauf Wulfgar wieder aufmerkte. »Nein, nein, nein …«

»Was?« Entreri warf dem Halbling sein Cape zu.

»Da sind Fische drin«, stammelte Regis. »Lebendige Fische!«

Entreri hielt inne. Wulfgar sah hoch.

Wie auf Kommando begann das Wasser zu brodeln, und unter den Wellen zeichnete sich ein riesiger Schatten ab.

Das Wasser begann zu dampfen.

»Lauft«, sagte Entreri und wich zurück.

Wulfgar warf sich Drizzt kurzerhand über die Schulter und folgte Regis zur Tür.

Der rote Kopf einer Hydra tauchte über dem Wasser auf und spie Feuer in den Teich, dessen Wasser wild zischte und dampfte.

»Oh, lauft!«, drängte Entreri inständiger.

Regis war als Erster an der Tür und fingerte daran herum. Als er sich umsah und entdeckte, mit was für einer Kreatur die Hydra zu kämpfen schien, fingerte er noch hektischer.

Dann kam das Wesen aus dem Teich. Es glich einem riesigen Auge, aber es hatte ein Maul voller langer Zähne und viele kleine Stielaugen darüber.

Regis fuhr herum und wollte davonrennen, aber er hatte die Tür noch nicht weit genug geöffnet, lief dagegen und schlug sie wieder zu.

Wulfgar schob ihn beiseite, riss die Tür weit auf und fegte hinaus, Regis unter einem Arm, Drizzt über der Schulter.

»Setz den Kleinen ab und halte deinen Hammer bereit«, wies Entreri den Barbaren an, während er hinter ihm den Gang entlanghetzte.

Der Gang erzitterte, denn hinter ihnen dröhnte ein Donnerschlag. Feuer prasselte, Wasser zischte, und dann kam ein wilderer Schrei als von der Hydra, der mehr an einen Drachen erinnerte. Da wussten sie, dass ein drittes Wesen in die Schlacht eingriff, das womöglich noch schlimmer war als die anderen.

»Rennt weiter«, sagte Regis immer wieder und bemühte sich erfolglos, nicht mehr über die Schulter zu sehen.

Entreri führte sie um viele Biegungen und durch viele Gänge, die zumindest für die Hydra oder für einen Drachen zu eng waren. Das beruhigte die drei ein wenig, doch dann fanden sie sich plötzlich in einem breiteren Gang wieder, der in die oberen Tunnel führte, und standen einem riesigen, menschenähnlichen Dämon gegenüber, der Rauch ausstieß und ein gewelltes Großschwert schwenkte.

»Hört das denn niemals auf?«, fragte Entreri, ehe er bemerkte, dass der Dämon nicht allein war. Neben ihm stand eine Frau, die ihm bekannt vorkam, und er dachte, der Sukkubus wäre wieder da.

Dann eilte Yvonnel aus den Schatten herbei und schob den Riesen zur Seite – oder versuchte es zumindest. Als sie ihn nicht bewegen konnte, wies sie ihn einfach an, ihr aus dem Weg zu gehen.

»Ich habe euch gefunden!«, sagte sie erleichtert. »Das ist Königin Concettina. Die echte. Malcanthet ist weg, aber wir sollten von hier verschwinden.« Da fiel ihr Blick auf Drizzt. Als Wulfgar den besiegten Drow sanft ablegte, kniete sie sich zu ihm. »Oh, nein«, rief sie.

»Die Dämonin hat ihn mit ihrer Peitsche getroffen«, erklärte Entreri.

»Helft ihm!«, verlangte Regis.

Yvonnel hatte nicht einmal Pikel heilen können, und Drizzts Wunden wirkten viel schlimmer.

»Oh, nein«, sagte sie wieder. Sie schloss die Augen, konzentrierte sich und flüsterte Zauberworte. Eine leichte, heilende Woge berührte den Waldläufer.

Als sie die Augen wieder öffnete, wurde ihr bewusst, dass sie kaum etwas bewirkt hatte.

»Oh, die Hunzrins«, sagte sie und verfluchte sich innerlich dafür, sie vorzeitig weggeschickt zu haben. »Wir müssen sie einholen …«, begann sie, doch ein leises Ächzen von Drizzt ließ sie genauer hinsehen.

Aus den Erinnerungen von Yvonnel der Ewigen kannte Yvonnel das Rasseln, wenn der Tod absehbar war. Sie würden Charri Hunzrin und die anderen nicht mehr rechtzeitig erreichen.

Yvonnel stand auf, lief auf und ab, schlug die Hände vor die Augen und schrie nach der Spinnenkönigin.

»Lolth, erhöre mich!«, flehte sie anbetend. »Ich weiß, dass er dir wichtig ist!«

Du weißt gar nichts, Kind, hörte sie Worte in ihrem Kopf und erkannte zu ihrem Entsetzen die Stimme von Yiccardaria.

Da wusste sie, dass sie verloren war. Sie alle waren verloren.

Yvonnel lief zu Drizzt, schob die anderen weg und nahm seinen Kopf in ihren Schoß. »Willst du ihn so sterben lassen?«

»Würdet Ihr Euch für ihn opfern?«, ertönte eine körperlose, gurgelnde Stimme im Gang.

Schulter an Schulter und Rücken an Rücken bildeten

Wulfgar, Regis und Entreri ein Dreieck um die entsetzte Concettina. Alle drei hielten ihre Waffen bereit, obwohl sie spürten, wie nutzlos diese im Zweifelsfall sein würden.

»Würdet Ihr Euch für ihn opfern?«, sagte Yiccardarias Stimme erneut, und in ihrem Kopf hörte Yvonnel: *Rufe mich, wenn du willst, dass er lebt.*

»Du willst meinen Tod …«, flüsterte Yvonnel.

Das habe ich nicht gesagt.

»Du hast auch nicht das Gegenteil gesagt«, erwiderte Yvonnel.

Nein, das habe ich nicht, bestätigte die magische Stimme. *Entscheide dich.*

Yvonnel sah zu Drizzt, dann zu den anderen und sagte: »Lauft! Lauft um euer Leben. Lauft, so weit ihr könnt!«

»Ich lasse ihn nicht zurück«, sagte Regis und trat hinter Drizzt.

Die anderen bauten sich neben ihm auf, um den Gang zu versperren, und die verängstigte Concettina stellte sich dahinter.

»Ich habe keine Zeit für …«, begann Yvonnel.

»Tut, was Ihr tun müsst«, sagte Entreri zu ihr. »Wir lassen ihn nicht im Stich.«

Seufzend lief Yvonnel ein Stück zurück und webte dort einen mächtigen Zauber, der ein Tor zum Abgrund öffnete.

Dann trat sie zurück und hielt den Atem an. Das schwarze Tor flackerte, füllte sich, und Yiccardaria trat hindurch – in ihrer grotesken, natürlichen Gestalt, ein Schlammklumpen mit wedelnden Tentakeln.

Die Zofe blieb stehen, deutete in Richtung Portal, ergänzte es um ihre eigene Magie, und dann flackerte das Tor erneut auf und füllte sich.

Diesmal kam etwas anderes.

Und sie war überwältigend schön, so hinreißend, dass die zitternde Drow vor ihr verblasste, die auf die Knie sank. Yvonnel rang nach Luft.

Die fremde Drow verwandelte sich kurz in einen riesigen Drider, nur um den anderen Anwesenden die Wahrheit zu offenbaren und ihnen Angst einzujagen.

»Wir sind tot«, flüsterte Entreri.

Concettina fiel weinend auf die Knie.

Regis ließ seinen Dolch fallen, so kraftlos war plötzlich seine Hand. Auch die Spitze seines Degens berührte den Boden.

»Du überraschst mich, Kind«, sagte die Spinnenkönigin. Sie wirkte amüsiert.

»Ich … ich …«

Lolth lachte, zischte und machte vor Yvonnels Gesicht eine Handbewegung.

In der Tochter von Gromph stieg etwas wie bittere Galle auf. Erst im letzten Moment begriff sie, was das war, fuhr zu Drizzt herum und erbrach einen mächtigen Zauber über ihn, der in ihn eindrang und ihn mit ungebremster magischer Wucht durchfuhr.

Drizzt rollte sich auf den Bauch, hustete und sprang auf – hellwach und geheilt stand er Entreri, Regis, Wulfgar und der verweinten Frau gegenüber. Ihre Mienen ließen ihn herumfahren.

Da wäre Drizzt fast erneut umgefallen.

»Wie gewünscht«, sagte Lolth zu Yvonnel.

»Nimm mich«, flüsterte Yvonnel.

Lolth schnaubte, und Yvonnel wurde magisch zur Seite geworfen. Ein schlichter Gedanke der mächtigen Königin der Dämonennetzhöllen schleuderte sie gegen die Wand, wo sie sich zusammenkauerte.

»Endlich, Drizzt Do'Urden«, sagte die Spinnenkönigin.

Drizzt sah sie an. Er zuckte nicht mit der Wimper.

»Hast du keine Angst?«

Er rührte sich nicht.

»Vielleicht bin ich deine Aufsässigkeit leid«, sagte Lolth. »Ich fordere deinen Treueeid.«

»Das kann ich dir nicht gewähren.«

»Schwöre Mielikki ab!«

»Das liegt nicht in meiner Macht«, gestand Drizzt, und da offenbarte sich ein Riss in Lolths Allmacht, denn auf ihrem Gesicht zeichnete sich ein Anflug von Verwirrung ab.

»Ich kann alles vernichten, was du liebst«, warnte Lolth.

»Das steht zu erwarten«, sagte Drizzt.

»Weißt du, welche Schmerzen ich dir antun könnte?«

»Ja«, antwortete Drizzt, noch ehe sie ihren Satz beendet hatte.

»Gut«, schnurrte sie.

Drizzt straffte sich.

»Und das alles kannst du dir ersparen«, sagte Lolth. »Dann werden deine Freunde verschont. Sogar deine kostbare Catti-brie.«

Als sie seine Frau erwähnte, schlug Drizzt die Augen nieder. Doch kaum hatte er diesen Schock verdaut, da wusste er, dass alles, was sie versprach oder androhte, für nichts von dem, was er tun könnte, von Bedeutung war. Lolth stand in jeder Hinsicht zu hoch über ihm. Sie würde tun, was ihr gefiel, unabhängig von ihm, und er konnte ihre Entscheidungen ebenso wenig beeinflussen, wie er Faerûn aus dem Ozean heben konnte.

»Knie nieder!«, verlangte sie, und ihr magischer Befehl

zwang Drizzt auf die Knie. »Und wie kannst du es wagen, mich ohne meine Erlaubnis anzusehen!«, schrie sie und zwang mit einer zweiten magischen Salve seinen Blick auf den Boden.

Doch in diesem Moment sah Drizzt Do'Urden trotz der magischen Anweisung einen Lichtschimmer. In seiner Erinnerung flammte eine Kerze auf.

Er sah Lolth an.

Er schüttelte die Magie ab und stand auf.

»Ich kann dir so viel nehmen«, warnte sie. »Bete mich an!«

»Was du von mir verlangst, liegt nicht in meiner Macht«, erklärte er.

Höhnisch bewegte Lolth die Hand. Da füllte sich der Gang hinter Drizzt mit dicken Spinnweben, die seine Freunde und Concettina vom Boden hoben, vollständig einwickelten und fesselten.

Erschrocken drehte sich Drizzt nach ihnen um, sah, dass sie hilflos festsaßen, und bemerkte auch die unzähligen kleinen Spinnen, die sich an der Decke sammelten.

»Bete mich an«, verlangte Lolth kühl.

»Wie?«, fragte Drizzt offen. »Über das, was mein Herz erfüllt, habe ich keine Macht, und das, was mein Herz erfüllt, passt nicht zu den Wegen der Lolth.«

Die Spinnenkönigin knurrte wütend, und das Klackern der Spinnenbeine hinter Drizzt wurde lauter.

Seine Freunde schrien auf, und obwohl die Spinnweben ihre Stimmen dämpften, hörte er ihre Qual.

Sie wurden von winzigen Spinnen gefressen. Sie alle.

»Ich bekomme dich, Drizzt Do'Urden«, prophezeite Lolth zufrieden.

»Nein«, sagte Drizzt schlicht.

Hinter ihm stöhnte Entreri mit verzerrtem Gesicht: »Das wollte sie jetzt nicht hören«, aber Drizzt registrierte es kaum.

In Gedanken fand er seine Kerze, ging in Meditationsstellung und fand weitab von der gegenwärtigen Situation seinen Frieden.

Denn er konnte nichts tun. Er konnte nicht einmal so tun, als täte er etwas. Drizzt Do'Urden hatte schon vor langer Zeit das wahre Wesen dieser »Anbetung« verstanden. Man konnte sie nicht erzwingen, sie wurde einem nicht geschenkt, und in Wahrheit wurde sie nicht einmal akzeptiert.

Sie war einfach da, der Jubel, wenn Herz und Glaube im Einklang waren.

Sie ließ sich nicht erzeugen.

Sie ließ sich nicht erzwingen.

Sie ließ sich nicht ändern.

Sie war einfach da.

Drizzt löste sich von den Schmerzen, die ihn umbrandeten, und zog sich in seinen Gedanken an einen Ort zurück, wo er die Schreie nicht hörte. Er verspürte einen Anflug von Bedauern, eine Welle der Schuld, aber die konnte er schnell abschütteln.

Es gab nichts, was er tun konnte. Das hier war Lolth. Eine Göttin. Er konnte Taulmaril nehmen und ihr ins Gesicht schießen, doch der Pfeil würde sie nicht treffen – und wenn er sie traf, würde er ihr nicht wehtun. Das hier war kein Drache, keine normale Dämonin, nicht einmal Demogorgon. Lolth war etwas vollkommen anderes, alles zusammen und weitaus größer.

Deshalb zog sich Drizzt zurück und war innerlich bald so weit von der ganzen Szene entfernt, dass es ihn ernsthaft überraschte, als er an der Tunika gepackt und mit erschütternder Kraft und Leichtigkeit hochgehoben wurde.

Die Geräusche hinter ihm hatten stark nachgelassen. Keine Schmerzenslaute mehr, keine Spinnenbeine. Er wusste nicht, wie lange er sich ausgeblendet hatte, und musste befürchten, dass alle anderen tot waren.

Das leise Schluchzen einer Frau – Concettina – ließ ihn neue Hoffnung schöpfen.

»Ich bin nicht nur Schmerz«, sagte Lolth neben ihm. Ihr Gesicht war ihm sehr nahe, und ihre Stimme klang völlig anders. »Ich bin Ekstase.«

Und sie küsste ihn stürmisch und leidenschaftlich. Es durchzuckte ihn wie tausend heiße Nadeln, als sie ihn in Versuchung führte.

Mit einem verführerischen Lächeln schob sie ihn zurück. »Nur ein Wort, und das alles ist dein.«

Aber Drizzt schüttelte abwehrend den Kopf.

Lolth setzte ihn ab, und er fuhr zurück, als hätte sie ihn geschlagen. Angesichts der Wut in ihren Augen rechnete Drizzt mit einem grausamen Tod.

Aber sie beruhigte sich wieder. Und sie lachte.

»Ich nehme nicht nur Dinge weg, Drizzt Do'Urden«, sagte sie. »Ich kann auch geben. Ruf deinen Panther.«

Drizzt zögerte.

Lolth streckte die Hand aus, und er folgte ihrer Bewegung und sah hinter sich. Auf dem Boden vor dem Gespinst mit seinen gefangenen, aber lebendigen Freunden lag ein Beutel. Es war der Beutel mit seiner Onyxfigur.

»Ich kann sie selbst rufen«, mahnte Lolth, und Drizzt zweifelte nicht daran.

Also rief er Guenhwyvar und sah zu, wie sich der Nebel verdichtete. Als der Panther erschien, sank Drizzt das Herz.

Guenhwyvar sackte jämmerlich auf den Boden, denn ihr Körper reagierte nicht auf ihre Wünsche. Wimmernd brach sie zusammen und versuchte vergeblich, wieder aufzustehen.

Drizzt konnte den Anblick kaum ertragen. Am liebsten hätte er Taulmaril gezückt, nicht um Lolth anzugreifen, sondern um Guenhwyvar von ihrem Elend zu erlösen.

»Geh, Guen!«, bat er.

»Nein«, sagte Lolth, und der Panther blieb. »Das gestatte ich nicht.«

Drizzt drehte sich zu ihr um und wollte gerade wieder in seine Meditationsstellung verfallen, doch Lolth setzte einen Zauber ein, und als er sich umdrehte, war Guenhwyvar wieder gesund.

Der Panther kauerte sich zusammen und fauchte.

Lolth lachte nur. Mit einem Wink warf sie Guenhwyvar in die Spinnweben, wo auch sie schnell eingesponnen wurde.

»Siehst du?«, sagte sie, als Drizzt sie wieder anblickte. »Ich kann auch schenken. Ich bin weit mehr als nur Schmerz und Qual.«

Diesen Punkt gestand Drizzt ihr mit einem Nicken zu.

»Bete mich an«, sagte sie. »Lerne meine Liebe kennen.«

»Nein. Das kann ich nicht. Und du weißt, dass ich es nicht kann.«

Lolth fuhr mit der Zunge über ihre verführerisch glänzenden Lippen. »Ich kann ihn dir wiedergeben«, sagte sie.

Drizzt schluckte. Plötzlich bekam er Angst.

»Du weißt, dass ich das kann.«

»Zaknafein hat dir abgeschworen«, sagte Drizzt, nur

damit er die Worte laut gesprochen hörte. »Er ist nicht bei dir.«

»Spielt das denn eine Rolle?«, fragte sie, ohne seine Worte abzustreiten. »Ich kann ihn dir wiedergeben. Und du weißt, dass ich das kann.«

Ihr Grinsen zeigte Drizzt, dass sie dachte, jetzt hätte sie ihn.

Aber das stimmte nicht. Denn das konnte sie nicht.

»Ich kann dir nicht geben, was du dir wünschst«, sagte er erneut. »Ich kann dich nicht verehren, auch wenn du schenkst und Lust bereitest oder drohst. Es liegt nicht in meiner Macht. Ich könnte dir dienen, ja, wenn das dein Preis ist, aber nur solange es nicht auf Kosten Unschuldiger wäre. Das niemals.« Er dachte über seine Worte nach, dann zuckte er mit den Schultern. »Das heißt, nein, ich glaube, ich könnte nicht einmal das.«

»Du würdest also deine Freunde sterben lassen, deine treue Guenhwyvar qualvoll leiden lassen, du würdest Zaknafein nicht wiedersehen wollen, nur weil du nicht an die Götter glaubst?«

»Oder weil ich an etwas noch Größeres glaube«, sagte Drizzt. »Etwas, das Gerechtigkeit verlangt und von dem spricht, was richtig ist.«

Lolth rümpfte nur die Nase. Dann betonte sie noch einmal: »Ich kann dir Zaknafein zurückbringen. Du musst nur an mich glauben!«

»Wenn du das von mir erwartest, hättest du mir Zaknafein nicht erst entrissen. Und du hättest nicht so viele andere leiden lassen.«

Ein Blick über die Schulter verriet ihm, dass Artemis Entreri immer noch Schmerzen litt. Von den Spinnenbissen war sein Gesicht ganz rot. Und dennoch schenkte ihm Artemis Entreri ein Lächeln.

»Wenn du mich jemals hättest überzeugen wollen, dass du dich ändern willst, dass es dir um Gerechtigkeit geht, um das Richtige«, sagte er mit fester Überzeugung, »dann hättest du mir Zaknafein schon vor langer Zeit zurückgeschickt. Ohne Bedingungen.«

Lolth kniff die Augen zusammen.

»Ich soll lügen? Wozu?«, fragte Drizzt. »Angst ist kein Glaube. Furcht ist keine Anbetung.«

Da veränderte sich Lolths Miene wieder. Ihr Lachen klang unbeschwert, und so rechnete Drizzt mit dem letzten Streich.

Stattdessen sah sie zur Seite. »Ich habe dir ein großes Geschenk gemacht«, sagte sie zu Yvonnel.

Die junge Frau zuckte mit den Schultern.

»Sieh sie dir an!«, befahl Lolth Drizzt. »Sie ist erst wenige Jahre alt, aber in ihr stecken die Weisheit und alle Erinnerungen der allerältesten meiner Kinder. Und Macht! Ja, große Macht, die von mir stammt. Doch ich frage mich, wo bleibt Yvonnels Dankbarkeit?«

Als Yvonnels Antwort ausblieb, kicherte Lolth.

»Ihr macht mir Spaß«, sagte sie zu beiden. Sie zwang Drizzt einen weiteren Kuss auf, aber trotz all ihrer Magie und ihren Versprechungen endloser Lust erwiderte er den Kuss nicht.

»*Drojal zhah obdoluth dorb'd streeak*«, flüsterte sie, auch wenn es alle im Gang hörten. »*Lueth dro zhah zhaunau dorb'd ogglin.*«

Und dann war sie fort. Auch das Tor war verschwunden, ebenso das Netz. Die fünf Gefangenen fielen auf den Boden.

»Was hat sie gesagt?«, fragte Regis prompt.

»*Nichts existiert ohne Chaos*«, übersetzte Yvonnel verwundert den ersten Teil.

»*Und ein Leben ohne Feinde ist langweilig*«, ergänzte Artemis Entreri, der die Drow-Sprache fließend beherrschte.

»Was bedeutet das?«, fragte der Halbling.

Drizzt und Yvonnel sahen einander ratlos an.

Drizzt wollte seinem kleinen Freund schon Trost spenden – immerhin waren sie am Leben, und das war deutlich mehr, als sie alle erwartet hatten –, doch ehe er etwas sagen konnte, drang unweit von Yvonnel, die sofort argwöhnisch zurückwich, etwas glitzernd durch die Wand.

Die Funken drehten und verdichteten sich und glichen dabei einem Schwarm Schmetterlinge in einem unsichtbaren Luftstrom, der sich allmählich legte. Auf dem Boden breitete sich das Farbenspiel aus, erhob sich, und plötzlich stand Großmeister Kane kampfbereit in ihrer Mitte.

Er sah sich um, und als er keine Bedrohung entdeckte, entspannte er sich. Nur die seltsame, obsidianfarbene Gestalt weiter hinten im Gang behielt er im Auge.

»Eine Illusion«, erklärte Yvonnel und nickte zu dem Spriggan hinüber.

»König Yarins Armee steht vor den Tunneln«, teilte Kane ihnen mit. »Der Orden der Gelben Rose unterstützt sie, und wir haben einen Drachen bei uns.« Er sah den Halbling an und ergänzte: »Und die Kniebrecher.«

»Die Dämonin, die Königin Concettina unterworfen hatte, ist fort«, sagte Yvonnel und deutete auf die Frau an Wulfgars Seite. »Sie ist frei.«

»Wir alle sind frei«, sagte Drizzt, wozu Yvonnel nickte.

»Ich kann nicht zu ihm zurück!«, platzte Concettina heraus. »Oh, bitte, schafft mich hier weg!«

»Das hatten wir selbstverständlich vor«, versicherte Großmeister Kane. »Auch wenn es nicht einfach wird, weil König Yarin und seine Truppen draußen vor Smeltergard alles kontrollieren. Er hat angeordnet, die Königin und Wulfgar sofort wegen Hochverrats zu verhaften. Zwei Verschwörer, die Zwergenbrüder, liegen bereits in Ketten. Der König bietet einen fairen, öffentlichen Prozess an. Mehr nicht. Und auch das nur nach langen Diskussionen«, fuhr Kane fort. »Für Euch andere hat er nichts als Drohungen, und die werden von reihenweise Bogenschützen dort draußen untermauert.«

»Pikel geht es gut«, teilte Regis den anderen mit, als sie einige Tage später in einem Gasthaus in Helgabal zusammensaßen. »Er ist wieder ganz gesund. Er sagte, im Traum seien ihm Dunkelelfen erschienen, die ihm die Schmerzen nahmen.«

Drizzt und Entreri sahen prompt Yvonnel an.

»Ich bin eine wertvolle Freundin«, kommentierte diese ihre forschenden Blicke und war froh, dass Charri Hunzrin ihre Anweisungen befolgt hatte.

»Aber die ganze Geschichte läuft ziemlich übel«, fuhr Regis fort. »Meine Kniebrecher-Kontakte aus dem Umfeld der Königsgarde sagen, Yarin hätte von Kane weitere Verhaftungen verlangt. Auch meine. Das konnte Kane ihm ausreden, aber für das, was ihm unter seinem eigenen Dach angetan wurde, besteht der König auf Rache.«

»Wulfgar hat ein Problem«, stellte Drizzt fest.

»Genau wie Ivan«, sagte Regis. »Auch wenn Pikel Gerüchten zufolge freikommen wird. Eine freundliche Geste für Kane, der sich dem König widersetzt, derzeit aber wenig Einfluss in der Stadt hat. Immerhin wird man Ivan wohl die Guillotine ersparen. Wulfgar auch, aber nur weil man König Yarin erklärt hat, dass seine Hinrichtung wahrscheinlich dazu führen würde, dass dann eine gewaltige Zwergenarmee mit König Bruenor Heldenhammer an der Spitze seine Mauern stürmen würde.«

»Und Concettina?«, fragte Drizzt. »Man kann ihr schließlich kaum ankreiden, was sie unter dem Einfluss der Dämonin getan hat.«

»Das ist etwas komplizierter«, sagte Regis und erläuterte, warum er und Wulfgar überhaupt nach Damara gekommen waren und welche Befürchtungen Concettina gehegt hatte, bevor die Ereignisse sich überschlugen. »Damit hat er die gewünschte Ausrede«, schloss der Halbling.

»Wie wundersam sind doch die Gesetze, die den Launen der Mächtigen dienen«, schnaubte Artemis Entreri angewidert.

»Nun, ich hoffe, das werden wir nicht zulassen«, sagte Regis.

»Nicht kampflos«, versicherte Drizzt, und Yvonnel nickte. »Ich gehe zu Kane.«

»Und ich zu Tazmikella«, sagte Yvonnel.

»Und ich hole mir etwas zu trinken«, sagte Entreri, stand auf und ging zum Tresen.

König Yarin war durcheinander. Er hatte eine mächtige Dämonin im Bett vorgefunden, hatte seine tote Schwester Acelya gesehen und seinen treuesten Mordgesellen, Rafer Ingot, verloren. In Damara waren mächtige Kräfte erwacht, darunter die Mönche, mit denen er wenig Erfahrung hatte, bei denen er kein hohes Ansehen genoss und die von einem alten Freund des legendären Königs Gareth Drachenbann angeführt wurden.

Daher umgab sich der König mit vielen Wachen und verließ sein Schloss nicht mehr. Er setzte ganz auf seine

persönlichen Netzwerke und hatte überall Spione platziert. Sein Schlafzimmer verlegte er in einen kleinen,
fensterlosen Raum mit einer schweren Tür und dicken
Mauern, und jede Nacht war der Gang davor mit reichlich Soldaten besetzt.

Niemand konnte in seine Nähe gelangen.

Das hatten einst auch viele Paschas im fernen Calimhafen geglaubt.

Das Letzte, was König Yarin sah, waren die Augen des
Meuchelmörders, die ihn gleichgültig über dem Kissen
anstarrten, das fest auf seinen Mund gedrückt wurde.

Am nächsten Morgen erwachte Dreylil Andrus noch vor
dem ersten Hahnenschrei. Verschlafen bat der Hauptmann der Wache seine Frau Caliera die Decken über sich
zu ziehen, und wankte zur Tür, wo es beharrlich klopfte.
Als er die Tür aufriss, stand draußen im Gang Rot Mazzie,
den man offenbar ebenfalls gerade geweckt hatte, inmitten weiterer Soldaten.

Mit ernster Miene trat der Zauberer ein und schloss
die Tür. »Wann hast du gestern Nacht deinen Posten vor
dem Zimmer des Königs verlassen?«, fragte Rot Mazzie.

Dreylil Andrus sah ihn verständnislos an, und diese
Pause ließ den Zauberer nicken. »Ich war gestern Nacht
gar nicht dort«, antwortete Andrus.

Rot Mazzie schmunzelte. »Oh, doch, das warst du.«

»Er war die ganze Nacht hier«, warf Caliera Andrus
ein.

»Nein. Kurz nach dem Schlag zur Mitternacht bist du
rübergegangen«, stellte der Zauberer klar. Als Andrus
widersprechen wollte, unterbrach ihn Rot Mazzie. »Viele
haben dich gesehen und gefragt, was sie tun sollten,
nachdem sie entdeckt hatten, dass König Yarin tot ist.«

Dreylil Andrus trat schockiert zurück, und seine Frau holte tief Luft.

»Wie das?«

»Offenbar hat sein Herz diese aufregenden Zeiten nicht mehr mitgemacht«, sagte Rot Mazzie, dessen sarkastischer Tonfall verriet, was ihnen inzwischen beiden klar war. »Vielleicht wäre es besser, wenn du dich daran erinnern würdest, dass du gestern Nacht dort warst«, fügte Rot Mazzie hinzu, und das war keine Anklage, sondern vielmehr eine Bitte. Denn wenn sich herausstellte, dass der König ermordet worden war, drohte in Damara und speziell in Helgabal ein Machtvakuum, das weder diesen beiden Würdenträgern noch einer ordentlichen Thronfolge dienlich wäre. Der König starb ohne Erben, und da auch Acelya tot war, war seine Linie zu Ende.

»Wir sollten schleunigst alle Anklagen gegen Königin Concettina fallen lassen«, sagte Andrus, dessen Gedanken sich überschlugen.

»Als Hauptmann der Palastwache bist du jetzt rechtmäßig für ihren Prozess verantwortlich«, informierte ihn Rot Mazzie.

Eine Glocke ertönte. Es war ein bedrückender Klang.

Die beiden Männer klopften einander auf die Schulter, und Rot Mazzie verabschiedete sich. Dreylil Andrus griff nach seiner Uniform. Ihm stand ein langer, harter Tag bevor, mit vielen Befehlen von großer Tragweite.

»Was hat das zu bedeuten?«, fragte seine Frau erschüttert. Wie so viele andere an Yarins Hof hatte auch Caliera Andrus wenig für den König übriggehabt. Die Tränen in ihren Augen galten eher Helgabal als dem Mann selbst.

»Das bedeutet, dass heute ein Trauertag ist, an dem viel geregelt werden muss«, antwortete Dreylil Andrus.

Auch er hatte einen Kloß im Hals, aber er riss sich seufzend zusammen. »Doch morgen wird ein deutlich schönerer Tag. Der König ist tot. Lang lebe die Königin!«

Das erste Glockenläuten vor Tagesanbruch weckte Regis. Er brauchte eine ganze Weile, bis ihm aufging, wo er war, denn er lag nicht in seinem Bett, sondern hockte voll bekleidet mit all seinen Waffen auf dem Boden seines Zimmers im Wirtshaus.

Nein, nicht voll bekleidet, stellte er fest, während er durch seine zerzausten Haare fuhr.

In einem Anflug von Panik kroch der Halbling herum, bis er in der Nähe der Tür sein kostbares blaues Barett fand, den Hut der magischen Tarnung, mit dem er unbehelligt durch die Spriggan-Minen gelangt war.

Als er das Barett aufhob, war es zerknautscht, als hätte jemand darauf gesessen oder darauf getreten ... oder es unter der Tür hindurchgeschoben.

Regis versuchte, sich an die Ereignisse der letzten Nacht zu erinnern. Er hatte mit Drizzt und den anderen zusammen getrunken. Ein paar Gläser Wein, einen Krug Bier ...

Wie war er hierher zurückgekommen?

Er wusste es nicht mehr.

Wieder schlug die Glocke. Irgendwo in der Stadt krähte ein Hahn.

Den ganzen Morgen läuteten in Helgabal diese freudlosen Glocken und beklagten den Tod des alten Königs, dem die letzten Aufregungen angeblich das Herz gebrochen hatten.

Sofort erhoben sich Rufe nach Königin Concettina, der Frau, die den Angriff der Dämonin überlebt hatte und ihr entkommen war, der Hoffnung von Helgabal und ganz Damara, und in jeder Straße erhob sich Jubel, als der Hauptmann der Wache zusammen mit dem Hofzauberer auf dem Balkon über dem Schlossplatz bekannt gab, dass Königin Concettina für unschuldig erklärt worden war. Sie war das Opfer einer tückischen Dämonin gewesen, die sie durch ihr reines Herz und ihre Willenskraft abgeschüttelt hatte.

Drizzt, Yvonnel, Regis und viele, viele andere atmeten angesichts dieser neuen Wendung der Ereignisse erleichtert auf. Den Gerüchten zufolge waren der Prozess und alle erwartbaren Folgen nun überflüssig. Wulfgar und Ivan würden sich noch heute wieder zu ihnen gesellen, sagte auch Großmeister Kane, der bald darauf eintraf.

Dann wären sie alle wieder zusammen.

Oder doch nicht alle, denn Artemis Entreri tauchte merkwürdigerweise nicht auf.

Erst viele Tage später, als Drizzt und Yvonnel auf dem Feld von Luskan neben dem imposanten, wachsenden Hauptturm des Arkanums von Tazmikellas Rücken kletterten, sah Drizzt den Mann wieder, der zusammen mit Dahlia von seinem Zelt aus zuschaute, wie Drizzt in die wartenden Arme von Catti-brie eilte.

Und während Drizzt seine Frau glücklich im Kreis drehte, wechselten er und Entreri für einen kurzen Augenblick aus der Ferne einen Blick und nickten einander zu.

Drizzt verstand, was Entreri getan hatte.

Nun gut!

Die Welt war ein komplizierter Ort.

Kapitel 28

Der Schnee ist tief, der Wald still

Ivan Felsenschulter ruhte in der Hängematte auf dem Balkon eines stillen Zimmers auf der Rückseite des Efeu-Herrenhauses. Es war ein schöner Frühsommertag im Jahr 1487 in der Zeitrechnung der Täler, dem Jahr der triumphierenden Runenlords. Unter ihm lagen die unvergleichlichen Gärten von Penelope Harpell, wo die Vögel zwitscherten und Bienen und Hummeln fröhlich herumsummten.

Noch nie waren die Gärten prächtiger gewesen als in diesem Jahr, und das lag natürlich an Ivans Druidenbruder, der den ganzen Tag dort unten herumsprang, die Pflanzen besang, seine Zauber wirkte und mit den Vögeln, den Bienen, den Eichhörnchen und den Bäumen singend umhertanzte.

Ja, sogar mit den Bäumen, die zu Ivans Befremden auf Pikels Lied reagierten und mittanzten.

Aber das war nun einmal Pikels Aufgabe, seine Berufung, so wie es Ivans Arbeit war, vor der Kammer Wache zu stehen – oder zu liegen –, die vor kurzem mit einem Portal aus drei langen, schmalen Steinen, zwei aufrecht stehenden und einem darüber quer liegenden, hier hinten angebaut worden war.

»Pikel!«, rief Catti-brie. »Komm schon. Wir sollten König Bruenor nicht warten lassen.«

»Ei, ei!«, antwortete Pikel.

Ivan rollte aus der Hängematte und zupfte seine Rüstung und seine feinen Kleider zurecht. Dann leckte er sich einmal über die Finger und strich sich durch die Haare.

Kurz darauf trafen Catti-brie und Drizzt ein. Der Dunkelelf trug seine schwarze Lederrüstung und den waldgrünen Mantel, dazu den Waffengurt um die Hüfte. Dass Guenhwyvar ihn begleitete, brachte Ivan zum Kichern, wusste er doch, wie gern die Katze König Bruenor verunsicherte.

Aber Ivans Blick ruhte nur kurz auf Drizzt und seiner Katze, denn Catti-brie war mit ihrem weißen Kleid und dem schwarzen Spitzenschal einfach atemberaubend.

Was für ein schönes Paar, dachte er und hoffte insgeheim, das Gemunkel entspräche der Wahrheit.

Als Pikel kurz danach eintraf, war er schmutzig und zerzaust, aber er lachte, und der Grund dafür wurde in dem Moment offenbar, als Penelope Harpell und der alte Kipper hereinkamen, denen auf zwei schwebenden Scheiben Fässer mit gutem Langsattler Wein folgten, der begehrtesten Delikatesse aus Penelopes viele Jahre gehegtem Garten.

Bei ihrem Anblick zwinkerten Drizzt und Catti-brie sich grinsend zu, und ihr wortloser Austausch war für Ivan nicht zu übersehen. Auch Penelope sah in ihrem figurbetonten, blauen Kleid, das jeder Kurve schmeichelte, hinreißend aus.

Wie Drizzt und Catti-brie war Ivan etliche Zehntage nicht mehr in Gauntlgrym gewesen, aber Penelope war regelmäßig hingereist, um mit Gromph und den anderen Zauberern immer wieder kontrolliert das Feuer des

Urelementars freizusetzen. Angeblich arbeiteten sie auch an einem zweiten Projekt, über das bisher jedoch kaum etwas bekannt war.

»Seid ihr sicher, dass ich hier wegkann?«, fragte Ivan.

»Es ist auf der anderen Seite fest verschlossen«, sagte Catti-brie. »Für diese eine Nacht sollte das ausreichen.« Sie warf Penelope einen fragenden Blick zu.

Die Frau nickte zuversichtlich, ging zur Tür und bat Ivan, sie aufzuschließen. »Gromph ist davon überzeugt«, sagte Penelope zu den anderen, bevor sie hineinging.

»Und ich auch«, fügte Kipper hinzu, womit er alle daran erinnerte, dass er bei diesem Teil der Arbeit mit dem Urelementar das Sagen gehabt hatte. Diese Form der Magie war schließlich sein Spezialgebiet.

»Also los«, sagte Penelope und nahm ein Stück Pergament zur Hand – wo sie das in ihrem freizügigen Kleid versteckt hatte, konnte Ivan allenfalls erahnen. Nachdem sie sich geräuspert hatte, stimmte sie einen uralten Spruch an.

Er war in der alten Sprache der Delzoun-Zwerge von Gauntlgrym verfasst, aber Ivan nickte wissend, denn er erkannte die Worte für »Freund« und »Verbündeter« und den Eid des eigenen Clans.

Der untere Bereich der senkrechten Steine begann zu glühen. Orangerote Flammen loderten darin wie in einer Feuerstelle hinter dickem Glas, obwohl die Steine nichts reflektierten und gewiss nicht durchsichtig waren.

Die Flammen kletterten in den Steinen empor, erreichten gleichzeitig das obere Ende, querten den Verbindungsstein und trafen sich in der Mitte. Im Augenblick der Verbindung wurden sie intensiver. Jetzt konnten alle Anwesenden die Hitze spüren. Ein Flammenvorhang erfüllte das Portal.

Instinktiv glitt Drizzts Hand zu Eisiger Tod. »Seid ihr sicher, dass wir keinen Schutz brauchen?«, fragte er.

Kipper lachte, ging an ihm vorbei in die Flammen und verschwand, gefolgt von seiner Scheibe mit dem Fass.

»Ei, ei!«, sagte Pikel, verpasste Ivan einen Schubs und stieß ihn schwungvoll durch das Feuer.

»Das wird bestimmt ein toller Abend!«, sagte Penelope zu Drizzt und Catti-brie, die ihr nicht widersprachen.

Catti-brie drückte Drizzt die Hand und führte ihn hinein. Er spürte kurz die Wärme und auch Bewegung, dann kam er durch ein ähnliches Steinportal in einem Raum heraus, den er kannte – ein Nachbarzimmer des großen Thronsaals von Gauntlgrym. Über hundert Meilen entfernt!

»Elf!«, begrüßte ihn Bruenor strahlend auf der anderen Seite, doch die Freude des Zwergs wurde rasch getrübt. »Pah, du hast ja die verdammte Katze dabei!«

»Hihihi«, machte Pikel.

Hier unten hatte sich viel getan. Die Wände des kleinen Raums waren inzwischen mit Mithril verstärkt, und auch die magische Geheimtür bestand nun vollständig aus dem harten Metall. Draußen waren Fallgitter und neue Mithril-Türen eingebaut worden, und in allen Gängen zum Thronraum gab es Verteidigungsbastionen.

Da das magische Tor wieder instand gesetzt war, mussten die Zwerge darauf achten, dass jeglicher Feind, der ungebeten eindrang, hier nicht weiterkam.

Ein breites Lächeln erschien auf Drizzts Gesicht, als sie den Thronsaal betraten, denn dort war ein Festmahl vorbereitet – und was für eins! Zu Tausenden hatten die Zwerge schon Platz genommen, dazu viele Halblinge einschließlich Regis, der seinen Freunden Arm in Arm mit einer ausgesprochen hübschen Halbling-Frau entgegensprang, um ihnen endlich Donnola Topolino vorzustellen.

»Es hieß, ihr kämt vielleicht nicht rechtzeitig«, sagte Catti-brie zu dem Halbling-Paar. »Das hätte ich wirklich sehr bedauert.«

»Harter Ritt!«, betonte Regis.

»Für so eine Reise gibt es viel vorzubereiten«, ergänzte Donnola.

Drizzt sah sich noch einmal genauer um und konzentrierte sich dabei auf die Halblinge. Zu seiner Überraschung erkannte er einige Mitglieder der Kniebrecher aus Damara wieder. Ehe er nachhaken konnte, entdeckte er jedoch einen weiteren Gast von König Bruenor und machte Catti-brie auf Wulfgar aufmerksam.

Die beiden wechselten einen wissenden Blick. Jetzt verstanden sie Penelopes Kleiderwahl.

Wulfgar war hier, und Drizzt und Catti-brie warfen einen Blick auf Penelope, die bereits an einem Tisch in der Nähe von Bruenors Tafel neben Gromph Platz genommen hatte.

»Ihr seid hier ganz schön weitergekommen!«, sagte Drizzt zu Bruenor.

»Pah, du hast ja noch gar nichts gesehen«, erwiderte der Zwerg, ging zum Haupttor und lud sie ein, ihm zu folgen. »Kommt mit, ihr alle. Seht!«

Die Höhle vor dem Zugang zu Gauntlgrym war nicht wiederzuerkennen. Der unterirdische See war durch Magie und harte Arbeit gesäubert worden. Sanfte Lichter rundherum ließen die vielen Fische darin aufblitzen.

Auf dem Geländer der Brücke über dem Wasser saßen Zwerge mit Angelruten, deren Schwimmer unter ihnen trieben.

Und am anderen Ende der Brücke erhob sich hinter

dem See ein neues Gebilde, eine große Plattform mit Rampen rechts und links, die jeweils zum anderen Ende der Höhle führten.

»Später hole ich dir auch die Angel, die ich dir versprochen habe, Knurrbauch«, sagte Bruenor augenzwinkernd. »Wir wollen hier Knöchelkopfforellen aussetzen. Aus dem Maer Dualdon.«

Regis lächelte wehmütig, aber weder er noch Donnola wirkten sonderlich überrascht, und Drizzt hatte den Eindruck, sie wären längst eingeweiht.

»Wirklich bemerkenswert«, sagte Drizzt.

»Pah, du hast ja noch gar nichts gesehen!«, wiederholte Bruenor noch großspuriger. Er überquerte die Brücke, lief unter der neuen Plattform hindurch und dann durch die Haupthöhle an den ausgehöhlten Stalagmiten und Stalaktiten vorbei bis in einen Bereich, wo ein weiteres gigantisches Bauvorhaben lief. Hier führten zwei neue Tunnel steil aufwärts aus der Höhle hinaus.

»Der nächste Karren ist schon unterwegs«, erklärte Bruenor und zeigte auf den Tunnel zur Linken. Als die anderen dorthin sahen, bemerkten sie Schienen im Boden, die aus dem Tunnel bis ganz zu der Plattform am See führten und von niedrigen Mauern gesäumt wurden, die den Besuchern erst auffielen, als Bruenor darauf deutete. Interessanterweise verschwanden die Schienen entlang dieses linken Wegs im Wasser, was die vier verwundert zur Kenntnis nahmen.

Noch interessanter war, dass auf der anderen Seite ein weiterer Schienenstrang von der Plattform hinter ihnen herunterkam. Doch als dieser Strang sich dem zweiten Tunnel näherte, führte er nach oben, beschrieb einen Kreis und führte dann an der Decke des zweiten Tunnels nach draußen.

»Was ist das denn?«, fragten Drizzt und Catti-brie gleichzeitig. Die Halblinge lachten.

»Die klingen genau wie wir«, sagte Donnola.

»Aye, gut so!«, rief Bruenor und ging seinen sichtlich ungeduldigen Freunden voraus. »Ich sagte ja, sie hätten noch längst nicht alles gesehen.«

In diesem Tunnel waren viele Zwerge an der Arbeit, aber sie standen kopfüber an der Decke.

»Die Harpells!« Catti-brie begriff sofort.

»Ja, das war ihre Idee. Und sie war gut«, sagte Bruenor. Er stieß einen scharfen Pfiff aus, worauf eine Gruppe Zwerge etwas weiter hinten, die nicht an der Decke, sondern auf dem Boden standen, aktiv wurden. Sie stimmten ein Lied an, um im Gleichtakt zu arbeiten, und trugen ein Stück Metallschiene weiter bergauf, hinter den Punkt, wo an der Decke die Schienen endeten.

Dann liefen sie zurück, und eine Menschenfrau trat vor. Erst nach einem Moment erkannten Drizzt und Catti-brie Kenneally Harpell, die ihnen freundlich zuwinkte.

Anschließend wirkte sie im Tunnel einen Zauber, worauf die neuen Schienen, welche die Zwerge nach vorne getragen hatten, klirrend aufwärts gegen die Decke fielen.

»Schnell, Jungs!«, rief der Vorarbeiter der Zwerge, und die ganze Gruppe rannte an Kenneally vorbei in den Zauberbereich hinein, drehte sich dort und »fiel« mit den Füßen voran an die Decke über ihnen. Dort verbanden sie die Schienen mit dem bestehenden Strang und hämmerten sie mit langen Eisenkrampen fest.

»Sie haben nicht viel Zeit, um hoch… äh, runterzukommen und alles festzuhämmern. Bevor der Zauber abläuft, müssen sie wieder zurück sein«, erklärte Bruenor. »Sie schaffen hundert Fuß am Tag dort oben, aber Gromph kann nur zehn Fuß pro Tag dauerhaft festmachen.«

»Dauerhaft?«, fragte der Drow.

»Für immer!«, sagte Bruenor stolz.

»Ihr baut einen umgekehrten Tunnel?«, hakte Drizzt ungläubig nach, dem es offenbar als Einzigem nicht die Sprache verschlagen hatte.

»Genau«, sagte Bruenor. »Das ist unser Dammweg.«

»Moment«, warf Catti-brie ein. »Der Karren rollt also von draußen runter«, sie zeigte auf den Tunnel links, »und wieder hoch nach draußen?«

»Leichter als ziehen«, grinste Bruenor.

Hoch oben im linken Tunnel begann eine Kuhglocke zu läuten.

»Tretet lieber etwas zurück«, sagte Bruenor zu Donnola, die am nächsten an der niedrigen Mauer der linken Fahrrinne stand.

Der Boden vibrierte, und kurz darauf tauchte ein quietschender Wagen voller Zwerge in der Höhle auf und sauste bis zum See hinunter. Das Wasser bremste die Räder und spritzte nach beiden Seiten über die Seitenwände, was den Karren so weit verlangsamte, dass er an der anderen Seite nur noch ein kleines Stück die Rampe zur Plattform hochrollte. Eine Vorrichtung klickte und hielt ihn davon ab zurückzurollen.

Die Zwerge, die geangelt hatten, liefen zu einer Leiter und kletterten auf die Plattform, wo sie den Karren mit einer Kurbel ganz nach oben zogen, damit die Neuankömmlinge aussteigen konnten.

»Bei den Göttern«, staunte Drizzt.

»Wunderbar, nicht wahr?«, sagte Bruenor. »Momentan müssen wir den Wagen noch in demselben Tunnel hochziehen, wo er herunterkam, aber bis zum Ende des Sommers haben wir den Rückweg fertig, ganz sicher.«

»Wie habt ihr diese Tunnel überhaupt gegraben?«, fragte Drizzt.

Bruenor schüttelte den Kopf.

»*Wände passieren.* Penelopes Lieblingszauber!« Catti-brie hatte bereits verstanden. »Deshalb war sie in letzter Zeit so oft hier unten.«

»Und alles für immer«, bekräftigte Bruenor.

Drizzt lehnte sich über die niedrige Mauer und sah zu, wie die Zwerge drüben an der Decke die Schienen anbrachten. Er versuchte sich vorzustellen, wie es wäre, kopfüber an einer Tunneldecke in einem Karren zu fahren, immer bergauf, bis zur Oberfläche.

In den letzten Zehntagen hatte er viele seltsame, unglaubliche Dinge gesehen, darunter den Dämonenfürsten und die Königin der Dämonennetzhöllen. Er hatte die geballte Macht von Menzoberranzan in sich gespürt und freigesetzt, um den mächtigen Demogorgon zu vernichten. Auf dem Rücken eines Drachen war er durch halb Faerûn gereist und hatte einen Lehrmeister gefunden, der seine sterbliche Hülle transzendiert hatte.

Und jetzt das hier.

Es gab immer noch Dinge, die ihn überraschen konnten, und darüber war er froh.

Bruenor saß links von ihm, Catti-brie zu seiner Rechten. Wulfgar war da, Regis war da, Jarlaxle war da. Guenhwyvar hatte sich hinter Bruenor zusammengerollt, wie um ihn zu warnen, dass sie vielleicht ein weicheres Bett wünschte, auch wenn Zwerge nicht unbedingt weicher waren als ein Steinboden.

Fast alle, die ihm wichtig waren, waren hier versammelt, sangen, riefen Trinksprüche, aßen sich kugelrund und sahen lachend einer Zukunft entgegen, die so verheißungsvoll erschien, dass Drizzt vor Glück das Herz überging.

Er war Lolth begegnet und hatte sich ihr verweigert. Hatte sie seine Weigerung wirklich akzeptiert? Aber wenn nicht, was machte das schon? Denn innerlich hatte Drizzt endlich Frieden gefunden. Er war ganz mit sich im Reinen, denn er hatte einen Kreis vollendet, der ihn diese Welt und seinen Platz darin verstehen und akzeptieren ließ.

Wenn er die seltsame junge Frau mit dem Namen Yvonnel betrachtete, wusste er nicht, was er von ihr halten sollte. Sie schien die Waagschale zu halten, mit der die Daseinsberechtigung von ganz Menzoberranzan geprüft wurde, und obwohl er sie nicht für unparteiisch hielt, vermittelte sie ihm doch mehr Hoffnung, als er je zu träumen gewagt hätte.

Hatte er die Fackel an sie weitergegeben?

Bei diesem Gedanken lachte er und drückte Catti-bries Bein, nur um zu spüren, wie fest und real es war. Er konnte kaum glauben, wie finster der Weg war, der hinter ihm lag, ein Weg voller Zweifel, der ihm jetzt, nach seiner Heilung, völlig absurd erschien. Seine Welt war der Inbegriff von Frieden, von Gutem, und er war von Freunden und Liebe umgeben.

Da flackerte eine Warnung in ihm auf, die er jedoch verlachte.

Messer schlugen Gläser und Krüge an, und im ganzen Saal wurden Rufe nach einer Ansprache ihres unglaublichen Gastgebers laut.

Bruenor räusperte sich und stand auf. »Ich muss doch essen!«, sagte er unter dem Gelächter der anderen. »Deshalb bitte ich einen anderen, für mich das Reden zu übernehmen.«

Er setzte sich wieder hin, und zu Drizzts Überraschung stand Regis auf, stieg auf den Tisch und hob das Glas.

»Auf meine Freunde. Auf meine Familie«, sagte er, während er seine Gedanken sammelte. »Es ist mir ein Vergnügen, die Welten zu verbinden, in denen ich zu Hause bin, und der Sippe Heldenhammer und den Gefährten der Halle meine zweite Familie, Moradi Topolino, vorzustellen!«

Die Halblinge pfiffen, und die Zwerge schrien: »Hussa!«

»Auf Flinkfinger und auf Donnola, meinen Schatz und bald schon meine Frau!«

Diese Ankündigung erhöhte den Jubel.

»Auf Doregardo und auf Showithal von den heldenhaften Grinsenden Ponys!«, übertönte Regis den Beifall. »Auf Tecumseh Stützgürtel und die legendären Kniebrecher!«

»Hussa!«

»Auf Penelope und Kipper und alle Harpells!«

»Hussa!«

»Ihr seid alle zu unserer Hochzeit eingeladen!«, verkündete Regis. »Ihr alle und die gesamte Sippe Heldenhammer!«

»Sollte mich das irritieren?«, schrie Jarlaxle dramatisch dazwischen.

»Du auch!«, rief Regis. »Mit deinen Dunkelelfen-Freunden.«

Nach einer kurzen Pause folgte wieder lauter Jubel.

»Aber vielleicht könntet ihr ohne Waffen kommen?«, fügte Regis hinzu, was mit Gelächter quittiert wurde.

»Brauchen wir die denn nicht?«, erwiderte Gromph, was das Lachen verebben ließ – bis der Erzmagier grinste und ebenfalls sein Glas erhob.

Chancen, dachte Drizzt. Chancen.

»Dann am besten gleich!«, rief ein Zwerg von hinten.

»Ich bringe das Bier«, versprach ein anderer.

»König Bruenors Schild!«, erinnerte ein dritter die Versammlung, was dröhnendes Gelächter hervorrief.

Aber dann machte Regis ein ernsteres Gesicht, und seine Schultern sackten ein wenig zusammen. »Vielleicht solltet ihr nicht ganz so fröhlich sein, denn ich muss euch etwas gestehen. Es geht um einen schlimmen Verrat«, sagte er.

Im ganzen Saal wurde es still.

Drizzt musterte seinen Freund eindringlich, aber Bruenor, der seinen Blick bemerkte, zwinkerte ihm aufmunternd zu.

»Denn ich habe in den letzten Monaten einen Spion in eurer Mitte platziert, der große Veränderungen für dieses Land in die Wege geleitet hat.« Er deutete auf Pikel Felsenschulter.

Dieser stand nun ebenfalls auf und rief: »Ei, ei!«

»Unser Freund Pikel, mein Spion, stand in den letzten Monaten ständig in Kontakt mit mir und Donnola, weil er uns für die Hochzeit allerbesten Wein zugesagt hat. Und gemessen an dem, was er uns heute mitbringt, habe ich keine Zweifel mehr.« Er wies auf Penelope Harpell, zu deren Ehren jetzt neuer Jubel losbrach.

»Nun, du dummer Halbling, du glaubst also ernsthaft, dass König Bruenor seinen Thron zurücklassen und durch halb Faerûn ziehen würde, um mit seinem alten Freund Hochzeit zu feiern?«, warf Jarlaxle scheinbar unverschämt ein. Da wurde es still im Saal, und nur Regis' wissendes Grinsen verriet Drizzt, dass dieser Einwurf in der Rede abgesprochen und eingeübt war.

»Pah, ich gehe nirgendwohin!«, rief Bruenor mürrisch. »Ich schlafe am liebsten in meinem eigenen Bett.«

»Und dein Bett wartet in derselben Nacht auf deinen haarigen Arsch, alter Freund!«, gelobte Regis.

»Planst du etwa ein Feuertor nach Aglarond?«, erkundigte sich Catti-brie entsetzt. Der Bau der Tore, die von Gauntlgrym aus zu anderen Orten wie dem Efeu-Herrenhaus führten, war ein gewaltiges Unterfangen von weitreichender Bedeutung.

Drizzt wusste, dass ihre Worte spontan und von Herzen kamen.

Selbst Bruenor erblasste bei dieser Vorstellung. »Ein Tor für dich in Langsattel und eins für Mithril-Halle!«, beharrte er. »Vielleicht auch eines ins Eiswindtal. Irgendwann einmal.«

»Nun, mein Freund, dann müssen wir Moradi Topolino eben zu dir bringen«, erklärte Regis. »Und zwar komplett!«

Er sprang auf und überließ Donnola Topolino seinen Platz auf dem Tisch.

»Hiermit verkünden wir die Gründung von Rebenblut«, erklärte sie. »Eine neue Heimat für Moradi Topolino. An Gauntlgryms Hintertür und auf Land, das der großzügige König Bruenor meiner Familie zugesprochen hat.«

Dem verblüfften Schweigen folgte überwältigender Applaus mit begeisterten Hussa-Rufen. Immer wieder stießen die Gläser und Krüge klirrend aneinander.

»Und Rebenblut wird auch die Heimatbasis der Kniebrecher und der Grinsenden Ponys sein, die in Zukunft gemeinsam an der Schwertküste nach dem Rechten sehen werden. Von Niewinter bis Suzail«, versprach Donnola.

»Der Dammweg«, flüsterte Catti-brie, und Drizzt grinste, denn die beiden Karrentunnel führten in der Tat in das felsige Tal an der hinteren Schwelle von Gauntlgrym.

»Gibt es bessere Händler als einen Haufen Halblinge?«, fragte Bruenor. »Selbst Jarlaxle wird mit Donnolas Spitzbuben seine liebe Not haben.«

»Ihr trinkt heute den Wein, den Herrin Penelope mitgebracht hat«, sagte Donnola unter lautem Jubel. »Sie hat diese Weinstöcke viele Jahre gezüchtet, doch erst vor kurzem hat sie das entscheidende Element gefunden, das sie perfekt macht. Und sie hat eingewilligt, dieses Element mit uns zu teilen, damit der Wein von Moradi Topolino in allen Reichen gerühmt und geschätzt wird und sowohl in Rebenblut als auch in Langsattel gedeiht.«

»Mir scheint, wir sind von Verschwörern umgeben«, flüsterte Drizzt Catti-brie zu.

»Und was ist dieses Element?«, fragte Donnola. Sie sprang vom Tisch, flitzte zu Pikel hinüber und küsste ihn auf den Kopf. »Er!«, strahlte sie.

»Hussa!«, rief ein Zwerg, aber da mischte sich Ivan Felsenschulter ein.

»Nein!«, brüllte er und brachte alle zum Schweigen. »Nicht Hussa.« Er sah seinen strahlenden Bruder an und rief: »Ei, ei!«

Und im ganzen Saal echote es einstimmig: »Ei, ei!«

Drizzt lehnte sich zurück und genoss, dass seine Welt der Inbegriff von Frieden war, von Gutem und dass er von Freunden und Liebe umgeben war.

Bevor der Tag anbrach, beendete Bruenor das Fest, indem er als Tribut an einen, der nicht dabei war, in das gesprungene Silberhorn blies.

Alle zollten dem Gespenst Thibbledorf Pwent schweigend Respekt.

Bald darauf leerte sich der große Thronsaal von Gauntlgrym oder war stellenweise vom zufriedenen Schnarchen der vollgestopften Zwerge erfüllt.

Niemand bemerkte den geisterhaften Nebel, der durch den Saal strich, am Thron vorbei und zu der Statue gegenüber dem Königsthron. Das Lavagestein, das den Körper darin umfing, hatte einen Riss, und durch den schlich sich der Nebel hinein.

Und dann kehrte er mit mehr Substanz zurück und schwebte zum Thron der Zwergengötter.

Dort nahm Thibbledorf Pwent Platz, und diesmal war er nicht das kampfbereite Schreckgespenst, welches das Horn herbeirief.

Sinnend betrachtete der Vampir seinen Sarkophag ... Gab es einen Weg?

Der Thron der Zwergengötter wies ihn nicht zurück.

Der Schnee ist tief, der Wald schweigt. Bis auf das Knarren der unbelaubten Bäume, die Klagen des Nordwinds und das gelegentliche Heulen eines Bidderdoo ist alles still.

Morgen ist der erste Tag des Jahres des Wiedererstandenen Zwergenvolkes, und, ach Guenhwyvar, meine treue Begleiterin, nie habe ich ein neues Jahr mehr ersehnt.

Warum auch nicht, denn es bleibt noch so viel Gutes zu tun. So viel Freude wartet auf mich.

Regis und seine Freunde werden ihr Städtchen fertigstellen, der Damm ist fertig, und die Weinstöcke sind gepflanzt. Das wird die Allianz der nördlichen Schwertküste weiter zusammenwachsen lassen und sie stärken.

Der Hauptturm nähert sich der Vollendung, und daran haben so unterschiedliche Zauberer wie Effron, Gromph und Lady Avelyere Anteil. Es ist keine Bedrohung, sondern ein weiterer Baustein der Stabilität, dass sie so eng mit dem Efeu-Herrenhaus zusammenarbeiten, dass Penelope dort eine große Werkstatt samt Bibliothek betreibt. Wie Jarlaxle den Ausbau von Luskan vorantreibt, bringt mich zum Staunen, denn der neue Weg weckt Hoffnung.

Kann ich über das, was mich erwartet, weniger sagen? Du und ich werden unsere gute und aufregende Aufgabe fortsetzen: Wir werden die Bidderdoo-Werwölfe einfangen und ins Efeu-Herrenhaus bringen, damit Catti-brie ihnen helfen kann, ihre wilden Instinkte zu beherrschen, bis sie ihrem Namensgeber ähnlicher werden.

An dem Tag, nachdem wir uns das letzte Mal unterhielten, Guen, traf Meister Afafrenfere hier ein. Er hat Savahn herausgefordert und wurde geschlagen, doch er ist guter Dinge. Kane hat ihn ausgeschickt, um mich zu suchen und mir mehr Einblick in die Wege der Gelben Rose zu vermitteln. Diese ganz persönliche Reise ist mir willkommen!

Wie sehr sich die Welt gewandelt hat, die mich wieder an einen Ort führen konnte, den ich einst kannte, mit der erneuten Aussicht auf ein zufriedeneres Leben.

Ein Ort, den ich kannte, der aber jetzt ganz anders ist, seit aus den Gefährten der Halle offenbar die Legionen der Halle geworden sind.

Und ihre Anzahl wird weiter steigen, meine Freundin.

Ich dachte, Catti-brie hätte kurz aufgestoßen, ein plötzliches Grummeln im Bauch, aber das war es nicht.

Es war ein Fuß, Guen, ein perfektes Füßchen, der Fuß meiner Tochter oder vielleicht meines Sohnes. Ein perfekter Fuß.

Welche Richtung wird dieser Fuß wohl einst einschlagen? Welche Wege wird er beschreiten, welche Abenteuer finden, wie viel Gutes hinterlassen?

Mein Weg hat mich ganz nach Hause geführt, und ich bin von all denen umgeben, die ich liebe und schätze. Und das nun ohne Furcht. Catti-brie ist an meiner Seite, darum bin ich glücklich.

Du bist bei mir, darum bin ich glücklich.

Regis hat seine Stadt vor den Toren von Gauntlgrym, darum bin ich glücklich.

Bruenor ist rechtmäßiger König von Gauntlgrym, und dank des erneuerten Hauptturms wird die Zwergenstadt ihn lange überleben. Auch das macht mich glücklich.

Wulfgar ist mal hier, mal dort, immer zufrieden. Vielleicht wird er eines Tages noch König von Damara, oder es erwartet ihn hinter jeder Biegung ein neues Abenteuer – bei dem ich hoffentlich oft dabei bin –, und das macht mich glücklich.

Und Artemis Entreri ... Ich weiß nicht, wo ich anfangen soll. Ich hätte nie gedacht, dass ich ihn eines Tages in diesem Licht sehen würde. Hat er Vergebung und Sühne gefunden? Darüber zu entscheiden ist nicht meine Sache, denn ich weiß nicht, wie viel er angerichtet hat, und kenne nicht das Ausmaß der Finsternis, die einst sein Herz umfing. Aber ich weiß, was aus ihm geworden ist: jemand, der in den Spiegel sehen kann. Jemand, der lächeln kann.

Es wundert mich, dass mir das so wichtig ist – vielleicht scheint die Sonne nach der schwärzesten Nacht tatsächlich heller –, doch wenn ich ihn jetzt ansehe, bin ich wirklich zufrieden. Er hat viel für mich riskiert. In der Finsternis von Malcanthets Schlupfwinkel hat er mir und Regis beigestanden. Heute müsste ich ihn nicht mehr nach Letzthafen zerren, um den Siedlern dort beizustehen, sondern er würde freiwillig seine Hilfe anbieten.

An Wiedergutmachung zu glauben bedeutet den Glauben an Hoffnung und Rettung aus jeder Finsternis.

Deshalb kostet es mich keine Überwindung, wenn ich sage: »Artemis Entreri, der Held.«

Drizzt Do'Urden

Epilog

Jarlaxle unterzeichnete einige Schriftstücke und Aufträge. Das gehörte auch dazu, wenn man eine Stadt wie Luskan zu verwalten hatte. Solche Alltagsaufgaben waren dem Söldner zutiefst zuwider, doch dank Beniago konnte er seinen Anteil daran auf ein Minimum beschränken.

Und obwohl heute mehr Pergamente auf seinem Tisch lagen, hatte Jarlaxle dennoch gute Laune. Alles entwickelte sich wunderbar. Der Hauptturm hatte viele Stockwerke, viele Räume und viele Bewohner, die Verbindungen mit Gauntlgrym und Menzoberranzan wurden von Tag zu Tag stärker, und die wenigen Personen, die Jarlaxle am Herzen lagen, waren in Sicherheit. Es ging ihnen gut.

In diesem Moment – so kurz er auch währen mochte – war die Welt gut. Da klopfte es leise an der Tür, und als Jarlaxle aufsah, war es zu seiner Überraschung Yvonnel, die den Raum betrat.

»Ich wähnte Euch auf dem Weg ins Eiswindtal«, sagte Jarlaxle, kippelte auf seinem Stuhl nach hinten, verschränkte die Hände hinter dem Kopf und legte die Füße auf den Tisch.

»Ich habe eine interessante Abzweigung entdeckt.« Mehr gab Yvonnel nicht preis.

»Zum Abschluss eines interessanten Jahres natürlich.«

»Einer Göttin zu begegnen? Ja, interessant wäre durchaus ein passendes Wort dafür.«

»Wo wir schon beim Thema sind: Eure Zauberkräfte?«

»So stark wie immer«, teilte Yvonnel ihm mit ehrlichem Schulterzucken mit. Diese Tatsache überraschte sie selbst, und diese Reaktion erwartete sie auch von Jarlaxle.

»Ihr betet also weiterhin zu ihr?«

»Nein.«

»Warum dann? Wie?«

Yvonnel zuckte erneut mit den Schultern, worauf Jarlaxle etwas weiter vorschaukelte und sie fasziniert betrachtete.

»Er hat sich ihr gestellt«, sagte Yvonnel. »Von Angesicht zu Angesicht. Ohne sie zu fürchten. Vollständig mit jedwedem Unheil im Reinen, das sie anrichten könnte.«

»Drizzt?«

»Er glaubt, er könnte sie bekehren«, sagte Yvonnel kopfschüttelnd. »Das würde er zwar nie zugeben, aber er glaubt, er könnte sie bekehren.«

»Natürlich glaubt er das!«

»Sie! Lolth!«, sagte Yvonnel ungläubig.

»Selbstverständlich!«, erwiderte Jarlaxle. »Das ist sein Grund zu kämpfen. Die Hoffnung gibt seinem Leben Sinn. Darum lieben wir ihn. Ihr müsst allerdings zugeben, dass die Götter unglaublich pragmatisch sind. Wenn sich ihre Anhänger von ihnen abwenden, geht ihre Macht zurück, falls sie ihnen nicht folgen. Ein göttliches Paradox, würde ich sagen.«

»Sie!«, wiederholte Yvonnel, die hilflos auflachte und nachdenklich den Kopf schüttelte. Dann warf sie einen Blick zur offenen Tür, um jemandem zuzunicken, den Jarlaxle nicht sehen konnte.

Ein zweiter Drow kam herein. Ein Mann.

Jarlaxle wäre beinahe mitsamt seinem Stuhl umgekippt, fiel dann aber nach vorn und konnte sich gerade noch an der Schreibtischkante abstützen. Seine Kinnlade klappte herunter, und der Söldner erlebte einen der wenigen Momente in seinem Leben, wo es ihm die Sprache verschlug. Er schloss das unbedeckte Auge und starrte durch die magische Augenklappe. Nachdem er sich selbst überzeugt hatte, schob er die Augenklappe hoch, um den Mann richtig zu betrachten.

Er wusste, was er sah, aber er wusste nicht, wie er reagieren sollte. Für einen langen Atemzug wusste er nicht, was er fühlen oder denken sollte.

Seine Gedanken überschlugen sich, rasten zurück zu den Tänzen in den Straßen von Menzoberranzan, zu so vielen Schlachten, bei denen die tödliche Sinfonie von vier Klingen erklungen war.

Seite an Seite hatten sie zusammen ihre Schwerter geführt. Hier kam sein engster – *sein einziger* – Freund.

Mit einem Satz sprang er über den Tisch, ohne auf die Tintenfläschchen, die Pergamente und das Schreibzeug zu achten, das er dabei umwarf. Ohne stehen zu bleiben, rannte er dem Neuankömmling entgegen, schloss ihn fest in die Arme und schob ihn unmittelbar danach auf Armeslänge von sich, um ihn genauer anzusehen, um sicher zu sein, dass dies real war.

»Ich will zu meinem Sohn«, sagte der Mann.

Ja, es war real. Jarlaxles Wangen waren tränennass, und er bemühte sich nicht, die Flut zu unterdrücken. Mit brüchiger Stimme rang er um Worte.

»Ihr werdet stolz sein.«

»Fesselnd! Die *Belgariad*-Saga drückt alle wichtigen Fantasy-Knöpfe: Kämpfende Götter, politische Intrigen, übernatürliche Wesen und mächtige Magier.«
Publishers Weekly

400 Seiten. ISBN 978-3-7341-6166-7

Der *New-York-Times*-Platz-1-Bestsellerautor David Eddings war in den 80er Jahren nicht nur einer der Helden der Fantasy-Leser, sondern ist für viele der erfolgreichen Fantasy-Autoren von heute ein Vorbild. Die Lektüre der *Belgariad*-Saga ist wie eine Begegnung mit Freunden. Die Charaktere dieser heroischen Coming-of-Age-Fantasy wachsen einem sofort ans Herz, und gemeinsam mit ihnen erforscht man eine wunderbare Welt und kämpft im epischen Kampf zwischen Gut und Böse. Der naive Junge vom Land, der edelste Ritter, der cleverste Dieb, der mächtigste Magier – wer sonst könnte die Welt retten?

Dieser Roman ist bereits unter dem Titel »Die Prophezeiung des Bauern« im Knaur Verlag und unter dem Titel »Kind der Prophezeiung« im Bastei-Lübbe Verlag erschienen. Er wurde komplett überarbeitet.

Lesen Sie mehr unter: **www.blanvalet.de**

»Ich habe die Midkemia-Saga verschlungen. Ein großartiger Autor!«

Christopher Paolini

512 Seiten. ISBN 978-3-7341-6095-0

Das Königreich Rillanon befindet sich im Krieg. Doch nicht nur der Feind von außen bedroht den Frieden, denn Intrigen und Verrat beherrschen den Königshof, und so wird viel zu spät auf die Invasion reagiert. Der Magierlehrling Pug und sein bester Freund, der junge Krieger Tomas, wissen nichts von den Geschehnissen bei Hofe. Für sie bedeutet dieser Krieg eine Möglichkeit, sich zu beweisen und vielleicht sogar Ruhm zu erlangen – bis sie Teil der Intrigen werden und den wahren Schrecken des Krieges begegnen.

Ein großes heroisches Fantasy-Epos voller Magie, Geheimnisse und unvergesslicher Charaktere!

480 Seiten. ISBN 978-3-7341-6197-1

In den Vier Landen kämpfen die Nutzer von Magie gegen die Anhänger der Wissenschaft. Der Druidenorden steht vor der Auslöschung, und ein skrupelloser Politiker bahnt sich seinen Weg an die Spitze der Föderation. Doch von alldem bekommt Aphenglow Elessedil nur wenig mit. Die Druidin ist von einem alten Tagebuch in den Bann gezogen. Zwischen den Zeilen verborgen befindet sich das Geheimnis um die verschwundenen Elfensteine, die einst das Land vor den Dämonen bewahrten. Aber nicht jeder wünscht sich eine Erneuerung der Magie, und beinahe zu spät erkennt Aphenglow, wer ihre Feinde sind.